国家社会科学基金重大项目
"《文心雕龙》汇释及百年'龙学'学案"
（批准号：17ZDA253）阶段性成果

国家出版基金项目
NATIONAL PUBLICATION FOUNDATION

「龙学」前沿书系

《文心雕龙》宗经研究

戚良德 主编

魏伯河 著

长江出版传媒

崇文书局

总　序

《文心雕龙》是一部什么书？

戚良德

四十年前的 1983 年，中国《文心雕龙》学会在青岛成立，《人民日报》在同年 8 月 23 日以《中国〈文心雕龙〉学会成立》为题予以报道，其中有言："近三十年来，我国出版了研究《文心雕龙》的著作二十八部，发表了论文六百余篇，并形成了一支越来越大的研究队伍。"因而认为："近三十年来的'龙学'工作，无论校注译释和理论研究，都取得了丰硕的成果。"至少从此开始，《文心雕龙》研究便有了"龙学"之称。如果说那时的二十八部著作和六百余篇论文已经是"丰硕的成果"，那么自 1983 年至今的四十年来，"龙学"可以说取得了令人瞩目的巨大成就。据笔者统计，目前已出版各类"龙学"著述近九百种，发表论文超过一万篇。然而，《文心雕龙》是一部什么书？这一看起来不成问题的问题，却在"龙学"颇具规模之后，显得尤为突出，需要我们予以认真回答。

众所周知，在《四库全书》中，《文心雕龙》被列入集部"诗文评"之首，以此经常为人所津津乐道。近代国学天才刘咸炘在其《文心雕龙阐说》中却指出："彦和此篇，意笼百家，体实一子。故寄怀金石，欲振颓风。后世列诸诗文评，与宋、明杂说为伍，非其意也。"他认为，《文心雕龙》乃"意笼百家"的一部子书，将其归入"诗文评"，是不符合刘勰之意的。无独有偶，现代学术大家刘永济先生虽然把《文心雕龙》当作文学批评之书，但也认为其书性质乃属于子书。他在《文心雕龙校释》中说，《文心雕龙》为我国文学批评论文最早、最完备、最有系统之作，而又"超出诗文评之上而成为一家之言"，从中"可以推见彦和之学术思想"，因而"按其实质，名为一子，允无愧色"。此论更为具体而明确，可以说是对刘咸炘之说的进一步发挥。王更生先生则统一"诗文评"与"子书"之说，指出"《文心雕龙》是'文评中的子书，子书中的文评'"，并认为这一认识"最能看出刘勰的全部人格，和《文心雕龙》的内容归趣"（《重修增订文心雕龙导读》）。这一说法既照顾了刘勰自己所谓"论文"的出发点，又体现了其"立德""含道"的思想追求，应该说更加切合刘勰的著述初衷与《文心雕龙》的理论实际。不过，所谓"文评"与"子书"皆为传统之说，它们的相互包含毕竟只是一个略带艺术性的概括，并非准确的定义。

那么，我们能不能找到更为合乎实际的说法呢？笔者以为，较之"诗文评"和"子书"说，明清一些学者的认识可能更为符合《文心雕龙》一书的性质。明人张之象论《文心雕龙》有曰："至其扬榷古今，品藻得失，持独断以定群嚣，证往哲以觉来彦，盖作者之章程，艺林之准的也。"这里不仅指出其"意笼百家"的特点，更明白无误地肯定其创为新说之功，从而具有继往开来之用；所谓"作者之章程，艺林之准的"，则具体地确定了《文心雕龙》一书的性质，那就是写作的章程和标准。清人黄叔琳延续了张之象的这一看法，论述更为具体："刘舍人《文心雕龙》一书，盖艺苑之秘宝也。观其苞罗群籍，多所折衷，于凡文章利病，抉摘靡遗。缀文之士，苟欲希风前秀，未有可舍此而别求津逮者。"所谓"艺苑之秘宝"，与张之象的定位可谓一脉相承，都肯定了《文心雕龙》作为写作章程的独一无二的重要性。同时，黄叔琳还特别指出了刘勰"多所折衷"的思维方式及其对"文章利病，抉摘靡遗"的特点，从而认为《文心雕龙》乃"缀文之士"的"津逮"，舍此而别无所求。这样的评价自然也就不"与宋、明杂说为伍"了。

清代著名学者章学诚在其《文史通义》中则有着流传更广的一段话："《诗品》之于论诗，视《文心雕龙》之于论文，皆专门名家，勒为成书之初祖也。《文心》体大而虑周，《诗品》思深而意远；盖《文心》笼罩群言，而《诗品》深从六艺溯流别也。"这段话言简意赅，历来得到研究者的肯定，因而经常被引用，但笔者以为，章氏论述较为笼统，其中或有未必然者。从《诗品》和《文心雕龙》乃中国文论史上两部最早的专书（即所谓"成书"）而言，章学诚的说法是有道理的，但"论诗"和"论文"的对比是并不准确的。《诗品》确为论"诗"之作，且所论只限于五言诗；而《文心雕龙》所论之"文"，却决非与"诗"相对而言的"文"，乃是既包括"诗"，也包括各种"文"在内的。即使《文心雕龙》中的《明诗》一篇，其论述范围也超出了五言诗，更遑论一部《文心雕龙》了。

与章学诚的论述相比，清人谭献《复堂日记》论《文心雕龙》可以说更为精准："并世则《诗品》让能，后来则《史通》失隽。文苑之学，寡二少双。"《诗品》之不得不"让能"者，《史通》之所以"失隽"者，盖以其与《文心雕龙》原本不属于一个重量级之谓也。其实，并非一定要比出一个谁高谁低，更不意味着"让能""失隽"者便无足轻重，而是说它们的论述范围不同，理论性质有异。所谓"寡二少双"者，乃就"文苑之学"而谓也。《文心雕龙》乃是中国古代的"文苑之学"，这个"文"不仅包括"诗"，甚至也涵盖"史"（刘勰分别以《明诗》《史传》论之），因而才有"让能""失隽"之论。若单就诗论和史论而言，《明诗》《史传》两篇显然是无法与《诗品》《史通》两书相提并论的。章学诚谓《诗品》"思深而意远"，尤其是其"深从六艺溯流别"，这便是刘勰的《明诗》所难以做到的。所以，这里有专论和综论的区别，有刘勰所谓"执一隅之解"和"拟万端之变"（《文心雕龙·知音》）的不同；作为"弥纶群言"（《文心雕龙·序志》）的"文苑之学"，刘勰的《文心雕龙》确乎是"寡二少双"的。

令人遗憾的是，当西方现代文学观念传入中国之后，我们对《文心雕龙》一书的认识渐渐出现了偏差。鲁迅先生《题记一篇》有云："篇章既富，评骘遂生，东则有刘彦和之《文心》，西则有亚理士多德之《诗学》，解析神质，包举洪纤，开源发流，为世楷式。"这段论述颇类章学诚之说，得到研究者的普遍肯定和重视，实则仍有不够准确之处。首先，所谓"篇章既富，评骘遂生"，虽其道理并不错，却显然延续了《四库全书》的思路，把《文心雕龙》列入"诗文评"一类。其次，《文心》与《诗学》的对举恰如《文心》与《诗品》的比较，如果后者的比较不确，则前者的对举自然也就未必尽当。诚然，《诗学》不同于《诗品》，并非诗歌之专论，但相比于《文心雕龙》的论述范围，《诗学》之作仍是需要"让能"的。再次，所谓"解析神质，包举洪纤，开源发流，为世楷式"，这四句用以评价《文心雕龙》则可，用以论说《诗学》则未免言过其实了。

鲁迅先生之后，传统的"诗文评"演变为文学理论与批评，《文心雕龙》也就理所当然地成了文学理论或文艺学著作。1979 年，中国古代文学理论学会在昆明成立，仅从名称便可看出，中国古代文论已然等同于西方的所谓"文学理论"。作为中国古代文论的代表，《文心雕龙》也就成为继承和发扬中国古代文学理论的重点研究对象。在中国《文心雕龙》学会成立大会上，周扬先生对《文心雕龙》作出了高度评价："《文心雕龙》是一个典型，古代的典型，也可以说是世界各国研究文学、美学理论最早的一个典型，它是世界水平的，是一部伟大的文艺、美学理论著作。……它确是一部划时代的书，在文学理论范围内，它是百科全书式的。"一方面是给予了崇高的地位，另一方面则把《文心雕龙》限定在了文学理论的范围之内。这基本上代表了 20 世纪对《文心雕龙》一书性质的认识。

实际上，《文心雕龙》以"原道"开篇，以"程器"作结，乃取《周易》"形而上者谓之道，形而下者谓之器"之意。前者论述从天地之文到人类之文乃自然之道，以此强调"文"之于人类的重要性和必要性；后者论述"安有丈夫学文，而不达于政事哉"，强调"摛文必在纬军国，负重必在任栋梁"，从而明白无误地说明，刘勰著述《文心雕龙》一书的着眼点在于提高人文修养，以便达成"纬军国""任栋梁"的人生目标，也就是《原道》所谓"观天文以极变，察人文以成化，然后能经纬区宇，弥纶彝宪，发挥事业，彪炳辞义"。因此，《文心雕龙》的"文"，比今天所谓"文学"的范围要宽广得多，其地位也重要得多。重要到什么程度呢？那就是《序志》篇所说的："唯文章之用，实经典枝条：五礼资之以成，六典因之致用，君臣所以炳焕，军国所以昭明。"即是说，社会生活的各个方面——政治、经济、军事、法律、制度、仪节，都离不开这个"文"。如此之"文"，显然不是作为艺术之文学所可范围的了。因此，刘勰固然是在"论文"，《文心雕龙》当然是一部"文论"，却不等于今天的"文学理论"，而是一部中国文化的教科书。我们试读《宗经》篇，刘勰说经典乃"恒久之至道，不刊之鸿教"，即恒久不变之至理、永不磨灭之思想，因为它来自于对天地自然以及人事运行规律的考察。"洞性灵之奥区，极文章之骨髓"，即深入人的灵魂，体现了文章之要义。所谓"性灵镕匠，文章奥府"，故可以"开学养正，昭明有融"，以至"后进追取而非晚，前修久用而未先"，犹如"太山遍雨，河润千里"。这一番论述，把中华优秀文化的功效说得透彻而明白，其文化教科书的特点也就不言自明了。

明乎此，新时代的"龙学"和中国文论研究理应有着不同的思路，那就是不应再那么理所当然地以西方文艺学的观念和体系来匡衡中国文论，而是应当更为自觉地理解和把握《文心雕龙》以及中国文论的独特话语体系，充分认识《文心雕龙》乃至更多中国文论经典的多方面的文化意义。

序　言

徐传武

魏伯河先生有关《文心雕龙》的研究成果，将由湖北崇文书局于 2023 年出版，全书计 40 余万言。他把书稿发送给我，希望我能为之作序。我在山东大学工作多年，主要从事魏晋南北朝文学、魏晋南北朝文献和中国古代文化史的研究。虽对《文心雕龙》时有涉及，但毕竟从未作为研究重点，因而颇觉踌躇。但考虑到与魏先生既为同乡，又系好友，彼此互相了解，却之不恭，故而勉强应命，略述己见。不当之处，还请龙学界同仁批评指正。

我是宁阳一中校友，魏先生则曾长期担任宁阳一中校长（当然是在我毕业多年以后了）。1994 年回校参加 40 年校庆时，我才和魏先生结识。那时他正以"创中华名校，育四有新人"为目标，致力于学校的管理和建设，使宁阳一中进入了最好的发展阶段。他本人也先后获得山东省特级教师、全国优秀教师等荣誉，并于 2000 年享受国务院特殊津贴。对母校取得的成就，我和校友们都为之振奋，并力所能及地给予帮助。我当时正主编"中华学人论稿"，先后为他编辑过《语文教学论札》和《素质教育探索》两本书，这两本书是他在语文教学和学校管理方面经验的展现，在基础教育界颇有影响。他主持宁阳一中工作十余年期间，学校因教育教学质量突出，尤其全面实施素质教育引起了全省、全国的关注，市里、省里乃至省外都有不少人慕名前来求学。到了 2003 年，魏先生被调到县政府工作，其间联合社会力量创办了宁阳最大的民办学校——宁阳行知学校。后来将学校移交给县里，经后续建设成为全县条件最好的中学，今称复圣中学。2006 年，他按当时政策规定离岗内退。第二年，他应聘来山东外事职业大学帮助工作，任校党委委员，负责学校宣传工作。在学校的支持下，创办了校报和校刊《华夏职教研究》，担任总编和主编至今，近年又担任了国学研究所所长和校学术委员会副主任、副校长。我本来认为，这些工作足够他忙的了，没想到他在学术研究上每年都有长足进步。近年以来他主编了《泰安区域文化通览·宁阳县卷》，由泰山出版社出版；点校了清人著作《孙光祀集》、《黄恩彤文集》（全五册），均由齐鲁书社出版。孙光祀、黄恩彤两人均为清代重要历史人物，但其著作此前无人整理，经他点校出版后成为学界重要研究资料，黄恩彤著作对研究近代史尤为重要。不仅如此，他还对《文心雕龙》一直保持着极大的兴趣，一直在这个领域里辛勤地耕耘着。像魏先生这样在实践上、理论上都能不断创新、取得扎实成绩，实为难能可贵，因之我和宁阳一中历届的校友和学生家长都对他长期地保持着崇高的敬意，我本人除去这种敬意之外，还对他现在还在从事的研究和不断发表与出版的论著特别关注，经常拜读，感到受益匪浅。

魏先生的《文心雕龙》研究，其实早在 1983 年就开始了。后来因为其他工作太忙，不得已暂时放下，但作为兴趣爱好，他则始终不渝，三十多年来见到与《文心雕龙》相关的书籍，总要买了翻翻，见到与《文心雕龙》有关的论文，总要找来读读：因此对龙学的发展状况，对最新的研究成果，还是相当了解的。自 2016 年（当时他已 63 岁）决定重新进行《文心雕龙》研究后，他每年总有若干篇有关论文发表，引起学界朋友们的关注，并在近年的中国《文心雕龙》学会年会上当选为学会理事。

通读了本书所收论文，我感觉魏先生所进行的《文心雕龙》研究大处着眼、见解独到，是很有意义的。《文心雕龙》是一部内容丰富、结构宏伟的理论巨著，如果不能总体把握，而只就其细枝末节之处着手，就很容易走偏。而龙学各种研究成果已经很多，要发现新意谈何容易。如何才能提出有价值的论题和看法，曾困惑了不少人。在这种情况下，魏先生近几年能在正常工作之余，在龙学研究上取得如此丰硕的研究成果，并表现出了颇高的学术水平，真是十分难得，令我十分欣喜和钦佩。

全书之中，我对以下几点印象颇为深刻：

本书所有的文章，基本都是围绕着刘勰的"宗经"展开。刘勰《文心雕龙》与"宗经"的关系，不仅是十分重要的，而且是研究刘勰的世界观、文学观，探讨《文心雕龙》的理论体系首先要弄清楚的问题。在这方面认识出现偏差，就容易出现系列问题。作者认为，刘勰和大部分古人一样，是具有经学思维模式的；他的征圣、宗经，是真诚的，但他对"经"的解释，却是从"文"的角度进行的；他的《文心雕龙》，其实是一部"树德建言"的子书；他的学术价值取向，是崇实黜虚，崇儒黜玄；他的文论，是经学背景下的文论。他的贡献，是总结了古往今来人们关于"文"的认识和实践，从而提出了更为深刻、全面，并且成为系统的、在当时颇为先进的理论。他的观点，与当时文坛的主流意见并非尖锐对立，而是大体一致的；对骈俪文章他不仅不反对，反而是认真的研究者和积极的实践者，否则我们看到的《文心雕龙》不会是现在这个样子。这些观点，有的不是魏先生第一次提出，但是他在前人研究的基础上又做了深入的研讨；有的观点则是魏先生的独家见解，解决了不少令人感到困惑的，或者认为刘勰自相矛盾的问题，因而能给人很大的启示，令人有耳目一新之感。

许多年来，大家普遍认为刘勰写作《文心雕龙》，主要是为了反对齐梁时期的形式主义文风，《文心雕龙》似乎是与"齐梁文藻"甚至梁代宫体文学直接对立的。魏先生则指出这并非刘勰批判的主要方面，清人纪昀所说的"齐梁文藻，日竞雕华，标自然以为宗，是彦和吃紧为人处"，当属判断失误。纪昀评语既承认《文心雕龙》完成于齐代，又认定其批判的对象是"齐梁文藻"，犯了以后概前的错误。因为隋唐以来均认为南朝文风浮靡，是梁武帝改元大同以后才趋于严重的；宫体文学的代表人物萧纲、萧绎等人都出生在《文心雕龙》问世以后，在年代上即不对应。事实上，刘勰在全书设立那么多篇章研究骈文的技巧，整部《文心雕龙》也用骈体写成，足以证明他对当时兴起的骈俪文学并不反对，而是把骈俪文学与宗经主张统一了起来。刘大杰《中国文学发展史》批评说："刘勰站在'征圣''宗经'的立场，对于当时的形式主义文风进行了批判，但他自己在实践中却深受这种影响，他的《文心雕龙》就是用骈文写的。在他的《声律》《镕裁》《丽辞》《事类》《练字》《章句》一类的篇章里，对于辞藻、对偶、声律、用典、练字、修辞等技巧方面，作了详细的论述，这对于当时的形式主义文风，实际起了助长的作用。"刘大杰之说所以不能成立，就是由于误判了刘勰《文心雕龙》的主旨，把征圣宗经与骈俪文学看成了彼此对立、无法兼容所致。经过魏先生的论证，人们对这一问题的认识或将改观。

对在龙学界颇有影响的所谓"自然之道"，魏先生明确提出了不同意见。他指出：此语只是一般的叙述语言，全书中其他的"自然"同样如此，不认同把"自然之道"认作《原道》篇所"原"之"道"，更不赞成把《原道》的"道"推原到老子或佛教。他从写作动机、构思过程、经子地位三个方面说明刘勰不会在《原道》里把"道"推原到老子那里去，也没有"标自然以为宗"。黄侃以来的部分学者误认"自然之道"即刘勰所"原"之"道"，是走进了"误区"。

至于"自然之道"说的流行，魏先生认为一是因为今人过分高估了刘勰对当时文风的反感，二是对儒学的偏见挡住了批评者的视线，三是西学方法与国学研究的隔膜，四是龙学领域里长期存在的门户之见。其实这一问题，只要对"文之枢纽"部分有一个准确的认识，认识到刘勰所说的"道—圣—经"是三位一体的，就不难理解了。既然刘勰所"征"之"圣"是儒家的周孔，所"宗"之"经"是儒家的五经，就不可能在《原道》里另寻别"道"。否则，"圣因文而明道"就无法解释：儒家圣人通过五经阐明的竟然是道家甚或佛家之道，岂非滑天下之大稽？魏先生指出："刘勰所谓'道'包含了两个层次：一是形而上的、充满神秘色彩的'天道'（或称'神道'），此'道'带有哲学本体的意味；一是周孔圣人之'道'，《宗经》篇则称其为'恒久之至道'，这种'道'是圣人'原道心以敷章，研神理而设教'的产物。刘勰'原道'的过程，就是把'天文'落实到'人文'、把前一层次的'道'落实到后一层次的'道'的过程。"这样的解说，应该是符合《文心雕龙》本意的。

关于"文之枢纽"五篇文章的关系，魏先生提出了全新的见解。多年以来，人们大都把"文之枢纽"部分的五篇文章看作是并列关系，即彼此分别是不同的"枢纽"，以致在不同程度上偏离了刘勰的本意。魏先生则认为："在刘勰的设置中，它们只是、也只能是一个'枢纽'。看似并列的五篇文字，其实只是构成这一枢纽的不同构件。而在这些构件中，必定有其核心或主轴。这一核心或主轴，不仅统领其余四篇，而且也对全书起到了统领作用。其余四篇，只不过是核心或主轴的附属物，是围绕核心或主轴来设置并为其服务的，并不要求每一篇都对全书起到统领作用。"魏先生指出："文之枢纽"的核心或主轴是五篇里处于中间位置的《宗经》篇。因为"宗经"是他主要的文学思想，并且是贯穿于《文心雕龙》全书的。《通变》

篇中"矫讹翻浅，还宗经诰"八个字，可以视为他对全书作意最简洁有力的表达。而核心或主轴既经认定，其余四篇的附属地位也就可以确定了。他援引了叶长青、刘永济、祖保泉等人的论述作为旁证，对"文之枢纽"其余四篇文章与《宗经》的关系做了颇为深入的、颇有说服力的探讨。这对人们如何正确认识"文之枢纽"，如何理解《宗经》对《文心雕龙》全书的指导作用，都有重大的意义。

关于《文心雕龙》全书的性质，魏先生明确提出：《文心雕龙》为刘勰"树德建言"的子书，而并非现在人们普遍认为的仅仅是文学理论著作或写作教程（由于本书毕竟是一部论"文"的著作，今人从这样的角度和用途进行研究是另一回事）。此事在今人看来，似乎没有很大意义。但对正确认识刘勰其人和《文心雕龙》的主旨来说，则至关重要。刘勰志向远大、抱负宏伟，他是决心要成为经世致用的梓材之士，"蓄素以弸中，散采以彪外，梗楠其质，豫章其干，摛文必在纬军国，负重必在任栋梁"的，他当然重视"文彩"，但他更强调"周书论士，方之梓材，盖贵器用而兼文采也"，是很瞧不起"有文无质"的文人的。在《文心雕龙》的《程器》《诸子》《序志》等篇章中，刘勰对社会、政治发表了许多重要见解。对此如果有深入领会，应该是能赞同这样的结论的。事实上，正如魏先生所引述的，此前已有不少人发表过类似见解，但却都没有进行过深入的探究，导致人们对刘勰其人和《文心雕龙》其书的认识上出现种种的偏差。魏先生拈出这一问题进行专论，还是很有必要的。而认识到这一点，若干原来认为的《文心雕龙》中的"自相矛盾"之处则可涣然冰释。

关于《辨骚》篇对楚辞作品的评价，魏先生认为，刘勰是从经学和文学两个方面进行的。从经学正统的角度，他认为《离骚》等作品与《诗经》相比有"四同""四异"；从文学发展的角度，他肯定楚辞作品"衣被词人，非一代也"。他"辨"后得出的结论是："固知楚辞者，体慢于三代，而风杂于战国，乃雅颂之博徒，而词赋之英杰也。"一方面，他肯定了《楚辞》是《诗经》之后最重要和最优秀的作品，另一方面则指出与《诗经》相比，《楚辞》是略逊一筹的，并且开启了"楚艳汉侈，流弊不还"的弊端。《辨骚》和《正纬》一样，其第一义都在于证明纬和骚非其所"宗"之"经"。许多人被刘勰对屈原和《楚辞》作品发出的诸多赞美之词所误导，认为他评价《楚辞》超过《诗经》，甚至把"四异"和"博徒"也认作刘勰对《楚辞》的赞美，在学界造成了一定的影响。其实这都是没有把握住《宗经》的核心地位，没有搞清楚这五篇之间的关系造成的。魏先生自二十世纪八十年代开始就力辨其非，至今仍坚持这一观点，并与文友进行过研讨和争鸣。我认为通过他们的讨论，显然把这方面的认识更向前推进了一步。

刘勰《序志》里介绍《文心雕龙》的内容、结构时说："上篇以上，纲领明矣"；"下篇以下，毛目显矣"。按照字面理解，似乎前面25篇属于全书的纲领，后面25篇则是全书的毛目。但上篇中除了"文之枢纽"外，其余20篇属于文体论，泛论各种文体，怎么可能全是"纲领"？而下篇中涉及创作论、批评论、文学史观、风格论、作家论等，恰恰都是关涉"文心"的重大问题，更非全系"毛目"。这里的概括与实际情况显然并不符合。这是怎么回事呢？历来的注释者都没能很好地解决这一问题。魏先生研究发现，这两句之间存在着互文现象，如唐人贾公彦所说："二物各举一边而省文"；"一物分为二，文皆语不足"。意即作者为了适应对偶的需要，把一件东西分到上下两句里去说，而上下句的语意都不完备，在理解时必须把上下句意结合起来才行。刘勰概括介绍全书内容，只能提纲挈领，以纲代目，是不可能遍举"毛目"的。用到"毛目"一词，只不过是为了与前文对应语句中的"纲领"一词在形式上形成对偶，在文义上实现互补。

《序志》这两句处于对应关系，"纲领"与"毛目"构成互文，即上句所说的"纲领"也涵盖了下篇，下句所说的"毛目"也涵盖了上篇，而且这两句都是以纲代目，偏重于"纲领"而言。魏先生指出：这里的译文应为："上篇的纲领（和毛目）就很明显了；……下篇的（纲领和）毛目也就很明显了。"而会通起来加以讲解时则应为："这样，上下两部分的纲领以及毛目就都很清楚了。"从而使这一疑点豁然贯通。在此基础上，他又遍寻全书中的互文例句，分类解说，撰成《〈文心雕龙〉互文修辞分类举隅》一文，使许多疑难之点为之消解。

本书值得关注之处还有很多，我就不再——列举了。对于魏先生以上观点，学界难免会有不同的看法。真理总会在争论中不断前进，"奇文共欣赏，疑义相与析"，魏先生和我都欢迎大家的不同意见的发表。魏先生有志于对龙学进行更加深入、系统的研究，这本著作就算是他研究龙学的第一个阶段吧。数年之后，我期望看到他更多的龙学研究的新成果。

今日正逢"立冬"时节，读宋代唐庚《立冬后作》诗曰："啖蔗入佳境，冬来幽兴长；瘴乡得好语，昨夜有飞霜。篱下重阳在，醅中小至香；西邻蕉向熟，时致一梳黄。"阅读魏先生有关龙学研究的论著，感到似乎也有"渐入佳境"的"啖蔗"美感，也有诗人那种冬日到来的幽长兴致，又如观赏邻家那黄澄澄的蕉果，让人也有品尝美味的享受。学术论著往往枯燥无味，让人读来味同嚼蜡，此书却与之不同。我想，除去魏先生论著本身的学术价值之外，其论述的优美，描述的精到，行文语言的准确、生动，富有味道，也是一个很重要的原因。

我近年写了几百首论述中国古代作家作品的"文心诗鉴"诗，戚良德先生主编的《中国文论》曾经予以发表。其中关于刘勰的组诗曰："刘勰论创作,系统而严密;全面且细致,周虑而大体。儒道为宗旨,重视才学气;近事而远喻,丰旨而约辞。结合物象言,表现情理志;物游促神思,三准标鸿笔。大哉文心析,伟哉雕龙奇;九州溉文苑,百代秀苗裔。"刘勰《文心雕龙·序志》云:"夫文心者,言为义之用心也。"在求索"文心"的路上,这是我的一篇"习作",也是我和魏先生"心有灵犀"之处吧。

我于《文心雕龙》,没有什么深入研究。由于和牟世金先生比较熟悉,牟世金先生出版过的书都送给过我(特别是还有一本"文革"前出版的他和陆侃如先生合著的《文心雕龙选译》,我还在上大学时就送给了我),我经常到他家或者一块散步时向他请教一些问题,其中有一些就是有关龙学的;还听过牟世金先生的古代文论(包括《文心雕龙研读》)的课。帮助别人审定和出版过几本有关《文心雕龙》的研究专著;写过几篇有关《文心雕龙》的小论文:有关《文心雕龙》研究,可以说还是个门外汉。魏先生让我写个序言,却之不恭,我更感到是一次较为深入研读龙学的机会,就不揣浅陋,乐于从命了。但信口开河,不着边际,错谬之处可能不少,敬请方家不吝赐教。

辛丑建亥月立冬日于山东大学不聊斋

目　录

附　录

后　记

其人其书

疑义相与析
—— 重读《梁书 · 刘勰传》

《梁书 · 刘勰传》[1]为研究刘勰（约 465—约 532）和《文心雕龙》的重要资料。《梁书》撰者署为唐人姚思廉（557—637），但据《陈书 · 姚察传》，"《梁》《陈》二史本多是察之所撰"[2]，而姚察（533—606）为姚思廉之父。检《梁书》及《陈书》，可以发现姚思廉在出于其父手笔的卷帙之后的"论"前，均署"陈吏部尚书姚察曰"，而自己新撰卷帙则为"史臣曰"，以示区别，显然是为了避免像班固（32—92）一样因"遗亲攘美之罪"（《文心雕龙 · 史传》）而为后人所讥。《梁书 · 文学传》后面的"论"为"姚察曰"，可知《刘勰传》的实际作者为姚察。考：姚察为南朝历史学家，先后供职于梁、陈、隋三朝，一直参与修史工作。他在陈朝时，即开始撰《梁》《陈》二史而未成。隋文帝开皇九年（589），奉诏继续撰《梁》《陈》二史。《陈书》本传称：其人"博极坟素，尤善人物，至于姓氏所起，枝叶所分，官职姻娶，兴衰高下，举而论之，无所遗失"[3]。在门阀风气很盛

---

① ［唐］姚思廉：《梁书 · 刘勰传》，北京：中华书局，1973 年，第 710—712 页。
② ［唐］姚思廉：《陈书 · 姚察传》，北京：中华书局，1972 年，第 354 页。
③ ［唐］姚思廉：《陈书 · 姚察传》，第 350 页。

的南北朝时期，史学家的这种学识和修养无疑是很重要的。然而，姚察未及修成《梁》《陈》二史，即于隋炀帝大业二年（606）去世。临终之前，他告诫其子思廉一定要"博访撰续"。姚思廉入唐之后，在其父遗稿基础上，参考、吸取了梁、陈、隋历朝史家编撰《梁史》的成果，勒成此书，完成了其父未了之心愿。梳理这一成书过程，意在说明《刘勰传》的写作其实早在陈代，与传主在世之年相去未远，可信度很高。其中若干关键性措辞，亦可代表南朝之时风流韵，今人未可径以唐人笔墨视之。

但此《传》虽为近百年来研究刘勰与《文心雕龙》者所普遍重视，但多家所作的注释、解读和考证仍留有不少疑点。笔者最近重读此《传》，对其中若干问题进行了进一步思考，而思考结果与通行解读颇有异同，且自觉或许不无意义，特札记于此，以作日后深入研讨之基础，并供学界同仁参考。

一、关于"早孤，笃志好学，家贫，不婚娶"

按：今人多断"家贫不婚娶"为一句，易使读者将前后文理解为简单的因果关系：刘勰之"不婚娶"乃因"家贫"之故。"家贫"为因，"不婚娶"为果。但这样的理解其实是很有问题的。因为世间各种事物之间的因果关系，绝大多数并非单因与单果的直线联系，一因多果、一果多因则为常态。在刘勰身上，"家贫"应该是"不婚娶"的原因之一，但可以肯定并非全部或唯一原因。试想当时社会上家贫者不知凡几，岂能都"不婚娶"乎？

有人以为"不婚娶"乃因"信佛"[1]，理由亦不充足。试问刘勰三十多岁撰《文心雕龙》时，仍以"征圣""宗经"为旨归，以"纬军国""任栋梁"为志向，此前会因信佛而不婚娶吗？若早年即因

① 杨明照：《增订文心雕龙校注》，北京：中华书局，2012年，第8页。

信佛而不婚娶，则不会到了晚年才变服出家，当然也就不会有以儒家思想为指导的《文心雕龙》的创作了。

笔者以为，刘勰之"不婚娶"，固然与早期"家贫"有一定关系，但主因则是其"早孤，笃志好学"。"笃志好学"使他醉心于典籍，心无旁骛，无暇顾及，而"早孤"又导致家无父母为他操持此事，这是一方面；另一方面，"笃志好学"也使他心高气傲，颇为自负，导致在择偶上不肯迁就，必待能与其匹配之佳丽而后可。可以设想，作为文学青年的他，心中必定有过来自文学作品中的此类偶像。但此种佳丽，殊非易遇，更非易得。前期既因"家贫"未婚，中期出仕虽已脱贫而仍未遇，或虽遇而不可得，晚年则已兴味阑珊，有出世之想，遂致终生未娶。也就是说，刘勰之不婚娶，乃各种主客观条件交互为用所造成，并非仅因家贫。据此，"家贫不婚娶"应中间断开，作"家贫，不婚娶"，以较好体现两者之间的承接纪实关系，不致将其误解为唯一因果关系。又，"不婚娶"之后应为句号或分号，因其与后文所述"依沙门僧祐"为并列分述，两者之间并无严格的时间顺序，也没有必然的因果联系。

二、关于"依沙门僧祐，与之居处积十余年，遂博通经论"

当时佛教盛行，佛经之收藏、流布需求量甚大，而印刷术尚未问世，故而因家庭贫困被佛寺雇佣抄经之读书人甚多，形成一种新的"职业"。此等人从事这一职业，不仅可借以糊口，而且可借机读书，与出卖劳力者之胼手胝足相较，亦略有体面，本无关乎宗教信仰。僧祐（445—518）为当时之著名大德高僧，学养深厚，而定林寺藏书宏富，且其种类不限于佛书。如此则该寺不啻一所宗教学院或图书馆，是学习的好地方。

刘勰入寺前，诚然有了一定的知识积累和儒学基础。但他的家庭本是行伍之家，藏书应该有限，何况早已少孤家贫，是不具备博览群籍的条件的。但我们看《文心雕龙》，刘勰对历代经史子集各部之书几乎到了无所不窥的地步，那么他是什么时间在什么地方阅读这些文献资料的？以理推论，这应该是他入寺后尽情博览、"纵意渔猎"（《事类》）的收效。不难想见，他在十余年间是怎样地如饥似渴，锐意精进！传文谓其"笃志好学"，诚非虚誉。所以，此处之所谓"博通经论"，应该是包括了但并不限于佛经的。在别人眼中，固然抄写佛经为他当时之主业，博览群籍则为其副业；但在他本人，则未必如此，其用于"副业"的功夫决不会次于其主业。当然，主业与副业之间并非全无关涉，在某些方面应该是可以互相促进、互为补充的。最后的结果，是刘勰以天赋异禀加过人勤奋，实现了齐头并进，共臻佳境。对佛经之谙熟，使其有能力厘定寺内经藏；对群籍之博览，则使其得以"积学以储宝"（《神思》），有能力撰成《文心雕龙》。须知这两项成就中的任何一项，都是不小的"文化工程"，必须具有高才、博学、卓识才足以胜任。当时抄经者众，而有成就者稀，足可反证刘勰的确为不世出之奇才。

传文将《文心雕龙》之写作另作一事单独叙述，于此则语焉不详，是史传之文详略互见之惯例。读史最忌割裂全文，读者幸勿以为此之所"博通"者仅为佛家之"经论"可也。因为如果是那样，《文心雕龙》岂不成了天外飞来之物？须知此等鸿篇巨制，决不是仅凭才气一时兴起就可以率尔成章的。

三、关于"撰《文心雕龙》五十篇，论古今文体，引而次之"

杨明照（1909—2003）先生对此辨正说："是书《原道》以下

二十五篇论文之体，《神思》以下二十四篇言文之术，《序志》统摄全书。传文乃浑言之耳。"① 这显然是以现在流行的文体概念为依据所作的评论。其实以现在流行的文体概念为依据，"《原道》以下五篇"为"文之枢纽"，也并非"文之体"，杨先生亦"浑言之耳"。而如果摒除今人关于"义体即文章体裁"的先入之见，细玩此处语义，原文乃是说《文心雕龙》全书五十篇皆为"论古今文体"；换言之，在姚氏父子心目中，《文心雕龙》是当时的一部文体论著作。此事非关小可，未可以为"浑言之耳"而等闲放过。因为如果按照此说，全书皆"论古今文体"，并且可以确定是符合《文心雕龙》实际的，那么今人之但知自《明诗第六》至《书记第二十五》为"文体论"，就不仅有违刘勰本意，而且还将为姚氏父子所笑了。

但何以会出现这样大的理解误差？静言思之，是"文体"概念上存在问题，要之，彼"文体"非今"文体"也。今人之所谓"文体"，一般专指文章体裁。而古代对文章体裁，直到元代，多谓之"文类"，即根据写作目的和用途所划分之文章类别，乃刘勰此书为之"囿别区分"（《序志》）者。然而由于中国古代文化的诗性特点，古代文论中许多概念的内涵外延缺乏明确界定，往往导致许多相关概念在演变中因交叉而混同。自明人吴讷（1372—1457）《文章辨体》、徐师曾（1517—1580）《文体明辨》开始，以"文类"为文体的观念流行开来，影响至今，"文类"的概念反而鲜为人知了。当代新儒学大师徐复观先生（1903—1982）在二十世纪五十年代末曾撰长文力辨文体、文类之别，痛斥吴、徐之过②，后来曾先后引起台湾和大陆学界一场不大不小的学术争论，各家是非兹不具

---

① 杨明照：《增订文心雕龙校注》，第22页。
② 徐复观：《中国文学论集·文心雕龙的文体论》，北京：九州出版社，2014年，第12页。

论，有兴趣者可以参看。但文体概念之古今有异，则通过争论而更趋清晰。

在《文心雕龙》中，刘勰之所谓"文体"，显然不是指文章体裁或分类。试看《序志》篇中，他先是明确宣示"古来文章以雕缛成体"，试问文章体裁或分类何须"雕缛"，又怎样"雕缛"？接着又痛感"去圣久远，文体解散"，并且以其为创作《文心雕龙》之动因。可知他之所谓"文体解散"，必不指"文类"划分趋细而言。因为在文类划分上，他比前人走得更远。如所周知，自建安以后，中国文学逐步进入了"自觉时代"，文学作品（文章）分类问题也逐步引起重视。先是曹丕（187—226）《典论·论文》将文章区分为"四科八目"，曰："奏议宜雅，书论宜理，铭诔尚实，诗赋欲丽。"①随后有陆机（261—303）《文赋》进一步将其分为十类，称"诗缘情而绮靡，赋体物而浏亮。碑披文以相质，诔缠绵而凄怆。铭博约而温润，箴顿挫而清壮。颂优游以彬蔚，论精微而朗畅。奏平彻以闲雅，说炜晔而谲诳"②。到了刘勰，则在《文心雕龙》中将其囿别区分为三十余种（《文心雕龙》自《明诗》以下二十篇，多半兼论两类或两类以上文章），三者呈现出一个不断分解细化的过程图景。这样的过程，显然属于文学观念与理论的发展和进步，刘勰对此本无异议。"文体解散"之"解散"一词，今人或释为"分离"③，意为过去的一种文体分解为后来的若干文体。如前所述，这种文体分解现象的确是大量存在的，这样的解释因而看上去似乎不为无据。问题在于，如果刘勰之所谓"文体"即文章类别，则其"解散"（分

---

① 傅亚庶：《三曹诗文全集译注》，长春：吉林文史出版社，1997 年，第 524 页。

② 张少康：《文赋集释》，北京：人民文学出版社，2002 年，第 99 页。

③ 向长清：《文心雕龙浅释》，长春：吉林人民出版社，1984 年，第 426 页。

离）又何足忧？或释为"体制败坏"[1]，意为破坏了正常的文章体制；但如果刘勰之所谓"文体"即文章体裁，又怎么可能"败坏"或被破坏？

既然刘勰之所谓"文体"非指文章体裁，那么他之所谓"文体解散"也必然另有所指。其实只要把这整句话贯通起来读解，问题就迎刃而解了。刘勰在"文体解散"后面紧接着说："辞人爱奇，言贵浮诡，饰羽尚画，文绣鞶帨，离本弥甚，将遂讹滥"，这才是"解散"的具体表现！其中的关键词是"离本弥甚"，即背弃了儒家历来倡导的文章写作经世致用的根本目的，把精力过多地用到了文章语言形式的争新斗奇和华丽藻饰上。在刘勰看来，这样舍本逐末，必然走向"讹滥"，与"唯文章之用，实经典枝条，五礼资之以成，六典因之致用，君臣所以炳焕，军国所以昭明"（《序志》）的庄严使命将大相径庭。据此，周勋初先生（1929—　）《文心雕龙解析》将"解散"释为"偏离正经"[2]，应该是基本符合刘勰原意的。以上表明，刘勰之所谓"文体"，尽管包括文章形式方面的某些因素，但起决定作用的则是文章的内容和作者的情志；这样的"文体"，决非仅指文章的体裁样式，也不会是仅指题材分类。这样的"文体"尽管与文章的分类不无关联，因为任何文章必然属于某一"文类"之中，但却与文章种类如何划分、划分多少不是同一概念。

我们看到，在《文心雕龙》的论述中，与文章体裁作为写作常识和常规为广大作者所普遍认可、共同遵循不同，他之所谓"文体"是因人而异的，与作者的才、气、学、习关系至巨，呈现出多姿多彩的复杂样貌，刘勰为此专作《体性》篇加以讨论。他认为是作家的"才性异区"导致了"文体繁诡"；并连续列举了"贾生俊发，

---

① 龙必锟：《文心雕龙全译》，贵阳：贵州人民出版社，1992 年，第 614 页。

② 周勋初：《文心雕龙解析》，南京：凤凰出版社，2015 年，第 805 页。

故文洁而体清；长卿傲诞，故理侈而辞溢；子云沈寂，故志隐而味深；子政简易，故趣昭而事博"等十二位名家作为例证。其中"俊发""傲诞"等指才性，"文洁而体清""理侈而辞溢"等指文体。在这样的语境中，"文体"接近于现在所说的作家的风格，而与体裁的关系则是次要的。例如刘桢（字公幹，186—217）的诗，按体裁划分说，都只不过是五言诗而已，但后来鲍照（415—466）等人大写其《学刘公幹体》，他们所模拟的，当然是他的风格，而不会只是模拟他五言诗的体裁。

在《文心雕龙》的论述中，刘勰之所谓"文体"又是因时代而别的。因为"时运交移，质文代变""文变染乎世情，兴废系乎时序"，所以刘勰专列《时序》篇论述其事。他从文学的源头，一直梳理到当代（萧齐），说明不同时代"文体"变化的概貌。如建安文学，是"观其时文，雅好慷慨""并志深而笔长，故梗概而多气"；东晋文学，是"因谈余气，流成文体""诗必柱下之旨归，赋乃漆园之义疏"，等等。在这样的语境中，"文体"接近于现在所说的文学的时代特点或风气。此种"文体"，表现为某一时代许多代表性作家作品的共性，无论当时人是否自觉，而后代人却很容易发现其时代的印记。这种"文体"，和体裁当然有某种联系，如王国维（1877—1927）所谓"凡一代有一代之文学：楚之骚、汉之赋、六代之骈语、唐之诗、宋之词、元之曲，皆所谓一代之文学"①，但并不取决于体裁。因为体裁固然因时代需求和文学发展而产生，产生之后又可以跨越时代；而跨越时代之后同样体裁的作品却很难保其原来时代的特点。如唐诗之初、盛、中、晚各期，体裁上并没有多大变化，但其时代特点却是明显不同的。

这样的"文体"，好像不太容易把握，但刘勰认为"若总其归涂，

---

① 王国维：《宋元戏曲史·序》，北京：东方出版社，1996年，第1页。

则数穷八体：一曰典雅，二曰远奥，三曰精约，四曰显附，五曰繁缛，六曰壮丽，七曰新奇，八曰轻靡。……故雅与奇反，奥与显殊，繁与约舛，壮与轻乖。文辞根叶，苑囿其中矣。"（《体性》）即用他所归纳的这八种基本类型的"文体"可以概括所有的文章，能将"文辞根叶，苑囿其中"。可见他之所谓"文体"，包含了作品不同的艺术手法、艺术风格、艺术流派、艺术效果。同时他又强调"八体屡迁，功以学成""吐纳英华，莫非情性"，即文体在不同的作者那里是表现各异的。他的概括是否完备准确、在文学史上是否具有超时空的普遍意义，可以另当别论，但他之所谓"文体"为何物，与体裁有无关系或有多大关系，借此却可以明确得知。

诚然，在《文心雕龙》中，"文体"只是一个中性的名词，自身应该是不带感情色彩的。但作为评论家的刘勰，却必定有其好恶和取舍。事实上，他的这种倾向性是很鲜明的。他对理想"文体"的描述，散见于全书各篇，就总体而言，他认为应该是"雅丽"即"衔华而佩实"的、"体要与微辞偕通，正言共精义并用"（《征圣》）的，是"情深而不诡，风清而不杂，事信而不诞，义直而不回，体约而不芜，文丽而不淫"（《宗经》）的，是"虽取熔经意，亦自铸伟辞"（《辨骚》）的，是"风清骨峻，篇体光华"（《风骨》）的，是能够"执正以驭奇"（《总术》）的等等。具体对各种文类来说，也有其明确要求，如"诗"，是"四言正体，则雅润为本；五言流调，则清丽居宗"（《明诗》）；如"赋"，应该"丽词雅义，符采相胜"（《诠赋》）；而"论"，则要能"钻坚求通，钩深取极"（《论说》）等等。不符合此类要求的，则是他所贬斥的。

此种"文体"观念，是否是刘勰的一家之言呢？考之古代文学——尤其魏晋至宋元之前文学的实际，却会发现，这恰恰是六朝乃至唐宋时期文人士子普遍流行之共识，不过在刘勰之前，他人未曾深论而已。例证很多，无须逐一胪列。

在当今现行文体观念已约定俗成的情况下，笔者无意把"文体"与"文类"对立起来并作泛化的使用，甚至像徐复观先生那样试图恢复古代的文体观念（笔者在此无意否认徐先生观点的学术价值）。此处拈出这一问题，只是为了提醒今天阅读、研究《文心雕龙》的人，须注意古今"文体"观念的差异，避免以今律古，造成不必要的误解或纠结，甚至囿于成见而轻诋古人。

由此看来，刘勰正是在当时的"文体"观念基础上"搦笔论文"的。所以，他在本书首论"文之枢纽"，推尊圣人经典作为文体典范之后，接着"论文叙笔"，为各类文章确立写作的体式标准；随后"割情析采，笼圈条贯"，深入探究文章写作"正末归本"即回归正体的途径和方法。以是观之，姚氏父子谓其全书皆"论古今文体"，徐复观先生认为"《文心雕龙》一书，实际便是一部文体论"[1]，并不是没有道理的。如果这一点不能厘清，则《文心雕龙》中许多问题将难得确解。

四、关于"约便命取读，大重之，谓为深得文理，常陈诸几案"

后人或以刘勰《文心雕龙》特设《声律》篇，乃为有意逢迎主张"四声八病"的沈约（441—513）；而沈约之所以"大重之，谓为深得文理，常陈诸几案"，也是因为刘勰在这一点上成了他的"知音"。例如《四库全书总目提要·集部总序》中，纪昀（1724—1805）有云："观同一八病四声也，钟嵘以求誉不遂，巧致讥排；刘勰以知遇独深，继为推阐。"此说乖谬殊甚。试问，本传明确记载，刘勰是在《文心雕龙》"既成，未为时流所称"（这显然经过了较长一

---

① 徐复观：《中国文学论集·文心雕龙的文体论》，第5页。

段时间）之后，才去干求沈约获得评骘的，其撰《声律》篇时，何尝受知于沈约？坦白地说，此种揣测之词，未免有以小人之心度君子之腹之嫌，实在看低了刘勰的人格。实则沈、刘之间的此番际遇，原因亦属多端。少时经历略同，或即其一。《梁书·沈约传》载："（约）父璞，淮南太守。璞元嘉末被诛，约幼，潜窜，会赦免。既而流寓，孤贫，笃志好学，昼夜不倦。"[1] 这样的遭遇与刘勰相比，正所谓有过之而无不及。有如此遭遇之沈约，见刘勰空有才华而出头无日，完全不产生同情心，显然于理不合。当然主要原因并不在此。在笔者看来，主要原因在于，沈约为文史大家、文坛盟主，其识见自然高于"时流"之上，而《文心雕龙》作为不世出之杰作，沈翻阅之后"谓为深得文理"，正是极为正常的反应。至于"大重之"，"常陈诸几案"，则应是因为书中见解颇有高于其本人之处，沈氏多有取资之故。

关于刘勰与沈约二人文学观点的异同，今人每以为刘勰是当时文坛主流的反对派，其实出于误解的成分居多，至少是过度夸大了这种差异。试想，如果刘勰是以当时文坛主流的反对派自居，他还会在《文心雕龙》书成之后费尽心思地"取定于沈约"吗？当时之文坛主流，固然如纪昀所说，存在着"齐梁文藻，日竞雕华"[2] 的趋向，但刘勰何尝不也认为"古来文章以雕缛成体"（《序志》）呢？他以多篇文字专论《声律》《丽辞》《事类》《练字》等，把书名定为《文心雕龙》，并且用当时流行的骈文撰写全书，这岂是可以简单地用"时代局限"或"被时风裹挟"所能解释的？而如果以为是为了迎合当道，则如前所说，不免小觑了刘勰。说到底，刘勰与

---

① ［唐］姚思廉：《梁书·沈约传》，北京：中华书局，1973年，第232—233页。
② ［梁］刘勰著，戚良德辑校：《文心雕龙》，上海：上海古籍出版社，2015年，第6页。

当时以沈约为代表的文坛主流，在文学观念上固然有同有异，但其实是同多异少的①。至于沈约读《文心雕龙》，必定多有会心之处，则不待智者可知也。

五、关于"勰为文长于佛理，京师寺塔及名僧碑志，必请勰制文"

此种对刘勰追捧现象的发生，必在刘勰出仕之后及其晚年。刘勰"兼东宫通事舍人"之时，为皇太子座上之宾，虽手无重权，而位居华要，僧俗各界自必仰视之。因此，"京师寺塔及名僧碑志，必请勰制文"，固然由于其"为文长于佛理"，但以理推论，也未必没有追求"名人效应"之心理在发挥作用。这种追捧，很可能延伸到刘勰晚年。萧统（501—531）卒后，刘勰受命"与慧震沙门于定林寺撰经"，虽离开朝政中心，但已成社会闻人，请其"制文"者当仍不乏人，可推而知。而当初未出仕之前，刘勰声名不显，在时人眼中，他只不过一抄书之佣工而已，即使其本人"为文长于佛理"，但欲为人"制文"，其可得乎？要之，此时受追捧之刘勰，与撰写《文心雕龙》时之刘勰虽同为一人，而处境则今非昔比，时间亦前后迥异。今人或以此为据，力证《文心雕龙·原道》所"本"为"佛道"，似乎刘勰自"依沙门僧祐"时即已皈依佛教，真乃大谬不然也。

六、关于"文集行于世"

刘勰有无《文集》行世，争议颇多。李延寿（初唐史学家，生卒年不详）《南史·刘勰传》即删去此语。当然《南史》乃删节南朝各史而成，鲁莽割裂，在所不免，《刘勰传》中删去者即不仅此

---

① 魏伯河：《〈文心雕龙〉书名命意之我见》，《现代语文》（学术综合版）2017年第3期。

语,此不深论。但作为文学传记,若果有文集,则不宜删减;应当是李氏因未见此书,故而笔削。检与《梁书》同时撰成之《隋书·经籍志》及各代目录学著作中,均无关于刘勰另有《文集》的著录,则或可证明刘勰除《文心雕龙》及少量佛学文字之外,别无《文集》传世。退一步说,或许其生前曾有《文集》,但最迟在陈代即已亡佚,并没有流传下来。

近年有力争《刘子》一书为刘勰所撰者,意指此《文集》即《刘子》。姑不论《刘子》与《文心雕龙》一样,是自成体系之专书,视为《文集》,是否恰当;仅就两书水平、价值而论,即不相伦类。笔者读过《刘子》其书,感觉其中虽有若干采掇、发挥刘勰《文心雕龙》词句、观点之处,不无片言可采,而总体观之,则适如南宋黄震(1213—1281)《黄氏日抄》卷五十五所云:"往往杂取九流百家之说,引类援事,随篇为证,皆会粹而成之,不能自有所发明,不足预诸子立言之列。"①笔者无意考证《刘子》是否确为北齐刘昼(514—565)所撰,但谓其出自刘勰之手,则难以接受。据论者称,该书为刘勰晚年所作,笔者认为其不能成立者至少有四:其一,刘勰早年能作出"体大思精"之《文心雕龙》,何以晚年水准每况愈下、不能后出转精?其二,刘勰晚年已趋归佛教,何以会作出这样一部儒道兼容的"杂拌"之书?其三,刘勰本来就是把《文心雕龙》作为"自开户牖"的子书来创作的②,且已因此而为世人所知,从主观动机或现实需要来说,其晚年有何必要再撰写这样一部等而下之的作品?其四,刘勰晚年奉敕于定林寺撰经,证功毕即"乞求出家","未期年而卒",如何有时间、精力撰著此书?凡此种种,如不能作出有说服力的解释,

① [南宋]黄震:《黄震全集》第5册,杭州:浙江大学出版社,2013年、第1758页。
② 魏伯河:《论〈文心雕龙〉为刘勰"树德建言"的子书》,《福建江夏学院学报》2018年第2期。

而非要为刘勰争取《刘子》的著作权，在笔者看来，既是不可能的，也是不必要的。因为《刘子》对于刘勰，增之无益，去之无损，刘勰之历史地位，本不待《刘子》而加崇也。

笔者以上所述浅见，管窥锥指，未必有当。但野叟献曝，出于至诚，故愿就正于大方之家。

（原载《枣庄学院学报》2019 年第 1 期）

论《文心雕龙》为刘勰"树德建言"的子书

刘勰的《文心雕龙》，是我国古代文学理论的巅峰之作。此书的问世，属于魏晋以来文学逐步自觉的时代产物。但这只是后人尤其今人的认识，与刘勰的初衷并不一致且相距甚远。如果用陈寅恪（1890—1969）先生"对于古人之学说，应具了解之同情"的态度，细读《序志》，兼顾全书，进入刘勰的语境乃至心境，深入体察"其持论所以不得不如是之苦心孤诣"①，就会发现，刘勰的本意，其实是要写一部子书。而且他的《文心雕龙》，从内容到体例，也完全符合子书的要求。前贤今人论著对此已有所涉及，但大多点到为止，未能引起重视和进一步探讨。而这一点，对全面认识刘勰其人和《文心雕龙》其书事关重大，决非无关宏旨，故而尚有进一步申论之必要。

一、刘勰的本意是写一部子书

在《序志》中，刘勰对《文心雕龙》的写作动机和选题、定体的过程，本来都有比较明确的交代。如能细读原文，总体把握，还是不难进窥其独特"用心"的。要之，就本书的作意即写作动机而言，用我们今天的话来说，他并非要写作一部《文章作法》之类的实用读本（与其抱负不符），也不是要写一部《文学概论》之类的学科专著（因为那时还没有此类观念），而是要写一部通过"论文"来"述道见志"进而"树德建言"的书。他之所谓"文"，不是我

---

① 陈寅恪：《金明馆丛稿二编》，北京：生活·读书·新知三联书店，2015 年，第 279 页。

们今天所说的"文学"，而是以"圣贤书辞"为代表的所有"文章"，其范围接近于整个的学术文化。他写作这部书，不是来自任何机构或个人的委托或要求，纯属"自选课题"，当然是"有所为而发"的。而其"所为"，他说得很明确，就是要"树德建言"。

刘勰在《序志》篇里写道：

> 夫宇宙绵邈，黎献纷杂；拔萃出类，智术而已。岁月飘忽，性灵不居；腾声飞实，制作而已。夫肖貌天地，禀性五才，拟耳目于日月，方声气乎风雷；其超出万物，亦已灵矣。形同草木之脆，名逾金石之坚，是以君子处世，树德建言。岂好辩哉？不得已也。①

我们知道，刘勰写作此书时，年逾而立，血气方刚，既有岁月飘忽、时不我待之急切，又有睥睨天下、目无余子之自负。但是，在特别讲究出身门第的中古时代，他作为普通士子，不可能享受世卿世禄的特权；而且由于少孤家贫，成为一介布衣，几乎失去了所有的上升之阶。孑然一身、两手空空的他，仅有的资本，就是胸中的志向和才学；其可以发抒之地，只剩下了著书立说一途。通览全书可以发现，除了这里所说的"君子处世，树德建言"之外，在《程器》篇里，他曾宣称："君子藏器"，"待时而动"。②而在《诸子》篇的赞里，他则这样写道："丈夫处世，怀宝挺秀。辨雕万物，智周宇宙。立德何隐？含道必授。条流殊述，若有区囿。"③刘勰显

---

① ［梁］刘勰著，戚良德辑校：《文心雕龙》，上海：上海古籍出版社，2015年，第286页。

② ［梁］刘勰著，戚良德辑校：《文心雕龙》，第282页。

③ ［梁］刘勰著，戚良德辑校：《文心雕龙》，第109页。

然是以"君子""丈夫"自任的，他决不甘心于平庸：既然通过长期的苦学，自己已经"怀宝"，"藏器"，当然应该"待时而动"，力争早日"挺秀"于世。他自信有"辨雕万物，智周宇宙"的能力，按照"立德何隐？含道必授"的信念，他决心要写作一部书——一部"条流殊述，若有区囿"、不同凡响，可以让他一鸣惊人的大书，借以引起时人乃至最高统治者的关注和青睐，进而改变自己的社会地位。他的写作，是"情动于中而形于言"，即"为情而造文"，属于"发愤著书"，而决非无病呻吟、为文造情的。

但是写什么题材的书呢？按他长期形成的尊圣、崇儒观念，还有"执丹漆之礼器，随仲尼而南行"的梦境的启示，他认为著书立说应该以"敷赞圣旨"为正道，而"敷赞圣旨，莫若注经"。可是这条路已经行不通了：因为"马郑诸儒，弘之已精，就有深解，未足立家"。怎么办呢？他想到了自幼浸润其中，且自认为颇有造诣的"文章"："唯文章之用，实经典枝条，五礼资之以成，六典因之致用，君臣所以炳焕，军国所以昭明。"① 这样看来，写一部"论文"的著作，也是可以"敷赞圣旨""树德建言"的！联想到当时文坛的种种弊端，他愈发感到应该写作这样一部书。而凭借这样一部书，也足以实现其"立家"（即自成一家）的心愿。

可是，专门"论文"的著作，自魏晋以来，已经有不少了。如刘勰所说"详观近代之论文者多矣：至于魏文述《典》，陈思序《书》，应玚《文论》，陆机《文赋》，仲洽《流别》，宏范《翰林》"等等，林林总总，不一而足。既然如此，还有必要进行新的创作吗？通过"论文"还能够实现"立家"的目的吗？但刘勰审视后很快发现：前人的这些著作，"各照隅隙，鲜观衢路。或臧否当时之才，或铨品前修之文，或泛举雅俗之旨，或撮题篇章之意。魏《典》密而不周，

① ［梁］刘勰著，戚良德辑校：《文心雕龙》，第286页。

陈《书》辩而无当，应《论》华而疏略，陆《赋》巧而碎乱，《流别》精而少功，《翰林》浅而寡要。又君山、公幹之徒，吉甫、士龙之辈，泛议文意，往往间出，并未能振叶以寻根，观澜而索源；不述先哲之诰，无益后生之虑。"①他认为：前人的这些论著，固然开辟了"论文"的道路，成为可资利用的材料；但他们的种种不足，留下的巨大空间，恰恰是自己的用武之地。尤其是上述论著，大都"适辨一理"，不能"博明万事"；往往"铨序一文"，而不能"弥纶群言"。从内容说，都是就文谈文的（"不述先哲之诰"）；从体制说，都缺乏宏大的规模和气魄（"各照隅隙，鲜观衢路"）；从效果说，都是不能挽救文坛颓风的（"无益后生之虑"）。自己要写的这部书，应该超越他们、后来居上，写成一部以"论文"为主要内容，但能上承道—圣—经（即"镕铸经典""敷赞圣旨"），下涉每一种文类、每一家学术和写作中每一个重大问题（即"条流殊述""弥纶群言"）的书，来集其大成。这样的一部书，一定能远迈前贤，轰动当世，悬诸日月，炳耀千秋！

选题确定之后，就要考虑作品体类选择，即写成一部怎样的书的问题。刘勰对所有各种文类素有研究。在各中文类中，他显然觉得只有子书才能和他如此宏大的愿望和重大的题材相适应。请看《诸子》篇里，刘勰对子书的总体认识：

> 诸子者，述道见志之书。太上立德，其次立言。百姓之群居，苦纷杂而莫显；君子之处世，疾名德之不章。唯英才特达，则炳曜垂文，腾其姓氏，悬诸日月焉。②

---

① ［梁］刘勰著，戚良德辑校：《文心雕龙》，第286—287页。
② ［梁］刘勰著，戚良德辑校：《文心雕龙》，第108页。

现在看来，这样的表述，既是对子书重要地位的标举，又何尝不是他写作目的的自然流露？他显然是认为，子书，只有子书，才能容纳作者丰富的思想，会通学术之道，显示作者的"英才特达"，也因而与自己的初衷吻合。尽管过去那些子书的作者有不少"身与时舛"，当时并未受到重用或尊崇，但因为"志共道申"，通过其著作实现了"标心于万古之上，而送怀于千载之下"，所以仍然能"名逾金石之坚"（"金石靡矣，声其销乎"）。基于这样的认识，他决定把自己"论文"的著作写成一部足以"立家"的子书，并且按照子书的要求来精心设计了《文心雕龙》全书的格局。

对刘勰的这番用意，清代以来不止一位学者已有所觉察和揭示。如清人纪昀（1724—1805）在《诸子》篇"标心于万古之上，而送怀于千载之下。金石靡矣，声其销乎"处加有批语云："隐然自寓"①。尽管纪昀在主编《四库全书》时仍把《文心雕龙》归入集部之"诗文评"类，但这条批语却足以证明他体察到了刘勰的初衷。晚清词人谭献（1832—1901）在其《复堂日记》中则明确判定："彦和著书，自成一子：上篇廿五，昭晰群言；下篇廿五，发挥众妙。"②刘咸炘（1896—1932）进一步指出："彦和此篇，意笼百家，体实一子。故寄怀金石，欲振颓风。后世列诸诗文评，与宋、明杂说为伍，非其意也。"③刘永济（1887—1966）也认为："彦和《序志》，则其自许将羽翼经典，丁经注家外，别立一帜，专论文章，其意义殆已超出诗义评之上而成为一家之言，与诸子著书之意同矣。彦和之作此书，既以子书自许，凡子书皆有其对于时政、世风之批评，皆可见作者本人

---

① ［梁］刘勰著，戚良德辑校：《文心雕龙》，第114页。
② 范旭仑、牟晓朋整理：《谭献日记》卷五，北京：中华书局，2013年，第105页。
③ ［梁］刘勰著，戚良德辑校：《文心雕龙》，第115页。

之学术思想，故彦和此书亦有匡救时弊之意。"① 程千帆（1913—2000）在《程氏汉语文学通史》一书中，明确提出了"《文心雕龙》一书可以说是刘勰的子书。……足以上追《吕氏春秋》，下启《文史通义》"②的观点。台湾学者王更生（1928—2010）"因为朝于斯，夕于斯，反复揣摩，愈觉得《文心雕龙》乃'子书中的文评，文评中的子书'"③。今人如周勋初（1929—　　）先生也明确指出："他（刘勰）要写作《文心雕龙》，藉以'树德建言'，并由此而'立家'，可知他的写作《文心雕龙》，是想完成一部子书。"④内蒙古师范大学教授万奇（1964—　　）也认为："就彦和写作的深层动因来看，他想把《文心雕龙》写成一部'子书'。"⑤台湾彰化师范大学国文系游志诚教授则指出："盖刘勰文心之作，乃刘勰以'子家自居'之志，畅论'为文之用心'。"⑥其他持此论者还有很多，不具引。诸家所说，是符合《文心雕龙》实际，也是深得刘勰"为文之用心"的。可惜均属点到为止，未予畅论，因而未能引起学界重视。学界对刘勰其人其书总体把握上，仍存在着程度不同的种种偏差。本文对刘勰写作动机和选材、定体过程的梳理还原，其针对性即在于此。

　　现在的不少人对《文心雕龙》是一部子书的观点之所以难以接受，甚至视为奇谈怪论，应该和以下因素有关：其一，历来诸子都被视为哲学思想类著作，其中还没有过专门"论文"的品种；其二，历来的目录学著作大都将其作为诗文评附于集部；其三，长期以来

① 刘永济：《文心雕龙校释》，北京：中华书局，1962年，第1页。

② 程千帆：《程千帆全集》第12册，武汉：湖北教育出版社，2001年，第97—98页。

③ 王更生：《文心雕龙研究》，台北：文史哲出版社，1979年，第133页。

④ 周勋初：《文心雕龙解析》，南京：凤凰出版社，2015年，第103页。

⑤ 万奇：《〈文心雕龙〉之书名、框架和性质今辨》，《内蒙古师范大学学报》（哲学社会科学版）2009年第2期。

⑥ 游志诚：《政事乎？文学乎？——〈文心雕龙·议对〉细读》，《中国文论》第一辑，上海：上海古籍出版社，2014年。

我们已习惯于将此书定性为"文学理论"或"文学批评"。尤其在我们今天看来，一部好的文学理论书，价值决不低于一部子书。因而许多人认为，辨别刘勰是否想写成一部子书、《文心雕龙》是否算一部子书，似乎没有多大意义。殊不知，在中国传统社会里，子书与诗文评（当时没有文学理论之类概念，在四库分类中，有关著作均归入"诗文评"，附于集部之末）二者的地位却是大有区别的。

在我国古人的心目中，纯粹的文人（即今天所说的文学家或文学批评家）属于"有文无质""雕而不器"（《程器》）者，历来是不被看重的，即便侥幸进入了宫廷里面成为皇帝侍从，也只能被"俳优蓄之"，故有所谓士子"一为文人，便无足观"之说。至于也有许多文士显身当时、扬名后世，往往是由于他们立有"一家之言"（即子书），而不是、至少不仅仅是由于其文学创作的成就。他们的学说，有的在当世即大行其道，实现了"奉时以骋绩"，在政事上有所作为；否则亦可"独善以垂文"，赢得身后名声。这样的人，才得以享有"梓材"或"桢干之士"的美誉。而成为那样的人才，恰恰是以"君子""丈夫"自命的刘勰的理想。而如果将其视为"有文无质""雕而不器"的纯文人，把他精心制作的《文心雕龙》视为单纯的文论，对刘勰来说，则不啻是一种侮辱！这样的感受，如果不深入其语境乃至心境，是很难体会的。刘永济先生在《程器》篇的校释中说："全篇文意，特为激昂，知舍人寄慨遥深，所谓发愤而作者也。乃后世视其书与文评诗话等类，使九原可作，其愤慨又当何如邪！"[1] 时隔千载，刘勰终于有了知音。

认为纯文学作品与子书相比地位悬殊这样的观念，属于古人长期以来的共识，也早已体现于魏晋以来的图书分类中。子书虽不能与经书相提并论，但一直是一个单独的部类，不仅一直高于集部，

---

[1] 刘永济：《文心雕龙校释》，第188页。

还曾一度高于史部。①而单纯论"文"的著作，从来都是被归入诗文评，附于以辞赋为主体的集部之末，其不被重视，自不待言。了解了这样的历史文化背景，就可以知道，刘勰是决不甘心自己用以"树德建言"的著作被作为"文论"或"诗文评"附于集部之末的。

二、《文心雕龙》符合子书的标准

那么，刘勰写成了一部子书没有呢？按照他所论述的子书标准加以检视，可以发现，《文心雕龙》是具备了子书的基本特征的。

第一，刘勰认为"诸子者，述道见志之书"。《文心雕龙》以"道—圣—经"为"文之枢纽"，以《原道》开篇，以"宗经"思想贯穿全书，显然是符合"述道"要求的。他认为前代子书"繁辞虽积，而本体易总：述道言治，枝条五经"②，而他的《文心雕龙》以宗经为旗帜，力倡"摛文必在纬军国，负重必在任栋梁"，"丈夫学文"必须"达于政事"（《程器》），写作任何文类都必须"进有契于成务"（《论说》），都是在"论文"的同时也在"言治"的。至于"见志"，全书及其各篇均主旨鲜明，许多观点在当时属于独到见解，不同流俗，令人耳目一新。而且刘勰在行文中，议论风发，笔端常带感情，作为庶族士子的"孤愤"常于行文中不经意间宣泄出来，其人生观点和个人情志鲜明地散见于全书各处。说明此书也是符合"见志"要求的。他评论前人子书，衡以儒家经典，认为"其纯粹者入矩，踳驳者出规"。所以他坚持摒弃"怪力乱神"等不经之谈，明显是以子书中的"纯粹者"自居的。

---

① 据《隋书·经籍志》，西晋秘书监荀勖开始对图书以四部别之：甲部包括六艺、小学等；乙部包括诸子百家、兵书、数术等；丙部包括史记旧事、皇览簿、杂事等；丁部包括诗赋、图赞、汲冢书等。至东晋秘书郎李充，则调整了乙、丙两部的次序；至魏徵等修《隋书·经籍志》，以经史子集代替甲乙丙丁四部之名。此后长期沿用，至清代修《四库全书》而集其大成。

② ［梁］刘勰著，戚良德辑校：《文心雕龙》，第108页。

第二，刘勰认为，子书在体例上应该是"条流殊述，若分区囿"的，为此他对全书的结构进行了精心的构思安排。他按照"大易之数"，确定全书正文为四十九篇；加上最后的《序志》，全书正好五十篇。其中，为了突出"宗经"的主张，他特别设计了前五篇"文之枢纽"。针对当时"去圣久远，文体解散"的弊端，他在上篇以二十篇的篇幅畅论各种文类，借以规范文章"体式"；为了解决写作中的种种问题，他在下篇用了二十四篇的篇幅从多个方面分别予以深入的探讨。从而完美地实现了"条流殊述，若分区囿"的追求。

第三，他认为子书与论文不同。在《诸子》篇里，他专门对子书和论文作了这样的辨别："博明万事为子，适辨一理为论"。刘勰写作的这部书，规模宏大，自然是不限于"适辨一理"，而是要"博明万事"，借以"述道见志"的。但"博明万事"应以"适辨一理"为基础。所以读者分览《文心雕龙》各篇，无不"适辨一理"；合观全书，则能"博明万事"。他的《原道》从天文、地文讲到人文，从伏羲讲到孔子，强调圣人经典"经纬区宇，弥纶彝宪，发挥事业，彪炳辞义"[①] 的巨大功能；而他的"论文"，固然是以"文"为论述对象，但并非就文论文；而且他之所谓"文"，是镕铸经典、会通子史的，范围广阔，已经接近于整个的文化学术。所以他才会有"辨雕万物，智周宇宙"的宏大期许。

第四，刘勰在《诸子》篇里，评论了历代子书的得失，实则为自己的著作树立了最高的标准。他要兼取各家之长，"得百氏之华采"，"览华而食实，弃邪而采正"，写出一部空前的子书类著作来。这一方面表现在，前人子书从无专门"论文"的，《文心雕龙》以"论文"为使命，属于和六国之前的诸子一样，是"自开户牖"的，有填补空白之功，而无两汉以后诸子的"类多依采"之弊。另一方面，

---

① ［梁］刘勰著，戚良德辑校：《文心雕龙》，第4页。

他的这部书不仅文士们读后可以得"为文之用心",而且由于其"文武之术,左右惟宜"(《程器》),从政者乃至治国者都可以从中受益。我们还应该看到,刘勰对前代诸子之书内容上、行文中的各种弊端,都在本书写作中有意进行了规避;例如对陆贾《新语》、贾谊《新书》之类"蔓延杂说"的缺点,就进行了矫正。他的"论文","体大虑周",紧紧围绕着中心展开,不枝不蔓,后出转精,在体制上达到了空前的完美。

有人反对《文心雕龙》是一部子书的观点,认为:"仔细通读全书,可以看出刘勰倾向于将《文心雕龙》归为'论'体,同时他又赋予它以独特的'论'体特征,即它是'弥纶群言,而研精一理'的。这一定义既不同于传统意义上的'论',也有别于战国、两汉时期的子书。"① 此说似是而非,有以偏概全之弊。刘勰明言:"原夫论之为体,所以辨正然否"(《论说》);《序志》里也说:"岂好辩哉,不得已也。"按照这样的标准来检视《文心雕龙》各篇,可以发现他正是致力于此。如此说来,认为"刘勰倾向于将《文心雕龙》归为'论'体",似乎是有根据的。但论者知其一未知其二,即按照古人的书籍分类,若干篇各自独立、斐然成章的"论",按照一定的逻辑关系组合起来,就不再是"论",而已成为"子"了。正是基于这样的认识,在《诸子》篇里,前代不少以"论"为名的书,如王符(约85—约163)《潜夫论》、崔寔(约103—约170)《政论》等,也被刘勰归入了子书之列。诚如论者所说,《文心雕龙》当然"有别于战国、两汉时期的子书",但它也"不同于传统意义上的'论'",何以就只能是"论"而不能是"子"呢?

---

① 凌川:《〈文心雕龙·序志〉篇新探》,《鲁东大学学报》(哲学社会科学版)2006年第4期。

三、认定《文心雕龙》为子书的现实意义

那么，在当今时代，确认《文心雕龙》是刘勰"树德建言"的子书有何意义呢？笔者以为，其现实意义至少有以下两点：

首先，揭示刘勰的初衷本来是要写成一部子书，而且分析认定《文心雕龙》符合子书的主要特征，对全面准确地认识刘勰其人是很有意义的。刘勰不满足于仅做"文"的评论者，更不甘于做"有文无质"的文人。他重文而不轻武，笃学而谙政事，强烈希望能在社会事业上有所作为，是一位志向远大、学富才高的优秀人才。他后来"出为太末令，政有清绩"①，不过是牛刀小试。可惜历史没有给他更多更好的施展机会，使他未能"奉时以骋绩"，其命运只能朝着由文人而僧人的轨迹滑行。但是他因为著有《文心雕龙》，实现了声名的不朽，则可以算是"独善以垂文"了。至于二十世纪以来，他被后人尊为中国古代最杰出的文论家，声名远播海内外，其影响甚至超过许多帝王将相，则决非刘勰当时所能想象，只能说是"失之东隅收之桑榆"了。有的文学传记之所以把刘勰写成了几乎百无一用的"书呆子"，正是由于在对刘勰形象的总体把握上出现了大的偏差。

其次，确认刘勰的初衷是要写一部子书，根本目的在于"树德建言"，借以改变自己的社会处境和地位，对把握全书的主旨也极有必要。应该看到，与这一根本目的相比，他在书中一再申明的"矫讹翻浅"，从写作目的来说，其实是第二位的。只是由于著书立说必须有破有立，种种文坛弊端因之被他作为纠弹的对象，屡屡言及，似乎成了直接目的。但究其实，他对文坛弊端的批评不过是借以"树德建言"的材料和工具而已，直接目的还是服务于根本目的的。对

---

① ［唐］姚思廉：《梁书·刘勰传》，北京：中华书局，1973年，第710页。

此如有总体的把握，则书中若干看似自相矛盾之处就可以豁然贯通。例如，多年以来，人们受纪昀评语的影响，把"齐梁文藻，日竞雕华"认作刘勰此书反对的主要对象；对书中关于文章形式美的大量研究和论述，认为是其"自相矛盾"，已经是很大的误解。至于由此进一步认为刘勰是在"标自然以为宗"，乃至把所谓"自然之道"作为刘勰所原之"道"，则误解更甚。这些都是后人用唐代以来古文家的眼光以今律古，而且没有认识到《文心雕龙》是刘勰的子书的产物，与刘勰本意则相去甚远。刘勰对当时文坛的现状，当然颇为不满，但他的矛头所向，并非"雕华"，因为他是笃信"古来文章以雕缛成体"的。所谓"雕华"，其实不正是"雕缛"吗？可以肯定地说，他的文学观与当时文坛的主流意见并无根本的不同。所以《文心雕龙》才能被当时的文坛宗主沈约（441—513）阅后"大重之，谓为深得文理，常陈诸几案"[①]。刘勰所反对的，乃如《序志》中所说，是"去圣久远，文体解散。辞人爱奇，言贵浮诡；饰羽尚画，文绣鞶帨：离本弥甚，将遂讹滥"[②]。其中的关键词，一是"文体解散"，即不符合文章要求的作品大量涌现；二是"离本弥甚"，即背弃了儒家历来倡导的文章写作经世致用的根本目的。正因如此，他采用大量的篇幅，畅论各种文类；并以原道—征圣—宗经作为论文纲领，力图返本开新。[③]

至于《文心雕龙》一书长期以来在图书著录中主要还是被视为诗文评，列入集部（亦有个别置于子部或史部者），到了现代更被视为文学理论、文学批评、文章作法之类的专著，很少有人将其作

---

① ［唐］姚思廉：《梁书·刘勰传》，第 712 页。
② ［梁］刘勰著，戚良德辑校：《文心雕龙》，第 286 页。
③ 魏伯河：《〈文心雕龙〉书名命意之我见》，《现代语文》（学术综合版）2017 年第 3 期。

为子书看待，自有其时代的、客观的原因。这些认识，固然与刘勰的初衷不合，但在笔者看来，却无须一定视之为"错误"。作为一部内容丰富的古代典籍，现代的许多学科和不同的学者都可以从中有所取资。就像刘勰《辨骚》篇里讲的后人对《楚辞》作品一样，"才高者苑其鸿裁，中巧者猎其艳辞，吟讽者衔其山川，童蒙者拾其香草"，是很正常的现象。而作为一部以"论文"为内容的重要古籍，今人在研究中国文论或古代作家作品时给予高度重视，更属理所当然，事出必然，无可非议。要之，刘勰想写成一部什么书、他最后写成了一部什么书、历史上别人把它看作什么书、我们现在把它看作什么书以及作何用途，这些方面是不应该也不必要强求一致的。不止是《文心雕龙》，即如同样的几部儒家经典，汉代以来历代学者就有过许多种不同的解释，当今学者也是言人人殊，这不仅是正常的，而且是必要的。正是在众说纷纭和无数次的争执辩难中，学术才得以发展，而某一权威自认为得了独家之秘、排斥各种异端的做法，却往往扼杀了学术的生命。适如德国汉学家沃尔夫冈·顾彬（1945—   ）所说："不存在什么人，被人理解一次，就能被人永远理解；没有什么高级的书，翻译一次，就永远不需要再翻译。我们需要不同的解释和译本，因为我们一直在经历着变化，我们反思的对象也随着我们在变化着。在这方面，没有什么最终和真实的理解或翻译，有的只是瞬间的理解和翻译。"① 此说虽有相对主义之嫌，但却有助于帮助人们从这样那样的牛角尖里解脱出来。

---

① ［德］沃尔夫冈·顾彬：《误读的正面意义》，王祖哲译，《文史哲》2005 年第 1 期。

《文心雕龙》书名命意之我见

关于《文心雕龙》一书的命名，刘勰在该书《序志》篇首有专门的解释：

> 夫文心者，言为文之用心也。昔涓子《琴心》，王孙《巧心》，心哉美矣夫，故用之焉。古来文章，以雕缛成体，岂取驺奭之群言雕龙也！ [1]

这既是书名释义，也反映出了刘勰为书命名的心路历程。不难设想，尽管刘勰写作此书的目的、全书的主要内容从动笔之始就已明确，但书名应该是在全书基本完成之后才确定下来的。这并非因为《序志》列在全书之后（古人的序言多置于书后），而是刘勰把此书作为其"树德建言"的子书来创作，寄望甚高（"文果载心，余心有寄"），故对书名特别重视。他希望自己的著作能成为"一家之言"，对当时的文化学术领域乃至全社会产生重大影响，并借以改变命运、得以永久流传，所以特别希望此书的名称能不同凡响。这样的想法，在他动笔之前和写作过程中，应该是一直在酝酿着的，但最终的确定，则应该是在全书告竣之时。由于担心读者因书名过于新颖而难晓其义，所以在《序志》里还特别做了一番"释名以章义"的工作。至于这看似颇为明了的一番解释，仍然给后代读者留下了

---

① ［梁］刘勰著，戚良德辑校：《文心雕龙》，上海：上海古籍出版社，2015年，第286页。

不小的困惑，大概是刘勰当时所始料未及的。

一、话题讨论现状

二十世纪八十年代以来，学者们对《文心雕龙》书名的含义进行了颇为热烈的讨论。先后发表有论文数十篇，其中影响较大者有：滕福海（1948— ）《文心雕龙这个书名是什么意思？》[1]、李庆甲（1933—1985）《〈文心雕龙〉书名发微》[2]、周勋初（1929— ）《〈文心雕龙〉书名辨》[3]等。至于各种专著中涉及这一话题的则更多，例如刘业超（1936—）《文心雕龙通论》一书中就设立专章，以 27 页的篇幅专门探讨这一问题[4]。但迄今为止，还没有哪一家的意见获得普遍认可。

当代的诸多解读者原来一般认为："文心"就内容说，"雕龙"就形式说，而且两者之间存在着某种矛盾。此类说法曾颇为流行。之所以如此，是大家普遍受西方文学理论的影响，由现代观念的先入为主造成的。许多年来，我们久已习惯于把一件作品分解为内容与形式两个部分，而且认为内容决定形式，形式只能为内容服务。这样的思维路径，当然不是全无道理，但到处套用却未必合适，而且和中国古人的观念有着相当的距离。与西方思维方式习惯于具体分析、长于解构不同，我国古人的思维方式习惯于整体把握、长于会通。我们的古人认为，总体固然可以区分为部分，但并非是部分的集合体。例如，一个人固然有脑袋、躯干、四肢、五脏等各个部分，但这些部分集合起来并不能成为一个有生命的人。同样道理，一篇

① 滕福海：《文心雕龙这个书名是什么意思？》，《文史知识》1983 年第 6 期。
② 李庆甲：《〈文心雕龙〉书名发微》，《文心雕龙学刊》第 3 辑，济南：齐鲁书社，1986 年。
③ 周勋初：《〈文心雕龙〉书名辨》，《文学遗产》2008 年第 1 期。
④ 刘业超：《文心雕龙通论》上册，北京：人民出版社，2012 年，第 276—302 页。

好的文章或一部好的著作，也必须是"风清骨峻，篇体光华"（《风骨》）、充满生气的，不容在任何方面出现不一致甚至矛盾、龃龉，更不要说是精心选取的书名了。现在不少人认识到"文心"与"雕龙"并非分别就内容、形式两方面说，而是就构思和美感两个方面而言。有人进而指出"文心"和"雕龙"属于两个层次："原创性的'文心'是一个层次，工匠般的'雕龙'是另一个层次。"①这当然颇有新意，也可以算一个进步。但论者以为书中"'文心'的论说混杂在'雕龙'的论说之中，而且，前者稀少，后者众多，我们必须在'雕龙'的砂石中找寻'文心'的珠玉"②，这样的解读把"文心"和"雕龙"划分为彼此分明的两种东西，并且分别视之为"珠玉"和"砂石"，则仍属用现代思维方式进行分析的产物，距离刘勰为书命名的初衷，还有不小的距离。

二、命名过程还原

陈寅恪（1890—1969）先生 1931 年 3 月在《冯友兰〈中国哲学史〉上册审查报告》中说：

> 凡著中国古代哲学史者，其对于古人之学说，应具了解之同情，方可下笔。盖古人著书立说，皆有所为而发。故其所处之环境，所受之背景，非完全明了，则其学说不易评论。而古代哲学家去今数千年，其时代之真相，极难推知。吾人今日可依据之材料，仅为当时所遗存最小之一部，欲借此残余断片，以窥测其全部结构，必须备艺术家欣赏古代绘画雕刻之眼光及精神，然后古人立说之用意与对象，始可以真了解。所谓真了解者，必神游冥想，

---

① 邵耀成：《文心雕龙这本书：文论及其时代》，北京：中国社会科学出版社，2014 年，第 4 页。

② 邵耀成：《文心雕龙这本书：文论及其时代》，第 3 页。

与立说之古人，处于同一境界，而对于其持论所以不得不如是之
苦心孤诣，表一种之同情，始能批评其学说之是非得失，而无隔
阂肤廓之论。①

　　笔者以为，陈先生此番高见，实具有跨越时空之普遍意义。不
仅是著中国哲学史者，我们阅读任何古籍，都应该像先生主张的那
样，对古人持有了解之同情，力求进入古人的语境乃至心境，与之
平等对话。倘能这样，对其用意，虽不能必至，亦庶几近之。所谓
知人论世，并不是一般性地翻阅某种读本、泛泛了解一下当时的时
代背景就足够的。因为许多年来，今人论著勾画的所谓"时代背景"，
往往不过是有色眼镜下的影像而已。例如萧梁文学，无疑是由萧衍
父子主导的，但学者们竟把他们区分出了所谓保守、激进和折中三
个派别（或集团）："梁武帝萧衍以及裴子野被认作保守派，或称'复
古派'；萧纲以及萧子显，当然还包括了他们身边的幕僚，属于激
进派，或称'新变派'；而萧统及其文学集团则被视为折中派，或
称'正统派'。在文学史家的笔下，以梁氏父子、兄弟为代表人物
的三个派别，似乎一直明里暗里在那里较劲。这样的场景，当然充
满了戏剧性，既符合固定的模式，也满足着人们的好奇心"②，以
致成了"共识"乃至"常识"。然而比照一下他们的作品，再考察
一下他们经常交往的文士，就会发现，他们其实只是一个文学集团，
所谓三派的划分不过出于今人的虚构。

　　刘勰在《知音》篇里说："夫缀文者情动而辞发，观文者披文

---

　　① 陈寅恪：《金明馆丛稿二编》，北京：生活·读书·新知三联书店，2015 年，
第 279 页。

　　② 魏伯河：《别具只眼看萧梁——读田晓菲〈烽火与流星〉》，《福建江夏学院
学报》2015 年第 6 期。

以入情。沿波讨源，虽幽必显。"①这可以视为读懂古籍、成为古人知音的必由之路。下面，就让我们以"对古人具了解之同情"的态度，从《序志》中刘勰的夫子自道入手，试着进行一番"沿波讨源"，看是否能达到"虽幽必显"的效果。此时此刻，我们不妨把自己当成刘勰，进入其当时的情境，推测他为本书命名，经历了怎样的心路历程。

为书取名，优先考虑的当然是让读者通过书名就可以知道这是一部什么书，即书的内容是什么，这就需要书名有很强的概括力。同时还要考虑怎样使书名精粹、新颖，让人易记而难忘。本书作为一部"论文"的著作，主要是研究怎样才能写出既"述先哲之诰"，又"益后生之虑"、能成为"经典枝条"、为社会所需要的各种体式的文章来，也就是刘勰所说的"为文之用心"。书写出来了，实至名归，才有利于读者循名责实。于是，他首先想到，可以把"为文之用心"浓缩成"文心"一词作为书名。他进一步发现，"文心"单独成词，文字压缩而文意增加，其含义就不仅是"为文之用心"了，还可以指称"文章之心"②，也就是文章的生命③。正好前人用"心"字作书名已不乏先例，如涓子《琴心》、王孙《巧心》等。既然如此，把这部书叫作《文心》，显然是顺理成章、恰到好处，而且也算不得突兀了。应该说，就揭示书的主旨而言，《文心》这个书名已经很不错了。读者顾名思义，就可以知道这是一部怎样的著作，而且

---

① ［梁］刘勰著，戚良德辑校：《文心雕龙》，第277页。

② 对此，包鹭宾（1899—1944）在《文心雕龙讲疏》中曾有所揭示。他说："'文心'一名，实含二义：言为文之用心，一也；言文章之心，二也。……为文之用心者，所以示作者以涂术言；文章之心者，所以抉文章之利病。盖斯二者，而后《文心》之义始足。"见《包鹭宾学术论著选》，武汉：华中师范大学出版社，2005年，第128页。

③ 钱穆先生指出："中国人言'心'，不指头脑言，亦不指心、肺言，乃指一总体心，实即是'生命'。"见《晚学盲言》上编《整体与部分》，北京：九州出版社，2011年，第2页。

也符合精粹、新颖的要求。

短暂的喜悦过后，刘勰感到，仅有"文心"二字，仍有"言不尽意"之憾。为什么呢？一则《文心》这个名字，虽有精致玲珑之美，而无博大宏阔之象，也未能涵盖全书内容。二则《琴心》《巧心》之属，本身都不是什么名著，所论皆"小道末技"；仅仅随在他们后面以"心"名书，只不过在以"心"为名的书籍系列里增加了一个品种，还不足以显现出自己这部书的独特价值和非同凡响。他认为，自己苦心孤诣完成的这部大制作，可不是《琴心》《巧心》之类所能比拟的。必须再增加相关的字眼，使其意蕴更加完满周备，并且能引人瞩目、过目不忘才行。

这时，他想到了"古来文章以雕缛成体"。"雕缛"，雕刻和彩饰，那都是需要特别用心、专心致志才能完成的，与文章写作呕心沥血的过程颇为相似；而且自己这部书"述道言治""弥纶群言"，对"古来文章"几乎无不涉及，书名应该体现出这样的意思。但怎样体现呢？把"雕缛"两个字直接加入书名，显然是不恰当的，因为形象不够生动，音节也不够响亮。这时，他联想到了战国时齐人驺奭被称作"雕龙奭"的典故。龙，是华夏民族共同敬仰膜拜的神物。"雕龙"与"雕缛成体"不仅意旨相关，而且更为形象生动。和画家画竹先须"胸有成竹"一样，作者"雕龙"时也必须"心有全龙"，这就和"文心"血脉贯通了。并且汉魏以来，"雕龙"早就成为文坛宗匠各种大制作的美称了[①]。例如蔡邕（133—192）《太尉乔玄碑阴》形容乔玄："威壮虓虎，文繁雕龙。"[②]范晔（398—445）《后汉书》

[①] 后来以"龙"名书者虽不多见，但自《文心雕龙》以后，以"龙"为大制作已逐渐成为共识。今人如语言学家王力，将其书斋命名为"龙虫并雕斋"，以"雕龙"指学术研究方面的大制作，而以"雕虫"指诗文小品之类的写作；其著作亦名《龙虫并雕斋文集》《龙虫并雕斋诗集》《龙虫并雕斋琐语》等，是其显例。

[②] ［清］严可均辑：《全后汉文》下册，北京：商务印书馆，1999年，第774页。

卷五十二《崔骃传·赞》则称："崔为文宗，世禅雕龙。"① 任昉（460—508）起草的《宣德皇后敦劝梁王令》里，也有称誉萧衍"辨析天口，而似不能言；文擅雕龙，而成则削稿"② 的说法。博览群书的刘勰对这些当然是熟悉的。既然如此，何不选取"雕龙"二字呢！"雕龙"与"文心"组合起来，正好可以全面准确地表达全书的意旨，涵盖从构思到写作的整个过程。

除此之外，刘勰选择"雕龙"，潜意识里应该还有与"雕虫"判然分别的用意。想当初，扬雄"少而好赋"，后来却"追悔于雕虫，贻诮于雾谷"（《诠赋》），刘勰认为：自己将来是不会有类似追悔的。因为，他自认"雕"的不是虫，而是龙，是能出神入化、拥有永久生命的龙！有了这部大制作，尽管自己"形同草木之脆"，却一定可以"名逾金石之坚"！刘勰之所以这样想，盖因自汉代扬雄以来，纯文学作品如辞赋之类的创作就被鄙之为"雕虫"，而"雕龙"则是与之相对的概念，泛指关乎军国大计和世道人心的各种文章。刘勰本书所论，上至儒家经传，下及各实用文体，将用以"纬军国""任栋梁"（《程器》），所以他自认为可以无愧"雕龙"之称，而不受"雕虫"之讥。

以上尝试还原了刘勰为书命名的心路历程。虽然除了《序志》中的介绍以外，没有更多直接的文本依据（因为刘勰没有留下"创作谈"之类文字）；但通览全文和全书，则可知决非向壁虚构。刘勰对自己的著作，是满怀自信并且颇为自负的。至于《序志》中也有"识在瓶管，何能矩矱"之类的谦辞，不过是例行的套语；实则如纪昀批语所说"自负不浅"③。他把自己的书命名为《文心雕龙》，

---

① ［南朝宋］范晔：《后汉书》，北京：中华书局，1965年，第1733页。
② ［清］严可均辑：《全梁文》下册，北京：商务印书馆，1999年，第447页。
③ ［梁］刘勰著，戚良德辑校：《文心雕龙》，第288页。

也把自己的深远寄托和宏大愿望注入了其中。他借鉴《琴心》《巧心》取"文心"二字，并非出于对二书多么崇拜，只是因为"心哉美矣"（不宜把这句话视为对二书整体的赞美，因为在这里主要是表达对其书名的赞赏；而且刘勰对"心"，自有其超越前人的独到认识）；他从"雕龙奭"的典故中撷取"雕龙"二字，目的当然也不在于贬抑或褒扬驺奭，而是由于"古来文章以雕缛成体"。也就是说，"文心"和"雕龙"的选择，虽然都和相关典故有关，但都经过了刘勰的提炼和改造，其意蕴也比原来要丰富得多；二者都是就全书总体而言，不能分解为内容和形式并与之分别机械对应。

刘勰的这一命名，的确是美的创造，历史也已经证明是成功的，不仅前无古人，而且鲜有来者。当代有的学者认为：书名"缀上'雕龙'二字，这不仅画蛇添足，而且简直是自相抵牾"[1]，实在是辜负了刘勰的一番苦心。至于《文章精义》《文章作法》之类的书名翻译，显然也是无法传达其匠心妙处的。

至于"岂取驺奭之群言雕龙也"句中的"岂"字，引起了后人有关刘勰对驺奭肯定还是否定的争论，恐怕也是出乎刘勰所料的。我们的思维习惯，长期以来受二分法的影响，总是喜欢或习惯于在对立的两极中作非此即彼的选择，肯定和否定都被绝对化。实则两极之间还有大量的中间地带，在这些中间地带里，肯定并非是毫无保留，否定也并非完全摒弃。即以此句而论，如前所说，自然出于驺奭的典故，但还和汉魏以来以"雕龙"为美的重大制作，以及"雕龙"与"雕虫"的对比都有关系。所以，将此句理解为"难道不是"或"难道是"都不够准确；如果理解为"难道只是"，即"不仅仅是"，才可能是符合刘勰的本意的。

---

① 张国光：《〈文心雕龙〉能代表我国古代文论的最高成就吗？》，《古代文学理论研究》第四辑，上海：上海古籍出版社，1981 年。

三、相关问题释疑

不少人认为《文心雕龙》书名中加入"雕龙"二字，似乎与全书主旨不符，并将其视为刘勰的"自相矛盾"。这其实与人们多年来对全书主旨把握的偏离有关。多年来，学界受纪昀评语的影响，把"齐梁文藻，日竞雕华"认作刘勰此书反对的主要对象，已经是很大的误解。至于由此进一步认为刘勰是在"标自然以为宗"①，乃至把所谓"自然之道"作为刘勰所原之"道"，则误解更甚。这些都是后人用古文家的眼光以今律古的结果，与刘勰本意相去甚远。刘勰对当时文坛的现状，当然颇为不满，但他的矛头所向，却并非"雕华"，因为他是笃信"古来文章以雕缛成体"的。所谓"雕华"，实即"雕缛"。在刘勰的表述中，经常变换其辞，谓之"雕琢"（《原道》："雕琢性情"、《情采》："雕琢其章"）、"雕蔚"（《正纬》："采其雕蔚"）、"雕采"（《明诗》："各有雕采"）、"雕画"（《诠赋》："蔚似雕画"、《风骨》："雕画奇辞"）、"刻镂"（《神思》："刻镂声律"）、"辨雕"（《诸子》"辨雕万物"、《情采》："藻饰以辨雕"）等，都属同义或近义词。《文心雕龙》下篇如《声律》《丽辞》《章句》《事类》《夸饰》《练字》甚至《附会》《总术》《物色》等篇，都是侧重于研究如何"雕缛"、亦即如何"雕龙"的专篇论述。还应注意《诸子》篇赞里所说："丈夫处世，怀宝挺秀；辨雕万物，智周宇宙。"可见他是把"辨雕万物"与"智周宇宙"同样视为丈夫处世大有作为的必备条件的。即便是《体性》篇里所说"童子雕琢，必先雅制"，也决非轻视"雕琢"之意，只不过是将其作为"学习写文章"的代名词；而由此更可发现，在他心目中，写文章本来就是"雕琢"之事。在这方面，可以肯定地说，他的文

---

① ［梁］刘勰著，戚良德辑校：《文心雕龙》，第6页。

学观与当时文坛的主流意见并无根本的不同。所以《文心雕龙》才能被当时的文坛宗主沈约（441—513）阅后"大重之，谓为深得文理，常陈诸几案"①。他所反对的，乃如《序志》中所说，是"去圣久远，文体解散，辞人爱奇，言贵浮诡，饰羽尚画，文绣鞶帨，离本弥甚，将遂讹滥"。其中的关键词，一是"文体解散"，即不符合文章要求的作品大量涌现，所以他以很大篇幅论述各种文类，借以规范其"体式"；二是"离本弥甚"，即背弃了文章写作经世致用的根本目的，所以他要追本溯源，坚定地把"宗经"作为自己的旗帜②。需要特别指出的是，他并没有把经世致用的功能与"雕缛"对立起来，而是从经书里为"雕缛"找出了若干依据（参见《丽辞》《夸饰》《事类》等各篇）。否则，《文心雕龙》不会用流行的骈文写就——今天看来，何啻于戴着脚镣跳舞？——更不会用"雕龙"名书。明白了这一点，所谓刘勰"自相矛盾"的问题就涣然冰释了。

至于书名的结构，也颇有争议，多数论者认为是偏正结构。周勋初先生则指出："《文心雕龙》这种标题方式，采取的是骈文的标准格式，根据时人的文学观念，对举成文。"③笔者认为，这样的判断是正确的。刘勰在《丽辞》篇中说："造化赋形，支体必双；神理为用，事不孤立。夫心生文辞，运裁百虑，高下相须，自然成对。"该篇的"赞"里又说："体植必两，辞动有配。左提右挈，精味兼载"。他的整部《文心雕龙》用骈文写成，其书名又是经过精心构思的，"文心"与"雕龙"之间自不容畸轻畸重，不相协调。如果像李庆甲所说"它们之间是主从关系，不是并列关系"；"'雕龙'二字

① ［唐］姚思廉：《梁书·刘勰传》，第712页。
② 魏伯河：《正本清源说"宗经"——兼评周振甫先生的有关论述》，《中国文论》第三辑，上海：上海古籍出版社，2016年。
③ 周勋初：《〈文心雕龙〉书名辨》，《文学遗产》2008年第1期。

在书名中处于从属地位，它为说明中心词'文心'服务。如果串讲，'文心雕龙'四个字的意思就是：用雕刻龙文那样精细的功夫去分析文章写作的用心"[①]；或者像刘业超那样，把"雕龙"看作动词（没有注意到其作为动宾短语已经名词化），然后把"文心"与"雕龙"视为"状谓结构"，将书名解读为"凭借为文用心，进行美的制作"[②]等等。诸如此类的现代化解释，不啻是指摘刘勰在命名时犯了偏枯之病，肯定不为刘勰所接受。

或者要问："文心"与"雕龙"之间既然是"对举成文"，何以前者为偏正结构，后者为动宾结构，岂非属对不工？对此，我们不应该忘记，齐梁之时，声律对偶虽然获得空前的发展，但尚未发展到近体诗的阶段。《文心雕龙》属典范的骈体文，但其中大多数对句，都属于宽对，骈散结合者亦时或有之，也是相同的原因。就当时而论，"文心"与"雕龙"都属于名词化了的短语，二者第一次紧密结合在一起，如珠联璧合，可谓妙手偶得而又独一无二，这已经足够了。

或者要问："文心"与"雕龙"既然都是就全书而言，二者岂非叠床架屋？其实不然。如前文所尝试还原的命名过程，可知书名镕入"雕龙"二字，刘勰有其深刻的用意；而这些用意，不是"文心"二字所能完全涵盖的。要之，"文心"与"雕龙"，文辞上虽属对举成文，但文意上却是一非二，反映的是文章写作从构思到成文的全过程。如果强为区别，可以说，二者之中，"文心"以表意为主，侧重于构思层面；"雕龙"以具象为主，侧重于制作层面。但二者密不可分，"文心"必待"雕龙"，"雕龙"必有"文心"。因为未经"雕龙"之"文心"，只是意念或遐想，不成其为"文"；

---

① 李庆甲：《〈文心雕龙〉书名发微》，《文心雕龙学刊》第3辑。
② 刘业超：《文心雕龙通论》上册，第296页。

而没有"文心"之"雕龙",则不能成为有生命的活龙。二者经过组合镕铸,便成为一个浑然一体、不可分割的美的创造,彼此互为条件,互相支撑,相辅相成,意象圆融,其意蕴已远大于两者之和。我们对其更应该以欣赏的态度加以理解,而不宜用现代的、西方的概念或习惯硬性解构。

（原载《现代语文》学术综合版 2017 年第 3 期）

刘勰文学发展观述论

——兼答韩湖初先生对"商周文学顶峰论"的否定

作为一部全面"论文"的专著,《文心雕龙》对古往今来直至刘宋时期"文"的发展有过多方面深入的论述。这些论述,既体现了刘勰对"文"的发展规律的把握,又可发现他评判各个时代和作家作品的依据。他这方面的思想,用今天的流行语表述就是他的文学发展观。他的文学发展观虽然内涵和外延与今人颇有异同,不宜不加区别地混用,但毕竟是其有关"文"的思想的重要组成部分,也是考察其文学观念的重要内容,应予高度重视。本文试对这一问题作简要阐述。

一、"文学"概念的古今差异

在今日之中国谈论古人的文学发展观,有一些概念是必须首先厘清的。因为今日之"文学",包括诗歌、散文、小说、戏剧等门类作品的创作与研究,而在人文社科学术研究领域里,又把创作排除在外,变得更加狭窄。而古人之所谓"文学",所对应的社会领域要比今日宽泛得多。在《论语》中,孔子列举门下得意门生"四门十哲"有云:"文学:子游、子夏。"① 所谓"四门",指的是孔门四科,即文、行、忠、信四个方面的学问。而所谓"十哲",是指分别具有这四个方面学问的十位优秀学生。按孔子的评价,子游、子夏是"文学"方面最出色的。但如果今人以为子游、子夏擅长于今之所谓文学创作或研究,是当时最杰出的文学家,却属望文

① 杨伯峻:《论语译注》,北京:中华书局,1980年,第110页。

生义。因为那时所谓"文学",指的是文献知识,包括了当今文学、历史、哲学、政治制度等诸多方面的文献知识。子游、子夏在文学方面受到好评,只是说他们在文献知识方面比其他同学掌握得更多更好而已。随着时代的发展,传统社会"文学"的概念不断发生着一些变化,但直到清末以前,所谓"文学"也没有和哲学、历史等划清疆域,与当今之文学仍相去甚远。因此,在刘勰写作《文心雕龙》的时候,"文学"的概念自然不会和当今之所谓"文学"相等。刘勰所论的是"文",这个"文"里面包括了今日之"文学",但还包括当今之所谓"文学"之外的许多东西,这是只要看一下从《明诗》到《书记》20 篇"论文叙笔"的内容就可以清楚的。章太炎先生早年在日本讲演《文心雕龙》时评论说:"《文心雕龙》于凡有字者,皆谓之文,故经、传、子、史、诗、赋、歌、谣,以至谐、讔,皆称谓文,唯分其工拙而已。此彦和之见高出于他人者也。"①钱锺书先生认为:中国传统文化中"'文学'所指甚广,乃今语之'文教'"②。戚良德先生也认为:"自古以来,我们的'文学'指的主要就是关于'文'的学问。"③"在《文心雕龙》和中国古代文论中,'文学'一词与现代文艺学的'文学'完全不同,而'文章'才大约相当于我们今天所谓'文学作品'。"④魏晋南北朝时期,尽管如鲁迅先生所说,已经进入了"文学的自觉时代"⑤,但其所

---

① 《章太炎讲演〈文心雕龙〉记录稿》,周兴陆编:《民国〈文心雕龙〉研究论文汇编》,上海:东方出版中心,2021 年,第 80—81 页。

② 钱锺书:《管锥编》第三册,北京:生活·读书·新知三联书店,2007 年,第 1870 页。

③ 戚良德:《〈文心雕龙〉与中国文论》,北京:中国书籍出版社,2017 年,第 20 页。

④ 戚良德:《〈文心雕龙〉与中国文论》,第 1 页。

⑤ 鲁迅:《魏晋风度及文章与药及酒之关系》,《鲁迅全集》第 3 卷,北京:人民文学出版社,2005 年,第 523 页。

谓"自觉"，只是与其前面的历史阶段相比较而言，并不意味着那时人们对"文学"的认识与现代一致。正如美国阐释学家赫希所说：作者的本意为意义，读者的理解为会解，意义是固定不变的，而会解则常常是别有所解，意义"可以有多种不同的有效解释，但是它们全都必须在作者的意思所允许的'种种典型的期待与可能性这一系统'之内活动"①。我们当然可以对古人的成说作各种现代性解释，但在评判古人成说的本来价值的时候，还是不应该违背古人的本意。

与之相应，包括刘勰在内的古人之所谓"文学发展观"，和现代人的"文学发展观"也不会一致。我们试读一下刘勰的《时序》《通变》等篇，就会发现，他之所谓"文学发展"，与我们今天文学史上的"文学发展"概念所指颇有出入。例如：

> 春秋以后，角战英雄，六经泥蟠，百家飙骇。方是时也，韩魏力政，燕赵任权；"五蠹""六虱"，严于秦令；唯齐、楚两国，颇有文学。齐开庄衢之第，楚广兰台之宫，孟轲宾馆，荀卿宰邑，故稷下扇其清风，兰陵郁其茂俗。邹子以谈天飞誉，驺奭以雕龙驰响，屈平联藻于日月，宋玉交彩于风云。观其艳说，则笼罩《雅》《颂》，故知晔烨之奇意，出乎纵横之诡俗也。②

在我们今天看来，在"颇有文学"的齐、楚两国，只有"屈平联藻于日月，宋玉交彩于风云"是和当今之所谓"文学"直接有关的。而"孟轲宾馆，荀卿宰邑，故稷下扇其清风，兰陵郁其

---

① ［英］特雷·伊格尔顿：《二十世纪西方文学理论》，伍晓明译，北京：北京大学出版社，2007年，第65页。

② ［梁］刘勰著，戚良德辑校：《文心雕龙》，上海：上海古籍出版社，2015年，第251页。

茂俗，邹子以谈天飞誉，驺奭以雕龙驰响"云云，只是当时百家争鸣的文化现象。在今日看来，并不属于严格的"文学"的范畴。不属于"文学"的范畴，何以要纳入论"文学发展"的篇章加以论述？如果以此责问刘勰，他是肯定不会接受的。因为他之所谓"文"或"文学"，本来就是包括这些在内的。质言之，他之所谓"文学发展"，事实上指的是学术文化的发展变化。今天的研究者如果用当今之"文学"以及"文学发展"的概念去对号入座，往往不得其门而入。

厘清了古今"文学"概念的异同之后，就会发现，只有立足于传统的"文学"概念，才可以比较准确地认识刘勰的文学发展观。今人切忌把古今"文学"视为一物，混同使用。

二、刘勰的文学发展观

古人之所谓"文学"既与当今之"文学"有异，其"文学发展"也必然与当今之"文学发展"有所不同。其主要之点，就是古代之"文学发展"是指整个的文化学术的发展变化，其中包括文学，也与其他的学术文化、政治制度密不可分。刘勰对文学发展当然有自己的基本看法，作为一部系统"论文"的专著，《文心雕龙》也必然包含了关于文学发展的论述。那么，刘勰的文学发展观是怎样的呢？

（一）刘勰的文学发展观受制于经学思维

刘勰认为："文律运周，日新其业。变则其久，通则不乏。"[①]就是说，他认识到"文"是不断发展变化的。但这种变化是如何发生的，为什么会持续发生呢？

在《通变》篇，刘勰这样描述文学的发展变化：

---

① ［梁］刘勰著，戚良德辑校：《文心雕龙》，第186页。

> 是以九代咏歌，志合文则：黄歌"断竹"，质之至也；唐歌"在昔"，则广于黄世；虞歌"卿云"，则文于唐时；夏歌"雕墙"，缛于虞代；商周篇什，丽于夏年。至于序志述时，其揆一也。暨楚之骚文，矩式周人；汉之赋颂，影写楚世；魏之篇制，顾慕汉风；晋之辞章，瞻望魏采。榷而论之，则黄唐淳而质，虞夏质而辨，商周丽而雅，楚汉侈而艳，魏晋浅而绮，宋初讹而新：从质及讹，弥近弥澹。何则？竞今疏古，风末气衰也。今才颖之士，刻意学文；多略汉篇，师范宋集：虽古今备阅，然近附而远疏矣。夫青生于蓝，绛生于蒨；虽逾本色，不能复化。桓君山云："予见新进丽文，美而无采；及见刘、扬言辞，常辄有得。"此其验也。故练青濯绛，必归蓝茜；矫讹翻浅，还宗经诰。斯斟酌乎质文之间，而櫽栝乎雅俗之际，可与言通变矣。①

在这一论述中，刘勰抓住"文"与"质"的变化这一要点，对历代"文学"的发展变化做了最简要而明确的总结。在《时序》篇里，他也说"时运交移，质文代变"②。可知他对文学的把握十分重视"文"与"质"这一要素。他认为："榷而论之，则黄唐淳而质，虞夏质而辨，商周丽而雅，楚汉侈而艳，魏晋浅而绮，宋初讹而新：从质及讹，弥近弥澹。"就是说，商周之前的文学，主要特点是过于质朴，而文采不够，但却是一步步向着雅丽的方向发展的；商周之后的文学，文胜于质，由楚汉的侈艳到魏晋的浅绮再到宋初的讹新，呈现出"弥近弥澹"的总体趋势。原因何在呢？就在于后世文人"竞今疏古，风昧气衰"，"近附而远疏"。刘勰认为，只有商周时期的文学，才符合"雅丽"的标准。而雅丽，恰恰是刘勰所认定的最佳的文学

---

① ［梁］刘勰著，戚良德辑校：《文心雕龙》，第185页。
② ［梁］刘勰著，戚良德辑校：《文心雕龙》，第251页。

形态。因此，当今文士要写出好的文章，必须"矫讹翻浅，还宗经诰。斯斟酌乎质文之间，而隐括乎雅俗之际"。笔者在《正本清源说"宗经"——兼评周振甫先生的有关论述》一文中，分析认为："对偏于质朴的黄唐虞夏之文，刘勰并不怎样崇拜，但他把它们看做到达商周丽雅之义的必经阶段；对楚汉至宋初的由'侈艳'发展到'讹新'的文学，刘勰也都程度不同地表示了不满，尤其对于近代文学的弊端更是深恶痛绝，这并且成为他写作《文心雕龙》的主要动机之一。他认为最理想的是以经书为代表的商周之文，这是中国文学发展的顶峰。在此之前，文学走的是上坡路，在此之后，则逐步走的是下坡路了。如果参照《时序》篇比较详细的论述，可以进一步看到，刘勰尽管承认商周之后文学发展中又出现过几个高峰，如战国文学、西汉文学、东汉中期文学、建安文学、西晋文学等，但却认为无论任何时代在总的成就上都未能超越商周。"[①]需要说明的是，笔者的《正本清源说〈宗经〉》一文初稿写成于 1985 年，后来因研究中辍，30 多年后才公开刊发于《中国文论》。也就是说，认为刘勰文学发展观中存在着"商周文学顶峰论"，是我 30 多年前研读《文心雕龙》得到的印象。2016 年本文发表之前，对原文做了系统修订，但对这一点则仍之未改，说明这一观点 30 多年间从未发生变化。因为无可否认，刘勰最崇尚的是雅丽之文，而这种雅丽之文他又认为仅在商周（偏义复词，偏重在周）时期出现，所以，用现代语称他的文学发展观中存在"商周文学顶峰论"，并不存在任何问题。

经过近几年的研究，我对这一问题的认识又有所深化。在后来所写《二元对立思维模式的困境——对〈文心雕龙·辨骚〉"博徒""四

---

① 魏伯河：《正本清源说"宗经"——兼评周振甫先生的有关论述》，《中国文论》第三辑，上海：上海古籍出版社，2016 年。

异"争议的反思》①、《论刘勰的经学思维》和《论刘勰崇实黜虚的学术价值取向——从纪昀的一条评语说起》② 等文中，我对刘勰何以宗经崇儒的原因作了较为深入的探讨。其主要之点，是揭示出了中国传统社会"以经为纲"的历史真相，经学思维方式对中国历代文人学者影响之深远，"经过了两千多年的历史积淀，历来的中国文人士大夫乃至匹夫匹妇，鲜有不直接间接受经学思维方式影响者。无论遇到什么事情，人们总是习惯于到以往的经典中去寻找一个根据或说法，就连那些有一定创新意识和能力的思想家们，也总是借助重释以往的经典来阐述自己的思想"③。刘勰对孔子及其学说十分推崇，他之"论文"，就是在征圣、宗经思想的指导下进行的。他认为，"征之周孔，则文有师矣"。在他的心目中，五经是"文"最高的典范，"鉴周日月，妙极机神；文成规矩，思合符契。或简言以达旨，或博文以该情，或明理以立体，或隐义以藏用"④。"经也者，恒久之至道，不刊之鸿教也。故象天地，效鬼神，参物序，制人纪，洞性灵之奥区，极文章之骨髓者也。""义既埏乎性情，辞亦匠于文理，故能开学养正，昭明有融。然而道心惟微，圣谟卓绝，墙宇重峻，而吐纳自深。譬万钧之洪钟，无铮铮之细响矣。"⑤因之五经被他视为"文"的源头和标杆。通观《文心雕龙》全书，刘勰对五经称颂至无以复加，而绝无片言只语的不满。他对历代作家作品有不少赞语，但总体评价却没有哪一家超过五经。而五经是

---

① 魏伯河：《二元对立思维模式的困境——对〈文心雕龙·辨骚〉"博徒""四异"争议的反思》，《社会科学动态》2020 年第 3 期。

② 魏伯河：《论刘勰崇实黜虚的学术价值取向——从纪昀的一条评语说起》，《社会科学动态》2021 年第 5 期。

③ 魏伯河：《论刘勰的经学思维》，《社会科学动态》2020 年第 8 期。

④ ［梁］刘勰著，戚良德辑校：《文心雕龙》，第 9 页。

⑤ ［梁］刘勰著，戚良德辑校：《文心雕龙》，第 13 页。

"自夫子删述,而大宝咸耀"的,能够产生这种经典文献的商周时代,在我们的古人心目中,自然是"文"的顶峰时代。

明确了这一点,就会知道,拿商周时代产生的五经与后来历代文学对比,就古代的文化传统来说,也是颇有问题的。因为在刘勰和大部分古人的定位中,经典不仅是"恒久之至道,不刊之鸿教",而且是各类文章的源头所在。而后世各种文学作品,只不过是其川流而已。在宗经文学观之下,经典成为了评判标准,后世文学只是其评判对象。如果无视刘勰宗经的客观实际,完全脱离儒学视野,单纯拿后世作品与儒家经典去做文学性的比较,在今人固无不可,而古人却会认为比拟非类。齐梁时期之图书分类,尽管尚未形成经史子集的严格"四部",但雏形已具,并且自西汉以来,经学之特殊地位早已形成并得到公认。它不仅高于其他类别的任何著作,而且是整个社会学术文化的总纲,对整个社会学术文化具有统领的地位。自汉武帝采纳董仲舒(前179—前104)建议"罢黜百家,独尊儒术"以后,两千多年的中国传统社会里儒家经典一直被统治者尊奉为治国理政、教化人心的不二法宝,形成了"以经为纲"的治国传统。与之相应,中国传统社会的人们形成了一种牢固的经学思维。而刘勰的思维方式,就带有经学思维的明显特征。他的论"文",以"征圣""宗经"为"枢纽",在"论文叙笔"中将各类文章都追溯到儒家经典,其"剖情析采"也处处以儒家经典为标尺。他的学术价值取向,其实是崇实黜虚,亦即崇儒黜玄。今人或以为刘勰尊经崇儒限制了他的文学天才,否则的话《文心雕龙》会写得更好,殊不知儒家经典恰恰是他当时进行学术研究所能掌握的最得力的理论武器。没有尊经崇儒,便不会有《文心雕龙》,即便有之也将与我们所见大为不同。对此笔者已有专文讨论,不再展开。事实上,两千多年来,儒家思想以传统社会为物质承担者,而传统社会以儒家思想为精神承担者，二者就是这样一种互相依存、难解难分的关系。其他各家学说呢？只能屈居于"子书"的地位，从来没有与儒家经典比肩，更不要说取代儒家经典的地位。魏晋以后思想比较活跃，佛学、玄学好像大行其道，但统治者从未放下过儒家理念。直到清末，中国经历了数千年未有之巨大变化，儒经的尊崇地位已经与它相依为命的社会制度一起崩溃，成为历史陈迹。今人身处天翻地覆后的当今时代，对传统社会的"经学为纲"缺乏深切体会，仅认经学为"四部"之一，而且在现代学科或图书分类中又没有与其相对应的类别，经学古籍仅被作为进行各种现代研究的资料，由此导致当代学人对经学地位的认知很不到位，经常自觉或不自觉地将其与史、子、集等各类著作平等对待，由此得出的结论往往与古人颇不一致，是难以避免的。

必须明确，我国古人心目中的文献分类与现代大为不同。"经部"在所有文献中，不是一个单纯的文体概念，而是少数经典著作的专属地位。这少数经典，按文体划分，《周易》本是占卜之书，但因蕴含丰富而深远的哲理，属于哲学，《诗经》属于文学，《尚书》属于历史文献汇编，《礼记》是解释《仪礼》的文章选集，属于政治学或社会学，《春秋》及三传属于历史学。这几部经典（后逐步扩大至十三经）与历代研究、阐释经典的大量著作，合称经部，因之，它与史部、子部、集部之按文体划分，执行的并非统一标准。如果按同一标准，《诗经》作为一部最早的诗歌总集，自然是应该列入集部的。今人将其与楚辞、汉赋、乐府等视为同列，就是因为脑子中本无经学概念，只用现代文体分类的。王国维（1877—1927）《宋元戏曲考》称："凡一代有一代之文学：楚之骚、汉之赋、六代之骈语、唐之诗、宋之词、元之曲，皆所谓一代之文学，而后世莫能继焉者也。"① 各种文学样式在历史上曾各领风骚，争奇斗艳，这是近代以来才出现的新观念，自有其道理在，作为现当代人进行中国传统文学研究，这样认识当然没有什么问题，但如果认为古人包括刘勰也与我们持同样认识，则大谬不然。

（二）刘勰文学发展观的得失

刘勰《通变》篇开首云：

> 夫设文之体有常，变文之数无方，何以明其然耶？凡诗赋书记，名理相因，此有常之体也；文辞气力，通变则久，此无方之数也。名理有常，体必资于故实；通变无方，数必酌于新声；故能骋无穷之路，饮不竭之源。然绠短者衔渴，足疲者辍途，非文理之数尽，乃通变之术疏耳。故论文之方，譬诸草木，根干丽土而同性，臭味晞阳而异品矣。②

这是刘勰对文学发展变化的基本认识。在他看来，文学当然是不断发展变化的，而且这种发展变化并非无规律可寻。要之，其中有变有不变。"名理相因"的"有常之体"是不可变的，而"通变无方"的"文辞气力"却是随时可变的。因此，作文之道有二：一曰"体必资于故实"，二曰"数必酌于新声"。这样才能"骋无穷之路，饮不竭之源"。接着从"文""质"变化的角度，刘勰对历代文学作了概括的评述。指出文学发展所以出现"弥近弥澹"的不良倾向，原因在于"竞今疏古"，背离了根本。而救治之法，就是"矫讹翻浅，还宗经诰"。所以他把征圣、宗经作为"文之枢纽"，即"论文"的大纲。总的来看，刘勰的文学发展观既强调继承传统，又重视"酌

---

① 王国维：《宋元戏曲史·序》，北京：东方出版社，1996年，第1页。
② ［梁］刘勰著，戚良德辑校：《文心雕龙》，第185页。

于新声"。因为他认识到:"文律运周,日新其业。变则可久,通则不乏。"因此作者应该"趋时必果,乘机无怯。望今制奇,参古定法。"在具体写作时,应从"文统"之"大体"着眼,"先博览以精阅,总纲纪而摄契;然后拓衢路,置关键,长辔远驭,从容按节,凭情以会通,负气以适变,采如宛虹之奋鬐,光若长离之振翼",这样才能写出"颖脱之文"。①

不仅如此,他又很重视时代变化对文学的影响,为此而专门撰写了《时序》篇,梳理、评点了自古迄今不同时代的文学"时运交移,质文代变"的历史,发现"歌谣文理,与世推移,风动于上,而波震于下",证明"文变染乎世情,兴废系乎时序"。时代风气,尤其是最高统治者帝王的好恶,对文学的发展变化起着至关重要的作用。这是符合实际的,也是前无古人的。此前历代学者言论中涉及这一问题者虽然并不鲜见,但像刘勰这样作全面梳理者尚未有其人。其对历代文学的评论,成为后代重要的参考资料。把《时序》与《通变》的有关论述结合起来,刘勰文学发展观的要义便血肉丰满地呈现在读者面前了。

当然,在我们今天看来,刘勰的文学发展观局限也是明显的。

这种局限主要是来自宗经思维。由于认定了经典为文章之源,并将其作为最高评价标准,导致了其处处依经立义,影响到了对历代文学和作家作品的评价。例如,他尽管对《楚辞》颇为推崇,但用经典的标准加以衡量,却发现其有"四异",于是将其定义为"雅颂之博徒,辞赋之英杰",使其与经典拉开了距离②;在对历代文

---

① [梁]刘勰著,戚良德辑校:《文心雕龙》,第186页。
② 部分论者以为刘勰评价《楚辞》超过了《诗经》,只是被《辨骚》等篇的华丽辞藻耀花了双眼,没有注意到刘勰那些赞词只是就其"文"亦即气、辞、采、艳方面而言,并非总体评价。

学的批评中，总是把"楚艳汉侈"作为口实。他肯定楚辞"衣被词人，非一代也"，但却要求后代文人对楚辞只能"悬辔以驭"，不能像对雅颂一样"凭轼以倚"。此外，如钱锺书先生所指出的，他对《庄子》《史记》的评价也远不到位①。他对文学发展中的形式变化尽管做了认真的探讨，其中有不少精到的评论，但却做出了"从质及讹，弥近弥澹"的总体评价。认定中国文学自商周以后一直走下坡路，显然是不客观的。不难发现，刘勰的文论中"本末""源流"的观念根深蒂固。他既把"五经"认作"本""源"，后来的文学只能是"末""流"。后来的文学不可避免地会出现一些弊端，他的救治之方就是"正末归本""还宗经诰"。中国古代文学的发展，波澜起伏，峰回路转，但总体而言是与时代同步的。五经的确对中国传统文化有巨大贡献，为两千多年的思想学术乃至社会形态奠定了根基，使中国传统社会形成了一种超级稳定、长期赓续的模式，但后来文化的发展变化突破、超越五经者亦所在多有。作为今人，五经和历代的文化学术都是珍贵的历史文化遗产，自然不应受刘勰说法的束缚。

但刘勰之征圣、宗经又不是可以简单否定的。大抵古人所做选择，每有其只能如此或不得不如此之理由。刘勰选择征圣、宗经，一方面固然出于他对儒家圣人和经典发自内心的崇拜，另一方面，他要扭转文坛颓风，正末归本，在当时并没有比儒家经典更有力的理论武器。身处南北对峙的时代，他熟悉佛家经典，但深知其不能治国；他对道家也颇有研究，但知道其并非救世良方。风靡一时的玄学呢？在刘勰看来，恰恰是导致世事浑浊、每况愈下的祸根。真要治国平天下，并使文风归正，只能依靠儒家经典。

---

① 钱锺书：《管锥编》第三册，北京：读书·生活·新知三联书店，2007年，第1815页。

对我国古代"以经为纲"的认识，还可以借助于更广阔的视野，会有不同的收获。德国哲学家卡尔·雅斯贝斯（1883—1969）在1949年出版的《历史的起源与目标》一书中首先提出了"轴心时代"的概念，他说：

> 世界历史的轴心位于公元前500年左右，它存在于公元前800年到公元前200年间发生的精神进程之中。那里有最深刻的历史转折。我们今天所了解的人从那时产生。这段时间简称为轴心时代。
>
> 这个时代挤满了不寻常的事件。在中国生活着孔子和老子，产生了中国哲学的所有流派，包括墨子、庄子、列子和其他数不清的哲学家。在印度产生了《奥义书》，生活着释迦牟尼，就像在中国一样，哲学的所有可能性不断发展，形成了怀疑主义、唯物主义、诡辩派、虚无主义。在伊朗，琐罗亚斯德传播着一幅具有挑战性的世界图景，它描绘了善与恶的斗争。在巴勒斯坦，以利亚、以赛亚、耶利米、第二以赛亚等先知纷纷出现。在希腊，有荷马，有哲学家巴门尼德、赫拉克利特、柏拉图，许多悲剧作家以及修昔底德、阿基米德。这些名字所代表的一切，都在这短短几个世纪中几乎是同时地在中国、印度和西方形成，且他们并不知道彼此的存在。①

"轴心时代"无疑是一个观察和研究历史的全新视角。雅斯贝斯发现，那时的先哲们提出的思想原则塑造了不同的文化传统，也一直影响着人类的生活。而且更重要的是，虽然中国、印度、中东

---

① ［德］卡尔·雅斯贝斯：《历史的起源与目标》，李夏菲译，桂林：漓江出版社，2019年，第9—10页。

和希腊之间有千山万水的阻隔，但它们在轴心时代的文化却有很多相通的地方。它们是对原始文化的超越和突破。而超越和突破的不同类型决定了今天西方、印度、中国、伊斯兰不同的文化形态。轴心时代概念的提出，在世界上引起巨大反响。英国学者、宗教学家凯伦·阿姆斯特朗（1944—）的《轴心时代：人类伟大思想传统的开端》[①]一书对此进行了深入的、具有拓展意义的研究。这应该意味着人类文明的发展有其不谋而合的共同性。

我国在春秋战国时期出现了以孔子、老子为代表的一批卓越的思想家，对此前的学术文化进行了总结与反思，开始用理智的方法、道德的方式来面对这个世界，提出了治理社会和国家的种种设想，对后世产生了深远的影响。每当人类社会面临危机或新的飞跃的时候，人们总是回过头去，看看那时的先哲们是怎么说的。历史地看，在他们之前，人们对社会人生尽管已经有或模糊或精到的认识与见解，但却没有形成清晰的、系统的理论认识；在他们之后，人们尽管也有许多有价值的探索和实践，但却大抵不出其窠臼。我们现在已经进入社会主义阶段，还要大力弘扬传统文化，尤其是先秦时期的文化。这是为什么呢？

尝试言之，人类社会发展到那个阶段，通过农业、畜牧业、手工业和基本的商业活动，已经解决了最低程度的温饱问题，并出现了安富尊荣的上流社会和有文化的士人阶层，于是迎来了精神领域的空前集中爆发。一批精英人物充分发挥其智能，深入思考和研究精神层面的许多问题。他们的思考和研究是开创性的，没有各种禁区，所以能各立其说，自成一家。通过向社会尤其统治者的进言、宣讲，和招收弟子传授，他们的学说得以广为人知并流传后世，成

---

① ［英］凯伦·阿姆斯特朗：《轴心时代：人类伟大思想传统的开端》，孙艳燕、白彦兵译，上海：上海三联书店，2019 年。

为中国精神文明的源头。后来的两千多年间，他们或被尊崇，或遭批判，但却打而不倒、推而不翻，一直顽强地延续着，并不断得到一定的发展，成为民族宝贵的精神文化遗产。历史上的中国人也常思考这样的问题：在当时条件下，这些先哲何以能对社会人生进行如此深入的思考和研究，何以能得出那么多具有普遍意义的结论？人们百思不得其解，只能归之于"天"。而"轴心时代"概念的提出，不能不使人眼前一亮。以此来回顾、扫描中国传统社会"以经为纲"的历史和人们"经学思维"的普遍现象，也可以有一个相对合理的解释。在这种视角下，刘勰的文学发展观之所以受宗经思维的严重制约，乃至以五经产生的商周时代为文学（文化）发展的顶峰，便不是完全不可思议，而是有其内在的依据了。

三、答韩湖初先生的"臆造"说

韩湖初先生（1939—　）在《中国文论》第八期发表了《〈文心雕龙〉"文道自然"说的理论意义——兼评魏伯河先生对龙学界肯定该说的错误批评》①一文，对笔者的《走出"自然之道"的误区——读〈文心雕龙·原道〉札记》②进行批评。但该文中不合逻辑处甚多，笔者已撰写《再谈"走出自然之道的误区"——兼答韩湖初先生的驳议》③作出回复，此处不再费辞。韩先生该文断言"所谓'商周文学顶峰'论是无视文本而随意臆造的"④。在随后所写《何以严

---

① 韩湖初：《〈文心雕龙〉"文道自然"说的理论意义——兼评魏伯河先生对龙学界肯定该说的错误批评》，《中国文论》第八辑，济南：山东人民出版社，2020 年。

② 魏伯河：《走出"自然之道"的误区——读〈文心雕龙·原道〉札记》，《中国文论》第四辑，上海：上海古籍出版社，2018 年。

③ 魏伯河：《再谈"走出自然之道的误区"——兼答韩湖初先生的驳议》，《中国文论》第九辑，济南：山东人民出版社，2021 年。

④ 韩湖初：《〈文心雕龙〉"文道自然"说的理论意义——兼评魏伯河先生对龙学界肯定该说的错误批评》，《中国文论》第八辑。

责龙学界而自己却无视文本随主观意愿解读？——评魏伯河先生的"双标"》①一文中，韩先生不仅大量重复了前文关于"自然之道"的观点和文字，且再次重提关于"商周文学顶峰论"的问题，仍坚持"魏先生所说刘勰的'商周文学顶峰论'乃是主观臆造之论"；"魏先生为了证明自己视'宗经'为《文心雕龙》的'核心思想'或'中心思想'，对文本断章取义，臆造所谓刘勰的'商周文学顶峰'论。""细读文本，便知所谓'商周文学顶峰论'是对文本断章取义随主观意愿臆造的"云云。这引发我撰写此文，对刘勰文学发展观作了进一步的梳理。

《文心雕龙》中当然没有直接出现"商周文学顶峰论"的字眼，但在刘勰的文学发展观中，他把以五经为代表的商周文学抬举到何种地位，是无须争议的问题。他崇尚和力倡的文学标准是"雅丽"，而"雅丽"之称，他仅冠之于"圣文"（《征圣》："圣文之雅丽，固衔华而佩实者也"）及其所处的商周时代（《通变》："商周丽而雅"）。就此而论，从史的角度，用现代语言称他文学发展观中存在着"商周文学顶峰论"，并不存在什么问题。至于是否"臆造"，读者不难判定。这在原文中并没有费解之处，不知韩先生何以不能看懂，竟然判定笔者为"臆造"？

在笔者看来，韩先生对"商周文学顶峰论"所以断然不能接受，坚决予以否定，根源在于他固守现代从西方引入的文学观，将《文心雕龙》仅视为一部文学理论著作，在对《离骚》等楚辞作品的认识上与刘勰本意存在较大距离。在韩先生笔下，《楚辞》是高于五经的，是尽善尽美的，而刘勰对《楚辞》是完全肯定、极力赞誉的。他说："该篇（按指《辨骚》）首先盛赞屈骚继《诗经》之后'奇

---

① 韩湖初：《何以严责龙学界而自己却无视文本随主观意愿解读？——评魏伯河先生的"双标"》，《文心学林》2021 年第 1 期。

文郁起'，后文还列举十个作品一一高度赞扬，最后总结为'故能气往轹古，辞来切今，惊采绝艳，难以并能矣。'""在《时序篇》盛赞屈骚'屈平联藻于日月'，以日月为喻无疑是最高的赞誉。"因此，他无法接受刘勰在《辨骚》中拿楚辞与五经对比所得出的"四异"，对刘勰认定的《楚辞》为"雅颂之博徒，辞赋之英杰"评价的本意也碍难认可。几十年来，他致力于论证《辨骚》中的"四异"与"博徒"是刘勰对《离骚》等楚辞作品的褒词，给龙学界造成了很大混乱。这是后人把己意强认作刘勰本意，以今释古，然后屈古人以就我的典型例证。笔者已在《二元对立思维模式的困境——对〈文心雕龙·辨骚〉"博徒""四异"争议的反思》一文中做过认真的探讨，指出其原因出于：（一）对楚辞作品认识上的古今差异，（二）对刘勰关于经典与辞赋的定位存在误读，尤其是（三）非此即彼、二元对立思维模式的制约。就韩先生所列举的刘勰《辨骚》等文中称《离骚》为"奇文郁起"种种而论，其实如果不是带有严重的先入之见，就可知道，尽管刘勰对《离骚》及《楚辞》作品评价甚高，但与对以《诗经》为代表的五经的评价相比，仍是颇有分寸的。他认为："以《离骚》为代表的楚辞作品虽然在主要方面继承了《诗经》的传统，取得了很大的成就，但也为后世开了浮艳的先例，以致'楚艳汉侈，流弊不还'（《宗经》），'效《骚》命篇者，必归艳逸之华'（《定势》）。所以，他称《离骚》为'奇文'，固然是很高的评价，但认为它和儒家经典并不在一个层次上；屈原虽然被他誉为'词赋之英杰'①，但其作品与出自圣人删述的雅颂

---

① 在《诠赋》篇里，刘勰还把这顶桂冠加给了荀况、宋玉、枚乘、司马相如、贾谊、王褒、班固、张衡、扬雄、王延寿，称"凡此十家，并辞赋之英杰也"。说明他并非单独将此作为对屈原的最高评价。

相比，毕竟还有不足，只不过是'博徒'。"① 牟世金先生（1928—
1989）曾凯切指出："企图论证其（按指"四异"）并非贬辞是徒劳的，
也不可能对这四异有的是褒，有的是贬。刘勰绝不会公开地、直接
地和自己的'宗经'主张唱反调。"② 韩先生对牟先生是颇为尊重的，
但对牟先生的批评却置若罔闻。至于《时序》篇所说"观其艳说，
则笼罩《雅》《颂》"，并非专就屈、宋而言，而是包含了孟轲、
荀况、邹衍、驺奭等众多学者在内的；并且刘勰明确强调所谓"笼
罩《雅》《颂》"者，仅指其"艳说"而已，并不代表他认为《楚
辞》总体上超越了《诗经》。该段的结论是："故知昄烨之奇意，
出乎纵横之诡俗也。"赞誉之中不无保留。韩先生对"仅看部分文
本的字面意义而得出符合自己主观意愿的结论"极为反感，为何阅
读这些内容时却只看"部分文本的字面意义"而把个人的认识强加
于刘勰，误读为刘勰"盛赞'屈平联藻于日月'和屈骚'笼罩《雅》
《颂》'，明明说屈《骚》远远超越《诗经》"③？对人对己如此"双
标"，又怎能令人接受？

（原载《中国文论》第十辑）

---

① 魏伯河：《二元对立思维模式的困境——对〈文心雕龙·辨骚〉"博徒""四异"
争议的反思》，《社会科学动态》2020 年第 3 期。

② 牟世金：《文心雕龙研究》，北京：人民文学出版社，1995 年，第 201 页。

③ 韩湖初：《〈文心雕龙〉"文道自然"说的理论意义——兼评魏伯河先生对龙
学界肯定该说的错误批评》，《中国文论》第八辑，济南：山东人民出版社，2020 年。

司马迁治史之宗旨与刘勰为文之用心

在《文心雕龙·风骨》篇中，刘勰提出："若夫熔冶经典之范，翔集子史之术，洞晓情变，曲昭文体，然后能孚甲新意，雕画奇辞。"（《风骨》）据此可知，他认为：文章写作在向儒家经典学习、熔铸基本范式的同时，还要广泛汲取诸子和史传等各类著作的写作经验。事实上，他在写作中也认真践行了自己的主张，从而取得了《文心雕龙》创作的巨大成功。多年来，人们对《文心雕龙》何以能"横空出世"有多种解说。在笔者看来，其实最基本的一点，就是刘勰对古往今来的各种文化遗产进行了近乎集大成式的研究，是博观约取、采花成蜜的产物。他从前代学人那里主要继承了哪些东西，是一个很值得探究的课题。但兹事体大，非单篇文章所能承载。本文试对司马迁（前145—前90）《史记》治史之宗旨与刘勰《文心雕龙》"为文之用心"方面的传承关系予以探讨，以作引玉之砖。

一、刘勰对司马迁和《史记》的评论

与鲁迅先生将《史记》誉为"史家之绝唱，无韵之《离骚》"[1]相比，刘勰对司马迁《史记》的评价似乎不如后世为高。在《史传》篇中，他论及司马迁和《史记》时有下面一段论述：

> 爰及太史谈，世惟执简；子长继志，甄序帝勣。比尧称"典"，则位杂中贤；法孔题"经"，则文非元圣；故取式《吕览》，通号曰"纪"，纪纲之号，亦宏称也。故本纪以述皇王，列传以总

---

① 鲁迅：《汉文学史纲要》，北京：人民文学出版社，1973年，第30页。

侯伯，八书以铺政体，十表以谱年爵，虽殊古式，而得事序焉。
尔其实录无隐之旨，博雅弘辩之才，爱奇反经之尤，条例踬落之失，
叔皮论之详矣。①

这段论述中，刘勰肯定了司马迁在史书体例方面的创新，赞扬
《史记》"虽殊古式，而得事序"。不过与把左丘明的《左传》誉
为"圣文之羽翮，记籍之冠冕"相比，这样的评价未免一般化。至
于对司马迁的总体学术评价，刘勰则征引班彪（字叔皮，3—54）之言，
以"实录无隐之旨，博雅弘辩之才，爱奇反经之尤，条例踬落之失"
四语概之。前两句称道其长，后两句直陈其短，兼及两面，看似颇
为折中公允。但在我们今天看来，这样的评价显然并不准确，也不
到位，尤其"爱奇反经"和"条理踬落"的指责，表现出了明显的
偏见。故钱锺书先生（1910—1998）认为，刘勰"不解于史传中拔《史
记》"，与"不解于诸子中拔《庄子》""（不解）于诗咏中拔陶潜"
一样，属于"综核群伦，则优为之，破格殊伦，识犹未逮"②。当然，
这或许不仅是刘勰识力的不足，还应该是时代的局限所致。

在后续的论述中，刘勰通过史书体例流变的过程，再次肯定了
"纪传体"的优长。但却对司马迁以及班固（32—92）为吕后立《纪》
不以为然：

> 观乎左氏缀事，附经间出，于文为约，而氏族难明。及史迁
> 各传，人始区详而易览，述者宗焉。及孝惠委机，吕后摄政，班、

---

① ［梁］刘勰著，戚良德辑校：《文心雕龙》，上海：上海古籍出版社，2015 年，
第 99 页。

② 钱锺书：《管锥编》第二册，北京：生活·读书·新知三联书店，2007 年，第
723 页。

史立纪，违经失实。何则？庖牺以来，未闻女帝者也。汉运所值，难为后法。牝鸡无晨，武王首誓；妇无与国，齐桓著盟；宣后乱秦，吕氏危汉；岂唯政事难假，亦名号宜慎矣。①

本来，编年体与纪传体各有优长，难分轩轾。纪传体的出现，实有其不得不然之势。然而纪传体亦有其短，诚如刘勰《史传》所说："纪传为式，编年缀事，文非泛论，按实而书，岁远则同异难密，事积则起讫易疏，斯固总会之为难也。或有同归一事，而数人分功，两记则失于复重，偏举则病于不周，此又诠配之未易也。"这样的弱点，实在是难以完全避免的。至于说为吕后立《纪》是"违经失实"，则应作具体分析。"牝鸡无晨，武王首誓；妇无与国，齐桓著盟"见于经典，称其"违经"，或可成立；而谓其"失实"，则不免过分。因为吕后的确主政多年，司马迁、班固的处理，恰恰是史家"实录"的表现。刘勰评价史书及其他前代典籍时，囿于经学思维，严格依经立义，有时不免会犯削足适履的错误，此即其一例。

在本篇的"赞"中，刘勰以"史肇轩黄，体备周孔"八字将史传写作纳入征圣、宗经的范式，而以"辞宗丘明，直归南董"八字作为"史笔"与"史德"的典范，对司马迁则全未涉及。

综合上述，可知在刘勰的心目中，司马迁和《史记》并不占据特殊地位，这与《时序》篇里提到司马迁时只是与吾丘寿王（汉武帝时人，生卒不详）一起称为"史迁寿王之徒"是一致的。推究其原因，应该是经学思维方式限制了他的认识，影响了他的评价。因为，自班彪以来，责难司马迁与《史记》"采经摭传，分散百家之事，甚多疏略，不如其本，务欲以多闻广载为功，论议浅而不笃。其论术学，则崇黄老而薄六经；序货殖，则轻仁义而羞贫穷；道游侠，则贱守

_____

① ［梁］刘勰著，戚良德辑校：《文心雕龙》，第100页。

节而贵俗功"① 者颇不乏人，而刘勰对这些批评意见显然是认可的。换言之，在刘勰看来，如果严格按照他"立义选言，宜依经以树则；劝诫与夺，必附圣以居宗"（《史传》）的标准，《史记》颇有不合之处，因而难成样板，不应给予最高评价。这和他在《辨骚》篇中评价《离骚》时的局限是如出一辙的。此外，《史记》除了是一部史学名著之外，还是一部文学巨制，又是一部囊括百家的百科全书。而刘勰受"文笔之辨"、经史之别等当时文章分类观念的限制，仅仅把《史记》作为一部史书看待，也制约了他的认识和评价。

尽管刘勰对《史记》的评价在我们今天看来不无偏颇，但我们必须承认，他对司马迁和《史记》是颇有研究，并在写作中多有取资的。在"为文之用心"方面尤其如此。在著名的《报任少卿书》一文中，司马迁称其写作宗旨是"欲以究天人之际，通古今之变，成一家之言"②。那么，司马迁的这种写作宗旨，对刘勰写作《文心雕龙》有着怎样的影响，在《文心雕龙》中又是如何体现的？笔者不揣浅陋，以下试分述之。

二、"究天人之际"与《原道》

我们知道，司马迁的《史记》是从天人关系来探讨历史的发展变化的，因而他把"究天人之际"列为其首要的写作旨趣。之所以如此，盖因我们的古人认为，"天人之际"是最能体现"道"的所在；因此，所谓"究天人之际"就是对"道"的探究。司马迁虽然不是对"道"进行专门研究的哲人，但他对"道"的探究却相当深入。他一方面

---

① ［南朝宋］范晔：《后汉书·班彪列传上》，北京：中华书局，1962年，第2738页。班固《汉书·司马迁传·赞》作"其是非颇缪于圣人，论大道则先黄老而后六经，序游侠则退处士而进奸雄，述货殖则崇势利而羞贱贫，此其所蔽也"。北京：中华书局，1962年，第2737—2738页。

② ［汉］司马迁：《报任少卿书》，［清］严可均辑：《全汉文》，北京：商务印书馆，1999年，第269页。

强调天人相分，肯定人事对于历史发展的作用；同时又重视从天人关系角度去思考、记载和评述历史，彰显了天人合一的整体思维特点①。在这样的认识框架里，社会发展、朝代更替，看似出于人为，但无不是冥冥之中的"道"所决定的。司马迁"究天人之际"的过程，又是"求真"与"求道"统一的过程。历史著作讲求"实录"，但在"实录"中，史家有取舍、有褒贬，作者的价值观和感情倾向在其中必然起着重要作用；并且在多数情况下，"求真"是服从于"求道"的，即史实之真要服从于道义之真。反之，没有"道"在其中一以贯之，史书便成了历史材料的堆积，其价值就会大打折扣。

这种"究天人之际"的思维对刘勰的《文心雕龙》有着直接的影响。尽管刘勰在《文心雕龙》中并没有直接提到过"究天人之际"的话题，但这并不妨碍他在自己的论述范围内"究天人之际"。笔者以为，《原道》篇就是刘勰"究天人之际"的专文。

《原道》从天地万物无不有"文"推论出人也必然有"文"，而所有的"文"又都被他称作"道之文"。换言之，所有的"文"都是"道"的产物。至于"道"何以能产生"文"，刘勰并无意深究，因为他和中国许多的古圣先贤一样，是以存在论而不是以认识论来观察和理解世界的。他之所谓"道"，在运用中是否彼此一致呢？却又不然。细究《原道》以及《宗经》的语言逻辑，可知他所谓"道"包括两个不同的层次。神秘的"天道"（或称"神道"，涵盖所谓"地道"）是一个层次，它是形而上的，具有哲学本体的意味，并且是人所"难闻"的（《征圣》："天道难闻，犹或钻仰"）；"道之文"之"道"、"道沿圣以垂文，圣因文而明道"之"道"都属于这一层次。周孔圣人之道是另一个层次，这种"道"是圣人"原道心以敷章，研神理而设教"的产物，它表现为"可见"的"文章"（《征圣》：

---

① 汪高鑫：《中国古代史学的思维特征》，《求是学刊》2014 年第 5 期。

"文章可见，胡宁勿思"）即五经，是可以阅读、领悟、遵循执行的。不过为了与上一层次的"道"区别开来，在《原道》篇里对其不称为"道"而称为"文"，直到《宗经》篇里才径直称其为"恒久之至道"。"辞之所以能鼓天下者，乃道之文也"之"文"、"道沿圣以垂文，圣因文而明道"之"文"都属于这一层次。这样便与《易经》里"有天道焉，有人道焉"的说法吻合了起来。

刘勰"原道"的过程，就是把"天道"落实到周孔圣人之道或称"人道"的过程。换言之，也就是他"究天人之际"的过程。在他的心目中，两个层次的"道"既是有区别的，更是紧密联系着的。所谓"天道"，是周孔圣人之道的本根和依据；而所谓周孔圣人之道，则是天道在人间的具现。违背了周孔圣人之道，也就是违背了天道。天人关系就这样被确定下来并融为一体了，"文"与"道"的关系也由此牢固地建立起来了。他的"论文"与"原道"，由此便统一了起来。而《原道》与《征圣》《宗经》的紧密组合，建立起了"道—圣—经"三位一体的理论架构，"为文"必须原道、征圣、宗经，因之便具有了天经地义的神圣性和必然性，成为刘勰最基本的统领全书的文学思想。

细读《原道》，可以明显感受到司马迁"究天人之际"的思想对刘勰的直接影响。而通观《文心雕龙》全书可以发现，《原道》专篇之外，"究天人之际"的旨趣和"天人合一"的观念决定性地影响到刘勰对文学艺术创作中必然面对的情与物、意与象等基本的主客关系的认识。情与景汇、意与象通，一直是文艺家追求的理想境界。而这样的境界，又何尝不是"究天人之际"的产物，何尝不是"天人合一"观念在文艺创作中的直接体现呢！刘勰在《文心雕龙》下篇中反复强调"思理为妙，神与物游"（《神思》）、"诗人比兴，触物圆览"（《比兴》）、"自然会妙"（《隐秀》）、"文变染乎世情，兴废系乎时序"(《时序》)、"情以物迁，辞以情发"(《物色》)等，正是"天人合一"、物我无间的哲学观念在具体论述中的应用。

《原道》从天地万物无不有"文"推论出人也必然有"文"，由"天道"之天经地义推论出"人道"（即周孔圣人之道）为"恒久之至道"，就论证方法说，属于类比论证。不少人质疑这种论证缺乏科学性。如果以现代自然科学或数理逻辑来审视、衡量这种论证方式，自然不尽符合；然而就人认识世界的思维逻辑而论，却并非没有道理。因为按照中国传统的说法，人类最初认识世界，就是通过"仰则观象于天，俯则观法于地，观鸟兽之文与地之宜，近取诸身，远取诸物"①来进行的；最初的文学艺术活动，也是在模仿自然现象中形成的。在这样的认识过程和表现形式中，都离不开类比或者类推。而可以类比和类推的事物之间，必定有其相同或相近的特征，二者之间于是形成并存在着"异质同构"的关系。美国著名美学家鲁道夫·阿恩海姆（Rudolf Arnheim，1904—2007）认为，一切事物（包括自然事物）总会有一种特征，这种特征透露出一种"力的结构"，这种"力的结构"常常表现为"上升和下降、统治和服从、软弱与坚强、和谐与混乱、前进与退让等基调，实际上乃是一切存在物的基本形式。不论是在我们的心灵中，还是在人与人的关系中，不论是在人类社会中，还是在自然现象中，都存在着这样一些基调……我们必须认识到，那推动我们自己的情感活动起来的力，与那些作用于整个宇宙的普遍的力，实际上是同一种力"②。正是这种普遍存在的"力"的相同或相似结构，使看似互不相干的事物之间可以通过共同基调产生共振，使人们可以通过类比或类推把它们联系起来。文学语言

---

① 郭彧译注：《周易》，北京：中华书局，2010 年，第 304 页。

② ［美］鲁道夫·阿恩海默：《艺术与视知觉》，朱疆源译，成都：四川人民出版社，1998 年，第 619 页。

中大量的比喻和象征，也是借助于"异质同构"的原理才能成立并广泛应用的。试想，如果文学语言像自然科学论文那样排除了比喻和象征，文学还能成其为文学吗！

三、"通古今之变"与《通变》

"通变"一词源出《周易》。在《周易》中，"通"与"变"或合用，或分用；合用时，或作"变通"，或作"通变"，而以"变通"为多。《系辞上》云：

> 通变之谓事。
>
> 变通配四时。
>
> 参伍以变，错综其数，通其变，遂成天地之文。
>
> 一阖一辟谓之变，往来不穷谓之通。
>
> 变通莫大乎四时。
>
> 变而通之以尽利。
>
> 化而裁之谓之变，推而行之谓之通。
>
> 化而裁之存乎变，推而行之存乎通。[①]

《系辞下》云：

> 变通者，趣时者也。
>
> 通其变，使民不倦。
>
> 易穷则变，变则通，通则久。[②]

---

① 郭彧译注：《周易》，第291—302页。
② 郭彧译注：《周易》，第303—306页。

在原文语境中，"变""通""通变""变通"均为变化之意，表现的都是事物发展变化的形态。"通"和"变"的细微区别仅在于，二者隐含的时间长短不同："通"表示贯通于较长时期的变化，因而在某种程度上具有了"常"的意蕴；"变"则表示随时正在发生的变化。"变通"与"通变"在表意上亦略有区别：作"变通"时，"通"在某种程度上具有"变"的结果之意，如"变而通之以尽利""一阖一辟谓之变，往来不穷谓之通""穷则变，变则通，通则久"之类；作"通变"时，"通"则同时具有研究或掌控"变"之意，如"通变之谓事""通其变，遂成天地之文""通其变，使民不倦"之类。作为司马迁治史第二要义的"通古今之变"，与"究天人之际"一样，是动宾结构，在这一新的语汇里，"古今之变"是"通"的对象，与《周易》中"通变"的用法相同，只是明确突出了"古今"这一时间要素。作为史学家，他要梳理古往今来历史的发展变化，通过研究古今关系进而发现其中的规律，以为当时及后世的借鉴。这是把《周易》的抽象原则应用于史籍写作和历史研究的可贵实践。

刘勰论文也讲"通变"，而且"通变"思想是贯穿于《文心雕龙》全书的。不过，作为一部论"文"的专著，他的"通古今之变"，所重点研究的是古今"文体"的变化轨迹。而他之所谓"文体"，与现当代之仅指文章外部形态的体裁的含义不同，是一个系统的观念，其中包括了文章的体制、体要、体性、体貌等层次①，侧重于指内在的文质关系及其在文章中的总体表现。对此，切忌以今律古。在《序志》中，刘勰曾痛心疾首于当时的"文体解散"，可知"文体"

---

① 《文心雕龙》"文体"的内涵，徐复观以为包括了体裁、体要、体貌三个次元，见《〈文心雕龙〉的文体论》，《中国文学论集》，北京：九州出版社，2014年，第40页。童庆炳在徐复观意见的基础上，提出刘勰所谓"文体"包括了体制、体要、体性、体貌四层面的新说，见《〈文心雕龙〉"文体"四层面说》，《〈文心雕龙〉三十说》，北京：北京师范大学出版社，2016年，第102页。此处取童庆炳说。

问题在他心目中的极端重要性。但他并没有因此而一味提倡复古，因为他清醒地认识到"文律运周，日新其业"，即文学是在不断创新中向前发展的。所以，他采取的态度和方法是"同之与异，不屑古今；擘肌分理，唯务折衷"，把"通变"与"宗经"统一起来。

刘勰在《文心雕龙》中专设《通变》篇，足见其对"通变"的高度重视。当然，他不是像《周易》一样只论述抽象道理的，而是像司马迁梳理古往今来历史的发展一样，依据古今文体发展变化的实际展开论述的。其中有云：

> 是以九代咏歌，志合文则。黄歌断竹，质之至也；唐歌在昔，则广于黄世；虞歌卿云，则文于唐时；夏歌雕墙，缛于虞代；商周篇什，丽于夏年。至于序志述时，其揆一也。暨楚之骚文，矩式周人；汉之赋颂，影写楚世；魏之策制，顾慕汉风；晋之辞章，瞻望魏采。榷而论之，则黄唐淳而质，虞夏质而辨，商周丽而雅，楚汉侈而艳，魏晋浅而绮，宋初讹而新。从质及讹，弥近弥澹。何则？竞今疏古，风末气衰也。①

在刘勰所描绘的这样一幅文体演变的历史画卷中，古今文体是一直变化着的，而其发展变化的轨迹也是很清晰的：在"九代咏歌"的阶段，是由质到文的上升阶段，每一个历史时期都在前一历史时期的基础上有所发展和开拓，这是通过他所选用的动词"广于""文于""缛于""丽于"可以确认的。其共同的优点或特点，是"序志述时，其揆一也"，有明确的经世致用目的和功能。而在其后，却出现了大的转折。每一历史时期都是模仿上一历史时期的现成模式，只不过在形式上"矩式""影写""顾慕""瞻望"邻近的前

---

① 刘勰著，戚良德辑校：《文心雕龙》，第185页。

代，并且不断地变本加厉，最后甚至完全背离了"文"的根本功能；到了近代，已经达到了"讹滥"的程度。而这，也成为他写作《文心雕龙》的动因之一。他试图通过研究古今文体演变的历史经验，"斟酌乎质文之间，而隐括乎雅俗之际"，以商周文化为标准范式，来矫正当时"将遂讹滥"的不良趋向。在《时序》篇里，他又作了类似的更为详尽的表述，得出了"歌谣文理，与世推移""文变染乎世情，兴废系乎时序"的结论。不过《时序》侧重在揭示时代政治对文学的外在影响，而《通变》则侧重于探究文学演进的内在规律而已。

不仅如此。刘勰在"论文叙笔"部分论述每一种类别的文章时，所进行的"原始以表末，释名以章义，选文以定篇，敷理以举统"（《序志》）的工作，其实也是在"通古今之变"。通过这样的爬梳，每一类文章何以产生，何以会形成后来的样子，其间的发展变化过程，得到了原原本本的呈现。"通变"之时义大矣哉！

刘勰"通古今之变"的目的，自然是为了"矫讹翻浅"，服务于当时的文章写作。从"古今之变"中，他发现或总结了什么规律性的东西呢？《通变》篇云："夫设文之体有常，变文之数无方。何以明其然耶？凡诗、赋、书、记，名理相因，此有常之体也；文辞气力，通变则久，此无方之数也。名理有常，体必资于故实；通变无方，数必酌于新声。"就是说，在"文"的发展中，"有常"与"无方"是对立的统一，两者不可偏废。"有常"就继承传统的"名理"而言，这方面必须坚定不移；"无方"就创新表现形式而言，这方面没有死板的限制，可以不断发展变化。

"通变"一词，刘勰不止用于《通变》篇，用法也随时变化：或合用，或分用对举；多用"通变"，亦偶用"变通"。说明"通变"是他基本的文学观念，是贯穿于全书的。

合用之例如：

　　文辞气力，通变则久。（《通变》）

　　名理有常，体必资于故实；通变无方，数必酌于新声。（《通变》）

　　非文理之数尽，乃通变之术疏耳。（《通变》）

　　斯斟酌乎质文之间，而隐括乎雅俗之际，可与言通变矣。（《通变》）[1]

　　参伍因革，通变之数也。（《通变》）[2]

　　采故实于前代，观通变于当今。（《议对》）[3]

　　三观通变。（《知音》）[4]

分用对举之例如：

　　凭情以会通，负气以适变。（《通变》）

　　变则其久，通则不乏。（《通变》）[5]

　　至变而后通其数。（《神思》）[6]

　　古来辞人，异代接武，莫不参伍以相变，因革以为功，物色尽而情有余者，晓会通也。（《物色》）[7]

① ［梁］刘勰著，戚良德辑校：《文心雕龙》，第185页。
② ［梁］刘勰著，戚良德辑校：《文心雕龙》，第186页。
③ ［梁］刘勰著，戚良德辑校：《文心雕龙》，第153页。
④ ［梁］刘勰著，戚良德辑校：《文心雕龙》，第277页。
⑤ ［梁］刘勰著，戚良德辑校：《文心雕龙》，第186页。
⑥ ［梁］刘勰著，戚良德辑校：《文心雕龙》，第174页。
⑦ ［梁］刘勰著，戚良德辑校：《文心雕龙》，第265页。

作"变通"之例如：

> 抑引随时，变通适会。（《征圣》）①
> 刚柔以立本，变通以趋时。（《镕裁》）②

细究文意，可以发现，在刘勰笔下，"通变"二字分用对举时，二者往往互文见义，都是指（事物）运动变化的形态，意义并无明显差异；合用作"通变"时，则指"通晓"其"变化"规律，用法如《易·系辞》之"通其变"之类，"变"具有"通"的目标的意味儿；而在用作"变通"时，用法略如《易·系辞》之"变则通"之类，"通"则具有"变"的结果的意味儿。尽管有这些差异，其基本义仍然是一致的。值得注意的是，刘勰将《周易》中关于变化的思想熔铸为文论术语、并用以名篇时，不采用原书使用较多的"变通"而采用使用较少的"通变"，并且设置专章，贯通古今地加以论述，应该是受到了司马迁"通古今之变"说法的影响。

《通变》篇"赞"云："变则其久，通则不乏"，强调"通变"的功能与重要性。而正面表述其中心观点的则是最后两句："望今制奇，参古定法。"这是刘勰研究"通变"得出的理论主张。因为，如果片面强调"设文之体有常"，仅仅恪守古法，"文"的发展就会陈陈相因，失去活力；而如果片面强调"变文之数无方"，完全不顾常规，"文"的发展就会偏离方向，"将遂讹滥"。因此，"通变"也成为刘勰基本的文学观念之一。

与"究天人之际"属于对"道"的研究不同，"通古今之变"的研究属于"术"的层面。《通变》篇云："非文理之数尽，乃通

---

① ［梁］刘勰著，戚良德辑校：《文心雕龙》，第9页。
② ［梁］刘勰著，戚良德辑校：《文心雕龙》，第197页。

变之术疏耳"；又曰："参伍因革，通变之数也"；可知他是把"通变"视为"文术"的。然而这"文术"，却与"道"有着极为密切的关系。因为"道"是神秘幽微的，要通过"术"来表现，换言之，"道"即寓于"术"之中。没有"术"，"道"即无法存在，更无法体现。但脱离了"道"，"术"的运用就会出现偏向，走向悖谬。后来的文风所以"弥近弥澹""将遂讹滥"，在刘勰看来，就是因为偏离了儒家经典这一"恒久之至道"。

"通古今之变"与"究天人之际"的异同，还可以从其他角度来认识。以时空关系而论，"究天人之际"指的是空间范围，"通古今之变"指的是时间跨度。因为万事万物无不也只能存在于时空之中，从空间和时间两个维度，才有可能认识事物的全貌，也才有可能把握事物的本质和规律。而以理论思维而论，"究天人之际"体现的是一种哲学观，是一种天人一体的整体思维；而"通古今之变"则是一种历史观，体现的是对历史整个过程的思考。[①] 二者的结合，才能使研究在深度和广度上得以充分展开。刘勰论文，既大力标举征圣、宗经，又重视强调通变和时序，使他的论文既有了道义上的正统性，又有了时空上的会通性；既有了哲学的高度，又有了历史的深度，于是所有材料都变得生动活泼起来。正因如此，他既与恪守师说的所谓"醇儒"的讲论有了根本的区别，又与就文论文的文士的著述保持了距离。

四、"成一家之言"与《序志》

一般认为，史书就是如实地记录历史事实的，否则便难称"信史"。而司马迁作《史记》却明言要"成一家之言"，似乎与写作"信史"相悖。在人们的一般认识中，"成一家之言"应该是诸子之类

---

① 参见汪高鑫：《中国古代史学的思维特征》，《求是学刊》2014 年第 5 期。

理论著作追求的目标，史学著作似不应以此为追求。这样的认识当然是肤浅的。"成一家之言"的最早出处，可以追溯到《左传·襄公二十四年》叔孙豹所说的"三不朽"中的"立言"："太上有立德，其次有立功，其次有立言。虽久不废，此之谓不朽。"① 如刘勰所说："君子之处世，疾名德之不章②。"古人对于"不朽"的追求之强烈，不难想见。而对学者文人而言，立德、立功往往可望而不可即，于是更多地寄望于"立言"。怎样的"言"才能"不朽"呢？古往今来的事实证明，不朽的"言"必须是独创性的、自成一家的、有重大意义和重要作用的，甚至成为经典的。"言"要靠文字来保存。写成文字、书于竹帛，才有可能传之久远。所以司马迁提到古代许多圣贤发愤著书时，说他们在无法建立事功的条件下皆"思垂空文以自见"③。其所谓"空文"，乃相对于事功而言，并非华而不实、内容空泛的文章。司马迁的《史记》，既体现了其高于前人的"史识"，又开创了前此未有的"史例"，撰成中国第一部纪传体通史，毫无疑问是自成"一家"的。可知其所谓"成一家之言"，与其著作成为"信史"，并非不可兼容。

正是由于"成一家之言"的强烈追求，才使得司马迁能在遭受腐刑的情况下，忍辱负重，发愤著书，终于完成了《史记》这部伟大著作。

不仅如此，司马迁自期之高远，本非一般学者文人所能企及。在《史记·太史公自序》中，有这样一段记载颇值得注意：

太史公曰："先人有言：'自周公卒五百岁而有孔子。孔子

---

① 杨伯峻：《春秋左传注》（修订本），北京：中华书局，1990年，第1088页。

② ［梁］刘勰著，戚良德辑校：《文心雕龙》，第108页。

③ ［汉］司马迁：《报任少卿书》，《全汉文》，第269页。

卒后至于今五百岁，有能绍明世，正《易传》，继《春秋》，本《诗》《书》《礼》《乐》之际？'"意在斯乎！意在斯乎！小子何敢让焉！①

其中的"太史公"指其父司马谈（约前165—前110），"小子"则是司马迁自称。这一记载表明，司马谈对司马迁是以成为孔子那样的圣人来期许的，而司马迁对此竟然也是当仁不让的！

司马迁"成一家之言"的强烈追求，对刘勰有着深刻的影响。刘勰与司马迁经历虽异，但在"发愤著书"这一点上却颇有相似之处。他家道败落，贫寒无依，不得不长期寄身佛寺为人抄书，欲立德、立功，比登天还难，但他认为："君子之处世，疾名德之不章。唯英才特达，则炳耀垂文，腾其姓氏，悬诸日月焉。"② 这与司马迁所说"思垂空文以自见"是高度一致的。在《文心雕龙》中，我们从字里行间不难体会到刘勰"成一家之言"的欲望是何等强烈。尤其《序志》篇，更是这一追求的集中表现。

在《序志》中，刘勰说："敷赞圣旨，莫若注经，而马、郑诸儒，弘之已精，就有深解，未足立家。"说明他认为，本来注解经书是"敷赞圣旨"的最好途径，可是这方面马融（79—166）、郑玄（127—200）等人已经做得足够好了，自己无论怎样努力，也不可能自成家了。于是考虑到"唯文章之用，实经典枝条，五礼资之以成，六典因之致用，君臣所以炳焕，军国所以昭明，详其本源，莫非经典。"就是说，他发现论述为文之道也可以"敷赞圣旨"，并且在当时更有可能"立家"。为什么呢？因为："详观近代之论文者多矣。至于魏文述典，陈思序书，应场《文论》，陆机《文赋》，仲洽《流

---

① ［汉］司马迁：《史记》第十册，北京：中华书局，1959年，第3296页。
② ［梁］刘勰著，戚良德辑校：《文心雕龙》，第108页。

别》，宏范《翰林》，各照隅隙，鲜观衢路；或臧否当时之才，或铨品前修之文，或泛举雅俗之旨，或撮题篇章之意。魏《典》密而不周，陈《书》辩而无当，应《论》华而疏略，陆赋巧而碎乱，流别精而少功，翰林浅而寡要。又君山、公幹之徒，吉甫、士龙之辈，泛议文意，往往间出，并未能振叶以寻根，观澜而索源。不述先哲之诰，无益后生之虑。"①也就是说，魏晋以来研讨为文之道的文章和著作尽管很多，但由于都存在明显的不足，从而给自己留下了"立家"的空间。而自己的作品作为一部后出的著作，要达到可以"立家"的高度，就要对前人著述取其长而避其短，青出于蓝，后来居上。为此，刘勰写作中在"振叶以寻根，观澜而索源"上下了很大的功夫。他把文章的"根""源"追寻到了孔子删述的五经，又通过《原道》将其追溯到了人文最初的产生，使之具有了文学、文化通史的深度；并对每一种文章样式"原始以表末，释名以章义，选文以定篇，敷理以举统"，使其原原本本，明明白白。在对"文术"的研究方面，他也不遗余力地"述先哲之诰"，力图能"益后生之虑"，从而在为文之"识"方面超越了前人。在著述体例方面，《文心雕龙》的开创性也是有目共睹，可谓前无古人，后无来者，成为古代文论中一座绝世独立的高峰。其篇幅之宏大，结构之谨严，无愧于"体大而虑周"②之美誉。细读《序志》以及《程器》《诸子》诸篇，还可明显感受到，他的著述目的，并非只是要做成一部文论，而是要创作一部能够"入道见志""树德建言"的子书，而且在很大程度上也达成了目的。③就此而论，刘勰已然实现了其"成一家之言"

---

① ［梁］刘勰著，戚良德辑校：《文心雕龙》，第286页。
② ［清］章学诚：《文史通义》，北京：中华书局，2014年，第518页。
③ 魏伯河：《论〈文心雕龙〉为刘勰"树德建言"的子书》，《福建江夏学院学报》2018年第2期。

的追求。在《序志》的赞语中，刘勰寄慨遥深："生也有涯，无涯唯智。……文果载心，余心有寄。"其对"不朽"的期待已情见乎辞、跃然纸上了。

在有意上承孔子方面，刘勰与司马迁亦可谓如出一辙。《序志》篇云：

> 予生七龄，乃梦彩云若锦，则攀而采之。齿在逾立，则尝夜梦执丹漆之礼器，随仲尼而南行。[1]

"执丹漆之礼器，随仲尼而南行"，其非以孔子之后继者自任而何？与司马迁"小子何敢让焉"，何其相似乃尔！两位相距六百多年的文化巨人如此相似的文化使命担当，固然得益于共同的文化传统，也不能排除其中存在着的某种传承或借鉴关系。

司马迁的"究天人之际，通古今之变，成一家之言"，就三者关系而论，"究天人之际，通古今之变"是实现"成一家之言"的必要条件，而"成一家之言"在某种程度上是"究天人之际，通古今之变"的目的或结果。刘勰《文心雕龙》所体现的逻辑也是如此。离开了《原道》《征圣》《宗经》和《通变》《时序》，就没有了《文心雕龙》，他"树德建言"、自成一家的宏愿也就落空了。

五、余论：篇章与术数

刘勰对《史记》的继承与借鉴，当然不限于以上学理的方面。笔者认为，即便在全书的结构布局上，也可以看到《文心雕龙》与《史记》彼此相通的"为文之用心"。

---

[1] ［梁］刘勰著，戚良德辑校：《文心雕龙》，第286页。

在《史记·太史公自序》中，司马迁对《史记》的布局谋篇有
如下说明：

> 罔罗天下放失旧闻，王迹所兴，原始察终，见盛观衰，论考
> 之行事，略推三代，录秦汉，上记轩辕，下至于兹，著十二本纪，
> 既科条之矣。并时异世，年差不明，作十表。礼乐损益，律历改易，
> 兵权、山川、鬼神、天人之际，承敝通变，作八书。二十八宿环
> 北辰，三十辐共一毂，运行无穷，辅拂股肱之臣配焉，忠信行道，
> 以奉主上，作三十世家。扶义俶傥，不令己失时，立功名于天下，
> 作七十列传。凡百三十篇。①

可知他的《史记》中任何一类篇章的数字，都不是随意安排
的。对此，后代的注疏家们曾做过不同的阐释。唐人司马贞（679—
732）《补史记序》说：

> 观其本纪十二，象岁星之一周，八书有八篇，法天时之八节，
> 十表放（仿）刚柔十日，三十世家比月有三旬，七十列传取悬车
> 之暮齿，百三十篇象闰余而成岁。"②

大约与司马贞同时代的张守节（生卒年不详）则认为：

> 太史公作《史记》，起黄帝、高阳、高辛、唐尧、虞舜、
> 夏、殷、周、秦，讫于汉武帝天汉四年，合二千四百一十三年。
> 作本纪十二，象岁十二月也。作表十，象天之刚柔十日，以记

---

① ［汉］司马迁：《太史公自序》，《史记》，第 3319—3320 页。
② ［唐］司马贞：《补史记序》，黄嘉惠刻本《史记》附录。

封建世代终始也。作书八，象一岁八节，以记天地日月山川礼乐也。作世家三十，象一月三十日，三十辐共一毂，以记世禄之家辅弼股肱之臣忠孝得失也。作列传七十，象一行七十二日，言七十者举全数也，余二日象闰余也，以记王侯将相英贤略立功名于天下，可序列也。合百三十篇，象一岁十二月及闰余也。而太史公作此五品，废一不可以统理天地，劝奖箴诫，为后之楷模也。①

这些说法，精粗详略不尽一致，而所述义理相去不远。在我们今天看来，此类解读，或者不无机械比附之嫌，也未必全都符合司马迁的本意。但在笃信天人合一、认为数字具有神秘功能的我国古人那里，却多半并不认为是牵强附会。而司马迁作为史官，拥有当时最丰富的天文历数知识，在写作布局时考虑到这些因素，是完全可能的，也是可以理解的。

今人大都知道，刘勰在《文心雕龙》的写作中，篇章布局方面受到《易经》的直接影响。他把《文心雕龙》全书分为上下两篇，应该是按照《周易·系辞》中"分而为二以象两"② 所作的结构布局。上篇论"文体"，为显性，属阳，象天；下篇论"文术"，为隐性，属阴，象地。他在《序志》中写道："位理定名，彰乎大易之数，其为文用，四十九篇而已。"《周易》中的"大衍之数"（即"大易之数"）为五十，所以刘勰将《文心雕龙》设计为五十篇；"其用四十有九，太一不用"，按照东汉马融的解释，太一即太极，为北辰，恒定不动，故言"不用"。刘勰把本书前四十九篇称为"文用"，

---

① ［唐］张守节：《史记正义·论史例》。［汉］司马迁：《史记》第 10 册附录，第 13 页。

② 郭彧译注：《周易》，第 296 页。

就是说每篇分别研究了文章写作的某一方面问题。而将最后一篇《序志》作为"不用"之选，处于"太一"之位。正像"太一"虽则"不用"，却是万事万物之本根一样，《序志》虽然没有研究文章写作的具体问题，但却具有涵盖全书的重要地位。而在《史记》里面，最后一篇《太史公自序》，也是涵盖全书的。司马迁从家族传承、写作原委到篇章构思、内容提要依次写来，不啻为《文心雕龙·序志》的写作导夫先路。凡此种种，说明司马迁、刘勰的文章结构思想并不仅仅是"因情立体，即体成势"（《定势》）的，还受到了源于《周易》的术数理念的深刻影响。

这样的比较说明，《文心雕龙》和《史记》虽然是两种不同的著作，但却是同一个大的文化环境里的产物。在这个大的文化环境里，天人合一的宇宙观具有巨大的影响，文献编撰考虑数字因素成为一种传统，数理之美也成为古人的美学追求的重要内容①。由此导致人们在撰述成体系的著作时，为了增强其神圣性，表明其制作之"应天顺人"，在安排篇章结构时会自觉地遵循《周易》以来的术数理念，力求与阴阳五行、天干地支等基本数字相合，而不惜在内容上甘受其制约。在此前的《吕氏春秋》中，已经可以明显看到这种努力：该书作者就是以十二月令、阴阳五行布局名篇的；《史记》则体现得更为完备。就这一点而言，《文心雕龙》在以特定数字进行篇章布局方面与《史记》具有同源性。不仅如此，《史记》作为历史文化遗产，是刘勰研究继承的对象之一，《文心雕龙》以"体大而虑周""笼罩群言"②著称，其篇章布局的方式，在笔者看来，除了直接源自于《周易》之外，还应该在一定程度上受到了《史记》的影响或启发。

---

① 参见杜贵晨：《中国古代文学的重数传统与数理美——兼及中国古代文学的数理批评》，《中国社会科学》2002 年第 4 期。

② ［清］章学诚：《文史通义》，第 518 页。

以上对比研究表明，司马迁与刘勰两位文化巨人、《史记》与《文心雕龙》两部文史巨著之间，异曲同工，各臻其妙，成为各自领域里的经典之作；而其间血脉相通，存在着重要的传承关系。尤其刘勰对司马迁《史记》的汲取，深入底里不露痕迹，如盐入水中有味而无形，是值得后人研究和借鉴的。

（原载《中国文化论衡》总第 12 辑）

《文心雕龙·程器》之干进意图揭秘

——兼与张国庆先生商兑

　　《文心雕龙》最后为《程器》篇(不含作为全书序言的《序志》)。"程器"一词由"程"和"器"两个词素构成,二者为动宾结构,"程"是计量考核的意思,《说文解字》释"程":"品也。十发为程,十程为分,十分为寸",说明"程"本是很微细的长度单位,用作动词,表示很精细的计量;"器"是材器、器能,借指人才。"程器",即对人才的考察和衡量。语出《汉书·东方朔传》:"武帝既招英俊,程其器能,用之如不及。"① 各种注译《文心雕龙》的著作中,对"程器"词义的解释并无二致。但这样的解读,仅停留于因字解义的表面层次,并未能尽发其作为篇名的奥义。因为既云"程器",必有其施予者和施予对象。那么,施予者是谁? 他所"程"的是哪一种"器",即施予对象是谁? 一些研究者先入为主地认为,作者刘勰就是那位施予者,他所"程"的是作家,"程器,就是衡量一个作家有没有包括道德品质、政治见识在内的全面的修养"② 。但考诸文本,就会知道这是颇有问题的。因为刘勰写作此篇,论列古今人物,并不限于作家文士;而且他之论列,只不过用作正反两面的例证,无论是褒是贬,丝毫也改变不了这些人物的命运,这样的"程器",意义自然就大打折扣。而且就全书内容而论,在本书的《体性》《时序》《才略》及其他各篇中,刘勰一直是把作家与作品紧密联系在一起

---

　　① ［汉］班固:《汉书》第九册,北京:中华书局,1962年,第2863页。
　　② 贾锦福主编:《文心雕龙辞典》,济南:济南出版社,1993年,第63页。

加以评论的，没有必要在这里专门再写一篇文题不符的"作家论"。

这样说来，刘勰撰写此篇并以"程器"命名，还应该有其特别的用意。试想，在选材作器的过程中，谁才有"程器"之权？显然乃"梓材"之"工匠"，而决不会是那些备选的木材；同理，在社会生活尤其政治运作中，有"程器"之权的只能是有选人、用人权力的统治者，尤其是最高统治者。文场笔苑作为社会的一部分，情况同样如此。就此而论，作者刘勰及其文中所涉及的所有古今士人，都只不过是"器"而已，只有被"程"的资格，而并无"程"的权力。在这样的前提下，他之所以要饱含激情、浓笔重彩地写出这样一篇《程器》，把"器"的范围扩大到所有人才，其良苦用心，当然别有所在。质言之，他是要把本篇写成给有权"程器者"即统治者的干求书。本文试对这一隐秘予以揭示。

一、《程器》的内在理路

多年来专门研究本篇及对全书进行译注、分析的论著可谓多矣，笔者发现，不少存在着分段过细、割裂文义的问题。笔者反复玩味原文，认为本篇正文的分段，只须分为三大段。

自"《周书》论士"至"吁可悲矣"为第一段，揭示全篇题旨，具体包括两个层次：第一层是树起立论的准则——"贵器用而兼文采"；第二层是选定批驳的靶子——"古今文人类不护细行"。对此大家基本不存异议。人们往往忽略的是："贵器用而兼文采"，并非把"器用"和"文采"并列，而是有主次之分、先后之别；而且由于全书关于文采的论述已足够充分，所以本篇的论述仅涉及器用。

自"略观文士之疵"至"位之通塞，亦有以焉"为第二段，本段承接第一段之第二层，以驳论为主，破中有立。具体包括三个层次：第一层是"略观文士之疵"，列举了自西汉至西晋 12 位著名文士被人非议的方面，至"诸有此类，并文士之瑕累"作结。这一层次的内容好像坐实了曹丕（187—226）"古今文人类不护细行"的说法。但其实是以退为进，意在引起下文的论述。须注意的是，这些"文士之疵"，都是前人的非议，属于为人熟知的材料，并非刘勰自己新的发现。第二层笔锋一转，以"文既有之，武亦宜然"引出"古之将相，疵咎实多"，接着列举了从名相管仲（约前 723—前 645）、名将吴起（前 440—前 381）直至晋代王戎（234—305）等一系列的实例，指出这些人的疵咎并不比纯粹的文士们少，而文士们中也有诸如"屈、贾之忠贞，邹、枚之机觉，黄香之淳孝，徐幹之沉默"等近乎白璧无瑕的正面典型，以"岂曰文士，必其玷欤"作结，有力地驳正了曹丕之说及后人雷同之论。第三层从揭出社会公理"人禀五材，修短殊用，自非上哲，难以求备"开始，跳出文士、将相有无瑕疵的争执（因为彼此各有"瑕累"和"疵咎"），指出"将相以位隆特达，文士以职卑多诮，此江河所以腾涌，涓流所以寸折者也。名之抑扬，既其然矣；位之通塞，亦有以焉！"即文士之所以多受非议，原因主要在于"职卑"即地位低下，与将相们相比，"名之抑扬""位之通塞"判然有别！这一层次文字不多，但饱蘸感情，力透纸背，对社会不公的愤慨溢于言表，进一步揭示出了文士多受非议的社会根源。而这一大段，恰恰是各家划分过细、容易割裂文义的部分。有的还将"名之抑扬，既其然矣；位之通塞，亦有以焉"归属到后面一段，尤易造成文意理解的偏离。

从"盖士之登庸，以成务为用"至"若此文人，应梓材之士矣"为第三段。本段承接第一段之第一层，以立论为主，正面论述自己"贵器用"的人才主张。其中包括两个层次：第一层，自"盖士之登庸，以成务为用"至"岂以习武而不晓文也"，从正反两方面论述了"丈夫学文"也必须"达于政事"，应力求在才具上达到"文武之术，左右惟宜"的水平；否则"有文无质"必然"终乎下位"。第二层，从"是以君子藏器，待时而动"至"若此文人，应梓材之士矣"，论述作为君子的士人应奋发有为，并对仕途穷达持达观态度。在步入仕途之前，要为从政做好充分准备，这包括"蓄素以弸中，散采以彪外"两个方面，即内外兼修，力求在人才层次上达到"楩楠其质，豫章其干"的高度，能够"摛文必在纬军国，负重必在任栋梁"。当然，刘勰很清楚，即便有了这样卓越的素质和才干，仍然还有"遇"和"不遇"两种可能。对此，他认为要做好两种准备："穷则独善以垂文，达则奉时以骋绩。"而这样的文人，无论穷达，就都属于《周书》所说的"梓材之士"，属于统治者求之不得的人才。

最后的"赞曰"是按全书统一体例，加写的总括全篇的文字。全文的主旨，从表面看，是主张"士"应该按"贵器用"的标准打造自己，不能做"有文无质""务华弃实"的纯文人。从隐含的真实意图说，则是期待有程器之权者能读到本文，发现和起用自己。这样的意图未必多么高尚，但对古人来说，却无可非议。

通篇所论，与作家怎样写作即所谓"文术"没有直接关系，也并非专门集中论述文士的品德修养。那么，本篇与全书是否不能相容呢？按当今纯文学理论书籍的标准，似乎不够谐和；而按《文心雕龙》的作意和构思，则不可或缺。须知，"摛文"能够"纬军国"，"负重"能够"任栋梁"，"达则奉时以骋绩，穷则独善以垂文"，已不啻古代圣贤的标准。似此之器，实乃大器。就本书而言，刘勰以这样的标准告诫士人并以之自期，恰恰弥补了全书此前各篇就文论文、就艺谈艺的缺憾。须知他写作《文心雕龙》，本就是为了经世致用，最后落实到士人应成为"梓材之士"，发挥其"器用"，自属题中应有之义。黄叔琳（1672—1756）评语谓："此篇于文外补修行立功，制作之体乃更完密。"①刘咸炘（1896—1932）则指出："以此终篇，归诸大本也。"②他们都认识到《程器》是全书不可分割的组成部分，但对本篇的干进意图，似乎还未能体察。

二、《程器》论"士"的范围

本篇开始援引《周书》所论的"士"，包括了一般意义上的各种人才，并非单指"文士"或"词人"而言。因为在《周书》的时代，"士"尚没有文武的分野，因此也不会有"文士"的概念。对汉代以前的士人区分为"文""武"两大类，大抵为后人根据后起的观念所追加，不足为凭。考："士"本为上古掌刑狱之官，其代表人物为皋繇。商、西周、春秋前中期的"士"属于贵族阶层的最下一级，多为卿大夫的家臣，其中有特殊才干并遇到特殊机会者，也可以跻身公卿之列。春秋末年以后，逐渐成为统治阶级中知识分子的统称；随着封建制度的解体，"士"的地位逐步下降，逐渐演变为包括士农工商在内的"四民之首"。试看战国时期的"士"，有著书立说的学士，有为知己者死的勇士，有懂阴阳历算的方士，有为人出谋划策的策士，有游走于各国的游士，还有在山林、市朝的隐士等。这些人，统称为"士"。当时著名的战国四公子均以"善养士"知名，他们所养的士，是包括了形形色色有一技之长的人、乃至鸡鸣狗盗之徒的。到了汉代，随着社会分工的逐步细化，"文士"和"武士"的分野才逐渐明确，并产生了"士大夫""士君子"一类词汇。

那么，刘勰本文所说的"士"具体是指什么人呢？今人因认定《文心雕龙》只是一部文学理论著作，故而不假思索地轻率判定本篇所说的"士"就是"文士"，也就是现代所说的作家或文学家。但考

① ［梁］刘勰著，戚良德辑校：《文心雕龙》，上海：上海古籍出版社，2015年，第285页。

② ［梁］刘勰著，戚良德辑校：《文心雕龙》，第285页。

诸本文实际，就会发现这样的认识并不准确。刘勰在本篇所论及的"士"，固然是包括了"近代词人"（即文士）在内的，但又不限于此，而是包括了各种类别的人才。通过"文既有之，武亦宜然"可知，"武士"也是包括在内的；从社会阶层的视角来看，既包括"职卑多诮"的文士，也包括"位隆特达"的将相；从性别区分来看，则不仅包括"男士"，甚至还涉及了"女士"，如鲁之敬姜。须注意的是，刘勰对这些人物的褒贬，仅属举例性质，用意并不在于对他们作最后评定；其作用是驳正雷同一贯地轻诋文人的成见，借以推出"人禀五材，修短殊用，自非上哲，难以求备"的观点，希望得到有程器之权者的关注和采纳。

刘勰心目中理想的"士"（他又称之为"丈夫""君子"），具有很高的标准。就本文描述看，应该是"文武之术，左右惟宜"，即既有文学才能又有从政才干的。刘勰所列举的这方面的典范，近代的有庾亮（289—340），古代的有郤縠（前682—前632）、孙武（约前545—前470）。他们"才华清英""敦书""晓文"，但更重要的是都在军国大事上发挥了才干、建树了功勋。这样的人，才是刘勰理想的"士"，并且也正是刘勰对自己的远大期许。他有此期许，并非异想天开，或年少轻狂，因为他的前辈如刘穆之（360—417）、刘秀之（396—464）等就是习武而又晓文的人物。尽管刘勰此时作为幼孤家贫的下层士了，且已年过而立（这在当时社会已不算年轻），深知实现这种愿景的希望特别渺茫，但他志向高远，认为应该有这样的充分准备，宁可备而无用，不可用而不备，此即所谓"君子藏器，待时而动"。我们有理由推测，此时的刘勰，对"文武之术"都已有了广泛的研究和积累。不过由于他只有《文心雕龙》一部专门论文的著作流传下来，入梁出仕之后，也没有得到充分施展才华的机会，未能"奉时以骋绩"，才致使后人误以为他是仅会著书的文士而已。刘勰认为，"梗楠其质，豫章其干"才是"梓材之士"的标准。我们无须怀疑，刘勰自认就是这样的"梓材之士"，他正在那里"待时而动"、"待价而沽"呢！

我们不妨"以子之矛攻子之盾"，用"摛文必在纬军国"的标准来衡量《文心雕龙》，看其是否合格。曹丕《典论·论文》称："盖文章，经国之大业，不朽之盛事。"①刘勰在《序志》篇中发挥其义，称"唯文章之用，实经典枝条，五礼资之以成，六典因之致用，君臣所以炳焕，军国所以昭明"，可知他之所谓"文章"，都是关乎军国大计的。我们看到，《文心雕龙》所论各种文体，包括了军国政事中各种实用文体，他对这些文体应该怎样写作都有充分的论述；本书论及各类作家作品时，事实上也都以是否能经世致用为重要标准；加上《程器》篇论"士"应为"梓材之士"的内容，更使全书具有了某种程度的政论色彩。这部《文心雕龙》，因之是符合这一标准的。以此进而评价刘勰，至少是具备了"梓材之士"的素质的。

根据上述理由和本篇的论士范围，《程器》篇不宜简单地认作"作家论""批评论"②或"文德论"③，更不会是刘勰在那里着眼于"程文"，"论述文应有的社会价值作用"④，而是一篇有感而发、具有广泛针对性和适用性、干进意图也很明显的人才专论，其中包含有不少有价值的人才学观点。因此，文论研究者之外，人才学专

---

① ［三国］曹操，曹丕，曹植：《三曹集》，长沙：岳麓书社，1992年，第178页。
② 牟世金《〈文心雕龙译注〉引论》认为："《才略》和《程器》是作家论。《才略》是从创作才能方面评论作家，《程器》是从品德修养方面评论作家。"而在全书总体框架分析中，则将《时序》至《程器》五篇列为"批评论"。见《雕龙集》，北京：中国社会科学出版社，1983年，第283页。
③ 张利群：《刘勰〈程器〉中的作者"文德"批评新论》，《广西师范大学学报（哲学社会科学版）》2002年第2期。
④ 赵运通：《〈文心雕龙·程器〉"程文"说》，《洛阳师范学院学报》2002年第6期。

家也不妨将其纳入研究视野。

三、《程器》的预定读者

一般说来，一篇文章或一部书，都有作者所预定的读者对象，《文心雕龙》也不会例外。如果仅将其视为文学理论著作，读者对象只是从事文学写作的文人士子，不仅将导致许多篇章失去其针对性，还会使刘勰大失所望。

笔者以为，《文心雕龙》全书，尤其最后写作的《程器》篇，在刘勰的预设中，其读者对象可区分为两个方面。

首先，是有"程器"之权的统治者。作为读者面，这一类人显然是少数；但其重要程度，却毋庸置疑。作为有"程器"即评价和选拔人才之权的统治者，必须认识到"人禀五材，修短殊用，自非上哲，难以求备"的事实和道理，在评价和选拔人才时，决不应求全责备，因短弃长。试想，如果齐桓公（前 716—前 643）因有"盗窃"之污点而不用管仲（约前 723—前 645），如何能九合诸侯成为春秋五霸之首？魏文侯（前 472—前 396）如果因有"贪淫"之恶名而摒弃吴起（前 440—前 381），又怎能屡破强秦、虎踞中原？显然，评价或选拔人才，应该如后来的唐太宗（598—649）所说："君子用人如器，各取所长。"① 只有以这样的人才观，来识别、选拔和储备人才，才会出现人才济济的局面，每一项军国大计才能都有合适的人才去承担，并且各得其宜，胜任愉快。而君主个人的才干是否最佳，反倒是次要的。例如汉高祖刘邦（前 256—前 195），几乎身无长技，但却善于用人，并有自知之明。他总结自己得天下之由，自认"夫运筹策帷帐之中，决胜于千里之外，吾不如子房。镇国家，抚百姓，给馈饷，不绝粮道，吾不如萧何。连百万之军，战必胜，

---

① ［宋］司马光：《资治通鉴·唐纪八》，北京：中华书局，2013 年，第 5058 页。

攻必取，吾不如韩信。此三者皆人杰也，吾能用之，此吾所以取天下也"①。可谓最高统治者中知人善任的典范。但最高统治者未必能博览群书，下层文士能直接受知于君主的机会毕竟也难得一遇，因此，这类读者中还包括那些握有举荐人才之权的人。这些人如举荐得人，其作用至关重大。孔子所以推重齐国的鲍叔和郑国的子皮，就是因为他们向君主推荐了管仲和子产。②这些人发现人才并向上举荐的前提，应该是善于"程器"，有知人之明。刘勰为此而奋力发声，其所寄予希望的，更应该是这些人。以理推测，刘勰后来受知于沈约（441—513），除了因为《文心雕龙》"深于文理"之外，很可能还和沈约读到本文之后，怦然有动于心，于是对作者刮目相看，有着某种关系。

前文说到，本文就内容说，更像是一篇有意向统治者进言的人才专论，其个人的干进意图也包含其中。这就决定了他预定的读者对象以程器者为主。需要说明的是，刘勰的这种隐秘心思，并非笔者的独家发现。刘凌先生（1940—　）曾通过梳理全书中有关"文—名—位"的论述，指出："刘勰之志恐不在文，而在'位'也即'官'。由《程器》'彼扬马之徒，有文无质，所以终乎下位'论断推测，《文心雕龙》之重'质'崇'实'，决非仅是一种文学标准，实也暗含强烈政治诉求。"③"在某种程度上，《文心雕龙》就是刘勰所'藏'之'器'，一种干政之具。这或不是无端猜测之词，也无损于它的

---

① ［汉］司马迁：《史记·高祖本纪》，北京：中华书局，第381页。

② 许维遹《韩诗外传集释》："子贡问大臣。子曰：'齐有鲍叔，郑有子皮。'子贡曰：'否！齐有管仲，郑有东里子产。'孔子曰：'然我闻鲍叔之荐管仲也，子皮之荐子产也，未闻管仲子产有所荐也。'子贡曰：'然则荐贤于贤？'子曰：'知贤，智也；推贤，仁也；引贤，义也。有此三者，又何加焉！'"北京：中华书局，1980年，第267页。

③ 刘凌：《古代文化视野中的〈文心雕龙〉》，长春：吉林大学出版社，2010年，第39页。

学术价值。"① 其说披文入情，诚为剥皮见骨之论，启予匪浅。

其次，才是文士群体及一般读者，这类读者就人数说，自然是大多数。但他们对刘勰所能起到的作用，却无法与第一类读者相比。他们所能做的，无非两点，一是在某种程度上接受作者的观点，在习文的同时重视对政事的关注，提高自己的器用层次；二是阅读本书并赞同其观点之后，以某种方式向社会传播。无论起到哪种作用，都将有利于扩大本书的影响，提高作者的声誉，机缘巧合的话，也不排除引起第一类读者关注的可能。

不过，后来的经历证明，刘勰愿望的实现并不顺利。《梁书·刘勰传》称："（《文心雕龙》）既成，未为时流所称。"② 我们不妨推测一下其中所包含的内容。当时印刷术尚未问世，书籍的传播全靠手抄，刘勰要向别人推介，必须送给别人抄本；而以他的身份和经济能力，不可能请人代抄，必须亲力亲为。所送的对象当然会有选择，因为太高了高攀不上，太低了不值得请托，所以应该是当时社会上有一定地位和影响的文人，即所谓"时流"。而"时流"之弊，在于跟风。在没有强有力者给予评价之前，他们往往无动于衷，不屑一顾。这就决定了，刘勰辛辛苦苦抄写的许多《文心雕龙》复本，在"时流"人物那里，不被用以覆瓿，也必然束之高阁，置之脑后。这种情况下，更不会有人费时费力还要费财去抄读，其不为"所称"，简直就是宿命！从全书定稿到沈约寓目，其过程肯定不会很短，有可能达一两年。这一过程中刘勰的失望与煎熬，我们现在仍不难想见。他之后来毅然决然扮作书贩去干求沈约，显然是事出无奈，带有破釜沉舟、最后一搏的性质。戚良德先生（1962—　）分析说："刘勰迈出这一步，实在需要很大的勇气，甚至要承受不少

① 刘凌：《古代文化视野中的〈文心雕龙〉》，第40页。
② ［唐］姚思廉：《梁书》，北京：中华书局，1973年，第712页。

痛苦的折磨。"①这样对古人作"同情的理解"，自是"知音"之言。好在沈约读后"大重之"，并且"常陈诸几案"，才使本书没有被埋没，刘勰的人生也才走出了长期的窘境。但归根结底，还是刘勰预设的第一类读者发挥了作用。

四、刘勰为何"耿介于程器"？

"耿介"一词，《文心雕龙》全书凡四见。其一，"陈尧舜之耿介"（《辨骚》）；其二，"刘琨劝进，张骏自序，文致耿介，并陈事之美表也"（《章表》）；其三，"杨秉耿介于灾异，陈蕃愤懑于尺一"（《奏启》）；其四，"耿介于程器"（《序志》）。其一为形容词，意为光明正大。王逸注："耿，光也；介，大也。"其二、其三、其四皆为动词，意为感愤。杨明照先生（1909—2003）《文心雕龙校注拾遗补正》对此辨析说："按《程器》一篇，舍人抑郁不平之气，溢于辞表，则此'耿介'二字含义，与《离骚》'彼尧舜之耿介兮'或《九歌》'独耿介而不随兮'之'耿介'异趣。《章表篇》：'张骏自序，文致耿介'，《奏启篇》：'杨秉耿介于灾异，陈蕃愤懑于尺一'，皆有感愤之意。《南齐书·豫章王嶷传》：'虽修短有恒，能不耿介？'《文选》潘岳《秋兴赋》：'宵耿介而不寐兮，独展转于华省'；谢惠连《秋怀诗》：'耿介繁虑积，展转长宵半'；陆机《猛虎行》：'眷我耿介怀，俯仰愧古今'；刘铄《拟青青河边草》：'良人久徭役，耿介终昏旦'；应璩《与满公琰书》：'追惟耿介，迄于明发'，与舍人所用'耿介'意，正相合也。"②综合以上用例可见，"耿介"即感愤于心，不能释怀，不吐不快之意。刘勰在《文心雕龙》全书中，唯独"耿介于程器"，说明此篇在其

---

① 戚良德：《文心雕龙校注通译·引论》，上海：上海古籍出版社，2008年，第3页。

② 杨明照：《文心雕龙校注拾遗补正》，南京：江苏古籍出版社，2001年，第459页。

心目中自有独特之地位，读者理应给以高度重视。

那么，刘勰在《文心雕龙》全书中，何以唯独"耿介于程器"？笔者以为，这与他本书的写作目的和现实处境有着直接的关系。心比天高而立身下贱，理想与现实的天壤之隔，本来就时刻在敲击着刘勰的心灵。笔者曾有专文指出：刘勰写作《文心雕龙》，其目的"并非要写作一部《文章作法》之类的实用读本（与其抱负不符），也不是要写一部《文学概论》之类的学科专著（因为那时还没有此类观念），而是要写一部通过'论文'来'述道见志'进而'树德建言'的子书"①。然而，因为已经确定了本书为"论文"之作，在其他篇章中由于论题限制，他并没有可以一吐胸臆、直接建言的机会，许多次欲言又止。行文至最后篇章，联想到古已有之、于今为烈的"世胄蹑高位，英俊沉下僚"（左思《咏史》）的社会现象和自己空有大志和才华却无从施展的严酷现实，他满腔的孤愤再也无法抑制，终于喷薄而出，发为不平之鸣。其"耿介于程器"，良有以焉！周勋初先生（1929— ）指出："《程器》此文可说是在全书中最富作者个人感情色彩的一篇文章。"② 正是有见于此。

对此，古往今来学者已多有论及。清人纪昀（1724—1805）谓"观此一篇，彦和亦发愤而著书者"。显然是注意到了此篇在全书中的特出之处。但他接着说："观《时序》篇，此书盖成于齐末。彦和入梁乃仕，故郁郁乃尔耶？"③ 则不免鄙俗之见。因为刘勰入梁之后虽然出仕，但不过担任文学侍从之职，与其"摛文必在纬军国，负重必在任栋梁"的追求仍相去其远，刘勰器量宏大，不会小得即满，

---

① 魏伯河：《论〈文心雕龙〉为刘勰树德建言的子书》，《福建江夏学院学报》2018 年第 2 期。

② 周勋初：《文心雕龙解析》，南京：凤凰出版社，2015 年，第 789 页。

③ ［梁］刘勰著，戚良德辑校：《文心雕龙》，上海：上海古籍出版社，2015 年，第 285 页。

郁郁之情，应该是伴随其一生的。王元化先生（1920—2008）在《刘勰身世与士庶区别问题》中写道："我认为《程器篇》是一篇最值得重视的文字。刘勰在这篇文章中论述了文人的德行和器用，借以阐明学文本以达政之旨。其中寄慨遥深，不仅颇多激昂愤懑之词，而且也比较直接正面地吐露了自己的人生观和道德理想。"① 其说较纪昀有所发展，大抵不差。但由于拘囿于《文心雕龙》为文学理论、《程器篇》属于创作论的思域，目的在于论证刘勰出身庶族而非士族，与刘勰写作此篇的本意尚隔一层。

　　与"耿介于程器"相关的还有"怊怅于知音"。《序志》中提及全书各篇，唯独最后这两篇（《知音》与《程器》）用了感情色彩浓郁的字眼，这绝不是无来由的。《知音》也是刘勰激情贯注的一篇。该篇论文学鉴赏，一开始就大发感慨："知音其难哉！音实难知，知实难逢；逢其知音，千载其一乎！""怊怅"，意同"惆怅"。那么，刘勰何以"怊怅于知音"？表面看，当然是出于对"知音难逢"的感叹，似乎只是对古往今来作家作品及社会此类现象的议论；而深入一层则不难发现，刘勰更有其切身的痛楚。他天资聪颖，笃志好学，志向远大，内外兼修，本当"奉时以骋绩"，而如今已年逾而立，却一事无成，不得不寄居僧寺，为人抄经！苦心孤诣写作了这部《文心雕龙》，却因自身地位卑微，不仅难于一鸣惊人，乃至遇到知音、流传于世的希望也十分渺茫，很有可能欲"独善以垂文"而不可得，这让刘勰如何能不"怊怅于知音，耿介于程器"！

五、《程器》"明显写得不好"吗？

　　云南大学张国庆先生（1950—　　）在与辽宁大学涂光社先生

---

① 王元化：《刘勰身世与士庶区别问题》，《文心雕龙创作论》，上海：上海古籍出版社，1984年，第13页。

（1942— ）合著的《〈文心雕龙〉集校、集释、直译》一书及随后发表的《〈文心雕龙〉瑕疵辨析》一文中认为：《程器》篇"明显写得不好"，"本篇写作存在较大问题：文意游移、歧离，全篇的完整性、整一性明显不足"。而"为什么本篇会出现这样的文意歧离篇章分裂？这当然与思考不透构思不周大有关系，但很可能也与某种强烈的表达冲动密切相关"。① "虽然本篇开头已明确表示将要以词人文士应当兼重实与华、器用与文采为主要论旨，可是后半篇的论述重心却落在了力陈士人、君子应当兼通文武之术、'弸中'而'彪外'、'纬军国'而'任栋梁'，'穷则独善以垂文，达则奉时以骋绩'等等上面。启行之辞如彼，绝笔之言如此，一物携二，首尾不一。后面的大量论述对开篇预先定下的全篇论旨的严重偏离，正是'郁郁'于刘勰心中已久的一切'有激'之言和理想抱负的不顾一切、急不择路的喷涌、倾吐的结果和明证。"② "归根到底，《文心》乃是一部文学理论或文章学的专书，大篇幅的这类言论不论置于书中何篇，都会与全书内容产生不协、歧离。……大篇幅的这类言论的集中表达，则断乎不宜见诸本书！"③

刘勰身后 1500 年，何曾遭受如此严厉的责难？这究竟是刘勰本人的问题，还是当今论者的问题呢？事关重大，不可不辨。下面略作分析：

首先，应该明确古今"文学"的不同定义和定位。应该知道，我国古代之所谓"文学"，接近于整个的文化学术，与现代的"文学"概念相去甚远，这也是《文心雕龙》把现在看来并非文学作品的许

---

① 张国庆、涂光社：《〈文心雕龙〉集校、集释、直译》，北京：中国社会科学出版社，2015 年，第 911、913 页。

② 张国庆、涂光社《〈文心雕龙〉集校、集释、直译》，第 916 页。

③ 张国庆、涂光社《〈文心雕龙〉集校、集释、直译》，第 918—919 页。

多文章类型纳入其研究范围的原因。而且我国的古人，尤其先秦至六朝的古人，鲜有以做专门的文学家为职志的。而事实上，那时受社会条件和生产力水平的限制，纯粹的文人仅靠文学也的确是不能立身的。文士们写诗作赋、著书立说，只不过是借以为进身之阶而已。那时的成功标准，也不在于成为知名的文人，而在于成名之后是否得到了朝廷的任用，能否在社会政治中建功立业，获取地位。宋人刘挚（1030—1098）所说"士当以器识为先，一命为文人，无足观矣"①的话虽然晚出，但却是总结概括了数千年中社会的某种共识的。刘勰的观念与此并无二致，他鄙薄"扬马之徒有文无质"，就表现了这样的价值观念。可以肯定，刘勰的人生目标，决非是做一个在社会上有些名气的文人，也决非以成为司马相如、扬雄那样的御用文人为满足。何况据《序志》，他之写作《文心雕龙》，并非其初衷，因为在当时的社会观念中，"论文"比起"注经"，本来就是等而下之的。他之选择"论文"，是由于"马、郑诸儒，（对经典）弘之已精，就有深解，未足立家"，才不得已而求其次的。他之写作《文心雕龙》，如前所说，"是要写一部通过'论文'来'述道见志'进而'树德建言'的子书"。而最后，《文心雕龙》也确实写成了一部"子书中的文评，文评中的子书"②。今天看来，《文心雕龙》作为文论，此书固然前无古人，而作为子书，也是"自开户牖"（《诸子》）的。但即便如此，在当时的刘勰心目中，《文心雕龙》也并非他要坚持一生的事业，说到底，也还只是一块与众不同的敲门砖而已！刘勰其后没有再继续文学的研究，没能再写出其他的文论著作，也可以证明这一点。今人把刘勰视为专门的文学批评家，把《文心雕龙》视为文学理论或文章学专著，按现在的标准，自无不可；

---

① ［元］脱脱等：《宋史》第 31 册，北京：中华书局，1977 年，第 10858 页。
② 王更生：《文心雕龙研究》，台北：文史哲出版社，1979 年，第 133 页。

但如果用现在的学术论著标准去要求、衡量《文心雕龙》，合则激赏，不合则非议，却肯定是欠妥的。因为按照狭义的"文论"标准来要求，《程器》篇的直抒胸臆或许存在某种欠妥之处；但若作为"述道见志"的"子书"来看待，这样的精彩议论却不仅不算多余，甚至还是不可或缺的。

其次，应该明确中西诗学的不同特点。陈伯海先生（1935—）曾指出：中国诗学以情志为本，"立足于人的真实的生命活动和生命体验，便成了中国诗学的基本的出发点"。而"客体的'自然'而非主体的'情志'构成诗歌活动的本根，这是西方主流派诗学在出发点上大不同于中国传统诗学之处"。① 西方诗学建基于主客二分的思维模式，而中国诗学则是建基于天人合一、群己互渗、情理兼容的思维模式。中西诗学的这种区别，或者可用"诗（文艺学）中有人（作者自身）"和"诗中无人"来概括。鲁迅先生（1881—1936）曾把《文心雕龙》与亚士多德（前384—前322）《诗学》相提并论，认为："篇章既富，评骘遂生，东则有刘彦和之《文心》，西则有亚里士多德之《诗学》，解析神质，包举洪纤，开源发流，为世楷式"②，但如果把这两书对读，却不难发现这两种"楷式"即中西诗学传统的明显不同。正如邹广胜先生（1967—　）所说："中国文学有抒情言志的传统，中国的文学批评理论也是如此，这也是中国传统文论的一个基本特点。……这与从古希腊柏拉图、亚里士多德开始的把文学当作客观对象的研究方式根本不同，我们在《诗学》中看不到亚里士多德的人生。在中国传统文论看来，……文学

---

① 陈伯海：《一个生命论诗学范例的解读——中国诗学精神探源》，《社会科学战线》2003年第5期。

② 鲁迅：《论诗题记》，《鲁迅全集》第八卷，北京：人民文学出版社，1981年，第332页。

研究乃是研究者与被研究对象之间互相交流与互相对话的过程，是两个生命跨越时空的'情往似赠，兴来如答'，是另一种形式的文学创作。刘勰在自己的文学评论里就鲜明地体现了这种民族特色，他把文学研究当作他实践人生、介入社会的一种方式，他对文学、作家、作品的看法贯穿着他对人生、社会、自然、自我、他者的基本观点，既阐明了自己的理想，同时也融入了自己对文学与人生、社会现实及文化传统的深切感受，所以我们在《文心雕龙》中既能阅读到他对文学的精深见解，同时也能看到刘勰的人生及他对时代社会的深切感悟及思考。"① 此说甚是。论者把刘勰在《程器》篇里的"'有激'之言和理想抱负"视为不可原谅的赘疣，以为"断乎不宜见诸本书"，是否有机械套用西方文论传统来硬性评断中国古代文论著作之嫌呢？

最后，应该明确原书之"已然"与个人之"己见"的界限。古人著作早已成为一种客观存在，属于"已然"。今人研究古人著作，自然也会形成各种"己见"。没有"己见"即无学术的发展。但这些"己见"，有的可能合乎古人的本意，有的则存在或大或小的偏离。偏离的"己见"并非全无价值，可以存在于引申而出的论述之中，但不应作为"应然"的标准强加于古人。即如《程器》本文，论者所谓"本篇开头已明确表示将要以词人文士应当兼重实与华、器用与文采为主要论旨"，是否符合刘勰的本意，就颇成问题。因为"词人文士应当兼重实与华、器用与文采"，刘勰在其他篇章中早有论述，如《征圣》篇的"衔华而配实"、《辨骚》篇的"酌奇而不失其贞，玩华而不坠其实"等，《情采》篇更是专门论述"情"与"采"、亦即"实"与"华"的专论（其余各篇尚多，不必具举），自然不

---

① 邹广胜、董润茹：《身与时舛，志共道申——郁愤的刘勰》，《中国文论》第三辑，上海：上海古籍出版社，2016年。

会叠床架屋，再作为本篇的论旨。本篇的论旨，仅仅是"贵器用"；所谓"兼文采"，只不过是连带而及而已。试用"贵器用"的论旨来对照后面的论述，还存在"严重偏离"吗？

论者还以为刘勰"开篇和结尾已然引出中国古代思想中的重要概念'道'与'器'，并运用'道''器'关系很好地呈示出了全书的完整结构，然而最终却未能彻底发掘'道''器'关系的本有含意，以从意蕴方面展现出《文心》全书同样具有突出的整体性或完整性。这就好比远水已然引到而大渠终未完成，令人扼腕，甚是可惜"①。这显然又是论者的"己见"。其实，如果把《文心雕龙》"位理定名彰乎大易之数"和《原道》《程器》的命名看作只不过是形式上的借用，并非用来体现深奥的易理（这应该也是《文心雕龙》的实际），还会存在这样的问题吗？今人多视《原道》为全书之开宗明义，以为其所论为"文的本质"，把"道""器"关系进一步理解为"体用"关系，认定"《程器》自亦当以论'文'的大用作结"，觉得《程器》未能做到这一点，就不可思议。不过在笔者看来，《原道》只不过是《宗经》的铺垫，其论证过程只是把"天文"落实到"人文"即儒家经典②，并没有多少微言大义；或者像祖保泉先生（1921—2013）所说："论'文'而要'原道''征圣'，都不过是为'宗经'思想套上神圣的光圈而已。"③当然，这也属于笔者和祖先生的"己见"。但这种"己见"，总比不顾文本实际、要求刘勰"彻底发掘'道''器'关系的本有含意"，要客观得多吧！按照这样的认识，"《程器》自亦当以论'文'的大用作结"还能成立吗！

① 张国庆：《〈文心雕龙〉瑕疵辨析》，《上海师范大学学报》（哲学社会科学版）2016 年第 3 期。

② 魏伯河：《正本清源说"宗经"——兼评周振甫先生的有关论述》，《中国文论》第三辑，上海：上海古籍出版社，2016 年。

③ 祖保泉：《文之枢纽臆说》，《文心雕龙学刊》第一辑，济南：齐鲁书社，1983 年。

　　笔者以为，仅以一己之见即判定刘勰写作《程器》"思考不透构思不周"，无论如何是过于轻率的。古人著作当然不会尽善尽美，研究者也当然可以发表各种指瑕纠谬的意见，但在此之前，先须摒除先入之见、保持对古人及其著作的起码尊重为宜，而不应以今律古，过分苛求。论者不应忘记，刘勰写作《文心雕龙》，并非率尔成章，而是在长期积累基础上，用了几年功夫的，其间斟酌修改也应不计其数，至少是不会出现低级错误的。如果确实存在"思考不透构思不周"的问题，与"体大虑周""体大思精"之类的美誉又何以相应？

　　归结起来，张先生由于既未能把握到《文心雕龙》作为"子书中的文评，文评中的子书"的体裁特点，又对《程器》篇里刘勰的干进意图全无觉察，只是用了西方文学理论的模板来硬套《文心雕龙》以及《程器》，才一再发出上述严苛的责难。有鉴于此，笔者认为，张先生基于对《文心雕龙》尤其《程器》的责难提出的修改意见"（一）终篇仍当论'器'，但此器乃指'文'之器用、大用，而非指人的才器、器能、器用。篇题仍当含'器'字，但应改'程器'为'美器'或'宏器''扬器'之类，以与《原道》对。（二）若仍欲论辞人文士之德操修养，可并入《才略》篇论之，易篇名为《才德》即可。（三）《程器》篇中表达的有激之言和理想抱负，可基本删去"①云云，也以自我保留为好。

（原载《中国文化论衡》2018 年第 1 期）

———————————

　　①　张国庆、涂光社：《〈文心雕龙〉集校、集释、直译》，第 918 页。

经学思维

论刘勰的经学思维

经学思维方式在中国传统社会根深蒂固，刘勰在写作《文心雕龙》中也受到这种思维方式的严重影响。这种影响并非外加的，而是出于他高度的自觉。经学思维方式对《文心雕龙》的影响并不全是消极的，而是利弊兼而有之。当代学人对刘勰和《文心雕龙》中的经学思维或者视而不见，或者有意曲解，导致许多问题纠缠不清，是由于对传统社会"以经为纲"的历史实际缺乏起码的了解，而以现代文艺理论框架对《文心雕龙》生搬硬套造成的。

一、根深蒂固的经学思维方式

有学者指出："中国的思维方式是一种泛经学思维。"①此言甚是。在我国传统文化中，不仅儒家有"五经"（后扩展至"十二经"），其他诸子百家也各有自家的"经"，例如道家有《道德经》，墨家有《墨经》，法家有《法经》，兵家有《兵经》，等等，足证其"泛"。而儒家的五经由于其自西汉以来的"独尊"地位，影响最大，以致过去传统社会所谓"经学"，其实主要指的是注疏儒家经典的学问；其他各家之所谓"经"，与儒经相比，不过是"诸子"。而"所谓

---

① 王雅：《经学思维及对中国思维方式的影响》，《社会科学辑刊》2002年第4期。

经学思维方式"，适如南开大学林存光教授（1966——　）所说："即是指由儒家对孔子之道和经典的传习、注解和诠释所彰显或表征的一种模式化的思维习惯或认识价值取向。其意义决不限于儒家内部，因为在自汉代以来直至清末的整个经学时代，它一直弥漫、渗透于社会生活的各个领域，并在其中产生了广泛的影响，对社会政治生活和学术思想形态也都产生了一系列深远的历史效果。"[1] 这是符合历史实际的。经过了两千多年的历史积淀，历来的中国文人士大夫乃至匹夫匹妇，鲜有不直接间接受经学思维方式影响者。无论遇到什么事情，人们总是习惯于到以往的经典中去寻找一个根据或说法，就连那些有一定创新意识和能力的思想家们，也总是借助重释以往的经典来阐述自己的思想。这种思维方式的突出特征是权威意识与经学模式。所谓权威意识，就是说，对圣人和经典，视为天经地义，认为其中包含着解决社会人生所有问题的世界普遍法则和无所不能的智慧，只能绝对尊崇，不能也不该去质疑；所谓经学模式，就是说，面对现实不敢从实际出发，而是要翻开经典，看圣人在经书里是否说过，不敢标新立异，更不敢离经叛道，即便个人有所创见，也要尽力纳入经学框架内去进行阐述，以免冒天下之大不韪。

　　自汉迄清，中国传统学术长期以来是"以经为纲"的，这是不争的事实。而之所以如此，是因为这样的学术文化结构是与当时家国天下的社会结构相适应的。经学附丽于帝制，亦服从服务于帝制。帝制推崇经学，是为了以经学文饰政治，而经学也在某种程度上影响到政治。在帝制与经学之间，以读经应试为内容的科举制度成为其中最重要、最有效的联系纽带。科举制度废除、帝制终结以后，传统经学失去了存在条件，很快归于瓦解。所以传统经学是与帝制相终始的。在现代教育制度确立过程中，经学遗产仅被作为过时的

---

　　① 林存光：《传统经学思维方式新诠》，《管子学刊》2004 年第 1 期。

"史料"，与史、子、集各部一起，分别进入按照西方标准建立起来的各个学科之中，成为构建各种体系的素材。其所发挥的作用，不过用来作为证明西方理论的正面或反面例证，历史上曾经拥有的权威性已不复存在。但经学思维方式并没有也不会随着经学的瓦解而随即彻底消失，相反，它仍然在顽强地发挥着作用。严格说来，即便是在二十世纪以来的非孔、批儒者们那里，这种经学思维方式的影响也无法消除，只不过他们是用了另一种经典中的说法来攻击孔子和儒学，却并不自知仍在经学思维模式之中而已。而当传统经学瓦解迄今百年之后，当代人包括不少学界中人对中国传统社会中经学的独特地位和巨大作用已日益隔膜，许多人甚至认为过去所谓"经学"，只不过是图书分类中的"四部"之一而已。而以这样的前置理念去看待、研究过去经学时代的学术文化，出现任何的偏差或者笑话，就都不算意外了。

但是，对于以研究中国传统文化为职志的学人来说，了解传统社会"以经为纲"这样一种历史的情境却是必要的前提。否则，仅以现代学术体系的标准和眼光去看待中国的传统文化，就很容易造成程度不同的误读。而事实上，这种误读一直大量存在。

那么，生活于齐梁时期的刘勰，在进行《文心雕龙》写作时，在多大程度上受到了经学思维方式的影响呢？对此，人们以往认识并不一致。有人认为，魏晋南北朝属于中国历史上少有的思想活跃时期，当时佛教大行，儒学的地位已经动摇，而刘勰曾长期寄居于佛寺，从事抄写、整理佛经的工作，《文心雕龙》就是在此期间完成的，他最后又"燔鬓发以自誓"[①]，皈依佛门。因此，《文心雕龙》不可能不受佛家影响，甚至认为刘勰就是以佛道为《文心雕龙》写作的指导思想的。他们拿了放大镜在书中仔细寻找，终于找出几个

---

① ［唐］姚思廉：《梁书·刘勰传》，北京：中华书局，1973 年，第 712 页。

虽源于佛书、而事实上当时各家已经通用的字眼，把刘勰写作《文心雕龙》的指导思想认作佛家，把刘勰所"原"之"道"认作佛道。他们忽略了一个最基本的事实，当时佛书译本已颇为流行，统治者中佞佛者颇不乏人，宗奉佛教经义根本无须遮遮掩掩，而刘勰对各种文章类型几乎搜览无遗，为何却对佛书摒于其外、不置一词？！由此可知，范文澜先生（1893—1969）关于刘勰在《文心雕龙》中"严格保持儒学的立场，拒绝佛教思想混进来"[①]的判断是符合实际的。更多人则认为，魏晋玄学在当时颇有市场，刘勰虽明言"征圣""宗经"，但他所宗仰的却不可能是正宗的儒家五经，而只是玄学化了的儒经，他所"原"之"道"呢？则被认为是根源于道家的所谓"自然之道"。这种认识虽然渐成主流，但并不符合刘勰和《文心雕龙》的实际。刘勰《文心雕龙·诸子》篇明言："圣贤并世而经子异流。"包括老子"五千精妙"在内的百家论著，都被刘勰归入子书范畴，定性为"入道见志之书"，作者们也仅被视为"贤者"而非"圣人"，无缘跻身"文之枢纽"，刘勰何至在"道—圣—经"三位一体结构中偷换概念、挂儒家之羊头卖道家之狗肉？

至于种种误读形成的原因，则无不与对传统社会"以经为纲"这一大背景过于隔膜、缺乏基本的了解大有关系。梁漱溟先生（1893—1988）曾感慨说："古人往矣！无从起死者而与之语。我们所及见者，唯流传到今的简册上一些字句而已。这些字句，在当时原一一有其所指；但到我们手里，不过是些符号。此时苟不能返求其所指，而模模糊糊去说去讲，则只是掉弄名词，演绎符号而已；理趣大端，终不可见。"[②]龙学研究中一些纠缠不清的问题，也大抵与此有关。

---

① 范文澜：《中国通史》第二册，北京：人民出版社，1978 年，第 530 页。

② 梁漱溟：《人心与人生·自序一》，上海：上海人民出版社，2011 年，第 2 页。

　　诚然，南北朝时期是中国历史上思想比较活跃的一个时期。但当时传统经学究竟处于何种地位，人们认识差异很大。笔者比较赞同清代学者孔广森（1751—1786）在《戴氏遗书序》里的说法："北方戎马，不能屏视月之儒；南国浮屠，不能改经天之义。"就是说，经学的地位，虽在南北朝时期受到挑战，有所动摇，但并没有被完全取代，更没有被彻底倾覆。这一判断，大抵可从。当时道、玄、佛各家虽空前兴盛，受众甚多，最多只是在某个时期取得了与经学并肩的地位。而且它们的流行，往往是在与传统经学求同存异、不断融合中进行的。以齐梁二朝而论：齐高帝萧道成（427—482）与其子武帝萧赜（440—493）均以崇儒著称，《南齐书》卷三十九"史臣曰"中称当时"家寻孔教，人诵儒书，执卷欣欣，此焉弥盛"①；梁武帝萧衍（464—549）虽以佞佛著名，但他对儒学并不排斥，天监四年（505）恢复了汉代五经博士的设置，"置五经博士各一人"；并于"六月庚戌，立孔子庙"。②据此可知，尽管齐梁时期儒家经学远不及汉代的"独尊"地位，但至少当时并没有人公开反对儒家的经学。

　　笔者近四十年来沉浸于《文心雕龙》的阅读和研究。于反复玩味之中，一直认为，刘勰在写作《文心雕龙》一书时，是一位虔诚的儒家信徒，并且他所宗仰的儒学主要是以周孔为代表的原始儒学。他之寄居佛寺，乃至参与一些佛事活动，只是因为生活所迫；而其最后出家，则是仕途浮沉之后心灰意冷的无奈选择。他在《文心雕龙》写作中，明显受到传统经学思维方式的严重影响，毋宁说，他正是以经学思维进行《文心雕龙》的写作的。这并不仅仅是因为他直接标举了"征圣""宗经"，而在于他的思维方式与经学思维密不可分。

---

① ［梁］萧子显：《南齐书》，北京：中华书局，1996年，第687页。
② ［唐］姚思廉：《梁书》，北京：中华书局，1973年，第41、42页。

这种思维方式，既给他提供了极大的便利，也使他的研究受到了严重的制约。

二、经学思维在《文心雕龙》中的表现

经学思维在《文心雕龙》中的表现不仅十分明显，而且是贯穿全书的。不过由于人们选择性地阅读，往往被有意无意忽略了而已。下面从几个大的方面稍加梳理。

（一）"敷赞圣旨"的写作目的

我们知道，刘勰十分尊崇孔子，在《文心雕龙·序志》篇里，他提到自己做过的两个梦："予生七龄，乃梦彩云若锦，则攀而采之。齿在逾立，则尝夜梦执丹漆之礼器，随仲尼而南行"，说明他对孔子的无比敬仰，而且在潜意识里，当时的他毋宁说是以孔子衣钵的传承人自期的。本来，他认为"敷赞圣旨，莫若注经"，只是因为"马、郑诸儒，弘之已精，就有深解，未足立家"，才不得不改弦易辙；同时有感于"去圣久远，文体解散；辞人爱奇，言贵浮诡；饰羽尚画，文绣鞶帨；离本弥甚，将遂讹滥"的现实，于是调整方向，转而"论文"，进行《文心雕龙》的写作。这一写作选题的过程，足以说明他是把经学视为最根本、最重要的学问，经学思维在他头脑中是占据着统治地位的。

"敷赞圣旨，莫若注经"，是汉代以来形成的普遍观念。汉代处于秦皇焚书坑儒之后，儒家典籍传世者甚少，侥幸保存下来的便成了"秘本"；而且这些典籍成书于"书同文"之前，汉代的人已多不能读解。注疏家的产生遂成为必然。而当这些典籍被尊为"经"，各家注疏连篇累牍，尤其在马融（79—166）、郑玄（127—200）集其大成之后，可供后人发挥的余地已经不多了。在笔者看来，刘勰表面上推尊"马、郑诸儒"，其实未必真心服膺。因为他们只是"释

经之儒"，只能提供解读经书的工具，经书经世致用的主要功能却付阙如。抱定"摛文必在纬军国，负重必在任栋梁"（《程器》）理想的刘勰，怎肯拾其余绪，甘步后尘？他要做的，是"宗经之儒"。所谓"宗经之儒"，如熊十力（1885—1968）先生所说："虽宗依经旨，而实自有创发，自成一家之学。宗经之儒，在今日当谓之哲学家。发明经学，惟此是赖。注疏之业，只为治经工具而已，不可以此名经学也。"① 就是说，宗经之儒对经学的贡献，远在释经之儒以上。写作《文心雕龙》的刘勰，正是这样一位"自成一家之学"的"宗经之儒"。此前的儒学著作中，固然不乏对文学问题的精妙见解，但却缺乏系统的专著，刘勰的《文心雕龙》恰恰填补了这一空白，同时也把儒家经义向"论文"的领域进行了一次强有力的拓展。

那么，在《文心雕龙》这样一部专门"论文"的著作中，刘勰是怎样定位经学与文学的关系呢？刘勰认为："唯文章之用，实经典枝条；五礼资之以成，六典因之致用，君臣所以炳焕，军国所以昭明，详其本源，莫非经典。"（《序志》）也就是说，他意识中的"文"、他所要"论"的"文"，本来就是经典之枝条，是以经典为本根的；他是要用"论文"的形式，来达到"敷赞圣旨"的目的。出于这样的目的，他在写作中自觉地运用经学思维方式。他所"论"之"文"，如戚良德先生（1962—　）所说："刘勰所要研究的不仅仅是文学创作，而是一个人全部的文化教养，也就是孔门四教之'文教'。"② 这是我们今天研读《文心雕龙》首先应该明确的。如果把"文心雕龙"之"文"仅仅视为当今之所谓"文学"，只是拿当今文艺理论的框架去套，就很难正确理解当时刘勰的"为文之

① 熊十力：《读经示要》，北京：中国人民大学出版社，2006年，第181页。
② 戚良德：《〈文心雕龙〉与中国文论》，北京：中国书籍出版社，2017年，第49—50页。

用心"。

（二）以《宗经》为核心的"文之枢纽"

刘勰把《文心雕龙》前五篇即《原道》《征圣》《宗经》《正纬》《辨骚》作为"文之枢纽"，即全书的总纲。不少人把这五篇视为五个并列的"枢纽"，既大乖刘勰本意，也不符合"枢纽"之词义。其实，这五篇文章只能是一个"枢纽"，"其中的《宗经》应该是'枢纽'的核心或主轴；前面的《原道》和《征圣》两篇，只是为突出《宗经》的地位而作的铺垫；至于《正纬》和《辨骚》两篇，则是为给《宗经》主张廓清道路而作"。①在全书"枢纽"中确立"宗经"的核心地位，其依经立义的特色极为鲜明，也是他经学思维最集中的表现。

关于刘勰心目中"道—圣—经"的关系，《原道》篇"道沿圣以垂文，圣因文而明道"二语是最明确也最重要的表述。这两句里的"文"是"经"的别称，不过在"宗经"主张正式提出之前，不便于径直称之为"经"而已。此语不仅贯穿了《原道》《征圣》《宗经》三篇，也统摄了《正纬》与《辨骚》两篇（因为其所"正""辨"的标准就是"经"）。其中"圣"指儒家圣人周、孔，"文"则是儒家经典五经，研究者对此鲜有异议。但其中的"道"字，学界却众说纷纭，许多歧见甚至匪夷所思。例如，许多人把《原道》开篇首段普通叙述语句中的"自然之道也"一语截取"自然之道"四字视为刘勰所"原""本"之"道"，对其做出种种现代化的解释，莫衷一是。其实只要回归文本，就会发现其难以成立：天地万物及其形状或色彩，刘勰均明确认作是"道之文"，并不是"道"的本身；"自然之道也"中的"自然"，与《定势》篇的"自然之势也"用法相同，只不过是"自然而然"之意，并非名词，更非专门术语，

---

① 魏伯河：《〈文心雕龙〉"文之枢纽"新探》，《重庆三峡学院学报》2018 年第 3 期。

怎么到了现代学者的眼中，竟莫名其妙地被认作"道"本身了呢？再验之以"道沿圣以垂文，圣因文而明道"的既定关系，就会发现很奇怪，也严重违背语言逻辑的现象：别家之道通过儒家圣人周、孔留下了儒家的经典五经，儒家的圣人周、孔用自家撰述的五经证明了别家之道——在重大问题上如此乖谬错位，岂是"老于文学"①之刘勰和以"体大而虑周"②著称的《文心雕龙》之所应有？

至于《原道》何以对"道"语焉不详，导致后人歧见纷出，其实怪不得刘勰，他是不会甘受其咎的。何以如此？盖因我国古人之圣人崇拜、经典崇拜、道统崇拜从来就是三位一体、密不可分的，分则为三，合则为一，不容动摇，也不容错位。既然"论文必征于圣，窥圣必宗于经"（《征圣》），原道之"道"必在儒家范畴，殆无疑义。在经学和经学思维占据统治地位的传统社会里，这种观念之根深蒂固、牢不可破，早已到了不言而喻的地步，无人置疑，也无须论证。谓予不信，试看古近代所有的关于《文心雕龙·原道》的论述，何曾对此有过争议？而当今对《文心雕龙·原道》之种种歧见，是到了西方学术传入中国，传统经学瓦解，思想文化变为多元，尤其儒学地位一落千丈，以致现代学术体系中人不知经学为何物之后才出现的。

至于"文之枢纽"的作用，在刘勰而言，主要是为了树起"宗经"的大旗，作为论文的标准。有了这样的标准，"纬"之需"正"，"骚"之需"辨"，便是题中应有之义。而其后之"论文叙笔""剖情析采"，分类梳理文章源流体制，研究创作与鉴赏各项内容，于是也就有了理论依据和标准尺度。因为在刘勰看来，儒家的五经"穷高以树表，

① 钱锺书：《管锥编》第三册，北京：生活·读书·新知三联书店，2007年，第1895页。

② ［清］章学诚：《文史通义》，北京：中华书局，1985年，第559页。

极远以启疆"，博大精深，包罗万象，"百家腾跃，终入环内"（《宗经》），既是各种文体之本源，又是写作之最高典范。他认为，当时文坛的各种弊端，就是"建言修辞，鲜克宗经"导致的恶果。要"正末归本"，只有"还宗经诰"、回归经典一途。所以他才精心结撰"文之枢纽"，高高举起"宗经"的大旗。

论"文"而必须宗"经"，在今人看来，似乎未必如刘勰强调的那么至关紧要。但我们不能把后世的观点强加于刘勰。在刘勰看来，这实在是天经地义。他认为："故文能宗经，体有六义：一则情深而不诡，二则风清而不杂，三则事信而不诞，四则义直而不回，五则体约而不芜，六则文丽而不淫"（《宗经》）。也就是说，"为文"者只要认真地"依经制式"，好文章的各个要素——从内容到形式、从思想到文辞、从体例到风格，就全都具备了。他的观点是否无懈可击是另一回事，但经学思维方式决定了他只能做出这样的选择和结论。

（三）以经典为标准的"论文叙笔"

我们知道，刘勰用了二十篇的篇幅"论文叙笔"，梳理了当时几乎所有各种形成文字的文章类型。这一部分被研究者视为"文体论"，或"分体文学史"。而因为其中许多文体并不属于当代所谓文学的范畴，曾长期被研究者所轻视甚至忽略，近年才开始逐渐引起重视。而刘勰本人对其无疑是极其重视的，写作这一部分时应该花费了很大力气。试想那么多的作家作品，仅仅翻阅一过该需要多少时间和精力，何况还要做出研究和评价呢！当然，不排除刘勰当时利用了许多二手材料，这些材料的来源，因文献失传而难逐一追溯，但在当时进行这样的"文献综述"也是很不容易的。

在刘勰看来，这些文体是如何产生的呢？在《宗经》篇里，他已经有了概括的论述，认为："故论说辞序，则《易》统其首；诏策章奏，则《书》发其源；赋颂歌赞，则《诗》立其本；铭诔箴祝，则《礼》总其端；纪传铭檄，则《春秋》为根。"即后世的各种文章类型、体裁都是源自儒家经书的。这样的说法是否完全符合历史实际，可以另当别论，但刘勰对此笃信不疑，则是肯定的。

"论文叙笔"部分对各种文体进行"囿别区分"时，刘勰采取的办法是"原始以表末，释名以章义，选文以定篇，敷理以举统"（《序志》）。我们看到，刘勰"论文叙笔"的标准仍然是儒家经典。所谓"原始以表末"，即追溯其最初的来源，梳理其后来的流变，如《明诗》将诗的源头追溯到《尚书》里大舜所说的"诗言志，歌永言"，向下则一直缕述至宋初。所谓"释名以章义"，则是解释各体的名称，以阐明它的意义，如《诠赋》开篇"赋者，铺也，铺采摛文，体物写志也"，其说亦出自经解。所谓"选文以定篇"，是选取历史上有影响的代表性作品加以评定，以之作为该类文章的标准体式；而所选篇目，也是以符合经义为标准的。所谓"敷理以举统"，则是敷陈各类文章的写作原理以形成明确的系统。他做的这些工作，其实是与前引《宗经》篇的概述紧密呼应的，是那一段概述的具体化。其依经立义、以经书为标准和源头的特点贯穿于二十篇"论文叙笔"之中，是再明显不过的。凡是合于经典者，他一概激赏；不合经典者，则总是贬抑。例如，他对老子本来是颇为赞赏的，称其著作为"五千精妙"，认为"研味《孝》《老》，则知文质附乎性情"（《情采》），并且承认"李实孔师"的说法，但却特别强调，"圣贤并世而经子异流"（《诸子》），即其与儒家经典不属同一层次，不可混为一谈。各种文体之间地位不同，主次有别，刘勰将其有序排列，凡是可以追溯到经典或"圣训"的，无不揽入。像"谐谑"因其"载于《礼》典"则"无弃"（《谐谑》）；《书记》篇中各种实用文字"虽艺文之末品，而政事之先务"，可以追溯到大舜"书用识哉"的圣训因而毕载；"文辞鄙俚，莫过于谚"，而由于"圣贤诗书，采以为谈"，也不避琐屑，加以论列。如此等等，概出一辙。

（四）以经典为指导的"剖情析采"

《文心雕龙》之"剖情析采"部分，是学界公认刘勰最有创造力的篇章。这一部分的论述，尽管不少内容是研究当时骈体文章写作的，若干问题并不曾为经典所论及，但刘勰仍处处以经典为指导，尽可能把论题纳入经典的框架。其表现形式，可归为以下几类：

第一，类似于"论文叙笔"之"原始以表末，释名以章义"，把每一专题的源头尽可能追溯到经典那里去。例如《比兴》篇："诗文弘奥，包蕴六义，毛公述传，独标兴体"；《夸饰》篇："虽《诗》《书》雅言，风俗训世，事必宜广，文亦过焉"。《程器》篇标举"周《书》论士，方之梓材，盖贵器用而兼文采也"等等。这种追溯，有时甚至不免牵强，例如《风骨》篇开篇所说"《诗》总六义，风冠其首"，把"风骨"之"风"牵合到"六义"之"风"，在我们看来，其实二者并不相伦类。但愈是如此，却愈能见出他对经典之毫无保留的尊崇。

第二，在列举语言范例时多采经典词句，并给予最高评价。例如《物色》篇："是以《诗》人感物，联类不穷。流连万象之际，沉吟视听之区；写气图貌，既随物以宛转；属采附声，亦与心而徘徊。故灼灼状桃花之鲜，依依尽杨柳之貌，杲杲为出日之容，瀌瀌拟雨雪之状，喈喈逐黄鸟之声，嘤嘤学草虫之韵；皎日嘒星，一言穷理；参差沃若，两字穷形：并以少总多，情貌无遗矣。虽复思经千载，将何易夺！"又如《比兴》篇："且何谓为比？盖写物以附意，扬言以切事者也。故金锡以喻明德，珪璋以譬秀民，螟蛉以类教诲，蜩螗以写号呼，浣衣以拟心忧，席卷以方志固：凡斯切象，皆比义也。"这些例子都是取自《诗经》的。《情采》篇则把《诗经》作为"为情而造文"的典范，而把辞人、诸子之书作为"为文而造情"的反例。其实，从文学语言的角度来说，辞人、诸子之书精妙之处亦所在多有，但在刘勰看来，却只能作为相形见绌的对比物。

第三，在论述骈文特点时也努力从经典中寻找依据。例如《丽辞》篇："唐虞之世，辞未极文，而皋陶赞云：'罪疑惟轻，功疑惟重'；益陈谟云：'满招损，谦受益'，岂营丽辞，率然对尔。易之《文》《系》，圣人之妙思也。序乾四德，则句句相衔；龙虎类感，则字字相俪；乾坤易简，则宛转相承；日月往来，则隔行悬合：虽句字或殊，而偶意一也。至于诗人偶章，大夫联辞，奇偶适变，不劳经营。"是说对偶源于经书。《事类》篇："昔文王繇易，剖判爻位。既济九三，远引高宗之伐；明夷六五，近书箕子之贞：斯略举人事，以征义者也。至若胤征羲和，陈政典之训；盘庚诰民，叙迟任之言：此全引成辞，以明理者也。然则明理引乎成辞，征义举乎人事，乃圣贤之鸿谟，经籍之通矩也。"是说用典出自经书。而《声律》篇所谓"《诗》人综韵，率多清切；《楚辞》辞楚，故讹韵实繁"，则是以为讲求声律也是经书的要求，如此等等。就是说，在他的论述中，骈文的各种特点也都是源于经书的，因而骈文与经典文字并不是对立的，语言形式的巨大变化便由此而被淡化了。

第四，在论述文学发展变化时极力推崇经典。例如《时序》篇："昔在陶唐，德盛化钧，野老吐'何力'之谈，郊童含'不识'之歌。有虞继作，政阜民暇，'薰风'诗于元后，'烂云'歌于列臣。尽其美者，何乃心乐而声泰也！至大禹敷土，九序咏功，成汤圣敬，'猗欤'作颂。逮姬文之德盛，《周南》勤而不怨；大王之化淳，《邠风》乐而不淫；幽厉昏而板荡怒，平王微而《黍离》哀。故知歌谣文理，与世推移，风动于上，而波震于下者也。"所列举的文辞或现象均出自经典。又如《才略》篇："虞夏文章，则有皋陶六德，夔序八音，益则有赞，五子作歌，辞义温雅，万代之仪表也。商周之世，则仲虺垂诰，伊尹敷训，吉甫之徒，并述诗颂，义固为经，文亦足师矣"，等等。在他的笔下，远古时代是那样的美好，文化是那样的昌明，远非他所处之当今时世所能比拟。全书多处论述中，无不把产生五经的年代视为文化发展的顶峰。按照今人普遍服膺的王国维（1877—1927）"一代有一代之文学"①的观点，这种顶峰论并不科学，而经学思维方式却决定了刘勰只能得出并坚持这样的结论。

（五）以《易经》为指导的篇章布局

在《文心雕龙》一书的结构布局上，刘勰也体现出明确的经学思维。其主要依据来自《易经》。这一点，他在《序志》中明言："位理定名，彰乎大易之数，其为文用，四十九篇而已。"可见即便在著述的形式上，刘勰也是依经书为标准的。对此，学界已有共识，兹不赘。

在刘勰的笔下，似乎所有文学创作的问题，圣人的经典都已经做出了示范，树立了最好的样板。相比之下，刘勰曾经给予好评的楚辞、诸子等只能作为存在着某种问题、等而下之的反例，后人学习写作，只能"凭轼以倚雅颂，揽辔以御楚篇"（《辨骚》），亦即"执正以御奇"（《定势》）；而诸子文章之所以有价值，乃因其"枝条五经"，但良莠不齐，"其纯粹者入矩，踳驳者出规"，后代学者阅览子书，必须"览华而食实，弃邪而采正"（《诸子》）。在我们今天看来，这样的定位和评价未必都是公允的。但是否公允是另一回事，刘勰在经学思维方式支配下，做出这样的定位和评价却自有其理由。盖因儒家圣人孔子就是以"祖述尧舜，宪章文武"（《礼记·中庸》）为职志的，自认为其信徒的刘勰自然要努力仿效；而思维定势也决定了他只能这样展开他的文论，并且自认为这是最

---

① 王国维：《宋元戏曲史·序》，北京：东方出版社，1996年，第1页。

好的论述方式。

三、经学思维对刘勰文论的利弊

在前文的论述中，我们看到，经学思维作为一种思维定式，事实上对刘勰形成了一种禁锢。这种禁锢，对刘勰的文论研究必然产生多方面的制约。正因如此，当代有些研究者认为刘勰不该那么认真地宗经；如果不是宗经的局限，《文心雕龙》应该写得更好。这显然是以今例古的天真想法。且不说《文心雕龙》作为历史的存在，本不容假设；事实上，这种思维定式及其产生的制约并非完全是消极的。当然，要全面分析其利弊，绝非本文所能完成的任务，笔者这里只能就其主要之点略述己见。

我们知道，魏晋南北朝时期，经学的地位有所动摇，随着人们思想的解放，文章写作也不再拘守过去的体制和格式，以"翼赞圣旨"为旨归的作品明显减少。用鲁迅先生（1881—1936）的话说："用近代的文学眼光来看，曹丕的一个时代可说是'文学的自觉时代'，或如近代所说是为艺术而艺术的一派。"① 创作追求文采，是文学开始走向独立的重要标志，本是历史进步的表现。但发展到极端，就会舍本逐末，刘宋时期就到了"讹而新"的地步，齐梁时期更有过之而无不及。此即刘勰所说的"文体解散"（《序志》）。"文体解散"为什么可怕？是因为刘勰认为"离本弥甚，将遂讹滥"。而他之所谓"本"，就是儒家的经典所规定的基本范式，就是作为"经典枝条"的经世致用功能。虽然由于他的地位卑微，《文心雕龙》完成后"未为时流所称"②，远没有达到登高一呼应者云集的效果，但他的大声疾呼与深刻论述，却体现了拨乱反正的巨大勇气和可贵

---

① 鲁迅：《魏晋风度及文章与药及酒之关系》，《鲁迅全集》第二卷，北京：人民文学出版社，1981年，第418页。

② ［唐］姚思廉：《梁书·刘勰传》，第712页。

努力，在思想文化发展史上留下了浓重的一笔。他的这种贡献，可以说在很大程度上得益于其征圣、宗经的思维定势。而且就当时实际而论，五经也是他所能利用的最重要和有效的思想武器。而佛教的空无、道教的避世、玄学的玄虚都不可能成为救世的良药。

刘勰力倡宗经、试图正末归本的重要意义，徐复观先生（1903—1982）曾有过专门论述，他指出：

> 五经在中国文化史中的地位，正如一个大蓄水库，既为众流所归，亦为众流所出。中国文化的"基型""基线"，是由五经所奠定的。……中国文学，是以这种文化的基型、基线为背景而逐渐发展起来的。所以中国文学，弥纶于人伦日用的各个方面，以平正质实为其本色。用彦和的词汇，即是以"典雅"为其本色。我们应从此一角度，去看源远流长的"古文运动"。但文学本身是含有艺术性的，在某些因素之下，文学发展到以其艺术性为主时，便会脱离文化的基型基线而另辟疆域。楚辞汉赋的系统，便是这种情形。其流弊，则文字远离健康的人生，远离现实的社会。在这种情形之下，便常会由文化的基型基线，在某种形式之下，发出反省规整的作用。《宗经》篇的收尾是"是以楚艳汉侈，流弊不还，正末归本，不其懿欤"，正说明《宗经》篇之所以作，也说明了文化基型基线此时所发生的规整作用。①

中国文学的发展到了齐梁之际，正是到了文化的基型、基线该出来发挥作用的时候了。而此种基型、基线要发挥作用，必须借助于优秀的作家作品。刘勰和他的《文心雕龙》于是自觉地、也是历

① 徐复观：《文之枢纽——〈文心雕龙〉浅论之六》，《中国文学论集》，北京：九州出版社，2014年。

史性地承担起了这份责任。刘勰通过《文心雕龙》的写作，在这方面付出了极大努力。当今学界颇有人怀疑刘勰当时的"正末归本"事实上发挥了多大的作用，从而轻看了这一主张的价值和意义。而如果跳出狭隘的时空范围，将其置于思想文化发展史的大视野中，却会得出大不相同的结论。因为这一主张所代表的思潮的出现，事实上反映出了中国文化发展的律动。事物发展的规律性决定，当一种倾向发展到极端的时候，势必要通过某种形式或途径发生向另一倾向的回归。而在这种回归的过程中，关键人物往往发挥着关键的作用。而刘勰通过其体大思精的《文心雕龙》，无疑从中发挥了关键人物的作用。

此外，正是因为刘勰运用经学思维方式，以宗经作为最主要的论文主张，《文心雕龙》一书的整个构思才像这样达到了"体大思精"的高度。如《序志》所说，魏晋以至宋齐，"论文者多矣"，尽管各有其价值，但任何作者和论著都无法与《文心雕龙》比肩。其中一个根本原因，在刘勰看来，就是那些作者和论著"不述先哲之诰，无益后生之虑"，作品缺乏儒经那种包罗万有的博大气象，所以只能"各照隅隙，鲜观衢路"，无法做到"振叶以寻根，观澜而索源"。换言之，《文心雕龙》所以能后来居上，"笼罩群言"，在很大程度上得益于宗经，亦即得益于经学思维方式。

当然，经学思维方式的负面影响也是明显的。它在某种程度上影响了他对作家作品的评价，限制了他在理论上的创新。

首先，他对五经的过度推崇，形成了其文学发展观中的顶峰论和退化论。由此导致他的文学发展观缺乏科学性和先进性。因为五经尽管是文学发展的重要源头之一，从历史的眼光来看，可以是高峰，但不可能就是顶峰；后世文学发展过程中固然会发生某种偏颇或不足，但决不会是一直的退化。将五经为代表的商周文学视为顶峰，而将后代文学认定为每况愈下，显然违背文学传承和发展的历史实际，也必然会限制文学的创新和发展。

其次，他对作家作品的评价因受到经学标准的限制而有失偏颇。例如，他对《楚辞》本来甚为欣赏和推重，但拿了经书的标准去衡量，却发现有四个方面有异于经典，所以只能算"雅颂之博徒，辞赋之英杰"（《辨骚》）；他对《史记》也高度重视，认为其开创的纪传体史书体例"虽殊古式，而得事序"，称赞司马迁（前145—前90）具有"实录无隐之旨，博雅弘辩之才"，但按照经书的标准，又指责其存在"爱奇反经之尤，条例踳落之失"（《史传》），总体评价明显低于《左传》。这样的评价都难说公允。

最后，他对作品的解读也常受到经书既有解释的局限。例如，《比兴》篇云："关雎有别，故后妃方德；鸤鸠贞一，故夫人象义"。把本来描写青年男女互相思慕的爱情诗当做表现后妃之德的政治作品来加以论述。童庆炳先生（1936—2015）曾正确指出："这种读诗的方法承继的是毛亨和郑玄的政治解释方法，这种方法特点是用政治遮蔽艺术，用意识形态曲解诗义，离开了诗歌的基本常识，是不可取的。"[①]

不仅如此，通过刘勰对文体的取舍也足以证明这一点。"论文叙笔"二十篇里，涵盖了三十几种文体，有些在我们今天看来不仅算不得"文学体裁"，甚至根本算不得"文章"，如《书记》篇中的符、契、券、簿之类实用文书，对文体的论列简直纤芥无遗，应有尽有，好像是只有"取"而无"舍"。然而考诸当时文章类型的实际，并非如此。正如钱锺书先生所指出的："当时小说已成流别，译经早具文体，刘氏皆付诸不论不议之列，却于符、簿之属，尽加

---

① 童庆炳：《〈文心雕龙〉三十说》，北京：北京师范大学出版社，2016年，第283页。

以文翰之目，当是薄小说之品卑而病译经之为异域风格欤。是虽决藩篱于彼，而未化町畦于此……。小说渐以附庸蔚为大国，译艺亦复傍户而自有专门，刘氏默尔二者，遂使后生无述，殊可惜也。"①小说和佛经译文两种重要文体不被纳入"论文叙笔"而被排斥在外，钱先生以为刘勰"当是薄小说之品卑而病译经之为异域风格"，其实未必尽然。在笔者看来，更重要的原因还是其受经学思维的局限：因为译文后世才产生，而小说在儒家看来为"不入流"，二者均与五经谈不上什么渊源，难以纳入经学的框架之内，因此才被刘勰置于"不论不议之列"的。

四、结语

严格讲来，本文其实卑之无甚高论，只不过揭示出多年来被人们忽略的一种事实，即刘勰在《文心雕龙》的构思和创作中，运用的主要是经学思维方式；并且这不仅是历史和时代所决定的，更是出于他本身的自觉。这是一种确定无疑的事实存在，决非笔者臆想或外加的产物。只有认识并正视这一事实，才有可能回归到文本的实际，进行有针对性的研究，得出有价值的结论。反之，不了解或拒绝承认中国传统社会以经为纲、刘勰自觉运用经学思维方式的历史实际，而以种种现代观念先入为主，用现代文艺理论框架去硬套《文心雕龙》，就会存在扭曲原著的危险。而在扭曲原著的基础上取得的学术成果，无论怎样堂而皇之，其价值也必将大打折扣。

（原载《社会科学动态》2020 年第 8 期）

---

① 钱锺书：《管锥编》第三册，第 1830—1831 页。

论刘勰崇实黜虚的学术价值取向

——从纪昀的一条评语说起

在《文心雕龙》研究领域里，清人纪昀（1724—1805）的评语影响很大。但客观地说，纪昀评语虽为阅读研治《文心雕龙》的重要参考，但毕竟仅为一家之言，并非字字珠玑，而是瑕瑜互见的。在《原道》篇的评语中，纪氏说："据《时序》篇，此书实成于齐代。今题曰'梁'，盖后人所追题，犹《玉台新咏》成于梁，而今本题'陈徐陵'耳。"①此说甚是（当代有学者认为《文心雕龙》成书于梁代，证据不足，难以成立）。但在文中"心生而言立，言立而文明，自然之道也"一句的眉批中，纪氏却说："齐梁文藻，日竞雕华。标自然以为宗，是彦和吃紧为人处。"②这一评语则颇成问题，其中隐含着对《文心雕龙》主旨的误判，值得深入探讨。

一、纪昀对《文心雕龙》主旨的误判

笔者认为，纪昀关于"齐梁文藻，日竞雕华。标自然以为宗，是彦和吃紧为人处"这一评语，存在着两个方面的误判。而这两个方面的误判，直接影响到对《文心雕龙》主旨的把握，不可不辨。

其一，误认刘勰"标自然以为宗"。

刘勰《原道》所"原"之"道"为何物，原文语焉不详。《文心雕龙》各篇开始，大多都要先"释名以彰义"，如《征圣》"夫

---

① ［梁］刘勰著，戚良德辑校：《文心雕龙》，上海：上海古籍出版社，2015年，第6页。

① ［梁］刘勰著，戚良德辑校：《文心雕龙》，上海：上海古籍出版社，2015年，第6页。

② ［梁］刘勰著，戚良德辑校：《文心雕龙》，第6页。

作者曰圣，述者曰明"、《宗经》"三极彝训，其书曰经"之类。但《原道》却与之不同，开篇讲"文之为德也大矣！与天地并生者何哉？"接下去就是天地万物之文（包括人文）都是"道之文"的论述，直到篇末，也没有明确说其所原之"道"究竟为何物。之所以如此，盖因在我们的古人那里，作为宇宙间最高原理或根本大法的"道"，是无法"释名"也无须"释名"的。"道"就是"道"，人人心知肚明，彼此不言而喻。但这样一来却给时代、语境变化之后的后人留下了难题。那么，《原道》之"道"真的无可名状吗？又不尽然，如果联系全篇和全书，还是可以有基本的把握的。根据刘勰明确提出的"道沿圣以垂文，圣因文而明道"三位一体的关系，既然所"征"之"圣"为儒家圣人周公和孔子，所"宗"之"经"为儒家的五经，那么，他所"原"之"道"也不会出乎儒家道统的范畴。根据刘勰《文心雕龙》中的表述，他之所谓"道"，或称之为"神道"（《原道》："原道心以敷章，研神理而设教"，"道心惟微，神理设教"，均以"神""道"对举，互文见义；《正纬》："神道阐幽，天命微显"；《夸饰》："神道难摹"），或称之为"天道"（《征圣》："天道难闻，犹或钻仰"）。这种"天道"或"神道"的说法，源自《易经》，并且经过了历代儒家经师的解说，早已成为儒家道统的起点，也成了社会公认的常识和常用的习语。它与在《宗经》篇里被称为"恒久之至道，不刊之鸿教"的儒家经典，属于两个层次。二者的关系是：天道决定儒道，儒道体现天道。而在儒学的语境中，二者又往往是一而二、二而一的。[1] 刘勰之所以要"原道"，就是为了把儒道推究到天道，证明儒道是天道在人间的具现，天经地义，不可动摇。据此而论，倡言征圣、宗经的刘勰，不会在"道—圣—文"

---

① 魏伯河：《〈文心雕龙·原道〉之"道"为两层次说——基于文本细读的结论》，《中国文化论衡》2020 年第 1 期。

这一系统之外再另立别"宗"。所谓"标自然以为宗",只能是纪昀的误判。纪昀误判刘勰"标自然以为宗",并将其认作"彦和（刘勰）吃紧为人处",虽然没有把"自然"径直认定为《原道》所"原"之"道",但客观上却成为后世误认刘勰《原道》所"原"之"道"为"自然之道"的滥觞（其实"自然之道也"仅是一句普通叙述语言,并非回答"道"为何物）。笔者此前曾专门撰文对此进行辨析。①至于《文心雕龙》中其他各处所用到的"自然",与此略同,均既非"道"的别名,亦非文学批评的专用术语。纪昀所谓"乃彦和吃紧为人处"云云,纯属臆断。因已另有专文研讨,在此不予详论。

其二,误认刘勰批判的主要对象是"齐梁文藻"。

纪昀认为,刘勰"标自然以为宗"的原因,是"齐梁文藻,日竞雕华"。现在看来,这一认识很不严谨,在对历史时间的把握上即有明显错位。"齐梁文藻,日竞雕华",诚然如是；但既已确定《文心雕龙》成书于齐代,而全书对齐代文学基本全无涉及,对梁代文学更无从置喙,两者根本无法对应。我们知道,后世所谓"齐梁文学",主要是指梁代而言,因为整个齐代历时不过23年（479—502）,当时文学创作领域虽已出现讲求"四声八病"的"永明体",开始出现"日竞雕华"的倾向,但历史地看,还没有达到登峰造极的程度；而且通过《文心雕龙》全书来看,刘勰并非一味反对"雕华"（详后）。《隋书·文学传》论南朝文学有云："自汉、魏以来,迄乎晋、宋,其体屡变,前哲论之详矣。……梁自大同之后,雅道沦缺,渐乖典则,争驰新巧。简文、湘东,启其淫放,徐陵、庾信,分路扬镳。其意浅而繁,其文匿而彩,词尚轻险,情多哀思。格以

---

① 魏伯河：《走出"自然之道"的误区——读〈文心雕龙·原道〉札记》,《中国文论》第四辑,2018年。

延陵之听，盖亦亡国之音乎！"①说明在隋唐人看来，南朝文风大坏，主要发生在梁代，尤其是梁武帝改元大同（535—545）之后。这种认识，至清代依然。阮元（1764—1849）在《与友人论古文书》中说："天监以还，文渐浮诡，昌黎所革，只此而已。"②也是说南朝文风凋敝，主要发生于梁代。那么，成书于齐代的《文心雕龙》，其批判对象是不可能包括尚未问世的梁代文学，尤其是萧纲（503—551）、萧绎（508—555）兄弟时期达于全盛的宫体文学的。纪昀这一评语显然是以今例古、以后概前的产物，出自对《文心雕龙》主旨的误判，把自己的观念强加给了刘勰。可惜由于纪昀评语在《文心雕龙》研究领域影响甚大，多年来随声附和者众，而鲜有人对其提出辨正，遂致积非成是，导致在许多人的印象中，《文心雕龙》似乎是与"齐梁文藻"甚至梁代宫体文学直接对立的，而刘勰所批判、反对的主要对象——魏晋以来流行的玄虚之风及其影响下的文学作品远离社会现实的弊端，却被有意无意地忽略了。

不仅如此，后代不少文学史家和文论研究者，往往把南朝（420—589）的学术文化尤其齐梁文学仅视为一个整体，而缺乏具体分析；对当时的作家作品也往往只以后来的标准做简单归类，以贴标签的方式判定其优劣。由此造成许多判断的模糊甚至错误。其实南朝的学术文化和其他任何历史现象一样，都有一个发生、发展、不断演变的过程，在宋、齐、梁、陈四个不同朝代、某个朝代的不同时期，学风、文风都是有区别的；其间出现的不同作家、不同作品，也是品貌各异的。不做深入考察，很难遽下断语。就刘勰来说，他的一生经历了宋、齐、梁三代，其间他的思想和追求也是不断变化的。

---

① ［唐］魏徵等：《隋书·文学传》，北京：中华书局，1973年，第1729—1730页。
② ［清］阮元：《研经室三集·二》，转见黄侃：《文心雕龙札记》，北京：商务印书馆，2014年，第8页。

按照学界对刘勰生平的考订，他大约出生于公元 465 年前后，时当宋前废帝刘子业（449—466）与宋明帝刘彧（439—472）交替之际，当时刘宋王朝已经开始走下坡路；大约刘勰 8 岁时，其父刘尚战死，家族随之败落；萧齐取代刘宋时（479），刘勰只是一个十三四岁的少年，正在接受教育，攻读儒家经典。他开始"依沙门僧祐"时，应在 20 岁以后，已经具备了一定的写作能力和学术水平，所以才能成为僧祐（445—518）整理佛经的重要助手。至齐明帝病死时（498），刘勰已是 33 岁左右的学者，据《序志》所说"齿在逾立……乃始论文"，此时应该已基本完成了《文心雕龙》的写作。他之干谒沈约（441—513），亦应在萧梁代齐之前，沈氏时任国子祭酒，为学界与文坛领袖，有评骘作家作品之最高权威。刘勰在《文心雕龙》问世而"未为时流所称"[①]的情况下，不惜扮作"货鬻者"求见沈约送书，决非率意而为，而应该是出于"弄斧必到班门"的考虑，并且事实证明是成功的。事后他与沈约应该还见过面，算是有了一定交谊。后来沈约因帮助萧衍（464—549）上位而成为梁代开国功臣，刘勰才得以于"（梁）天监初，起家为奉朝请"，走上仕途。不过颇值得玩味的是，刘勰入梁之后，影响他仕途进退的，似乎主要不是《文心雕龙》这部书，而是他对佛典的熟稔，这自然和梁武帝萧衍佞佛日甚有莫大关系。本来，"昭明太子好文学，深爱接之"，他的命运曾出现转机；而如果萧统（501—531）能顺利接班，刘勰或许会有一展身手的机会，乃至实现其"纬军国""任栋梁"的夙愿。但梁武帝却敕令他"与慧震沙门于定林寺撰经"；萧统的英年早逝，使他最后的希望化为了泡影，其最后之"乞求出家，先燔鬓发以自誓"，"于寺变服，改名慧地"，随后不久去世，应该是他理想彻底破灭后无奈的归宿。他长期寄身佛寺，"博通经论"，"为文长于佛理"，

---

① ［唐］姚思廉：《梁书》，北京：中华书局，1973 年，第 712 页。

但直到最后万念俱灰才出家，说明在他思想上，佛学固然是重要的学问，但并非其信仰，与对儒学的服膺不可等量齐观，更不存在前期即弃儒入佛的问题。

当今学界对刘勰卒年的推定，众说不一，比较流行的说法有二：一说约在 520 年前后，一说约在 532 年，前后相差 10 余年，但都在梁武帝改元"大同"之前。要之，刘勰从入梁直到辞世之日，文学方面——无论在理论上还是实践上——再没有任何可圈可点的成就[①]，甚至与当时文坛的主流日渐隔膜。他后期之写作著述活动，不过是"于定林寺撰经"以及有时应邀为"京师寺塔及名僧碑志""制文"而已。而这类文字，在《文心雕龙》中是摒而不论的。晚年的他，是否还有撰写《文心雕龙》时的激情，其文学观是否一成不变，史料无征，不宜妄断，但未必一成不变，则是可以推测的。但无论后来他的文学观有否变化，他在入梁之前撰写的《文心雕龙》中批判的对象，不会包括以宫体诗为代表的梁代文学，则是无须考论的。把《文心雕龙》视为与"齐梁文藻"或"齐梁文弊"对立的产物，是纪昀以来后代论者明显的误判。对此，只要根据《文心雕龙·序志》和《梁书·刘勰传》，把基本的时间线索理清楚，就不难得出合理的判断。

二、虚实交替：历代思想学术变迁的轨迹

刘勰《文心雕龙》既然并未把"日竞雕华"的"齐梁文藻"作为批判对象，那么他的学术价值取向是什么呢？

历史学家贺昌群先生（1903—1973）曾从虚实更替的历史视角把握和定位数千年来思想学术的变迁。在其名著《魏晋清谈思想初

[①] 《梁书·刘勰传》称刘勰有"文集传于世"，但《隋书·经籍志》即无著录，难以证实。所谓"文集"，或即指《文心雕龙》本书。

论》中，贺先生写道：

> 一切时代文化思想之盛衰，隐隐乎如百川汇海，时或波涛澎
> 湃，时或渊综停注，皆有其不得不然之势。……陆机有言：夏人
> 尚忠，忠之弊也朴，救朴莫若敬，殷人革而修焉；敬之弊也鬼，
> 救鬼莫若文，周人矫而变焉；文之弊也薄，救薄则又反之于忠（《晋
> 书》卷六十八《纪瞻传》陆机策问）。则三代相循，如水济火，
> 是知文化思想之盛衰，盖有随时救弊之义焉。周末百家争鸣，至
> 汉而整齐之，以名物训诂之实而救其虚；实之弊必流于烦琐，魏
> 晋六朝玄学以虚救之；虚之弊空疏，隋唐义疏乃以实救之；宋明
> 理学复以虚救隋唐之实，清代朴学又以实救宋明之虚。盖利病相
> 乘，因果相兼，而物极必反也。所举之虚实，但就其大体言之。①

贺先生用"虚、实"两个字，大致勾勒出了中国传统社会思想
学术发展的内在逻辑。我们看到，在几千年的思想学术流变中，"虚"
与"实"两种风气交替出现，互为补救，其律动如钟摆之不爽。这
对我们认识和把握某一时期的学术动向是有帮助的。当然，这只能
是就大的趋势而言，具体情况要丰富和复杂得多。例如魏晋玄学的
出现，固然由汉末之清议发其端，有救治汉儒解经过度烦琐之弊的
作用，但最直接的原因，则是曹魏与司马氏政权的政治高压，致使
当时之士大夫人人自危，不得不像《晋书》卷八十九《嵇含传》所
说："借玄虚以助溺，引道德以自奖"②，希图"苟全性命于乱世"③

---

① 贺昌群：《魏晋清谈思想初论》，北京：商务印书馆，2011 年，第 59—60 页。

② ［唐］房玄龄等：《晋书》卷八十九《嵇含传》语，北京：中华书局，1974 年，
第 2302 页。

③ ［晋］陈寿：《三国志·蜀志·诸葛亮传》，北京：中华书局，1959 年，第 920 页。

而已。其后成为一种普遍的社会风气，尤其知识精英普遍避实向虚，"户咏恬旷之辞，家画老庄之象"①，而对于朝代更替、政治隆污，则视如逆旅，漠不关心，走向了极端，形成了积弊。流风所至，价值观念随之而变，当时无论朝野，无不以谈玄为时尚。朝臣偶有勤于庶务者，竟至为人所嗤鄙。《梁书》卷二十七史臣姚察（533—606）的评论，颇能见证此种风气：

> 魏正始及晋之中朝，时俗尚于玄虚，贵为放诞，尚书丞郎以上，簿领文案，不复经怀，皆成于令史。逮乎江左，此道弥扇，唯卞壸以台阁之务，颇欲综理，阮孚谓之曰："卿常无闲暇，不乃劳乎？"宋世王敬弘身居端右，未尝省牒，风流相尚，其流遂远。望白署空，是称清贵；恪勤匪懈，终滞鄙俗。是使朝经废于上，职事隳于下。小人道长，抑此之由。呜呼！伤风败俗，曾莫之悟。永嘉不竞，戎马生郊，宜其然矣。②

思想学术风气对社会政治局面起到影响乃至决定的作用，此一时期最为典型。当然，对此有清醒认识者亦有人在，但却很难为人所接受。例如，《世说新语·言语》所载王羲之（303—361）与谢安（320—385）的一段对话，就颇能说明问题：

> 王右军与谢太傅共登冶城，谢悠然远想，有高世之志。王谓谢曰："夏禹勤王，手足胼胝；文王旰食，日不暇给。今四郊多垒，宜人人自效；而虚谈废务，浮文妨要，恐非当今所宜。"谢答曰：

---

① ［唐］房玄龄等：《晋书》卷八十九《嵇含传》，第 2302 页。
② ［唐］姚思廉：《梁书》，第 534 页。

"秦任商鞅，二世而亡，岂清言致患耶！" ①

谢安有一代名相之誉，尚且不能免俗，竟至对年长于己的王羲之反唇相讥；至于王衍（256—311）、殷浩（303—356）之徒，虚名无实，窃居高位，祸国殃民，更无足论。《世说新语·轻诋》载："

> 桓公入洛，过淮泗，践北境，与诸僚属登平乘楼，眺瞩中原，慨然曰：'遂使神州陆沉，百年丘虚，王夷甫诸人不得不任其责！②

桓温（312—373）为一世枭雄，志在天下，对玄虚之学深有反感，把神州陆沉之责归咎于王衍（字夷甫）诸人，虽未免以偏概全，但决非无的放矢，前引姚察之论实与其出自同一机轴。中国历史上此前的政治、文化版图，本来主要是东西之间的对立或统一，自东晋开始，一改而为多年的南北对峙，是历史性的巨大变化。变化的原因自然是多方面的，但思想文化上放弃实学，崇尚玄虚，许多该做的事没有做，许多该做好的事情更没有做好，肯定是其中一个重要原因。其后历代常有文士盲目追慕所谓"魏晋风度"，大抵与家国情怀之日渐淡漠有关。

笔者认为，对玄学危害有清醒认识并试图以理论研究进行矫正，是刘勰写作《文心雕龙》的主要动机和目的之一。我们从《文心雕龙》中，可以深切感受到他对浮华不实的思想学术风气的有力抗争。通观《文心雕龙》全书，可以发现，崇实黜虚，正是刘勰主要的学术价值取向。而崇实黜虚在学术立场上的直接表现，则为崇儒黜玄，表现出鲜明的现实针对性。他之所以要"正"纬之"谲诡"，"辨"

① 徐震堮：《世说新语校笺》，北京：中华书局，1984 年，第 71 页。
② 徐震堮：《世说新语校笺》，第 446—447 页。

骚之"夸诞"，固然由此而发；其褒贬臧否历代作家作品，探讨文学写作和评论的原则，亦莫不以此为标准。尽管当时的他人微言轻，成书之后"未为时流所称"，更不可能产生振臂一呼应者云集的效应，但其所代表的学术思潮却成为与玄风对抗的另一种力量登场的重要标志。而了解这一点，对我们认识刘勰、读懂《文心雕龙》、消解对《文心雕龙》主旨的误判，具有重大意义。

三、儒家经典：崇实黜虚的理论根据和判断标准

刘勰"论文"崇实黜虚，为什么要力倡征圣、宗经？原因在于，儒学作为面向社会人生的学问，崇实务实是其根本特征之一。

有学者指出："崇实黜虚"、"实事求是"和"经世致用"，三者构成了儒家文化的精神内核，是儒家文化的主要倾向，分别标志着"入世""求真""务实"的价值取向。而这三个方面都是由孔子（前551—前479）在儒学创始之初确立的。首先，从"崇实黜虚"的原则出发，孔子反对到彼岸世界去寻找拨乱反正、治国救民的方法，主张"务民之义，敬鬼神而远之"（《论语·雍也》）。其次，孔子倡导一种"实事求是"的精神。他说："知之为知之，不知为不知，是知也"（《论语·为政》）。第三，孔子特别重视学以致用，进而经世致用。他说："君子学以致其道"（《论语·子张》；"诵《诗》三百，授之以政，不达；使于四方，不能专对。虽多，亦奚以为？"（《论语·子路》）① 可见，由孔子确立、并以孔子为代表的实学精神是一种"崇尚道德理性、注意道德修养、关注社会群生的人文精神"。它在人的"经世宰物"（或"开物成务"）中，始终坚持以人为中心，特别重视心性道德的展现和道德自觉的价值，

---

① 张践：《试论中国实学文化的普世性》，《湖南大学学报》（社会科学版）2005年第1期。

并把它作为人的本质规定和人生的价值目标。[①]

　　笔者认为，刘勰力倡征圣、宗经，固然出于他对孔子的特别崇拜[②]，但也与他崇实黜虚，试图由虚返实，必须找到权威的理论根据和明确的判断标准这一现实需要关系至巨。因为在当时流行的各家思想学说中，能对玄学起到救弊作用的，只能是主张经世致用的儒家学说。儒学在先秦时期即为"显学"[③]，并基本确立了道统、学统、政统三统并建的架构，这一架构已成为中国传统文化之命脉所系；儒学在汉代取得"独尊"地位之后，更加深入人心，对中华民族大多数成员的思想、行为起到了重要的指导和规定作用。儒学当然不是一成不变的。在西汉中期达到鼎盛之后，也已出现流弊。西汉后期尤其是东汉时期，儒学与以阴阳五行、天人感应为核心的谶纬之学合流，染上了浓重的神秘主义色彩；而经师对儒家经典的解读也走向了繁琐哲学，甚至"一经说至百余万言"[④]。如此一来，便与原始儒学的宗旨出现了明显的偏离。物极必反，于是导致了魏晋玄学的流行。如果说，早期的玄学家承袭东汉后期士林清议的风气，常就一些实际问题和哲学道理反复进行辩论，与当时士大夫的出处进退关系至为密切，实有其不得不然之势，亦确有救弊之功；而后来之玄学家虽身居要职，盘踞当路，却远离现实，鄙弃世务，所形成的严重弊端，已经严重影响到国计民生和世道人心，也必然在文学领域产生恶劣影响。刘勰要起而救之，必须找到有力的思想武器。这种思想武器，在刘勰看来，当然不是与玄虚之风沆瀣一气

---

　　① 张传友：《清代实学美学研究》，上海：上海交通大学出版社，2012年，第5页。

　　② 刘勰在《文心雕龙·序志》中极言其对孔子的崇拜，且云"齿在逾立，则尝夜梦执丹漆之礼器，随仲尼而南行"，不啻以孔子传人自居。

　　③ ［战国］韩非：《韩非子·显学》："世之显学，儒墨也。"［清］王先谦集解，钟哲点校，北京：中华书局，1998年，第456页。

　　④ ［汉］班固：《汉书》（第11册），北京：中华书局，1962年，第3620页。

的道学、佛学，也不是汉代以来掺杂了谶纬、已经发生变异的后世儒学，而应该是孔子创立的原始儒学。所以，他之征圣，所"征"为周、孔；他之宗经，"宗"的是"五经"。其所谓"正末归本"，此之谓也。贺昌群先生说："古今一切学术思想之创立，政治革命之鼓吹，莫不凭借过去以推进现实，前者谓之托古，后者谓之改制。"[1]刘勰之征圣、宗经，正应作如是观。

或曰，刘勰不是说"敷赞圣旨，莫若注经"么？按照《序志》里的说法，他之所以"论文"，乃因"马郑诸儒，弘之已精"才不得不退而求其次的。笔者此前也曾这样认为，不过现在看来，这大抵是刘勰的一种行文技巧，其中固然不乏对前代经师的尊重，但真正的语意却在字面之外。我们结合他在《程器》等篇中流露出来的"孤愤"，可知就刘勰个人追求而言，他并不希望成为马融（79—166）、郑玄（127—200）那样的"注经之儒"，而是要成为"宗经之儒"。所谓"宗经之儒"，如熊十力先生（1885—1968）所说："虽宗依经旨，而实自有创发，自成一家之学。宗经之儒，在今日当谓之哲学家。发明经学，惟此是赖。注疏之业，只为治经工具而已，不可以此名经学也。"[2]刘勰在《程器》篇中强调"盖士之登庸，以成务为用"，因此"丈夫学文"还必须要"达于政事"，要"文武之术，左右惟宜"。他认为，理想的文人应该成为"梓材之士"，"楩楠其质，豫章其干，摛文必在纬军国，负重必在任栋梁，穷则独善以垂文，达则奉时以骋绩"。这样的"梓材"，应该是不包括皓首穷经的经师在内的。而这样的思想，其本身就是对孔子原始儒学的直接传承。

英国哲学家怀特海（Alfred North Whitehead，1861—1947）认为：

---

① 贺昌群：《魏晋清谈思想初论》，第 10 页。
② 熊十力：《读经示要》，北京：中国人民大学出版社，2006 年，第 181 页。

"对思想和行动的全部判断都取决于某种隐含的先前假定，除非遵照某个判断标准和希望目标，否则你无法判断何者为明智、何者为愚蠢，也无法判断何者为进步、何者为退步。"[①] 以儒家经典为宗，对刘勰来说，不仅是"隐含的先前假定"，而且如古希腊哲学家亚里士多德（前384—前322）所说，是他"论文"的"第一原理"[②]，并且是公开打出的旗帜。他的思维方式，已形成一种经学思维。经学思维既在一定程度上束缚了他的创造能力，但也给他带来了很大的便利[③]。正是由于有了原始儒经作为理论根据和判断标准，有了"宗经"作为令旗和全书理论体系的"枢纽"[④]，刘勰"正纬""辨骚""论文叙笔""剖情析采"等谈文论艺和补偏救弊的大量论述才得以充分展开，《文心雕龙》才成为空前的体大思精的学术著作。

马克思主义认为，语言是思想的直接现实。《文心雕龙》一书也可以充分证明这一点。刘勰以征圣、宗经为主张，并非仅仅停留于提出口号，而是在全书中时时处处都在"征圣立言""依经立义"。有学者研究表明：《文心雕龙》全书对五经的征引达1000多次，征引方式可归为八类：袭用特有词语、评论儒家经典、评论历史人物、评论作家作品、评析文化现象、支撑材料例证、阐发儒家义理、建立文论主张。除袭用特有词语外，其他七类征引都体现了"依经立义"。其内涵又可概括为三个层次：一是文体风格上的"依经立体"；

---

① ［英］怀特海：《观念的历险》，洪伟译，上海：上海译文出版社，2013年，第4页。

② ［古希腊］亚里士多德：《论题篇》，徐开来译，《亚里士多德全集》第一册，北京：中国人民大学出版社，1990年，第353页。

③ 魏伯河：《论刘勰的经学思维》，《社会科学动态》2020年第8期，第10—17页。

④ 刘勰《序志》中以《原道》《征圣》《宗经》《正纬》《辨骚》五篇为"文之枢纽"，而其中的核心则为《宗经》。参见魏伯河：《〈文心雕龙〉"文之枢纽"新探》，《重庆三峡学院学报》2018年第3期。

二是理论内涵上的"依经立论";三是思维方式上的"依经而思"。①
这样的数据统计和分析归纳是足以说明问题的。现当代学者中有意
淡化甚至完全否定刘勰"宗经"之真诚者大有人在,认为刘勰在《文
心雕龙》中所秉持的是道家、佛家学说者亦颇有其人,大抵是脱离
了文本、过度发挥己意或对其中个别字眼过于敏感的产物。殊不知
当时各家学说互相渗透、不少语词已经通用,如果不能从总体上把
握其主旨确定其趋向,仅对个别字眼作过度解读,就很容易一叶障
目不见泰山,钻之弥深而惑之弥甚。

四、痛斥玄风:崇实黜虚的集中表现

刘勰在《文心雕龙》中,明确表示与玄学的对抗,多次对魏晋
以来风靡于朝野的玄学进行痛斥。试看以下论述:

> 迄至正始,务欲守文;何晏之徒,始盛玄论。于是聃、周当路,
> 与尼父争涂矣。详观兰石之《才性》,仲宣之《去代》,叔夜之《辨声》,
> 太初之《本玄》,辅嗣之《两例》,平叔之《二论》,并师心独见,
> 锋颖精密,盖人伦之英也。至如李康《运命》,同《论衡》而过
> 之;陆机《辨亡》,效《过秦》而不及;然亦其美矣。次及宋岱、
> 郭象,锐思于几神之区;夷甫、裴頠,交辨于有无之域:并独步
> 当时,流声后代。然滞有者,全系于形用;贵无者,专守于寂寥。
> 徒锐偏解,莫诣正理;动极神源,其般若之绝境乎!逮江左群谈,
> 惟玄是务,虽有日新,而多抽前绪矣。(《论说》)②
>
> 自中朝贵玄,江左称盛,因谈余气,流成文体。是以世极迍邅,

① 朱供罗、李笑频:《从征引五经看〈文心雕龙〉的"依经立义"》,《昆明学院学报》2020年第2期。
② [梁]刘勰著,戚良德辑校:《文心雕龙》,上海:上海古籍出版社,2015年,第116—117页。

而辞意夷泰，诗必柱下之旨归，赋乃漆园之义疏。故知文变染乎世情，兴废系乎时序，原始以要终，虽百世可知也。（《时序》）①

　　江左篇制，溺乎玄风；嗤笑徇务之志，崇盛亡机之谈。袁、孙已下，虽各有雕采，而辞趣一揆，莫与争雄。所以景纯《仙篇》，挺拔而为俊矣。宋初文咏，体有因革。庄老告退，而山水方滋；俪采百字之偶，争价一句之奇，情必极貌以写物，辞必穷力而追新，此近世之所竞也。（《明诗》）②

　　这些论述，或勾勒玄学产生发展的过程，或概括玄学诗赋的特点，或揭示玄学盛行的危害，对玄学进行了总体的否定和批判。当然这种否定和批判，不是简单地下断语完事，而是有分析和区别的。因为风靡一时的玄学思潮，在中国思想史上本来就是一个复杂的现象，既不无进步意义，更不乏消极影响，存在着瑕瑜互见、得失并存的现象。《文心雕龙》作为一部"论文"的著作，刘勰论文又坚持"擘肌分理，唯务折衷"，他要对各类文体"原始以表末，释名以章义，选文以定篇，敷理以举统"，即对"文"的发展做历时性的描述，自不宜出现断档，对当时曾产生广泛影响的一些代表性著作，必须做出相应的评价。我们看到，在《论说》篇中，他对早期与玄学有关的作家作品，评价较高，称其"师心独见，锋颖精密，盖人伦之英也"。至于或"同《论衡》而过之"，或"效《过秦》而不及"的"李康《运命》""陆机《辨亡》"等，就已经依傍前人而缺乏创新了。到了"宋岱、郭象，锐思于几神之区；夷甫、裴𬱟，交辨于有无之域"，则各走极端，"滞有者，全系于形用；贵无者，专守于寂寥"，以致"徒锐偏解，莫诣正理"了。对南渡之后学风

---

① ［梁］刘勰著，戚良德辑校：《文心雕龙》，第253页。
② ［梁］刘勰著，戚良德辑校：《文心雕龙》，第32页。

的评价，又等而下之："迄江左群谈，惟玄是务，虽有日新，而多抽前绪"。当时的士大夫们尽管"唯玄是务"，但玄学兴起时的创新精神、求索意识已消磨殆尽，于义理上的探究已无所发明，幽深玄远的表象之下，只剩下语言文字的争奇斗巧了。我们还应注意到，刘勰对这些作家作品有褒有贬，有的褒词中也隐含了对玄学的批判。例如："袁、孙已下，虽各有雕采，而辞趣一揆，莫与争雄。""莫与争雄"似乎是很高的评价，其实不过是说当时玄风弥盛，其他类别的诗歌无力与其抗衡而已。至于"景纯《仙篇》，挺拔而为俊"，是说与当时大量的玄言诗相比，郭璞（字景纯，276—324）的《游仙诗》就算是出类拔萃的了。此种评价，诚然不无肯定成分，但却有矬子堆里拔将军的明显意味，犹如光武帝刘秀（公元前5—公元57）评价已经投降的赤眉军首领之一徐宣时所说的"卿所谓铁中铮铮，庸中佼佼者也"。① 此类的褒词其实还是服从、服务于对玄学的批判的，是批判玄学这一总基调的产物。而"聃、周当路，与尼父争涂""世极迍邅，而辞意夷泰，诗必柱下之旨归，赋乃漆园之义疏"与"江左篇制，溺乎玄风；嗤笑徇务之志，崇盛亡机之谈"等概括性的语句，所表现出来的对玄学的深恶痛绝之情，则是再明白不过的。对此，切记避免陷入二元对立思维模式的困境之中②，以为刘勰既然对玄言诗文作者有某种肯定，便误认为他对玄学有多么欣赏。

学界以往把刘勰批判的矛头所向只认作是过分讲求藻饰的形式主义文风，限定于文学创作或批评的领域，现在看来，是有失准确的，也是不符合《文心雕龙》实际的，是仅仅把《文心雕龙》视为

---

① ［南朝宋］范晔：《后汉书》（第二册），北京：中华书局，1965年，第485页。
② 魏伯河：《二元对立思维模式的困境——对〈文心雕龙·辨骚〉"博徒""四异"争议的反思》，《社会科学动态》2020年第3期。

现代观念中的"文学理论""文学批评"的狭隘观念的产物。须知，刘勰所论之"文"，是整个的学术思想文化和所有文章，包含但不限于当今之所谓"文学"，而《文心雕龙》其实是刘勰用以"树德建言"的子书①，如台湾龙学家王更生（1928—2010）所说，是"子书中的文评，文评中的子书"②。具体到文学创作或文章写作领域，笔者一向认为，刘勰并非反对当时流行的注重形式的骈体写作，也并非不加分析地反对"雕华"。他明言："古来文章，以雕缛成体。"（《序志》）所谓"雕缛"，即"雕华"，不过要"去太、去甚"而已。在这方面，他与当时文坛的主流意见并无多大不同，否则他不会把自己的著作取名《文心雕龙》，《文心雕龙》也不会用骈体写作，不会在书中专设《声律》《镕裁》《丽辞》《事类》《练字》《章句》等诸多篇章研究这些骈文写作技巧，更不可能在成书之后去取定于文坛宗主沈约并受到赞赏。③当然，他反对"逐奇而失正"（《定势》），对"文体解散""离本弥甚"（《序志》）深感忧虑，但他认为这不过是"江左篇制，溺乎玄风"的产物，是"文变染乎世情"的表现，所以，"魏晋浅而绮，宋初讹而新，从质及讹，弥近弥澹"的文学变化（《通变》），只是文坛反映出来的表面现象，其根源则是离实向虚的玄虚之风。

刘勰指出："宋初文咏，体有因革。庄老告退，而山水方滋"，但却出现了"俪采百字之偶，争价一句之奇，情必极貌以写物，辞必穷力而追新"的现象。本来，刘勰认为"山林皋壤，实文思之奥府"，屈原（前 340 年—前 278）之所以取得伟大的文学成就，是

---

① 魏伯河：《论〈文心雕龙〉是刘勰"树德建言"的子书》，《福建江夏学院学报》2018 年第 2 期。

② 王更生：《文心雕龙研究》，台北：文史哲出版社，1979 年，第 133 页。

③ 魏伯河：《论刘勰〈文心雕龙〉与骈文之关系》，《中国文化论衡》2019 年第 2 期（总第 8 期）。

得益于"江山之助"(《物色》),说明他对山水诗相当重视,但他对当时的作者"志深轩冕,而泛咏皋壤;心缠几务,而虚述人外"(《情采》),争相以藻饰之繁缛掩盖思想之贫乏的做法非常不满。因为此类"真宰弗存""言与志反"的作品,显然走上了"为文造情"、欺世盗名的歧路。看来在刘勰心目中,刘宋以来的"山水方滋",在某种程度上也不过是玄虚之风的变种。为什么在"体有因革"之后,没有回到"正途"上来呢?刘勰认为,原因在于没有"正末归本"。他发现,文学仅靠自身的"新变"是不可能健康发展的,扭转文风必须从扭转学风、世风着手。他试图解决"聃、周当路,与尼父争涂""嗤笑徇务之志,崇盛亡机之谈"的学术风气以及由此导致的不良世风,还要解决"诗必柱下之旨归,赋乃漆园之义疏"的文坛弊端,恢复儒家经典的正统地位和指导作用,回归务实求真、经世致用的学术正途,发挥"摛文必在纬军国"的功能。作为一名"少孤家贫"、不得已寄身佛寺的青年士子,这样的抱负或许因过于宏大而显得不自量力,但愈是如此,愈能见出刘勰以天下为己任的广阔胸怀和历史担当,而这种担当,直接传承了孔子"当仁不让"(《论语·卫灵公》)和"知其不可而为之"(《论语·宪问》)的精神。

五、刘勰崇实黜虚的时代背景和家学渊源

《文心雕龙·时序》篇云:"暨皇齐驭宝,运集休明:太祖以圣武膺箓,世祖以睿文纂业,文帝以贰离含章,高宗以上哲兴运,并文明自天,缉熙景祚。今圣历方兴,文思光被,海岳降神,才英秀发,驭飞龙于天衢,驾骐骥于万里。经典礼章,跨周轹汉,唐、虞之文,其鼎盛乎!"这是全书唯一一次提及齐代文化之处。对齐代文化作如此大而无当、言过其实的评价,就理论价值而言并无可取,但从史料角度看,却不无价值,至少可以证明《文心雕龙》成书于南齐

末年东昏侯（萧宝卷，483—501）或齐和帝（萧宝融，488—502）
在位期间（因为句中已出现齐明帝萧鸾的庙号"高宗"，而又有"圣
历方兴"云云），并且入梁之后也没有做过修改（如果修改就可能
不会保留对前朝歌功颂德的文字）。我们知道，在南朝各代中，南
齐是比较特殊的。其特殊性表现在：一是统治期最短，从公元479
年萧道成（427—482）受禅，至公元502年萧宝融禅位，总共只有
23年，形如历史上的匆匆过客；二是在南朝将近170年中，这一时
期儒风最盛。史载：齐高帝萧道成十三岁开始从著名礼学大师雷次
宗（386—448）"受业，治《礼》及《左氏春秋》"①；取得政权、
天下略定之后，于建元四年（482）下诏："夫胶庠之典，彝伦攸先，
所以招振才端，启发性绪，弘字黎氓，纳之轨义，是故五礼之迹可传，
六乐之容不泯。朕自膺历受图，志阐经训，且有司群僚，奏议咸集，
盖以戎车时警，文教未宣，思乐泮宫，永言多慨。今关燧无虞，时
和岁稔，远迩同风，华夷慕义。便可式遵前准，修建教学，精选儒
官，广延国胄。"②继任的齐武帝萧赜（440—493）也与其父一样
尊崇儒学，他在位的十年间，儒风大盛。史臣称誉萧氏父子云："天
子（按指萧道成）少为诸生，端拱以思儒业，载戢干戈，遽诏庠序。
永明（按指萧赜）纂袭，克隆均校，王俭为辅，长于经礼，朝廷仰
其风，胄子观其则，由是家寻孔教，人诵儒书，执卷欣欣，此焉弥
盛。"③可知萧氏父子当政期间，虽不辟佛道，但尊经崇儒却是主流，
社会相对稳定，经济趋于繁荣，儒学地位较之刘宋时期大为提高。
牟世金先生（1928—1989）说："刘勰此时正值求学之际，齐祖尚儒，

---

① ［梁］萧子显：《南齐书》卷一，北京：中华书局，1972年，第3页。
② ［梁］萧子显：《南齐书》卷二，第37—38页。
③ ［梁］萧子显：《南齐书》卷三十九，第687页。

辅以王俭，其后数年之'儒学大振'，对彦和之重儒必深有影响。"①
是很有道理的。齐明帝萧鸾（452—498）夺位上台后，虽然"时不
好文，辅相无术，学校虽设，前轨难追"，但表面上也不能不"因
循旧绪"，不敢菲薄儒学。"儒风在世，立人之正道；圣哲微言，
百代之通训"②，其实是当时社会占统治地位的流行观念。由此可知，
在《文心雕龙》中，刘勰以征圣、宗经为主张，与当时的国家导向
和社会趋向是一致的，实乃顺势而作，并非逆势而为。他对齐代的
溢美之词，也不宜完全看作是没有底线的拍马颂圣，而应该是在某
种程度上表现了他对齐代当政者尊经崇儒的赞赏和支持。从另一角
度来看，当时刘勰寄寓佛寺，能在整理佛经的同时撰写《文心雕龙》
这样一部宗仰儒学的著作，而定林寺住持僧祐却能不以为意并提供
某种程度的支持，也应该与当时这样的时代背景和社会风气有很大
关系。

　　社会政治的原因之外，刘勰所接受的家庭影响和文化教育也可
证明他崇实黜虚的价值取向其来有自。他的家族在晋宋之际也曾颇
为发达。史载：刘勰先祖中刘穆之（360—417）为刘宋佐命元勋，
曾"内总朝政，外供军旅，决断如流，事无壅滞"③；刘秀之（396—
464）官至司空，其人"善于为政，躬自俭约"，"以身率下，远近
安悦"④；祖父刘灵真即刘秀之之弟，父亲刘尚官至越骑校尉，虽
无高官显爵，但刘氏一族世代皆非好玄务虚之人，是可以断定的。
这样的家族传统，对刘勰人生价值观的形成自会有潜移默化的影响。
刘勰天资颖悟，于书无所不读，但最初学习的则肯定是儒家经典。

---

①　牟世金：《刘勰年谱汇考》，成都：巴蜀书社，1988 年，第 16 页。
②　［梁］萧子显：《南齐书》卷三十九，第 686 页。
③　［梁］沈约：《宋书》卷四十二，北京：中华书局，1974 年，第 1306 页。
④　［梁］沈约：《宋书》卷八十一，第 2074 页。

因为从汉代以来，士子读书学习的路径就是从《论语》《孝经》入手，然后扩展到五经，"镕冶经典之范"之后，再进一步"翔集子史之术"（《风骨》）的。可以说，儒家经典为他打下了牢固的知识基础和浓重的思想底色，孔子的思想学说早已形成了他思想观念中的"第一原理"。这样的知识基础和思想底色以及由此形成的价值取向，遇到了统治者尊经崇儒的历史机遇，遂催生出了《文心雕龙》这样一部旷世奇书。

六、结语

现代以来的《文心雕龙》研究，已有百余年历史，几代学者辛勤耕耘，硕果累累，使之成为一门"显学"——龙学。但繁荣的表象之下，也存在不少的问题。即就学术的传承而言，由于学者之间大抵出于师徒相传，后代学者往往恪遵师训，迷信权威，不敢质疑，只在前代学者成果的基础上"接着说"甚至"照着说"，最多在一些枝节问题上有所拓展，而鲜有能独立思考、另辟蹊径、敢于在基本观点上超越前人者。殊不知前人观点是当时学术和社会条件下的产物，不可能没有局限甚至错误。正是由于前人的某些结论成了当今不少后学的先入之见，导致连篇累牍的龙学论文，陈陈相因者多，而能令人耳目一新者则难得一见。如著名学者龚鹏程（1956—）所指出的："大多数人只是学习了一套套的话语，照着那个学派学说的预设、条件、推理、例证去说话。说起来也是头头是道，仿佛很有学问、很有思考力一般，其实仅如鹦鹉之学舌，并没有自己讲话的本领。"[1] 这对学术的创新发展显然是不利的。看来，当今学界也极有必要向刘勰学习，大力倡导崇实黜虚的价值取向。

笔者此番考察的结论，显然与多年来学界流行的认识不尽一致，

---

[1] 龚鹏程：《文心雕龙讲记》，桂林：广西师范大学出版社，2021年，第474页。

但如刘勰《文心雕龙·序志》所说："异乎前论者，非苟异也。"，自信持之有故，尚可言之成理，应能破除纪昀以来对《文心雕龙》主旨的误判，抉发刘勰崇实黜虚、崇儒黜玄的真实价值取向，对正确解读《文心雕龙》有所裨益。千虑一得，是否有当，欢迎学界朋友研讨交流。

（原载《社会科学动态》2021 年第 5 期）

走出"自然之道"的误区

——读《文心雕龙·原道》札记

上世纪兴起的"龙学"热，催生了数以千计的论文和数以百计的专著[①]，自然也造就了一大批龙学专家，形成了空前的繁荣景象。但存在的问题也着实不少。例如只见树木不见森林，择其一点无限引申，以致远离文本实际，背离刘勰原意，就是一个突出的问题。其中最为典型的，莫过于根据《原道》篇的"自然之道也"一语，便认为刘勰所推原、并以之为文学本原的"道"是"自然之道"，进而认为是老庄道家之道甚或是佛家之道，据以大做文章，以致误导了大量后学和一般读者。这应该是一个严重的教训。

笔者自上世纪八十年代初在中学任教时即涉足《文心雕龙》，并且打算从"文之枢纽"部分开始进行研究，并着手撰写有关文章，也取得了一点初步的成果。[②]关于《原道》，我研读原文的基本印象，就是刘勰所"原"之"道"决不是"自然之道"。在广泛搜集资料准备对其进行深入探讨，并已开始动笔时，由于教学任务繁重，不得不忍痛割爱，后来又走上管理岗位，更不免心为物役，所以这篇已经动笔的文稿久久没有完成。不过这一问题我并未能真的"放下"，而是一直萦回于心中，久久未能释怀。退休后受聘于民办高校，工

[①] 据山东大学戚良德教授统计，截止 2013 年底，"研究专著已超过 400 部，论文超过 6000 篇，总字数近 1 亿字"，见《文章千古事——儒学视野中的〈文心雕龙〉》，《文史哲》2014 年第 2 期，第 125 页。

[②] 当时笔者以笔名魏然发表过《读〈文心雕龙·辨骚〉》（载《枣庄师专学报》1984 年第 1 期）、《中国古代文学悲剧性特色成因初探》（《枣庄师专学报》1986 年第 1 期）等文。

作与学术研究可以兼顾，于是集中阅读了这些年发表的有关龙学论著，发现在所谓"自然之道"问题上，由于错误观点没有得到有力的驳正，时至今日仍在流行；而且与最初的各自作为一家之言不同，目前不仅进入各种辞典、学案等高文典册，而且还被作为定论、通识，向普通读者和大众宣扬，以致误导了更多的人。为止视听，特草此文，试图较为彻底地厘清这一问题，并借以完成三十余年未了之心愿。此种心情，恰如刘勰所说："岂好辩哉？不得已也！"（《序志》）

一、刘勰所原之"道"只能是儒家所尊奉之道

《文心雕龙·原道》所"原"的"道"是什么，本来不应成为问题。因为在刘勰此书的理论架构中，道、圣、经三位一体，合则为一，分则为三，所谓"道沿圣以垂文，圣因文而明道"是也。刘勰以此为"文之枢纽"，即全书的总论。在这一"枢纽"中，既然刘勰所"征"之"圣"是儒家的周、孔（"征之周孔，则文有师矣"），所"宗"之"经"是儒家的五经，那么顺理成章，所"原"之"道"也只能是儒家所尊奉的道，而绝不可能与之背离或有大的歧异。而且《原道》全篇，内容和文字主要取资于《易经》，在在鲜明，不难考索，因而《文心雕龙》问世 1500 多年以来，直至十九世纪末期少有争议。

统观全书，下列几方面都可以证明这一点。

第一，从写作动机来看。

在《序志》篇中，刘勰自述他写作《文心雕龙》的缘起，从"齿在逾立"时的一场梦说起，表达了他对孔子（前 551—前 479）的无比仰慕之情。他认为："自生人以来，未有如夫子者也。敷赞圣旨，莫若注经，而马、郑诸儒，弘之已精，就有深解，未足立家。"转而考虑到"唯文章之用，实经典枝条；……而去圣久远，文体解散；……离本弥甚，将遂讹滥。……于是搦笔和墨，乃始论文。"

说明他写作《文心雕龙》，直接目的固然是为了纠正当时的不良文风，而根本原因还是试图通过"敷赞圣旨""树德建言"，达到自成一家、垂名后世的目的。他接着列举了魏文帝曹丕（187—226）以来的文论著作，认为他们共同的缺陷是"未能振叶以寻根，观澜而索源。不述先哲之诰，无益后生之虑"。职是之故，他的《文心雕龙》要反其道而行之，所以开篇即"本乎道，师乎圣，体乎经"，去"寻根""索源""述先哲之诰"，以"益后生之虑"。

试问，出于这样的目的写出的《文心雕龙》，会把"文"的本原追溯到孔子儒学以外的其他学说那里去吗？

第二，从构思过程来看。

如果我们用刘勰在《知音》篇所说的"观文者披文以入情"的理路去"沿波讨源"的话，就会知道，刘勰《文心雕龙》的写作思路是：为了"矫讹翻浅"（《通变》）而力倡"宗经"；为使"宗经"主张具有神圣性，才向上"征圣"进而"原道"；同样是为了保持其宗经主张的纯粹性，至少不被误读或曲解，才向下"正纬"继而"辨骚"。由此可见，在刘勰的构思过程中，《宗经》在"文之枢纽"中处于核心和关键的地位，或可谓之"枢纽中的枢纽"，而其他四篇则是从正反两个方面为《宗经》服务的。对此，笔者在《读〈文心雕龙·辨骚〉》一文中已有涉及[①]。台湾学者王更生（1928—2010）在《刘勰的文学三原论》中强调："《宗经》是刘勰文学思想的骨干，非但《原道》《征圣》以此为结穴，就是《正纬》《辨骚》亦以此为发议的基点。"[②]祖保泉（1921—2013）先生亦有见于此，他说："'体乎经'才是'文之枢纽'的核心，'宗经'思想乃是《文心》全书的指导思想。"他还指出："'道'是靠圣人的文章

---

① 魏然：《读〈文心雕龙·辨骚〉》，《枣庄师专学报》1984 年第 1 期。
② 王更生：《文心雕龙管窥》，台北：文史哲出版社，2007 年，第 273 页。

来体现的，圣人也只有靠文章来阐明'道'。那么，道只是虚位，文（经）才是实体；虚位只有靠实体才能体现出来。……一句话，'道'和'圣'离开了'经'，那便成了毫无实际意义的空话。"①意大利学者珊德拉（Alessandra Lavagnino 1947— ）在《刘勰的"文之枢纽"》一文中将"文之枢纽"五篇视为全书的"理论导言"。她指出："《文心雕龙》中曾多处隐晦地告诉我们，按照儒家的传统思想，经典是一根巨大的主干，在这根主干上长出无数根分枝，这些分枝便构成了整个文学宝库，经典也是一切写作形式的唯一的基础。"因此刘勰才以宗经为号召。而这样的意图，"在头三篇中体现在阐述论点之中，而在第四、第五篇中却体现在辩驳之中；它是理论导言部分的最突出的特征之一，它起到了确立文学创作的永恒的思想前提的作用"②。他们的观点，都是符合《文心雕龙》实际的，深得我心。

试想，在这种思路主导下写出的《原道》，如果把为文之"道"推原到与儒学经典没有关系的其它学说中去，岂非违背初衷，离题万里！

第三，从经、子的不同地位来看。

刘勰认为："经也者，恒久之至道、不刊之鸿教也。故象天地，效鬼神，参物序，制人纪，洞性灵之奥区，极文章之骨髓者也。"（《宗经》）在他心目中，儒家五经是至高至大、臻于极致的。至于诸子，从最早的《鬻子》及其后的《老子》，尽管他们或因"知道"而成为"文〔王之〕友"，或因"识礼"而称为"孔〔子之〕师"，但他们最多只是作为"贤人"与"圣人"并世，但由于"经子异流"（《诸

① 祖保泉：《文之枢纽臆说》，《文心雕龙学刊》第1辑，济南：齐鲁书社，1983年。

② ［意］珊德拉：《刘勰的"文之枢纽"》，王军译，见户田浩晓等著、曹顺庆主编《庆贺杨明照教授八十寿辰：文心同雕集》，成都：成都出版社，1990年。

子》），他们的著作是决不能与经书相提并论、等量齐观的。至于战国、两汉直至魏晋时期纷纭而出的子书，尽管也都从不同方面"述道言治"，不失其价值，但其地位，只能是五经的"枝条"而已，"百家腾跃，终入环内"（《宗经》），是跳不出五经的范围的。而且因为其内容极其庞杂，习文者在参阅、撷取它们时必须有所辨别，做到"览华而食实，弃邪而采正"（《诸子》），以免偏离了宗经的轨道。

至于《原道》篇中某些措辞和《老子》的学说也颇为相似，并不难理解，因为它们都源于《易经》。有学者经过对比研究后指出：刘勰《原道》的写作，"直接使用已有的文本《易》——既用其语言、人物，也用其思想内容"①。而老子的学说，与《易经》也的确存在着明显的源流关系，如熊十力（1885—1968）所说："老庄言道，亦《易》之别派。"②对道家学说深有研究的台湾学者陈鼓应（1935—）也认为：道家学说"发端于《易经》，而体系的建立则完成于《老子》"。③这样的认识很有道理，也是符合文化史的实际的。

如果明白并且承认刘勰对经、子地位的判定，还认为《原道》所原之道是出自经典之外某家子书的"自然之道"，显然也是不合逻辑的。

在刘勰所原之"道"问题上所以会聚讼纷纭，乃至出现愈来愈严重的误读，直接原因在于《原道》篇中并没有对"道"给出一个确定的术语和解释。不过，这并不是出于疏忽，而是因为在刘勰的意识或观念中，这方面本来就不存在什么问题。在刘勰看来，"道"

---

① 王毓红：《一个〈文心雕龙·原道篇〉的神解》，《文心雕龙研究》第9辑，保定：河北大学出版社，2009年。

② 熊十力：《读经示要》，北京：中国人民大学出版社，2006年，第2页。

③ 陈鼓应：《道家易学建构》，北京：商务印书馆，2010年，第135页。

就是"道"，而且只有一个，就是伏羲氏（庖牺、风姓）通过"仰观天文，俯察地理，近取诸身，远取诸物"最先予以揭示，中间经由文王、周公的推演和阐发，最后由孔子集其大成给以完美展示，为后世儒家所秉持和尊奉、也应当为人世间所普遍认可的"道"。而这种"道"，集中体现于《易经》之中。那么，《易经》所说的"道"是怎样的呢？查阅《易经》可以发现，它是"形而上"的（"形而上者谓之道，形而下者谓之器"[①]），高度抽象，无名亦复多名，或谓之"阴阳"（"一阴一阳之谓道"[②]），或谓之"太极"（"易有太极，是生两仪，两仪生四象，四象生八卦，八卦定吉凶，吉凶成大业"[③]），或谓之"神道"（"观天之神道，而四时不忒；圣人以神道设教而天下服"[④]）；既是天地万物的本原，又是万物运行的规律。这样的"道"，称为"易道""天道""神道""大道"，或简称为"道"，都无不可，至少在我国古代士人心目中，无须解说，不言而喻，不会产生歧义。这种说法是否科学，另当别论，而如果还原回当时的语境，在刘勰所处的时代，这一问题在学者文人中却属于普通的常识，极少有人会提出疑问。其道理，就像"仁"是孔子思想的核心，而《论语》虽多处言"仁"，但并没有对"仁"给出一个明确、周延的定义，不过人们却都可以心领神会一样。

当然，这样的"道"，虽然为儒家所尊奉，但并不等于后世所说的"孔孟之道"，因为"孔孟之道"作为专用名词，是到了宋代之后才出现的；何况在刘勰的论述中，《孟子》一书也只不过是子书。而《易》则不同，在被尊为"经"之前，它早已存在，相比其他各经（更

① 《易传·系辞上》，黄寿祺等撰：《周易译注》，上海：上海古籍出版社，2004年，第526页。

② 《易传·系辞上》，黄寿祺等撰：《周易译注》，第503页。

③ 《易传·系辞上》，黄寿祺等撰：《周易译注》，第519页。

④ 《易·观·彖辞》，黄寿祺等撰：《周易译注》，第160页。

不要说诸子百家），它起源更早，其基本内容应该是"巫君合一时代"①
的产物，最迟也在春秋前期。那时候，包括儒家、道家在内的诸子
百家都还没有产生，因而《易》应该是属于华夏文化早期的共同经典。
而刘勰称"三极彝训，其书曰经"（《宗经》），也是在这个意义
上看待五经的。而在春秋末期经孔子最后编定、特别是到了汉武帝
"独尊儒术"之后，"五经"才被尊为儒家的经典，而集中揭示"道"
的《易经》则被视为其他各经"之原"，以为"易不可见，则乾坤
或几乎息矣"。②当然，儒家尊奉《易经》，并不代表着独家占有，
而是把它视为笼罩百家、通用于天人之际的共同真理，具有本原性、
崇高性和普适性。事实也正是这样，从现存的诸子百家学说中，总
能或多或少地发现它们与《易经》的渊源关系。后世道家为了抬高
老、庄的地位，把《老子》尊为《道德经》，把《庄子》尊为《南
华经》，却把《易经》置于其诸经之首位（尽管其解释有所不同）。
这足以说明，《易经》被公认超越于诸子各家之上，在中国传统文
化中占有着特殊的地位。刘勰《原道》，推原至此，可谓得其"本"
焉；曰"本乎道"，不其宜乎！

在《原道》篇中，刘勰一则曰："人文之元，肇自太极，幽赞神明，
《易》象惟先。庖牺画其始，仲尼翼其终。而《乾》《坤》两位，
独制《文言》。言之文也，天地之心哉！"再则曰："自鸟迹代绳，
文字始炳。……至夫子继圣，独秀前哲，熔钧六经，必金声而玉振；
雕琢性情，组织辞令，木铎启而千里应，席珍流而万世响，写天地
之辉光，晓生民之耳目矣。"三则曰"爰自风姓，暨于孔氏，玄圣
创典，素王述训：莫不原道心以敷章，研神理而设教，取象乎河洛，

---

① 关于"巫君合一时代"，可参阅李泽厚《说巫史传统》（1999），收入《由巫
到礼，释礼归仁》，北京：生活·读书·新知三联书店，2015 年，第 3—38 页。

② ［汉］班固：《汉书·艺文志》，北京：中华书局，1962 年，第 1723 页。

问数乎蓍龟，观天文以极变，察人文以成化。"如此"一篇之中三致意焉"，不惮其烦地再三申述人文的产生和发展过程，并以此构成《原道》篇的主体，凸显出刘勰本篇的作意，在于阐明并强调以经书为代表的人文是圣人"原道心以敷章，研神理而设教"的产物。而这样的言说，显然属于儒家学派的话语系统。

当然，由于刘勰的《文心雕龙》是一部论"文"的著作，《原道》并不是一篇哲学论文，其中虽不可避免地涉及某些哲学思想，究其实也不过掇拾前人成说，并没有多少学理上的发明。这样说决非有意贬低刘勰，只不过因为他本人并非经学家或现代意义上的哲学家，他写作本篇的用意，也不是要在这方面有所创新，而只是想说明以五经为代表的"文"是"道"的产物，具有至高无上的神圣性，借以张大其宗经的主张而已。从某种意义上说，刘勰又何尝不是在利用"神道设教"呢！对此，祖保泉先生曾正确地指出："论'文'而要'原道''征圣'，都不过是为'宗经'思想套上神圣的光圈而已。"[1] 如果离开《文心雕龙》的体系而将其作为单篇的哲学论著来看，《原道》篇很难说有什么理论价值。如果对其以哲学论著的标准去作过度的解读，往往会逸出《文心雕龙》的讨论范畴，远离其题中应有之义。

我们知道，在刘勰所处的时代，儒学已不是孔子整理六经时的本来面目，而是糅合了道家、阴阳家、法家甚至后来传入的佛学的某些因素的当代儒学。许多人据此认定刘勰所原之"道"不是正宗的儒道，而是综合了儒、道、玄、佛的杂拌儿。还有人根据刘勰曾"依沙门僧祐"、长期寄居佛寺、最后又落发出家的生活经历，认为他是虔诚的佛教徒，便费尽心思从《文心雕龙》中寻找佛学的痕迹。这样的做法从试图"知人论世"来说，似乎不无道理。但是，

---

[1] 祖保泉：《文之枢纽臆说》，《文心雕龙学刊》第 1 辑。

在笔者看来，知人论世必须建立在尊重文本的基础上，即先看刘勰本人的自白。否则，脱离了文本去知人论世，得出的结论与试图达到的目的可能相去甚远，甚至毫无关系。刘勰所处时代的思潮——刘勰一生的思想——刘勰在《文心雕龙》中表述的思想，这几个方面当然是密切关联的，但时代可以变化，思想可以转化①，而一位作者在一部成体系的著作中表达的思想却应该是集中和稳定的。须知，《文心雕龙》毕竟不是《吕氏春秋》《淮南子》那样多人参与编著的杂家之书，也不是他一生的文集或全集，而是在一个较短时期内精心结撰的理论专著。我们研究《文心雕龙》，首先应该弄清楚的是他在这一部著作中表达了怎样的思想，提出了怎样的主张。就刘勰《文心雕龙》本身来看，他极力主张的《原道》《征圣》《宗经》，恰恰是主张用原始的儒家经典来作为文章写作（含文学创作）的最高标准范式的。在本书的指导思想上，笔者认为，刘勰不仅像范文澜先生所说的那样：在《文心雕龙》中"严格保持儒学的立场，拒绝佛教思想混进来"②，而且对道家思想也一直保持警惕，避免与其道—圣—经的体系混同。在《论说》篇里，他就明确表示对战国时期"聃、周当路，与尼父争涂"现象的严重不满。可以说，在宗经、崇儒的态度和用五经指导写作的主张上，此时的刘勰在《文心雕龙》中表现得相当坚决和纯粹。这在当时佛道盛行、儒学也已玄学化的文化环境里，简直是空谷绝响。之所以如此，盖因当时刘

---

① 现代名家如李叔同由"翩翩之佳公子，激昂之志士，多才之艺人，严肃之教育者"，转身而为"戒律精严之头陀"（夏丏尊《夏丏尊集》，广州：花城出版社，2012年，第122页）；熊十力由"入佛"而"出佛"，成为新儒学领军人物（宋志明《熊十力评传》第二章，南昌：百花洲文艺出版社，2010年第2版）等显例均可证明，对一位富有探索精神和创造力的学者来说，其思想是可以有巨大转变，并且也可以在各个不同领域有所作为的。

② 范文澜：《中国通史》，第二册，北京：人民出版社，1978年，第530页。

勰虽身在佛寺，而身为学者，且以"梓材之士"自命，认为"君子藏器，待时而动，发挥事业，固宜蓄素以弸中，散采以彪外，楩楠其质，豫章其干，摛文必在纬军国，负重必在任栋梁，穷则独善以垂文，达则奉时以骋绩"（《程器》）。这样的人生态度和追求，其思想来源只能是儒家学说，而与佛、道判然殊途。当然，由于当时儒、道、佛之间已经出现不同程度的交融，某些用语已经可以通用或彼此互相借用，《文心雕龙》中不可能做到完全摒弃两教的若干字眼，但决不应因此类细枝末节而误判其主导思想。刘勰入梁之后虽担任过一些官职，但受多方面因素制约，只是做一些文字工作，却无法施展其抱负和才干；而他最后之皈依佛门，只能是在理想破灭之后的无奈选择。刘凌先生（1940—）称刘勰一生为"悲剧"[1]，正是有见于此。至于他当时的思想与其后来的人生经历不尽一致甚至存在明显矛盾，只能说明其思想的复杂和命运的转变，不能据以改变《文心雕龙》宗经、崇儒的现实存在。至于他该不该主张宗经，以及宗经主张的利弊得失，则是另一值得研究的问题。笔者对此已有专文加以探究[2]，兹不赘述。

中国古往今来的治经传统，素来有"我注六经"和"六经注我"之别。愚以为，研治任何古代典籍，第一步都应该以"我注六经"的虔诚态度，严肃认真地去读懂文本，至少不应望文生义、误读原文。在这一阶段，应该尽可能排除任何的先入之见，绝不应"牵"原著以"就"我。在此基础上，才谈得上进入"六经注我"的阶段，即吸取典籍中的资源为自己的观点、学说服务，进而为当代的社会现实服务。《文心雕龙》出了那么多的注本和译本，结果在许多基

① 刘凌：《刘勰悲剧及其文化意义》，《临沂师专学报》1997 年第 1 期。

② 笔者对此已有专文论述，见《正本清源说"宗经"——兼评周振甫先生的有关论述》，《中国文论》第三辑，上海：上海古籍出版社，2016 年。

本问题上仍纠缠不清，除了原著确有不少难点和疑点之外，往往都是研究者在研读原文时带了先入之见，并强以己意加诸刘勰造成的。

二、还原"自然之道"的本来面目

那么，刘勰话语中的"自然"和"自然之道也"是怎么回事，能代表他的文学主张吗？笔者认为，答案是否定的。

（一）"自然之道"并非专门术语

笔者当年初读《文心雕龙》，采取的是先通读全书、知其大概，然后逐篇诵读、明其本义，最后才参阅各家注译、知其异同的办法，自以为如此读书，才能较好地接近原著，而不致被别人牵着鼻子走。记得当年对《原道》熟读成诵之后，"自然之道也"一语并未引起我的特别注意，因为它不过是紧承上文说"这是自然的道理"，并非是在提出或确认什么专门术语。本篇及全书其它几处用到的"自然"，同样如此。所以在阅读各家论著、看到许多学者在那里大谈特谈所谓"自然之道"，并引起旷日持久的争论时，颇感诧异。为此查阅诸家的译文，却发现几乎无一例外地都是译作"这是自然的道理"[①]，而没有一家翻译成"这就是'自然之道'"的。由此可知，在面对文本的具体语境时，大家多数还是老实的，实事求是的；而由于受所谓"自然之道"说法的影响太深，一旦离开文本进入论说，就情不自禁地随风起舞起来。发人深思的是，这种翻译原文看作普通用语，解说大义却又视为专用术语的明显矛盾现象，竟然风靡龙学研究领域数十年！

---

① 例如周振甫：《文心雕龙选译》，北京：中华书局，1980 年，第 19 页；陆侃如、牟世金《文心雕龙译注》，济南：齐鲁书社，1981 年，第 65 页；杜黎均：《文心雕龙文学理论研究和译释》，北京：北京出版社，1981 年，第 108 页；钟子翱、黄安祯：《刘勰论写作之道》，北京：长征出版社，1984 年，第 41 页；向长青：《文心雕龙浅释》，长春：吉林人民出版社，1984 年，第 39 页；王运熙、周锋：《文心雕龙译注》，上海：上海古籍出版社，1998 年，第 3 页。

从本篇文脉来看，如果不是出于误解，应该可以知道"自然之道也"只是出现于叙述语句中的一般语词。《原道》开篇即提出文"与天地并生"，意在极力抬高"文"的价值。他用了一定篇幅讲天文、地文、动植万物之文，都不过是用作揭示人文本原的铺垫和陪衬。就论证方法说，属类比论证。他所说的"心生而言立，言立而文明，自然之道也"与"夫以无识之物，郁然有彩，有心之器，其无文欤？"只是分别用陈述句和反问句，从正反两方面强调了人文的产生有其必然性而已。但这一整段论述，在全篇中仅处于"宾"的地位，其处于"主"位即论述重点的则是"人文"的由来和发展。当然，刘勰此处的"人文"，也不过是文化、文明之意，离文章、文学的概念尚有很大距离，并没有多少微言大义。钱钟书（1910—1998）先生谈及《原道》中"天文""人文"话题时曾指出："盖出于《易·贲》之'天文''人文'，望'文'生义，截搭诗文之'文'，门面语、窠臼语也。刘勰谈艺圣解，正不在斯，或者认作微言妙谛，大是渠侬被眼谩耳。"[1]可谓一语破的、当头棒喝。可惜"被眼谩"者入迷途而不知返，继续在那里津津乐道其所谓的"自然之道"！

通观全篇，刘勰对人文之原的推究，旨在揭示出"道—圣—文"的关系。而"自然之道也"决非"片言居要"；误以为"自然之道"是专门术语，再进一步推演到老庄道家哲学或佛学那里去，正所谓"失之毫厘，谬以千里"！

在存在大量误读的情况下，从文本实际出发，对"自然之道也"专门作出正确的解释，应该是一个很急迫的任务。其实，做出正确解释的早有其人。张少康（1935—）先生在 1982 年撰写的文章中，就正面谈到这个问题。他明确指出："这里的'自然之道'的'道'，

---

① 钱锺书：《管锥编》第 4 册，北京：生活·读书·新知三联书店，2008 年，第2163 页。

和本篇题目《原道》之'道'，以及讲天文地文时说的'道之文'的'道'，是不同的。'原道'之'道'，以及讲天文地文时说的'道之文'的'道'，指的是事物的本质和规律，而此处'自然之道'之'道'字，即是一般说的'道理'之意。……此'道'并非特殊术语，有些同志把这两个'道'字混而为一，结果就容易把'道'的含义弄乱，反而不易认识刘勰论'道'的意思所在。"① 他明确指出"此'道'并非特殊术语"，确为真知灼见。陈伯海（1935—）先生也指出："'自然之道'的'道'，不过是个普通名词，'自然之道'即自自然然的道理。（与'道之文'之'道'）两者不是一码事。在《文心雕龙》全书中，用作本源意义的'道'经常出现，而'自然之道'的说法仅此一见，足证后者并不构成刘勰理论中的专门术语。"② 可惜的是，在对这一问题"积非成是"的龙学界，他们的正确解释至今还没有引起多少人注意。

（二）"自然"也并非刘勰的主要文学主张

笔者认为，刘勰所说"心生而言立，言立而文明，自然之道也"，是说"文"的产生有其必然性，但并不代表刘勰认为文章写作（包括文学创作）是一种自然的过程，因而他不会、事实上也没有把"自然"或"自然之道"作为论文的指导思想和力倡的文学主张。

刘勰把人文与天文、地文同样叫做"道之文"，那么他是否认

---

① 张少康：《〈文心雕龙〉的原道论——刘勰文学思想的历史渊源研究之一》，载《文心雕龙学刊》第 1 辑，济南：齐鲁书社，1983 年；收入《刘勰及其文心雕龙研究》一书时，此处小有改动，在"此'道'并非特殊术语"之后，添加了"因为这里上文所说'心生而言立，言立而文明'中的'心'与'文'，即'道'与'文'"等语，见北京大学出版社 2010 年，第 61 页。把这里的"心"直接说成"道"，是否合适，还有推敲的余地，因为"心"字乃承上文"天地之心"而来，而"天地之心"指的是人，并不是"道"。

② 陈伯海：《〈文心〉二题议》，《文心雕龙学刊》第 2 辑，济南：齐鲁书社，1984 年。

为文章写作（包括文学创作）可以像天文、地文以及动植万物之文一样，自然而然地产生出来，无须经过艰苦的创造性劳动呢？显然不是。倘若如此，他又何必呕心沥血、殚精竭虑地写作这部《文心雕龙》？更何况，此书命名《文心雕龙》，如他所说，"雕龙"二字，是因为"古来文章，以雕缛成体，岂取驺奭之群言雕龙也"（《序志》）。不经雕饰，或是"自然"之文，但却并非"成体"的"文章"。黄侃（1886—1935）在《文心雕龙札记·序志》中于"古来文章，以雕缛成体"下有批语云："实则彦和之意，以为文章本贵修饰，特去甚去泰耳。全书皆此旨。"①这是符合刘勰本意的。至于"岂取驺奭之群言雕龙也"一语，注译者多数都误解了其义，认为刘勰是以反问表示否定，这是在误以为刘勰主"自然之道"说的前提下产生的严重误读。这一误读，非同小可，直接影响到对全书的解读。其实，刘勰的本义是"难道不是有取于驺奭之群言雕龙么"！是以反诘句表示肯定和强调。对此，周勋初（1929—）先生有过很好的说明，他"引用杨树达在《词诠》中的分析，以为'岂'字应释为'宁也，无疑而反诘用之'，无疑即肯定意"②。很有道理，符合本句、本篇和全书实际，堪为刘勰知音。

通观全书，我们看到，刘勰在"文之枢纽"部分明确了"宗经"的主张之后，通过"论文叙笔"，认真总结了各类文章的写作经验；接着通过"剖情析采"，精心探究理想作品的写作方法。总体来看，他决不反对文饰，因为他最推崇的《易经》里孔子《文言》的"文"字，就是"文饰"之意。他赞美说："言之文也，天地之心哉！"（《原道》）认为只有经过加工、文饰的优美语言，才与作为"天

① 黄侃：《文心雕龙札记》，北京：中华书局，1962 年，第 218 页。
② 周勋初：《寻根究柢，务实求真——〈文心雕龙〉研究感言》，《古典文学知识》2012 年第 6 期。

地之心"的人相配，而这也是人文不同于、高于自然之文的所在。在《征圣》篇里，他说："圣文之雅丽，固衔华而佩实者也""（经书）志足而言文，情信而辞巧，乃含章之玉牒、秉文之金科矣"。他把五经作为文章最高的典范，认为颜阖对孔子"饰豫尚画，徒事华辞"的攻击是"虽欲訾圣，何可得已"。基于这样的文学观念，他当然不会、事实上也没有反对对于文章形式美（包括当时流行的骈体文写作）的追求，否则，《文心雕龙》也就不会是今天我们看到的样子了。不仅如此，我们看到，他对骈文写作的技巧十分重视，对声律、章句、丽辞、比兴、夸饰、事类、练字等都有专篇论述，并作为其创作论的重要内容。他深知写作是相当艰苦的劳动，因为即便圣人也会出现"书不尽言、言不尽意"①的现象，至于一般作者，"或理在方寸而求之域表，或意在咫尺而思隔山河"（《神思》）的情况就更难避免了。所以，他才不避烦难，"钻坚求通，钩深取极"（《论说》），写出这样一部体大思精的专著，力求揭示出"为文之用心"，从而自成一家之言。

或者要问，刘勰不是反对刻意雕饰、提倡质朴自然的文风吗？答曰：从《文心雕龙》论文的实际来看，是，但不全是，他主要反对的，是当时文章写作内容空虚、无益于政治教化的弊端。而所谓"自然"，仅仅是主要针对诗歌等类作品而言，并不能统领全书。他在《明诗》篇里说："人禀七情，应物斯感，感物吟志，莫非自然。"尽管如此，对不同诗体，他的要求也并不一样："四言正体，则雅润为本；五言流调，则清丽居宗。"在他看来，写诗并不容易："若妙识所难，其易也将至；忽之为易，其难也方来。"绝对不是仅凭自然挥洒可以信手拈来的。也就是说，作为一种文学风格的"自

---

① 《易·系辞上》，黄寿祺等撰：《周易译注》，上海：上海古籍出版社，2004年，第526页。

然", 其形成固然有作者的追求, 但其体现却是在完成了的作品里, 并不意味着其来源和生产（创作）过程也都是自然而然的。如苏轼（1037—1101）那样自称"吾文如万斛泉源, 不择地而出"[1], 如果不是完全出于夸张, 也只能是极个别的特例。而《文心雕龙》所论述的, 是当时所有文学的与非文学的各种类别的文章。如果我们摒却先入之见, 正视文本实际, 就不难发现, 对大多数文体的写作, 他并没有强调"自然"。例如, 对赋的写作, 他指出其特点是"写物图貌, 蔚似雕画", 强调"义必明雅""辞必巧丽"（《诠赋》）。对颂赞之文, 要求"镂彩摛文"（《颂赞》）; 对祝盟之辞, 讲究"立诚在肃, 修辞必甘"（《祝盟》）; 铭箴的标准, 是"义典则宏, 文约为美"（《铭箴》）; 诔碑的要求, 是"写实追虚""文采允集"（《诔碑》）; 至于杂文, 则不妨"飞靡弄巧"（《杂文》）了。其"论文"如此, "叙笔"亦然。对于史传以下各类应用文字, 他主要强调的则是要符合文体的要求, 尽最大可能发挥其实际效用。凡此种种, 岂是"自然"二字可以涵盖得了?

行文至此, 忽然想到, 倘若刘勰地下有知, 了解到 1500 年后的人以为他推原的是所谓"自然之道", 一定会起而争辩说: "愚虽不敏, 何至如此耶?"

三、所谓"自然之道"说的发展演变

那么, 所谓"自然之道"的说法是怎样形成的, 何以成了聚讼纷纭、久而不决的焦点了呢? 对此, 有必要进行一番追溯:

明人曹学佺(1574—1646)评《明诗》篇"感物吟志, 莫非自然"曰: "诗以自然为宗, 即此之谓。"[2]此单就诗歌一体而论, 是否准确,

---

[1] ［宋］苏轼:《自评文》,《苏轼文集》卷六十六, 北京: 中华书局, 1986 年, 第 2069 页。

[2] 黄霖:《文心雕龙汇评》, 上海: 上海古籍出版社, 2005 年, 第 27 页。

另当别论，但与后来所谓"自然之道"的争议并无牵涉。

　　而到了清人纪昀（1723—1805）那里，所谓"自然"，所指的范围就扩而大之——涉及整个文坛、所有文章的写作了。他在《原道》篇"心生而言立，言立而文明，自然之道也"句后有评语云："齐梁文藻，日竞雕华，标自然以为宗，是彦和吃紧为人处。"①尽管纪昀之说，仍只就文学风格而言，但他所说的"标自然以为宗"，显然是把这里的"自然"看作了一个表示文学风格的名词，也就是当成了文学批评术语，这就已经犯了一个概念错误：所谓"自然"，在这里即"自然而然""理所当然"，只是一个形容词，并非名词，也没有名词化，怎么能成为刘勰标举的文学之"宗"呢！况且从逻辑上讲，刘勰既明言其所"宗"为儒家经典，怎么可能在推原文章产生时另外再标举一个"宗"出来呢！一主二宗，有是理乎？换言之，刘勰在推论文之本原时，完全没有任何必要"标自然以为宗"。我们知道，《文心雕龙》以"体大虑周"著称，在其最主要的文学主张上，是不可能游移不定的；在术语表达上，也决不会随意措置。当然，纪昀并没有怀疑刘勰"宗经"的虔诚，他在《原道》篇开头，就有眉批云："文以载道，明其当然；文原于道，明其本然。"②说明他正是以"载道观"看待《文心雕龙》的。纪昀的评论，已经存在着明显的误读，而由于其《四库全书》总纂的崇高学术地位，其批语影响甚大，他的误读不可避免地会对后人产生误导。有人就认为，纪昀的批语"实际上是现代龙学的先声。"指出"在龙学的'原道'大讨论中，后人也多沿着这样的思路展开探讨，……但讨

① 黄霖：《文心雕龙汇评》，第14页。
② 黄霖：《文心雕龙汇评》，第13页。

论的范围并不出纪评的范式"①。其实，何止是"不出范式"而已，而是早已越出范式，渐行渐远了。后来不少人看到"标自然以为宗"，进一步把纪昀语境里的文学批评术语误解为哲学术语，误认"自然之道"即是刘勰所原之"道"，再进一步把"自然之道"等同于老庄的道家之道，以至于把三位一体的"道—圣—经"三者割裂开来，使本来逻辑严密的"文之枢纽"也不免自相矛盾。这样不仅背离了刘勰的本意，也与纪昀的说法存在不小的出入。

客观地说，在陷入"自然之道"误区的过程中，纪昀固然不能辞其咎，但他并没有把所谓"自然"视为刘勰所原之"道"，所以不应为后来由此引起的文字官司负全部责任。

黄侃在其《文心雕龙札记·原道第一》中说："案彦和之意，以为文章本由自然生，故篇中数言自然。……寻绎其旨，甚为平易。盖人有思心，即有言语，既有言语，即有文章，言语以表思心，文章以代言语，唯圣人为能尽文之妙，所谓道者，如此而已。此与后世言文以载道者截然不同。"②这样的解读，主要依据"心生而言立，言立而文明"而发，且不说"文章本由自然生"是否符合刘勰本意，主要问题在于没有把《原道》与《征圣》《宗经》结合起来、忽视了道—圣—经三位一体的关系。黄氏在引述《韩非子·解老》篇、《庄子·天下》篇的有关语句之后，又加案语说："庄、韩之言道，犹言万物之由自然生。文章之成，亦由自然，故韩了又言圣人得之以成文章。韩子所言，正彦和所祖也。"③这种说法也是颇成问题的。刘勰在《情采》篇里批评说："详览《庄》《韩》，则华实过于淫侈。"

---

① 窦可阳：《再论刘勰的"自然之道"》，《华夏文化论坛》第6辑，长春：吉林大学出版社，2011年。
② 黄侃：《文心雕龙札记》，第3页。
③ 黄侃：《文心雕龙札记》，第3页。

又说："诸子之徒，心非郁陶，苟驰夸饰，鬻声钓世，此为文而造情也。"在《论说》篇里，他对"聃、周当路，与尼父争涂"严重不满。可见刘勰对庄、韩并不怎么欣赏，何至于要以其所言为"祖"？黄氏在这里把刘勰的文原论引向"自然"，再进一步引向老庄和韩非，与《原道》篇文句多出于《易经》的事实明显相悖，误人不浅。有人就认为："这就为我们勾勒了一条从老庄之道到韩非《解老》之道再到刘勰自然之道的线索。"① 问题是，绕这样一个大圈子有什么必要吗？这样解说是发明了刘勰的本意还是离其本意愈来愈远？这样的推论与"道沿圣以垂文，圣因文以明道"还能协调一致吗？

在黄侃的《札记》中，其实颇多矛盾之处。他特别推崇刘勰的宗经，认为经书是六艺之本原、文章之典范，"经训之博厚高明，盖非区区短言所能扬榷也"。② 在《征圣》篇的案语中，他写道："后之人将欲隆文术于既颓，简群言而取正，微孔子复安归乎？"③但颇为吊诡的是，他却在"道—圣—文"的系统中，抽换了"道"的概念，把刘勰作为文学本原的"道"说成了老庄乃至韩非所阐述的"道"！老庄乃至韩非的说法固然也可以回溯到《易经》，但这样舍近求远，未免让人费解。

从《札记》中可以看出，黄侃对后世道学家所宣扬的"文以载道"之说是极为反感的。他认为，载道之说"使文章之事愈疴愈削，寖成为一种枯槁之形。而世之为文者，亦不复探究学术、研寻真知，而惟此窾言之尚。然则阶之厉者，非文以载道之说而又谁乎？"④这样的批评固然不无道理，但放在这里却似乎派错了用场。因为"文

---

① 李平等：《文心雕龙研究史论》，合肥：黄山书社，2009年，第57页。
② 黄侃：《文心雕龙札记》，第13页。
③ 黄侃：《文心雕龙札记》，第10页。
④ 黄侃：《文心雕龙札记》，第4页。

以载道"之说是唐宋以后的产物，纵有百般弊端，亦不应成为妄改刘勰"道—圣—文"之既定逻辑关系的理由或根据。正如项楚在《〈文心雕龙札记〉的审美倾向》一文中所指出的：黄氏是针对桐城派重道轻文的弊端，"以自然之道相批判"。[①]但这应该是黄氏自己的立论，不应该强加于刘勰。

要之，黄侃《札记》中阐述或标榜的"自然"，并非刘勰所"原"之"道"。评述者将其称之为"黄侃的'自然之道'"[②]，并指出"黄侃借重自然之道，在很大程度上就是为了反对从宋儒理学家到桐城文人妄标文道、欺世盗名的文风"[③]。也就是说，黄氏强调"自然"，不过是借题发挥，拿刘勰之酒杯，浇自家之块磊，这样的解读，倒是基本符合《札记》的实际的。唯一的不足，是与前引项楚的说法一样，不宜把"自然之道"强加于他的名下。因为黄侃与纪昀一样，只是说的"自然"，并没有把"自然之道"作为专用术语连用。

刘永济（1887—1966）《文心雕龙校释》称："文心原道，盖出自然。"[④]又说："舍人论文，首重自然。二字含义，贵能剖析，与近人所谓'自然主义'未可混同。此所谓自然者，即道之异名。"[⑤]此说明显受到纪昀、黄侃之说影响，但又有所发展，把"自然"解释成了"道"的异名，纪昀笔下的文学批评术语一变而为纯粹的哲学术语了。

范文澜（1893—1969）《文心雕龙注》云："所谓道者，即自然之道，亦即《宗经篇》所谓'恒久之至道'。"[⑥]但他又说："彦

---

① 曹顺庆主编：《文心同雕集》，成都：成都出版社，1990 年，第 295 页。
② 李平等：《文心雕龙研究史论》，第 57 页。
③ 李平等：《文心雕龙研究史论》，第 103 页。
④ 刘永济：《文心雕龙校释》，北京：中华书局，1962 年，第 1 页。
⑤ 刘永济：《文心雕龙校释》，第 2 页。
⑥ 范文澜：《文心雕龙注》，北京：人民文学出版社，1958 年，第 3 页。

和所称之道，自指圣贤之大道而言。故篇后承以《征圣》《宗经》二篇，义旨甚明，与空言文以载道者殊途。"① 此说率先把"自然之道"当成了一个独立的哲学术语，影响甚大。尽管他没有把所谓"自然之道"与老庄道家之道联系，在一定程度上矫正了黄侃之失；但他把《原道》之所谓"道"与《宗经》篇的"恒久之至道"混同起来，也是不妥的。刘勰"经也者，恒久之至道"云云，是直接对经的赞美评价，"经"固然是体现"道"的，但二者并非同一回事。在"道—圣—文"三位一体的关系中，"经"只是"文"，而并非"道"本身。试想，如果"经"就是《原道》所原之"道"，那么有《宗经》已足矣，还有必要再去"原道"吗？

郭绍虞（1893—1984）认为："《原道》篇所说的道，是指自然之道，所以说'文之为德与天地并生'。《宗经》篇所说的道，是指儒家之道，所以说：'经也者，恒久之至道，不刊之鸿教也。'这就不是自然之道。……《文心雕龙》之所谓道，不妨有此二种意义。"② 这样随文解读，把两篇中的"道"分别给以不同的解释，又未能指出二者的关系，肯定是违背刘勰本意的，因为如此一来，便直接打乱了"道—圣—文"三位一体理论架构的统一性。

陆侃如（1903—1978）肯定地认为"刘勰所谓道，就是自然之道"，他还把"自然之道"作了现代解释，称"自然是客观事物，道是原则或规律，自然之道就是客观事物的原则或规律"③。殊不知，我国古代之所谓自然，从未有作"客观事物"解者。自然作世间万物解，应该是西学传入之后的事。到了1978年出版的《刘勰与〈文心雕龙〉》

---

① 范文澜：《文心雕龙注》，第4页。

② 郭绍虞：《中国文学批评理论中"道"的问题》，《文学研究》1957年第1期。

③ 陆侃如：《文心雕龙论道》，《陆侃如古典文学论文集》，上海：上海古籍出版社，1987年，第835页。

一书里，陆先生就修正了这一表述，称"'自然之道'就是自然的道理或规律"①。但在对《原道》的基本认识上，仍然坚持"自然之道"。

杨明照（1909—2003）看到了刘勰写作《文心雕龙》的主导思想是儒家思想，指出其"述先哲之诰"的思想是贯注全书的，而且《原道》的思想出于《周易》，这都是正确的。但他也认为"刘勰所原之道，乃为自然之道；刘勰所谓'道之文'，即'自然之文'"，并谓此道"属于儒家之道"。②其观点与范文澜颇为类似。

周振甫（1911—2000）认为：刘勰"在《原道》里提出'自然之道'，这是从道家来的。"但在同一语境中，他又说：刘勰"提出'因文明道'……这是从儒家来的。这是他所以要提出《征圣》《宗经》的原因之一。……除了儒家，别的著作里都没有这些。但这不等于说，他讲的道就是儒家之道。"③"他所谓道即自然之道，原道即本于自然之道来写作。"④他也把"自然之道"当成了专门术语，且认为是写作的指导思想。他的阐述，不乏自相矛盾之处。在后来出版的《文心雕龙今译》⑤里，他虽试图有所矫正，但仍未跳出原来的窠臼。

吴调公（1914—2000）《关于文心雕龙弘扬人文精神的思考》称刘勰为"绍圣者"、虔诚的孔子信仰者。但他同时以为刘勰"既尊重作为人文规范的儒家的先圣经典，而与此同时，却把圣人之所以成为规范的原因归结为符合于自然之道这一文化焦点"⑥。其缺陷也是把"自然之道"当成了专用名词，并曲为之说。

① 陆侃如、牟世金：《刘勰和文心雕龙》，上海古籍出版社，1978年，第15页。
② 见李平，等：《文心雕龙研究史论》，第181页。
③ 周振甫：《文心雕龙选译》，北京：中华书局，1980年，第15页。
④ 周振甫：《文心雕龙注释》，北京：人民文学出版社，1981年，第8页。
⑤ 周振甫：《文心雕龙今译》（附词语简释），北京：中华书局，1986年，第490页。
⑥ 曹顺庆主编：《文心同雕集》，成都：成都出版社，1990年，第31页。

王元化（1920—2008）也认可"自然之道"之说。他还认为："刘勰所说的'自然之道'也就是'神理'。'神理'即'自然之道'的异名。""篇末《赞》曰：'道心惟微，神理设教。'二语互文足义，说明道心、神理、自然三者可通。"① 指出"道心"与"神理"互文，是正确的；但把"道心""神理"与"道"视为同一概念，显然是不妥的。因为相对于"道心、神理"而言，"道"应为上位概念。

祖保泉（1921—2013）认为，刘勰"在谈'文'的起源问题时，捧出'自然之道'来，其目的不过是为弘扬儒家之道而已。为了弘扬儒家之道而借'自然之道'为名目，这只能说明他受了魏晋玄学余波的影响，而不能说明他的思想体系是属于玄学的"②。这样说，也是因为把"自然之道"看作了专用术语，而由于无法将其与宗经、崇儒统一起来，无奈之下给它安排了个"名目"的角色，并不符合刘勰的本意。

王运熙（1926—2014）在《文心雕龙原道和玄学思想的关系》中，也认为刘勰所原之道为"自然之道"。他援引纪昀"文以载道，明其当然；文原于道，明其本然"之后解释说："'当然'是指儒家之道，'本然'是指自然之道。刘勰把自然之道和儒家之道融合起来，归于一致，实际乃是当时玄学自然与名教合一思想的反映。刘勰在《原道》篇中论述了作为各体文章的渊源和规范的六经，是本于道同时又是用来明道的，这就为文章以及作文必须宗经的合理性和重要性奠定了理论基础。"③ 此说正面了《原道》篇的实际，但并没有走出"自然之道"的误区，以致把刘勰表述中本不作为专用术语的"自然之道"看作了与儒家之道同一层次的概念。

---

① 王元化：《文心雕龙讲疏》，上海：上海古籍出版社，1992 年，第 62 页。
② 祖保泉：《文心雕龙选析》，合肥：安徽教育出版社，1985 年，第 54 页。
③ 王运熙：《文心雕龙探索》，上海：上海古籍出版社，1986 年，第 56 页。

　　牟世金（1928—1989）继承乃师陆侃如之说，但对"自然之道"
又有新解。牟氏指出："中国古代所说的自然，乃天然、自然而然
之意，与后世的自然界是不同的概念，把自然之道的'自然'解作
'客观事物'是错误的。"① 他认为："'自然之道'作为刘勰论
文的一个基本观点，是指万事万物必有其自然之美的规律。这是刘
勰论证一切作品应有一定文采的理论根据。"② 他的这种认为"语
言必有文采，乃是天地自有本性"的阐释，被有的学者认为是牟氏
对《文心》研究的重大贡献。③ 而如果跳出所谓"自然之道"的牛
角尖来加以观照，则这样的"贡献"未免令人生疑："物必有文"，
诚然如是，稍有知识者即知之。且不说此说混淆了天地万物之文与
人文的区别，试问刘勰郑重其事，通过《宗经》进而《征圣》、最
终推原出来作为全书压卷的就是这样一个尽人皆知的浅显道理吗？
本乎这样的"道"，能解决什么问题呢？《原道》所原之"道"如
果只是这样一条尽人皆知的常识，全篇还有多大意义呢？这样的"创
新"解说，看似四通八达，无往不适，而实际上不是到了穷途末路
吗！牟先生曾断言："可以毫不夸大地说，若不知'原道'之'道'
为何物，便无'龙学'可言。"④ 问题是，自以为"知'道'为何物"
者，所"知"是否就真的得到了刘勰的独家之秘了呢？

　　类此者还有很多，不再一一列举。

　　不难看出，尽管上述各家都把"自然之道"看成了专用术语，

　　① 牟世金：《刘勰原道论管见》，《文史哲》1984 年第 6 期。

　　② 牟世金：《〈文心雕龙译注〉引论》，载《雕龙集》，北京：中国社会科学出
版社，1983 年，第 225 页。

　　③ 韩湖初：《再论文心雕龙的生命美学思想》，见《论刘勰及其文心雕龙》，北京：
学苑出版社，2000 年，第 64 页。

　　④ 牟世金：《文心雕龙研究论文选·序》，北京：人民文学出版社，1990 年，第
36 页。

但对所谓"自然之道"的理解或阐释却各不相同，甚至针锋相对。所谓"自然之道"，似乎是一个任人打扮的少女，又好像是一个兼容并蓄的箩筐，被弄得颇不"自然"起来。

以上回溯所涉及到的现代以来的各家，均为龙学研究领域的大家名师，素为笔者所钦仰，但他们都对"自然之道"说的形成有不同程度的推波助澜之力。可知这一误解其来有自，源远流长，影响甚巨，以致达到了"积非成是"的程度，成为几十年来的主流意见。而与之不同或相反的意见则被淹没，在众多论著中难得一见了。

四、"自然之道"说长期流行的原因

根据上述，可知"自然之道"说其实是一个颇为低级的错误。那么为什么这样一个低级的错误会长期流行而不能得到纠正呢？笔者分析，原因大概有以下几个方面：

第一，是后人过分高估了刘勰对齐梁文风的反感。自唐代以来，对齐梁文风尤其骈体文学的否定不断升级，尽管后来文学的发展吸取了六朝时的某些成果，例如诗歌即在沈约（441—513）等人"四声八病"说的基础上发展成为近体诗，但却普遍认为"自从建安来，绮丽不足珍"[①]，似乎六朝尤其齐梁文人只会在那里雕章琢句、矫揉造作而忽视内容、不讲义理，乃至视为"亡国之音"[②]。后世的论者受此影响根深蒂固，便认为刘勰既然以"矫讹翻浅"为己任，他的主张必定是与当时"日竞雕华"的文风针锋相对的。纪昀、黄侃等出于这样的先入之见，便戴了放大镜在"文之枢纽"里寻找合适的字眼，本是一般语汇的"自然"于是被赋予了特殊的意义；范文澜进而把"自然之道"视为专用术语，认作《原道》所原之"道"；

---

① ［唐］李白：《李太白全集》，北京：中华书局，1997 年，第 87 页。

② ［唐］魏徵等：《隋书·文学传叙》，北京：中华书局，1973 年，第 1732 页。

后人则更进一步，把"自然之道"与道家甚至佛家思想联系起来。

第二，是对儒学的偏见挡住了批评者的视线。上述专家们大多活跃于 20 世纪，而 20 世纪是儒学创立以来空前的低潮期。"五四"时期，儒学即已被简单否定，后来又经过"文革"中的粗暴批判，似乎已成为失去活力的文化僵尸。生活于这种文化背景下的学者们，不同程度地受时风裹挟，愈来愈不愿意正视刘勰反复申述的宗经、崇儒主张，几乎没有人相信那是出于他的诚意，转而把大量精力用于寻绎他的"言外之意"或"微言大义"，文本传达的主流、正面信息反而被不同程度地忽视了。在这样的风气之下，根据文本实际，指出刘勰在《文心雕龙》中的确是宗经、崇儒的，《原道》所"原"之"道"不应、事实上也没有超出儒家思想资源库和话语体系的观点，以及许多与此有关的研究，则被视为表面化、低层次，被鄙薄以为不足道了。

第三，是西学方法与国学研究的隔膜。随着西学的传入和普及，以及现代教育学科分类制度的引入实施，西学的研究方法尤其西方文艺批评的理论体系也被广泛应用于《文心雕龙》的研究。借鉴西学的某些优长是应该而且必要的，但《文心雕龙》毕竟是中国传统文化的产物，它很少见地按照《易经》"大衍之数"组成了一个完整的理论体系，其讲天人合一、讲多元一尊、重整体把握、重彼此关联等中国文化的基本特点也是格外鲜明的。研究者如果对此没有基本的把握，不具备跨学科的博通学识，只是搬用西方的概念、术语和分析推理方式，以今律古，方枘圆凿，并放言高论，就会出现刘勰所说的"离本弥甚，将遂讹滥"（《序志》）的弊端。

第四，是龙学领域里长期存在的门户之见。从清末民初的黄侃算起，百年来龙学研究者至少已有三四代人，且大多为师生之间薪火相传。此种传承方式，利弊兼而有之。后辈学者虽不断有所开拓，但却极少有能对师说予以矫正者，"当仁不让"者尤其难得一见，而借推崇师尊而自抬身价者则所在多有。从某种程度上说，正是由于学术上的近亲繁殖，才导致了龙学领域里在包括"自然之道"在内的许多问题上陈陈相因，乃至愈演愈烈。应该看到，许多年来，这样的传承体系事实上已成为龙学研究的主体和主流。即便是他们彼此之间无意的默契，也足以消弭各种异样的声音，使得龙学研究不可避免地从表面上的繁荣走向事实上的凋敝。

笔者此文，其实卑之无甚高论，不过是指出了一个本来浅显、后来被弄得复杂的事实而已。质言之，所谓的"自然之道"，不过类似于寓言故事里的那一套"皇帝的新衣"；而我，只不过是那个说破真相的孩子。说破真相，到大家都能正视真相，距离可能很近，也可能仍很遥远。但如果不能走出这样的误区，则难以从长期徘徊的盘陀路里解脱出来。读者诸君谓予不信，不妨拭目以待。

（原载《中国文论》第四辑，上海古籍出版社，2018）

再谈"走出自然之道的误区"

——兼答韩湖初先生的驳议

拙文《走出"自然之道"的误区——读〈文心雕龙·原道〉札记》[①]（以下简称"拙文"）在《中国文论》第四辑刊布后，本以为会引起较大反响，以期真理越辩越明。但或许因为笔者人微言轻，学界朋友留意者鲜，两年多来，竟未见有人提及。既无人赞和，亦无人反对。此种心情，颇如鲁迅先生（1881—1936）当年所说："以我所感到者为寂寞。"[②]笔者在继续探索过程中，又写出《〈文心雕龙·原道〉之"道"为两层次说——基于文本细读的结论》[③]一文，发现"刘勰所谓'道'包含了两个层次：一是形而上的、充满神秘色彩的'天道'（或称'神道'），此'道'带有哲学本体的意味；一是周孔圣人之'道'，《宗经》篇则称其为'恒久之至道'，这种'道'是圣人'原道心以敷章，研神理而设教'的产物。刘勰'原道'的过程，就是把'天文'落实到'人文'、把前一层次的'道'落实到后一层次的'道'的过程。"自以为对《文心雕龙》之"道"的认识又深入了一步。但能否会有反响，尚不得而知。

寂寞探索之中，见到《中国文论》第八辑刊登的韩湖初先生（1939—）宏文《〈文心雕龙〉"文道自然"说的理论意义——兼

---

① 魏伯河：《走出"自然之道"的误区——读〈文心雕龙·原道〉札记》，《中国文论》第四辑，上海：上海古籍出版社，2018年。

② 鲁迅：《呐喊·自序》，《鲁迅全集》第一卷，北京：同心出版社，2014年，第154页。

③ 魏伯河：《〈文心雕龙·原道〉之"道"为两层次说——基于文本细读的结论》，《中国文化论衡》2020年第1期。

评魏伯河先生对龙学界肯定该说的错误批评》①（以下简称"韩文"），眼前为之一亮，尽管被韩先生直指为"错误"，心里却是高兴的：终于有人提出切磋了。而韩先生年逾八旬，"数十年来在高校从事龙学的研究和教学（面向本科生和研究生开设《文心雕龙研究》选修课），曾任《文心雕龙》学会理事多年"（韩文中语），堪称龙坛老将（先生自称"老兵"，自是谦辞），他能于百忙中拨冗垂览拙文，自是在下之幸。于是先睹为快。

拜读之后，发现韩先生对笔者的批评至少有两点是正确的：一是韩先生指出："（他）和龙学界的许多学友一起见证了上世纪八十年代以来龙学的蓬勃发展。总的来说，期间并没有魏先生所说的严重情况，即使有也是个别的（有年会和研讨会的论文集可查）。"这是就笔者批评的"误读文本或脱离文本、任意发挥无限引申"的现象而言，就是说，笔者对此种现象的程度估判过于严重。对此，笔者虚心接受韩先生的意见。进一步检索、思考发现，其实所谓"自然之道"说的影响面也并没有那么宽，许多论著虽然没有直接对其否定，但却不过是有意回避这个似是而非的话题而已。二是韩先生指出："《情采》篇的'诸子之徒'是承上文'辞人'（辞赋家）而言，并非指包括庄、韩的诸子。"笔者承认，韩先生的意见是对的，虽然仅是对一个词的指称理解有误，但毕竟是明显瑕疵。为此，笔者要向韩先生表示感谢，并将在后续研究中严加注意。

不过反复通读韩文之后，却感到韩先生的多数批评，并未能使我心服，当然更不足以使我改变观点。因此，笔者不揣浅陋，再就韩文提出的与所谓"自然之道"有关的几个问题略述己见，以就教于韩先生及龙学界同仁。

---

① 韩湖初：《〈文心雕龙〉"文道自然"说的理论意义——兼评魏伯河先生对龙学界肯定该说的错误批评》，《中国文论》第八辑，济南：山东人民出版社，2020年。

一、关于"自然"与所谓"自然之道"

韩文固守"自然之道"为刘勰《原道》所"原"之"道"之说，视质疑该说者皆为"错误"。看来，有必要对这一问题进一步探究。"自然"本来就是一个多义词，在不同语境中，词义、词性、具体所指都不相同。讨论"自然之道"，理应首先厘清"自然"的用法。拙文原本缺少这一环节，今酌予补充。

"自然"的通常用法有以下几种：

1. 指宇宙中生物界和非生物界的总和，即整个物质世界，今称自然界、大自然。称世间万物为"自然界""大自然"并成为通识，是西学传入之后的事，此前中国话语用于此义者难得一见。韩先生认为此说"值得商榷"，可见在他头脑中古今所谓"自然"本无区别。西学传入，尤其西方文论之"自然主义""模仿说"为国内文艺界所接受并流行开来之后，人们看到诗文中描写到日月、山川、动物、植物等景观，便以现代用语称其为"自然"，便联想到"自然主义"[①]；或者看到文献中有"自然"字样，就马上归本于老庄哲学。这种习惯，其实是以今例古，不足为训。须知古人对世间自然生成、不假于人力的事物，多称其为"天"或"外物"，以与"人""我"或人之"内心"相对。《原道》篇首段写到了大量自然现象，但并没有将其称为自然界、大自然意义上的"自然"，而只是将其分别称为"两仪""万品"而已，在《物色》篇则称之为"物色"。《文心雕龙》全书出现的所有"自然"，

---

① 如黄晖（1909—1974）《论衡校释·自序》："到了仲任（按指王充），才大胆地有计画地作正式的攻击，用道家的自然主义攻击这儒教的天人感应说，使中古哲学史上揭开一大波澜。《论衡》全书就是披露这天人感应说的妄诞。用自然主义为其理论的出发点"（《论衡校释·自序》，北京：中华书局，2018 年，第 1 页）云云，其实王充认为所谓"天"并没有意志，而是本来如此，与文艺学中所谓"自然主义"并无关系。民国学人于"主义"运用颇为随意，此即一例。

均非现代自然界、大自然意义上的"自然"。而对诗人感于外物而取得的创作成就，刘勰将其称为得"江山之助"（《物色》），亦与所谓"自然主义"扯不上关系。

2. 指本来如此，自己如此。常语中所说的"自然、自然而然、理所当然"及"固然"之类，皆属此义。此种用法，如徐复观先生（1903—1982）所说：此之所谓"自然"，"只说明前件与后件的密切关系，密切到后件乃前件的'自己如此'，不代表任何特定思想内容"。①《文心雕龙·原道》及其他各篇所出现的"自然"，均属此类。

3. 指人的行为做派或诗文的一种风格，与矫揉造作、拘谨呆板或过分藻饰相对。唐司空图（837—908）《诗品》中有"自然"一品，显然是指诗的一种风格。韩先生引其中"俯拾即是，不取诸邻"及"精神"品里"生气远出，不着死灰。妙造自然，伊谁与裁？"为例，认为"俯拾即是""妙造自然"等语指的是"世间万物"，显然属于误读。"俯拾即是"者，犹今言信手拈来也；"妙造自然"者，即所谓臻于化境也。韩先生为饱学宿儒，且对美学研究有素，不知何以穿凿如是？

4. 用作哲学术语。这方面情况较为复杂，需要多说几句。

"自然"一词与老子哲学的关系，比较复杂。《老子》中最先出现"自然"一词，导致后人常把"自然"径直视为老子之"道"，其实并不准确。在《老子》第二十五章"人法地，地法天，天法道，道法自然"的表述中，"法"意为"效法"，各句之间为由低到高的递进关系，可知"道"与"自然"并非在同一层级，更非同义复指。如为同义复指，则成了"道"自己效法自己，是很难讲通的。对"道法自然"一语，王弼（226—249）注云："道不违自然，乃

---

① 徐复观：《中国文学论集》，北京：九州出版社，2014年，第355页。

得其性，法自然也。法自然者，在方而法方，在圆而法圆，于自然无所违也。自然者，无称之言，穷极之辞也。"[1] 并没有把"道"与"自然"视同一物。而且老子思想的核心并非"自然"，而是"无为"。当然，"自然"与"无为"有一定关系，因为所谓"无为"，并非什么也不做，而是顺应自然。徐复观先生曾对《老子》中的"自然"进行过深入探究。他发现："现行《老子》一书，出现有五个'自然'。其基本意义，皆为不受他力所影响、所决定，而系'自己如此'。"[2] 而"与黄（侃）先生以'文章本由自然生'，因而以《原道》之道为'自然之道'的说法不相合"[3]。也就是说，看到"自然"之类字眼，就直接联系到老庄哲学，只是现代人思维习惯的错误，而并非科学严谨的结论。

其实，"自然"并非仅与老庄哲学有关；换言之，所谓"自然"，也并非道家的专利。见到"自然"二字就断定其出于老庄，认定其人为老庄之徒，往往容易出错。对此，钱锺书先生（1910—1998）有过精辟的论述。他说：

> 所谓法天地自然者，不过假天地自然立喻耳，岂果师承为"教父"哉。观水而得水之性，推而可以通焉塞焉，观谷而得谷之势，推而可以酌焉注焉；格物则知物理之宜，素位本分也。若夫因水而悟人之宜弱其志，因谷而悟人之宜虚其心，因物态而悟人事，此出位之异想、旁通之歧径，于词章为"寓言"，于名学为比论，可以晓谕，不能证实，勿足供思辨之依据也。凡昌言师法自然者，

---

① ［魏］王弼注，楼宇烈校释：《老子道德经注校释》，北京：中华书局，2008 年，第 64 页。
② 徐复观：《中国文学论集》，第 350 页。
③ 徐复观：《中国文学论集》，第 354 页。

每以借譬为即真，初非止老子；其得失利钝，亦初不由于果否师法自然。故自然一也，人推为"教父"而法之，同也，而立说则纷然为天下裂矣。《中庸》称"君子之道，察乎天地"，称圣人"赞天地之化育"，然而儒家之君子、圣人与道家之大人、圣人区以别焉，盖各有其"天地"，"道"其所"道"而已。①

今人论西方浪漫主义之爱好自然，只引道家为比拟，盖不知儒家自孔子、曾皙以还，皆以怡情山水花柳为得道。亦未嗜葴而谬言知味矣。譬之陶公为自然诗人之宗，而未必得力于老庄。②

钱先生之言，对于破除许多人对"自然"的执念，应有指点迷津、使人开悟之功。说到底，《原道》中"自然之道也"一语，只是平常的叙述语句，意为"这是自然而然的道理"。此语实为汉魏以来之常语。例如：扬雄（前53—18）《法言·君子》："有生者必有死，有始者必有终，自然之道也"③；王充（27—约97）《论衡·自然》："妖气为鬼，鬼象人形，自然之道，非或为之也"④；阮籍（210—263）《乐论》："日迁善成化而不自知，风俗移易而同于是乐，此自然之道，乐之所始也。"⑤王弼（226—249）《老子道德经注》："信不足焉，则有不信，此自然之道也。"⑥或称"自然之理"，

① 钱锺书：《管锥编》第二册，北京：生活·读书·新知三联书店，2011年，第673—674页。

② 钱锺书：《谈艺录》，北京：生活·读书·新知三联书店，2011年，第580—581页。

③ ［西汉］扬雄著，韩敬译注：《法言》，北京：中华书局，2012年，第382页。

④ ［东汉］王充著，黄晖撰：《论衡校释》，北京：中华书局，2018年，第680页。

⑤ ［三国魏］阮籍：《乐论》，严可均辑：《全三国文》，北京：商务印书馆，1999年，第483页。

⑥ ［三国魏］王弼注，楼宇烈校释：《老子道德经注校释》，北京：中华书局，2008年，第40页。

如向秀（约 227—272）《难嵇叔夜〈养生论〉》："口思五味，目思五色，感而思室，饥而思食，自然之理也。"① 这些语句中的"道"或"理"，都是指前文所说的众所周知的某种常识或现象，而"自然"本身并没有特定的内容，可知并非专门术语。将其径直视为哲学术语，并归本于老子，作过度解读，实不可取。笔者称其为"误区"，自认决非误判。《原道》第一段泛论天地万物包括作为"天地之心"的人无不有文，且皆为"道之文"，并没有说明"道"为何物。此段之"文"，只是"文（纹）采（彩）"，还远非文章，亦非指文字。如果像黄侃先生（1886—1935）那样，将"言立而文明"之"文"认定为即是当时之"文章"，把所谓"自然之道"理解为即是刘勰所"原"之"道"，似乎刘勰"原道"的任务至此即已完成，是说不通的。如果是那样，以语言逻辑和篇章布局而论，则不仅"傍及万品，动植皆文"直到"有心之器，其无文欤"的一大段话失去了存在的必要；下一节中"人文之元，肇自太极"和"自鸟迹代绳，文字始炳"的历史追溯也便失去了意义。

二、韩文副题有失严谨

读过拙文者都会清楚，拙文所涉及的龙学前辈们都是谈的"自然之道"，而对韩先生从《原道》中引申出的"文道自然"说并未涉及。"文道自然"说固然与"自然之道"说有密切联系，但毕竟有所不同。因为"自然之道"至少在字面上是节取《文心雕龙·原道》的文字，"文道自然"则是韩先生引申出来的产物。韩先生说："笔者称为'文道自然'说"（摘要中语），"其说可称'文道自然'说"（首段中语），可知"其说"是韩先生自己的创见，是根据个人理解，引

---

① ［西晋］向秀：《难嵇叔夜〈养生论〉》，严可均辑：《全晋文》，北京：商务印书馆，1999 年，第 764 页。

申出来并予以命名的(可惜韩文中又一再称之为"刘勰的'文道自然'说",不无以己意加诸刘勰之嫌,或者对此说的知识产权尚缺乏自信?)从历史文献、原始资料中提炼、引申出某种新说作为一家之言,固然是做学问的重要路径,但既是一家之言,便很难说具备唯一性,如童庆炳先生(1936—2015)读《原道》,从中提炼出的新说就与韩先生不同,不叫"文道自然"说,而是称为"道心神理"说,也曾一论再论[①];其他学者是否还另有新说,笔者囿于见闻,不得而知。对同一篇(部)古籍,理解不同,见解各异,是很正常的事情。如后人对于《离骚》"才高者菀其鸿裁,中巧者猎其艳辞,吟讽者衔其山川,童蒙者拾其香草"(《辨骚》),无非是见仁见智、各取所需、各道其道而已,只要能言之成理,自圆其说,并且不去强加于人,就有其存在价值。笔者此前曾拜读过韩先生早年发表的《略论〈文心雕龙〉的"文道自然"说》一文,对其基本观点"所谓'文道自然',就是从天(自然)人相通的思想出发,抓住自然及其合乎规律的运动同艺术审美的联系,一方面认为美和艺术根源于自然,符合自然;另一方面认为通过人对规律的掌握,可以创造出超越自然的艺术美"[②],认为虽未必完全出自刘勰原意,但却是可以言之成理的。不过因为与拙文论题并非直接有关,故未涉及。

凡耐心读过拙文的人都会知道,笔者是为了梳理"所谓'自然之道'说的发展演变",所以才对从明代的曹学佺(1574—1646)、清代的纪昀(1723—1805)直至当代若干名家的观点逐一征引点评的。就所涉人物而言,仅限于提出、认同或支持"自然之

---

① 童庆炳:《〈文心雕龙〉"道心神理"说》,《遵义师范高等专科学校学报》1999年第1期;《〈文心雕龙〉"道心神理"说新探》,《文学评论》2014年第4期。

② 韩湖初:《略论〈文心雕龙〉的"文道自然"说》,《华南师范大学学报》1986年第1期。

道"说者；就所涉内容而论，仅限于他们有关"自然之道"的表述。对他们的一些正确观点，拙文也多有征引。要之，笔者决非抓住一点不及其余，整体否定他们的学术成就（当然也是否定不了的）。拙文有言："以上回溯所涉及的现代以来的各家，均为龙学研究领域的大家名师，素为笔者所钦仰。"这并非仅仅出于礼貌，而完全是真心诚意的。而对虽本于"自然之道"，但另立新说、自成一家之言者概不涉及。所以设立这一界限，是为了尽量减少枝蔓，以免牵涉过多，分散论题。不过，在所征引各家中，笔者并未发现有人直接肯定所谓"文道自然"说（至少字面上未见此类措辞），也无人提及韩先生大名。而且仅就所涉人物的生存年代来说，不要说明代的曹学佺、清朝的纪昀，即便现代以来的黄侃、刘永济（1887—1966）、范文澜（1893—1969）、郭绍虞（1893—1984）诸位先生，也已早成古人，他们即便赞同韩先生于1986年初提出的"文道自然"说，只怕也没有机会出来表态。就此而论，韩文的副标题《兼评魏伯河先生对龙学界肯定该说的错误批评》（以及行文中所说"自纪昀以来龙学界肯定刘勰的"'文道自然'说"云云），显然是不够准确、有失严谨的。因为副题承接正题：所谓"该说"者，韩先生之"文道自然"说也；"肯定该说"者，"自纪昀以来龙学界"也。当今影视界穿越题材盛行，韩先生或许不经意间受其濡染，将其引进了学术领域，因而能让已故前人表态支持自己的新说？这当然是匪夷所思的。韩先生或许要说，所谓"文道自然"说其实就是"自然之道"说，诸位先贤肯定"自然之道"说就是肯定"文道自然"说！那么问题又来了：倘若如此，韩先生的"文道自然"说到底还算不算是自成一家的"新说"？如果仅仅是已有成说的改头换面、变换其词，那么"该说"还有没有独立存在的价值，是否还值得一论再论？

韩先生屡屡批评笔者"不明'自然'乃'道'之异名"。按：称"自然"

为"道之异名",是刘永济先生《文心雕龙校释》中的说法①。其说只是一家之言，并非天下通义，笔者对其并不认可，在拙文中已有征引和评点，既非"不知"，谈何"不明"？看来韩先生所谓"不明"者，即"不认同"也。笔者认为，韩先生赞同刘永济先生的观点，将其作为定论并进而作为立论或驳论的依据，是他的自由，但大可不必以此作为标准划线站队，以为凡不认同其说者均为无理取闹，必须闭口。语云："学术乃天下公器"，其最佳生态是百花齐放、百家争鸣。古人尚且提倡"当仁不让其师"，"弄斧必到班门"，在当今民主开放的学术氛围中，更应倡导平等讨论，任何企图"定于一尊"的想法和做法都是徒劳的。

三、关于拙文对纪昀的批评

清人纪昀固然如韩文所说，是"清代大学问家、四库全书总编辑"，有很高的学术地位，他对《文心雕龙》的评点也确有许多精彩之处，可为重要参考，但可以肯定地说，"纪评"并非字字珠玑，而是瑕瑜并存的。即其对《原道》的"齐梁文藻，日竞雕华。标自然以为宗，是彦和吃紧为人处"②的评语而论，拙文为紧扣论题，只涉及其中"标自然以为宗"一语，认为刘勰不会"一主二宗"（韩先生两次均误引为"一宗二主"，不知何故），此处不再重复。其实纪昀这一评语还隐含着另一判断，即刘勰"标自然以为宗"的原因是"齐梁文藻，日竞雕华"。现在看来，纪昀的这一认识也很不严谨，在对历史时间的把握上即有明显错位，犯了低级错误。"齐梁文藻，日竞雕华"，诚然如是；但既已确定《文心雕龙》成书于

---

① 刘永济：《文心雕龙校释》，北京：中华书局，1962 年，第 2 页。
② 转见戚良德辑校：《文心雕龙》，上海：上海古籍出版社，2015 年，第 6 页。

齐代^①，而全书对历代文学所作的历史考察，仅至刘宋而止，对齐代文学即基本全无涉及，对梁代文学更无从置喙，两者之间根本无法对应。我们知道，后世所谓"齐梁文学"，主要是指梁代而言，因为整个齐代历时不过 23 年（479—502），当时文学创作领域虽已出现讲求"四声八病"的"永明体"，并始出现"日竞雕华"的倾向，但历史地看，还没有达到登峰造极的程度；而且通过《文心雕龙》全书来看，刘勰批判的主要对象并非"雕华"，而是离实向虚的玄风及其造成的远离现实的文弊（笔者另有专文讨论此事，可参看^②）。《隋书·文学传》论南朝文学有云："自汉、魏以来，迄乎晋、宋，其体屡变，前哲论之详矣。……梁自大同之后，雅道沦缺，渐乖典则，争驰新巧。简文、湘东，启其淫放，徐陵、庾信，分路扬镳。其意浅而繁，其文匿而彩，词尚轻险，情多哀思。格以延陵之听，盖亦亡国之音乎！"^③ 说明在隋唐人看来，南朝文风大坏，主要发生在梁代，尤其是梁武帝改元大同（535—545）之后。历来评论家对此并无异议。不过，那时刘勰已经去世，他早年所写、成书于齐代的《文心雕龙》，其批判对象是不可能包括尚未问世的梁代文学的，尤其是萧纲（503—551）、萧绎（508—555）兄弟时期达于全盛的宫体文学的。纪昀这一评语显然是以今例古、以后概前的产物，混淆了时间界限，闹出了"关公战秦琼"的笑话。此例可以证明，"纪评"并非无懈可击，更不应该是批评不得的。可惜出于纪昀评语在《文心雕龙》研究领域影响甚大，多年来随声附和者众，冷静思考者稀，

---

① 纪评有云："据《时序》篇，此书实成于齐代。今题曰'梁'，盖后人所追题，犹《玉台新咏》成于梁，而今本题'陈徐陵'耳。"转见戚良德辑校：《文心雕龙》，上海：上海古籍出版社，2015 年，第 6 页。

② 魏伯河：《论刘勰崇实黜虚的学术价值取向——从纪昀的一条评语说起》，《社会科学动态》2021 年第 5 期。

③ ［唐］魏徵等：《隋书·文学传》，北京：中华书局，1973 年，第 1729—1730 页。

导致在许多人的印象中，《文心雕龙》似乎是与"齐梁文藻"甚至梁代宫体文学直接对立的，动辄称刘勰如何激烈地批判齐梁浮艳文风云云。韩文中也未能免俗，可知其对历史背景的认知在时间上是并不清晰的。

四、关于拙文对黄侃先生的批评

黄侃先生"首先在大学开设《文心雕龙研究》课程、对龙学有重大贡献"（韩文中语），是众所周知的；尽管其《文心雕龙札记》只是早期的授课讲义，不成系统，不少意见属率性而发，但因其问世在前，有筚路蓝缕之功，仍不失为经典之作。但"经典"并非不会有白璧微瑕。笔者发现：在《原道》篇的札记中，黄先生持论就颇有自相矛盾之处。例如他这样解释"心生而言立，言立而文明，自然之道也"："盖人有思心，即有言语；既有言语，即有文章。言语以表思心，文章以代言语，惟圣人为能尽文之妙。所谓'道'者，如此而已。"① 这样的阐释当然通俗、浅显，但笔者以为，其中欠准确之处有二：一是此处之"文"，与"夫以无识之物，郁然有采，有心之器，其无文欤"之"文"相同，只是"文采"，还远不是文章，而且连文字也不是（刘勰明言文字、文章是"庖牺画其始"之后才产生的）。恰如徐复观先生所说：《原道》第一段"之所谓'文'，不是文章文字之文，而是广义的文采之文，即今日之所谓'艺术性'。'心生而言立'，只说明人高出于其他动物的特征；'言立而文明'，则只是追原溯始地说明人含有艺术性的本质；这是就'原始人'或'初生人'而立论，距离所谓文学乃至文字的出现，在时间上尚有很大的一段距离"②。黄先生将其径直解作"文章"，与《原道》第一

---

① 黄侃：《文心雕龙札记》，北京：商务印书馆，2014 年，第 3 页。
② 徐复观：《中国文学论集续篇》，北京：九州出版社，2014 年，第 159 页。

段泛论天地万物无不有文（文采）的题旨不合。二是此处之"道"，只是一般所说的"道理"，与作为天地万物包括人文之本根的"道"并非同一概念。因为刘勰此处并非回答"道"为何物的问题。不然的话，他明明泛论天地万物莫不有文，且皆为"道之文"，为何仅称"心生而言立，言立而文明"为"自然之道"？刘勰《文心雕龙》的行文，每篇都要"释名以彰义"，只有《原道》是个例外。既未开宗明义，也未曲终奏雅，当然也没有在行文中给出定义。至于其原因，则如拙文所说，是因为他之所谓"道"，"集中体现于《易经》之中"，"既是天地万物的本原，又是万物运行的规律。这样的'道'，称为'易道''天道''神道''大道'，或简称为'道'，都无不可，至少在我国古代士人心目中，无须解说，不言而喻，不会产生歧义。"正是由于这种"道"无名亦复多名，颇难"释名以彰义"，所以刘勰才不得已避开了这一环节。黄先生对两个基本概念的把握有失准确，其结论的可靠性当然会受到影响。对此，自不宜盲从轻信。

韩文中一再批评笔者"认定《原道》篇之道非儒家之道不可"，是违背拙文本意的，笔者认为：《原道》之"道"，只是道统的本根和起源，"属于儒家学派的话语系统"，并不直接就是儒家之道，与《宗经》篇所说"恒久之至道"属于两个层次。韩先生发此责难，恐系读文粗疏所致，对此不必深究。其实，明确表示不同意"自然之道"即刘勰所"原"之"道"者颇不乏人，如徐复观、吴林伯（1916—1998）、陈伯海（1935—）、张少康（1935—）、刘凌（1940—）等诸位先生。徐复观先生并将所谓"自然之道"视为读解《文心雕龙》的"死结"①，刘凌先生则称所谓"自然之道"

---

① 徐复观：《能否解开〈文心雕龙〉的死结？》，《中国文学论集》，北京：九州出版社，2014 年，第 363 页。

为"学说神话"①。韩先生带了有色眼镜作选择性阅读，自然对这些意见视而不见。拙文引述的张少康、陈伯海先生的意见，则被韩先生认作"过分强调二者的区别"，轻易予以否定。其实又怎能轻易否定得了？

黄侃先生后文又说："案庄、韩之言道，犹言万物之所由然。文章之成，亦由自然。故韩子又言圣人得之以成文章。"而在反诘"文以载道"之说时，他的思维逻辑却是："今曰文以载道，则未知所载者即此万物之所由然乎？抑别有所谓一家之道乎？如前之说，本文章之公理，无庸标揭以自殊于人；如后之说，则亦道其所道而已，文章之事，不如此狭隘也。"②语意很明确，如果所"载"之"道"属"文章之公理"，即没有特别"标揭以自殊于人"之必要；如果仅属一家之言、"一家之道"，就失于"狭隘"。笔者和黄先生一样，并不赞成"文以载道"之说，也认为他的反诘不无道理。不过，如果按照黄先生的逻辑来检视一下他自己对"自然"的解说，就会发现是不能自洽的：他认为"心生而言立，言立而文明"的"自然"就是刘勰所"原"之"道"，而这个"道"又是属于"万物之所由然"的"文章之公理"，那么刘勰有何必要将其"标揭以自殊于人"（事实上刘勰也并没有将其"标揭以自殊于人"，后人误解其意强加于他而已）？如果将这"自然"认作老子"一家之道"，就只不过是"道其所道而已"，岂不又失之"狭隘"了吗？刘勰《文心雕龙·论说》有云："义贵圆通，辞忌枝碎。必使心与理合，弥缝莫见其隙；辞共心密，敌人不知所乘：斯其要也。"黄先生在阐述己见和反诘他人时所运用的逻辑迥然不同，何以服人？他关于"自然"和"道"

---

① 刘凌：《披文入情探文心》，《古代文化视野中的文心雕龙》，长春：吉林大学出版社，2010年，第5页。

② 黄侃：《文心雕龙札记》，商务印书馆，2014年，第3—4页。

的解说，自是一家之言，又怎能被尊为金科玉律，怎么就质疑不得？

拙文中对"牟世金把'自然之道'即'万事万物必有其自然之美的规律'作为刘勰论文的一个基本观点"提出质疑："试问刘勰通过《宗经》进而《征圣》、最终推原出来作为全书压卷的就是这样一个尽人皆知的浅显道理吗？"此为拙文唯一涉及韩先生之处，因为韩先生把牟世金先生（1928—1989）此说誉为"对《文心》研究的重大贡献"①。可惜韩先生没有发现，其实笔者这里所运用的逻辑，正与黄先生诘难"文以载道"的逻辑相同：笔者对"万事万物必有其自然之美的规律"并无异议；认为牟先生对于龙学之贡献可谓多矣、大矣，被誉为"大陆龙学三大家"之一②，是当之无愧的；但其重大贡献并不在斯。拙文质疑的是，既然这样的规律属于"万物之所由然"的"文章之公理"，刘勰即没有必要"标揭以自殊于人"；指出刘勰"发现"了这样的"规律"，又怎能算得"重大贡献"呢？

钱锺书先生谈及《原道》中"天文""人文"话题时曾指出：其说"盖出于《易·贲》之'天文''人文'，望'文'生义，截搭诗文之'文'，门面语、窠臼语也。刘勰谈艺圣解，正不在斯，或者认作微言妙谛，大是渠侬被眼谩耳"③。此说指出《原道》首段并非"微言妙谛"，更非对"道"为何物做出回答，拙文前已征引，韩先生视而不见，却另外拿了钱先生《管锥编》所引唐代孔颖达（574 648）关于"乾，元亨利贞"的解释（与《文心雕龙》并无直接关系）大谈所谓"体、用"，仍坚持将其认作"微言妙谛"，以维护其对"自然之道也"的误读，偏执如此，夫复何言！

---

① 韩湖初：《再论文心雕龙的生命美学思想》，见《论刘勰及其文心雕龙》，北京：学苑出版社，2000 年。

② 戚良德：《百年"龙学"探究》，上海：上海古籍出版社，2019 年，第 31 页。

③ 钱锺书：《管锥编》第四册，北京：生活·读书·新知三联书店，2008 年，第 2163 页。

五、关于《原道》与《易经》之关系

拙文认为：《原道》所"原"之"道"集中体现于《易经》之中，并且《易经》"应该是属于华夏文化早期的共同经典"，所以，刘勰《原道》推原到《易经》，才可谓"得其本焉"。当然，这并非笔者的新见，因为早在此前，杨明照先生（1909—2003）就指出："'文原于道'的论点，……来源于《周易》。……只不过刘勰有所发展罢了。"① 敏泽先生（1927—2004）也在《〈文心雕龙〉与〈周易〉》一文中指出："《周易》对于《文心雕龙》的影响，绝不只是篇章安排上的，所谓'彰乎大易之数，其为文用，四十九篇而已'（《序志》），更重要的，则是关于宇宙本体及道与文的这一根本关系的认识上的。""作为儒家群经之首的《周易》对于它（按指《文心雕龙》）的影响不仅是重大的，而且是多方面的。研究《文心雕龙》与传统文化思想的关系，就不能弃《周易》于不顾。即使要研究《文心雕龙》所说的'道'的内涵，给它以比较确切的解释，离开对于《周易》的分析和探讨，也是不大可能的。"② 刘文忠先生（1936— ）则认为："综而论文，《易传》对他的影响最大，这一影响贯穿全书之中，构成《文心雕龙》的理论基础。可以这样说，没有《易传》，就没有'体大而思精'的《文心雕龙》。"③ 戚良德（1962— ）先生认为《周易》是《文心雕龙》的思想之本，他指出："《周易》一书对《文心雕龙》的影响不是枝节性的，而是全方位的；离开《周易》，我们很难准确认识和把握《文心雕龙》。在一定程度上可以说，没有《周易》，

---

① 杨明照：《学不已斋杂著》，上海：上海古籍出版社，1985 年，第 479 页。

② 敏泽：《〈文心雕龙〉与〈周易〉》，饶芃子主编：《文心雕龙研究荟萃》（《文心雕龙》1988 年国际研讨会论文集），上海：上海书店出版社，1992 年。

③ 刘文忠：《试论〈易传〉对〈文心雕龙〉的影响》，《文心雕龙研究》第 3 辑，北京：北京大学出版社，1998 年。

便没有《文心雕龙》。"① 他们的观点已获得学界较为普遍的认可。②
朱文民先生（1948—）曾对"《易》学视阈下的《文心雕龙》研究"
进行过详尽的梳理，他指出："用《易》学视角研究《文心雕龙》，
应该说是抓住了根本，避免了'徒锐偏解，莫诣正理'的弊端，避
免了《义心雕龙》指导思想是道家、儒家或释家的争论。"③ 可知
其意义至为重大。《易经》以"天人合一"观念为其基础，其最大
特点为"视天地万物为一己，忧患与同，而无小我之迷执"。④ 韩
文中所说的"道是万物的本原，它不会孤立存在，只存在于万物之
中"，此义即来自《易经》。用哲学术语表达，谓之"体用不二"。
刘勰《原道》及《文心雕龙》全书，其所"本"者就是这样的"道"。

　　韩先生坚称："从《原道》篇反复强调所原之道乃是'自然''自
然之道'，可见与老、庄的'自然'一致，显然比视为源自《易经》
更为直接，不能以后者否定前者。"令人不解的是，《易经》虽然
古老，但并非失传之秘，刘勰《宗经》始终将《易》列居首位，为
什么推原到"老、庄"就比《易经》"更为直接"？拙文前已指出，
刘勰强调："圣贤并世而经子异流"，老子其人在刘勰心目中仅属
于"贤人"，《老》《庄》在刘勰眼中只属于"子书"，而子书尽
管也都从不同方面"述道言治"，不失其价值，但其地位，只不过
是五经的"枝条"而已（《诸子》："述道言治，枝条五经"），
所以并无资格进入"文之枢纽"。刘勰《原道》如果"原"到"老庄"
那里去并至此而止，与"（文）与天地并生"、与"人文之元，肇

---

① 戚良德：《〈周易〉：〈文心雕龙〉的思想之本》，《周易研究》2004 年第 4 期。
② 据中国知网统计，截至 2019 年，专门研究《周易》与《文心雕龙》关系的研
究论文亦有 68 篇（其中硕博学位论文 8 篇）。
③ 朱文民：《〈易〉学视阈下的〈文心雕龙〉研究述论》，《中国文论》第四辑，
上海：上海古籍出版社，2018 年。
④ 熊十力：《体用论》，北京：中国人民大学出版社，2006 年，第 9 页。

自太极"，如何统一起来？而且，否认刘勰所"原"之"道"本自《易经》而另拉老庄顶缸，对刘勰思想的深度和高度而言，何啻于迫使其舍深就浅、舍高就低？

老庄思想当然是中华文化的重要思想资源，但并非文化源头。众所周知，被《大英百科全书》称为"中国当代哲学之杰出人物"的熊十力（1884—1968）先生对佛、道都有深入的研究，但最后归宗于《易》。他认为："道家之宇宙论，于体用确未彻了。"[①] 因其大谬有三："老言混成，归本虚无。其大谬一也。……老庄皆以为，道是超乎万物之上。倘真知体用不二，则道即是万物之自身，何至有太一、真宰在万物之上乎？此其大谬二也。……道家偏向虚静中去领会道，此与《大易》从刚健与变动的功用上指点，令人于此悟实体者，便极端相反。……此其大谬三也。"[②] 刘勰以崇实黜虚为主要学术价值取向，《文心雕龙》全书从不离物言道，自始至终充盈着自强不息的精神，凡此种种，皆本于《易经》，怎能将其归宗于老庄？

韩先生又说："《原道》篇先用近半篇幅一而再、再而三曰'道之文''盖自然'和'自然之道也'，前者是道之体，后二者是道之用。这是研究'自然之道'的主要文本依据。"此语颇为含混。体用是中国哲学的一对范畴，指本体和作用。一般认为，"体"是最根本的、内在的、本质的，"用"是"体"的外在表现、表象。"道之文"一语偏重在"文（文采）"，所谓"道之文"即"道"在世间的艺术性的具现，分明是"道之用"，怎么忽然又成了"道之体"？持"自然之道"说者明明将"自然之道"视为"道"之本身，亦即道之体，如黄侃 先生所说"所谓道者，如斯而已"；又如刘永济先生所说：

---

① 熊十力：《体用论》，第7页。
② 熊十力：《体用论》，第6—7页。

"此所谓自然者，即道之异名"，怎么到了韩先生笔下，又仅成了"道之用"？看来韩先生此一表述，似乎把何为"体用"弄颠倒了。韩先生批评笔者"连其体、用二义也没有弄清就遍批龙学界"，问题是，韩先生自己对何为"体、用"弄清楚了吗？他的这种解说，与其力挺的黄、刘解释还能一致吗？刘勰本人并无体用二分观念，韩先生强为分说，还自以为得了独家之秘，动辄指责别人"错误"，其实，通过其大作，并无法让人理解他所说的"体用"到底是什么。因为"以其昏昏"，是不可能"使人昭昭"的。

韩文还对笔者"《原道》中的道是源于《易经》、神秘微妙的'天道'（或称'神理'）"的表述横加抨击，认为"《易经》和刘勰均认为天道并非神秘莫测"。《易经》之神秘微妙众所周知，此处姑且不论，《原道》篇明言"道心惟微"，《征圣》篇明言"天道难闻"，《正纬》篇明言"神道阐幽"，《夸饰》篇明言"神道难摹"，可知在刘勰心目中"天道"本来就是"神秘微妙"的，必须经过"圣因文而明道"的过程，才能为世人所理解和接受，"为文"所以必须征圣、宗经，盖因此也。我们知道，鲁迅先生（1881—1936）曾对《文心雕龙》有过很高评价，认为堪与古希腊哲人亚里士多德（前384—前322）《诗学》媲美，但在《汉文学史纲要》一书中，却批评本篇："梁之刘勰，至谓'人文之元，肇自太极'，三才所显，并由妙道，'形立则章成矣，声发则文生矣'，故凡虎斑霞绮，林籁泉韵，俱为文章。其说汗漫，不可审理"[①]，这并非矛盾，更决非无由。因为刘勰《原道》篇的确存在着神秘色彩，在概念使用上也不够严谨。还有，王元化先生（1920—2008）是研究"龙学"的大家，在《〈日本研究文心雕龙论文集〉序》一文里，也认为刘勰的"宇宙构成论和文学起源

---

① 鲁迅：《汉文学史纲要》，《鲁迅全集》第十卷，北京：同心出版社，2014年，第304—305页。

论都采取了极其混乱而荒诞的形式并充满神秘精神"①。可知《原道》论"道"具有神秘微妙的特点，是学界的共识。韩文所引"《宗经》篇云：'夫《易》惟谈天，入神致用'；《书记》篇云：'阴阳盈虚，五行消息，变虽不常，而稽之有则也'；《征圣》篇云：'夫鉴周日月，妙极机神'"，也根本无法说明所谓"天道"不具有神秘微妙的特点。有趣的是，韩先生在文中振振有词地质问："竟然说《易经》和《文心·原道》篇视天道为神秘不可知，这不是公然违反文本原旨吗？"不难发现，其中"不可知"三字是韩先生强加的；至于是谁"违背了文本原旨"，读者不难判断。不过，进行这样无关宏旨的笔墨、口舌之争，大非笔者所愿。就此打住吧。

六、结语

拜读韩文，感觉韩先生对语言逻辑不甚讲究，其所擅长者，不过条件反射般地反唇相讥而已。笔者无意与其进行意气之争，而且逐一作答，势必殃及梨枣。所以，除了个别重大问题，如"商周文学顶峰论"是否臆断等，笔者将另文作复外，权作简短答辩如上，诚望韩先生及读者诸君批评指正。

韩文中有几句颇有意思的话："俗云：秀才见了兵，有理说不清。不是秀才讲不清道理，而是兵根本不懂道理、不讲道理"。在这一语境里，韩先生显然是以"秀才"自居，将论争对象视为"兵"的。而言下之意，"兵"们是不应该、也无资格参与"秀才"们的高端雅集的。不过，韩先生文中又自称"老兵"，不免让人有些糊涂，弄不清楚此君究竟是"兵"还是"秀才"了。其实，在笔者看来，大可不必在谁是"秀才"谁是"兵"之类的问题上纠结，对不同观点，"择其善者而从之，其不善者而改之"（《论语·述而》）即

---

① 王元化：《文心雕龙讲疏》，上海：华东师范大学出版社，2017 年，第 167 页。

可。不过，无论是"秀才"还是"老兵"，愚以为均不宜盛气凌人，肝火太盛，否则，既不利于学术研讨，也不利于身体健康。

东汉哲学家王充（27—约 97）《论衡·别通》有言："涉浅水者见虾，其颇深者察鱼鳖，其尤深者观蛟龙。足行迹殊，故所见之物异也。入道深浅，其犹此也。浅者则见传记谐文，深者入圣室观秘书。故入道弥深，所见弥大。"[①]学术研究总是在反复辩难中向前发展、逐步深入的，所可惜者，学界此类论争还不多见。大家"足行迹殊，故所见之物异"，却各自在那里自说自话。其结果，"涉浅水见虾"者与"入深水见龙"者均自以为见到了真龙，而视与其不同之说为奇谈怪论，虽不免腹诽口议，却不敢或不愿诉诸论争。此种心理，孔子谓之"乡愿"（《论语·阳货》），其结果，既"包容"了谬说，也淹没了新见。与之相比，韩先生对拙文的驳议虽非有力，离言之成理颇有距离，但毕竟把问题提了出来，并引发了笔者的进一步思考，因而还是有值得肯定之处的。愚以为，龙学研究要进入深水，见到真"龙"，不可能超越反复辩难的过程。即便对于名家大师的成说，也应该允许质疑。因为学术观点既经发布，便成为公共产品，要经受历史检验。即便今日碍于情面不去质疑，今后仍然会有人质疑，而且会愈来愈不讲情面。只要论辩中恪守学术规范，避免陷入意气用事即可。愿与诸君共勉。

（原载《中国文论》第九辑，山东人民出版社，2021）

---

① ［东汉］王充著，黄晖校释：《论衡校释》，北京：中华书局，2018 年，第 517 页。

《文心雕龙·原道》之"道"为两层次说
——基于文本细读的结论

《原道》是刘勰《文心雕龙》中歧见较多的一篇。笔者多年来多次认真阅读，也常有不尽相同的理解与感受。这些不同的理解与感受，在此前发表的有关文章中，已从不同侧面有所阐述①。在拜读各家关于《原道》的论著时，笔者发现许多歧见乃出于对原文语言逻辑的疏忽。为此，笔者尝试用文本细读的方法，主要依据语言逻辑，并适当联系全书对其进行解读，力求摒弃现代学科分类造成的先入之见，还原历史文化语境，较好地揭示其本来面目。其中文字的注疏，前贤时彦已做了大量工作，笔者无异议者，为省篇幅，不再重复，或尽量简略带过；个人理解与学界不同者，则适当予以解说。不当之处，尚祈方家指正。

一、文本细读

《原道》全文可分三大段，后附赞语。

第一段（从"文之为德也大矣"至"有心之器，其无文欤"）：由天地万物无不有文推论出人也必然有文。

开篇"文之为德也大矣"一语，解读颇不一致。笔者认为，此语并非本段的有机组成部分，而是用以领起全篇乃至笼罩全书论述的发起句。这样的开篇，看似突兀，其实不过是当时文章开篇的惯用套路。钱锺书先生（1910—1998）指出："简文帝《昭明太子集序》：

---

① 魏伯河：《走出"自然之道"的误区——读〈文心雕龙·原道〉札记》，《中国文论》第四辑；《〈文心雕龙〉"文之枢纽"新探》，《重庆三峡学院学报》2018年第3期。

'窃以文之为义，大矣远哉！'一节亦此意，均与《文心雕龙·原道》敷陈'文之为德也大矣'，词旨相同，《北齐书·文苑传》《隋书·文学传》等亦以之发策。"① 钱先生此语的价值在于还原了当时的历史文化语境。而立足于当时的历史文化语境，就会发现这只是一句套语，过度解读没有多大意义。此句所说的"文"，与《征圣》篇"政化贵文""事迹贵文""修身贵文"之"文"同义，是包含了当时所谓"文""笔"在内的所有"文章"，既不同于现代以来狭义的"文学"，也不同于下文广义的"文采"。"文"之外延既然不同，可知其与下文没有直接联系。关于"德"，钱锺书先生认为："《文心雕龙·原道》：'文之为德也大矣'，亦言'文之德'，而'德'如马融赋'琴德'、刘伶颂'酒德'、《韩诗外传》举'鸡有五德'之'德'，指成章后之性能功用，非指作文时之正心诚意。"② 詹锳先生(1916—1999)则主要从儒家经典中提取用例，解读说："《论语·雍也》：'中庸之为德也，其至矣乎。'《中庸》：'鬼神之为德，其盛矣乎。'朱注：'为德，犹言性情功效。'此处句法略同，而"德"字取义有别。《易·乾·文言》正义引庄氏曰：'文谓文饰，以乾坤德大，故特文饰以为《文言》。'即宋儒体用之谓，'文之为德'，即文之体与用，用今日的话说，就是文之功能、意义。"③ 两位先生的解读都是可取的。刘勰因为要"论文"，所以要先肯定"文德"之"大"，用以宣示论题的价值。须注意的是，因为这一句在内容上与下文并无紧密联系，所以此句之后宜用叹号，而不应像当今大多数注译版本之用逗号。至于"文"之"德"包括哪些内

---

① 钱锺书：《管锥编》第四册，北京：生活·读书·新知三联书店，2007 年，第 2163 页。

② 钱锺书：《管锥编》第四册，第 2343 页。

③ 詹锳：《文心雕龙义证》，上海：上海古籍出版社，1989 年，第 2 页。

容，刘勰在这里并没有说，实际上，此语是和《序志》篇"唯文章之用，实经典枝条，五礼资之以成，六典因之致用，君臣所以炳焕，军国所以昭明"遥相连接的；换言之，《序志》所说的"文章之用"，正是此处"文之为德"的具体内容；二者合观，可互文见义，亦有首尾呼应的效果。尽管按原书布局，《序志》与《原道》相距甚远，而在实际的写作过程中，两篇却是"跗萼相衔"（《章句》）、"首尾圆合"（《镕裁》）的。读《文心雕龙》者，当先读《序志》，道理也在于此。刘勰提出"文之为德"之后，不紧接着展开论述，就是因为此语承接了《序志》中的有关论述，无需重复。

"与天地并生者何哉？"此句承前省略了主语"文"字。须注意，此语只是提供了一个结论：文与天地并生，并非提出问题。戚良德先生指出："刘勰没有论述文学起源问题，而是把文'与天地并生'作为既成结论加以肯定的。"[①] 其说甚是。刘勰此语之所以以疑问句出之，只是为了提振语气，并非有疑而问，当然也有引出下文天地万物之文的作用。所以接着转向对天文产生的叙述，而不去正面回答"何哉"的问题。有人以为"因为'与天地并生'，所以说'文之为德也大矣'"[②]。把开头两句放在一起解释，似乎第二句是回答第一句的，并不符合刘勰原意。

"夫玄黄色杂，方圆体分；日月叠璧，以垂丽天之象；山川焕绮，以铺理地之形。此盖道之文也。"此言"天文"，并涵盖"地文"。此之"文"，其外延已由"文章"转向了广义的、自然状态的"文"。刘勰肯定"天文"以及"地文"为"道之文"，即"道"在宇宙间

---

① 戚良德：《〈文心雕龙〉论"道"与"文"》，《〈文心雕龙〉与中国文论》，北京：中国书籍出版社，2015 年。

② 卢盛江：《〈文心雕龙〉原道论研究》，《古代文学理论研究》第四十七辑，上海：上海古籍出版社，2018 年。

具有美感的显现，是为了给后文论"人文"为"道之文"做铺垫。至于刘勰为什么只说天地之文为"道之文"，而对"道"为何物却不加说明，是因为在刘勰心目中，"道"就是"道"，不言而喻，无须说明。

"仰观吐曜，俯察含章，高卑定位，故两仪既生矣。""两仪"即天地。"吐曜"即上文之"日月叠璧"，"含章"即上文之"山川焕绮"。其中"仰观""俯察"句缺少主语，是因为按照本段的逻辑顺序，还没有写到"人"的出现，无法为其安排主语。其说套用《易·系辞》"仰则观象于天，俯则观法于地"，而未能顾及到原文前面还有"昔庖牺氏之王天下也"，故致此病。《原道》全篇撷用《易经》语句处甚多，个别地方不无牵强之处，此即一例。对此，我们不必为刘勰讳。

"惟人参之，性灵所钟，是谓三才。为五行之秀，实天地之心。"这时才写到人的出现。"三才"即天、地、人。三才之中，天地为宾，人为主，因为只有人才为"性灵所钟"，其他天地万物均为"无识之物"。"为五行之秀，实天地之心"的主语是人。二语是对人类的高度赞美，意在突出人之可贵，并为后文展开对"人文"的论述预做铺垫。

"心生而言立，言立而文明，自然之道也。""心"字承上，形成修辞上的"顶针"。这里的"心"指人类，"言"指"言语"，"文"指最初的"人文"，是"庖牺画其始"之前原始的、自然状态的"文"，与"天文"之"文"义近，还远不是"文章"，也不是"文字"，而只是"文采"。而"文明"之"明"，不过是显示、显现而已。徐复观先生（1903—1982）说："'心生而言立'，只说明人高出于其他动物的特征；'言立而文明'，则只是追原溯始地说明人含有艺术性的本质；这是就'原始人'或'初生人'而立论，距离所谓文学乃至文字的出现，在时间上尚有很大的一段距离。"①
这是很有道理的。刘勰所谓"自然之道"，即自然而然的道理。"自
然"在这里的词性只是形容词，其作为"道"的定语，是修饰性、
限制性而非领属性的；"自然之道也"只是一般叙述性语句，决非
在提出专用名词，更非刘勰在回答所"原"之"道"为何物。徐复
观先生指出：《原道》篇所用的"自然"，只是常语中的"自然"，
"只说明前件与后件的密切关系，密切到后件乃前件的'自己如此'，
不代表任何特定思想内容。晋人已流行此种用法。……《原道》篇
所用的两'自然'，及《明诗》篇的'莫非自然'，细按上文的相
关文句，皆只能作如此解释，别无深意可寻"②。陈伯海先生（1935—）
也指出："'自然之道'的'道'，不过是个普通名词，'自然之道'
即自自然然的道理。（与'道之文'之'道'）两者不是一码事。
在《文心雕龙》全书中，用作本源意义的'道'经常出现，而'自
然之道'的说法仅此一见，足证后者并不构成刘勰理论中的专门术
语。"③两位先生之说颇有道理。黄侃先生（1886—1935）以来的
许多研究者单独摘出这一词组，而无视其与前后语句、篇章的逻辑
联系，大谈所谓"自然之道"，其实是走进了误区；而其近百年来
的蔓延流布，已经到了积非成是的程度。④徐复观先生将对所谓"自

---

① 徐复观：《王梦鸥先生〈刘勰论文的观点试测〉一文的商讨》，《中国文学论
集续篇》，北京：九州出版社，2014年，第159页。

② 徐复观：《自然与文学的根源问题》，《中国文学论集》，北京：九州出版社，
2014年，第355页。

③ 陈伯海：《〈文心〉二题议》，《文心雕龙学刊》第2辑，济南：齐鲁书社，
1984年。

④ 魏伯河：《走出"自然之道"的误区——读〈文心雕龙·原道〉札记》，《中
国文论》第四辑，上海：上海古籍出版社，2018年。

然之道"的误读视为解读《文心雕龙》的"死结"①,刘凌先生(1940—)则将其称为"学说神话"②,正是有见于此。黄侃先生所谓"案彦和之意,以为文章本由自然生,……寻绎其旨,甚为平易。盖人有思心,即有言语,既有言语,即有文章,言语以表思心,文章以代言语,唯圣人为能尽文之妙,所谓道者,如此而已"③之说,忽略了自然文采与后世发达起来的人文的界限,强以己意加诸刘勰,实在不足以据为典要。

天地万物之"文"同"纹",为"文"的初始义,本指"纹理"。《易·系辞下》:"物相杂,故曰文";《说文》:"文,错画也。象交文。"引申之为文采,为美的形态,此处之最初的"人文",庶几近之。如果将"言立而文明"之"文"认定为即是当时之"文章",把所谓"自然之道"理解为即是刘勰所"原"之"道",似乎刘勰"原道"的任务至此即已完成,是说不通的。如果是那样,以语言逻辑和篇章布局而论,则不仅"傍及万品,动植皆文"直到"有心之器,其无文欤"的一大段话失去了存在的必要;下一节中"人文之元,肇自太极"和"自鸟迹代绳,文字始炳"的历史追溯也便失去了意义。"老于文学"④的刘勰,行文虽非无懈可击,但决不会犯如此低级的错误。

"傍及万品,动植皆文:龙凤以藻绘呈瑞,虎豹以炳蔚凝姿;云霞雕色,有逾画工之妙;草木贲华,无待锦匠之奇。夫岂外饰,盖自然耳。至于林籁结响,调如竽瑟;泉石激韵,和若球锽。故形立则章成矣,声发则文生矣。"此缕述万物("万品")之文,并

① 徐复观:《能否解开〈文心雕龙〉的死结?》,《中国文学论集》,北京:九州出版社,2014年,第363页。

② 刘凌:《披文入情探文心》,《古代文化视野中的文心雕龙》,北京:吉林大学出版社,2010年,第5页。

③ 黄侃:《文心雕龙札记》,北京:商务印书馆,2016年,第3页。

④ 钱锺书:《管锥编》第三册,第1895页。

由"形文"推及到"声文"。刘勰指出这些"文"都是自然生成，并非加以"外饰"。这些描述，被安排于写人的出现、"心生而言立，言立而文明"之后，足以证明刘勰此时的思维进程仍处于证明天地万物无不有"文"的泛论层面，还没有正式进入对人文的论述。

"夫以无识之物，郁然有彩，有心之器，其无文欤？""无识之物"，指前述天地万物；"有心之器"，指人。此之所谓"心"，指人之心，与前文"天地之心"指人有所不同。此语的作用是既挽起上文关于天地万物无不有文的论述，又引起下文关于"人文"发展源流的探讨。

综合上述，第一段的主旨是论证人文产生的必然性。与后文关于人文源流的论述相比，本段处于铺垫、陪衬即"宾"的地位，后文关于人文源流的探讨才是本篇之"主"。王夫之（1619—1692）认为："诗文俱有主宾。"①阅读诗文须明宾主，是把握主旨行之有效的方法之一，不应忽略。

钱锺书先生指出：刘勰由天文推论人文，"盖出于《易·贲》之'天文''人文'，望'文'生义，截搭诗文之'文'，门面语、窠臼语也。刘勰谈艺圣解，正不在斯，或者认作微言妙语，大是渠侬被眼谩耳"②。指出《原道》首段关于"天文""人文"的大段论述其实并无新意，人们不应被其"眼谩"而认作微言大义，可谓剀切之言，值得深思。

第二段（自"人文之元，肇自太极"至"晓生民之耳目矣"）：追溯人文发展的历史，突出庖牺—周公—孔子等圣人的作用。

本段包括两个层次。

第一层："人文之元，肇自太极。幽赞神明，易象惟先。庖牺

---

① 戴鸿森：《姜斋诗话笺注》，北京：人民文学出版社，1981年，第54页。
② 钱锺书：《管锥编》第四册，第2163页。

画其始，仲尼翼其终。而《乾》《坤》两位，独制《文言》。言之文也，天地之心哉！"追溯人文的起源和发展，首先说到太极和《易经》，也是当时习见的说法。"人文之元，肇自太极"，与前文"（文）与天地并生"同义。因为按照汉儒的说法，太极即元气，天地亦为太极所生。刘勰既然认定天地人三才同时产生，且"心生而言立，言立而文明"，则称"人文之元，肇自太极"就是与其一致、顺理成章的。"易象"之"象"，与"丽天之象"的"象"不同，此指卦象，即《易经》中最初的表意符号，出现在文字产生之前。在传说中，卦象是由庖牺"象天地，效鬼神"创造出来的，即所谓"庖牺画其始"。"翼"指孔子为《易》作的《十翼》，"翼其终"，即通过写作《十翼》最终完成《易经》。本节承接上文，在肯定人必有文的基础上，揭示最初的人文向后来高度发达的人文转化过程中《易经》的地位。刘勰认为，在这一过程中，《易经》具有独一无二、不可替代的作用。我们知道，刘勰和我们绝大多数古人一样，对《易经》特别推崇，是笃信不疑的，《文心雕龙》与《易经》的关系至为密切，并深受其影响，是有目共睹的。在他看来，《易经》是最先"幽赞神明"的经典。它的成书经历了长期过程。也就是说，庖牺所画的八卦符号，只是初期的"文"，只有到了孔子作了"十翼"之后，《易经》才得以完备，成为居于五经之首的"文章"。"而《乾》《坤》两位，独制《文言》。"孔子为"乾""坤"两卦写作的《文言》，标志着"文章"的最高成就。因为"言"只有成为"文"，才可以揭示"天地之心"。此"言之文也，天地之心哉"中的"心"字，与前文"实天地之心"又有不同，前文指人，此处应指《文言》所揭示的"道"的奥秘、精义。

"若乃《河图》孕乎八卦，《洛书》韫乎九畴，玉版金镂之实，丹文绿牒之华，谁其尸之？亦神理而已。"徐复观先生认为：

"由太极而《河图》，由《河图》而八卦，乃道之文逐渐向人文落实的历程，此依然说的是文字尚未出现以前的情形。其中提到《洛书》九畴，玉版丹文等，我以为这是为了避免这一段文字的单寒而拉进来作《河图》、八卦的陪衬的；因为九畴若即是《洪范》，则已有文字，而玉版丹文，出自纬书，固为彦和所不信。"[①] 笔者深有同感。因《河图》而类及《洛书》，因八卦而牵连九畴，笔者颇怀疑刘勰是为了对偶的需要，不得已而为之的。刘勰认为："体植必两，辞动有配"，文辞对偶为事理之必然，"若夫事或孤立，莫与相偶，是夔之一足，趻踔而行也"（《丽辞》），所以有时就需要拉来相近或相关的内容配对。笔者曾对对偶句式制约《文心雕龙》表达的现象作过专题研究，其中有"为满足对偶而牵合他事"一种类型[②]，此亦其例。美国汉学家宇文所安（Stephen Owen, 1946—）指出：刘勰在写作《文心雕龙》的过程中，一直在和骈文这部"话语机器"进行博弈。按照他的分析，刘勰在与"话语机器"的博弈中并不总是胜利者，"话语机器"在不少地方左右乃至扭曲了刘勰的思维和论述的方向，以致刘勰不得不一再进行补救即"弥缝"[③]，可谓深知个中甘苦之言。

刘勰列举了这些现象之后，没有做进一步的阐释，仅信手一笔，归之于玄妙的"神理"。此"神理"在后文与"道心"对举，互文见义，说明刘勰认为《河图》《洛书》等都是神秘的"道"的显示。以语言逻辑论之，前面已经写到孔子写作的《文言》，正式的"文章"已经诞生，这里再来说《河图》《洛书》在人文

① 徐复观：《〈原道〉篇通释》，《中国文学论集》，第 359 页。

② 魏伯河：《对偶句式制约〈文心雕龙〉内容表达例说》，《福建江夏学院学报》2019 年第 2 期。

③ ［美］宇文所安：《刘勰与话语机器》，《他山的石头记》，田晓菲译，南京：江苏人民出版社，2006 年，第 98 页。

产生中的启示作用，不无时序颠倒之病。而且后文既有"取象乎《河》《洛》，问数乎蓍龟"之语，此处这一段话的确显得可有可无，并且位置也欠妥当，有临时拉来凑数的明显痕迹。骈文形式写作犹如戴着脚镣跳舞，刘勰此中甘苦，我们只能给予"同情之理解"（陈寅恪语）。

这一层专论《易经》，以突出其在人文中至高无上的神圣地位。

第二层："自鸟迹代绳，文字始炳。炎皞遗事，纪在《三坟》，而年世渺邈，声采靡追。唐虞文章，则焕乎始盛。元首载歌，既发吟咏之志；益稷陈谟，亦垂敷奏之风。夏后氏兴，业峻鸿绩，九序惟歌，勋德弥缛。逮及商周，文胜其质，《雅》《颂》所被，英华日新。文王患忧，繇辞炳曜，符采复隐，精义坚深。重以公旦多材，振其徽烈，剬诗缉颂，斧藻群言。至夫子继圣，独秀前哲，熔钧六经，必金声而玉振；雕琢性情，组织辞令，木铎启而千里应，席珍流而万世响，写天地之辉光，晓生民之耳目矣。"这一层论述人文从文字出现到发展至六经的过程。"鸟迹代绳"，指文字的出现。刘勰显然是认为，文字出现之后，人类"文明"（与"言立而文明"之"文明"不同）才正式开始。不难发现，这里对人文发展的表述隐含了"质"与"文"的关系，与《通变》篇所说"黄唐淳而质，虞夏质而辨，商周丽而雅"义近。我们知道，在刘勰的人文发展观中，有一个"商周文学顶峰论"的牢固观念，其说来自孔子，并且更加固化；而在其所描述的人文走向顶峰的过程中，有一条主线，这条主线由儒家推尊的历代圣人连接而成。刘勰在这里重点突出了周公、孔子的作用，遥领《征圣》篇"征之周孔，则文有师矣"；而特别提到孔子"熔钧六经"，则是为《宗经》篇张目。

这段里"逮及商周、文胜其质"的"胜"字为"称"的通假字，

"文胜其质"即"文称其质"。笔者对此已有专文研讨①，兹不赘。

本段为全文的主体和中心。但长期以来，研究者被所谓"自然之道"所误导，把关注点更多地投向了首段关于"天文""人文"的论述，以当代之哲学认识论进行了大量的过度解读和无限发挥；而且由于本段内容刘勰在本书其他篇章如《通变》《时序》中也从不同角度、以不同语言多次表述过，故大多对这一中心段落极少重视。而就把握篇章主旨来说，这样游离中心的读解显然是欠妥的。

第三段：（自"爰自风姓，暨于孔氏"至"乃道之文也"）：总结人文发展历程，揭示"道—圣—文"之三位一体关系。

"爰自风姓，暨于孔氏，玄圣创典，素王述训"：此处"风姓""玄圣"均指以庖牺为代表的远古圣人，"孔氏""素王"均指孔子，与前文"庖牺画其始，仲尼翼其终"所述，均为人文创始之初至孔子集其大成的人文发展历程。四句分为两组，意义似有重复。刘勰之所以不避意义重复而采用了四个四字短语，也应该是骈文的语言形式制约所致。

"莫不原道心以敷章，研神理而设教"，二句互文，"道心"与"神理"变文避复，"敷章"与"设教"互文相足。是说圣人们都是按照"道"的神秘启示、本着"道"的精神来"敷章""设教"、发展人文事业的。此"道心"之"心"，与前文"实天地之心"的"心"、"有心之物"的"心"都不同，而与"言之文也，天地之心哉"之"心"相同，指"道"的精神或奥义。"取象乎《河》《洛》，问数乎蓍龟，观天文以极变，察人文以成化"则是圣人发展人文所采取的手段和路径，其间是一个筚路蓝缕的长期过程。刘勰对此只是采用成说，并无意申论。"经纬区宇，弥纶彝宪，发辉事业，彪炳辞义"是圣

---

① 魏伯河：《试说"逮及商周，文胜其质"》，《语文学刊》2019 年第 6 期。

人们完成的功业。对此，刘勰给予了最高的礼赞。

"故知道沿圣以垂文，圣因文而明道，旁通而无滞，日用而不匮。《易》曰：'鼓天下之动者存乎辞。'辞之所以能鼓天下者，乃道之文也。"总结上文，揭示出道—圣—经之间三位一体、密不可分的关系和经典之巨大功用。由于前段的论证比较充分，结论的得出可谓顺理成章。"道沿圣以垂文，圣因文而明道"，此处之"文"，特指儒家经典。两句揭示出"道""圣""文"（经）三位一体、不可分割的密切关系：其理为"道"，其人为"圣"，其书为"经"（文），分言之则为三，合言之则为一。将三者割裂开来，则"圣"不成其为"圣"，"经"（文）不成其为"经"（文），"道"也就无从彰显了。这两句直接贯串《原道》《征圣》《宗经》三篇，并统摄《正纬》《辨骚》乃至全书，是刘勰所着意突出者。把握了这两句，就理解了"文之枢纽"，也便取得了理解全书的锁钥。所谓"鼓天下之动"之"辞"，与"垂文""因文"之"文"同义，均指"文章"即圣人经典。"旁通而无滞，日用而不匮"，谓其博大精深，无往而不适，取之不尽而用之不竭。最后归结为"圣"人所"垂"之"文"亦即"鼓天下"之"辞"为"道之文"，说明其所以具有巨大的威力，能够"鼓天下之动"，是由于它们是"道"在人间的具现，因而具有天经地义的神圣地位。此处称"道之文"，也与前文称"天文"为"道之文"对应，属性相同，但具体所指有所不同。前文"盖道之文"，指的是自然状态的"文"，即文采或美的形态；此处之"乃道之文"，特指儒家经典。刘勰《原道》的目的，至此有了明确的披露：原来，他之所以要劳心费力地"原道"，只是为了证明儒家经典为"道之文"。换言之，《原道》是为《宗经》服务的。离开了《宗经》，《原道》便悬在了半空，其存在的意义便要大打折扣。

最后以"赞"撮要总括全文。

"赞"是对全文的总括。不难看出，它主要概括的是文章第二段的要点，我们说第二段是全文的主体和中心，根据之一即在于此。其中所谓"道心惟微，神理设教"，只是"原道心以敷章，研神理而设教"的另一种表述。所谓"光采玄圣，炳耀仁孝"，则是"庖牺画其始，仲尼翼其终"和"爰自风姓，暨于孔氏，玄圣创典，素王述训"的变换其辞。所谓"龙图献体，龟书呈貌"，则是"《河图》孕乎八卦，《洛书》韫乎九畴""取象乎《河》《洛》，问数乎蓍龟"的缩略。而所谓"天文斯观，民胥以效"，则不过是"观天文以极变，察人文以成化"的改写。此赞不过是按照全书体例要求而为，并没有阐发出什么新意。

二、刘勰所"原"之"道"为两层次说

读罢全文，我们发现，刘勰并没有明确告诉读者他所谓"道"究系何物。不仅没有开宗明义，在篇首予以揭示，也没有曲终奏雅，最后给出答案。"原道"而不说明"道"为何物，似乎有违思维逻辑之常规。与刘勰不同，此前西汉刘安（前179—前122）《淮南子·原道训》开篇释"道"："夫道者，覆天载地，廓四方，柝八极，高不可际，深不可测，包裹天地，禀授无形。原流泉淳，冲而徐盈，混混滑滑，浊而徐清。故植之而塞于天地，横之而弥于四海，施之无穷而无所朝夕，舒之幎于六合，卷之不盈于一握。约而能张，幽而能明，弱而能强，柔而能刚。横四维而含阴阳，纮宇宙而章三光。甚淖而滒，甚纤而微，山以之高，渊以之深，兽以之走，鸟以之飞，日月以之明，星历以之行，麟以之游，凤以之翔。"① 尽管云山雾沼、玄妙莫测，毕竟有所阐述。后来唐代韩愈（768—824）《原道》，开篇即谓："博爱之谓仁，行而宜之之谓义，由是而之焉之谓道，

---

① 何宁：《淮南子集释》，北京：中华书局，1998年。

足乎己而无待于外之谓德。仁与义为定名，道与德为虚位。"① 明言其所"原"为儒家仁义之"道"。同样写《原道》的刘勰何以对"道"要"讳莫如深"，以致后人歧见纷出呢？

其实，如果细心体察，就会发现，刘勰心目中之所谓"道"还是"可名"的。据本篇"道心""神理"对应之例，可称为"神道"；而且在《正纬》篇有"神道阐幽，天命微显"之说，《夸饰》篇亦有"神道难摹，精言不能追其极"之论，可知他是把"形而上"的"道"称为"神道"的。其说亦持之有故，语出《易·观卦·象辞》："观天之神道，而四时不忒，圣人以神道设教而天下服矣。"而据《征圣》篇"天道难闻，犹或钻仰；文章可见，胡宁勿思"的说法，他所谓"道"又可称为"天道"。因为此语上承《原道》，下启《宗经》，所谓"钻仰天道"者，《原道》之作也；所谓"文章可见"者，五经俱在也。此说亦颇有渊源，《尚书·汤诰》《国语·周语下》《左传·昭公十八年》及《庄子》《荀子》皆有之，而刘勰此处所说，显然是直接出于《论语·公冶长》中子贡之语："夫子之文章，可得而闻也；夫子之言性与天道，不可得而闻也。"原文以"文章"与"天道"对举，刘勰此处亦将"天道"与"文章"对举，其节取之迹显而易见。那么刘勰所谓"道"究竟是"神道"还是"天道"呢？对此大可不必细究，因为"神道""天道"本为一"道"，一而二，二而一，无名亦复多名，这不止是刘勰，也是我国古人论"道"时的常态。

按照刘勰"披文以入情"（《知音》）的方法，我们可以体会到，在刘勰心目中，这个"道"虽然神秘幽微，但并无歧义。他"原道"的过程，就是把"道"落实到以周、孔为代表的人文的过程；周、孔之文，即五经，在《宗经》篇里被称为"恒久之至道，不刊之鸿教"，

---

① ［唐］韩愈著，马其昶校注：《韩昌黎文集校注》，上海：上海古籍出版社，1986年，第13页。

也就是说，在《宗经》的语境中，刘勰认为，儒家的五经即是"道"；而他在《原道》的论述表明：是儒家尊崇的圣人庖牺、文王、周公、孔子"原道心以敷章，研神理而设教"，使人文逐步发展起来的。在他的笔下，孔子及其以前的圣人，都是根据"道"的精义来敷写篇章、教化世人的，而且产生了极其辉煌的效果。在《原道》中，这样的"道"只不过是"道之文"，显然与《宗经》"恒久之至道"存在不一致。这是怎么回事呢？笔者以为，这只是表明，刘勰心目中的"道"实际包括了两个层次：一个层次是儒家经典，这是人文中的"道"，是一般人可见、可读、可领悟的；他要求文士们在创作中遵循的，就是这样的"道"。另一个层次是包括儒家经典在内所有人文以及天地万物之文赖以产生的"道"，这是"形而上"的、充满神秘色彩的，只有圣人才能领悟、体验，并据以发展出人文；这一层次的"道"，连子贡那样的贤人尚且"不可得而闻"，一般人是无须追根究底的。所以，刘勰通过《原道》《征圣》落实到《宗经》，其实就是由形而上的"道"落实到儒家圣人之"道"，而"儒家圣人之道"的外在形式就是五经。明确了这一点，关于《原道》之"道"究竟为何家之"道"的争议，大概可以偃旗息鼓了。

或曰：形而上的"道"在儒家产生之前、甚至天地初分之前即已存在，不应该属于儒家所独占。此说似不无道理。如果像客观唯心主义者那样，承认有先天性的精神本体存在，此说就可成立。然而在人类社会文化的发展中，任何的理论、学说，包括自然界的客观规律，必须有待于人来发现和揭示。不同的人或学派因立场、观点、知识、能力的差异，所揭示者又往往并不一致。典型的如春秋战国期间，百家争鸣，各道其"道"，都自以为掌握了代表绝对真理的"道"，而其说或相异，或相反，莫能统一。在儒家的学说中，"道"的发明者是从伏羲到孔子这一系列儒家所尊崇的圣人；因而以五经为代表的儒家经典成为"道"在人类社会的具现。从《文心雕龙》中我们看到，刘勰对这一传统观念是完全接受并真心服膺的。那么，在他的意识中，儒家圣人之所发现和揭示的"道"，无论其来源如何神秘悠远，被认为是怎样的"公理"或"绝对真理"，自应属于儒家之统系，而不会是其他任何一家之"道"。刘勰强调："道沿圣以垂文，圣因文而明道"，如果其中的"道"是别家之"道"，就会出现很奇怪、也明显违背语言逻辑的现象：某家之道沿着儒家圣人周、孔这一途径留下了儒家的经典，儒家的圣人周、孔用自家撰述的经典证明了某家之道。悖谬至此，岂不可笑！刘勰的《文心雕龙》以"体大而虑周"[①] 著称，虽非全无瑕疵，但何至于在如此重大问题上出现错位呢！

三、结语

我们知道，鲁迅先生（1881—1936）对《文心雕龙》有过很高评价，他在《论诗题记》中曾说："东则有刘彦和之《文心雕龙》，西则有亚里士多德之《诗学》，解析神质，包举洪纤，开源发流，为世楷式。"[②] 但在《汉文学史纲要》中，先生却批评本篇"梁之刘勰，至谓'人文之元，肇自太极'，三才所显，并由妙道，'形立则章成矣，声发则文生矣'，故凡虎斑霞绮，林籁泉韵，俱为文章。其说汗漫，不可审理"[③]，这并非矛盾，更决非无由。因为刘勰《原道》篇的确存在着神秘色彩，在概念使用上也不够严谨。还有，王元化先生是研究"龙学"的大家，在《〈日本研究文心雕龙论文集〉序》里，也认为刘勰的"宇宙构成论和文学起源论都采取了极其混乱而

① ［清］章学诚：《文史通义》，北京：中华书局，2014年，第518页。

② 鲁迅：《论诗题记》，《鲁迅全集》第八卷，北京：人民文学出版社，1981年，第332页。

③ 鲁迅：《汉文学史纲要》，《鲁迅全集》第九卷，第350页。

荒诞的形式并充满神秘精神"①。之所以如此，是因为刘勰认为"文源于道"，而为了张大"文之为德"，他有意把形而上的"道"加以神秘化，使"文"的产生变得神乎其神。通过前文的细读，我们可以发现，刘勰《原道》一文主要是采掇《易经》等书的词句连缀而成，且辞、义两方面均不乏交叉、复沓之处。尤其是其中几个基本概念如"道""文""心"等的含义随文变化，颇不易把握，给后人的解读造成了诸多的障碍。因此，就语言逻辑而论，本篇在全书中难称佳构。究其实，刘勰本篇虽名为"原道"，但并无意对形而上的"道"作深入的研究，而更多是采集成说，连缀成文。他在本篇的理论成果，主要是确立了"道沿圣以垂文，圣因文而明道"这样一个三点一线、三位一体的架构；通过这一架构，把神秘的"天道"与周孔圣人之道和儒家经典紧密联系在一起，证明含蕴了周孔圣人之道的儒家经典之天经地义，为其"文必征圣、宗经"的主张戴上一个神秘的光环而已。读者只有认识到他所谓的"道"事实上存在着两个层次，才能在他布下的迷局中找到方向，把握到本文的主旨。

（原载《中国文化论衡》2020 年第 1 期）

---

① 王元化：《文心雕龙讲疏》，上海：华东师范大学出版社，2017 年，第 167 页。

《文心雕龙》"文之枢纽"新探

刘勰在《文心雕龙·序志》中说：

> 盖文心之作也，本乎道，师乎圣，体乎经，酌乎纬，变乎骚，文之枢纽，亦云极矣。

很明显，他是把《文心雕龙》前五篇即《原道》《征圣》《宗经》《正纬》《辨骚》作为"文之枢纽"来设置的。而所谓"亦云极矣"，是说达到了极致，至尊、至重、至高、至大，无以复加，更不可移易。由此不难看出他对这部分内容的高度重视，以及这部分内容在全书中的特殊重要地位。

何谓"枢纽"？"枢"，《说文》："枢，户枢也。"户枢即门轴，没有门轴，门户就无法开合；用来比喻事物重要的、中心的、起决定性作用的部分。"纽"，《说文》："系也。一曰结而可解。"本义为绑束，后称提系器物的带子为纽带，用来比喻控制事物的机键、系结事物的中心部分。在比喻义上，二者是相同的。两者组成一个合成词，通常用以喻指事物的关键部位或相互联系的中心环节。但用于指称一部学术著作的关键部分，大概是刘勰的一个独创。现代汉语中"枢纽"一词除了广泛应用于交通或水利工程之外，鲜有用于指称学术著作结构者。今人按照当代学术著作的构成惯例，一般将刘勰所谓"文之枢纽"称作《文心雕龙》全书的"总论"①、"总纲"②，也有称之为全书"导言"③的。就是说，研究者大都认识到了前五篇在全书中居于纲领地位并且是一个整体；与此有关的论著多不胜举，除了范文澜（1893—1969）《文心雕龙注》把《诸子》篇拉入总论而把《辨骚》篇割裂出来作为文类之首划入文体论④、牟世金（1928—1989）以为《辨骚》篇虽属"枢纽"但不属总论而属文体论⑤之外，学界对此大多不存异议。

　　然而，笔者认为，这样的共同认识还只是初步的、粗浅的。因为"枢纽"与"总论""总纲"或"导言"相较，不仅是古今用语的不同，在含义上也是存在某种差别的。对这种看似细微的差别如果缺乏精确的认识，就可能导致对全书理论体系的把握和对刘勰文学观的认识上出现很大的问题。而事实上，这样的问题早已出现，并且众说纷纭，愈演愈烈，由最初的"失之毫厘"，已经达到"谬以千里"的程度，乃至形成了若干学术公案。因此，有必要对其加以认真的辨析和进一步的阐说。

一、一个还是多个：对"枢纽"的总体把握

　　在笔者看来，刘勰之所谓"枢纽"与现代学术著作之"总论""总纲"或"导言"的差别在于："总论""总纲"或"导言"是全书的概要，可以包括若干并列的、有某种逻辑关系的条目，分别用来

　　① 牟世金：《〈文心雕龙〉理论体系初探》，《雕龙集》，北京：中国社会科学出版社，1983 年，第 164 页。

　　② 中国科学院文学研究所编写组：《中国文学史》，北京：人民文学出版社，1961 年，第 305 页。

　　③ ［意］珊德拉：《刘勰的"文之枢纽"》，王军译，曹顺庆主编：《文心同雕集》，成都：成都出版社，1990 年，第 47 页。

　　④ 范文澜：《文心雕龙注》，北京：人民文学出版社，1958 年，第 4 页。

　　⑤ 牟世金：《〈文心雕龙〉理论体系初探》，《雕龙集》，第 168 页。

统领全书的不同部分；而"枢纽"，则无论包括了几篇文字，却只能是一个结构紧密的整体。我们知道，多中心即无中心，同理，多枢纽即无所谓枢纽矣。

牟世金先生对"总论"与"枢纽"的区别曾有所辨析，他指出："所谓'总论'，必须是对全书基本论点或立论原则的阐述，才能叫做'总论'。因此，严格地讲，堪称全书总论的，只有《原道》《征圣》《宗经》三篇。这三篇的观点，既贯串于上半部的文体论，也指导下半部的创作论和批评论。第四篇《正纬》，实际上是《宗经》的补充或附论。……论者往往把'枢纽'和'总论'混为一谈，这就是酿成种种分歧的症结之所在。"[1] 这样的辨析很有必要，可惜牟先生虽然指出了"枢纽"不同于"总论"，但对于"枢纽"究竟为何义，却未作进一步说明或探究。他的所有论述，只不过是为了证明《辨骚》篇不属总论而是属于文体论这样一个并不可靠的结论。

探讨《文心雕龙》的"文之枢纽"，首先应该明确的是：它的前五篇是五个"枢纽"，还是一个"枢纽"？在同一特定语境中，作为"枢纽"，能多个并存吗？

据笔者理解，在刘勰的设置中，它们只是、也只能是一个"枢纽"。看似并列的五篇文字，其实只是构成这一枢纽的不同构件。而在这些构件中，必定有其核心或主轴。这一核心或主轴，不仅统领其余四篇，而且也对全书起到统领作用。其余四篇，只不过是核心或主轴的附属物，是围绕核心或主轴来设置并为其服务的，并不要求每一篇都对全书起统领作用。如果像某些研究者那样，认为"文之枢纽"部分的五篇文章是并列关系，且为由主到次的线性排列，即彼此分别是不同的"枢纽"，就会在不同程度上偏离刘勰的本意。许多年来，不少研究者对此书的误读，以及由此引发的诸多争论，往往是由于

---

[1] 牟世金：《〈文心雕龙〉理论体系初探》，《雕龙集》，第166页。

在这一点上出现了偏差。

　　"文之枢纽"的核心或主轴是什么？揆诸刘勰的写作意图，显然应为在五篇里处于中间位置的《宗经》篇。因为"宗经"是他主要的文学思想，并且是贯穿于《文心雕龙》全书的。《通变》篇中"矫讹翻浅，还宗经诰"八个字，可以视为他对全书作意最简洁有力的表达。而核心或主轴既经认定，其余四篇的附属地位也就可以确定了。当然，这些附属的篇章，刘勰也无一不是精心结撰的，里面也有许多有价值的内容。读者不可因其"附属"地位而予以轻视。作为单篇文章，它们也各有其表达的中心，不过相对于《宗经》，却只能是"次中心"；它们主要是分别从不同侧面为突出《宗经》的核心或主轴地位发挥不同的作用。

　　这一点，其实并非笔者的新见。近人叶长青（1902—1948）在其1933年印行的《文心雕龙杂记》中就曾指出："原道之要，在于征圣，征圣之要，在于宗经。不宗经，何由征圣？不征圣，何由原道？纬既应正，骚亦宜辨，正纬辨骚，宗经事也。舍经而言道、言圣、言纬、言骚，皆为无庸。然则《宗经》，其枢纽之枢纽欤！"[①]在认定《宗经》为"文之枢纽"之核心或主轴地位上，这是笔者所见最为明确的论述。刘永济先生（1887—1966）也有类似见解，他在解释《宗经》时说："舍人'三准'之论，固已默契圣心；而此篇'六义'之说，实乃通夫众体。文之枢纽，信在斯矣。"[②]尽管他的论述只是着眼于"三准"和"六义"，没有顾及到全书，但他指出《宗经》篇才是真正的"文之枢纽"，则是很有见地的。如果不是对全书的理论体系和刘勰的思维脉络有精准之把握，就不可能作出此种论断。

---

　　① 叶氏原书为其授课讲义，由福州职业中学印刷厂印行，引文转见詹锳：《文心雕龙义证》，上海：上海古籍出版社，1989年，第55页。

　　② 刘永济：《文心雕龙校释》，北京：中华书局，1962年，第5页。

值得注意的是，刘勰以经典为"枢纽"的观念，还表现于《议对》篇。他说："夫动先拟议，明用稽疑，所以敬慎群务，弛张治术。故其大体所资，必枢纽经典，采故实于前代，观通变于当今。理不谬摇其枝，字不妄舒其藻。"尽管这里的"枢纽"已经活用为动词，为紧密联系、不得脱离（经典）之意，与《序志》篇作名词用有所不同，但名词活用为动词之后，其本义仍然保留，在本句中，以经典为"枢纽"的涵义显然还是包括在其中的。

当然，由于刘勰把前五篇总称之为"文之枢纽"，我们不妨在当下的讨论中将《宗经》篇看作其核心或主轴，以避免在用语上与原文抵牾。

二、"宗经"何以会成为刘勰主要的论文主张

刘勰之所以会把"宗经"作为其主要的文学主张，就其自身说，实际出于两方面的原因。其一是出于他对儒家经典发自内心的崇拜，其二则是出自他对当时文坛弊端的不满。这是通过《宗经》《序志》等篇中刘勰的一再表白可以清楚了解的。

在《宗经》篇里，刘勰写道：

> 经也者，恒久之至道，不刊之鸿教也。故象天地，效鬼神，参物序，制人纪，洞性灵之奥区，极文章之骨髓者也。……自夫子删述，而大宝咸耀。于是《易》张《十翼》，《书》标"七观"，《诗》列"四始"，《礼》正"五经"，《春秋》"五例"。义既极乎性情，辞亦匠于文理；故能开学养正，昭明有融。

> 若禀经以制式，酌雅以富言，是仰山而铸铜，煮海而为盐者也。故文能宗经，体有六义：一则情深而不诡，二则风清而不杂，三则事信而不诞，四则义贞而不回，五则体约而不芜，六则文丽

而不淫。

不难发现，在刘勰心目中，五经是那样的尽善尽美，实在是作文的最高典范。他认为，依托五经来进行创作，就如同找到了取之不尽用之不竭的宝库。所以，为文必须"宗经"。

不仅如此，刘勰还认为，自五经以后文学的发展，开始出现了严重的流弊，即所谓"楚艳汉侈，流弊不还"（《宗经》）。到了近代，则愈演愈烈，达到了"去圣久远，文体解散，辞人爱奇，言贵浮诡，饰羽尚画，文绣鞶帨，离本弥甚，将遂讹滥"（《序志》）的程度。而要"正末归本"，使文学发展回到健康的大路上来，必须"矫讹翻浅，还宗经诰"（《通变》）。他的认识是否完全正确，宗经主张在当时究竟发挥了多大作用，我们今天应该如何评价，可以另作别论，但他之宗经确系出于至诚，则不庸置疑。

除此之外，刘勰选择"宗经"作为矫正文坛弊端的利器，也和中国文化的基本性格或内在规律直接相关。那么，这种基本性格或内在规律是什么呢？现代新儒学大师徐复观先生（1903—1982）对此有过很精辟的论述：

> 五经在中国文化史中的地位，正如一个大蓄水库，既为众流所归，亦为众流所出。中国文化的"基型""基线"，是由五经所奠定的。……中国文学，是以这种文化的基型、基线为背景而逐渐发展起来的。所以中国文学，弥纶于人伦日用的各个方面，以平正质实为其本色。用彦和的词汇，即是以"典雅"为其本色。我们应从此一角度，去看源远流长的"古文运动"。但文学本身是含有艺术性的，在某些因素之下，文学发展到以其艺术性为主时，便会脱离文化的基型基线而另辟疆域。楚辞汉赋的系统，便

是这种情形。其流弊，则文字远离健康的人生，远离现实的社会。在这种情形之下，便常会由文化的基型基线，在某种形式之下，发出反省规整的作用。《宗经》篇的收尾是"是以楚艳汉侈，流弊不还，正末归本，不其懿欤"，正说明《宗经》篇之所以作，也说明了文化基型基线此时所发生的规整作用。[①]

徐先生站在思想史的高度，高屋建瓴，对五经在中国文学和文化发展中的作用予以精到的揭示，可谓独具慧眼。由此我们也可以豁然开朗：中国文学发展史上之所以会一再出现形形色色的所谓"复古"运动（或称"古文运动"），个中缘由，原来在此。而齐梁之际，如刘勰所说，已经"离本弥甚，将遂讹滥"（《序志》），正是到了文化的基型、基线该出来发挥作用的时候了。当然，此种基型、基线要发挥作用，必须借助于作家作品，刘勰和他的《文心雕龙》于是自觉地、也是历史性地承担起了这份责任。

三、"文之枢纽"何以用了五篇文章来完成

接着而来的问题是，既然"宗经"可以确定为《文心雕龙》统帅全书的主导思想，那么，按说有了《宗经》一篇列于卷首就可以了，刘勰为什么要用多达五篇的文字来加以论述呢？

细加推究，可以发现，这是由于在刘勰的意识中，觉得仅用《宗经》一篇尚不能充分、完整地表述他的宗经思想。诸如为什么"文必宗经"，经书的伟大究竟有什么根本依据，与经书有密切关系的其他前代著作是否也在应"宗"之列，等等，这些都还需要作充分的阐发和必要的辨正。因而他在《宗经》前后又分别写了两篇文章

[①] 徐复观：《文之枢纽——〈文心雕龙〉浅论之六》，《中国文学论集》，北京：九州出版社，2014年，第387—388页。

来作为铺垫或附论。这样的内在理路，可以通过前后各篇与《宗经》的关系来加以揭示。

先来看《原道》《征圣》与《宗经》之间的关系。

在刘勰看来，之所以"文必宗经"，因为五经是由圣人制作的；而圣人之所以要制作五经，是用来昭示"天道"的。只有把这种道—圣—经三位一体的关系彻底地揭示出来，才能使读者充分认识经书的伟大，进而更好地认同他的宗经主张。《原道》《征圣》篇的写作因此便有了必要性。他的这一思维路径应该是不难体察的。尽管我们看到的文本，是由《原道》到《征圣》再到《宗经》，是循着"道沿圣以垂文"的关系，呈顺流而下之势，而在刘勰的构思和写作中，其实是由《宗经》到《征圣》再到《原道》的，是循着"圣因文而明道"的方向，呈逆流而上之势。他所要达到的效果，是让人们认识到五经是天道通过圣人在人间的具现，具有至高无上的神圣性，因之其宗经的主张便具有了"天经地义"的稳固地位。明确了这一点，就可以知道，《原道》篇尽管居于全书卷首，但并非"开宗明义"，也不是用来统领全书，而主要是用来为《宗经》张目的。至于《征圣》，则是《原道》和《宗经》之间的必要过渡。究其实，《原道》和《征圣》，都只不过是《宗经》的铺垫而已。其在"文之枢纽"中的地位，只能是附属的构件。如果离开了《宗经》，而在前两篇中抓住某一个或几个片言只语索求所谓的"微言大义"，就难免走向歧途。例如，把本来只是一般叙述语言的"自然之道也"视为刘勰所本之道、把本来只是一个比喻句的"衔华而佩实"当作刘勰论文的最高标准，就是典型的个案。

刘勰的这一思维路径和前三篇事实上不同的地位，前贤已有揭示。上世纪七十年代，徐复观先生曾撰文指出："《原道》《征圣》，实皆归结于《宗经》，所以这三篇实际应当作一篇来看。"① 祖保泉先生（1921—2013）也曾正确地指出："'体乎经'才是'文之枢纽'的核心，'宗经'思想乃是《文心》全书的指导思想。"他还指出："'道'是靠圣人的文章来体现的，圣人也只有靠文章来阐明'道'。……一句话，'道'和'圣'离开了'经'，那便成了毫无实际意义的空话。""从'言为文之用心'角度看，刘勰抓住了历来为人们所崇敬的'文'（六经），把它说成是创作的范本和评论的最高标准，于是撰《宗经》篇。'经'是'圣人'撰述的，于是在《宗经》之前，加上《征圣》；圣人之所以为圣人，就因为他能'原道心以敷章，研神理而设教'，于是在《征圣》之前，又冠以《原道》。其实，论'文'而要'原道''征圣'，都不过是为'宗经'思想套上神圣的光圈而已。"② 这是很有见地的。其他学者的类似见解还有一些，兹不具引。所可惜者，几十年来，他们的见解并未引起应有的重视。人们更多的还是孤立地去看待"枢纽"中的各篇文章，而极少有能以《宗经》为制高点俯瞰整个"枢纽"和《文心雕龙》全书者。

再来看《正纬》《辨骚》与《宗经》之间的关系。

通过《原道》《征圣》的铺垫，《宗经》的主张已经成功地凸显出来了，按理说刘勰应该自信不会再有人怀疑其"文必宗经"的正当性了。但是，回顾楚汉以来文学发展的实际，他觉得还有一些问题必须厘清，否则人们在践行"宗经"主张时仍然会遇到问题。

首先是曾"前代配经"的纬书。自西汉后期产生的纬书，至东汉乃大行其道，与经书并行。用刘勰的话说，就是"至光武之世，

---

① 徐复观：《文之枢纽——〈文心雕龙〉浅论之六》，《中国文学论集》，第 385 页。
② 祖保泉：《文之枢纽臆说》，《文心雕龙学刊》第一辑，济南：齐鲁书社，1983 年。

笃信斯术；风化所靡，学者比肩"。那么，"宗经"的同时，是否也要"宗纬"呢？对此，刘勰的态度十分明确，答案是否定的："经足训矣，纬何预焉！"为了申明这一立场，他专门写了《正纬》篇，用主要篇幅指出纬书的"四伪"，并援引了前贤桓谭（约前23—56）、尹敏（东汉初期人，生卒不详）、张衡（78—139）、荀悦（148—209）等人对纬书的否定性意见作为论据支撑。当然，由于刘勰是"擘肌分理，唯务折衷"（《序志》）的，他对纬书的价值并未完全否定，而是指出其"无益经典而有助文章"，可以"酌"取其"事丰奇伟，辞富膏腴"的成分用于写作实践。但这只不过是附带论及，《正纬》篇的主旨，则是告诉读者：纬书不是其所"宗"之"经"，"宗经"时是不能将纬书混同其间的。

然后是历来"诗骚并称"的《楚辞》。《楚辞》与五经的关系不像纬书那样密切，但它作为纯文学作品却有很高的成就，曾受到淮南王刘安（前179—前122）、汉宣帝刘询（前91—前48）及扬雄（前53—18）、王逸（东汉中期人，生卒不详）等人的高度评价，认为其"依经立义""体同诗雅"，"与日月争光可也"。其中的《离骚》又曾被称为《离骚经》，刘安还曾为其作《传》。那么，《楚辞》，特别是其中的《离骚》，是否应该属于所"宗"之"经"呢？刘勰认为亟有加以辨析的必要，为此而又作《辨骚》篇。他认为："（刘安等）四家举以方经，而孟坚谓不合传"，属于"褒贬任声，抑扬过实"。就是说，把《离骚》比拟为经书是褒扬过分；而说《离骚》全不合经传，则是贬、抑过当。通过对《楚辞》主要篇章和内容的辨析，他指出《楚辞》作品与经书有"四同""四异"，换言之，与经书相比，还是存在差距的，此即所谓"雅颂之博徒，辞赋之英杰"；其作者当然也并非圣人。这样辨析之后，包括《离骚》在内的《楚辞》作品，能否作为其所"宗"之"经"，答案就在不言之中了。清人纪昀（1723—1805）批语谓"词赋之源出于《骚》，浮艳之根亦滥觞于《骚》，辨字极为分明"①。正是有见于此。当然，《楚辞》作为《诗经》变异、发展的产物，刘勰对其成就是有足够评价的，但对其流弊也有充分的认识，所谓"楚艳汉侈，流弊不还"（《宗经》），就是他最基本的评断。与此同时，刘勰深知后世的文学创作已经不可能无视《楚辞》的存在，作者们也不可能不在某一方面受其影响；为了避免其"流弊"，尤其是担心后来作者因羡慕《楚辞》的"惊采绝艳"而忘记了宗经，他谆谆告诫作者们在写作时务必要"凭轼以倚雅颂，悬辔以驭楚篇，酌奇而不失其贞，玩华而不坠其实"②。研究者如果明确了《辨骚》与《宗经》之间的内在联系，就不致误认为刘勰对楚辞的总体评价高于五经，也不会误以为"《辨骚》是以二十一篇文体论的代表者的身份列入'文之枢纽'的"③了。至于刘勰对《离骚》及其他楚辞作品的评价与现代通行认识是否一致，则是另一回事，今人正不可因对楚辞的喜爱而去曲解刘勰的本意。

进行了这样一番"辨""正"，明确了纬书和楚辞非其所"宗"之"经"之后，刘勰觉得"宗经"的大旗才算真正牢固地树立起来了。所谓"文之枢纽，亦云极矣"，正反映出了他此时的喜悦和自信。

而这，就是刘勰要把"文之枢纽"写成五篇的内在缘由。其中不仅道、圣、经是三位一体的，道、圣、经、纬、骚也是五位相关的，缺其一则意义失于完备。其用心之良苦、立论之坚实，在古代文论中罕有其匹。

---

① ［梁］刘勰著，戚良德辑校：《文心雕龙》，上海：上海古籍出版社，2015年，第29页。

② "酌奇而不失其贞，玩华而不坠其实"二句乃分承上二句"凭轼以倚雅颂，悬辔以驭楚篇"而来，"奇""华"指的是"楚篇"，"贞""实"指的是"雅颂"。

③ 牟世金：《〈文心雕龙〉理论体系初探》，《雕龙集》，第168页。

四、《序志》所述与篇名用字之比较

为正确把握"文之枢纽"的准确内涵，有必要对《序志》篇"盖《文心》之作也，本乎道，师乎圣，体乎经，酌乎纬，变乎骚"与各篇标题中的用字——即"原""征""宗""正""辨"的异同进行对比研究。笔者认为，彼此两者尽管所指涉的为相同的篇章，但并非简单的变文避复，而是在不同语境中，由于立足点不同而进行的精心措置，因之也是存在程度不同的差异的。具体来说，就是：

《原道》之"原"，是推原，即把以五经为典范的文的根源推原到神秘的天道；"本乎道"之"本"，是说他的论文是以天道为本原的。

《征圣》之"征"，是征验，即揭示作为文章典范的五经都是出于圣人之手；"师乎圣"之"师"，是说他的论文是以圣人为师法的。

《宗经》之"宗"，是宗法，即倡言以圣人传道的五经作为为文的最高标准；"体乎经"之"体"，是说他的论文是以五经为体式的。

《正纬》之"正"，是辨正，即辨正纬书中存在"四伪"，虽曾"前代配经"，但并非其所"宗"；"酌乎纬"之"酌"，是酌取，即可以吸取纬书中有益于文章的成分。

《辨骚》之"辨"，是辨别，即辨析《楚辞》与五经的异同，指出其地位次于五经，也并非其所"宗"。"变乎骚"之"变"，是变通，即可以借鉴楚辞中文学发展的经验。

综合以观，《序志》中的用词，完全是从《文心雕龙》全书写作的需要或所把握的基本原则来措置的；而各篇的标题，则是暂时脱离了全书写作的需要，紧扣该篇的主要内容和五篇间的内在联系另行命名的。作者的立足点和所要表达的意思，其实存在着微妙的变化。相比之下，可以发现，前三篇对应的字眼，即"本"与"原"、"师"与"征"、"体"与"宗"之间，均为正相关关系；而后两篇对应的字眼，即"酌"与"正"、"变"与"辨"之间，则因所持的角度不同，存在着弃与取的差别，并非正相关关系。也正是因为这一点，笔者认为刘永济先生所说"五篇之中，前三篇揭示论文要旨，于义属正。后二篇抉择真伪同异，于义属负。负者箴贬时俗，是曰破他"①，尽管不无偏颇，但并非全无道理。尽管在我们看来，后二篇是正负兼具、有弃有取的，但与前两篇相比，角度及立意均有差别，则无疑义。因此，在阅读理解中，应当兼顾这两处表述的细微差别，以期全面把握刘勰的用意，而不宜把它们简单地等同起来。否则，就容易在理解刘勰的思想观点时出现偏差。例如，有人把《原道》之"原"与"本乎道"之"本"完全等同起来，而忽略了它与《宗经》之间的紧密联系，没有看出其事实上作为《宗经》铺垫的作用，以致于过分高抬了《原道》的地位，进而对所"原"究竟为何家之"道"产生种种疑窦，做出种种曲解，引发出种种论争；又如，有人对《辨骚》之"辨"的作用忽略不计，只注意了"变乎骚"的"变"字，认为刘勰此篇只是为了研究文学的发展或新变而作，而完全无视文中大段辨析文字的存在，进而忽略了刘勰对《离骚》评价的分寸感，甚至把"博徒"与"四异"之类贬词也强解作褒义，等等，都是由此引起的公案。对此笔者已有专文分别加以考辨②③，感兴趣者可以参看。

五、余论

四十多年前，徐复观先生曾感叹："今日肯以独立自主的精神，对一部书作深思熟玩、分析综合的人太少了。大家只随着风气转来

---

① 刘永济：《文心雕龙校释》，第 10 页。
② 魏伯河：《走出"自然之道"的误区——〈文心雕龙·原道〉读札》，《中国文论》第四辑，上海：上海古籍出版社，2017 年。
③ 魏然：《读〈文心雕龙·辨骚〉》，《枣庄师专学报》，1984 年第 1 期。

转去。百年来的风气，封闭了理解《文心雕龙》之路。"① 至于多年来大陆学界的《文心雕龙》研究，则不仅仅是学术跟风问题，而是所受到的学术之外的干扰因素更多，导致了许多简单问题的复杂化和复杂问题的简单化，对"文之枢纽"的把握尤其如此。笔者以为，摒除各种干扰和先入之见，对《文心雕龙》原著"深思熟玩"，根据"实事"来"求是"，切实进入原书的语境，并尽可能抵达作者的心境，弄清其构思、写作的思维脉络，从而在实现"平等对话"的基础上，正确揭示其本来意义，发现其当代价值，服务于当代文学理论体系的建设，才是龙学研究的正途。这样做，实在要比在原来习熟的道路上进行大量的重复劳动更有必要。

（原载《重庆三峡学院学报》2018 年第 3 期）

---

① 徐复观：《能否解开〈文心雕龙〉的死结？》，《中国文学论集》，北京：九州出版社，2014 年，第 364 页。

正本清源说"宗经"

——兼评周振甫先生的有关论述

"宗经"是刘勰贯穿《文心雕龙》全书的主要文学主张，也是他文学理论体系的核心，这是人所共知的事实。就思想价值而言，刘勰称儒家经典为"恒久之至道，不刊之鸿教"（《宗经》）；就艺术成就而论，他认为儒家经典是"精理为文，秀气成采"、"衔华而佩实"（《征圣》）的作文范本。合而论之，他认为儒家经典"义既极乎性情，辞亦匠于文理"（《宗经》）、"义固足经，辞亦足师"（《才略》），从思想到语言都是至高无上、白璧无瑕的。后代文学所以"由质及讹，弥近弥澹"（《通变》），正是由于"去圣久远"（《序志》）、"鲜克宗经"（《宗经》）造成的。因此，他以"矫讹反浅，还宗经诰"（《通变》）为己任，发愤而作《文心雕龙》。这些，都是刘勰的"夫子自道"。阅读古代文献，自应先看作者说了什么，然后看他说的对不对，进一步再考究他为什么这样说，在历史上发挥了怎样的作用，最后才是取其精华去其糟粕，为当今的社会现实服务。换言之，对古代文献，还是先以"我注六经"的认真态度读懂原文并加以阐释，然后才能进入"六经注我"的境界。但在上个世纪的《文心雕龙》研究中，笔者感到，许多研究者不是循着这样的理路，而是带了先入之见，以己意加诸古人，对古代文献作现代化解读，以致方枘圆凿，扞格难通。

周振甫（1911—2000）先生《文心雕龙注释》一书及其先后出版的《文心雕龙选译》《文心雕龙今译》，是影响颇大的龙学著作。笔者三十多年来屡经拜读，受益颇多。但在对刘勰"宗经"文学观的认识上，周先生的解说却至今仍难以令我首肯。近日重读，尤觉有认真加以辨析之必要。今先生已驾鹤西游，笔者无从领受其耳提面命，而不敢违孔子"当仁不让"之义，愿就与此相关的一系列问题略陈己见，并借以就教于方家。

一、儒家思想与文学创作

周先生力主刘勰所原之道为"道家之道"，不同意刘勰崇奉儒道的观点，他坚持认为：刘勰"不主张用儒家思想来写作，还认为依傍儒家思想是写不好作品的"[①]；"他论文而推重儒家，目的在挽救文风的流弊，并不要求用儒家思想来写作"[②]。其主要论据有二：一是刘勰并不认为只有圣人才能认识"道"；二是刘勰对西汉以后诸子和东汉文学评价不高。下面试看这些论据能否成立。

第一，关于圣人之道与诸子之道。

在《文心雕龙》中，"道"字在不同地方表示的是不同概念，这是应该首先明确的。例如：《原道》中的"道"是源于《易经》、神秘微妙的"天道"（或称"神道"）[③]；《宗经》中"恒久之至道"则指儒家圣人之道；而《明诗》中"正始明道，诗杂仙心"、《诸子》中"庄周述道以翱翔"等则指的是道家之道。此外，不少地方则是指一般所说的"道理"，不属专门术语。不明确这一点，把所有的"道"字都看作同一概念，就很容易误解刘勰的原意。

不错，刘勰在《诸子》篇里曾说："至鬻熊知道，而文王咨询；……及伯阳识礼，而仲尼访问""鬻唯文友，李实孔师"。但他是否把鬻熊（约前11世纪在世）、老子（约前571—471）看得高于文王（前

---

① 周振甫：《文心雕龙注释·前言》，北京：人民文学出版社，1981年，第27页。
② 周振甫：《文心雕龙今译·梁书刘勰传》，北京：中华书局，1986年，第2页。
③ 笔者不同意认为《原道》之"道"为"自然之道"的观点，另有《走出自然之道的误区》等文专门论述。

1152—前1056)、孔子（前551—前479），把鬻熊、老子之道看得高于或至少等同于儒家圣人之道了呢？并非如此。刘勰接着强调："圣贤并世，而经子异流"，即是说：鬻熊、老子这样的"贤"人尽管和儒家的"圣"人并世而生，但他们本身有着"圣"与"贤"之别，其著述亦有"经"与"子"之异。他们的"道"是否同等，不言而喻。可见，"李实孔师"之"师"，不过是"三人行，必有我师"之"师"，并非传道之师。这一点，后来唐代的韩愈（768—824）说得很明确："孔子师郯子、苌弘、师襄、老聃。郯子之徒，其贤不及孔子"①，孔子向他们学习，不过是因为"尺有所短寸有所长"而已。孔子正是因为能转益多师，广泛吸取，所以才成就其博大精深，远超侪辈。

再来看刘勰对于诸子的态度，也是很有区别的。总体而言，他认为诸子之书，"繁辞虽积，而本题易总，述道言治，枝条五经"，即程度不同地阐述了"道"，并成为五经的"枝条"即附庸。从这里可以看出他"宗经"而不完全排斥诸子，而是把诸子笼罩于五经之下。但是，他又明确地对诸子区分了高下与邪正："其纯粹者入矩，踳驳者出规"。像"《礼记·月令》，取乎《吕氏》之纪；三年问丧，写乎《荀子》之书"这样的内容，就被视为"纯粹"之类；而对《庄》《列》《淮南》诸书的许多内容，则视为"踳驳"之类。在衡鉴文辞时，他首先标举的也是"孟、荀所述，理懿而词雅"。由此可见，他对诸子中属于儒学体系的各家评价很高，反之则加以贬斥。他也主张向诸子学习，但这种学习远不是像"凭轼以倚雅颂"（《辨骚》）那样可以全盘接受并作为标准，而是要"弃邪而采正"，有分析辨别，吸取其合于儒道的部分，摒除其不合儒道的部分。由此看来，刘勰

---

① ［唐］韩愈：《师说》，马其昶校注、马茂元整理：《韩昌黎文集校注》，上海：上海古籍出版社，1986年，第44页。

主张学习诸子，与他的宗经主张并不矛盾，更不能成为他不主张用儒家思想写作的证据。

至于《论说》篇中刘勰所说"滞有者全系于形用，贵无者专守于寂寥，徒锐偏解，莫诣正理，动极神源，其般若之绝境乎"，也不能成为刘勰不主张用儒家思想写作的证据。因为裴頠的《崇有论》虽然接近于儒家，但并非就是圣人的经书，刘勰并没有把它直接看作儒家的理论。他批评"有无之争"的双方"徒锐偏解，莫诣正理"，都不如佛家的"般若之绝境"说得圆通，是就这场争论双方的思想方法而言的，与其崇奉的"道"并无直接关系，其目的用意当然不是要贬低儒道，推崇佛道，因而丝毫也没有影响到他的宗经。否则，刘勰所宗之经就不会是儒家的五经，而会是佛教的什么经典了。有的论者据此无限引申，甚至认为刘勰所尊奉的是佛道[①]，可谓失之毫厘谬以千里也。

第二，关于对西汉以后子书的评价。

刘勰在《诸子》篇说："自六国以前，去圣未远，故能越世高谈，自开户牖。两汉以后，体势浸弱，虽明乎坦途，而类多依采。"周先生对此解释道："先秦时代的诸子，自开门户，所以多创获；两汉以后，儒家定于一尊，著作多依傍儒家，弄得体势浸弱，不如先秦了。"[②]这样的解说固然与现代多种文学史的描述合拍，但是否符合刘勰的原意，是颇值得推敲的。

刘勰对战国诸子评价较高，指出他们具有"越世高谈，自开户牖"的特点，这是不错的。然而，刘勰认为他们所以能如此，是因为"去

① 代表性论文如马宏山：《〈文心雕龙〉之"道"辨——兼论刘勰的哲学思想》，原载《哲学研究》1979年第7期，后收入其论文集《文心雕龙散论》，乌鲁木齐：新疆人民出版社，1982年，第32—42页。

② 周振甫：《文心雕龙注释·前言》，第26页。

圣未远", 这和评价《离骚》成就时所说的"岂去圣之未远, 而楚人之多才乎"(《辨骚》) 是同样口吻。而两汉以后的子书之所以"体势浸弱", 其原因并非因为"明乎坦途", 而只是由于"类多依采", 这是通过原文的转折句式可以明显看出的。刘勰总结子书由盛而衰的原因说:"此远近之渐变也。"即后来的子书之所以成就不如先秦, 主要是离开圣人愈来愈远造成的。这怎么能成为"依傍儒家思想是写不出好作品的"的证据呢?

第三, 关于对东汉文学的评价。

刘勰对东汉文学的评价, 被周先生视为刘勰认为"依傍儒家思想是写不出好作品"的重要论据。实际上, 这里存在着更多的误解。

为论述方便以正本清源, 下面将《时序》篇有关论述分节录下, 结合谈谈笔者的理解。

自哀平陵替, 光武中兴, 深怀图谶, 颇略文华。然杜笃献诔以免刑, 班彪参奏以补令, 虽非旁求, 亦不遐弃。

这讲的是东汉之初, 最高统治者对文学不够重视, 对文学之士虽不排斥, 但决不刻意寻访。但这时的君主是"深怀图谶", 而并非怎样"崇爱儒术"的。我们知道, 刘勰曾写了《正纬》, 对图谶的内容, 是除了见于经书者外均予否认的。

及明章叠耀, 崇爱儒术, 肆礼璧堂, 讲文虎观; 孟坚珥笔于国史, 贾逵给札于瑞颂, 东平擅其懿文, 沛王振其通论, 帝则藩仪, 辉光相照矣。

这讲的是明、章二帝时文学。关于"肆礼璧堂, 讲文虎观", 《论说》中有云："至石渠论艺，白虎讲聚，述圣通经，论家之正体也"，是很推崇的。而"帝则藩仪，辉光相照"，更是高度赞美之词。在十分重视帝王提倡对文学发展的作用的刘勰看来，这简直是千载难逢的盛事，因而向往之情溢于言表。

> 自和安以下，迄至顺桓，则有班、傅、三崔、王、马、张、蔡，磊落鸿儒，才不时乏，而文章之选，存而不论。

周先生对此的解释是："受儒家思想影响的作家，就写不出好文章来了。"[①]"产生了不少大儒，但作品选不出来了。"[②]我认为这完全歪曲了刘勰的原意。

"存而不论"，按照通常的解释是"其理虽存而不加讨论"，如《庄子·齐物论》"六合之外，圣人存而不论"[③]，而决不是不值得讨论或无可论列之意。不知周先生何以对这样一条常见的成语产生误解。笔者认为，陆侃如（1903—1978）、牟世金（1928—1989）两先生把这句译作"其中文章做得好的，就不必一一列举了"[④]，才符合刘勰的原意。我们还应看到，刘勰在《时序》篇里"存而不论"的，在其他各篇都有论述。在同一部著作中，根据需要，对某些内容采取详略互见的方式处理，是很常见的写作技巧。周先生也承认："按《论赋》里提到'孟坚《两都》''张衡《二京》''延寿《灵光》'，《明诗》里提到傅毅，《诔碑》里提到蔡邕等，并不是'文章之选存而不论'的。"但他接着又说："这里可能是指'渐靡儒风'

---

① 周振甫：《文心雕龙注释·前言》，第 27 页。

② 周振甫：《文心雕龙注释》，第 491 页。

③ ［战国］庄周《庄子·齐物论》，［清］王先谦：《庄子集解》，北京：中华书局，1986 年，第 20 页。

④ 陆侃如、牟世金：《文心雕龙译注》下册，济南：齐鲁书社，1981 年，第 324 页。

的文章都'存而不论'。"① 这种揣测也是明显欠妥的。因为刘勰即使对王、马诸人注解儒经的著作，评价也是很高的。《论说》有云："王弼之解《易》，要约明畅，可为式矣"；《才略》篇又说："马融鸿儒，思洽识高，吐纳经范，华实相符"，能说是"存而不论"吗？我们尤其不应该忘记，刘勰在《序志》中明言"敷赞圣旨，莫若注经，而马郑诸儒，弘之已精，就有深解，未足立家"云云，可知正是这些"磊落鸿儒"的学术成就，才使得刘勰望而却步、转而论文的。

> 然中兴之后，群才稍改前辙，华实所附，斟酌经辞，盖历政讲聚，渐靡儒风者也。

这是对光武中兴直至顺、桓时期东汉文学总的评价。不难看出，所谓"稍改前辙"，是说改变了西汉文学"祖述《楚辞》"、偏于侈艳的文风，而形成了"华实所附，斟酌经辞"的特点。这样的变化好不好呢？无论后人看法如何，但在刘勰看来，显然是好的，因为这才符合他的"宗经"主张。须知所谓"华实所附"，与刘勰在《征圣》篇里所标示的文章最高标准"衔华而佩实"同义。在这里，刘勰决非贬斥"渐靡儒风"，是再明白不过的。

那么，刘勰对东汉文学是否全无贬词呢？并非如此。对灵帝以降的文风变化，刘勰就人为不满。请看：

> 降及灵帝，时好辞制，造羲皇之书，开鸿都之赋，而乐松之徒，招集浅陋，故杨赐号为驩兜，蔡邕比之俳优。其余风遗文，盖蔑如也。

---

① 周振甫：《文心雕龙选译》，北京：中华书局，1980年，第275页。

这时才是文风大坏。值得注意的是，刘勰说得明明白白：这时所以"余风遗文，盖蔑如也"，并非因为"渐靡儒风""崇爱儒术"，而是由于"时好辞制"！

综上所述，刘勰对东汉文学的评论，决非像周先生所说的那样，以为"渐靡儒风就写不出好作品来"，而是恰恰相反，在他看来，只有"渐靡儒风"才能写出"华实相符，斟酌经辞"的好作品来。

刘勰认为宗经、崇儒对文学的发展有益无害，还可以从他对西汉文学的评论得到证明。这一点，周先生既已承认（尽管有附加条件），为省篇幅，可以"存而不论"。

此外，笔者觉得还应对《杂文》篇中刘勰对崔瑗《七厉》的评价给予相当程度的注意。刘勰说："崔瑗《七厉》，植义纯正"，"唯《七厉》叙贤，归以儒道，虽文非拔群，而意实卓尔矣。"可见，刘勰对于能够"归以儒道"的作品，即便"文非拔群"，也是甚为称赞的。尽管与后世"文以载道"说犹有不同，刘勰并不要求文章都必须去阐发儒家教义，但他"宗经"、崇儒的倾向是何等强烈，于此可见一斑。①

这样看来，周先生的论据是很不可靠的，因而他所说的"刘勰不主张用儒家思想来写作，还认为依傍儒家思想是写不好作品的"的论断，是不符合《文心雕龙》实际，因而也是不能成立的。

二、经书语言与骈文语言

周先生认为：刘勰宗经，也不是要求用经书的语言来写作，因

---

① 刘勰宗经、崇儒的虔诚，乃至令后来一些自认为"醇儒"的文人不无醋意。如清人李家瑞（1765—1845）就说："刘彦和著《文心雕龙》，可谓殚心淬虑，实能道出文人甘苦疾徐之故；谓有益于词章则可，谓有益于经训则未能也。乃自述所梦，以为曾执丹漆礼器于孔子随行，此服虔、郑康成辈之所思，于彦和无与也。况其熟精梵夹，与如来释迦随行则可，何为其梦我孔子哉？"（《停云阁诗话》卷一，咸丰五年刻本）在李氏看来，寄居佛寺的刘勰是没有资格梦见孔子，大力宣扬宗经、崇儒的。

为"他讲的写作是讲究辞藻、对偶、声律的骈文，不是讲经书的比较朴实的长短错落的古文。""他的宗经，正像《征圣》《宗经》里讲的，主要是隐显详略的修辞手法，是讲六义，内容的情深、事信、义直，风格的风清体约，文辞的文丽，要写出有内容、有文采的文章来。"①此论看似面面俱到，颇有道理，实际上也存在着不少的问题。

首先，在刘勰的论述中，骈文语言与经书语言是否彼此对立、互不相容？

我们知道，当刘勰之世，骈俪文学盛行，语言形式已与经书有了很大不同。刘勰对骈俪文学的形式也是十分欣赏的，所不满的只是当时作品缺乏正确而充实的思想内容及其形式上的某些过分之处。《文心雕龙》中专设《丽辞》《章句》《声律》《事类》等篇，正是研究如何使骈文形式更趋华美和完善的。那么，刘勰是否因此而反对或排斥经书那种"比较朴实的长短错落的古文"呢？并非如此。在这一点上，刘勰可谓相当高明。他用"通变"的观点来看待这种语言形式的发展演变，把"讲究辞藻、对偶、声律的骈文"看作是经书语言的合乎规律的发展，既没有因为"宗经"而反对当时的骈文语言形式，也没有因为赞成当时骈文的语言形式而稍微动摇其向经书语言学习的主张。他看到了这两种看似对立的语言形式之间的继承关系，认为骈文的主要特点无一不是肇自经书。如《声律》篇中推许"诗人综韵，率多清切"；《章句》篇里把四六句式追溯到《诗·颂》；《丽辞》篇则把经书中的偶句作为"自然成对"的范例；《事类》篇更以为"明理引乎成词，征义举乎人事，乃圣贤之鸿谟，经籍之通矩也"。可见在他看来，"宗经"与骈文写作绝不矛盾，恰恰相反，经书语言为骈文语言存在的合理性提供了最权威的证据，所以写作骈文也应以经书为"文章奥府"，"秉经以制式，

① 周振甫：《文心雕龙注释·前言》，第 28 页。

酌雅以富言"。① 尽管在我们今天看来，有些说法未免牵强或过度，但在刘勰《文心雕龙》的语意中，却认为是理所当然、不容置疑的。

正是基于这样的认识，刘勰在全书对经书语言发出了许多由衷的赞美。《征圣》篇云："圣文之雅丽，固衔华而配实者也"；《宗经》篇甚至称道《礼记》"采掇片言，莫非宝也"，赞扬"《春秋》辨理，一字见义；五石六鹢，以详略成文；雉门两观，以先后显旨"；《物色》篇称颂《诗经》"灼灼状桃花之鲜，依依尽杨柳之貌，杲杲为日出之容，漉漉拟雨雪之状，喈喈逐黄鸟之声，喓喓学草虫之韵；皎日彗星，一言穷理；参差沃若，两字穷形。并以少总多，情貌无遗矣。虽复思经千载，将何易夺！"如此等等，评价何等之高！可以说，刘勰宗经的目的之一，就是为了学习经书的语言艺术，为当时的骈文写作服务。他反复强调："征之周孔，则文有师矣"（《征圣》）；"若征圣立言，则文其庶矣"（《宗经》）。这里面难道有丝毫排斥或贬低经书语言的意味吗？

其次，所谓语言，是否只指句式的长短错落或骈俪对偶？

从前面引述的周先生的话中还可以看出，他之所谓"语言"乃是一个含义极为狭窄的概念，所指的仅仅是句式的长短错落或骈俪对偶。而我们知道，文学理论中"语言"的含义要远比周先生所说的要丰富得多，绝非仅指句式。修辞手法固然是语言艺术的重要内容，"风清、体约、文丽"等也不能和语言艺术分开来谈。而这些

① 刘勰的这种观点，后世亦不乏支持者。清人平步青（1832—1896）《霞外捃屑》卷七"骈语本于诗书"条云："李文公翱《答朱载言书》：诗曰：'忧心悄悄，愠于群小'，此非对也；又曰：'觏闵既多，受侮不少'，此非不对也。皮日休《松陵集叙》：'逮及吾唐开元之世，易其体为律焉，始切于俪偶，拘于声势。诗云"觏闵既多，受侮不少"，其对也工矣；《尧典》曰"声依永，律和声"，其为律也甚矣。'吴山尊纂《八家四六叙》云'旸谷、幽都之名，古史工于属对；觏闵、受侮之句，葩经已有俪言'，即本二文。《结邻集》卷五《陈少游与徐仲光》：尝读'咸有一德'，于'克绥先王之禄，永底烝民之生'等语，悟四六所从起。"上海：上海古籍出版社，1982年，第557页。

方面，正是经书语言和骈文语言可以共通的东西。更何况，刘勰当时所论的文体中有一半并非有韵的骈文（《史传》至《书记》）呢！如果认为刘勰排斥经书的语言，那么，为什么"宗经"就可以写出"有内容有文采的文章来"，所谓"文采"，不正是由语言体现出来的么？

最后需要指出的是，把古文语言与骈文语言完全对立起来，是唐以后古文家的观点[①]。我们固然要肯定古文家这种观点在文学史上所起的积极作用，也要看到这种观点的片面性。周先生正是由于有意无意地把这种后代的观点强加于刘勰，所以才无法正面《文心雕龙》的文本实际，做出了有违刘勰本意的判断，以致无法自圆其说。

三、宗经与"通变"

刘勰力主"宗经"，又倡言"通变"，二者之间的关系是怎样的？

周先生说："《宗经》还有更深刻的含义，是有关于创作的用意的。……他的宗经，是文学理论上的革新。"又说："宗经是借复古以为革新，也不放弃取法古人，而主要还在革新。"[②]笔者认为，说"《宗经》……有关于创作的用意"自然是不错的，否则何必要写《文心雕龙》？但周先生把"宗经"说成"借复古以为革新"，事实上在"宗经"与"革新"之间划了等号，则未必妥当。

为了正确阐述刘勰文学观中宗经与通变的关系，有必要先探讨一下刘勰关于文学发展的基本观点。

《通变》篇说："榷而论之，则黄唐淳而质，虞夏质而辨，商

---

① 实际上，唐宋古文家也未能在作品中完全排除骈语。清人平步青《霞外捃屑》卷七有"韩欧文骈语"条，节录于此备参："《好云楼初集》卷八十二'杂识'之二云：'昌黎《与崔群书》"凤凰芝草，贤愚皆以为美瑞；青天白日，奴隶亦知其清明"，于散文用骈语。'庸（指平步青——笔者注）按：《居士集》卷四十四《思颖诗后序》末云：'不类俛飞之鸟，然后知逃；唯恐勒移之灵，却问俗驾云尔'，亦骈语也。"上海古籍出版社，1982年，第460页。

② 周振甫：《文心雕龙注释》，第336页。

周丽而雅，楚汉侈而艳，魏晋浅而绮，宋初讹而新。由质及讹，弥近弥澹。"这是刘勰对文学发展史最为概括的叙述。很清楚，对偏于质朴的黄唐虞夏之文，刘勰并不怎样崇拜，但他把它们看做到达商周丽雅之文的必经阶段；对楚汉至宋初的由"侈艳"发展到"讹新"的文学，刘勰也都程度不同地表示了不满，尤其对于近代文学的弊端更是深恶痛绝，这并且成为他写作《文心雕龙》的主要动机之一。他认为最理想的是以经书为代表的商周之文，这是中国文学发展的顶峰。在此之前，文学走的是上坡路，在此之后，则逐步走的是下坡路了。如果参照《时序》篇比较详细的论述，可以进一步看到，刘勰尽管承认商周之后文学发展中又出现过几个高峰，如战国文学、西汉文学、东汉中期文学、建安文学、西晋文学等，但却认为无论任何时代在总的成就上都未能超越商周。所谓"皇齐御宝，……跨周轹汉"云云，一望而知并非落实之论，而系虚美之词。他的文学发展史观中这种"商周文学顶峰论"，源于其经学思维，他把"宗经"作为自己的主要文学主张，处处依经立义，甚至认为"百家腾跃，终入（五经）环内"，商周文学既前无古人，又后无来者，自然成为他所仰望的"顶峰"了。

不过，刘勰却并没有因此而成为一个复古主义者。他主张"宗经"，并不是鼓吹文学要"回到商周去"，而是为现时的文学创作服务，他对骈文写作的研究和实践就是最好的证明。之所以能够如此，是他文学发展史观中的"通变"论发挥了重要作用。他认识到"时运交移，质文代变""歌谣文理，与世推移"（《时序》）是文学发展的客观规律，因而倡言"通变"，避免了泥古。

周先生对刘勰的"通变"给予了高度重视，这是完全应该的。但在对"通变"的理解上，则有违于刘勰的本意。周先生屡屡征引萧子显（489—537）《南齐书·文学传论》中"文无新变不能代雄"

的话来解释"通变"，在二者之间画了等号，这本身就很不妥当，因为刘勰的"通变"与萧子显的"新变"，并非相同的文学主张。萧的所谓"新变"，偏重于文学形式上的花样翻新、争奇斗巧，而刘勰的"通变"，则是偏重于内容方面的继承与革新统一。在对"通变"概念的理解上，笔者感到周先生似乎把这一联合结构看成了偏正结构，过分强调了"变"而忽略了"通"，以致难以自圆其说。

我认为，刘勰的"通变"论中，"通"与"变"是并列的。但因为"通变"乃针对当时文学弊端（按：这种文学弊端，在刘勰看来，部分地正是"新变"的产物）而发，所以又有所侧重，不过却不是侧重于"变"上，而是偏重在"通"上。"通"就继承言，具体说来，主要是要求"通"向圣人的经典。这就是说，"通"与"宗经"的"宗"在意义上相近。只有在"通"的基础上求"变"，才不会有流弊。这一点，刘勰说得很明白："故练青濯绛，必归蓝蒨；矫讹翻浅，还宗经诰；斯斟酌乎质文之间，隐括乎雅俗之际，可与言通变矣。"反之，如果"竞今疏古"，只"变"不"通"，就会导致"风末气衰""弥近弥澹"（《通变》）。

刘勰的"通变"以"通"为主，还可以从《通变》篇中所举"夸张声貌"的例子得到有力的证明。他写道：

> 枚乘《七发》云："通望兮东海，虹洞兮苍天。"相如《上林》云："视之无端，察之无涯，日出东沼，月生西陂。"马融《广成》云："天地虹洞，固无端涯，大明出东，月生西陂。"扬雄《校猎》云："出入日月，天与地沓。"张衡《西京》云："日月于是乎出入，象扶桑于蒙汜。"此并广寓极状，而五家如一。诸如此类，莫不相循。参伍因革，通变之数也。

　　请看，这就是刘勰的"通变之数"：真是所谓"循环相因，虽轩翥出辙，而终入笼内"（《通变》）！在我们今天看来，这样的承袭当然不值得提倡，但刘勰举以为例，却是与他偏重在"通"的"通变"论是一致的。周先生认为："刘勰的论通变是对的"，"用辞意相袭的例子来说明通变，来矫讹翻浅，是不够正确的"。①这未免让人无语了。对文本的解释与对文本的评判应该是两码事，不容混为一谈。论者自己未能正确地理解"通变"的内涵，而是以片面的理解来看待刘勰的论点与论据，弄得无法自圆其说，怎么好反过来指责刘勰的错误呢？刘勰"通变"论中"循环相因"的思想固然不足为训，但这样批评刘勰，显然也是"不够正确"的。

　　当然，刘勰的"通变"论偏重于"通"，并非把"变"置于无足轻重的地位。他认为，"文律运周，日新其业，变则其久，通则不乏"（《通变》），强调在"参古定法"的同时"望今制奇"，二者不可偏废。强调"通"使他避免了对文学遗产的虚无主义态度，而重视"变"又使他与复古主义者划清了界限。由此可以看出"同之与异，不屑古今，擘肌分理，唯务折衷"的辩证思想对他的探究"文心"所起到的巨大作用。

　　据笔者理解，刘勰对"宗经"与"通变"的关系总体上是这样认识的：文学既要"宗经"，也要"通变"，但二者又是统帅与被统帅的关系：所谓革新求变，是在"宗经"指导下的革新，在"宗经"基础上的求变。这种"变"是有限度的，万"变"不得离其"宗"。因此，"宗经"并不直接等同于文学理论上的革新，也不是做表面文章，自然也不像有的论者所说的"这是他托古改制的一种诡计"②。

---

　　① 周振甫：《文心雕龙注释》，第 338 页。
　　② 梁绳祎：《文学批评家刘彦和评传》，转引自罗根泽：《中国文学批评史》第一册，北京：中华书局，1961 年，第 214 页。

从思想上到语言上都要以儒家经典为"宗"为"祖"(《宗经》:"群言之祖"),这在刘勰完全是出于本心,绝非矫饰。这样的主张,固然在某种程度上如周先生所说"反映了统治者的要求,是为封建皇权服务的",但却不是为了满足统治者的要求而故弄狡狯,曲意逢迎。这一点,也极有指出的必要。

四、刘勰对儒家经典的"曲解"

刘勰从思想上、语言上都主张"宗经",这还只是刘勰"宗经"主张的一面。我们今天来研究刘勰的"宗经",仅看到这一面(尽管是主要的)还是不够的。这里谈谈笔者对刘勰"宗经"主张另一面的初步认识,供研究者参考。

用历史唯物主义的观点来考察一下刘勰的"宗经",就会看到,尽管他把儒家经典吹捧得那样至高无上,但却没有、事实上也不可能全盘接受经书中的一切。这原因不是别的,就因为刘勰是六朝人,他所处的六朝社会已不同于商周社会,所以无论刘勰是否承认,他实际上还是、也只能是用六朝人的眼光来看待儒家经典的。可以说,正像"法国人依照他们自己艺术的需要来理解希腊人"[①]一样,他的宗经也是建立在对儒家经典的某种"曲解"之上的。他对儒家经书虽然倍加推崇,实际上采取的却是实用主义态度,取其所需,为其所用。他痛感当时文士之"有文无质","不达于政事"(《程器》),所以特别强调儒家经典中有关经世致用的学说;他针对当时过分讲究形式而忽视内容的文弊,反复强调儒家文论有关政教功能的论述。至于语言上,他有取于经书的,实际上也是有助于当时写作需要的部分,即与骈俪文学形式可以沟通、可资借鉴的部分,而并非主张

---

① [德]马克思:《致斐·拉萨尔》,《马克思 恩格斯 列宁 斯大林论文艺》,北京:人民文学出版社,1980年,第108页。

不加分别地照搬照抄、机械模仿。由于他对经书事实上采取的这种实用主义态度，所以全书中依经立义时不乏断章取义和牵强附会之处。例如他把各种文体都追溯到圣人的经书，把骈文的各种特点都说成源于经书，就是与文学发展的实际状况颇有出入的。不过，这并不说明他对圣人和儒家经典不虔诚，而只是说明他无法超越时代的局限，在他的思想上和文论里不可避免地要打上时代的烙印。

马克思（1818—1883）认为："被曲解了的形式正好是普遍的形式，并且在社会发展的一定阶段上是适于普遍应用的形式"①。儒家经书的思想和语言，也正是这样经过刘勰的"曲解"，成为六朝这个"社会发展的一定阶段上"比较"普遍应用的形式"。尽管由于当时政治、经济等各种社会的原因，此书未能从根本上扭转当时忽视内容的文弊，但却以此为核心构成了他体大思精的文学理论体系，使中国文学理论的发展达到了一个新的阶段。所以，我们说刘勰虽然力主宗经，但《文心雕龙》从思想到语言都是只有六朝人才能具有、才能说出的。对儒家经典的这种"曲解"，也正是刘勰宗经而没有落入复古泥坑的又一重要原因所在。

我认为，这样看待刘勰的"宗经"，才是比较全面的。

五、刘勰宗经的得与失

在全面揭示刘勰"宗经"主张的内涵之后，我们就可以进而评价其利弊得失了。

大致说来，笔者认为刘勰的"宗经"在当时有如下积极意义：

第一，重视文学的社会作用和社会效果，有救治当时文弊的作用。刘勰不反对骈俪文学的形式，但痛感其缺乏正确（当然是按他

---

① ［德］马克思：《致斐·拉萨尔》，《马克思 恩格斯 列宁 斯大林论文艺》，第109页。

的标准）而充实的内容，因而社会作用不大，社会效果不佳。为了救治此种弊端，他提出"宗经"来，用主张经世致用、重视政教功能的儒家学说作为灵丹妙药，事实上这也是当时他所能找到的最有力的思想武器。尽管这方面并未收到多少实际的效果，但其用意及其所做的努力却代表了进步的文学思潮，具有积极的意义，应当予以肯定。

第二，重视对文学遗产的研究和继承。他与萧纲（503—551）、萧子显等片面强调"新变"的人不同，把革新求变建立在了继承前人文化遗产（尤其是儒家经典）的基础之上。儒家经书虽然未必像刘勰推崇的那样至善至美，但无论就思想价值还是文学价值来说，都是应予批判继承的珍贵文化遗产，则是毫无疑问的。刘勰在强调"宗经"的同时还重视"通变"，又与片面强调复古的裴子野（469—530）等人不同，比起他们来要通达得多，从而避免了泥古不化。总的来看，在继承与革新问题上，刘勰持论比较公允，今天看来也比较正确。

第三，刘勰从经书中总结出了为文之"六义"："一则情深而不诡，二则风清而不杂，三则事信而不诞，四则义直而不回，五则体约而不芜，六则文丽而不淫"（《宗经》）。其中情深、事信、义直主要就内容言，风清、体约、文丽主要就形式言，基本思想就是要求写出内容与形式统一的好文章来。此说尽管不免以经书之是非为是非，但却具有广泛的理论意义。既不同于为道而牺牲文的理学家文论，又可避免使文学走上为艺术而艺术的死胡同。可知文质兼美，才是刘勰根本的文学追求。而这样的追求，永远不会过时。

同时，宗经也给刘勰的文论带来了严重的局限。这主要表现在以下几个方面：

　　首先，为了突出儒家经书至高无上的地位，把它说成了是神秘的"天道"（或称"神道"）在人间的具现，在某种程度上神化了经书，并使他的文论的某些组成部分（如文学起源论）表现出一定程度的神秘色彩，使后人解读起来不无繁难。当然，这并非他整个文论的重点，因为无论是在三位一体的道—圣—经中，还是在五位一体的"文之枢纽"里，《宗经》都是核心，其余各篇都是从不同方面为《宗经》服务的。[①]

　　其次，由于把经书为代表的商周文学视为尽善尽美的标本，因而形成了他文学发展史观中的"顶峰论"和"循环论"。这种"顶峰论"，使得他对经书不加分析地一味吹捧，甚至断言"采掇片言，莫非宝也"，犹如今人所谓"句句是真理"；同时使得他不能正确地认识文学发展的趋势，以为后世文学都不如商周。这种"循环论"又使他得出"百家腾跃，终入（五经）环内"的错误结论，大大地限制了他对文学发展客观规律的认识。

　　最后，"宗经"思想使刘勰在文学批评中处处以儒经之是非为是非，凡是合于经书的都给予激赏，否则就程度不同地给以贬抑，因而对不少作家作品的评论出现偏颇甚至失误，特别是使他不能正确地认识浪漫主义创作方法的重要作用。不少论者看到刘勰《辨骚》篇里对《离骚》等楚辞作品的赞词，便以为刘勰是和刘安一样把楚辞"举以方经"，其实是出于误读。笔者对此早有专文辨正[②]，此处可以"存而不论"。

---

　　① 笔者认为，刘勰《文心雕龙》的构思过程是：为了"矫讹翻浅"而"还宗经诰"（《通变》），所以打出了"宗经"的大旗。为了抬高经书的地位，才向上"征圣"进而"原道"；同样是为了保持其"宗经"主张的纯粹性，至少不被误读或曲解，才向下"正纬"继而"辨骚"。所以，《原道》篇并非开宗明义，《辨骚》篇也不会是作为文体论的代表进入"文之枢纽"的。

　　② 魏然：《读〈文心雕龙·辨骚〉》，《枣庄师专学报》，1984年第1期。

深入研究刘勰"宗经"的文学主张，揭示其内蕴，评价其得失，不仅对于研究《文心雕龙》的整个理论体系有重要作用，而且对于我们今天如何处理文学理论中政治与艺术、内容与形式、继承与创新等一系列根本问题，都是有益的借鉴。周先生对此用力甚勤，而仍不免于有失误的原因，在于往往以今人的观念和自己的好恶曲解刘勰的原意，一不小心就把自己的想法当成了刘勰的观点，结果是本想予读者以有益的指导，却无意中把读者引向了歧途。这应该是一个不小的教训。

六、余论

周勋初（1929—）先生有感于新世纪以来"龙学"由盛转衰的现实，针对一些人以为"《文心雕龙》这块阵地已经开发殆尽，后人再难措手"和以为前辈学者"犹如泰山北斗，后人无法企及"的思想，提出："那些前辈学者学问固然好，但都有其不足，并非无懈可击。若从他们的局限中寻找原因，似乎也可看到其间还有很多道路可走。"他还认为："研究刘勰的《文心雕龙》，要有一个总体的把握。历史上出现的一个个伟大人物，犹如历史长河中闪耀的一个个明星，我们就应为他们正确定位，不能拿后人的信仰或基本价值观粘附到他们身上。所谓内容决定形式，唯物主义优于唯心主义，寒族胜于士族等说，也是同样的问题；这些理论先入为主，再去观察刘勰的学说，无意之间，也就导致以古为今，把古人的理论现代化了。"[1] 此说具有指点迷津之功。上个世纪是儒学史上空前的低迷期，而许多"龙学"论著产生于儒学被粗暴践踏的时代背景之下，研究者谈儒色变，小心翼翼，生怕误踏雷区，以致影响到对

---

[1] 周勋初：《寻根究柢，务实求真——〈文心雕龙〉研究感言》，《古典文学知识》，2012 年第 6 期。

《文心雕龙》的正确解读，不能或不愿、不敢正视刘勰"宗经"崇儒的事实。返璞归真，正本清源，准确释读刘勰的原文，仍是"龙学"研究的重要任务。

（1985 年初稿，2015 年改定，原载《中国文论》第三辑，上海古籍出版社，2016）

读《文心雕龙·辨骚》

《辨骚》是《文心雕龙》的第五篇，也是《文心雕龙》研究中争议颇多的一篇。争议的问题主要有：1.刘勰"辨骚"的目的用意；2.刘勰是否"扬诗抑骚"；3.本篇的归属——文体论还是总论，等等。笔者最近研读此篇，浅见有异于各家之说，兹分述如下：

一、刘勰何以要"辨骚"？

关于刘勰"辨骚"的目的用意，研究者意见不一，管见所及，有如下几种说法：

清人纪昀（1724—1805）评曰：

> 词赋之源出于骚，浮艳之根亦滥觞于骚，"辨"字极为分明。[①]

刘永济（1887—1966）先生发挥此义，认为：

> 《辨骚》者，《骚》辞接轨《风》《雅》，追迹经典，则亦帅圣宗经之文也。然而后世浮诡之作，常依托之矣。浮诡足以违道，故必严辨其同异；同异辨，则屈赋之长与后世文家之短，不难自明。[②]

---

① ［梁］刘勰著，戚良德辑校：《文心雕龙》，上海：上海古籍出版社，2015年，第29页。

② 刘永济：《文心雕龙校释》，北京：中华书局，1962年，第10页。

这是第一种观点以为：辨者，辨同异也，明屈赋之长与后世文家之短也。

周振甫（1911—2000）先生则认为：

> 《辨骚》，表面上看是辨别《楚辞》哪些合乎经书，哪些不合；实际上如《序志》说的"变乎骚"，从《楚辞》中研究文学的变化的。表面上是宗经，实际上是求变，即研究从《诗经》到《楚辞》的变化。①

这是第二种观点，以为：辨者，变也，研究文学的发展变化也。

陆侃如（1903—1978）、牟世金（1928—1989）二位先生对此的看法是：

> 所谓"辨"，首先是过去评论家对《楚辞》有不同评价，应该辨其是非；更重要的是《楚辞》的主要作品《离骚》是否符合儒家经典，需要辨其异同；再就是《楚辞》中屈、宋以后的作品，成就不一，需要辨其高下。②

笔者所见材料有限，或别有高论，未能领教。但认为以上三说，虽各有一定道理，但并未能得刘勰之用心。"辨同异"说嫌未得要领，"变化"说略涉牵强，最后一种说法看似周密全面，实际也未中肯綮。

那么，刘勰究竟为什么要"辨骚"？

"将核其论，必征言焉"，答案即在本篇之中。

我们知道，刘勰在对《离骚》等楚辞作品作具体分析研究之前，

---

① 周振甫：《文心雕龙今译》，北京：中华书局，1986年，第39页。

② 陆侃如，牟世金：《文心雕龙译注》，济南：齐鲁书社，1981年，第42页。

先以大段篇幅综述了前人的评论。他写道：

> 昔汉武爱《骚》，而淮南作《传》，以为"《国风》好色而不淫，《小雅》怨诽而不乱，若《离骚》者，可谓兼之；蝉蜕秽浊之中，浮游尘埃之外，皭然涅而不缁，虽与日月争光可也。"班固以为："露才扬己，忿怼沉江，羿、浇、二姚，与《左氏》不合，昆仑、悬圃，非经义所载。然其文丽雅，为词赋之宗，虽非明哲，可谓妙才。"王逸以为："诗人提耳，屈原婉顺。《离骚》之文，依经立义：驷虬乘鹥，则时乘六龙；昆仑、流沙，则《禹贡》敷土。名儒辞赋，莫不拟其仪表，所谓金相玉质，百世无匹者也。"及汉宣嗟叹，以为皆合经术；扬雄讽咏，以为体同《诗·雅》。四家举以方经，而孟坚谓不合传，褒贬任声，抑扬过实，可谓鉴而弗精，玩而未核者也。①

刘勰的前人对《离骚》的这些评论，有褒有贬，但以褒者居多。并且不是一般的褒扬，而是"举以方经"②。认为兼有《风》《雅》之美，和儒家经典一样"与日月争光可也"。并且还作了《离骚传》（刘安）、《离骚章句》（王逸）之类的作品，使《离骚》事实上一度与五 经享受了同等待遇。尊《骚》为"经"，从汉代到刘勰之世，为时既久，约定俗成，使得刘勰在后义也不得不随俗而有"骚经"之称。

---

① ［梁］刘勰著，周振甫注：《文心雕龙注释》，北京：人民文学出版社，1983年，第35页。

② "举以方经"的"方"字，各家注释均释为"比"。"方"有"比"意，但是"比拟（作经书）"而非"（与经书）比较"。张长青、张会恩《文心雕龙诠释》把"方"理解作"比较"，并据此云"刘勰与'四家'一样'举以方经'"，是所谓谬以毫厘，失之千里也。长沙：湖南人民出版社，1982年，第44页。

什么叫作"经"呢？刘勰认为："三极彝训，其书言经。经也者，恒久之至道，不刊之鸿教也。故象天地、效鬼神、参物序、制人纪，洞性灵之奥区，极文章之骨髓者也。"（《宗经》）正因为在他看来，经书是这样的伟大，所以他才把宗经作为自己文艺理论的核心。《离骚》既然被前人推许到和儒家经典同样的崇高地位，并有"骚经"之称，按理说，也要看作应"宗"之"经"才对；而按照王充（27—约 97）"圣人作其经，贤者造其传"①的说法，作《离骚》的屈原（前 340—前 278）也应看作圣人，亦在应"征"之列。然而正是在这一点上，刘勰期期以为不可，挺身起而"辨"之。明人吴讷（1372—1457）《文章辨体叙说》云："大抵辨须有不得已而辨之意"②，刘勰"辨骚"的心情正是如此。

他认为，《离骚》等楚辞作品和经书是有相同之处的：

> 故其陈尧舜之耿介、称汤武之祗敬，典诰之体也；讥桀纣之猖披、伤羿浇之颠陨，规讽之旨也；虬龙以喻君子、云蜺以譬谗邪，比兴之义也；每一顾而掩涕、叹君门之九重，忠怨之辞也：观兹四事，同于者也。③

但是，他接着指出，《离骚》等与经书有如下不同之处：

> 至于托云龙、说迂怪，丰隆求宓妃，鸩鸟媒娀女，诡异之辞也；康回倾地、夷羿弹日，木夫九首，土伯三目，谲怪之谈也；

---

① ［汉］王充著，黄晖校释：《论衡校释》，北京：中华书局，2018 年，第 1010 页。

② ［明］吴讷，徐师曾：《文章辨体序说 文体明辨序说》，北京：人民文学出版社，1982 年，第 44 页。

③ ［梁］刘勰著，周振甫注：《文心雕龙注释》，第 35—36 页。

依彭咸之遗则，从子胥以自适，狷狭之志也；士女杂坐，乱而不分，指以为乐，娱酒不废，沉湎日夜，举以为欢，荒淫之意也：摘此四事，异乎经典者也。[①]

"诡异之辞"显然不符合刘勰在《征圣》《风骨》及《序志》中多次征引的《周书》的"辞尚体要，弗惟好异"的经义；"谲怪之谈"更与"子不语怪力乱神"大相径庭；"狷狭之志"有违"明哲保身""温柔敦厚"的诗教；"荒淫之意"当然更超越了"乐而不淫"的藩篱。

刘勰经过这样一番认真的分析比较，辨明了《离骚》等楚辞作品的地位：

> 固知楚辞者，体慢于三代，而风雅于战国，乃雅颂之博徒，而词赋之英杰也。[②]

即是说，《离骚》等楚辞作品比之经书，只是"博徒"，而绝非同列。在他看来，五经的伟大，远非《离骚》等楚辞作品所能企及。《宗经》篇云："故论说辞序，则《易》统其首；诏策章奏，则《书》发其源；赋颂歌赞，则《诗》立其本；铭诔箴祝，则《礼》总其端；记传盟檄，则《春秋》为根：并穷高以树表，极远以启疆，所以百家腾跃，终入环内者也。"在刘勰眼中，《离骚》等楚辞作品当然只是"百家"之一，无论如何"腾跃"，也不会出乎五经"环内"的。当然，他承认《楚辞》是"词赋之英杰"[③]，但他认为这是作

---

① ［梁］刘勰著，周振甫注：《文心雕龙注释》，第36页。
② ［梁］刘勰著，周振甫注：《文心雕龙注释》，第36页。
③ 这顶桂冠，刘勰不仅送给屈原一人。在《诠赋》篇中，他历数荀况、宋玉、枚乘、司马相如、贾谊、王褒、班固、张衡、扬雄、王延寿十位作者，云："凡此十家，并辞赋之英杰也。"

者屈原等人"去圣未远"能"取熔经义"的结果，和"圣人作其经"是不能相提并论的。这样一番辨别之后，《离骚》等楚辞作品就被他从与"经"相等的地位上拉下来了。

比较一下刘勰与班固（32—92）二人对屈原及《离骚》等楚辞作品评价的异同，将是必要而有趣味的事情。班固所不满于屈原的"露才扬己，忿怼沉江"，刘勰称为"狷狭之志"；班固认为《离骚》等楚辞作品中"与左氏不合""非经义所载"的内容，刘勰谓之"诡异之辞""谲怪之谈"；班固称屈原"可谓妙才"，刘勰亦称"楚人多才""有独往之才"；班固肯定楚辞作品"文辞丽雅，为词赋之宗"，刘勰则称许为"词赋之英杰""衣被词人非一代也"。可见，班固所说的各个方面，刘勰都继承过来了。他们最大的相同之处，在于都是反对尊骚为经。当然，刘勰总的来说要比班固高明得多，相比之下，他更能够从作品实际出发，做具体的分析比较，在某种程度上避免了片面化、绝对化。尤其在《离骚》等楚辞作品艺术成就及深远影响的研究方面，比班固来得细致和全面。

通过以上分析，我以为刘勰所以"辨骚"的目的用意已经昭然若揭，那就是：辨明《离骚》等楚辞作品不能和儒家经典等量齐观，也就是说，作者所宗之"经"是圣人周、孔所作的五经，辞人屈原等所写的《离骚》等楚辞作品是不在其列的。这一点，曾经深得明人许学夷（1563—1633）的赞赏："按淮南王、宣帝、扬雄、王逸皆举以方经，而班固独深贬之。刘勰始折中，为千古定论。盖屈子本辞赋之宗，不必以圣经列之也。"[①] 在这一点上，许氏可谓刘勰的知音。

二、刘勰"扬诗抑骚"的总倾向

鲁迅（1881—1936）先生说：《楚辞》"较之于诗，则其言甚长，

---

① ［明］许学夷：《诗源辨体·楚》，北京：人民文学出版社，1987 年，第 32 页。

其思甚幻，其文甚丽，其旨甚明，凭心而言，不遵矩度。故后儒之服膺诗教者，或訾而绌之，然其影响于后来之文章，乃或在《三百篇》以上"①。这样卓越的见解，刘勰其人其时是不可能得出的。时代的局限之外，最根本的原因还在于他"服膺诗教"，是以宗经为自己义艺理论核心的。正因如此，在他的文论中，存在着"扬诗抑骚"的总倾向。

除了在本篇中指出《离骚》等楚辞作品有四事不合于儒家经典，因而只能算作"雅颂之博徒"外，其他各篇中他也每有抑扬之词。例如：

> 励德树声，莫不征圣；而建言修辞，鲜克宗经。是以楚艳汉侈，流弊不还。正末归本，不其懿欤！②（《宗经》）
>
> 商周丽而雅，楚汉侈而艳。③（《通变》）
>
> 是以模经为式者，自入典雅之懿；效骚命篇者，必归艳逸之华。④（《定势》）
>
> 诗人综韵，率多清切；《楚辞》辞楚，故讹韵实繁。及张华论韵，谓士衡多楚，《文赋》亦称知楚不易，可谓衔灵均之余声，失黄钟之正响也。⑤（《声律》）
>
> 诗人丽则而约言，辞人丽淫而繁句。⑥（《物色》）

---

① 鲁迅：《汉文学史纲要》，《鲁迅全集》第十卷，北京：同心出版社，2014 年，第 317 页。

② ［梁］刘勰著，周振甫注：《文心雕龙注释》，第 19 页。

③ ［梁］刘勰著，周振甫注：《文心雕龙注释》，第 330 页。

④ ［梁］刘勰著，周振甫注：《文心雕龙注释》，第 339 页。

⑤ ［梁］刘勰著，周振甫注：《文心雕龙注释》，第 365 页。

⑥ ［梁］刘勰著，周振甫注：《文心雕龙注释》，第 493—494 页。

还有一些，不再列举。应当指出，刘勰的这些评论，虽然相当偏颇，但并不难理解。如果没有对《离骚》等楚辞作品的这些指责，反而和他的宗经思想产生矛盾了。

许多论者以本篇对屈原及其作品的赞美来反对"抑骚"说。他们认为，如果承认刘勰是"扬诗抑骚"的，那么这些高度赞美之词就是十分令人费解的[①]。实际上，我认为即便从本篇的赞语中，也完全可以看出刘勰"扬诗抑骚"的倾向。下面试作简要评析：

> 自《风》《雅》寝声，莫或抽绪，奇文郁起，其《离骚》哉！固已轩翥诗人之后，奋飞辞家之前，岂去圣之未远，而楚人之多才乎！[②]

开篇称《离骚》为"轩翥诗人之后，奋飞辞家之前"的"奇文"，评价当然不低。但是，所谓"轩翥诗人之后，奋飞辞家之前"，是否只指时代的先后？如果这样理解，我以为未免皮相之见。应当把后文"雅颂之博徒，词赋之英杰"与此对读，方能尽彦和之意。至于"奇文"之称，正是为了标明其低于《诗经》而设。

> 观其骨鲠所树，肌肤所附，虽取熔《经》意，亦自铸伟辞。故《骚经》《九章》，朗丽以哀志；《九歌》《九辩》，绮靡以伤情；《远游》《天问》，瑰诡而慧巧，《招魂》《大招》，耀艳而深华；《卜居》标放言之致，《渔父》寄独往之才。故能气往轹古，辞来切今，惊采绝艳，难与并能矣。[③]

---

① 如周振甫先生就根据本篇"气往轹古""难以并能"及《时序》篇"笼罩雅颂"等语，认为刘勰评价《楚辞》超过《诗经》，未免以偏概全。

② ［梁］刘勰著，周振甫注：《文心雕龙注释》，第 35 页。

③ ［梁］刘勰著，周振甫注：《文心雕龙注释》，第 36 页。

这段话的纲领是"虽取熔经意，亦自铸伟词"。"取熔经意"，言其所以能成为"奇文"，正是宗经的结果；这就把《离骚》等楚辞作品的成就部分地记在了经书的账上。而我们知道，尽管楚辞作品不能不在某种程度上受到《诗经》的影响，但其根植于长江流域楚文化的土壤，自有其独到的渊源，未必有意去"取熔经意"。对"自铸伟词"，刘勰结合具体的作品作了详细的阐述。如果把这里刘勰所归纳的各篇的艺术特色和前文中"异乎经典"的四事对照一下，可以发现，其中不少正是刘勰曾经否定过的东西。由此可知，刘勰所赞扬的《楚辞》"轹古""切今""难与并能"云云，只是就其"气""辞""采""艳"方面而言，而非指思想的纯正——如孔子所说的"思无邪"方面，当然更不是对《楚辞》总的评价。因此，我们不能说刘勰评价《楚辞》超过了《诗经》。

> 自《九怀》以下，遽蹑其迹，而屈宋逸步，莫之能追。故其叙情怨，则郁伊而易感；述离居，则怆怏而难怀；论山水，则循声而得貌；言节侯，则披文而见时。是以枚、贾追风以入丽，马、扬沿波而得奇，其衣被词人，非一代也。故才高者菀其鸿裁，中巧者猎其艳辞，吟讽者衔其山川，童蒙者拾其香草。[①]

这段话讲的是《楚辞》的艺术成就及其对后世的影响。要点在于"衣被词人，非一代也"一句。这当然是很高的评价，也是符合文学发展实际的。但如果与《宗经》篇说五经"百家腾跃，终入环内"相比，又未免相形而见绌了。

> 若能凭轼以倚《雅》《颂》，悬辔以驭楚篇，酌奇而不失其

---

① ［梁］刘勰著，周振甫注：《文心雕龙注释》，第 36 页。

贞，玩华而不坠其实，则顾盼可以驱辞力，欬唾可以穷文致，亦不复乞灵于长卿，假宠于子渊矣。①

此处将"楚篇"与"雅颂"对举，更见抑扬分明：对雅颂，要求"凭轼以倚"即作为模式，那样就可以像"仰（即）山而采铜，煮海而为盐"（《宗经》）一样受益无穷；而对《楚辞》，则要求"悬辔以驭"，即有节制地酌取，否则就会走上"楚艳汉侈，流弊不还"的邪路，画虎不成反类犬。因此，他谆谆告诫后来作者要在宗经的基础上效骚命篇："酌奇而不失其贞，玩华而不坠其实"②。

赞曰：不有屈原，岂见《离骚》？惊才风逸，壮志烟高。山川无极，情理实劳，金相玉式，艳溢锱毫。③

这才是对屈原及楚辞作品的总评，的确是热情洋溢的赞词。但如果细察它的内容，刘勰并未冲过自画的鸿沟。他所赞扬的仍然只是作者的"才""志"和作品的"艳"词。读者正不可为他华丽的辞藻耀花了眼睛，以为他评价《楚辞》在《诗经》之上。

认为《离骚》等楚辞作品不尽合经义，因而不如《诗经》伟大的观点，后来坚持此说者还大有人在。如白居易（772—846）在《与元九书》中就曾这样写道：

---

① ［梁］刘勰著，周振甫注：《文心雕龙注释》，第36—37页。
② "酌奇而不失其贞，玩华而不坠其实"二句承上二句"凭轼以倚《雅》《颂》，悬辔以驭楚篇"而来，"奇""华"指的是"楚篇"，"贞""实"指的是"雅颂"。有的译注以为均指"楚篇"，则前言之"雅颂"无着落，而后云"顾盼可以驱辞力，欬唾可以穷文致"等语亦嫌大而无当，不甚得体。可见未得彦和之用心。
③ ［梁］刘勰著，周振甫注：《文心雕龙注释》，第37页。

> 《国风》变为《骚辞》，五言始于苏、李。苏、李、骚人，皆不遇者，各系其志，发而为文。故河梁之句，止于伤别；泽畔之吟，归于怨思。彷徨抑郁，不暇及他耳。然去《诗》未远，梗概尚存。故兴离别则引双凫一雁为喻，讽君子小人则引香草恶鸟为比。虽义类不具，犹得风人之什二三焉。于时六义始缺矣。①

这可以看做"雅颂之博徒"的极好注脚，对我们认识刘勰"扬诗抑骚"的倾向是有帮助的。

当然，刘勰"扬诗抑骚"，决非要将《离骚》等楚辞作品贬得一无是处。纵观《文心雕龙》全书，可以看出，五经之外，他最赞许的要算《楚辞》了。他只是认为它不如经书伟大，且易产生流弊而已。而对其在文学史上的地位、艺术上的成就，对后世文学的影响，都给予了充分的肯定。总的来说，他从文学角度对《离骚》等楚辞作品的评价，超越了他的前人。本篇提到的刘安、王逸、汉宣、扬雄诸人，虽对《离骚》极为推崇，但都是单纯从经学的眼光去看的，因之颇多牵强附会之处，不尽符合《离骚》等楚辞作品的实际。而刘勰则和他们不同，他虽有宗经的思想局限，但同时又是一位卓越的文学批评家。他尽管未能正确理解和评价《离骚》等楚辞作品的浪漫主义特色，但由于能用"经"与"文"两个标准、两副眼光去看作品，所以能从不同角度有所发现，得出较为切合实际的结论。因而他对《楚辞》作品的艺术分析对后世影响很大，至今仍有重要参考价值。

有些赞同"扬诗抑骚"的论者认为："刘勰在《辨骚》篇中是把《离骚》放在和儒家经典对立的'奇'和'华'的地位，也就是他所谓'夸诞'

---

① ［唐］白居易：《与元九书》，《白居易集》，北京：中华书局，1979 年，第 961 页。

的地位来看待的。"① 我认为此说由于重视了"四异"而忽略了"四同"，亦失之偏颇，言之过重。如前所述，刘勰只是认为《离骚》不能与五经同列，并非置于完全对立的地位。他对《楚辞》"奇""华"的艺术也并非一概反对，而认为应当在宗法五经的基础上"酌""玩"、吸取。也就是说，他的"抑骚"是有分寸的，在这一点上，我们切忌片面夸大，以免偏离了刘勰的原意。

三、《辨骚》的归属

《辨骚》篇的归属——属于总论还是文体论，各家看法不一，至今尚无定论。牟世金先生在《〈文心雕龙〉理论体系初探》一文中，曾广征各家之说，归纳为三种类型：一、总论；二、文体论三、既是总论，又是文体论。该文力辨属总论之非，认为应属文体论。

关于总论，牟先生的理解是：

> 所谓"总论"，必须是对全书基本论点或立论原则的阐述，才能叫做"总论"。因此，严格地讲，堪称全书总论的，只有《原道》《征圣》《宗经》三篇。这三篇的观点，既贯串于上半部的文体论，也指导下半部的创作论和批评论。②

那么，如何看待《正纬》呢？牟先生说：

> 第四篇《正纬》，实际上是《宗经》的补充或附论。《正纬》中说得很明白："前代配经，故详论焉。"是由于前代以纬配经，使得"真虽存矣，伪亦凭焉"，所以在《宗经》之后，要附以《正

① 马宏山：《〈文心雕龙·辨骚〉质疑》，《文史哲》1979年第1期。
② 牟世金：《〈文心雕龙〉理论体系初探》，《雕龙集》，北京：中国社会科学出版社，1983年，第166页。

纬》，而辨纬之伪，存经之真。①

我认为，这是十分精到的见解。和那种"枢纽即总论"的认识相比，是一大进步。接着又谈到《辨骚》，牟先生认为：

> 至于《辨骚》，不仅对于下半部的创作论和批评论来说，并非总论，对上半部所论各种文体，更是平行并列的关系。而绝无以《辨骚》的观点指导《明诗》或《史传》的任何意义。《辨骚》篇既未讨论全书的基本观点，就没有理由说它是全书的"总论"。②

这一论断则不无可以商榷之处。

首先，《辨骚》与文体论各篇"更是平行并列的关系"吗？

为了证明这一论断，牟先生用文体论各篇的四项内容对《辨骚》作了检验。以为"相同之处有其三"：一是"原始以表末"，二是"选文以定篇"，三是"敷理以举统"。此说是否有牵强之处，可以存而不论，因为《辨骚》与文体论各篇确有相同之处，乃是有目共睹的事实。令人不解的只是论者为何无视占全文大半篇幅的辨析《离骚》等楚辞作品与五经异同的内容？这可是后面二十篇文体论中任何一篇都没有的，岂止只是仅舍"释名以章义"一项，"稍有不同"而已？笔者在本文第一部分已经论及，刘勰写作此篇的主要目的，在于辨正《离骚》非其所宗之经，至于对《离骚》等楚辞作品艺术特点的分析及对其影响的评论，只是结合前面的辨正而同时论及，在全文中毕竟是处于次要地位的。论者正是在这一点上未免于片面。

其次，《辨骚》篇"未讨论全书的基本观点"，对其他各篇没

① 牟世金：《〈文心雕龙〉理论体系初探》，《雕龙集》，第167页。
② 牟世金：《〈文心雕龙〉理论体系初探》，《雕龙集》，第167页.

有指导意义，就一定要归入"文体论"吗？这也难以服人。如果按照这种非此即彼的不相容选言推理方式，那么，既然"严格说来，堪称全书总论的只有《原道》《征圣》《宗经》三篇"，《正纬》篇岂不是也要归入文体论了吗？为什么却被称作"《宗经》的补充或附论"（当然这是正确的）呢？

对此，笔者的浅见是：由于刘勰"辨骚"的主要目的是为了辨明《离骚》等楚辞作品非其所宗之经，所以，它和第四篇《正纬》居于相同的地位：实际上是《宗经》的补充或附论。这从两篇立意、写作的许多相同之处也可以得到证明：

第一，《正纬》以主要篇幅论经与"纬"之真伪，《辨骚》亦以多半篇幅辨《骚》与经之同异。

第二，《正纬》用经的标准来检验纬，以为有真有伪，所以"正"之者，欲去其伪而存其真；《辨骚》用经的标准来检验《骚》，以为有同有异，所以"辨"之者，欲明其同而知其异。二者都是为"宗经"廓清道路。

第三，《正纬》从"文"的角度来评价"纬"，以为"无益经典而有助文章"，提出应该"芟夷谲诡，采其雕蔚"；《辨骚》从"文"的角度来评价"骚"，认为是"雅颂之博徒，词赋之英杰"，应该"酌奇而不失其贞，玩华而不坠其实"。

第四，《正纬》以"正"字标题，《辨骚》以"辨"字名篇①。"辨""正"二字意近，仅有程度之不同，而这又是由其影响宗经的程度不同决定的。纬书有害于经，故"正"之在前，《骚》词仅有异于经，故"辨"之在后，等等。

---

① 《墨子·小取篇》："夫辨者，将以明是非之分，审治乱之纪，明同异之处，察名实之理，处利害，决嫌疑焉。"刘勰之"辨"，当取义于此。吴毓江撰，孙启治点校：《墨子校注》，北京：中华书局，1993 年，第 642 页。

两篇有所不同的地方是：《正纬》明言"前代配经，故详论焉"，《辨骚》则未着此等语。但作者认为这是不言自明的："《骚》有'经'称，故详辨焉"。至于《辨骚》篇以一定篇幅结合论述了《楚辞》作品艺术特色及对后世的影响，赞美之词更远较纬书为多，那是由于两类作品的实际情况不同，刘勰对其评价也不同，不难理解。

正因为《辨骚》与《正纬》居于同样地位，都是"《宗经》的补充或附论"，所以作者把它们都列为"文之枢纽"。而不是像牟先生说的那样，"以二十一篇文体论的代表者得身份列入'文之枢纽'的"①。

《辨骚》篇不属文体论，还可以从《通变》篇得到证明。《通变》篇说："凡诗赋书记，名理相因，此有常之体也。"杨明照（1909—2003）注："按：指《明诗》第六至《书记》第二十五，皆研究文体者，势不能一一标出，故约举首尾篇目以包其余。舍人'论文叙笔'原无《辨骚》在内，此亦一证也。"②此说甚是。刘勰举文体论首尾篇目从《明诗》起而不及《辨骚》，也足以证明在他的作意中《辨骚》根本不属文体论。

顺便说一下，《辨骚》为什么在《序志》中叫做"变乎骚"呢？笔者认为，这是由于语言环境不同、作者的着眼点不同所致。本篇以"辨"字名篇，因为主要目的在于"辨"其非所宗之经；《序志》举以"变"字，则是要改变其"四异"，使创作更符合宗经的要求。二者互相联系，合起来更能看出刘勰对《离骚》等楚辞作品的态度。这一点，又与《正纬》相同："正"是正其义之非，而《序志》中"酌乎纬"之"酌"则是取其词之美。

当然，由于《辨骚》以一定篇幅结合论述了骚体主要作品，人

---

① 牟世金：《〈文心雕龙〉理论体系初探》，《雕龙集》，第 168 页。
② 杨明照：《文心雕龙校注拾遗》，上海：上海古籍出版社，1982 年，第 248 页。

们在研究文体论时不妨而且应该拿来作为参考（对《宗经》《正纬》也应如此），但却不必因此将其全篇拉入文体论。

（原载《枣庄师专学报》1984 年第 1 期，署名：魏然）

《文心雕龙·辨骚》"奇贞（正）"辨

——兼谈童庆炳先生的"'奇正华实'说"

刘勰《文心雕龙》中的《辨骚》篇，是争议颇多的一个篇章。其中有这样一个语段，各家理解颇不相同，但似乎尚未引起过正面交锋，更未引起应有的关注。其文曰：

> 若能凭轼以倚雅颂，悬辔以驭楚篇，酌奇而不失其贞，玩华而不坠其实，则顾昐可以驱辞力，欬唾可以穷文致，亦不复乞灵于长卿，假宠于子渊矣。[1]

这段文字看上去解读难度并不大，但在实际的解读中，多家并不一致，尤其对其中"酌奇而不失其贞，玩华而不坠其实"一组对偶句的解读，有明显歧异。本文谨就不同的解读意见各举两例，并略加评析，进而揭示误读产生的原因，并对童庆炳先生（1936—2015）《〈文心雕龙〉"奇正华实"说》[2]一文的立论依据提出自己的不同看法。

一、两种相反的解读

在《文心雕龙解析》一书中，周勋初先生（1929—）对这一段落作了会通的解读，他的意见是：

> 楚辞的成就是多方面的，但总的说来，则是提高了作家抒写

① 刘勰著，戚良德辑校：《文心雕龙》，上海：上海古籍出版社，2015年，第25页。
② 童庆炳：《〈文心雕龙〉"奇正华实"说》，《文艺理论研究》1999年第1期。

情怀和刻划（画）事物形象的能力；楚辞的影响也是深而广的，但最明显的作用则在提高了赋家的写作技巧。刘勰认为不论老幼贤愚，如向楚辞学习，都能有所收获。只是依据上面的分析，和《诗经》比较，楚辞还有不足之处，因此学者如能取法乎上，就会取得更理想的成绩。屈原在文辞上曾经"自铸伟词"，故有"奇"与"华"的特点，只是这些创新成分之中还有不合经典常规的地方，在"贞（正）"与"实"上有所欠缺。理想的方案是：首先应该掌握雅颂的精神，然后学习楚辞的文采，要使奇特的新创不流于诡异，华美的文辞不流于浮靡；应该注意奇贞（正）结合、华实结合，将《诗经》与楚辞的优秀成果熔于一炉，这样他就得到了新的结论。①

戚良德先生（1962—）在《〈文心雕龙〉论〈诗经〉和"楚辞"》一文中对这一语段评论说：

这里，刘勰已经把"楚辞"和《诗经》并列而论，一个是"奇"，一个是"贞"（正），一个是"华"，一个是"实"。也就是说，《诗经》的风格在于平正、实在，"楚辞"的风格则是奇伟、华丽。刘勰认为，如果能把这两者结合起来，既有奇伟的气势而又不失平正的格调，既有华丽的词采而又不失朴实的文风，那么驰骋文坛便易于反掌，何须再向司马相如和王褒这些辞赋家借光讨教呢？②

---

① 周勋初：《文心雕龙解析》，南京：凤凰出版社，2015年，第91页。
② 戚良德：《〈文心雕龙〉与中国文论》，北京：中国书籍出版社，2017年，第120页。

以上两家有关"酌奇而不失其贞，玩华而不坠其实"两句解读的基本观点相同，即都认为"奇""华"指的是楚篇，"贞（正）""实"指的是雅颂。换言之，这段话中最受人关注的这组对偶句，并不是针对楚辞艺术成就发表的评论，而是对后来作者效法楚辞时不要忘记了以雅颂（即《诗经》）为根本的忠告。

另一种意见则与此不同。刘永济先生（1887—1966）在其《文心雕龙校释》中说：

> 奇华、贞实二语，即屈子与后代词人分疆之故。舍人以四字揭明，尤为特识。舍人论文，每反复于"奇贞""华实"之间。奇华者，采之外彰者也；贞实者，道之内蕴者也。屈子"取镕经旨"，故不失其贞，不坠其实；屈赋"自铸伟词"，故可酌其奇，可玩其华。[①]

詹锳先生（1916—1998）在《文心雕龙义证》中则认为：

> "贞"指"规讽之旨""比兴之义"，亦即"同于风雅"者，是《楚辞》与《诗经》精神相通之处。"奇"指"诡异之辞""谲怪之谈"，亦即"异乎经典"者，是《楚辞》所独具的光怪陆离的幻想形式。"华"是"词采"，"实"是作品的思想内容。[②]

上述两家的意见，其共同点是认为"奇贞（正）""华实"均就楚篇而言。其中亦有细微区别，如刘先生将其分属于作者屈子和作品屈赋，詹先生则径直将其同属于楚篇了。但就其基本理解而论，

① 刘永济：《文心雕龙校释》，北京：中华书局，1962年，第10页。
② 詹锳：《文心雕龙义证》，上海：上海古籍出版社，1989年，第167页。

仍可归为一类。

以上两种意见的差异，决非无关宏旨，而是直接涉及到刘勰《文心雕龙》对楚辞的评价，乃至其"宗经"主张在全书中的贯彻。

上引各家观点均出自"龙学"名家的著作，尽管解读如此不同，却都有不少赞同附议者。而按常理，对经典古籍中同一关键语句的解读，如果出现截然相反的意见，则必定有一是一非，而不是用"仁者见之谓之仁，智者见之谓之智"可以打发得了的。那么，上述两种意见孰是孰非呢？刘勰有云："将核其论，必征言焉。"下面试从《辨骚》原文来寻求答案。

二、从骈文特点来看原文

《文心雕龙》以骈文写成，处处体现着骈文的特点。骈文最主要、最明显的特点，是多用对偶句。为达到这一要求，作者必然要遵循相关规矩，对语言形式作相应调整。在这个意义上，甚至可以说，并非刘勰单方面地选择决定了《文心雕龙》采用的语言形式，与其同时，这种语言形式也在某种程度上决定了他的《文心雕龙》只能这样写、只能写成这样。这样的一种客观事实当然是利弊兼具的。从积极的方面说，是使刘勰在把《文心雕龙》写成一部文论巨著的同时，还将其写成了一部优美的骈体文学作品，辞章华美，警句频出；刘勰因此而不仅是杰出的文论家，事实上还是一位重要的骈体文学作家（应该指出的是，刘勰这方面的成就，被其文论的光芒所遮蔽，长期以来很少有人注意）。而从消极的方面说，骈文形式既加大了刘勰当初写作《文心雕龙》的难度，也造成了后人解读此书的种种困难。

在《辨骚》篇的这一语段中，骈文形式的利弊两方面都有充分的体现。为醒目起见，特将各句之间的关系图示如下：

$$\text{若能}\begin{cases} \text{凭轼以倚雅颂,} \\ \text{悬辔以驭楚篇,} \end{cases}$$

$$\begin{cases} \text{酌奇而不失其贞,} \\ \text{玩华而不坠其实,} \end{cases}$$

$$\text{则}\begin{cases} \text{顾盼可以驱辞力,} \\ \text{欬唾可以穷文致,} \end{cases}$$

$$\begin{matrix} \text{亦不复} \\ \text{矣。} \end{matrix}\begin{cases} \text{乞灵于长卿,} \\ \text{假宠于子渊。} \end{cases}$$

不难看出，整个语段是一个以"若能……则……"为标志的假设条件复句，它由条件与结果两部分组成，其中，"若能"后面列举的是假设条件，"则"后面描述的是结果。在这一复句里，刘勰基于他对楚辞与雅颂的态度，提出了写作中效法前人著作的基本原则。由于骈文句式的要求，在条件与结果部分，相关语句分别被组成了两组对偶，依次是"凭轼以倚雅颂，悬辔以驭楚篇""酌奇而不失其贞，玩华而不坠其实"和"顾盼可以驱辞力，欬唾可以穷文致""乞灵于长卿，假宠于子渊"，从而达到了句式整齐、辞藻华美的艺术效果。每两组对偶之间，又有不同的连接关系：前两组之间属于顺承，关系紧密；后两组之间则为转折，形成对比。就语意来说，我们看到，对"雅颂"，刘勰的要求是"凭轼以倚"；而对"楚篇"，刘勰则主张"悬辔以驭"，态度是有明显区别的。"凭轼以倚"，是无条件的宗仰；而"悬辔以驭"，则是掌控下的运用。顺承而来的对偶句"酌奇而不失其贞，玩华而不坠其实"，是紧承上面两句的，

"奇""华"对应的无疑是"楚篇","贞""实"对应的自然是"雅颂"。这两句其实是一个意思，不过根据骈文对偶的需要，一句变作两句来说，结构相同，语意相近，用词上注意了变文避复，表意上则属于互文见义，解读和翻译时应该会通起来，明白刘勰的用意是在提醒后来的作者，在"酌、玩""楚篇"之"奇、华"的同时，决不可使"雅颂"之"贞、实""失、坠"。

这种前后连接的形式，可称为"对举分承"或"并举分承"，是骈文中前后组对偶句之间较常见的连接形式。一般来说，在这种连接形式中，后一对偶句每一分句应分别承接前一对偶句的某一分句，如《比兴》篇里的这一语段："故比者，附也；兴者，起也（一）。附理者，切类以指事；起情者，依微以拟议（二）。起情，故兴体以立；附理，故比例以生（三）。比则蓄愤以斥言，兴则环譬以托讽（四），盖随时之义不一，故诗人之志有二（五）也。"这段话除开头的"故"字和末尾的"也"字之外，全由五组对偶句组成。尽管语序有所变化，但其对举分承的特点仍十分明显：第二组的"附理者，切类以指事"、第三组的"附理，故比例以生"、第四组的"比则蓄愤以斥言"都是承接第一组中"比者，附也"的。而第二组的"起情者，依微以拟议"、第三组的"起情，故兴体以立"、第四组的"兴则环譬以托讽"，则都是承接第一组中"兴者，起也"的。最后第五组是总结，其中所谓"不一、有二"云云，均兼就比兴二者而言。这是对举分承的常态，较少产生理解的歧异。与其不同的是，刘勰在《辨骚》这一语段采取的承接方式却有所变化，是后一对偶句每一分句分别承接前一对偶句两句的特殊形式。之所以要这样措置，是因为后面这一对偶句本来就是一句分作两句说的。而他之所以能够做到这一点，是因为在"酌奇而不失其贞，玩华而不坠其实"中，每一分句中都包含了一组以转折形式出现的"当句对"：上句中，"酌奇"与"失贞（正）"对；下句中，"玩华"与"坠实"对。不难发现，"酌奇"与"玩华"义近，"失贞（正）"与"坠实"义近。而其所以要一语两出，既是为了骈文形式的需要，也同时对内容起到强调的作用。至于"失其贞"与"坠其实"中都有"其"字，而"酌奇"与"玩华"中没有"其"字，也并不奇怪，因为"酌奇"与"玩华"中本来也应该有"其"字的，只不过省略了而已。"其"为代词，但在不同位置指代的对象并不一样：两个省略了的"其"字，显然指代的是"楚篇"；没被省略的两个"其"字，指代的只能是"雅颂"。这样的解释，并非勉强为其分工，而是因为倘不如此，便无法与上一对偶句完美承接。至于这样处理的不利之处，则是容易导致读者理解的歧异，甚至某些专家也不免误读。

那么，整个复句表达了刘勰怎样的思想呢？显然是说，后来的作者们如果继承了雅颂的"贞、实"，同时"酌、玩"了楚篇的"奇、华"，就能进入"顾盼可以驱辞力，欬唾可以穷文致"的为文境界，用现代的话说，就是进入了文学创作的自由王国；而一旦抵达了这样的境界，就没必要再"乞灵于长卿，假宠于子渊"，即不必再把司马相如（约前179—前118）、王褒（前90—前51）等后来作家的作品奉为圭臬了。把雅颂作为"贞、实"的代表，而视楚篇为"奇、华"的代表，乃至认为后来的形式主义文风和楚辞不无关系，本是刘勰关于文学史和文学创作的基本观念。这一点，刘勰在《文心雕龙》全书中屡有表现，如《宗经》篇认为"楚艳汉侈，流弊不还"；《通变》篇认为"商周丽而雅，楚汉侈而艳"；《定势》篇则断定"模经为式者，自入典雅之懿；效骚命篇者，必归艳逸之华"等等。他的用意，当然不是要否定楚辞在文学史上的地位和价值（因为他在本篇中已经给予了楚辞"虽取镕经旨，亦自铸伟词"的好评），而是强调要"执正以驭奇"，反对"逐奇而失正"（《定势》）。这是只要通读《文心雕龙》全书，就很容易体察到的。至于他的这一认识是否科学或准确，则是另外的问题。

以上分析表明，前述周勋初先生和戚良德先生的解读，才是符合刘勰本意和原文实际的。这样的解读，与笔者多年来的理解完全契合。早在三十多年前，笔者就曾发表过以《读〈文心雕龙·辨骚〉》为题的论文，在该文的注释中，笔者曾经指出："'酌奇而不失其真（贞），玩华而不坠其实'二句承上二句'凭轼以倚雅颂，悬辔以驭楚篇'而来，'奇''华'指的是楚篇，'真（贞）''实'指的是雅颂。有的译注以为均指楚篇，则前言之雅颂无着落，而后云'顾眄可以驱辞力，欬唾可以穷文致'等语亦嫌大而无当，不甚得体。可见未得彦和用心。"① 可惜这一观点虽提出多年，但似乎并未引起注意。在近期发表的《〈文心雕龙〉"文之枢纽"新探》一文中，笔者又曾再次重申："'酌奇而不失其贞，玩华而不坠其实'二句乃分承上二句'凭轼以倚雅颂，悬辔以驭楚篇'而来，'奇''华'指的是'楚篇'，'贞''实'指的是雅颂。"② 不过因此说在该文中并非研讨的重点，所以仍未详论。

那么，不少论者——包括一些龙学专家在内，何以会误以为"酌奇而不失其贞，玩华而不坠其实"仅是就"楚篇"而言的呢？原因在于，他们忽略了骈文的特点，并且没有把作为条件的前四句贯通起来理解，从而割裂了文句。殊不知，若如他们所说，作为首要条件的"凭轼以倚雅颂"一语便在下文里没有了着落，而仅靠着"悬辔以驭楚篇"一个条件，也不可能抵达"顾眄可以驱辞力，欬唾可以穷文致"那样理想的文学创作境界；而从骈文语言艺术的要求来

① 魏然：《读〈文心雕龙·辨骚〉》，《枣庄师专学报》1984 年第 1 期。
② 魏伯河：《〈文心雕龙〉"文之枢纽"新探》，《重庆三峡学院学报》，2018年第 3 期。

说，这样便出现了明显的偏枯之病，作为骈文高手的刘勰，决不会犯这样低级的错误。这一误读，看似"失之毫厘"，却很容易"谬以千里"，因而不容小觑。

三、对"奇正华实说"的质疑

童庆炳先生是著名文艺理论家，建树颇多，尤其他的《现代视野中的中华古代文论系统》《〈文心雕龙〉三十说》等重要论著，在中国古代文论与现代文艺学对接方面做了许多开创性的工作，影响深远。但智者千虑，难免一失，在对《文心雕龙·辨骚》中这一复句的解读上，童先生就出现了不小的偏离。在题为《〈文心雕龙〉"奇正华实"说》（《〈文心雕龙〉三十说》之一）的论文中，童先生这样写道：

> 刘勰在给予楚辞（主要是屈原的作品）以很高的评价之后，给出了"酌奇而不失其贞（正），玩华而不坠其实"的理论概括。这句话是本篇的点睛之笔，准确地揭示了楚辞的特色，指出楚辞的特点是在"奇正华实"之间实现了一种艺术调控。楚辞所抒发的思想感情是纯正的，但语言的表现形式则是艳丽奇特的，它一方面为中国文学开辟了新局面，树立了新传统；另一方面，又肯定了风雅、经典作为旧的传统是不可丢弃的。刘勰又从理论的角度提出一个创作中的"奇与正"、"华与实"的关系问题，在奇与正、华与实之间要保持张力，既不能过奇而失正，过华而失实；也不能为了正而失去奇、过实而失去华。总之，要在奇与正、华与实之间保持平衡，取得一个理想的折衷点，使作品产生一种微

妙的艺术张力。①

引文表明，童先生是把"奇正华实"两句视为对楚辞的"理论概括"，认为是"准确地揭示了楚辞的特色"的"点睛之笔"，而与雅颂却是没有多大关系的。不仅如此，童先生在该文中还把"奇正"的概念追溯到了《孙子兵法·兵势篇》那里，认为："刘勰在《辨骚》中最重要的贡献是，借用古代兵家的观念，做出了理论的概括与提升。"②"刘勰的理论贡献在于他把兵家的'奇正'观念转化为文学理论的观念"，"将'奇正'的战术变化运用于文学创作的研究"③，他还认为："（刘勰这两句话的）意思是楚辞创作的成功，纯正的思想感情与奇特的夸张、想象（包括神话的运用）相互结合，即纯正的思想感情不是平板地、凡庸地展开，而是在奇特的夸张、幻化的神话世界中艺术流动，奇与正、华与实两者互相制约又相互为用。""其旨意在提出艺术节制原理，即以'正'节制'奇'，不让奇诡而失去雅正；以'奇'调整'正'，不让雅正流于呆板而无生气。"④童先生对艺术节制原理的论述颇有新意，也符合刘勰全书的思想，因为刘勰一直在力倡"执正以驭奇"，反对"逐奇而失正"（《定势》）；但他把出发点建基于对这段话的解读之上，立论并不坚实，甚至是颇成问题的。

笔者对童先生素怀钦仰之情，可惜先生生前无缘拜会领教。本文所以提出这一质疑，乃本"《春秋》责备贤者"及"学术乃天下公器"之义，故而"当仁不让于师"。愚以为，童先生的立论存在着以下

---

① 童庆炳：《〈文心雕龙〉"奇正华实"说》，《〈文心雕龙〉三十说》，北京：北京师范大学出版社，2016年，第117页。

② 童庆炳：《〈文心雕龙〉"奇正华实"说》，《〈文心雕龙〉三十说》，第116页。

③ 童庆炳：《〈文心雕龙〉"奇正华实"说》，《〈文心雕龙〉三十说》，第117页。

④ 童庆炳：《〈文心雕龙〉"奇正华实"说》，《〈文心雕龙〉三十说》，第118页。

几点失察之处：

其一，没有注意到"酌奇"一句在不同版本中虽有不止一种异文，而"正"字并没有版本依据。在清人黄叔琳（1672—1756）养素堂评本《文心雕龙》中，此句作"酌奇而不失其真"；黄侃（1886—1935）《文心雕龙札记》[①]、范文澜（1893—1969）《文心雕龙注》[②]、祖保泉（1921—2013）《文心雕龙选析》[③]、张立斋（1899—1978）《文心雕龙注订》[④]、牟世金（1928—1989）《文心雕龙译注》[⑤]等均从其说，仍作"真"字。其中只有范《注》在"真"字下面注有"孙云唐写本作'贞'"一语。其实在唐写本残卷中，"其真"二字本作"居贞"，杨明照先生（1909—2003）在《增订文心雕龙校注》中说："'其真'，唐本作'居贞'。按：'贞'字是，'居'则非也。《楚辞补注》、训故本，广广文选作'其贞'。贞，正也；诚也。"[⑥]刘永济《文心雕龙校释》亦谓："按：作'贞'是。贞，正也，对'奇'而言，与对'华'而言'实'同。'居'字无义，当系讹误。"[⑦]当今多数注译本，如周振甫（1911—2000）《文心雕龙注释》[⑧]、郭晋稀（1916—1998）《文心雕龙注译》[⑨]、王运熙（1926—2014）《文心雕龙译注》[⑩]、周勋初《文心雕龙解析》等多从其说，均作"酌奇而不失其贞"。而直接作"正"的例子，笔

① 黄侃：《文心雕龙札记》，上海：上海古籍出版社，2000年，第24页。
② 范文澜：《文心雕龙注》，北京：人民文学出版社，1958年，第48页。
③ 祖保泉：《文心雕龙选析》，合肥：安徽教育出版社，1985年，第88页。
④ 张立斋：《文心雕龙注订》，北京：国家图书馆出版社，2010年，第35页。
⑤ 陆侃如、牟世金：《文心雕龙译注》，济南：齐鲁书社，2009年，第53页。
⑥ 杨明照：《增订文心雕龙校注》，北京：中华书局，2012年，第63页。
⑦ 刘永济：《文心雕龙校释》，第9页。
⑧ 周振甫：《文心雕龙注释》，北京：人民文学出版社，1981年，第36页。
⑨ 郭晋稀：《文心雕龙注译》，兰州：甘肃人民出版社，1982年，第52页。
⑩ 王运熙、周锋：《文心雕龙译注》，上海：上海古籍出版社，2012年，第27页。

者或囿于见闻，却未曾查到。除部分版本在正文"贞"字后面加括号，注明"正"字（童先生所引即是如此，惜未注明版本）以外，大多只是像刘永济先生那样，在释读时指出"贞，正也，对奇而言"而已。"真""贞""正"三字，字义虽然相近（"真""贞"均含"正"义），但亦有细微差别，并非通假关系。"正"与"奇"正相反对，"真"与"贞"则不然。要之，以"正"释"贞"，固无不可，但作为版本校勘、认定，并无依据。童先生以这样一个并无版本依据的"正"字作为立论的起点，并与《孙子兵法》中的"奇正"牵合，推演出所谓的"奇正华实说"，显然是有失严谨的。

其二，忽略了刘勰此语是假设条件复句中的条件之一，本是对后来作者提出的创作原则，属于未然状态，而误将其当成了对楚辞已然状态的评价，由此再加以无限引申。这样得出的结论，即便可以自洽，论据也难称坚实。笔者在近期发表的《〈文心雕龙·程器〉之干进意图揭秘——兼与张国庆先生商兑》一文中曾谈到："（今之论者在对古人论著及观点进行评价和引申时）应该明确原书之'已然'与个人之'己见'的界限。古人著作早已成为一种客观存在，属于'已然'。今人研究古人著作，自然也会形成各种'己见'，没有'己见'即无学术的发展。但这些'己见'，有的可能合乎古人的本意，有的则存在或大或小的偏离。偏离的'己见'并非全无价值，可以存在于引申而出的论述之中，但不应作为'应然'的标准强加于古人。"① 也就是说，以古人论著或观点作为基础立论时，必须准确把握古人观点的本意，切不可以己意强加于古人，否则就可能因小的偏离导致大的纰缪。

其三，最重要的，是没有看出假设条件中各个分句之间的对举

① 魏伯河：《〈文心雕龙·程器〉之干进意图揭秘——兼与张国庆先生商兑》，《中国文化论衡》2018年第1期，社会科学文献出版社，2018年。

分承关系，只是把"酌奇而不失其贞，玩华而不坠其实"两句从中割裂了出来，然后根据先入之见加以引申发挥。所以，尽管童先生关于艺术控制理论的阐释不乏精彩，在立论依据上却存在着明显的瑕疵。

四、应加强对骈文语言特点的研究

笔者在多年研读《文心雕龙》及翻阅各种研究论著中体会到，《文心雕龙》研究中的不少争议，或多或少地都与其骈文表达形式有关。原因在于，现当代学者对骈文形式已日渐陌生，往往产生理解隔膜和解读失真，进而导致误读和争议。

台湾学者、骈文研究名家张仁青先生（1939—2007）指出："骈文之特征，计有五点：一曰多用对句，二曰以四字与六字之句调作基本，三曰力图音调之谐和，四曰繁用典故，五曰力求文辞之华美。"①这些特征在《文心雕龙》一书中都有充分的体现。其实张先生的概括，只不过举其荦荦大者，细究起来，还要复杂得多。例如"多用对句"，即大量使用对偶句这一特点，其中的奥妙，如果没有较深厚的古文功底，甚至不是经历过格律诗训练的人，就难以有深切的体会。因为对偶句决不仅仅是简单的对仗关系，其中还存在着大量的意义分合、文字增减、变文避复、互文相足等特殊现象，事实上体现着古人朴素的对立统一的哲学思维；骈文中的对偶当然不像后来的格律诗要求那么严格，但并不意味着解读的难度就比格律诗低了多少，尤其在对骈文艺术形式研究还很薄弱的现状之下。

按照刘勰在《文心雕龙·丽辞》篇里的分类："丽辞之体，凡有四对：言对为易，事对为难，反对为优，正对为劣。言对者，双比空辞者也；事对者，并举人验者也；反对者，理殊趣合者也；正

---

① 张仁青：《中国骈文发展史》，杭州：浙江大学出版社，2009年，第19页。

对者，事异义同者也。"不难看出，他的分类是着眼于内容的。而如果按形式分，则有当句对（一句之中前后相对，如《正纬》篇："无益经典而有助文章"）、单句对（一句对一句，如《序志》篇："拟耳目于日月，方声气乎风雷"）、偶句对（两句对两句，如《原道》篇："元首载歌，既发吟咏之志；益稷陈谟，亦垂敷奏之风"）、多句对（三句或以上对三句或以上，如《辨骚》篇："陈尧舜之耿介，称禹汤之祗敬，典诰之体也；讥桀纣之猖披，伤羿浇之颠陨，规讽之旨也"）等多种不同的形态。不仅如此，还有的对偶并非紧密相联，而是分置于论述中两个相邻的层次，如《序志》篇中刘勰介绍《文心雕龙》主体部分内容的一段话："若乃论文叙笔，则囿别区分，原始以表末，释名以章义，选文以定篇，敷理以举统：上篇以上，纲领明矣。至于剖情析采，笼圈条贯，摛神性，图风势，苞会通，阅声字；崇替于《时序》，褒贬于《才略》，怊怅于《知音》，耿介于《程器》；长怀《序志》，以驭群篇：下篇以下，毛目显矣。"这段话骈散相间，读者往往只注目于其中各项具体内容，而忽略了它还有一个遥相呼应的对偶句："上篇以上，纲领明矣"与"下篇以下，毛目显矣"；更大多没有注意到其中"纲领"与"毛目"之间存在的互文关系，而常困惑于何以刘勰会以上篇为"纲领"、下篇为"毛目"，以致与我们的理解存在那么大的差距。笔者曾有专文对这一问题加以研讨①，有兴趣者可以参看。至于各组对偶句之间的连接，也存在着顺承、逆接、分承、合叙、总分、分总等多种形式。这些不同的形式，反映出作者思维流程的丰富变化，在使语言摇曳多姿的同时，也增加了后人解读的难度。

刘勰有云："夫缀文者情动而辞发，观文者披文以入情，沿波

---

① 魏伯河：《〈文心雕龙〉"纲领""毛目"解》，《四川民族学院学报》2017年第4期。

讨源，虽幽必显"（《知音》）。研究《文心雕龙》骈文形式的特点，说到底，只不过是在"披文"环节上做的一种基础性工作，目的是为了"入情"，应该算不得多么高层次的研究。但在新一代年轻的龙学研究者和普通读者对骈文形式普遍陌生的现实状态下，窃以为这方面的工作不仅不算多余，而且还很有意义。何况如本文所示，若干龙学名家尚且不能完全避免偶尔失察，也会出现种种问题呢！笔者对骈文形式如何制约《文心雕龙》的表达问题，将另作专文予以研讨，本文不准备展开。这里先行提出，希望龙学同行能及早注意这一问题。

（原载《语文学刊》2018 年第 6 期）

二元对立思维模式的困境

——对《文心雕龙·辨骚》"博徒""四异"争议的反思

　　本来，世间万物（包括万物灵长的人）及其状态，都有好中差或左中右之别，而三者之中，"中"的部分往往占据绝大多数，由此决定其基本形态。孔子主张"执两用中"[①]，良有以也。这个"绝大多数"，细分起来又千差万别，由此构成大千世界和人类社会的多元化和复杂性。小孩子看图书影视，先要让他去分辨里面哪是好人坏人，这对培养其最初的识别能力当然是必要的。但现实生活中完全的好人和彻底的坏人却难得一见，因而孩子长大后必须指导他跳出这种非此即彼、二元对立的思维模式，否则他就无法认识复杂的社会并正常生活于其中。文学作品作为社会生活的反映，必须揭示社会生活的复杂性，自然会把大量的中间人物、中间状态作为描写对象。但在特定的历史年代，文学创作中中间人物、中间状态却写不得。中间人物、中间状态既写不得，于是当时可以面世的作品中就只剩下了高大全似的英雄人物和一门心思搞破坏的阶级敌人，时时处于紧张激烈的斗争之中。这种出自某种既定概念的作品，和现实生活的真相当然是严重背离的。在文史研究领域也是如此。那时我们的学者评价一个历史人物，先要按照时兴的标准判定他是唯心的还是唯物的，是进步的还是反动的，如此划线站队之后，再以这种先入之见对其进行审判，肯定者被捧到天上，否定者被打入地

---

① ［宋］朱熹：《四书章句集注·中庸章句》："执其两端，用其中于民，其斯以为舜乎！"北京：中华书局，1983年，第20页。

狱。其中有的是不得已而作的违心之论，有的则受其浸染，积非成是，回到了非此即彼、二元对立的思维定势。改革开放以来，人们逐渐打破了这种思想禁锢。在文学创作领域，作家们更多地把目光投向中间人物，英雄人物不再高大全，反派人物也不再脸谱化，文学艺术领域才开始繁荣起来。与之相应，在文史研究领域，打破禁锢之后，许多过去的成说被质疑，许多过去被遮蔽的人物、事件、观点被发掘出来，促进了学术的进步。但是不庸讳言，仍有一些学者的思维定势没有发生根本转变，长期形成的二元对立思维模式仍然在他们的学术研究中顽强地发挥着作用，以致影响到对研究对象的基本认识。在学术自由的环境中，此类偏执之见也得以公开发布，并引起一定反响。《文心雕龙》研究中关于《辨骚》篇"四异""博徒"的误读以及由此引起的争议就是这样的典型一例。

一、《辨骚》篇"四异""博徒"引起的争议

在《辨骚》篇里，刘勰以儒家五经为标准衡量楚辞，有如下一段论述：

> 将核其论，必征言焉。故其陈尧、舜之耿介，称汤、武之祗敬，典诰之体也。讥桀、纣之猖披，伤羿、浇之颠陨，规讽之旨也。虬龙以喻君子，云蜺以譬谗邪，比兴之义也。每一顾而掩涕，叹君门之九重，忠怨之辞也：观兹四事，同于《风》《雅》者也。至于托云龙，说迂怪；驾丰隆，求宓妃；凭鸩鸟，媒娀女：诡异之辞也。康回倾地，夷羿毙日，木夫九首，土伯三目：谲怪之谈也。依彭咸之遗则，从子胥以自适，狷狭之志也。"士女杂坐，乱而不分"，指以为乐；娱酒不废，沉湎日夜，举以为欢：荒淫之意也。摘此四事，异乎经典者也。故论其典诰则如彼，语其夸诞则如此。

固知楚辞者，体宪于三代，而风杂于战国，乃《雅》《颂》之博徒，而词赋之英杰也。[①]

刘勰辨析的结果是，较之儒家经典，以《离骚》为代表的楚辞作品有"四同""四异"；其结论性评价则是楚辞为"《雅》《颂》之博徒，词赋之英杰"。职是之故，《辨骚》才以"辨"名篇。我们看到，刘勰对以《离骚》为代表的楚辞作品的评价主要是肯定的，较之儒家经典之外的其他作家作品，也是赞赏程度最高的，说明刘勰对其是高度欣赏和充分重视的。通观全篇和全书，不难发现，刘勰对以《离骚》为代表的楚辞作品给予了极大的关注和认真的研究，尤其对屈原给予了高度的评价。但是，他的肯定并不是毫无保留的，而是极有分寸的。他的衡量标准，是儒家的五经。之所以采取这一标准，固然是由他的宗经观念所决定，而直接原因则是由于汉代不少人拿《离骚》"举以方经"。他认为，那些评价"褒贬任声，抑扬过实"，属于"鉴而弗精，玩而未核"。为了核实这些评价的得失，他征引了楚辞作品中的许多例证，证明其有的合乎经典，有的则并不符合。这就否定了汉代各家试图把楚辞作品推为经典的观点。对同于经典的四个方面，刘勰当然是充分肯定；对异乎经典的四个方面，则明显带有贬抑。因为，"诡异之辞"显然不符合刘勰在《征圣》《风骨》及《序志》中多次征引的《周书》"辞尚体要，弗唯好异"的经义；"谲怪之谈"更与"子不语怪、力、乱、神"大相径庭；"狷狭之志"有违于"明哲保身""独善其身"的信条，而"荒淫之意"则超越了"乐而不淫"的藩篱。这样的辨析意义何在呢？诚如清人纪昀（1724—1805）所说："词赋之源出于骚，浮艳之根亦滥觞于骚，

---

① ［梁］刘勰著，戚良德辑校：《文心雕龙》，上海：上海古籍出版社，2015年，第24—25页。

'辨'字极为分明。"① 就是说，刘勰之所以要"辨骚"，是因为以《离骚》为代表的楚辞作品虽然在主要方面继承了《诗经》的传统，取得了很大的成就，但也为后世开了浮艳的先例，以致"楚艳汉侈，流弊不还"（《宗经》），"效骚命篇者，必归艳逸之华"（《定势》）。所以，他称《离骚》为"奇文"，固然是很高的评价，但认为它和儒家经典并不在一个层次上；屈原虽然被他誉为"词赋之英杰"②，但其作品与出自圣人删述的雅颂相比，毕竟还有不足，只不过是"博徒"。"博徒"的本义为"赌徒"，引申义为"低贱者"，有差等义，而在这里的用法，恰如刘凌先生（1940—）所说，"不过是由引申义'低贱者'随文指为'稍逊者'罢了"③。我们还应该知道，"六朝时赌博成为士族任诞风气的一种标识，而任诞作为魏晋以来个体自觉的最极端形态，社会评价总体上趋于肯定，故'雅颂之博徒'虽然是以雅颂为标尺对楚辞的贬低，但贬低的程度是很轻微的。任诞意味着个体的过度自觉，突破了名教之约束，刘勰正是在此意义上使用"博徒"一词，其真正指向的是滥觞于楚辞而大行于六朝的任诞风气在文学领域所造成的无序状态"④。所以"博徒"虽有贬义，而并非全盘否定。至于同、异各列四条，应该是为了适应骈文对偶形式的需要，不必机械地理解为褒贬各半。刘勰对异乎经典的举例表明，他所不满意于楚辞的，主要是其"夸诞"的一面，也并非完全否定。有论者曾指出："说刘勰对《楚辞》有贬义，并不意味着

① ［梁］刘勰著，戚良德辑校：《文心雕龙》，第 29 页。

② 在《诠赋》篇里，刘勰还把这顶桂冠加给了荀况、宋玉、枚乘、司马相如、贾谊、王褒、班固、张衡、扬雄、王延寿，称"凡此十家，并辞赋之英杰也。"说明他并非将此作为单独对屈原的最高评价。

③ 刘凌：《古代文化视野中的文心雕龙》，长春：吉林大学出版社，2010 年，第 99 页。

④ 李飞：《由六朝任诞风气释"雅颂之博徒"——兼论〈文心雕龙·辨骚〉篇的枢纽意义》，《中国文化研究》2013 年第 2 期。

对《楚辞》是全部否定，而是在整体肯定基础上的部分否定。对比'四同''四异'，可以发现，'四同'是根本性的，'四异'是局部性的。这从刘勰所举的例子中能够看出来，'四同'着眼于《楚辞》的体、旨、义、词等大的方面，'四异'着眼于《楚辞》的词、谈、志、意等局部问题。"①这是符合原文语意的。而刘勰之所以要"辨骚"，目的之一显然是要表明：他之征圣、宗经，是不包括《离骚》在内的（在这一点上，与《正纬》有相同作用）。尽管他认为《离骚》为代表的楚辞作品成就非凡，"其衣被词人，非一代也"②，并且在感物抒情方面将其与《诗经》并举，称"诗骚所标，并据要害"（《物色》），但在其心目中，《离骚》为代表的楚辞作品较之作为经典的《诗经》，毕竟还是有差距的，两者不能等量齐观。不管在后人眼中他的定位是否准确，但其本意却不容误解。考之《文心雕龙》的传播接受史，历代学者的理解也大抵如是，至少在四十年之前，对此向无异议。

自上世纪八十年代以来，开始有部分研究者对上述传统释读提出异议，并做出新解。他们认为，"四异"是刘勰对楚辞的变、浪漫主义、独创性等特点的概括，因而也属褒义；至于"博徒"，则为"博雅通达之徒"，也是赞语。他们费了很大力气旁征博引，好像持之有故，言之成理，也产生了一定影响。但是这样一来，就出现了很乖谬的现象：同于经典的是褒义，属于完全肯定；异于经典的也是褒义，也属于完全肯定——既然如此，刘勰为什么还要费那么大的力气去"辨骚"？"博徒"作为赞语，除此之外还别有他例！

---

① 高宏洲：《〈文心雕龙·辨骚〉释疑》，《古代文学理论研究》第四十六辑，上海：华东师范大学出版社，2018年。

② 此句说明，刘勰认为受屈原及《离骚》影响的主要是后代"词人"，即辞赋作者，如"枚贾追风以入丽，马扬沿波而得奇"之类。推而广之，"词人"可以理解为所有文学之士。但在造就栋梁、经世致用方面则作用有限。

如果将其作为赞语回赠，不知持此论者是否乐意接受？不过颇有意味的是，尽管也有学者对此通过详细的考辨证明其说难以成立 [1][2]，甚至剀切指出："企图论证其（按指四异）并非贬辞是徒劳的，也不可能对这四异有的是褒，有的是贬。刘勰绝不会公开地、直接地和自己的'宗经'主张唱反调。" [3] 但这些意见似乎并没有让持其说者认可，反倒引起了他们颇为激烈的反弹 [4]。也就是说，这场争议至今仍未结束。

问题的症结在哪里呢？笔者试从以下几个方面略加探讨。

二、对楚辞作品认识上的古今差异

鲁迅先生（1881—1936）在《汉文学史纲要》中说：《楚辞》"较之于诗，则其言甚长，其思甚幻，其文甚丽，其旨甚明，凭心而言，不遵矩度。故后儒之服膺诗教者，或訾而绌之，然其影响于后来之文章，乃甚或在《三百篇》以上" [5]。这一观点是有代表性的。从文学角度评价楚辞，认为其文学性高于《诗经》，也是现当代文学界多数人的共识。这种共识产生的时代背景，是包括《诗经》在内的儒家经典已经丧失了"定于一尊"的特殊地位，而"文学"也已经从包罗万象的"文章"中独立出来。当代研究者们所处的社会、学术环境，与刘勰《文心雕龙》产生的时代相比，已经发生了巨大

---

① 刘凌：《学术规范与"博徒"、"四异"释义纷争》，《古代文化视野中的文心雕龙》，第 94—103 页。

② 李定广：《求新必先求真》，《汕头大学学报》（人文社会科学版）2005 年第 2 期。

③ 牟世金：《文心雕龙研究》，北京：人民文学出版社，1995 年，第 201 页。

④ 李金坤：《〈辨骚篇〉"博徒"、"四异"终究是"褒词"——李定广先生〈求新须先求真〉商榷文之商榷》，《毕节学院学报》2009 年第 2 期；韩湖初：《望文生训不可取》，《文心学林》2018 年第 2 期。

⑤ 鲁迅：《汉文学史纲要》，《鲁迅全集》第十卷，北京：同心出版社，2014 年，第 316 页。

的变化。多年来，大多数研究者是把《文心雕龙》仅作为一部纯文学理论著作看待的；而且其所谓"文学"，又是按照近代以来西方传入的文学概念定义的。他们研究古代文化遗产，给予更多关注的，往往限于其中能和现在的文学观念可以对应的东西。由于以《离骚》为代表的楚辞作品属于纯文学作品，于是在他们的心目中，实际上具有了比儒家经典更重要的地位。因为按照当代的文学标准，儒家经典除了《诗经》以外都算不得文学作品，就连《诗经》中的《颂》诗和《大雅》的多数篇章也嫌文学性不足。这样的认识，以现代的文学概念和文学理论衡量，自然不无道理。我们多种版本的文学史、文学批评史对此几乎众口一词。如果不是专门从事《文心雕龙》研究的人，不妨作为成说或定论予以接受。但对专门研究《文心雕龙》，并试图对原著做出符合原意的解读的学者来说，此类先入之见则有着不小的危险。如果用这样的标准去生硬地套在刘勰和《文心雕龙》头上，便不免有削足适履、杀头便冠之嫌，导致方枘圆凿，屡屡错位。因为刘勰那时所谓的"文"，指的是表现为各类文章的几乎所有文化产品，如钱锺书先生（1910—1998）所说：中国传统文化中"'文学'所指甚广，乃今语之'文教'"[1]。其中包括但不限于今天之所谓"文学"作品，这也是刘勰"论文叙笔"的文体论部分包含了那么多在今天看来并不属于文学作品的原因。换言之，刘勰心目中之"文"，不仅是怡情娱性、模山范水的艺术性文字，而且还是"经国之大业，不朽之盛事"[2]，要能够经世致用，能够"纬军国""任栋梁"（《程器》）。即便是不起眼的"书记"之类文字，也属于"有司之实务"，写作中也必须"随事立体，贵乎精要"，因为"意少一字则义阙，

---

① 钱锺书：《管锥编》第三册，北京：三联书店，2007年，第1870页。
② ［三国魏］曹丕：《典论·论文》，《三曹集》，长沙：岳麓书社，1992年，第178页。

句长一言则辞妨"（《书记》），绝对马虎不得。而这些文字，显然是不在今天文学范畴之内的，因而也是入不了研究者法眼的。用今天比较狭隘的文学观尤其是带着对楚辞的先入之见去解读刘勰对楚辞的评论，就难免会出现扞格。

三、对刘勰关于经典与辞赋的定位存在误读

我们知道，刘勰力倡征圣、宗经，在他的心目中，儒家经典不仅是"恒久之至道，不刊之鸿教"，而且是各类文章的源头所在。在《宗经》篇里，他说得很明确："论说辞序，则《易》统其首；诏策章奏，则《书》发其源；赋颂歌赞，则《诗》立其本；铭诔箴祝，则《礼》总其端；纪传铭檄，则《春秋》为根：并穷高以树表，极远以启疆，所以百家腾跃，终入环内者。"[①] 以《离骚》为代表的楚辞作品，属于"赋颂"一类，只是"百家"中的一家。楚辞源自《诗经》，以屈原为代表的楚辞作家只是在辞赋发展过程中起到了重大作用，用刘勰的话说，就是"及灵均唱《骚》，始广声貌"（《诠赋》），使附庸蔚成大国。也就是说，在刘勰的观念中，儒家经典是百川之源，《离骚》为代表的楚辞作品只不过是其中一条川流而已，二者本不具有对等关系。所以，在刘勰《辨骚》的格局中，是以儒家经典为评判标准，而以《离骚》为代表的楚辞作品作为被评判的对象。这是认识和把握《文心雕龙》语境中《诗》《骚》关系的前提。离开了这个前提，无视刘勰宗经的事实存在，完全脱离儒学视野，单纯拿楚辞与儒家经典去做文学性的比较，就好像让运动员与裁判员比赛球艺一样滑稽。当然，如果不是进行《文心雕龙》的专题研究，完全可以将其作为资料库或语料库，各取所需，各从所好，就像刘勰所说的后人对楚辞那样："才高者菀其鸿裁，中巧者猎其艳辞，

---

① ［梁］刘勰著，戚良德辑校：《文心雕龙》，第14页。

吟讽者衔其山川，童蒙者拾其香草"；而要专门研究《文心雕龙》，在对刘勰心目中经典与辞赋的定位把握有误的情况下，无论认为刘勰是"扬《诗》抑《骚》"（笔者早期亦曾持此观点，今予更正），或认为他评价《骚》高于《诗》，都是有失准确的。现当代的学者们大多是现代教育体制下的科班出身，专攻一业，鲜有通才，他们对儒家经典与楚辞地位的认识，是来自于近人编写的教科书，或若干名家的定论；他们去评判古代文论中前人的论断，往往带有此类先入之见。他们以今律古，无法理解儒家经典为何被刘勰奉为圭臬，勉为其说云：刘勰不过是"打着儒家经典的旗号建构其文学理论体系，抨击违背质文相称、衔华佩实旳浮艳文风"。换言之，所谓圣也经也，刘勰只是拿来装点门面的，并不代表他的真实思想。这当然是严重的误判。且不说作为"文之枢纽"主体的《原道》《征圣》《宗经》赫然俱在，即便稍微换一下思考角度也会发现疑点：齐梁时期儒、道、玄、佛各家思想已基本处于平等地位，且呈此消彼长之势，刘勰为什么要拿儒家经典而不是拿其他什么来"装点门面"并作为"旗号"打出来？如果他只是为了"建构其文学理论体系"，对儒家经典并不真诚服膺，又何苦作此违心之举？对刘勰征圣、宗经的误判，进而导致了更多的一系列误读。于是，刘勰评价楚辞逊于雅颂等儒家经典，哪怕只是"稍逊于"，他们也感到断难接受，因而非要穿凿附会、另立新说不可。

四、非此即彼、二元对立思维模式的制约

这种思维模式的制约应该是造成误读或歧见的最重要的原因。如果说，前述两方面因素通过学习讨论还比较容易矫正的话，长期形成的思维模式则很难改变。

如前文所说，非此即彼、二元对立的思维模式形成于特殊年代，

它本来就是违背人情事理的。因为在现实生活中，人们对某一事物的肯定与否定、褒与贬，极少会出现两个极端的现象，而基本肯定、有保留的肯定、基本否定、不完全否定，或者既褒又贬、褒中有贬、不褒不贬、寓褒于贬、寓贬于褒的情况则比比皆是，并且古往今来，莫不如是。但固守非此即彼、二元对立的思维模式的人却无法理解因而拒不承认这一点。他们认为，肯定与否定、褒与贬之间，二者必居其一，不应该存在既肯定又有所否定或既否定又有所肯定的现象，就好像好人不能有任何缺点、坏人也不能有任何可取之处一样。具体到对《辨骚》"四异"和"博徒"的理解，他们就走入了这样的误区。他们认为，既然刘勰认为《离骚》是"风雅寝声"之后"郁起"的"奇文"，而且是"辞赋之英杰"，赞美其"气往铄古，辞来切今，惊采绝艳，难与并能"、"金相玉式，艳溢锱毫"（《辨骚》）、"观其艳说，则笼罩雅颂"（《时序》），就不应该再对其有任何贬抑之词。然而刘勰却偏偏对照经典找出了"四异"，而且又称其为"雅颂之博徒"，他们先是对其感到大惑不解，然后竭力要证明"四异"以及"博徒"不应该是贬词。他们的主要理由和根据，是按照现行观点，所谓"四异""即《楚辞》'异乎经典'的'夸诞'"，它们是"屈原作品中的神话传说、奇特怪异的景物，异域的风俗，优美的象征，奔放丰富的幻想"，而这些"正是屈原作品所代表的一种新兴的文学思潮，也就是他的积极浪漫主义特色"[①]，因而不应该是贬义。

在这样的总体认知之下，持其说者在具体分析中认为："诡异之辞"和"谲怪之谈"指作品中融入了神话传说，而在《正纬》中刘勰曾说古代神话"事丰奇伟，辞富膏腴""无益经典而有助文章"，可见刘勰对此不会否定。关于"狷狭之志"，则引《论语》中孔子"不得中行而与之，必也狂狷乎"的话来证明儒者对狷狭之志也并非持

[①] 毕万忱、李淼：《文心雕龙论稿》，济南：齐鲁书社，1985年，第68页。

否定态度。而"荒淫之意"说的是《招魂》《大招》为招楚怀王之魂而对楚国宫殿的华丽陈设和娱乐生活所作的铺陈和夸张描写，并非屈原提倡荒淫，刘勰也不至于低能到误解屈原提倡荒淫而贬低他，所以也不会是贬义。[①] 至于"博徒"，则引《知音》篇里评论楼护"彼实博徒，轻言负诮"的话为证，说明亦非贬义。[②]

　　这类论述中表现的思维逻辑极其明显，即：只要不是完全否定的，就一定是肯定的；只要不是完全贬义的，就一定是褒义的。这是典型的非此即彼、二元对立的思维定势。按照同样的逻辑，刘勰既然说纬书"事丰奇伟，辞富膏腴""无益经典而有助文章"，那么对纬书也就是完全肯定的了。既然如此，刘勰又何必去"正纬"？殊不知，刘勰的可贵之处在于，他是"擘肌分理，唯务折衷"（《序志》）的，对纬书总体上否定和排斥，但不妨碍他认可其中"有助文章"的东西。总体否定而局部肯定，有何不可？《论语》中孔子的话表明，他追求的理想境界是"中行"而非"狂狷"，只是在"中行"无法实现的情况下，退而求其次，才去选择"狂狷"，因而"狂狷"之逊于"中行"、不尽理想，是显而易见的。他对"狂狷"虽非否定，但其给予的肯定是有保留。如果他对"狂狷"是完全肯定的，那么对"中行"又该如何？这是基本肯定而非完全肯定的好例。屈原固然不是荒淫之徒，也不会提倡荒淫，刘勰也并非误解屈原提倡荒淫，但作为批评家，他按照儒家经典的标准，对屈原作品中语涉荒淫、异于经典的现象提出批评，亦属题中应有之义。这是基本肯定而局部有所否定的好例。《知音》以及《论说》篇提到的楼护固

---

① 韩湖初：《〈文心雕龙·辨骚篇〉"四异"辨析》，《鲁东大学学报》2010 年第 2 期。

② 韩湖初：《〈辨骚〉新识——从博徒、四异谈到该篇的篇旨和归属》，《中州学刊》1987 年第 6 期。

然是博学善辩之士，其是否曾为赌徒姑且不论，但刘勰明明批评其"谬欲论文""轻言负诮""学不逮文，而信伪迷真"，怎么会是完全肯定的呢？试请回读原文："至如君卿（按：楼护字君卿）唇舌，而谬欲论文：乃称史迁著书，咨东方朔。于是桓谭之徒，相顾嗤笑。彼实博徒，轻言负诮，况乎文士，岂可妄谈哉？…… 学不逮文，而信伪迷真者，楼护是也。"（《论说》）就语境说，其中的"博徒"并不必是用其赌徒的本义，而只是用其引申义，指其"学不逮文、信伪迷真"的缺点。其中"况乎文士"一语，可知在刘勰心目中，"博徒"是明显低于"文士"的。整段话中，刘勰对楼护的轻蔑之意跃然纸上，怎么可以证明"博徒"不是贬词？至于认为"四异""是屈原作品所代表的一种新兴的文学思潮，也就是他的积极浪漫主义特色"云云，显然只是现代人的认知，凭什么要强加在刘勰头上？综合上述，"四异"以及"博徒"属于贬词，殆无疑义。不过刘勰对其并不是完全否定，而是在对楚辞总体基本肯定前提下的局部的、某种程度上的否定，其分寸感是很明显的。其实在《文心雕龙》全书中，刘勰完全肯定、全无贬词的仅有儒家经典（尽管这在当今学者看来似乎并不妥当），而对其他所有作家作品都是有褒有贬而颇有分寸的。就拿刘勰对以《离骚》为代表的楚辞作品的赞语"气往铄古，辞来切今，惊采绝艳，难与并能"、"金相玉式，艳溢锱毫"（《辨骚》）、"观其艳说，则笼罩雅颂"（《时序》）而言，他所赞美的，不过是其"气""辞""采""艳"等方面，并非总体评价。这些方面，仅限于作品文学性的范畴，并不像儒家经典那样具有他认为的经邦济世的巨大功能，所以只能是"奇文"，不过也仅仅是"奇文"而已。他一再告诫，后人在创作中，必须"悬辔以驭楚篇"（《辨骚》）、"执正以驭奇"，不能"逐奇而失正"（《定势》）。说明他在热情洋溢的赞语之中，仍然保持着清醒的头脑和准确的分寸感。如果据此认为其评价《楚辞》总体高于《诗经》等儒家经典，则属典型的望文生训。

学界公认，《文心雕龙》在众多的中国古代文论著作中所以能卓然独立、高出侪辈，其"同之与异，不屑古今，擘肌分理，唯务折衷"的朴素辩证思维发挥了至关重要的作用。这一点，刘勰要比我们今天的某些固守非此即彼、二元对立的思维定势的学者们高明多了。

五、结语

在《文心雕龙》以及相关的中国古代文论研究中，这种非此即彼、二元对立思维模式的不良影响时有所见，解读《辨骚》篇中"四异""博徒"引起的争议，不过是其中最突出的一个特例而已。有关学者的别出心裁，不可避免地会陷入困境：承认"四异"和"博徒"含有贬义么？他们从感情上完全无法接受；而要证明其属于褒义，却无论怎样努力（包括连篇累牍地发表文章，简单否定一切相反的见解），总嫌证据不足，难以服人。最后的结果只能是自以为是，自说自话，至多只能误导一些缺乏基本辨析能力的青年。而走出困境的唯一选择，就是抛弃这种害人不浅的非此即彼、二元对立思维模式。而作为年轻学人，则需要经常提醒自己，要保持独立思考，学会辩证分析，像刘勰《知音》篇所说"无私于轻重，不偏于憎爱"，不要被一偏之见所误导，尤其不要跌入非此即彼、二元对立思维模式的泥潭。

（原载《社会科学动态》2020 年第 3 期）

剖情析采

论刘勰《文心雕龙》与骈文之关系

王运熙先生（1926—2014）指出："刘勰不但在理论上重视肯定骈体文学，并且在实践上是一位积极的骈文作家。《文心雕龙》五十篇都是用骈文写的，各篇骈句都占绝大多数，单句很少，而且语言富有文采，多用典故，音节和谐，不但是见识精辟的论著，同时也是优美的骈体文学作品。"① 这是完全符合《文心雕龙》实际的判断。客观地说，我们今天阅读《文心雕龙》，不管是否已经意识到，你在吸纳其精妙的文学见解的同时，也是在欣赏其高超的语言艺术。而从作者的角度，刘勰写作《文心雕龙》采取骈文形式，固有其不得不如此的原因，在具体的写作过程中，也必然要受到种种制约，利弊兼而有之；成书乃至身后千余年来，也因此而颇受争议。他为什么要采用骈体写作《文心雕龙》？他不是对当时的形式主义文风深恶痛绝并极力反对的吗？《文心雕龙》所使用的骈体和当时流行的骈体文学有何异同？至今仍是不少读者甚至研究者未能厘清的问题。因此，对刘勰《文心雕龙》与骈文之关系，有予以探讨之必要。

---

① 王运熙：《刘勰对汉魏六朝骈体文学的评价》，《文学遗产》1980 年第 1 期。

一、刘勰写《文心雕龙》采用骈文形式的原因

褚斌杰先生（1933—2006）说："骈体文是中国特有的一种文体，它是从古代文学中的一种修辞手法逐渐发展形成的。从实地看，它并不与诗歌、辞赋、小说、戏曲等一样是一种文学体裁，而是与散体文相区别的一种不同表达方式。但由于它本身具有一定的格式和特点，是中国文学中的一个重要现象，所以一般地也都把它看做是中国文学中的一种种类。"①这是我们研讨骈文问题必须首先明确的。从广义上说，骈文也属于一种"文体"，但这种文体严格说来只是一种"语体"，并不是一种具体的文学或文章体裁。《文心雕龙》泛论古今"文体"，但在"论文叙笔"20篇中却没有骈文的位置，道理即在于此。而如果把骈文视为一种文学或文章体裁置于其中，就会发现它与其他大多数文体都存在交叉。可见彼时所谓骈散之别，亦犹现代文言文与白话文之别，与具体的文章体裁并无关系。六朝骈体文盛行，而后世公认其文风浮靡，于是不少人在骈体文与浮靡文风之间画了等号，显然是有失准确的。而这种偏见也直接影响到对刘勰及其《文心雕龙》的认识。《文心雕龙》在明清之前问津者少，也应该与此有关。

不仅如此，《文心雕龙》还因采用骈文形式，长期以来颇受诟病。从文学史的角度看，主要与后来多次兴起的古文运动有关。一方面，因为不止一个时期的文坛领军人物们崇尚古文，骈文被弄得越来越不受人待见，以致不少人尽管赞许刘勰对齐梁浮靡文风的批评，却对其自身采取骈文形式大不以为然。较典型的如纪昀（1724—1805）《宗经》篇批语云："此自善论文耳。如以其文论之，则不

---

① 褚斌杰：《中国古代文体概论》，北京：北京大学出版社，1990年，第146页。

脱六代俳偶之习也。"① 直到当代，一些文史学者还认为：某一论著只要使用了骈文形式，其本身就必定是形式主义的产物。如刘大杰（1904—1977）《中国文学发展史》即谓："刘勰站在'征圣''宗经'的立场，对于当时的形式主义文风进行了批判，但他自己在实践中却深受这种影响，他的《义心雕龙》就是用骈文写的。在他的《声律》《镕裁》《丽辞》《事类》《练字》《章句》一类的篇章里，对于辞藻、对偶、声律、用典、练字、修辞等技巧方面，作了详细的论述，这对于当时的形式主义文风，实际起了助长的作用。"②按照这样的说法，刘勰写作《文心雕龙》，简直是无功有过了。其偏颇无须置评，大抵是受前苏联文论和极左思潮的影响所致，亦刘勰所谓"文变染乎世情"者也。另一方面，过去人们把《文心雕龙》视为"诗文评"，今人又普遍将其视为文学理论，而几乎无人将其同时看作文学创作；而因为对骈文的隔膜，还有不少人将骈文形式看作研读此书的障壁，为此而颇感头痛。如此状态下，自然极少有人会去欣赏其骈文形式的艺术之美；至于因读不懂原文而导致的误读时有出现，也就算不得稀奇了。

那么，刘勰写作《文心雕龙》何以采用了骈文形式？在笔者看来，至少可以归结为以下几点原因：

第一，是中国文化的基因在起着无形却有力的作用。

本来，文有骈散，如数有奇偶，是自然的法则。我国古代最早的经典的"文"，本来就是骈散兼具的。之所以如此，因为所谓"人文"，本来就是我们的古圣先贤"近取诸身，远取诸物"③的产物。人有一

---

① ［梁］刘勰著，戚良德辑校：《文心雕龙》，上海：上海古籍出版社，2015年，第16页。

② 刘大杰：《中国文学发展史》，上海：上海人民出版社，1973年，第348页。

③ 黄寿祺、张善文：《周易译注》（修订本），上海：上海古籍出版社，2001年，第572页。

个身体、一个脑袋、一个嘴巴，是奇数；但却有两只眼睛、两个耳朵、两只胳膊、两条大腿，都是偶数。鼻子只有一个，是奇数；鼻孔却是两个，是偶数。不如此者，不为怪胎，即为残缺。太阳、月亮都只有一个，是奇数；但二者轮番出现，合起来却是偶数。其余万物，可以类推。曾国藩（1811—1872）云："天地之数，以奇而生，以偶而存。一则生两，两则还归于一。一奇一偶，互为其用，是以无息焉。物无独，必有对。太极生两仪，倍之为四象，重之为八卦。此一生两之说也。两之所该，分而为三，淆而为万，万则几于息矣。物不可以终息，故还归于一。天地絪缊，万物化醇；男女构精，万物化生。此两而致于一之说也。一者阳之变，两者阴之化。故曰一奇一偶者，天地之用也。文字之道，何独不然？"①曾氏虽然晚出，但其说却是综合了中国人对奇偶之数几千年的认识精华的，有足够的代表性。这足以说明，奇偶相互为用的观念，在中国文化中几乎是与生俱来的，属于其重要的基因。刘勰明言："造化赋形，支体必双；神理为用，事不孤立。夫心生文辞，运裁百虑，高下相须，自然成对"（《丽辞》），认为文章中存在对偶、作家运用对偶都是天然合理的。《文心雕龙》采用骈文形式，这应该是一个重要的学理上的原因。

第二，是时代和文学发展到一定阶段的产物。

刘勰论文学发展云："是以九代咏歌，志合文则。黄歌断竹，质之至也；唐歌在昔，则广于黄世；虞歌卿云，则文于唐时；夏歌雕墙，缛于虞代；商周篇什，丽于夏年。至于序志述时，其揆一也。暨楚之骚文，矩式周人；汉之赋颂，影写楚世；魏之策制，顾慕汉风；晋之辞章，瞻望魏采"（《通变》），描绘出了文学"由质趋文"

---

① ［清］曾国藩：《送周荇农南归序》，《曾文正公全集》第七册，北京：中国书店，2011年，第244页。

的发展历程。尽管他对"竞今疏古"的风气颇为不满，但也不得不承认这是历史的必然。东汉以后的魏晋时期，被鲁迅先生称为"文学的自觉时代"①，指的就是这一时期文学创作主体意识到文学的独立性和价值性，自觉地对文学的本质和发展规律等进行探讨和认识，促进文学按其自身的规律向前发展。而"文学的自觉"最集中的表现，就在于对文学审美特性的自觉追求。这种追求其实很早就有萌芽，如孔子"褒美子产，则云'言以足志，文以足言'；泛论君子，则云'情欲信，辞欲巧'"（《征圣》），但其落脚点却在"修身"，而非文学本身。只有到了曹丕（187—226）的《典论·论文》，才把文章视为"经国之大业，不朽之盛事"。由于对文学审美特性的自觉追求日益强烈，齐梁时出现了所谓"文笔之辨"，"以为无韵者笔也，有韵者文也"（《总术》）。一些文体被作为"文"，而另一些文体则被视为"笔"；一般来说，作为"笔"的文体可以不去讲究对偶、音韵和藻饰，作为"文"的文体则必须注重这些可以增加艺术性的要素。但这种划分并不绝对，《文心雕龙·史传》以下的多种文体，即"笔"的部分，也有不少是按"文"的标准来写作的。刘勰生当此时，身处其地，在那样一个文化环境中长大，自幼接受的写作训练应该就是盛行的骈文，他不可能超越时代，因而《文心雕龙》用骈体来写，是很自然的，并不奇怪。

第二，是本书"论文"之作的内容和性质所规定的。

按照刘勰"论文叙笔"中的分类，他的《文心雕龙》各篇都属于"论说"类；而统观全书，则应是一部子书②。而"论说""诸子"

---

① 鲁迅：《魏晋风度及文章与药及酒之关系》，《鲁迅全集》第 3 卷，北京：人民文学出版社，2005 年，第 523 页。

② 《文心雕龙》各篇是"论"，但全书则具"子书"性质。参见魏伯河：《论〈文心雕龙〉为刘勰'树德建言'的子书》，《福建江夏学院学报》2018 年第 2 期。

两种文体，按其划分都属于"笔"的范畴，对音韵没有要求，也就是说，是可以用散文形式来写的，但刘勰却采用了骈文形式，并且未做任何说明。这是否是刘勰理论与实践的脱节呢？其实不然。

须知，《文心雕龙》是一部"论文"的著作。而且与曹丕的《典论·论文》、应场（177—217）的《文质论》、陆机（261—303）的《文赋》、挚虞（250—300）的《文章流别论》、李充（生卒不详）的《翰林论》不同，是一部结构宏伟、体大思精的巨著，是"弥纶群言，而研精一理"（《论说》）的，而且是以"文心雕龙"为名的，所以不能写成"笔"类的作品，而必须写成"文"类的作品。否则，人们会怀疑他只会评论别人而自己并无为"文"的能力，是理论的巨人、行为的矮子，知之而不能行。所以，《文心雕龙》用骈体写成，不仅不是理论与实践的脱节，恰恰相反，是理论与实践的统一。写作《文心雕龙》，对刘勰来说，不仅是一次理论上的深入探险，其实也是一次创作上的成功实践。我们甚至有理由怀疑，刘勰如果不是有这样一次极其重要的创作实践，不能深刻体会创作的甘苦，他对那么多历代文人墨客和大量作品的评鉴，是否还能如此准确、到位。

二、《文心雕龙》与一般骈体文章的异同

骈文作为中国古代文学特有的样式，其共性是词句对仗精工，音韵协调，用典使事，雕饰藻采。台湾学者、骈文研究名家张仁青先生（1939—2007）指出："骈文之特征，计有五点：一曰多用对句，二曰以四字与六字之句调作基本，三曰力图音调之谐和，四曰繁用典故，五曰力求文辞之华美。"[①] 这些特征在《文心雕龙》一书中都有充分的体现。换言之，《文心雕龙》是符合骈文标准，并且属

---

① 张仁青：《中国骈文发展史》，杭州：浙江大学出版社，2009 年，第 16 页。

于骈文中的上乘之作的。按照萧统"事出于沉思，义归乎翰藻"（《文选序》）的标准，许多篇章也无不契合。其中《神思》《情采》《物色》等不少篇章则堪称骈文中的精品。而如果把《文心雕龙》五十篇分别作为单篇的骈文作品看待，刘勰又是传世作品最多的骈文作家之一。

刘勰写作《文心雕龙》既然采用了骈体形式，就必须遵守骈体写作的通行规范。就这一点说，与一般的骈文是相同的。但《文心雕龙》作为文论著作，还要遵循文论著作的特定要求，因而与一般的骈文又必然有所不同。笔者以为，其主要区别在于：

其一，一般骈文重抒情，《文心雕龙》重说理。

骈文的语言形式决定了它长于抒情的特点。传世的骈文名篇如李密（224—287）的《陈情表》，鲍照（414—466）的《芜城赋》，江淹（444—505）的《恨赋》《别赋》，孔稚圭（447—501）的《北山移文》，陶弘景（456—536）的《答谢中书书》，庾信（513—581）的《哀江南赋序》《小园赋》，徐陵（507—583）的《玉台新咏序》等，都是以抒情见长的。其中多有写景，也无不是情景交融的。但《文心雕龙》作为论文的作品，却显然不能以抒情或写景为主，而只能以说理、论证为主，还必须随时注意节制自己的情感，否则就可能理不胜辞，违背文体要求。在《程器》篇里，刘勰谈到了理想抱负、写了些有激之言，竟被当今某些论者视为不可原谅的赘疣，甚至以为"断乎不宜见诸本书"①。这样的非议，除了论者理解的偏颇之外，还应该与全书作为论文之作不无关系。②

---

① 张国庆、涂光社：《〈文心雕龙〉集校、集释、直译》，北京：中国社会科学出版社，2015年，第919页。

② 魏伯河：《〈文心雕龙·程器〉干进意图揭秘——兼与张国庆先生商兑》，《中国文化论衡》2018年第1期。

其二，一般骈文多以单篇流传，《文心雕龙》则为结构严谨的论著。

一般骈文多为单篇作品，且字数有限，故而作者写作所受束缚较少，易于集中心力打造精品。有时一篇文章中只要有某些段落和语句能够出彩，就可能脍炙人口，如王羲之（303—361）《兰亭序》、吴均（469—521）《与朱元思书》等都是精短之作，而后者仅为片段，即为明证。《文心雕龙》却是一部结构宏大、多达50篇、近3万8千字的论著。如果说，一般骈文只是一座小的亭阁甚或盆景，《文心雕龙》则是一座富丽堂皇的七宝楼台。在这样一座楼台中，不容许其中出现任何的败笔，更不可能"一俊遮百丑"。为此必须精心布置全局、合理划分篇章、避免前后重复和空白、防止轻重失调或偏枯、篇章之间有清晰的逻辑关系、首尾圆合浑然一体，如此等等，难度之大，比起一般骈文来不知要增加多少倍！刘勰《序志》云："夫铨序一文为易，弥纶群言为难"，诚为甘苦之言。评论别人如此，自己写作又何尝不是如此？

其三，一般骈文可以大量用"兴"，《文心雕龙》却只能主要用"比"。

"比兴"是中国文学最具民族特色的艺术表现手段之一。它不仅作为修辞方法，而且也作为思维方式，深刻地影响着中国的文学和作家。刘勰认为："比显而兴隐"他阐述说："观夫兴之托喻，婉而成章，称名也小，取类也大。""夫比之为义，取类不常：或喻于声，或方于貌，或拟于心，或譬于事"（《比兴》）。比、兴二者之中，以长于抒情为特点的一般骈文更多用的是"兴"。盖因触物生情、即景生情，既是文学创作的重要途径，也是人类思维的基本常规，成熟的作家不仅"登山则情满于山，观海则意溢于海"，而且还能"寂然凝虑，思接千载，悄焉动容，视通万里；吟咏之间，吐纳珠玉之声；眉睫之前，卷舒风云之色"（《神思》），写出许多婉而成章、以小见大的优秀作品。但《文心雕龙》作为一部以说理论证为主的理论著作，在创作中，却难得有用"兴"的机会，而只能大量用"比"。这不仅是刘勰主观的选择，更是作品内容客观的要求。

前文提及，所谓"人文"，是我们的古圣先贤"近取诸身，远取诸物"的产物。我们的古代文论自然也是如此，许多重要的概念术语，如"气""风骨""形神"等，都是在以物为喻的基础上形成的，是用比喻来形象地说明某种抽象的道理，因而"比"成为了古代文论说理常用的方式。《文心雕龙》中"比"的运用，可谓比比皆是，有的篇章甚至是主要用一连串精彩的比喻组合成的。大量新鲜、贴切的比喻，成为《文心雕龙》语言表述的一个重要特色。这是只要认真读过《文心雕龙》的人都会感知到的，不烦举证。

其四，一般骈文可以通篇用骈，《文心雕龙》则必须骈散相间。

一般骈文或骈散相间，或通篇用骈，作者在选择上有较大自由。但通读《文心雕龙》全书，可以发现，其虽以骈句为主，但每一篇甚至每一段都是骈散相间的。对此，刘勰有着清醒的理论认识。在《丽辞》篇中，他在论述了骈辞俪句存在的合理性之后，接着写道："诗人偶章，大夫联辞，奇偶适变，不劳经营。"在该篇结尾，又再次强调："若气无奇类，文乏异采，碌碌丽辞，则昏睡耳目。必使理圆事密，联璧其章，迭用奇偶，节以杂佩，乃其贵耳。"明确指出骈文写作应该"迭用奇偶"，做到"奇偶适变"，而不能弄成"碌碌丽辞"，使人"昏睡耳目"。他在《文心雕龙》的写作中，也的确很好地做到了这一点。在大量使用骈句的同时，或以散句提领，或以散句作结，使人阅读起来既朗朗上口，又张弛有度，转换自如，达到了论文说理得心应手的境界。

三、刘勰文论主张与其骈体写作是否矛盾

多年来的《文心雕龙》研究，有一个普遍而突出的问题，那就是：人们往往只看到《文心雕龙》是一部体大思精的文论巨著，而大多忽视了它还是一部绝无仅有的骈体佳作的庞大组合；往往只关注了其中有价值的文论观点，而大多忽视了他在骈文写作方面的成就。许多研究著作对其骈文形式视而不见、避而不谈，有的虽有涉及，但浅尝辄止、语焉不详。还有的则对其骈文形式大加挞伐，斥之为"形式主义"；认为刘勰理论上批判形式主义，而实践上却助长了形式主义，如前引刘大杰《中国文学发展史》的责难，即为典型一例。殊不知，刻意求骈避散，固然属于形式主义；而刻意求散避骈，又何尝不是形式主义的另一种表现呢！决定文章采用某种表现形式的首要因素，无疑应该是内容的需要。只要形式与内容契合无间，各种文体都可以写出佳作，这样的"形式"就不应视为"形式主义"。即如开唐代古文运动先声的李华（715—766）的名篇《吊古战场文》，之所以脍炙人口，在笔者看来，原因之一就是他采用了骈文形式。推而广之，韩、柳、欧、苏等所谓"唐宋八大家"的散文佳作中，又何尝完全排斥掉了骈辞俪句？可知极端化的主张、绝对化的观点事实上是行不通的。不过流风所及，人们逐渐丧失了独立思考能力、容易随声附和而已。

对《文心雕龙》与骈体文学的关系，多年来几乎无人问津。笔者浏览所及，对《文心雕龙》予以全面肯定的首推范文澜先生（1893—1969）。他在《中国通史简编》（修订本）第二编中评价说："刘勰是精通儒学和佛学的杰出学者，也是骈文作者中稀有的能手。他撰《文心雕龙》五十篇，剖析文理，体大思精，全书用骈文来表达致密繁富的论点，宛转自如，意无不达，似乎比散文还要

流畅，骈文高妙至此，可谓登峰造极。"① 此后，张光年先生（1913—2002）进行过《骈体语译文心雕龙》②的尝试；此外还有少量的研究论文。迄今为止，研究专著仅有于景祥（1960—）新近推出的《〈文心雕龙〉的骈文理论和实践》1 种，堪称凤毛麟角。于氏认为："刘勰既是骈文的理论家，又是骈文的实践家；《文心雕龙》既有骈义理论方面的巨大价值，又是骈文创作实践方面的典范之作。就骈文理论和实践相结合的总体成就而言，刘勰实在是千古一人，《文心雕龙》是议论说理类骈文的巅峰之作。"③ 对刘勰及其《文心雕龙》在骈体写作上取得的成就给予了全面而充分的肯定。平心而论，这样的评价并非过分。只不过人们多年来仅关注了其作为理论家的一面，而忽略了其作为实践家的一面，一向没有正视其骈文成就而已。其他骈文研究论著虽大都涉及《文心雕龙》，但多系摘引其中有关骈文的论述，而鲜有将刘勰本人当作骈文作家、把《文心雕龙》视为骈文作品予以研究者。典型的如张仁青《中国骈文发展史》之第六章《南北朝骈文之全盛时期》历数当时众多作家，而竟然不及刘勰，正所谓"熟视无睹"者也。

与此密切相关的，还有对《文心雕龙》主旨的误解。多年来，人们受纪昀评语的影响，把"齐梁文藻，日竞雕华"认作刘勰此书反对的主要对象；对书中关于文章形式美的大量研究和论述，则要么视而不见，要么认为是其"自相矛盾"。这其实是很大的误解，是后人用唐代以来古文家的眼光以今律古，又加上当代人的先入之见的产物，与刘勰本意则相去甚远。刘勰对当时文坛的现状，当然

---

① 范文澜：《中国通史简编》（修订本）第二编，北京：人民出版社，1965 年，第 418 页。

② 张光年：《骈体语译文心雕龙》，武汉：华中师范大学出版社，2017 年。

③ 于景祥：《〈文心雕龙〉的骈文理论与实践》，北京：中华书局，2017 年，第 479 页。

颇为不满，认为"魏晋浅而绮，宋初讹而新。从质及讹，弥近弥淡"（《通变》），但他的矛头所向，并非"雕华"，因为他是笃信"古来文章以雕缛成体"（《序志》）的。所谓"雕华"，其实正是"雕缛"。可以肯定地说，他的文学观与当时文坛的主流意见并无根本的不同。所以《文心雕龙》才能被当时的文坛宗主沈约（441—513）阅后"大重之，谓为深得文理，常陈诸几案"（《梁书·刘勰传》）。否则很难设想，刘勰与沈约的文学观点既针锋相对，却要拿自己的著作"取定于沈约"，甚至为达此目的而"负其书候约出，干之于车前，状若货鬻者"；并终能为沈氏所称赏。刘勰对当时的形式主义文风当然是反对的，但他所反对的并非骈文形式，更不是对文学审美特性的自觉追求。他的批判对象，乃如《序志》中所说，是"去圣久远，文体解散，辞人爱奇，言贵浮诡，饰羽尚画，文绣鞶帨，离本弥甚，将遂讹滥"。其中的关键词，一是"文体解散"，即不符合文章要求的作品大量涌现；二是"离本弥甚"，即背弃了儒家历来倡导的文章写作经世致用的根本目的。概而言之，则叫做"逐奇而失正"（《定势》）。针对前者，他以20篇的篇幅泛论古今文类，试图树立正确的楷式；针对后者，他提出"征圣宗经"的主张加以救治。要之，刘勰决非认为，使用骈文形式无法做到"贵乎体要"，骈文便不能经世致用，便无益于"纬军国""任栋梁"（《程器》）。在刘勰心目中，骈体归根结底只是一种语言工具而已，不存在可用不可用的问题，只存在如何用更好的问题。正因如此，他才用大量的篇幅，如《声律》《镕裁》《丽辞》《事类》《练字》《章句》等等，精心研究骈体写作中的各种问题；也正因如此，他的全书才用当时流行的骈文形式写作。

弄清楚了这一点，关于《文心雕龙》理论主张与其写作实践自相矛盾的误解庶几可以烟消云散。

四、骈体形式对《文心雕龙》的制约

内容和形式关系的辩证法告诉我们：内容决定形式，形式依赖于内容，并随着内容的发展而改变；但形式又作用于内容，影响着内容，制约着内容的表达。作者既然运用了某种形式写作，内容的表达就必然要受到这种形式的制约，必须为此而做出相应的调整和改变。不难设想，刘勰当初写作此书，把如此宏富的内容用骈文形式加以表达，如同"戴着脚镣跳舞"，该是如何地殚精竭虑、呕心沥血。尽管骈文作为当时流行的写作文体，刘勰运用起来是纯熟的，但比起散行文字的写作来，难度肯定要大得多。而本书的文论性质，又使他在表达上受到更多的限制。可以说，不仅是作者刘勰决定了《文心雕龙》采用的语言形式，这种语言形式也在某种程度上决定了他的《文心雕龙》只能这样写、只能写成这样。恰如美国学者宇文所安（1946—）所揭示的："刘勰所表达的思想，不是已经定形和固定的，而是一个思辨的过程。这个过程不是单一的：在很多情况下，我们可以看到两个角色在争夺对于论点走向的控制。其中一个角色我们把他叫作'刘勰'，一个有着自己的信念、教育背景和常识的人物；另一个角色是骈体文的修辞，我将其称之为'话语机器'，它根据自己的规则和要求生产话语。虽然刘勰希望两个角色能够达到完美的和谐，虽然现代论者也总是把他们视为一体，如果我们把《文心雕龙》当作对话体来对待，那么，这个文本就会变得更加清晰。我们常常看到话语机器的修辞把某一宣言进行处理，然后，根据可以预测的规则加以发展。我们也常常看到刘勰跟踪这部话语机器的轨迹，纠正他不认同的话语，试图使其符合自己的信念、教育背景和常识。"[1] 在他看来，刘勰在写作《文心雕龙》的过程中，

---

[1] ［美］宇文所安：《他山的石头记》，田晓菲译，南京：江苏人民出版社，2006年，第98页。

一直在和骈文这部"话语机器"进行博弈。这段话不仅生动形象，也的确很有道理。按照宇文所安的分析，刘勰在与"话语机器"的博弈中并不总是胜利者，"话语机器"在不少地方左右乃至扭曲了刘勰的思维和论述的方向，以致刘勰不得不一再进行补救即"弥缝"。

下面以《程器》篇为例，考察一下这种博弈是如何进行的。

《程器》开篇云："周书论士，方之梓材，盖贵器用而兼文采也。是以朴斫成而丹腹施，垣墉立而雕杇附。"这是本篇的破题。本篇主旨是学文本用以达政，重点在于"贵器用"。所谓"兼文采"，是话语机器按照对偶的惯性添加的。顺承而来的"朴斫成而丹腹施，垣墉立而雕杇附"两句，是"贵器用而兼文采"的例证。按照由正及反的话语逻辑，接着应该转向对"近代词人，务华弃实"的批判。但这一批判因不符合本篇主旨而事实上并没有展开，刘勰按照自己的思路，扭转方向，转向了对"文人无行说"的愤慨和批判，以致使本段行文逻辑的合理性受到影响。而就全篇来看，"兼文采"后文一直没再涉及，足证在全文主旨中是不占地位的。

刘勰后文"略观文士之疵"列举了司马相如、扬雄、冯衍、杜笃、班固、马融、孔融、祢衡、王粲、陈琳等16位著名文士的"瑕累"。这些"文士之疵"，都是前人的成说，属于为人熟知的材料，并非刘勰自己新的发现。他列举的用意，并非为了证实"文人无行说"的正确，也不在于对这些文士的否定或辩护，而在于引起下文的"古之将相，疵咎实多"，然后推出结论："岂曰文士，必其玷欤？"即并非只有文人才有各种瑕疵，不过是"将相以位隆特达，文士以职卑多诮"而已。刘勰列举古之将相的"疵咎"，用意也不在于否定这些人，而是为了推出"人禀五材，修短殊用，自非上哲，难以求备"的人才观和用人观。后来唐太宗"君子用人如器,各取所长"①就是这一思想的发展。这段论述中,需要注意的有两点。第一,从论证需要的角度来说,"文士之疵"并不必要举例如此之多,即便为了对偶的需要,四例或六例足矣。之所以出现了这么多,不能不说是话语机器在起作用。如此过多的举例,缺点是明显的,不仅使行文繁缛,还转移了读者对本节主旨的注意,误以为刘勰在力证"文人无行"。第二,在从文士到将相的转换中,有这样一个连接句:"文既有之,武亦宜然。"而后面列举的例子中,除了吴起、周勃、灌婴之外,管仲、陈平、孔光、王戎并非武将。何以出现这样的不一致呢?因为"武"是话语机器按照与"文"对应的习惯临时加进来的。但这与刘勰的意图发生了偏离,因为刘勰想要比较的对象其实是所谓"成功"的文士,而并非武将。为了弥合这一偏离,刘勰用了一个复合词"将相",把武将与丞相联系在一起,而且在举例时有意添加了吴起和绛灌,使这一偏离得到了一定程度的补救。然而就像瓷器裂缝后经过修补会留下痕迹一样,细心的读者仍不难发现其弥合的蛛丝马迹。

此后转入本文主旨的正面论述。他先从正反两方面论述了"丈夫学文"也必须"达于政事",应力求在才具上达到"文武之术,左右惟宜"的水平;否则"有文无质"必然"终乎下位"。接着论述作为君子的士人应奋发有为,在步入仕途之前,要为从政做好充分准备,这包括"蓄素以弸中,散采以彪外"两个方面,即内外兼修,力求在人才层次上达到"梗楠其质,豫章其干"的高度,能够"摛文必在纬军国,负重必在任栋梁"。当然,刘勰很清楚,即便有了这样卓越的素质和才干,仍然还有"遇"和"不遇"两种可能。对此,他认为要做好两种准备:"穷则独善以垂文,达则奉时以骋绩。"

---

① [宋]司马光:《资治通鉴》第八册,北京:中华书局,2013年,第5058页。

而这样的文人，无论穷达，就都属于《周书》所说的"梓材之士"。在这样的正面论述中，我们看到，刘勰才真正掌握了话语的主动权，势如破竹，文理晓畅，成为本文的精华所在。

这样的分析是否一定合于刘勰当时写作的实际情况，当然不是没有讨论的余地。但多了这样一个不同的视角，对原著的理解可以深入一步，则是可以肯定的。刘勰受制于骈文形式的制约，也不是仅有这一方面，其他如对偶、用典、音韵、藻饰等骈文特点，也都会在某种程度上予作者以制约。限于篇幅，本文不再展开，读者举一隅而以三隅反可也。

（原载《中国文化论衡》2019 年第 2 期）

简论《文心雕龙》之"圆"

刘勰既是我国中古时代最有成就的文论家，也是一位富有创造性的语言大师，其《文心雕龙》的语言就极富创造性。他不仅熔铸了不少新的文论术语，如"神思""风骨""隐秀""物色"等，而且把一些普通语词用作文论术语，并将其上升为审美范畴，"圆"字即其典型一例。

一、刘勰首开以"圆"论文之先河

据统计，《文心雕龙》全书"圆"字出现达 17 次之多[①]；如果加上异体的"圜"、近义的"环""珠"等字则更多。这些用例中，除了《原道》篇"方圆体分"和《隐秀》篇"澜表方圆"两例中的"圆"字代指天和水的波纹、用其作为形状的本义之外，其余都是用其比喻义，用来表示谈文论艺时涉及的各种不同情况，而其共同属性则是以"圆"为美。这说明，"圆"字已被刘勰正式作为文论术语广泛应用。于是，论观察则有"圆览"，论见识则有"圆通"，论才能则有"圆鉴"，论评析则有"圆照"，论布局则有"圆合"，如此等等，丰富多彩。之所以如此，盖因"圆"概念的形成，本来就是古圣先贤"参天地"的产物，天然与美感有关。我们的祖先看到天是圆的，像一个巨大的穹庐一样覆盖着大地（《敕勒歌》"天似穹庐，笼盖四野"，犹见其遗意），而且天上的日月也是圆的；进一步发现，世间万物，圆者多出天然，方者大抵人为，于是逐步

---

① ［日］冈村繁：《文心雕龙索引》，上海：上海古籍出版社，2010 年，第 325 页。

形成了以圆为美的普遍观念。物体呈现为"圆"就被认为是好的，甚至是神秘的，而破坏、损害了"圆"则被认为是不好的，例如发生了日食或月食，我们的古人就以为会有灾祸发生，便会用各种方式祭天禳灾，求其复"圆"。《周易·系辞上》云"蓍之德，圆而神；卦之德，方以智"①，已经体现出我中华民族远祖对"圆"的偏好，而且这样的观念早已深深积淀于中华文化的血脉之中。当然，"圆"用于人格评价，也时有贬义，谓八面玲珑，阿谀取容，今语"圆滑"犹为此义。一味圆滑，无所坚守，当然是不可取的。故《淮南子·主术训》有"智欲员（圆）而行欲方"②之论，后人亦有"取象于钱，外圆内方"之说。而用于描述事物，则鲜有不以"圆"为美者。钱锺书先生在《谈艺录》《管锥编》诸书中曾广征博引古今中外大量例证，说明以"圆"为美为人类普遍现象，正所谓"东海西海，心理攸同"③也。

尽管古人以圆为美的观念其来已久，但用于谈文论艺的例子，在刘勰之前尚不多见。《南史·王筠传》载："（沈约）于御筵谓王志曰：'贤弟子文章之美，可谓后来独步，谢朓尝见语云：好诗圆美流转如弹丸，近见其数首，方知此言为实。'"④算是难得一例。据此可知，谢朓（464—499）曾以"圆"论诗。而就沈约（441—513）转引其语以评王筠之诗来看，又可知当时这种说法尚未流行开来。与谢朓所说仅限于评诗不同，刘勰在《文心雕龙》中已大量运用"圆"来谈文论艺：就分布说，涉及全书50篇中的16篇；就内容说，涉及创作鉴赏的各方面和全过程，在以"圆"论文的发展

① 郭彧译注：《周易》，北京：中华书局，2010年，第298页。
② 张双棣：《淮南子校释》，北京：北京大学出版社，1997年，第108页。
③ 钱锺书：《谈艺录》，北京：生活·读书·新知三联书店，2007年，第1页。
④ ［唐］李延寿：《南史》，北京：中华书局，1975年，第609页。

上，实现了大幅度的跨越。这足以证明，刘勰已经将"圆"作为美的追求之一，并上升为审美范畴，赋予了丰富的内涵。有论者明确指出："《文心雕龙》确立了'圆'在文论史上的地位，刘勰以'圆'论文已包括'圆'在文论上的主要意义。'圆'在齐梁时代成为美学范畴。"[①] 其说可从。而刘勰之后，以"圆"论文遂成普遍现象，适如钱锺书先生《谈艺录》所说："盖自六朝以还，谈艺者于'圆'字已闻之耳熟而言之口滑矣。"[②] 可惜在数十年来的"龙学"研究中，除了个别研究者在论著中偶有涉及之外，学界注意于此者却难得一见，故有稍做梳理，予以揭橥之必要。

二、《文心雕龙》以"圆"论文之实例

（一）《文心雕龙》中单用"圆"字之例有四，分别涉及文章的语言、体势和思考的周密、体制的雅正等方面。分述如下：

> 1.故童子雕琢，必先雅制；沿根讨叶，思转自圆。（《体性》）

按："圆"谓圆满妥帖。全句是说少年儿童学习写作，一定要从雅正的体制开始。这样从根本到枝叶，思路的转换就会圆满妥帖，不会走弯路。

> 2.若骨采未圆，风辞未练，而跨略旧规，驰骛新作，虽获巧意，危败亦多。（《风骨》）

按："骨采未圆"与"风辞未练"互文。"圆"与"练"都指

① 韩海泉：《太极思维与中国古代文论"圆"美》，《青海师范大学学报》（哲学社会科学版），2008年第5期。
② 钱锺书：《谈艺录》，第284页。

高度熟练的程度。全句是说如果辞采的运用达不到圆熟的程度，只是在立意上追求新奇，写作是很难成功的。

> 3. 圆者规体，其势也自转；方者矩形，其势也自安：文章体势，如斯而已。（《定势》）

按：此之"圆""方"均借指文章体势。说明在刘勰心目中，文章体势主要有方、圆两种形态，并且各有其优势。

> 4. 古来文才，异世争驱；或逸才以爽迅，或精思以纤密，而虑动难圆。（《指瑕》）

按："虑动难圆"，指运思往往难于做到周到圆通。"圆"，圆备、周到，此用以指思考的无懈可击。全句是说，无论作者们是文思敏捷，还是文思细密，都难以做到万无一失、无懈可击。

（二）合用之例多达13例，有圆通、圆备、圆该、圆览、圆鉴、圆照、圆合、方圆、通圆、事圆、理圆等。其中，"圆通""方圆"凡两见，其余一见。就应用范围说，涉及文章的内容、文辞、体制、结构、事理、布局、鉴赏等诸多方面。分述如下：

1. 圆通：

> （1）故其义贵圆通，辞忌枝碎，必使心与理合，弥缝莫见其隙，辞共心密，敌人不知所乘，斯其要也。（《论说》）

按："圆通"指周密通达，没有罅隙。全句是说，作"论"体文章在内容上要力求周密通达，语言上要简明严谨，不能有罅隙即漏洞，以免让论敌有可乘之机。

（2）观《剧秦》为文，影写长卿，诡言遁辞，故兼包神怪；然骨制靡密，辞贯圆通，自称极思，无遗力矣。（《封禅》）

按：全句对扬雄的《剧秦美新》有褒有贬，肯定了其构思和语言上的周密通达。

2. 圆备：

自商暨周，《雅》《颂》圆备；四始彪炳，六义环深。（《明诗》）

按："圆备"指（体制）完备。此处之"体制"即"四始"（国风、小雅、大雅、颂）、"六义"（风、雅、颂、赋、比、兴）。

3. 圆该：

夫篇章杂沓，质文交加，知多偏好，人莫圆该。（《知音》）

按："圆该"指全面完备。全句是说，本来文章就良莠不齐、风格不一，加上鉴赏者多有偏好，导致很难有能全面完备地对作品做出评价的。

4. 圆览：

诗人比兴，触物圆览。物虽胡越，合则肝胆。（《比兴》）

按："圆览"，指周密地观察。全句是说，诗人运用比兴的手法，对事物进行周密观察，可以把相距遥远、看似互不相干的事物通过其间的相似点紧密地联系起来。

5. 圆鉴：

> 才之能通，必资晓术，自非圆鉴区域，大判条例，岂能控引情源，制胜文苑哉！（《总术》）

按："圆鉴"指全面明察；区域，指各体文章的区分和特点。全句是说，精通写作之道，必须全面掌握方法和技巧。如果不能全面地鉴别区分各种文体，准确把握写作的各种规则，哪能够很好地控制和引发自己的情绪和思路，在文坛角逐中取得优胜呢？

6. 圆照：

> 凡操千曲而后晓声，观千剑而后识器。故圆照之象，务先博观。（《知音》）

按："圆照"指全面准确地观察和认识。全句是说，鉴赏文辞需要长期的积累，只有在大量的鉴赏实践中才能训练出自己的能力。所以，要学会全面观察和鉴赏，必须从广泛阅读各类文章开始。

7. 圆合：

> 然后舒华布实，献替节文，绳墨以外，美材既斫，故能首尾圆合，条贯统序。（《镕裁》）

按："圆合"指（首尾）圆满吻合，互相照应。全句是说，文章起草时，要按照"三准"的要求，安排好文章的体裁、素材和要点，不是必需的材料，再好也要舍弃，这样就能做到首尾圆满吻合，彼此照应，条理贯穿，有统有序。

8. 方圆：

（1）夫玄黄色杂，方圆体分；日月叠璧，以垂丽天之象；山川焕绮，以铺理地之形。（《原道》）

按："方圆"指天地。古人认为天圆地方，故以"方"指地，以"圆"指天。全句是描述天地开辟及其显示的文采。

（2）夫隐之为体，义主文外，秘响傍通，伏采潜发，譬爻象之变互体，川渎之韫珠玉也。故互体变爻，而化成四象；珠玉潜水，而澜表方圆。（《隐秀》）

按："方圆"，偏义复词，偏指"圆"，这里指水波纹的形状。古人认为"水圆折者有珠，方折者有玉"（《淮南子·地形训》）。全句是说，"隐"的特征是含义虽不明显外现，却可以让人于文字之外体会到。

9. 通圆：

然诗有恒裁，思无定位；随性适分，鲜能通圆。（《明诗》）

按："通圆"，与"圆通"同义。唐写本作"圆通"。全句是说，诗有一定的体裁，作者的思考却没有一定的路数，如果只是顺遂自己的心性，就很难做到周密通达。

10. 事圆:

> 夫文小易瞻,思闲可赡。足使义明而词净,事圆而音泽,磊磊自转,可称珠耳。(《杂文》)

按:"事圆"谓事理圆通。全句是说,篇幅短小的《连珠》,容易写得周密;只要思考成熟,内容也会丰富。足以使义理明白而文辞洁净,事理圆通而音调丰润,圆转流动,那就可以称为"连珠"了。

11. 理圆:

> 必使理圆事密,联璧其章,迭用奇偶,节以杂佩,乃其贵耳。(《丽辞》)

按:"理圆"指文理圆通。全句是说,写作中运用对偶,一定要使句子文理圆通,事义周密,像双联的璧玉那样呈现文采;可以交错地运用奇句和偶句,像用佩戴的不同玉石来调节声音一样,才是最好的做法。

综合上述,可知刘勰使用"圆"来表达文章之美远非一端,绝不是偶尔为之,而是作为其审美标准之一普遍运用的。正如钱锺书先生在列举了《文心雕龙》中"圆"字各例后所说:"可知'圆'者,词意周妥、完善无缺之谓,非仅音节调顺、字句光致而已。"①

三、《文心雕龙》"首尾圆合"的结构布局

"首尾圆合"是刘勰对作品结构布局的追求之一。如前文所述,此语见诸《镕裁》。我们知道,《镕裁》是《文心雕龙》中专门研

---

① 钱锺书:《谈艺录》,第 283 页。

究布局谋篇的篇章。在这样一篇专论中提出"首尾圆合"的艺术标准，足以说明"圆"的应用已经跻身于写作艺术的层面。应该说，在刘勰之前，文章中注意首尾照应的实例已有不少，不过尚未上升到理论层面。将其作为艺术标准来要求文章写作，就存世文献而言，刘勰无疑是首开其例。我们看到，《文心雕龙》的大部分篇章，在这方面都是颇为用心并相当成功的。如《征圣》篇结尾以"若征圣立言，则文其庶矣"回应篇首"作者曰圣，述者曰明"；《宗经》篇结尾以"正末归本，不其懿欤"回应篇首"三极彝训，其书曰经。经也者，恒久之至道，不刊之鸿教也"；又如《神思》篇末以"伊挚不能言鼎，轮扁不能语斤，其微矣乎"呼应篇首"古人云：形在江海之上，心存魏阙之下。神思之谓也。文之思也，其神远矣"；《定势》篇末以"秉兹情术，可无思耶"照应篇首"夫情致异区，文变殊术"，《镕裁》篇末以"若情周而不繁，辞运而不滥，非夫镕裁，何以行之乎"回应篇首"立本有体"等。如果篇末回应未尽理想，则通过"赞"语来体现这一点。如《章句》"赞"用"断章有检，积句不恒；理资配主，辞忌失朋"回应篇首"夫设情有宅，置言有位；宅情曰章，位言曰句"；《丽辞》篇"赞"以"体植必两，辞动有配。左提右挈，精味兼载"回应篇首"造化赋形，支体必双；神理为用，事不孤立。夫心生文辞，运裁百虑，高下相须，自然成对"等。这样"首尾圆合"，使文章的整体美得以完美展现，给人以珠圆玉润的感觉。

不仅如此，笔者认为，放眼全书，整部《文心雕龙》也是"首尾圆合"的。按照刘勰"位理定名，彰乎大易之数，其为文用，四十九篇而已"的说法，如果不计《序志》，开篇的《原道》与最后一篇《程器》，在标题上就是遥相呼应的。《周易·系辞上》云："形而上者谓之道，形而下者谓之器。"[①]首篇论"道"，末篇论"器"，

---

① 郭彧译注：《周易》，第 301 页。

遥相呼应，首尾是"圆合"的；就关键词来说，《原道》篇首句"文之为德也大矣"，与《程器》篇赞语"瞻彼前修，有懿文德"也遥相呼应，以"文德"始，复以"文德"终。这当然不会是无意的巧合。如果把《序志》考虑在内，那么，"茫茫往代，既沈予闻；眇眇来世，倘尘彼观"的无限感慨，"文果载心，余心有寄"的深远寄托，与《原道》开篇"文之为德也大矣"的赞叹也在意脉上息息相通。

除了文辞和义理上的首尾呼应之外，还可发现，全书整体也呈现为一种首尾相接的"圆"形结构，即所谓"体圆"。《序志》篇明言其书分为上下两篇，各有二十五篇，彼此对称。许多讨论《文心雕龙》结构者认为刘勰把《文心雕龙》分为上下两篇，等于把全书分为两截，于是将其各自独立看待，这显然是不够的。上下两篇固然竖看则为两截，横视则为并列，但人的心智运行的复杂性决定了不能限于横、竖两种维度的方形思维，否则"首尾圆合"便无从谈起。在笔者看来，本书的结构即体现了渗透于中国文化心理思维层面的太极圆形思维，全书犹如一幅由阴阳鱼构成的《太极图》（参见图一）。这并非笔者的突发奇想，因为刘勰论文章体势时有云："圆者规体，其势也自转；方者矩形，其势也自安：文章体势，如斯而已。"（《定势》）他有意对全书的"体势"作"圆"的追求，并不奇怪。

图一　太极图

《太极图》源于《周易》的宇宙观。《周易·系辞上》云："易有太极，是生两仪。两仪生四象，四象生八卦。八卦定吉凶，吉凶生大业。"①在此认识的基础上，我们的古人创作出了被誉为"中华和谐美第一图"的太极图。古太极图就是由八卦构成的。刘勰《原道》篇云："人文之元，肇自太极。"说明他对"太极"有着深刻的理解。历史地看，太极本是一个抽象的概念，最初的太极图也相对粗糙，后来经过道家、儒家历代学者的图说和阐释，才演变成为标准的阴阳鱼图案。按照通常的解读，最外圈为圆形（象征太极整体），图中的 S 形曲线象征阴阳两分。而阴阳鱼中的鱼眼，则表示阴阳双方中都包含对立面的因素，即阴中含阳，阳中含阴。据此可知，此图凝聚了我国古人的大智慧，具有高度的普适性，是可以运用到包括文论在内的各种领域的。西方文论也早已发现了"圆"的作用，认为"真学问、大艺术皆可以圆形象之，如蛇自嚙其尾。"②"蛇自嚙其尾"的比喻虽然也算新鲜，但与中国文化中的《太极图》相比，则相去不可以道里计。《文心雕龙》的结构与太极图极为相类：全书由上下两篇组成，上篇论文体（类），下篇论文术，上篇为阳，下篇为阴，"体"显而"术"隐；上下篇之间，彼此互相联系，互有渗透，相辅相成，并且首尾相接，呈现出一个完整的圆形结构。西人所谓"真学问、大艺术皆可以圆形象之"，信然！

综合上述，《文心雕龙》字句圆、事圆、理圆，篇章圆，全书亦圆，几乎无所不圆，所以能在成为"体大虑周"的文论精品的同时，也成为难得的美文。

了解《文心雕龙》的这一结构特点，对把握全书主旨、克服阅读障碍大有裨益。例如，我们看到，刘勰在《序志》篇里明确了"唯

---

① 郭彧译注：《周易》，第 299 页。
② 钱锺书：《谈艺录》，第 280 页。

文章之用，实经典枝条，五礼资之以成，六典因之致用，君臣所以炳焕，军国所以昭明，详其本源，莫非经典"，"搦管和墨，乃始论文"之后，即开始《原道》《征圣》《宗经》的写作。《原道》开篇畅言"文之为德也大矣"，看似突兀，实则不然。其所谓"文之为德"者，即《序志》所说"文章之用"也；而"五礼资之以成，六典因之致用，君臣所以炳焕，军国所以昭明"，可不谓"大矣"乎？通过全书首尾之间的密切联系，就可以知道"文之为德"之"德"，恰如钱锺书先生所说："《文心雕龙·原道》：'文之为德也大矣'，亦言'文之德'，而'德'如马融赋'琴德'、刘伶颂'酒德'、《韩诗外传》举'鸡有五德'之'德'，指成章后之性能功用，非指作文时之正心诚意。"[①] 今人大多仅据《原道》之"道"去考察"德"的含义，歧见纷出，莫衷一是，失误恰在于忽略了《文心雕龙》"首尾圆合"的结构特点。不少人阅读《原道》的时候，只记得《序志》中"本乎道"三个字，于是戴了放大镜在《原道》全文寻找"道"字，有的便把平常叙述语句中的"自然之道也"当成了答案，其实那句话不过是说"自然而然的道理"而已，并非作为文论术语使用的。还有，许多人注意到了《文心雕龙》与《周易》的关系，但往往只发现《文心雕龙》在篇章数目的安排上借鉴了《周易》，而很少有人注意到其首尾相接的圆形结构亦效法于《易》之太极。这种相对僵化的认知，严重限制了对《文心雕龙》的全面理解。如果采取了刘勰倡导的"圆鉴"之法，许多疑点往往可以冰消雪化而豁然开朗。

四、刘勰以"圆"论文的深远影响

自刘勰《文心雕龙》发以"圆"论文之端以后，"圆"遂成为

---

① 钱锺书：《管锥编》第四册，北京：生活·读书·新知三联书店，2007 年，第2343 页。

文论中之常语，并被不断推崇到更高地位。

稍晚于刘勰的皇侃（488—545）本是位经学家，但他在《论语义疏·叙》释《论语》之名时，列出四种说法，其四曰："伦者，轮也。言此书义旨周备，圆转无穷，如车之轮也。"又说："蔡公为此书，为圆通之喻云：物有大而不普、小而兼通者。譬如巨镜百寻，所照必偏；明珠一寸，鉴包六合……《论语》小而圆通，有如明珠。诸典大而偏用，譬如巨镜。"① 将《论语》之"论"等同于"伦"，再解释为车轮的"轮"，或许不无牵强；但其谓"《论语》小而圆通，有如明珠"，用明珠之"圆"来形容一部精粹的著作，则是颇有创意的，未必不是受《文心雕龙》论"圆"的启发。而他的譬喻，也启发了我们对《文心雕龙》圆形结构的认识。后来如唐代裴延翰（杜牧之甥，生卒不详）《樊川文集序》称："仲舅（按指杜牧）之文……絜简浑圆"②；宋代苏辙（1039—1112）尝云："余少作文，要使心如旋床。大事大圆成，小事小圆转，每句如珠圆。"③ 苏辙是否能果如其言，所有篇章字句都那么"圆"，姑且不论，但此语足以说明他对文章之"圆"的追求是何等强烈。清代张英（1637—1708）在其著名家训《聪训斋语》卷上曾专门论"圆"，将其视为美之极致，他写道："天体至圆……万事做到极精妙者，无有不圆者。圣人之至德，古今之至文、法帖，以及一艺一术，必极圆而后登峰造极。"④ 不难发现，作为审美范畴的"圆"，在历代的传承运用中被不断地泛化，并被不断推崇到更高的地位了。

① ［梁］皇侃：《论语义疏》，高尚榘校点，北京：中华书局，2013 年，第 2 页。

② ［唐］杜牧：《樊川文集》，陈允吉校点，上海：上海古籍出版社，1978 年，第 2 页。

③ ［宋］苏辙：《双溪集·栾城遗言》，北京：商务印书馆，1935 年，第 216 页。

④ ［清］张英、张廷玉：《父子宰相家训》，江小角，陈玉莲点注，合肥：安徽大学出版社，2013 年，第 18 页。

至于"首尾圆合"的布局谋篇艺术，则经历了"首—腰腹—尾（凤头—猪肚—豹尾）"进一步发展为"起—承—转—合"的结构论，成为文章结构的常规，尤其成为明清科举考试中八股文的定式。科举制废除之后，八股文没有了市场，但后来之白话文，尤其是各种论文也不能完全摆脱其影响。这种影响还波及海外。日本一些指导写作的书，如木下是雄《理科写作技巧》等，也把起承转合作为重要的写作技法予以介绍。而其所以具有顽强的生命力，根本原因是这种文章结构与人的思维程序具有高度的一致性。内蒙古师范大学万奇教授（1964—）有专文《起承转合结构论：从诗学到文章学》①对此论之綦详，可参看。不过有所不同的是，万奇先生梳理的这一发展途径是向内的，偏重于首尾之间内在层次的转换，而刘勰讲"首尾圆合"则偏重于外形的"圆"。

五、结语

历史地看，刘勰《文心雕龙》以"圆"论文，是古代文学理论发展到一定阶段的产物。有的研究者将其来源追溯到佛教，尤其龙树的《中伦》。如果考虑到刘勰写作《文心雕龙》时寄身佛寺，长期为僧祐抄写佛经、编定佛书，受其浸染，在书中或隐或显地有所表现，诚或有之，故此说不可为无据。但笔者以为，对此不可执于一偏，以致将某种次要因素视为主要因素，或者将偶然因素视为必然因素。中华民族由《易经》发展而来的传统文化，无疑才是其真正的、至少是主要的源头。后来传入的佛家思想的影响，最多只是起到辅助或旁证的作用。

至于何以在此之前以"圆"论文未成气候，直至刘勰才成为专

---

① 万奇：《起承转合结构论：从诗学到文章学》，《古代文学理论研究》第三十七辑，上海：华东师范大学出版社，2013 年。

门术语和审美范畴，主要应归因于此前中国的学术尚处于浑融状态，"文学"（或称文章之学）尚未独立出来，那时之所谓"文学"，是涵盖了所有的文章学术的。所以此前未有成系统的文学理论著作，亦属事之必然。此前的思想家或文人学士偶有即兴的片言只语，所对应的大多也并非今日之所谓"文学"，而往往是包括了对立身、处事、社会、人生乃至宇宙的思考，属于广义的文化层面。要在这样的文献中发现专门作为文论术语的字眼，当然难得一见，更不可能自成系统。而《文心雕龙》则不同，刘勰抱负远大，他把文章写作作为其"翼赞圣旨""树德建言"的凭借，立志超越前人，写出一部"弥纶群言"的大著作。[①] 这样的著作，需要包揽所有文章，涉及与文章写作有关的方方面面，因而必须有大量的材料作为支撑，此前直接论"文"的资料固然要搜览无遗，并非直接有关的资料也要兼收并蓄，为我所用，在使用中还要加以熔铸，赋予新义。于是若干本不属文论术语的语词，也被采入本书，于文论的意义上加以应用，遂一转而为文论术语。"圆"由表示一个形体的普通概念到成为专门的文论术语的过程，即应作如是观。

（原载《中国文论》第八辑，山东人民出版社，2020）

---

① 魏伯河：《论〈文心雕龙〉为刘勰"树德建言"的子书》，《福建江夏学院学报》，2018年第2期。

《文心雕龙》互文修辞分类举隅

刘勰《文心雕龙》一书用当时流行的骈体语言写成，这种语体的特点决定了他不可避免地要大量运用对偶句式和互文的修辞艺术。

关于《文心雕龙》对偶运用的成就，近年已有于景祥（1960—）《〈文心雕龙〉的对偶理论与实践》[①]进行了专题研究；而有关对偶句式对《文心雕龙》内容表达的制约，笔者也已另有专文进行了探讨[②]。本文主要对《文心雕龙》中与对偶联系密切的互文修辞艺术进行分类探讨，以帮助读者祛除阅读和理解的障碍。

一、互文的产生及其类型

"互文"又称"互体""互辞"或"互文见义"，意为"参互成文，合而见义"。推究其来源，则应出自《易经》中的"变爻"（又称"互卦"）。刘勰《隐秀》篇云"辞生互体，有似变爻"，即揭示了它们之间的此种渊源关系。互文的产生还应与中国语言文字的特点有重要关系，是中国语言文化的独特产物。《汉语大词典》对"互文"的解释是："互文，上下文义互相阐发、互相补足。"此说简明扼要，但对这种语言现象不熟悉的读者，仍难以深入理解。笔者在《〈文心雕龙〉"纲领""毛目"解》一文中曾专门谈到过"互文"，指出：

---

① 于景祥：《〈文心雕龙〉的对偶理论与实践》，《文艺研究》2015年第4期。
② 魏伯河：《对偶句式制约〈文心雕龙〉内容表达例说》，《福建江夏学院学报》2019年第3期。

"互文"现象相当复杂，并不仅是一种单纯的修辞格。从其总括性称谓来讲，"互文"又称"互辞""互体"。而从其具体用法来说，又有"互言""互举""互相明（互明）""互相见（互见）""互相成""互相足""互相备""互相挟"等种种分别。它之所以产生并大量应用于古籍的写作，一则由于古代书写条件的限制，作者力求文字简省；二则因为中国语言崇尚词句的对偶，往往非彼此"参互见义"不能达到对偶的要求。在对应的两句中，相同的位置如果表达同样或相近的意思，也需要变换其辞以避免重复。而变换其辞的办法，一是分别使用同义词或近义词，词语变换而意思不变，释读时彼此可以互训，如"虽精义曲隐，无伤其正言；微辞婉晦，不害其体要"（《征圣》）句中，"精"与"微"、"曲隐"与"婉晦"、"无伤"与"不害"都是如此。二是要表达的意思包括两方面，就在对应的分句中采取"各举一边"的办法，使之既符合对偶的要求又避免了重复，理解时彼此应该互补。如"子建援牍如口诵，仲宣举笔似宿构"（《神思》）句中，"援牍"与"举笔"、"口诵"与"宿构"均应作如是解。因为"援牍"时也将"举笔"，"举笔"时也必"援牍"，纸笔俱备，方能写作；"口诵"与"宿构"好像是两种表现，但"口诵"必须有"宿构"为基础，有"宿构"则"口诵"自不在话下。所以，"援牍"与"举笔"、"口诵"与"宿构"都是就曹植（子建）和王粲（仲宣）两人而言，用以表现其文思之敏捷。①

这样的介绍当然还不足以透彻说明所有的互文现象，但已经涵盖了两种主要的互文类型，即"互训式互文"（用词之法）和"互

① 魏伯河：《〈文心雕龙〉"纲领""毛目"解》，《四川民族学院学报》2017年第4期。

补式互文"（炼句之法）①。《文心雕龙》一书中互文运用的情况当然要复杂得多，但大体可以归入这样两个类型。此外，还有一种"舛互式互文"，属于互文中的"另类"，《文心雕龙》中也有若干用例，值得注意。如果不能正确识读和理解《文心雕龙》中的互文现象，阅读中理解文义时就会存在不少障碍。下面，对《文心雕龙》中的互文现象分别举例并略加阐释，或许对读者能有所助益。

二、互文用例分类举隅

（一）互训式互文

这类互文习称"变文避复"，这是从修辞角度讲的。所谓"变文避复"，即变换文字以避免行文中出现文字重复。在对偶句式中，变换的文字一般在句子对应的同一位置上。就词性来说，彼此是相同的，有的本非相同，但已通过词类活用而使之暂时相同；就词义来看，多为同义词、近义词或其他可以互换的词。之所以如此，是因为按照中国传统的审美观念，除了少数有意安排者之外，一般认为过多的文字重复是会影响语言美感的。这种类型，从修辞学的角度说，变换的文字彼此存在着"互文"即"互相文饰"以增加美感的关系；而从训诂学的角度看，变换的文字之间则可以"互训"即"互相训释"。有人据此以为此种现象不属于修辞学的范畴，仅属于训诂学的领域，虽有一定道理，但理由并不充分，因而难以成立。因为作者"变文避复"既然是出于文章审美的需要，自然应属于一种修辞手段，便不能说与修辞学无关。至于读者（包括注释者）发现它们之间可以互相训释，当然可以对其进行"互训"。二者之间的出发点和目的性都是不同的，不应因承认其一方面而否定其另一方面。有学者将其称为"互训式互文"，以与典型的互文——

---

① 李锡澜：《互文辨》，《上海师范大学学报》（哲学社会科学版）1984年第4期。

"互补式互文"区别开来，是有道理的。《文心雕龙》中此类现象比比皆是，不胜枚举，所以本文仍将其列为第一种类型，并略举数例予以说明。

1. 观天文以极变，察人文以成化。（《原道》）

"观""察"互文，"变""化"互文。意为圣人通过观察天文和人文来穷究事物变化的道理，来达成对人民的教化。"观察""变化"均已成为同义复词。

2. 龙图献体，龟书呈貌。（《原道》）

"献""呈"互文，"体""貌"互文。意为龙图和龟书都向人世间呈现出了它们的体貌。"呈献""体貌"均已成为同义复词。

3. 乃含章之玉牒，秉文之金科矣。（《征圣》）

"含章""秉文"互文，均指写作；"玉牒""金科"互文，指法则、准绳。意为志足言文、情信辞巧是写作的金科玉律。"金科玉牒"由扬雄（前53—公元18）《剧秦美新》中"金科玉条"改造而来，后演变为成语"金科玉律"。

4. 马龙出而大《易》兴，神龟见而《洪范》耀。（《正纬》）

"出"与"见"互文，"见"通"现"；"兴"与"耀"互文。与"龙图献体，龟书呈貌"用典相同，是说这些异象启发圣人创作了经典《易经》和《洪范》。"出现"已成为同义复词。

5. 轩翥诗人之后，奋飞辞家之前。（《辨骚》）

"轩翥"与"奋飞"互文。意为《离骚》是在《诗经》之后、辞家之前最杰出的作品，它上承了《诗经》的传统，下启了辞赋的新局。"轩翥"之义可借"奋飞"之义而明。

6. 神居胸臆，而志气统其关键；物沿耳目，而辞令管其枢机。枢机方通，则物无隐貌；关键将塞，则神有遁心。（《神思》）

"统"与"管"互文；"关键"与"枢机"互文；"方"与"将"互文；"隐"与"遁"互文。意为在"神与物游"的构思过程中，志气和辞令起着至为重要的作用。"统管""隐遁"已成为同义复词。"枢机"之义可借"关键"之义而明。

7. 夫情动而言形，理发而文见；盖沿隐以至显，因内而符外者也。（《体性》）

"情"与"理"、"动"与"发"、"言"与"文"、"形"与"见"（通"现"）、"沿"与"因"、"隐"与"内"、"显"与"外"互文。意为写作过程中作者的情志和要表达的道理决定着语言文章的形式。"情理""发动""内隐""外显"均已成为同义复词。

8. 故辞理庸俊，莫能翻其才；风趣刚柔，宁或改其气；事义浅深，未闻乖其学；体式雅郑，鲜有反其习。（《体性》）

"莫能""宁或""未闻""鲜有"互文;"翻""改""乖""反"互文。意为不同风格、体式的文章都取决于作者的个性和学养。

9.唐歌在昔,则广于黄世;虞歌卿云,则文于唐时;夏歌雕墙,缛于虞代;商周篇什,丽于夏年。楚之骚文,矩式周人;汉之赋颂,影写楚世;魏之策制,顾慕汉风;晋之辞章,瞻望魏采。(《通变》)

"广""文""缛""丽"互文;"矩式""影写"互文,"顾慕""瞻望"互文,"人""世"互文,"风""采"互文。意为不同朝代的文章都受到前代的影响。早期的"黄世"到商周,是由淳质到丽雅不断进化的过程;而楚汉到魏晋,则是由侈艳到浅绮逐渐偏离正体的过程。其中"人世""风采"已成为同义复词。

10.使玄解之宰,寻声律而定墨;独照之匠,窥意象而运斤。(《神思》)

此处"玄解之宰"与"独照之匠"互文,本义均为高明的木匠,此处喻指高明的作者。"定墨"与"运斤"互文,均为木匠制器的环节,这里喻指写作。"寻""窥"互文;"声律""意象"互文。意为高明的作者在构思写作时都是按照酝酿成熟的意象和美妙和谐的声律来进行的。

通过上列例证,可以归纳出"互训式互文"的某些特点:一是变换的文字可以互换,互换之后表达的意思不变或只有细微的变化。二是同样位置上的词可以"互训",其中较生僻难懂的文字可借助对应的常见易懂的文字推知其涵义,即"互文见义"。三是许多变换的单音词后来成了现代汉语中的同义复词。

（二）互补式互文

这类互文一般称之为"互文相足"，指对应的句子之间意义上互相补充，结构上互相渗透、互相依存。之所以会有这种需要，因为对应的句子之间的关系如唐代贾公彦所说，是"各举一边而省文"，是"一物分为二，文皆语不足"。[①] 有时不限于两句，还可能是三句或以上。理解时必须明了其中的互补关系，把上下相对的两句（或三句及以上）结合起来，否则就不能完整理解句意。另外，互补式互文中往往也同时存在着互训式互文，为省笔墨，下面的分析中不再涉及。例如：

1. 玉版金镂之实，丹文绿牒之华。（《原道》）

句中"实""华"互文，二者是兼就"玉版金镂"和"丹文绿牒"而言，并非"玉版金镂"有"实"无"华"，"丹文绿牒"有"华"无"实"。全句是说，"玉版金镂"和"丹文绿牒"都是华实相扶的，这对人文的创始有着重要的启示。

2. 木铎起而千里应，席珍流而万世响。（《原道》）

句中"木铎"和"席珍"都代指儒家经典。"千里"与"万世"互文。表面上看，"千里"就空间而言，对应的是"木铎"；"万世"就时间而言，对应的是"席珍"。这正是贾公彦所说的"一物分为二，文皆语不足"，实则两者都是兼就时空两方面而发。完整的意思是说，经过孔子整理过的儒家经典，在空间上无所不至，在时间上永垂不

---

① ［汉］郑玄注，［唐］贾公彦疏：《仪礼注疏》，北京：北京大学出版社，2000年，第868页。

朽，具有超越时空的巨大能量。

3．先王圣化，布在方册；夫子风采，溢于格言。（《征圣》）

句中"方册"，指古代典籍。"格言"，指可以作为法则的言论；格，法度，法则。那么，是否先王的圣化只保存在"方册"里，孔子的风采仅见于"格言"中呢？显然不是的。在刘勰心目中，"方册"中记载的都是"格言"，"格言"也必然是保存在"方册"之中的，二者互补，语意才能周备。可知"方册"和"格言"都是兼就"先王"与"夫子"两方面而言的。总的是说，"先王圣化"和"夫子风采"，都已"布在方册""溢于格言"，是可以而且应该作为写作的范本的。

4．情以物兴，故义必明雅；物以情观，故词必巧丽。（《诠赋》）

这是论述赋类作品中情、物关系和写作要求的一组对偶句。"情以物兴"，即触景生情；"物以情观"，即寄情于物。二者看似有先后之别，其实是一回事。"义必明雅""词必巧丽"是赋作应该达到的内容和形式的要求。为了对偶的需要，刘勰把"义必明雅"隶属于"情以物兴"，而把"词必巧丽"隶属于"物以情观"，各举一边，实则两方面要求是一致的，无论作者先写景还是先抒情，都应该做到"义必明雅""词必巧丽"。一些译文因为采取了直译的办法，以致不能反映上下句之间的互补关系，影响了读者对句意的完整理解。

5．凭情以会通，负气以适变。（《通变》）

这是刘勰论述"通变"时的一组对偶句。句中"情"和"气"被分别安排与"会通"和"适变"相对应,但我们却难以发现"情""气"与"会通""适变"之间分别存在着何种必要条件关系。因为"情(情志)"和"气(气质)"都是作者自身个性的体现,彼此之间并没有明显的分界;写作时的"会通"与"适变"也是不可能截然分开的,因而不能说需要"会通"时才要"凭情",需要"适变"时才要"负气"。而如果调整位置,说"负气以会通""凭情以适变"也完全可通,句意并不会发生变化。可知上下两句是互相渗透、互为补充的,不可胶柱鼓瑟。全句的意思其实是说,作者要根据自己的情志和气质,来把握"通"与"变"的尺度,"望今制奇,参古定法",以努力写出"采如宛虹之奋鬐,光若长离之振翼"的"颖脱之文"来。有的学者将其译作"应该凭借自己的情感来继承前人,依据自己的气质来适应革新",或"应依据表现情志的需要去继承古人的成就,根据自己的气质特点来施展革新",显然并没有正确地传达出原文的涵义。

6. 是以言对为美,贵在精巧;事对所先,务在允当。(《丽辞》)

从字面看,似乎"言对"的最高标准是"精巧",并不以"允当"为贵;"事对"的首要条件是"允当",是否"精巧"则不重要。其实并非如此。因为句中"精巧"与"允当"是互文关系,它们都是兼就"言对"和"事对"而言的。周勋初先生(1929—)在《文心雕龙解析》中说:"这一段文字紧承上一段文字,起到推导的作用,指出不管是言对还是事对,贵在'精巧'和'允当'。这里用的也是骈文的表达方式,互文见义,言对也要'允当',事对也要'精巧'。"① 是完全正确的。

7.写气图貌,既随物以宛转;属采附声,亦与心而徘徊。(《物色》)

句中"写气图貌""属采附声"指的都是写作构思过程,全句 讲的是"心"与"物"的调适、交融过程,上下句之间为互文关系。 不过为了符合四六句式的要求,前句中蒙后省略了"心",后句中 承前省略了"物",理解时必须把它们补充进来。这里是说,在写 作构思过程中,主观的"心"与客观的"物"有一个互相作用、不 断交融的过程,彼此须经过多次的"宛转""徘徊",才能达到理 想的程度。王元化先生(1920—2008)在《日本研究〈文心雕龙〉 论文集》的序言中指出"从《文心雕龙》的体例来看,每每对偶句 互文足义。比如《物色》篇:'随物婉转',即指心随物婉转;'与 心徘徊'即指物与心徘徊"②,是正确的。

8.故情者文之经,辞者理之纬;经正而后纬成,理定而后辞畅: 此立文之本源也。(《情采》)

刘勰在这里要表达的完整意思是:"情者文之经,[文者情之纬; 理者辞之经,]辞者理之纬;经正而后纬成,[情]理定而后[文] 辞畅:此立文之本源也。"也就是说,"情"作为经,与之相配的

① 周勋初:《文心雕龙解析》,南京:凤凰出版社,2015年,第575页。
② 王元化:《日本研究〈文心雕龙〉论文集·序》,济南:齐鲁书社,1983年, 第5页。

纬是"文";"辞"作为纬,与之相配的经是"理"。刘勰为了满足对偶和行文简洁的需要,采取了"各举一边而省文"的办法,在"情者文之经"后面省略了"文者情之纬",在"辞者理之纬"前面省略了"理者辞之经",使省略后的两句仍然保持了对偶的形式;后面的"理定而后辞畅"一句里,为了与"经正而后纬成"对偶,"情""文"二字也被省略了。两句之间互文相足,阅读理解和翻译时必须明了这一点,把省略掉的文字补充进来。刘永济先生(1887—1966)曾以为:"按上文曰:'故情者文之经,辞者理之纬;经正而后纬成,理定而后辞畅'是以经配纬,则'理定'句应以情配辞,作'情定而后辞畅',方合文次。"[①] 其说非是。盖因未注意到其中的互文,实属千虑一失。

9. 文变染乎世情,兴废系乎时序。(《时序》)

这是刘勰对文学发展演变规律的精辟总结,概括了文学与社会政治、学术风气、时代变化,亦即与"世情""时序"之间的关系,指出社会生活和时代变化浸染乃至决定着文学的变化甚至兴衰。两句之间亦为互文关系,是互为补充的。"文变"包括了"兴废","时序"也属于"世情";"染乎""系乎",虽程度有轻重之别,但不可截然划分。合而观之,会通理解,才更圆满周备。单独一句,就不会有这样丰富的内涵。可以视为互文修辞艺术服务于内容表达的好例。

10. 有同乎旧谈者,非雷同也,势自不可异也;有异乎前论者,非苟异也,理自不可同也。(《序志》)

---

① 刘永济:《文心雕龙校释》,北京:中华书局,1962年,第116页。

表面上看，刘勰这里把自己"弥纶群言"中不得不"同乎旧谈"的部分归因于"势"的作用，而把不得不"异乎前论"的部分归因于"理"的作用。其实，"势"与"理"都是兼就"同乎旧谈""异乎前论"这两方面而言的，彼此是互文关系。其真实的意思是说，无论"同乎旧谈"还是"异乎前论"，都是依据情势和事理，出于势所必然、理所当然、不得不然，而不是由于自己的偏好。由此推出了后文"同之与异，不屑古今，擘肌分理，唯务折衷"这一颇具辩证色彩的正确观点和方法。

通过上述例证，可以归纳出"互补式互文"的几个特点：其一，它是由两个"边"组成的，单独"一边"不能完整表达语意，必须要靠另"一边"作为补充，上下句应该会通起来理解；其二，其中关键性的字眼往往是兼就"两边"而言的，并且彼此可以包容、互补；其三，翻译此类句子时仅靠直译不能正确地译出完整的语意，这时应借助于意译。

（三）舛互式互文

刘勰在《定势》篇里批评当时的"追新效奇"现象时说："效奇之法，必颠倒文句，上字而抑下，中辞而出外，回互不常，则新色耳。"考诸当时文献，的确可以发现不少这类现象，如刘义庆（403—444）《世说新语·排调》中记载："枕流漱石"，本是孙楚（218—293）的口误，因为当时流行语只有"枕石漱流"，被王济（生卒不详）提出质疑后，孙楚强词夺理称："所以枕流，欲洗其耳；所以漱石，欲砺其齿。"[①] 如此文过饰非本不足为训，但这一口误后来竟成了代指隐居的成语。江淹（444—505）《恨赋》有"孤臣危涕，孽子坠心"的句子，李善（630—689）注指出："然'心'当云'危'、'涕'

---

① 徐震堮：《世说新语校笺》，北京：中华书局，1984 年，第 419 页。

当云'坠'，江氏爱奇，故互文以见义。"① 就是说，按正常语序，这两句应为"孤臣坠涕，孽子危心"，意思是孤臣孽子心惊落泪。句中的"危"应与"心"搭配，"坠"应与"涕"搭配，但江淹却有意把它们错置了。又如江淹《别赋》中的"意夺神骇，心折骨惊"，李善注云："亦互文也。"② 这组对偶的下句正常表述应为"心惊骨折"或"骨折心惊"，也是江淹为了追新求异的需要，故意错置了它们的搭配关系。但后来"心折"竟也成了流行的词藻。再如萧统（501—531）《文选序》里有"心游目想，移晷忘倦"③ 的句子，其中"心游目想"显然是"目游心想"的错置。还有后来如欧阳修（1007—1072）《醉翁亭记》中亦有"酿泉为酒，泉香而酒洌"④ 的句子，是"泉洌而酒香"的有意错置，也是广为人知的一例。这类不尊重语言习惯的做法本无关乎义理，也与是否对偶无关，偶尔用之，的确可以给人以耳目一新之感，有的并且流行开来，但毕竟不值得肯定，更不应效法。不过此类语言现象，古人并不视之为语病，而是将其作为"互文"的一种特殊类型。为与前两种互文形式区别，姑且称之为"舛互式互文"。刘勰理论上不赞成这种做法，但有趣的是，他在行文中却未能完全避免，而是于有意无意之间偶尔运用。例如：

1. 形立则章成矣，声发则文生矣。（《原道》）

此句章太炎先生（1869—1936）"据《说文解字》'文，错画也'和'乐竟为一章'的训诂，认为'当云：形立则文成，声发则章生'"⑤，

① ［梁］萧统：《文选》，上海：上海古籍出版社，1986 年，第 747 页。
② ［梁］萧统：《文选》，第 756 页。
③ ［梁］萧统：《文选序》，第 2 页。
④ ［宋］欧阳修：《欧阳修全集》，北京：中华书局，2001 年，第 576 页。
⑤ 黄霖：《文心雕龙汇评》，上海：上海古籍出版社，2005 年，第 168 页。

"虽然没有版本上的依据，但也算言之成理。因为'文'为图画，与'形'相近；'章'为乐章，与'声'相关"①。章氏为古文字学大家，慧眼独具，从人们习焉不察的地方发现了这一反常现象。至于刘勰当初是有心还是无意，已难考察，但毕竟留下了这样用词"舛互"的事实。

2. 是以秉心养术，无务苦虑；含章司契，不必劳情也。(《神思》)

祖保泉先生（1921—2013）在《文心雕龙解说》中指出："秉心养术""应作'养心秉术'。秉，持。秉术：与'驭文之首术'同意"。②这是有一定道理的。"秉心"作为成词，固然古已有之，如《诗经·邶风·定之方中》"秉心塞渊"③，《汉书·楚元王刘交传》"论议正直，秉心有常"④ 等，但在这一特定语言环境中，显然是"养心""秉术"搭配更为合理。我们知道，刘勰很重视"术"，《文心雕龙》的下篇，其实就是"文术论"。他认为"文体多术""文场笔苑，有术有门""善弈之文，术有恒数""才之能通，必资晓术""执术驭篇，似善弈之穷数；弃术任心，如博塞之邀遇"，对当时作者们"莫肯研术"深表不满（《总术》）。所谓"执术"，即"秉术"也。并且"养心秉术"与下句中的"含章司契"对仗也才更工稳。

3. 落落之玉，或乱乎石；碌碌之石，时似乎玉。(《总术》)

① 王笑飞：《论章太炎的〈文心雕龙〉研究及其对黄侃的影响》，《中国文论》第三辑。

② 祖保泉：《文心雕龙解说》，合肥：安徽教育出版社，2012年，第429页。

③ ［宋］朱熹：《诗集传》，北京：中华书局，1958年，第31页。

④ ［汉］班固：《汉书》，北京：中华书局，1962年，第1948页。

　　杨明照（1909—2003）《文心雕龙校注拾遗》云："按《老子》第三十九章：'不欲碌碌如玉，落落如石。'河上公注：'碌碌，喻少；落落，喻多。'又自论曰：'冯子以为夫人之德，不碌碌如玉，落落如石。'李注：'《老子·德经》之词也。言可贵可贱，皆非道真。玉貌碌碌，为人所贵；石形落落，为人所贱。'疑此处'玉''石'二字淆次。"[1] 可知在传统的用例中，"碌碌"是与"玉"搭配，"落落"是与"石"搭配的。但在刘勰这里却出现了相反的用法。杨先生遂以为是刘勰把玉、石二字的次序弄混了，其实未必，不过是另一种类型的互文而已。

　　通过以上用例，可以归纳出此类互文的特点：一是其中词语的搭配往往是违背常规的，但不应视为通常所说的"语病"，而应视为一种特殊的修辞；二是此类用法只能偶尔为之，不可滥用；三是校注时只应指出其舛互现象而不宜作为讹误径予校改，翻译时却应该按调整后的正常搭配来进行翻译。

三、余论

　　在当今时代研究"互文"，还应提及另一种与互文有关的理论。改革开放以来，西方的"互文性理论"被逐步引介到国内。这种理论一般认为是由 20 世纪 60 年代法国后结构主义批评家、符号学家茱莉亚·克里斯蒂娃（Julia Kristeva，1941—）在其著作《词、对话和小说》中首先提出的，是从苏联形式主义理论家巴赫金（Mikhail Bakhitin，1895—1975）的"对话""复调"和"文学狂欢化"理论中衍生而来的。半个多世纪以来，这一理论迅速波及哲学、艺术、语言学、社会学和文化学等诸多领域，更在翻译界产生了较大影响。

---

① 杨明照：《文心雕龙校注拾遗》，上海：上海古籍出版社，1982 年，第 329 页。

这一理论的倡导者们认为，由于语言是作为存在的基础，世界就作为一种无限的文本而出现，世界上的每一件事物都被文本化了。一切语境，无论政治的、经济的、社会的、心理学的、历史的或神学的，都变成了互文本；这意味着外在的影响和力量都文本化了，文本的边界消除了，任何文本都向另一个文本打开，从而每一文本都与其他文本构成互文关系。[①]国内有关译介和将这一理论应用于各种研究的论著也不断涌现，且方兴未艾。

稍加比较即不难看出，这种西方互文性理论尽管与我们中国古代典籍中所说的互文现象有相似之处，但并非同一概念。区别在于：中国古代典籍中所说的互文现象涉及的对象只是词句或段落，西方互文性理论涉及的则是成篇成部的作品；中国古代典籍中所说的互文现象仅是一种修辞手段，西方互文性理论则是一种文本阐释理论；中国古代典籍中所说的互文现象应用范围是纯文本中的某些局部，西方互文性理论则是不受限制、可以拓展到世界一切事物中去的。尽管有着这样的明显不同，笔者仍然倾向于认为，由于西方互文理论问世仅有半个世纪，而我国古代互文理论则历史悠久，二者之间未必没有某种渊源关系。或许很有可能，西方互文性理论的提出者是像美国诗人和文学评论家埃兹拉·庞德（Ezra Pound，1885—1972）从中国古典诗歌和文论中的"意象"一词和部分诗词作品受到启发，提出所谓"意象并置""意象叠加"的理论，进而发展成所谓"意象派诗歌运动"和"意象主义"一样，是从中国典籍中的"互文"现象受到启发，才进一步扩展开去，形成所谓"互文性理论"的。这当然只是一种"大胆假设"，尚有待于"小心求证"。颇有意味的是，有关西方互文性理论对中国影响的论文颇有不少，而关于中国互文理论对西方互文性理论影响的论文却难得一见。期待有兴趣

---

① 徐世超：《互文性理论研究综述》，《文学教育（上）》2013 年第 7 期。

且有条件的学者能补上这一学术的短板。

　　本文的研究，仅限定于《文心雕龙》一书中的互文运用，自然属于中国古代典籍中所说的互文现象，而并不涉及西方的互文性理论。而就这一限制内的互文现象而言，现有研究还是远远不够的。少数语言学家和语文教师的研究，往往只为了诠释概念或解决某个具体疑点而从浩如烟海的古籍中泛举数例，点到为止，且言人人殊，而对中国古代典籍中的互文现象进行系统研究的论著则尚未曾一见。本文以《文心雕龙》为样本对互文现象进行的初步考察，除了有助于帮助读者阅读理解《文心雕龙》之外，或许还能对这方面的进一步研究有一定参考价值。

（原载《重庆三峡学院学报》2019 年第 6 期）

对偶句式制约《文心雕龙》内容表达例说

众所周知，刘勰的《文心雕龙》是使用骈文形式写成的。台湾学者、骈文研究名家张仁青先生（1939—2007）指出："骈文之特征，计有五点：一曰多用对句，二曰以四字与六字之句调作基本，三曰力图音调之谐和，四曰繁用典故，五曰力求文辞之华美。"[①] 这些特征在《文心雕龙》一书中都有充分的体现。对偶（《文心雕龙》中称为"丽辞"）是骈文最主要的特点，无对偶即无所谓骈文，因而刘勰在行文中也运用了大量的对偶。不仅如此，《文心雕龙》还专设《丽辞》篇，对对偶进行了专门的研究。研究《文心雕龙》而无视其骈文形式，即不可能真正剥皮见骨，进而领略其内容的精华，甚至还可能造成程度不同的误读。但出于种种主客观原因，多年来的《文心雕龙》研究却极少有人由此入手，以致对骈文形式的研究成为"龙学热"中少见的"冷门"。

一、对《文心雕龙》对偶句式研究的现状

刘勰认为："造化赋形，支体必双；神理为用，事不孤立。"因而文章中对偶的运用是天然合理的。他认识到，对偶不只是一种简单的行文句式，而且是一个复杂的修辞现象。按照刘勰的分类："丽辞之体，凡有四对：言对为易，事对为难，反对为优，正对为劣。言对者，双比空辞者也；事对者，并举人验者也；反对者，理殊趣合者也；正对者，事异义同者也。"（《丽辞》）不难看出，他的分类是着眼于内容和对句之间的意义关系的。这当然是正确的，但

---

① 张仁青：《中国骈文发展史》》，杭州：浙江大学出版社，2009年，第16页。

还不够，其实还可以从形式着眼，做多种不同的划分。例如，按句数分，则有当句对（句中前后相对，如《正纬》篇："无益经典而有助文章"）、单句对（一句对一句，如《序志》篇："拟耳目于日月，方声气乎风雷"）、偶句对（两句对两句，如《原道》篇："元首载歌，既发吟咏之志；益稷陈谟，亦垂敷奏之风"）、多句对（三句或以上对三句或以上，如《辨骚》篇："陈尧舜之耿介，称禹汤之祗敬，典诰之体也；讥桀纣之猖披，伤羿浇之颠陨，规讽之旨也"）；按声韵分，则有双声对（如《明诗》篇："慷慨以任气，磊落以使才"，"慷慨""磊落"双声）、叠韵对（如《物色》篇："写气图貌，既随物以宛转；属采附声，亦与心而徘徊"，"宛转""徘徊"叠韵）；按修辞分，则有顶针对（如《练字》篇："心既托声于言，言亦寄形于字"）、流水对（如《序志》篇："茫茫往代，既沉予闻；眇眇来世，倘尘彼观"）等等。而这些不同形式的对偶，刘勰都运用自如，佳句纷呈。

总体而言，我们认为，刘勰在巨大的理论创获之外，对偶句式的运用方面也取得了不俗的成就。但多年来，因为人们大多认为骈文与南朝浮靡的形式主义文风密不可分，甚至认为两者是一而二、二而一的东西，以致极少有人将其纳入研究视野。有的论著虽偶有涉及，却认为是刘勰的理论主张与其写作实践之间出现了脱节、存在着矛盾①。这种认识的偏颇是显而易见的。因为骈文尤其对偶是对立统一规律在语言形式上的具现，与形式主义文风决不应划等号；作为一种语言形式，讲求过度固然可能导致文风偏离正轨，走向形

---

① 如刘大杰（1904—1977）《中国文学发展史》就认为："刘勰站在'征圣''宗经'的立场，对于当时的形式主义文风进行了批判，但他自己在实践中却深受这种影响，他的《文心雕龙》就是用骈文写的。在他的《声律》《镕裁》《丽辞》《事类》《练字》《章句》一类的篇章里，对于辞藻、对偶、声律、用典、练字、修辞等技巧方面，作了详细的论述，这对于当时的形式主义文风，实际起了助长的作用。"上海：上海人民出版社，1973年，第348页。

式主义；但因反对形式主义而否定骈文形式本身，则不免有因噎废食之弊。值得注意的是，近年已经开始有学者对刘勰的骈文理论与实践进行了专题研究，其中自然包括了刘勰运用对偶的研究。例如骈文研究家于景祥（1960—）最近推出的专著《〈文心雕龙〉的骈文理论与实践》，就是这方面的重要成果。在该书第二章第一节《〈文心雕龙〉关于对偶的理论与实践》中，他将刘勰对偶运用的成就归纳为五个方面：（一）言对之精巧，（二）事对之允当，（三）正对之工稳，（四）反对之理殊趣合，（五）其他对偶方法（包括单句对、隔句对、双声对、叠韵对、顶针对、流水对、数字对等）。①不难看出，他的研究主要是用刘勰《丽辞》中对偶的分类与《文心雕龙》中对偶的运用实践对号入座的，并且都进行了正面肯定。

应该说，于先生在历来对此极少关注而不乏偏见的背景下，能将《文心雕龙》的骈文形式这一问题纳入研究视野，并进行专题研究，是完全必要的，也是具有开拓意义的。但笔者以为，这方面的研究，如果仅仅停留于肯定刘勰所取得的成就，还是不够的，不应该就此止步。因为刘勰对骈文形式的运用，并非全都完美无缺；而骈文作为一种当时通用的"话语机器"，对刘勰的写作事实上产生了严重的制约，单就对偶而言也是如此。

正如美国汉学家宇文所安（1946—）在《刘勰与话语机器》一文中所指出的那样："（《文心雕龙》）在有些对偶概念中这些概念具备同等价值，共同构成一个完整的'圆'；而在另外一些情况下，它们构成等级差异（先与后，常与变，好与坏，高级与低级）。刘勰从来没有直接地探讨过这个问题，但是在很多章节中，我们可以清楚地看到刘勰操纵话语机器，试图平衡和互补等级差异，而这构成了带动讨论发展的一种重要力

---

① 于景祥：《文心雕龙的骈文理论与实践》，北京：中华书局，2017年，第50—70页。

量。"① 他甚至说："比起他同时代的骈文大家的写作来，刘勰的
很多章节毫无疑问是笨拙的。他很少能够达到和实现他自己视为美
德的'思想和语言完美统一'这一幻象。一部分原因是他所操作的
概念本身是很困难的；另外一部分原因，则是由于似乎有两个作者
在争夺对文本的控制。"② 他之所谓另一"作者"，就是指的骈文
这部话语机器。宇文所安对刘勰的评价似乎偏低，显得不够客观，
因为刘勰写作的是以论证说理为主的文论，与一般以抒情写景为主
的骈文相比，必然受到更多的制约，此其一；《文心雕龙》作为一
部包含了50篇论文的巨著，与一般的单篇骈文相比，难度也肯定要
大得多，此其二。但他揭示的骈文这部"话语机器"与作者刘勰之
间存在着博弈，亦即刘勰与骈文形式之间存在着双向互动的关系这
样一个全新的视角，却无疑可以予人以深刻的启发。

二、对偶句式制约《文心雕龙》内容表达的几种表现

刘勰《丽辞》篇说："夫心生文辞，运裁百虑，高下相须，自
然成对。"而事实上我们知道，对偶的形成并非全都出于"自然"，
而多半属于作者"运裁百虑"、辛勤劳动的产物。换言之，作品中
许多看似"自然"的对偶句只是作者创作时所追求达到的一种理想
效果，而作者为此所付出的艰辛劳动却被隐蔽于文字的后面了。为
了达成理想的对偶，作者对语言文字材料的运用要进行精心的有时
甚至是艰难的推敲和选择，为此而错落文句、牵合他事、增减文字
甚至改变事实，并给读者的阅读带来某种程度的困难。这种推敲和
选择的过程尽管是隐蔽的，但通过分析和推究，仍然可以进窥其受
制于形式需求而不得不然之缘由。下面试以《文心雕龙》中的若干

---

① ［美］宇文所安：《刘勰与话语机器》，《他山的石头记》，田晓菲译，南京：
江苏人民出版社，2006年，第105页。

② ［美］宇文所安：《刘勰与话语机器》，《他山的石头记》，田晓菲译，第112页。

片段为例，对骈文形式尤其对偶句式制约《文心雕龙》内容表达的几种现象进行初步探讨，或许对读者阅读原著有所帮助。

为了使原文语言的对偶特点更能醒目，本文对作为例证的引文呈现采取了图示形式。

（一）为满足对偶而错落文句之例

刘勰《章句》篇云："若辞失其朋，则羁旅而无友。"骈文多用偶句，应该与此种观念关系甚大。为了避免此类缺憾，在作品中实现以对偶为主体的要求，刘勰和其他骈文作者一样，在行文中往往不得不打破正常思维和自然行文的次序，有意错落其辞，以将其组合成一个个的对偶。《文心雕龙》中的许多精彩段落，大抵是这样结撰而成的。这在骈文中司空见惯，而在散行文字中则是比较少见的。偶有出现，则往往成为散文中的"文眼"。

例如，《征圣》篇云：

是以 { 论文必征于圣，
      窥圣必宗于经。

{ 《易》称"辨物正言，断辞则备"；
  《书》云"辞尚体要，弗惟好异"。

故知 { 正言所以立辨。
      体要所以成辞；

{ 辞成无好异之尤，
  辨立有断辞之义。

虽 { 精义曲隐，无伤其正言；
     微辞婉晦，不害其体要。

{ 体要与微辞偕通，
  正言共精义并用。
   圣人之文章，亦可见也。

　　这是一个用于论述的句群。开始明确提出论点："论文必征于圣，窥圣必宗于经"，紧接着引用《易经》和《尚书》里的名言作为书证，指出为文"征圣""宗经"的要义在于"辨物正言"和"辞尚体要"。然后以"故知"二字引起下文。后面的语句分别与两句引语相承。不难看出，以文义论，"正言所以立辨""辩立有断辞之义""精义曲隐，无伤其正言""正言共精义并用"是由"辨物正言，断辞则备"顺承而下，而"体要所以成辞""辞成无好异之尤"、"微辞婉晦，不害其体要""体要与微辞偕通"则是由"辞尚体要，弗惟好异"顺承而来的。但骈文的形式决定了刘勰不能先说完一个方面再去说另一方面，而只能把两者交叉起来论说，这就像一位高明的骑手同时骑乘两匹骏马，需要在两匹马背上来回跳跃。通过这样的精心处置，两个方面的语句如"正言所以立辨，体要所以成辞"；"辞成无好异之尤，辨立有断辞之义"；"精义曲隐，无伤其正言；微辞婉晦，不害其体要"；"体要与微辞偕通，正言共精义并用"就分别组成了对偶，两方面内容如双峰对峙、二水分流，但又互相依存、不离不弃，从而达到了句式上整饬雅洁，音节上也抑扬顿挫的效果。其间嵌入的"故知""虽"既起到连接上下文的作用，同时也用以调节节奏、舒缓语气。此外，还可以看到，两方面的语序是不断变化的，上组对偶中先说到的方面，到了下组对偶中就移到了后面；后说到的方面到了下组对偶中则移到了前面，从而形成了回环往复的格局；而由这种变化，又使各组对偶之间不时出现"顶针"的修辞现象，各句之间累累如贯珠之形、泠泠如环佩之声，更增添了语言的美感。最后的"圣人之文章，亦可见也"一语，在连续的对偶句之后以散句作结，同时使语气舒缓，给读者以喘息、换气之机。

　　又如，《比兴》篇云：

故
$$\begin{cases} 比者，附也； \\ 兴者，起也。 \end{cases}$$

$$\begin{cases} 附理者切类以指事， \\ 起情者依微以拟议。 \end{cases}$$

$$\begin{cases} 起情故兴体以立 \\ 附理故比例以生。 \end{cases}$$

$$\begin{cases} 比则蓄愤以斥言， \\ 兴则环譬以托讽。 \end{cases}$$

$$\begin{cases} 盖随时之义不一， \\ 故诗人之志有二 \\ 也。 \end{cases}$$

这一句群中"比者，附也；兴者，起也"是总领，后面"附理者切类以指事""附理故比例以生""比则蓄愤以斥言"是承接"比者，附也"的；而"起情者依微以拟议""起情故兴体以立""兴则环譬以托讽"则是承接"兴者，起也"的。也是为了对偶的需要，比、兴各说一句，逐步展开。"盖随时之义不一，故诗人之志有二"具总结性质，是说诗人应根据需要，随时使用比兴两种手法。其中语序的变换也形成了多次回环，从而增添了语言的美感。

可见骈文形式尤其对偶句式的运用固然使刘勰的论述语言增加了不少美感，但也在一定程度上增加了作者写作和读者阅读理解的难度。阅读此类语段，必须理清文句之间的对举分承关系，不可孤立地寻章摘句，以免顾此失彼，割裂文义，导致误读。

（二）为满足对偶而牵合他事之例

刘勰在《丽辞》篇里谈到"事对所先，务在允当"时说："若两事相配，而优劣不均，是骥在左骖，驽为右服也。若夫事或孤立，莫与相偶，是夔之一足，跰踔而行也。"就是说，骈文中列举的两个相对的事例，在意义上、分量上必须相称，否则就像一套车上的两匹马，左骖是骏马，右服却是驽马，显然是不搭配的，这样的车辆也无法平稳运行。至于只举出了一个事例，而没有另一个合适的事例与之相对，则像是仅有一只脚的夔那样，只能跳跃着前行了，是不可能给人以美感的。这一要求表明，在散行文字中只要有一个合适的事例就能说明的问题，在骈文中却必须找到另一个能与其相配的事例来与之形成对偶，否则就不是合格的骈文。这样刻意追求对偶的努力，自然给写作带来了不小的难度。从效果说，还会出现这样的情况，有些并非特别需要的事例也会被牵合进来，增加了文字却并没有增加义理，甚至还会形成某种瑕疵。

例如，《征圣》篇云：

夫 {
鉴周日月，
妙极机神，
}

{
文成规矩，
思合符契，
}

{
或简言以达旨，
或博文以该情，
或明理以立体，
或隐义以藏用。
}

故 {
春秋一字以褒贬，
丧服举轻以包重，
}
此简言以达旨也。

{
邠诗联章以积句，
儒行缛说以繁辞，
}
此博文以该情也。

$$\begin{cases} 书契断决以象夬, \\ 文章昭晰以象离, \end{cases}$$
此明理以立体也。

$$\begin{cases} 四象精义以曲隐, \\ 五例微辞以婉晦, \end{cases}$$
此隐义以藏用也。

故知 $\begin{cases} 繁略殊形, \\ 隐显异术, \end{cases}$

$$\begin{cases} 抑引随时, \\ 变通会适, \end{cases}$$
征之周孔，则文有师矣。

　　这一句群骈散相间，提出了经典文章的四条"规矩"，即"或简言以达旨，或博文以该情，或明理以立体，或隐义以藏用"，然后分别列举例证加以说明。本来，一个典型的例证足以说明问题，但骈文形式的要求却必须是两个对应的例证，因此每一条规矩都分别撷取了经书里的两个例子，以避免出现"夔之一足，跰踔而行"的缺陷。但这样也有可能顾此失彼。在我们看来，其中以"丧服举轻以苞重"来说明"简言以达旨"、以"《儒行》缛说以繁辞"来说明"博文以该情"，其实未必是很典型的例证，但为了配偶的需要，也被作者拉了进来使用，可见形式对内容的确具有反作用。《礼记》是汉儒编撰的书籍，其《曾子问》篇中只讲轻丧服的礼仪规则，重丧服的礼仪规则却没有说，读者只能按照某种逻辑去推论，这样简则简矣，未免简而不明；其《儒行》篇提出了十六条行为准则，集中了古人对于"儒者"的要求，或许在某种程度上体现了孔子的思想，但只能是出于后人的编撰。这里刘勰径直将其当作孔子的文章看待，作为写文章师法的标准，是并不严谨的。另外，以《丧服》与《春秋》对举，前者为篇章，后者为全书，也存在着等级和分量的失衡，难称工稳。

这样的牵合只存在技术层面的缺陷，后果还不算严重。有时为了凑成对偶，还会选择一些有争议的史料，影响到对古人的评价。例如《史传》篇里的这一句群：

> 及班固述汉，因循前业，观史迁之辞，思实过半。
>
> 其 { 十志该富，
>   赞序弘丽，
>
> 儒雅彬彬，信有遗味。
>
> 至于 { 宗经矩圣之典，
>   端绪丰赡之功；
>   遗亲攘美之罪，
>   征贿鬻笔之愆，
>
> 公理辨之究矣。

这段话是评论班固（32—92）的史学成就的。总体而言，刘勰对班固是肯定的，认为他继承了司马迁（前145—前90）开创的史学传统并有所发展，尤其是《汉书》中的十《志》和赞、序"儒雅彬彬，信有遗味"。接着进入对班固功过是非的评断，刘勰用了"宗经矩圣之典，端绪丰赡之功，遗亲攘美之罪，征贿鬻笔之愆"四句话，分别从正反两方面加以表述。须注意，这段话是和前文评价司马迁的"尔其实录无隐之旨，博雅弘辩之才，爱奇反经之尤，条例踳落之失，叔皮论之详矣"遥相对应的，清人阎若璩（1638—1704）云："'公理辨之究矣'，'辨之究'犹上文'论之详'，非辨其诬也。"[1]这是正确的，刘勰在这里只是变换其辞，避免重复，并非是说仲长统（字公理，179—220）曾为班固辩诬。按刘勰的文意，他是认定

---

[1] 转引自詹锳：《文心雕龙义证》，上海：上海古籍出版社，1989年，第583页。

班固确有"遗亲攘美之罪，征贿鬻笔之愆"的。在行文上，与前文是撮引班彪（字叔皮，3—54）的评论相对应，这里也是撮引的仲长统的评论。仲长统所著《昌言》，其书已佚，难以核对，故注家异议颇多。之所以如此，因为所谓"遗亲攘美之罪"本就不合实际。班固的《汉书》固然是在其父班彪《史记后传》的基础上进行的，但他对此并未刻意隐瞒，因而不得谓其有"遗亲攘美之罪"，正如范文澜（1893—1969）《文心雕龙注》所说："《汉书·赞》中数称'司徒掾班彪'云云，安得诬为'遗亲攘美'？"①至于"征贿鬻笔之愆"，在有关班固的记载中更难以确证。后人有关班固的评论中虽偶有涉及，如《北史·柳虬传》说"班固致受金之名"②，刘知几（661—721）《史通·曲笔》也说"班固受金而始书"③，但二书均出自后来的唐人之手，他们依据的究竟是仲长统《昌言》的原本，还是刘勰《文心雕龙》的转述，因《昌言》已佚，已难以确定。与之接近的例子，是《晋书·陈寿传》里有"丁仪、丁廙有盛名于魏，（陈）寿谓其子曰：'可觅千斛米见与，当为尊公作佳传。'丁不与之，竟不为立传"④的说法，但也很不可靠。因为《三国志·魏志》对建安七子除王粲之外其余也未专门立传，二丁成就在七子之下，不立传是正常的；而据《陈思王植传》：曹丕即位后即"诛丁仪、丁廙并其男口"，二丁既无后人，陈寿（233—297）自然也无从索米。⑤有的注家以为刘勰此处所指即陈寿之事，更有违情理，因为仲长统

① 范文澜：《文心雕龙注》，北京：人民文学出版社，1962年，第295页。

② ［唐］李延寿：《北史》，北京：中华书局，1974年，第2279页。

③ ［唐］刘知几著，姚松、朱恒夫译：《史通全译》，贵阳：贵州人民出版社，1997年，第382页。

④ ［唐］房玄龄等：《晋书》，北京：中华书局，1974年，第2138页。

⑤ 魏伯河：《关于陈寿与〈三国志〉评价的几个问题》，《现代语文》学术综合版2013年第9期。

去世之后十多年陈寿才出生，所以他著的《昌言》一书里绝不可能记载陈寿的事。再说刘勰在这里只是评论班固，决不会把后来的陈寿牵涉其中。他在后文评论陈寿时说："唯陈寿《三志》，文质辨洽，荀、张比之于迁、固，非妄誉也。"证明他对陈寿的《三国志》评价甚高，而没有采信其"索米"的谣传。无论怎样，至少在我们今天看来，刘勰这里用以评价班固的例证，是存在某种瑕疵的。

刘勰为什么会出现这样的瑕疵呢？显然是和骈文对偶句式的要求不无关系。前面既然把班彪对司马迁的评价概括成了四句话，两正两反，那么，为了与之对应，后面引述仲长统对班固的评价，也就必须概括成四句话，也必须是两正两反。为了满足这种形式的需要，所以把一些有疑义的事例也牵合进来了，未免有削足适履之嫌。

（三）为满足对偶而减省文字之例

刘勰力主文字简洁，他认为："句有可削，足见其疏；字不得减，乃知其密"（《镕裁》）。但这种要求又因人而异，是"适分所好"的，"引而伸之，则两句敷为一章；约以贯之，则一章删成两句"（《镕裁》）。其实除了作者个性的差异之外，还和对偶的要求有关，因而删削的极限，是"两句"而非一句。不仅如此，在一组对偶中，文字也要力求精粹，不得有冗词赘语。为了满足对偶的要求，骈文中往往要减省某些文字。而减省文字则往往需要借助于互文。互文这种修辞手段一方面固然可以使词约义丰，行文简洁；但另一方面，也必然导致阅读理解的难度增加，有时甚至会造成误解、误校、误译。这种失误，甚至在前辈学者的著述中，也难以完全避免。

例如，《情采》篇的这段文字：

$$
故\begin{cases}情者文之经，\\辞者理之纬，\end{cases}
$$

$$
\begin{cases}经正而后纬成，\\理定而后辞畅，\end{cases}
$$

此，立文之本源也。

这段话里"理定而后辞畅"一句中的"理定",刘永济先生（1887—1966）在《文心雕龙校释》中说："按上文曰：'故情者文之经，辞者理之纬；经正而后纬成，理定而后辞畅。'是以经配纬，则'理定'句应以情配辞，作'情定而后辞畅'，方合文次。"①郭晋稀先生（1916—1998）赞同刘永济先生的意见，在其《文心雕龙注译》中将原文录为"故情者文之经，辞者理之纬；经正而后纬成，情（原作理，今依刘永济校改）定而后辞畅：此立文之本源也。"译成现代汉语后则为："所以情感在文章里有如经线，辞藻在文章里有如纬线，织布时经线端直而后纬线妥帖，临文时情感恰当而后文辞畅达，这是创作的根本道理。"②

他们的意见对不对呢？看上去好像不无道理，但其实是不对的。因为他们没有注意到这段话里文字的省略和彼此的互文。须知刘勰这里并非专就"情"与"辞"的关系立言，而是涉及"情、文"与"理、辞"两组关系，兼顾了抒情与说理两个方面。换言之，刘勰的《情采》篇，并非是只论"情"而不讲"理"的，这从本篇后面"是以联辞结采，将欲明理；采滥辞诡，则心理愈翳""夫能设模以位理，拟地以置心，心定而后结音，理正而后摛藻"，以及《体性》篇"情动而言形，理发而文见"、《镕裁》篇"情理设位，文采行乎其中"、《章句》篇"控引情理"等语句也可以得到证明。刘勰在这里要表达的完整意思是："情者文之经，［文者情之纬；理者辞之经，］辞者理之纬；经正而后纬成，［情］理定而后［文］辞畅：此立文之本源也。"也就是说，"情"作为经，与之相配的纬是"文"；"辞"作为纬，与之相配的经是"理"。刘勰为了满足对偶和行文简洁的需要，采取了"各举一边而省文"的办法，在"情者文之经"后面省略了"文

① 刘永济：《文心雕龙校释》，第 116 页。
② 郭晋稀：《文心雕龙注译》，兰州：甘肃人民出版社，1982 年，第 402 页。

者情之纬"，在"辞者理之纬"前面省略了"理者辞之经"，使省略后的两句仍然保持了对偶的形式；后面的"理定而后辞畅"一句里，为了与"经正而后纬成"对偶，"情""文"二字也被省略了。两句之间互文相足，阅读理解和翻译时必须明了这一点，把省略掉的文字补充进来，才能完整理解刘勰要表达的意思，而不至于像刘、郭两位先生一样，因误解而导致误校、误译。

又如，《丽辞》篇里的这一对句：

是以 { 言对为美，贵在精巧；
事对所先，务在允当。

这里好像是对"言对"与"事对"分别提出了不同的质量标准。如果仅按字面理解，似乎"言对"以"精巧"为贵，只要做到"精巧"即可，是否"允当"并不重要；"事对"则以"允当"为要务，只要做到"允当"即可，不必追求"精巧"。郭晋稀先生将这两句译作："所以用言辞作对仗，我们认为最好的，贵在对得精巧；用事实作对仗，务必对得惬当。"[1] 显然就是按字面意思翻译的。刘勰的本意会是这样的吗？其实不然。周勋初先生（1929— ）在《文心雕龙解析》中指出："这一段文字紧承上一段文字，起到推导的作用，指出不管是言对还是事对，贵在'精巧'和'允当'。这里用的也是骈文的表达方式，互文见义，言对也要'允当'，事对也要'精巧'。"[2] 这是有道理的。那么，刘勰为什么不说"言对和事对都以精巧为贵、为美，都要以允当为先务"呢？因为那是不符合骈文对偶句式的要求的。为什么不说"言对为美，贵在精巧、允当；事对所先，务在允当、精巧"呢？因为"精巧、允当"重出，又会犯"同辞重出"（《镕

① 郭晋稀：《文心雕龙注译》，第 456 页。
② 周勋初：《文心雕龙解析》，南京：凤凰出版社，2015 年，第 575 页。

裁》）之病，也欠妥当。只有把"精巧"和"允当"的要求分置于言对和事对之下，才能组成严谨的对偶；并且"字删而意留"（《镕裁》），达到刘勰所追求的目标。

（四）为满足对偶而增添文字之例

《文心雕龙》中为满足对偶而减省义字固然不乏其例，而为了同样目的增添文字的例子也随处可见，不过由于刘勰熟练地运用了正、反、言、事各种对偶形式，使人不易觉察、更不以为病罢了。前面已论及的"为满足对偶而牵合他事"现象，其实也增加了文字。下面再举两例，以概其余。

《知音》里有这样一个句群：

凡

> { 操千曲而后知音，
> 观千剑而后识器。

故圆照之象，务先博观。

> { 阅乔岳以形培嵝，
> 酌沧波以喻吠浍，

> { 无私于轻重，
> 不偏于憎爱，

然后能

> { 平理若衡，
> 照辞如镜

矣。

其中"操千曲而后晓声，观千剑而后识器"两句都是说文学欣赏需要丰富的审美经验和相关知识的积累，与"圆照之匠，务在博观"表达的是同样的意思；"阅乔岳以形培嵝，酌沧波以喻吠浍"两句都是说要由博返约，居高临下，以大观小；"平理若衡，照辞如镜"两句都是说鉴赏达到公平、准确的程度。这三组对偶，按照刘勰《丽辞》里的分类，都属于"正对"，其上联与下联列举的用于比喻的物象虽然不同，但"事异义同"，属于"一意两出"（《镕裁》），所以尽管对仗甚工，却形同合掌，难臻上乘。凭空增添了一半文字，而表达的内容却没有增加，此种现象本是刘勰所反对的，不过为了符合对偶的要求，他却不得不如此措置。

又如，《序志》篇介绍《文心雕龙》全书内容结构的段落里有这样的话：

$$\begin{cases} 上篇以上，纲领明矣。 \\ \qquad\quad …… \\ 下篇以下，毛目显矣。 \end{cases}$$

这两句话在原文中虽不相联属，却是遥遥相对的，明显属于对偶关系。其中"纲领""毛目"同时又是互文关系，并不是说上篇都是"纲领"、下篇都是"毛目"，而是分别都有"纲领"和"毛目"。对此，笔者已有专文探讨①，此不赘。这里要指出的是，"上篇以上"，实际指的就是"上篇"，并不存在"以上"；"下篇以下"，实际指的就是"下篇"，也不存在"以下"。这里所谓"以上""以下"，都是为适应骈文对偶需要而增添的衬字，并无实际意义。刘勰力主行文要简约，为什么要增加这些衬字呢？其实，他也是不得不然。因为"四字密而不促，六字格而不缓"（《章句》），骈文以四六句式为主，单称"上篇""下篇"即不能与前后文谐和，所以需要加上"以上""以下"来补足字数和音节，并且还要组成对偶。如果他是用散行文字写作，自然就不需要增添这些没有意义的文字了。

（五）为满足对偶而改变事实之例

---

① 魏伯河：《〈文心雕龙〉"纲领""毛目"解》，《四川民族学院学报》2017年第4期。

在阅读《文心雕龙》时我们还发现，为了使对偶更合乎要求，刘勰在某些地方甚至不惜改变所采用的事实，以致造成某种瑕疵。这种现象虽然不多，但是也有专门提出之必要。

例如，《夸饰》篇云：

至 { 东都之比目，
西京之海若，

{ 验理则理无可验，
穷饰则饰犹未穷

矣。

这是刘勰批评班固、张衡（78—139）作品夸饰失当的话，各举了他们代表作品中的一个例子为证。细心的读者不难发现，其中的"东都之比目"这一例证颇有问题。因为在班固的《两都赋》中，只有《西都赋》里有"揄文竿，出比目"的句子，李善（630—689）注云："《尔雅》曰：'东方有比目鱼焉，不比不行，其名谓之鲽。'"而《东都赋》则根本没有涉及"比目鱼"这一事物。周勋初先生注云："此云东都，盖误记。"[1]这一断语，看来未免轻率了，应属千虑一失。有的著作则径直将"东都"校改为"西都"。其实只要联系下句"西京之海若"，就会知道，刘勰在这里并非误记，而是为了对偶的需要，有意识地把"西都"临时改成了"东都"的。不然，"西都之比目，西京之海若"，方位相同，便不合乎对偶的要求了。至于当时东都或者西都是否出现过"比目鱼"，当然难以考证；但两汉之时中华国力强盛，四方贡物毕集，皇帝的宫廷园囿中出现"比目鱼"也是可能的，未必"验理则理无可验"。

这是为对偶需要改变名著篇名的例子，与一般使用文章的简称

---

① 周勋初：《文心雕龙解析》，第592页。

或别称是不同的。

又如，《奏启》篇云：

$$观 \begin{cases} 孔光之奏董贤，则实其奸回； \\ 路粹之奏孔融，则诬其衅恶； \end{cases}$$

名儒之与险士，固殊心焉。

这里刘勰把孔光（前65—公元5）作为"名儒"的典型，而把路粹（？—214）作为"险士"的代表，构成正反两面的鲜明对比。而我们在《程器》篇里分明看到，刘勰明言"孔光负衡据鼎，而仄媚董贤"，指出其所以"无亏于名儒"，不过是因为"名崇而讥减"而已。可见他对孔光的人品和做派，事实上是颇为鄙视的，并且为此还发出了"将相以位隆特达，文士以职卑多诮，此江河所以腾涌，涓流所以寸折"的浩叹。但在《奏启》篇中需要一个与"路粹之奏孔融，则诬其衅恶"正相反对的正面典型，而一时别无更恰当人选的情况下，他却不得不退而求其次，拉了孔光来凑数了。同是一个孔光，同是他与佞幸小人董贤的关系，两处却形成了较大的反差。这是为了对偶的需要，而导致对人物评价前后不一的例子。

这类例子还可找出一些，为省篇幅，不再胪列。两例足以证明，为了满足对偶的需要，作者对写作素材中的某些既成事实，也是有可能做出某种改变的。这一现象告诉我们，语言形式对内容表达的反向制约作用，委实不可小觑。

三、结语

对偶句式是中国语言艺术中最具民族特色的表现形式之一，对中国文学和文论的形成和发展曾发生过重要的作用。古往今来的作者们在对偶句式的应用方面，自然也有诸多的利弊得失。本文所述对偶句式对《文心雕龙》内容表达制约的几种情况，当然并不都是消极的；本文的用意也不在于采摘刘勰行文的瑕疵，而是尝试从研究语言形式对内容表达的制约作用这一新的视角作一有益的探索。这一探索，似乎卑之无甚高论，但并非无关宏旨。刘勰云："缀文者情动而辞发，观文者披文以入情"（《知音》）。这里所谓的"辞"和"文"互文见义，都是指语言形式，当然也包括了"丽辞"即对偶句式。语言形式是内容的载体和外壳，没有形式内容就无法存在；而从读者来说，不突破语言形式的外壳，就难以抵达作品的内容。固然，形式是由内容决定的，但内容却又必然受到形式的制约。只有对这种制约有了清楚的认知，才能对内容有更准确的了解和把握，知晓其所以如此、乃至不得不如此的原因所在。本文所进行的探索当然是初步的，不可能涉及、更不可能解决与之有关的所有类型和问题，但作为引玉之砖，应该不无价值。诚望引起学界关注，更期待有兴趣的硕学鸿儒对此进行深入的研究。

（原载《福建江夏学院学报》2019 年第 3 期）

《文心雕龙》"纲领""毛目"解

刘勰在《序志》篇里这样介绍全书的结构：

> 盖文心之作也，本乎道，师乎圣，体乎经，酌乎纬，变乎骚，文之枢纽，亦云极矣。若乃论文叙笔，则囿别区分，原始以表末，释名以章义，选文以定篇，敷理以举统，上篇以上，纲领明矣。至于剖情析采，笼圈条贯，摛神性，图风势，苞会通，阅声字，崇替于时序，褒贬于才略，怊怅于知音，耿介于程器，长怀序志，以驭群篇，下篇以下，毛目显矣。位理定名，彰乎大易之数，其为文用，四十九篇而已。

我们看到，在本篇的这个句群（段落）里，刘勰把全书分为三个部分，即"文之枢纽"和上篇、下篇。何谓"枢纽"？枢即门轴，没有门轴，门户就无法开合；纽即把手，没有把手，器物就无法提挈。两者组成一个合成词，代指事物的关键部位或环节。对"文之枢纽"（今人习称之为"总纲"）在全书的关键地位，研究者历来没有多大异议。但刘勰明确称上篇为"纲领"，下篇为"毛目"，则使不少人感到费解。何谓"纲领"？纲，为渔网上的总绳；领，为裘服的衣领，喻指在事物整体中起骨干、决定作用的成分；何谓"毛目"？毛，指裘皮的毛；目，指渔网的网眼，喻指事物中属于细节、从属的部分。语出晋葛洪《抱朴子·君道》："操纲领以整毛目，握道数以御众才。"①《南齐书·高逸·顾欢传》则说得更清楚："臣闻举网提纲，振裘持领，纲领既理，毛目自张。"②从那时开始，"纲举目张"成为流行语。人们都知道，无论是写文章、还是做事情，都必须提纲挈领，即抓住其主要的、起骨干或决定作用的部分。刘勰当然也不例外。但他称上篇为"纲领"，称下篇为"毛目"，从字面上看，似乎上下篇轻重迥异、地位悬殊。而通观《文心雕龙》全书，不难发现，上篇仅仅是文体论，所论述的文体包括了当时几乎所有的种类，其中有的属于主流文体，有的则是边缘文体，尽管刘勰对文体论十分重视，但无论对上篇还是全书来说，很难说都属于"纲领"。而下篇涉及创作论、批评论、文学史观、风格论、作家论等，恰恰都是关涉"文心"的重大问题（尤其在我们今天看来），更非全系"毛目"。靠上篇的文体论是根本不可能带起下篇的各项专题论述的。也就是说，文本实际与《序志》此处所说相去甚远。

这样明显的自相矛盾、扞格难通的现象，似乎并未引起学者们深究的兴趣。历来的研究者对此或熟视无睹，或虽觉有疑义而浅尝辄止，至今还没有见到有说服力的解释。

一、代表性释读举隅

先来看有关的注释。

因"纲领"系流行语，故注家大多无注，均仅注"毛目"：

清人黄叔琳（1672—1756）对"毛目"加注云："《子华子》：毛举其目，尚不胜为数也。"③意为略举其中数项，不能一一列举。毛，被解为"略，大略"。不难发现，在其语境中，"毛目"没有

---

① 杨明照：《抱朴子外篇校笺》，北京：中华书局，1991 年，第 232 页。

② ［梁］萧子显：《南齐书》，北京：中华书局，1972 年，第 929 页。

③ ［梁］刘勰著，戚良德辑校：《文心雕龙》，上海：上海古籍出版社，2015 年，第 288 页。

被作为一个双音词对待。

杨明照（1909—2003）认为："黄注引伪《子华子》非是。"他列举了四则书例，来解释"毛目"：

> 按《抱朴子外篇·君道》："操纲领以整毛目。"《南齐书·顾宪之传》："举其纲领，略其毛目"。又《高逸·顾欢传》："纲领既理，毛目自张。"《弘明集》柳恽《答梁武帝敕》："振领持纲，舒张毛目。"并以纲领与毛目对言。①

杨说纠正了黄注对"毛目"的误解，指出了"纲领"与"毛目"对举的特点，是一大进步。可惜的是，他仅到此为止，并未能解决读者所关心的刘勰为何称上篇为"纲领"，而称下篇为"毛目"的问题。而此后的多种注本，大多并未出杨氏之窠臼。

再来看与此相对应的译文。

周振甫（1911—2000）《文心雕龙选译》一书将此译为：

> 本书上部的以上各篇，纲领是明显了。……本书下部的各篇，细目明显了。②

在 1986 年由中华书局出版的《文心雕龙今译（附词语简释）》里，周先生仍保持了这样的译文。

龙必锟（1932—）所撰《文心雕龙全译》译为：

> 本书写作上篇各篇文章的纲领就明确了啊。……这样，属于

---

① 杨明照：《增订文心雕龙校注》，北京：中华书局，2012 年，第 629 页。
② 周振甫：《文心雕龙选译》，北京：中华书局，1980 年，第 12 页。

本书下篇以下所有篇章的毛细目录便显目了。①

王运熙（1926—2014）、周锋合作的《文心雕龙译注》则译为：

> 本书上篇写作的纲领已经明确了。……本书下篇写作的各种眉目也就清楚了。②

类似的译文还有很多，不必一一列举，就翻译方法而言，都属于直译。这样的翻译，好像忠实于原文，无可厚非，其实并没有把原文的全部意蕴正确揭示出来。

再来看相关的论述。

周勋初（1929— ）先生在《文心雕龙解析》中对"毛目"作了这样的解读：

> 刘勰把二十五篇以下的文字称为下篇。下篇之中主要包括创作论、批评论、文学史观等部分，刘勰似乎认为其价值不及讨论总纲和讨论文体的上篇部分，但也深入地一一作了讨论，所以称为"毛目显矣"。"毛目"，指细小的项目。③

在周先生看来，既然刘勰称下篇为"毛目"，而"毛目"属"细小的项目"，那就是认为"其价值不及讨论总纲和讨论文体的上篇部分"。但这一判断显然不够理直气壮，所以持论谨慎，在句中加

---

① 龙必锟：《文心雕龙全译》，贵阳：贵州人民出版社，1992 年，第 620 页。

② 王运熙、周锋：《文心雕龙译注》，上海：上海古籍出版社，1998 年，第 465—466 页。

③ 周勋初：《文心雕龙解析》，南京：凤凰出版社，2015 年，第 811 页。

上了"似乎"二字。

日本福冈大学人文学部教授甲斐胜二在《关于〈文心雕龙〉文体论的问题——〈文心雕龙〉的基本特征余论》一文中说：

> 对刘勰来说，文体是非常重要的，难怪以文体分析为中心的上篇便是"纲领"；而排列一些围绕文章的各种内外问题，例如创作心理、文章风格、作家论等的下篇是"毛目"。"纲领"之与"毛目"的关系自不待言。[①]

在这样的翻译和解读中，不难发现，学者们认为刘勰称上篇为"纲领"，就是认为上篇更为重要；称下篇为"毛目"，就是认为下篇相对于上篇比较次要。但这显然不符合全书的实际和刘勰的本意。刘勰明言全书"位理定名，彰乎大易之数，其为文用，四十九篇而已。"可知他对全书每一篇（包括《序志》）同样都是高度重视、精心结撰的，事实也正是如此，他对文体的研究固然高度重视（在今天的学者们看来，甚至是过于重视了），但决不至于把下篇看作并不重要的部分。而且，"文心者，言为文之用心也"，对"文心"的探究固然是贯穿在全书里的，但最直接、最深入的探究却无疑是在下篇里面，可以说，没有了下篇，《文心》就不成其为"文心"了。刘勰怎么会认为这些内容不够重要、与纲领无关呢！

有的学者显然是觉察到了这一矛盾现象，因而在注译中试图加以弥合，可惜并不成功。如郭晋稀（1916—1998）《文心雕龙译注十八篇》虽然注意到了"'毛目'与上文'纲领明矣'的'纲领'二字，

---

① ［日］甲斐胜二：《关于〈文心雕龙〉文体论的问题——〈文心雕龙〉的基本特征余论》，戚良德主编：《儒学视野中的文心雕龙》，上海：上海古籍出版社，2014年，第580页。

遥遥相对"，但他认为"'毛'不是'毛举细故'的'毛'，而是'毛毛草草'的'毛'，'毛目'是后二十五篇的大目"①。在译文中，他把"下篇以下，毛目显矣"译为"下半部二十五篇，大略举其篇目也就很明显了"。②这样的解释当然是过于勉强了。"毛毛草草"或作"毛毛糙糙"，意为做事不仔细、不认真、不讲究，属现代流行的口语词汇。古文阐释中，借助于俗语、口语并非全不可行，但必须与可靠的书证相辅而行才有说服力。他所征引的"毛毛草草"的"毛"，本来就与"大"义相距甚远，何况译文中又退回到"大略举其篇目"了呢！

陆侃如（1903—1978）、牟世金（1928—1989）合著《文心雕龙译注》也说："'毛目'指概貌，和上文'纲领'略同。毛，粗略。"③

注意到两者的"略同"，自然是符合文本实际的；但把两个对立的概念简单混同起来，却没有从语义分析上给出任何根据，便难以让人心服。在该书译文中，这句被译为"这样，就在本书下篇里边，把文学创作和评论的种种具体问题都大致讲到了。""毛目"又成了"种种具体问题"，和注文相比，未免又向"毛目"即细目的传统解释退缩了。后来有人对郭晋稀和陆侃如、牟世金之说加以辨正，认为"由于上下篇的内容有综述和分论的差别，故'纲领'和'毛目'不应意有重叠，即其一指纲要，另一则当指细目。"④又彻底回到望文生义的原点上去了。论者们大概都忘记了一个基本事实，即：上篇并非"综述"，对各种文体何尝不是逐一"分论"的呢！

---

① 郭晋稀：《文心雕龙译注十八篇》，兰州：甘肃人民出版社，1963年，第229页。
② 郭晋稀：《文心雕龙译注十八篇》，第230页。
③ 陆侃如，牟世金：《文心雕龙译注》，济南：齐鲁书社，1995年，第385页。
④ 张灯：《〈文心雕龙·序志〉疑义辨析》，《天津师大学报》1995年第4期。

二、值得重视的"互文"现象

问题究竟出在哪里呢？笔者以为，症结在于当今的学者们普遍忽略了中国古籍中大量存在的"互文"现象，才导致了种种释读之扞格难通。

那么，何谓"互文"？

"互文"现象相当复杂，并不仅是一种单纯的修辞格。从其总括性称谓来讲，"互文"又称"互辞""互体"。而从其具体用法来说，又有"互言""互举""互相明（互明）""互相见（互见）""互相成""互相足""互相备"、"互相挟"等种种分别。它之所以产生并大量应用于古籍的写作，一则由于古代书写条件的限制，作者力求文字简省；二则因为中国语言崇尚词句的对偶，往往非彼此"参互见义"不能达到对偶的要求。在对应的两句中，相同的位置如果表达同样或相近的意思，也需要变换其辞以避免重复。而变换其辞的办法，一是分别使用同义词或近义词，词语变换而意思不变，释读时彼此可以互训，如"虽精义曲隐，无伤其正言；微辞婉晦，不害其体要"（《征圣》）句中，"精"与"微"、"曲隐"与"婉晦"、"无伤"与"不害"都是如此。二是要表达的意思包括两方面，就在对应的分句中采取"各举一边"的办法，使之既符合对偶的要求又避免了重复，理解时彼此应该互补。如"子建援牍如口诵，仲宣举笔似宿构"（《神思》）句中，"援牍"与"举笔"、"口诵"与"宿构"均应作如是解。因为"援牍"时也将"举笔"，"举笔"时也必"援牍"，纸笔俱备，方能写作；"口诵"与"宿构"好像是两种表现，但"口诵"必须有"宿构"为基础，有"宿构"则"口诵"自不在话下。所以，"援牍"与"举笔"、"口诵"与"宿构"都是就曹植（子建）和王粲（仲宣）两人而言，用以表现其文思之敏捷。而这一类语言现象的形成和普遍运用，归根结底还和我们的古人高度重视事物间相互对应关系的思维特点，尤其是认为"造化赋形，支体必双；神理为用，事不孤立"（《文心雕龙·丽辞》）的普遍观念有直接而重要的关系。

据现在能够见到的资料，最早发现并为"互文"命名的学者是东汉的经学家郑玄（127—200）。他在为经传作注时，大量接触到这类现象，发现如不揭示其"互文"特点则难以圆满周备地揭橥经传的文义，因此在他的注解文字中，多次出现了"互文"及其相近的语汇。[①]到了唐代的贾公彦（活动于公元7世纪中叶，生卒年不详），在对郑注进行疏解时，又对"互文"这一概念给出了明确的定义。在《仪礼疏》卷第三十九《既夕礼》第十三中说："凡言互文者，是二物各举一边而省文，故云互文。"当然，这样的定义并未能涵盖所有各种形式的互文。所以，他不得不在其他地方再作补充说明，例如他指出所谓"互相足"，与一般的"各举一边而省文"的互文不同，是"一物分为二，文皆语不足"。[②]意即作者把一件东西分到上下两句里去说，而上下句的语意都不完备，在理解时必须把上下句意结合起来才行。历史地看，贾公彦在互文研究上贡献颇大，使人们对"互文"的认识进了一大步。贾氏以后，直到清代的朴学大师们的相关研究，不过在其基础上的进一步细化而已。

三、结论

了解了古人表达方式的"互文"特点，回头再看刘勰的表述，就可以豁然贯通了。刘勰在《序志》中概括介绍全书内容，只能提纲挈领，以纲代目，是不可能遍举"毛目"的。用到"毛目"一词，

---

① 参见刘斐：《中国传统互文研究——兼论中西互文的对话》，复旦大学2012年博士论文。

② ［汉］郑玄注，［唐］贾公彦疏：《仪礼注疏》，北京：北京大学出版社，2000年，第868页。

只不过是为了与前文对应语句中的"纲领"一词在形式上形成对偶，在文义上实现互补。我们看到，在刘勰这一句群的表述中，"上篇以上，纲领明矣"与"下篇以下，毛目显矣"恰好处于对应的地位。在这两句里，刘勰既运用了"各举一边以省文""一物分为二，文皆语不足"的"互相足"之法，同时还运用了"变文避复"的技巧（"明""显"）。在解读时必须把作者省略的文字和意思补充起来，如下所示：

上篇以上，纲领（毛目）明（显）矣；

下篇以下，（纲领）毛目（明）显矣。

其中，"纲领"与"毛目"属"各举一边而省文"，二者"文皆语不足"，必须"互相足"，都是兼就纲领、毛目而言，并非以上篇为"纲领"、以下篇为"毛目"。理解时必须把二者结合起来，即上句所说的"纲领"也涵盖了下篇，下句所说的"毛目"也涵盖了上篇，而且两句都是以纲代目，偏重于"纲领"而言（郭晋稀和陆侃如、牟世金在注译时显然都已经感觉到了这一点，但由于没能认识到其"互文"的修辞手法，所以离正确解读只差了一步）。而"明""显"二字则属于互文的另一种最常见类型：变文避复，即：明、显二字同义（现代汉语中已成为同义复词），可以互换、互训，翻译时可用现代汉语的双音词译出。

弄清楚了古籍中互文的特点之后，如果对这两句分别进行语译，译文则应为："上篇的纲领（和毛目）就很明显了；……下篇的（纲领和）毛目也就很明显了。"而如果会通起来加以讲解时，则应为："这样，上下两部分的纲领和毛目（也可简称之为'纲目'）就都很清楚了。"当然最好同时给予提示：这里的"纲领"和"毛目"

运用了"互文相足"的修辞技巧。

　　《文心雕龙》中运用互文（具体还有各种类型）的地方还有很多，造成理解困难和解读争议的也有不少。通过此例，读者"举一隅而以三隅反"，自可思过半矣。

（原载《四川民族学院学报》2017 年第 4 期）

试说"逮及商周，文胜其质"

在《文心雕龙·原道》篇里，刘勰（约465—约532）在追溯人文发展的历程时，有"逮及商周，文胜其质，《雅》《颂》所被，英华日新"数语，这是他对商周文化的高度赞美之词。其中的"文"指"文采"或"文饰"，"质"则谓"质地"或"质朴"，对此鲜有争议。"胜"字看似并不费解，因而大多数的注本都不加注释；在译文中，一般都直译为"胜过"。而对照语言环境，却会发现疑点：刘勰一再赞美"商周丽而雅"（《通变》）、"圣文之雅丽，固衔华而配实者也"（《征圣》），说明他认为商周文化是文质相称的典范。为何此处却说商周之文"胜过"其质呢？如果是这样，商周之文是否还可以称作文章的典范？这和刘勰在《时序》《通变》等篇一再申说的文学发展观念还一致吗？而且，"文胜其质"和下面接着说的"《雅》《颂》所被，英华日新"又该如何贯通起来呢？如此看来，这"文胜其质"四个字，尤其其中的"胜"字，有好好考究一番之必要。

一、有关注释质疑

翻检相关论著，发现对"文胜其质"一语还是有人以不同形式加以注释的。

詹锳先生（1916—1999）《文心雕龙义证》注云："《论语·雍也》：'子曰：质胜文则野，文胜质则史。文质彬彬，然后君子。'《汉书·杜

钦传》：'殷因于夏，尚质；周因于殷，尚文。'"[①] 遗憾的是，
詹先生引经据典之后，并没有判定此一"胜"字应作何解。"周因
于殷，尚文"，是大家都知道的；但孔子在《论语》中说的"质胜
文则野，文胜质则史"，却并非评价虞夏商周的文明发展程度，而
是论述君子如何把握"质"与"文"的关系，即怎样做到"文质彬彬"
的。在此语境中，"质"指内在之德性，"文"指外部之威仪。"彬彬"，
东汉包咸（前 7—65）注："文质相半之貌。"[②] "相半"，谓匀
称，无过与不及。是说孔子认为，只有德性与威仪很好地协调起
来，彼此相称，才可以称为君子。可见同是"文质"，但指称不同。
那么套用于此是否恰切？就值得考虑。在孔子的语境中，相对于
"文质彬彬"，"史"与"野"均为差等。"史"字一般认为指"史
官"，如朱熹（1130—1200）《四书章句集注》云："史，掌文书，
多闻习事，而诚或不足也。"[③] 刘宝楠（1791—1855）《论语正义》
曰："史官文胜质，则当时记载或讥为浮夸者是也。"[④] 看来"史"
的缺点是不够质朴务实，明显含有一定程度的贬义。朱熹在《集注》
中引"杨氏"曰："文质不可相胜。然质之胜文，犹之甘可以受和，
白可以受采也。文胜而至于灭质，则其本亡矣。虽有文，将安施乎？
然则与其史也，宁野。"[⑤] 按杨氏所说，则"史"比"野"距离"彬
彬"差距更大，更不可取。如果把这句话中"史"的概念套用过
来理解"文胜其质"，人们不免生疑：这难道是孔子以及刘勰对
商周文化的评价吗？难道他们认为商周文化是"文"发展得过了头、

① 詹锳：《文心雕龙义证》，上海：上海古籍出版社，1989 年，第 20 页。
② ［魏］何晏注，［宋］邢昺疏：《论语注疏》，北京：北京大学出版社，1999 年，第 78 页。
③ ［宋］朱熹：《四书章句集注》，北京：中华书局，1983 年，第 89 页。
④ ［清］刘宝楠：《论语正义》，北京：中华书局，1990 年，第 234 页。
⑤ ［宋］朱熹：《四书章句集注》，北京：中华书局，1983 年，第 89 页。

以致不如虞夏文化的质朴更好了吗？显然不是这样的。足见孔子所说的"质胜文则野，文胜质则史"的话，是不宜直接拿来注解"文胜其质"的。

杨明照先生（1909—2003）《增订文心雕龙校注》云："按《礼记·表记》：'子曰：虞夏之质，殷周之文，至矣。虞夏之文，不胜其质；殷周之质，不胜其文。'舍人遣词本此。"[①] 这一引例恰好是评价虞夏商周之文化的，显然更贴近《文心雕龙》此语之文意。因而说"舍人遣词本此"是可信的。"殷周之质，不胜其文"缩略为"文胜其质"，似乎也符合思维逻辑和语言习惯。但"胜"字是"胜过"、"不胜"就是"不能胜过"的意思吗？"文"与"质"能互相"胜过"吗？则仍然存在问题。因为，既然"殷周之文"与"虞夏之质"在孔子心目中均为"至矣"，那么就不应存在两者谁"胜过"谁的问题。孙希旦（1736—1784）《礼记集解》引"方氏悫曰：'至矣'者，言其质文不可复加也。加乎虞夏之质，则为上古之洪荒；加乎殷周之文，则为后世之虚饰"[②]。可知孔子所说的"胜"或"不胜"，只能是同一时期的质、文之间配合如何、是否相称的问题。而配合如何，只会存在偏重于哪一方面，不会存在谁"胜过"谁的问题。如果将其理解为商周之文"胜过"了它的质，仍然还会面临与孔子尤其刘勰对商周文学总体评价不相一致的问题。

周振甫先生（1911—2000）对此别有新解，他在《文心雕龙注释》中解释说："文胜其质，文胜任它的质，即文质并美。《礼·表记》：'子曰：殷周之文，至矣！'按下文以《诗》的《雅》《颂》与文王作《易》的繇词来说明商周的文质并美。"[③] 把"胜"解释为"胜

① 杨明照：《增订文心雕龙校注》，北京：中华书局，2012年，第12页。
② ［清］孙希旦：《礼记集解》，北京：中华书局，1989年，第1311页。
③ 周振甫：《文心雕龙注释》，北京：人民文学出版社，1983年，第6页。

任"，进一步解释为"文质并美"，比较贴近了刘勰的语意。但把"胜"字解为"胜任"，如果回到孔子的原话，"殷周之质，不胜其文"，"不胜"则为"不能胜任"，又会发现问题：既然"文胜任它的质"，那么，"质"也应该"胜任"它的"文"，否则怎能算"文质并美"呢？如果认为商周"文质并美"，孔子又何以说"殷周之质，不胜其文"呢？可见，把"胜"解为"胜任"，在逻辑上仍有漏洞。

二、有关译文检核

不少注译本翻译此句时都是将此"胜"字直译为"胜过"或"胜于"的。如向长清《文心雕龙浅释》释为"到了商周二代，文章的文采胜过质朴"[①]；张长青《文心雕龙新释》译为"到了商代周代，文采胜过了质朴"[②]；张国庆（1950— ）、涂光社（1942— ）《〈文心雕龙〉集校、集释、直译》译为"到了商周时期，文彩胜过质朴"[③]；王志彬（1933—2020）译注《文心雕龙》："到了商代和周代，文采胜于质朴"[④]。但"文采（彩）"何以会"胜过（胜于）质朴"？仍然把疑点留给了读者。

有的译者显然发觉了这里的问题，于是做了变通的处理。如赵仲邑（1914—1984）《文心雕龙译注》："到了商周，作品文采华美，比之于前代作品的简单朴素，更胜一筹。"[⑤]祖保泉（1921—2013）《文心雕龙解说》认为："文胜其质：句意谓商周时文章有华彩，比前代质朴的文章更胜一筹。"[⑥]王运熙（1926—2014）等《文心雕龙译注》

---

① 向长清：《文心雕龙浅释》，长春：吉林人民出版社，1984年，第44页。
② 张长青：《文心雕龙新释》，长沙：湖南大学出版社，2009年，第4页。
③ 张国庆、涂光社：《〈文心雕龙〉集校、集释、直译》，北京：中国社会科学出版社，2015年，第15页。
④ 王志彬译注：《文心雕龙》，北京：中华书局，2012年，第9页。
⑤ 赵仲邑：《文心雕龙译注》，桂林：漓江出版社，1982年，第22页。
⑥ 祖保泉：《文心雕龙解说》，合肥：安徽教育出版社，2012年，第6页。

译作："到了商朝周朝，文采更有了发展，胜过前代的质朴。"①周勋初（1929—）《文心雕龙解析》："文胜其质：文采超过了前代的质朴。'其'指上述各个朝代。"②以上各家在这里加入了"前代"这样一个时段概念，好像问题解决了，但明显属于"增字解经"，为训诂所忌，并不严谨。试问，刘勰所说的"文胜其质"是与前代相比的吗？"其"字在这里能代指"前代"吗？即便勉强能够代指，那么拿后一时代的"文"去对比前一时代的"质"，这样的比较又有何意义？

郭晋稀（1916—1998）《文心雕龙注译》译作："到了商周两朝，作品更有文彩。"③译文中没有出现"前代的"字眼，但其中的"更"字却表明，他是拿殷周之"文"与虞夏之"文"对比的，于是"质"字便没有了着落。可见这样的译文还是存在问题的。

有的论者显然是发现了这一问题。青年学者文爽在《〈文心雕龙〉"符采"说释义》一文中说："'文'即文采，属于形式方面；'质'即质地，属于内容方面。所谓商周'文胜其质'，也只是相对商之前的文章而言，更确切的说法应是'文质并重'。"④就总体把握语意来说较为可取，可惜论者没有告诉人们，这"更确切的说法"的根据是什么。如果还是把"胜"字理解为"胜过"，就无法得出"文质并重"的结论。

三、"胜"字正诂

综合上述，可知"文胜其质"作"胜过"解，是说不通、不可取的。仔细推究文意，就会发现"胜"字在这里不是一般用法，不可轻易

① 王运熙、周锋：《文心雕龙译注》，上海：上海古籍出版社，2012年，第4页。
② 周勋初：《文心雕龙解析》，南京：凤凰出版社，2015年，第14页。
③ 郭晋稀：《文心雕龙注译》，兰州：甘肃人民出版社，1982年，第8页。
④ 文爽：《〈文心雕龙〉"符采"说释义》，《北京社会科学》2015年第2期。

放过，因为对"胜"字的理解关系到刘勰对商周文学的评价。

笔者以为，此"胜"字之义，非谓"胜过"，而乃"相称"之意。"文胜其质"，即文与其质"相称"。此种用法，《诠赋》篇亦有之，曰"丽辞雅义，符采相胜"，可与此处互证。詹锳《文心雕龙义证》："'相胜'，谓相称。"[1] 是其正解。张国庆、涂光社《〈文心雕龙〉集校、集释、直译》："按：'相胜'，指丽辞雅义的相得益彰。"[2] 亦可取。张长青《文心雕龙新释》译为"雅正的内容配合美丽的文辞，就像美玉的质量和纹理相辉映"[3]，亦可通。王志彬译注《文心雕龙》亦云："有了华丽的文辞和雅正的内容，作品就会像玉石的质地与它的花纹那样相称。"[4] 可惜的是，几位先生都没有把这样的释义移用于"文胜其质"一语的释读之中。相比而言，周勋初《文心雕龙解析》将"符采相胜"解读为"相互争胜"[5]，亦未免牵强。

"胜"字作"相称"解，亦颇有渊源。《国语·晋语四》："秦伯谓其大夫曰：为礼而不终，耻也；中不胜貌，耻也。"徐元诰（1878—1955）解："胜，当为称。中不称貌，情貌相违。"并引"汪远孙曰：'《易·下系》：吉凶者，贞胜者也。'《释文》姚本作'贞称'。"又引"《考工记·弓人》：'角不胜干，干不胜筋。'郑注云：故书'胜'或作'称'。古'胜'与'称'通也"。[6]《礼记·学记》："良弓之子，必学为箕"句，郑玄注："良弓之子必学为箕者，仍见其家挠角干也。挠角干者，其材宜调，调乃三体相胜，有似

① 詹锳：《文心雕龙义证》，第 305 页。
② 张国庆、涂光社：《〈文心雕龙〉集校、集释、直译》，第 157 页。
③ 张长青：《文心雕龙新释》，第 119 页。
④ 王志彬译注：《文心雕龙》，第 93 页。
⑤ 周勋初：《文心雕龙解析》，第 151 页。
⑥ ［清］徐元诰：《国语集解》，北京：中华书局，2002 年，第 338—339 页。

于为杨柳之箕。"① 其中"三体相胜"即"三体相称"。此一义项虽《说文解字》《康熙字典》等字书未收，但既已多见于前人注疏，今人解读古文时即不应忽略。其实，尽管前人注疏没有明确指出，笔者以为，《礼记·表记》中孔子所说"虞夏之文，不胜其质；殷周之质，不胜其文"中的两个"胜"字，也应作"称"即"相称"来理解；所谓"不胜"，即"不称"。因为既然"虞夏之质，殷周之文，至矣"，那么与之相对的"虞夏之文"与"殷周之质"自然就略显不足，与其"质"或"文"不能完全相称了。而作"胜过"解，则不免扞格。

经过以上考辨，可知刘勰"逮及商周，文胜其质"的语源是出自孔子的"殷周之质，不胜其文"，其中"胜"通"称"，为"相称"之意。但在使用中刘勰又有所改造。这种改造，不仅是语序的变化，而且在含义即对商周文化的评价上亦有某种程度的差别。孔子认为殷周之"质"不能与其"文"完全相称，而在刘勰的笔下，商周的"文质"则是完全相称的。这样改造语意的做法并非说明刘勰对孔子不够尊重，而应该是与时代的变化有关。孔子时当春秋晚期，对商周文化的利弊都有深切的体会，尽管他明言"周监于二代，郁郁乎文哉！吾从周"（《论语·八佾》），只不过是说周代文化与前代比较而言有了更好的发展，更加有文采，并不代表对周代文化的全面肯定。而刘勰生活于南朝，与孔子相距千年，其间经过了儒家定于一尊的两汉，历代经师在注疏经典过程中，层层迭加，将商周文化尤其周代文化日益理想化，于是在人们心目中商周文化变得愈来愈完美无缺了。在这样的文化背景之下，刘勰将商周文化与虞夏文化相比，说"逮及商周，文胜其质"，即商周文化文质相称，达到了前所未有的高度，就不算奇怪了。这与他文学发展观念中的"商周文学顶

---

① ［清］孙希旦：《礼记集解》，第 971 页。

峰论"是一致的。我们通过《通变》中的"黄唐淳而质，虞夏质而辨，商周丽而雅，楚汉侈而艳，魏晋浅而绮，宋初讹而新"可以知道，"丽而雅"的商周文化是刘勰心目中文学发展的顶峰，此前一直是在走上坡路，此后则一直在走下坡路。他试图"矫讹反浅"，所取法的只能是以经孔子"删述"过的五经为代表的商周文化。这是他在全书中所一再强调的。而只有这样解读，也才能与下文所说的"《雅》《颂》所被，英华日新"紧密衔接起来。

四、余论

笔者草此小文，揭示刘勰对经典语句这一改造的意义，固然在于为"文胜其质"求得正解（至于是否无懈可击，尚有待博学长者认定，愿时贤有以教我），而其意义却不止于此。我们借此还可知道，刘勰在《文心雕龙》中大量引用的经典语句，其中有的是化用，而且在化用中有时会加以己意，并不一定是完全照搬经典意旨的。这或者可视为对经典某种程度的"曲解"。对此，我们应有清醒认识，但却不必大惊小怪。事实上，历代的经学家，包括那些对孔子和经典很虔诚的人，在对经典进行的大量引用、注疏、解说中，也并非全无"曲解"。否则我们就很难理解，为什么孔子之后会"儒分为八"，为什么历代经解会各有不同。在这个意义上，可以肯定地说，后人对于前代经典有某种程度的"曲解"是绝对的，毫无"曲解"则是鲜见的，甚至是不可能的。其理由，正如马克思（1818—1883）所指出的，就像"法国人依照他们自己艺术的需要来理解希腊人"[①]一样，后人对经典的理解和应用总会有所差异，有所变化。不仅如此，马克思还认为"被曲解了的形式正好是普遍的形式，并

---

① ［德］马克思：《致斐·拉萨尔》，《马克思 恩格斯 列宁 斯大林论文艺》，北京：人民文学出版社，1980年，第108页。

且在社会发展的一定阶段上是适于普遍应用的形式"。[①] 刘勰对经书的某些"曲解"也应作如是观。尽管他所宗仰的是原始的孔学和儒教,但在实际应用中却不可避免地会有所取舍或改造,这与他是否真心诚意地征圣、宗经并无直接关系。对此,笔者此前已有文章作过探讨[②],感兴趣者可以参看,兹不赘。

（原载《语文学刊》2019 年第 6 期）

---

① 马克思:《致斐·拉萨尔》,《马克思 恩格斯 列宁 斯大林论文艺》,第 109 页。

② 魏伯河:《正本清源说"宗经"——兼评周振甫先生的有关论述》,《中国文论》第三辑。

试说"光采玄圣，炳耀仁孝"

刘勰《文心雕龙·原道》篇的"赞"中，"光采玄圣，炳耀仁孝"两句里的"玄圣"所指为谁，各家解读颇不一致。今稍作梳理，并略陈己见。因为字不离句，句不离篇，所以要确定具体语词在特定语境中的意义，不可避免地需要涉及《原道》全篇，谨此说明。

一、"光采玄圣，炳耀仁孝"的不同解读

了解《文心雕龙》的"赞"与原文关系的读者都会发现，《原道》"赞"中所谓"光采玄圣，炳耀仁孝"，是由原文正文里面"庖牺画其始，仲尼翼其终"和"爰自风姓，暨于孔氏，玄圣创典，素王述训"等句意凝练而成。而正文中的这三组对偶句，刘勰反复申说的其实只是一个意思，即所谓人文，系由庖牺（即伏羲）画八卦创始，至孔子（前551—前479）删述六经而集其大成。不过为了避免字面重复，刘勰不得不对人物的指称一再变换其辞。对庖牺，本名之外，又称作"风姓"，又称作"玄圣"；对孔子，先称作"仲尼"，又称作"孔氏"，再称作"素王"。其中的"玄圣"，清人黄叔琳（1672—1756）曾援引班固（32—92）《典引》的用例，注云："玄圣，孔子也。"[①]但其说已被纪昀（1714—1805）所明确否定。纪昀评曰："此玄圣当指庖牺诸圣，若指孔子，于下句为复，且孔子亦非僻典也。"[②]台湾学者张立斋（1899—1978）进一步明确指出："玄圣

---

① ［梁］刘勰著，戚良德辑校：《文心雕龙》，上海：上海古籍出版社，2015年，第5页。

② ［梁］刘勰著，戚良德辑校：《文心雕龙》，第7页。

指庖牺，创典指始画八卦也。素王指孔子，述训指好古敏求，述而
不作也。……黄注以玄圣指孔子，非是。"①纠正了纪昀评语中"庖
牺诸圣"的含糊之处。另一位台湾学者李曰刚（1906—1985）也指出：
"玄圣创典：指伏羲氏始画八卦也，应上文'伏羲画其始'句。……
素王述训：指孔子删述六经也。应上文'仲尼翼其终'及'夫子继
圣'云云而言。"②指出其与前面文句的对应关系，更有说服力了。
就笔者目前所见各种注译本来看，将正文中的"玄圣"认作孔子的
已不多见，但认为其并非专指庖牺者仍时有其人。如祖保泉（1921—
2013）《文心雕龙解说》注为："玄圣：上古时代的的圣人，指伏羲、
神农、黄帝等。"③张长青《文心雕龙新释》则注为："玄圣：远
古圣人。"④似此将专称视为泛称，说明注者或许受到纪昀评语影响，
并且未能紧密联系前文，以致有失准确。

而对"赞"中的"玄圣"，分歧意见却变得更多，以致不无治
丝益棼之憾。

首先，原文是"玄圣"还是"元圣"成了问题。杨明照先生（1909—
2003）认为，此处应为"光采元圣"，并且认定其所指为孔子。在
他著名的《增订文心雕龙校注》一书中，有校记云：

> 光采元圣　　"元"，元本、弘治本、活字本、汪本、佘本、
> 张本、两京本、王批本、何本、胡本、训故本、梅本、凌本、合
> 刻本、梁本、秘书本、谢抄本、别解本、尚古本、冈本、文溯本、

---

① 张立斋：《文心雕龙注订》，北京：国家图书馆出版社，2010年，第7页。

② 李曰刚：《文心雕龙斠诠》，台湾编译馆中华丛书编委会，1982年，转见张国
庆、涂光社：《〈文心雕龙〉集校、集释、直译》，北京：中国社会科学出版社，2015年，
第12页。

③ 祖保泉：《文心雕龙解说》，合肥：安徽教育出版社，2012年，第7页。

④ 张长青：《文心雕龙新释》，长沙：湖南大学出版社，2009年，第5页。

崇文本、文俪、诸子汇函作"玄"。按"元"字是。《书·伪汤诰》："聿求元圣。"枚传训"元"为大，此亦应尔。《史传》篇："法孔题经，则文非元圣"，正与此同。诸本作"玄"，盖涉篇中"玄圣创典"句而误。①

在所有二十几种版本都作"玄圣"，而没有列举出任何版本为"元圣"的情况下，杨先生力排众议，径直校改为"元圣"，其勇气固然可嘉，但其结论却值得怀疑。就笔者这些年所见多种注译本来看，赞同这一校改者除周振甫（1911—2000）《文心雕龙今译》②和龙必锟（1932—）《文心雕龙全译》③外，更多的版本仍作"玄圣"，应该可以说明问题。

然后，"玄圣"所指也出现了分歧。杨明照先生认为："篇中之'玄圣'系指伏羲诸圣，此句之'元圣'则指孔子，不能混而为一。"④同样认为指孔子的如：陆侃如（1903—1978）、牟世金（1928—1989）《文心雕龙译注》："光采：指自然之道的光采。玄圣：指阐明自然之道的古代圣贤，主要是孔子。"⑤周振甫《文心雕龙今译》："光采的大圣孔子，明显地宣扬仁孝的伦理道德。"⑥王运熙（1926—2014）、周锋《文心雕龙译注》此处注为："玄圣，此指孔子。"其译文亦相应作："光辉的圣人孔子，使仁孝之类的伦理道德发扬光大"。⑦

与之不同，认为"玄圣"指庖牺者仍然占多数。其中又包括两

---

① 杨明照：《增订文心雕龙校注》，北京：中华书局，2012 年，第 17 页。
② 周振甫：《文心雕龙今译》，北京：中华书局，1986 年，第 15 页。
③ 龙必锟：《文心雕龙全译》，贵阳：贵州人民出版社，1992 年，第 10 页。
④ 杨明照：《增订文心雕龙校注》，北京：中华书局，2012 年，第 17 页。
⑤ 陆侃如、牟世金：《文心雕龙译注》，济南：齐鲁书社，1981 年，第 10 页。
⑥ 周振甫：《文心雕龙今译》，北京：中华书局，1986 年，第 15 页。
⑦ 王运熙、周锋：《文心雕龙译注》，上海：上海古籍出版社，2012 年，第 5 页。

种情况。一种是认为两句分指庖牺和孔子，如李曰刚《文心雕龙斠诠》释为："玄圣创典，光采普照；素王述训，炳耀仁孝。"① 张国庆、涂光社《〈文心雕龙〉集校、集释、直译》译为："伏羲经典光彩夺目，孔子仁孝辉光闪耀。"② 另一种是认为两句均指庖牺，如郭晋稀（1916—1998）《文心雕龙注译》译为："开拓这条光明大道的是伏羲氏，最辉煌的教义就是仁和孝。"③ 陈书良（1947—）《文心雕龙（释名＋经典直读）》译为："光明的庖牺氏啊，最辉煌的教义就是仁和孝。"④

此外就是把"玄圣"宽泛解读为"远古圣人"者，如赵仲邑（1914—1984）《文心雕龙译注》译为："远古的圣人，阐明了这些道理，宣扬了忠孝仁义。"⑤ 祖保泉将此处之"玄圣"注解为"大圣"，将"光采玄圣"释为"玄圣遗训焕发光彩"⑥；王志彬（1932—2020）译注《文心雕龙》："既使伟大的圣人显示了光彩，又宣扬光大了仁义忠孝。"⑦ 采取这种处理方式者颇多。不过，这样把确指当成泛指，固然回避了争议，但却掩盖了矛盾，问题并没能解决。

这样几种不同的、甚至截然相反的解读，反映出学者们对这两句"赞"语的理解颇不一致，有专门加以探讨的必要。

二、"光采玄圣，炳耀仁孝"之我见

在对《原道》"赞""光采玄圣，炳耀仁孝"二语的不同解读中，

① 李曰刚：《文心雕龙斠诠》，台湾编译馆中华丛书编委会，1982 年，转见张国庆、涂光社：《〈文心雕龙〉集校、集释、直译》，第 14 页。

② 张国庆、涂光社：《〈文心雕龙〉集校、集释、直译》，第 15 页。

③ 郭晋稀：《文心雕龙注译》，兰州：甘肃人民出版社，1982 年，第 11 页。

④ 陈书良：《文心雕龙·释名＋经典直读》，北京：作家出版社，2017 年，第 159 页。

⑤ 赵仲邑：《文心雕龙译注》，桂林：漓江出版社，1982 年，第 23 页。

⑥ 祖保泉：《文心雕龙解说》，第 8 页。

⑦ 王志彬译注：《文心雕龙》，北京：中华书局，2012 年，第 11 页。

笔者赞同分指庖牺和孔子的解读。理由如次：

其一，尽管称孔子为"玄圣"自汉代以来颇有其例，但"玄圣"作为专用名词，在同一语言环境中所指称对象应该是一致的。既然前文"玄圣创典"指的是庖牺，"素王述训"指的才是孔子，此处就不应该再以"玄圣"指称孔子。否则便与前文无法对应，也不符合语言常规。何况在《文心雕龙》全书中，并没有刘勰称孔子为"玄圣"的另外例证；《史传》篇"法孔题经，则文非元圣"一语中，以"元圣"指称孔子，当是为避免与本篇之"玄圣"相混。明乎此，就会知道刘勰不至于在《原道》一文中，拿"玄圣"既用以指称庖牺，又用以指称孔子，而令人莫名其妙了。

其二，"仁"和"孝"是孔子开始确立的儒家核心观念和道德范畴，并且当时还没有连文，直到《史记·留侯世家》里才出现"窃闻太子为人仁孝"[①]的用法。庖牺氏是文明初创时期的远祖，当时应该还没有形成这样的观念，因而将"玄圣"认作庖牺，再把两句贯通起来作一句解读是不能成立的。而且"光采玄圣，炳耀仁孝"和正文中"玄圣创典，素王垂训"、和前两句"道心惟微，神道设教"、后两句"龙图献体，龟书呈貌"一样，是对偶关系，贯通解读之后，两句之间的对偶关系也便不能成立了，不符合刘勰写"赞"主要用对偶句的常规。

其三，前文已指出，所谓"光采玄圣，炳耀仁孝"，是由《原道》正文里面"庖牺画其始，仲尼翼其终"和"爰自风姓，暨于孔氏，玄圣创典，素王述训"等几组对偶句凝练而成。在刘勰的意识中，上述对偶句都是涵盖了人文从创始到成熟的全过程。如果将这两句解读为均指庖牺，便无法体现原文核心段落对孔子的赞美；而以为两句均指孔子，将"仁孝"仅理解为其思想学说，则不仅"玄圣创典"

---

① ［汉］司马迁：《史记》，北京：中华书局，1959 年，第 2047 页。

之功在"赞"中无从体现，而且与原文中每组对偶句表达的语意也无法保持一致。

笔者的结论是：此处之"光采玄圣"仍指庖牺，下句"炳耀仁孝"才指孔子。这两句紧承上两句，意思是"道心"（亦即"神理"）"光采于玄圣，炳耀于仁孝"。郭晋稀先生指出"（这里的）光采、炳耀，形容词当动词用"[①]，是正确的。前引张国庆等人将原文语序调整，译成"伏羲经典光彩夺目，孔子仁孝辉光闪耀"，就语意把握来说固然并无不妥，但译文改变了原文的句式，而又缺乏必要的说明，所以对说服力不无影响。须明确，"仁孝"在这里是一种借代用法，是用其学说的要义代指其人（孔子），借以与上句"玄圣"相对。这种用法固然并不常见，但刘勰受赞语"四字之句""数韵之词"而且必须对偶、押韵的限制，不得已而用之，亦非无由。更重要的是，这样解读，与原文内容既能保持一致，也与前两句"道心惟微，神理设教"的内容联系更为密切，应该是比较妥帖的。

三、"赞"所体现的全文主旨

文后有"赞"，始自《汉书》，系由《史记》中的"太史公曰"演变而来，不过其时尚为散行文字。至《后汉书》一变而为四言韵语。史书中"赞"的作用，如刘勰所说，为"托赞褒贬，约文以总录，颂体以论辞；又纪传后评，亦同其名。"史赞之外，汉晋以来，还流行一种为人物画像、作品图谱作赞的风气。在这样的双重作用下，"赞"逐渐成为一种相对独立的文体。刘勰《文心雕龙》论"文体"，有《颂赞》篇对此进行专门论述。此所谓"赞"，并非一般的赞美之意，而是"明也，助也"。其文体特点是："必结言于四字之句，盘桓乎数韵之词；约举以尽情，照灼以送文。""赞"与"颂"关

---

① 郭晋稀：《文心雕龙注译》，第10页。

系密切，"赞"属于"颂家之细条"，即分支，所以二者有时可通用。刘勰受史书和图赞的影响，为《文心雕龙》每篇作"赞"，是文论著作首次使用赞体，应该属于他的创举。

一般地说，"赞"并非原文结构的有机组成部分，而是对全文内容的总括或强调，是按照全书确定的体例要求而另行添加的。写作者对"赞"固然要精心结撰，字斟句酌，力求言简意赅，便于传诵，但其作用并不在于在篇章之外再阐发出什么新意，而在于对原文要点的画龙点睛。《文心雕龙》的赞也正是如此。每首赞包括四言八句，每两句为一组，各组之间有内在逻辑关系，不容颠倒，更不容误读。就《原道》篇"赞"的语意来看，和正文中的关键语句均存在对应关系：其中所谓"道心惟微，神理设教"，只是"原道心以敷章，研神理而设教"的另一种表述。而所谓"光采玄圣，炳耀仁孝"，如前文所说，是"庖牺画其始，仲尼翼其终"等三组对偶句的变换其辞。所谓"龙图献体，龟书呈貌"呢，则是"《河图》孕乎八卦，《洛书》韫乎九畴"和"取象乎《河》《洛》，问数乎蓍龟"的缩略之语。至于"天文斯观，民胥以效"，则不过是"观天文以极变，察人文以成化"的另一种表述。周勋初先生（1929—   ）指出："赞语可分前后两节：（一）强调'道沿圣以垂文'，（二）强调'圣因文而明道'。"① 此说甚是。所谓"画龙点睛"者，此之谓也。刘勰通过"赞"再次提示读者，他通过《原道》所要揭示并告诉读者的，就是"道沿圣以垂文，圣因文而明道"这样一种道—圣—文（经）三位一体的关系。其他都是为此服务的。

根据"赞"的一般特点和本篇"赞"的实际，可以发现，"赞"与原文有互相印证的作用，对我们阅读全篇确有助益。据笔者体会，其主要作用，是有助于我们把握全篇的主旨，矫正阅读中产生的偏

---

① 周勋初：《文心雕龙解析》，南京：凤凰出版社，2015 年，第 18 页。

颏。

由"赞"回看原文，就会发现：原文第一段（从"文之为德也大矣"至"有心之器，其无文欤"）由天地万物无不有文推论出人也必然有文的内容，在"赞"中基本无所体现，可知该段在全篇中所处的只是铺垫或介绍知识背景的地位。钱锺书先生（1910—1998）说：刘勰由天文推论人文，"盖出于《易·贲》之'天文''人文'，望'文'生义，截搭诗文之'文'，门面语、窠臼语也。刘勰谈艺圣解，正不在斯，或者认作微言妙语，大是渠侬被眼谩耳"①。经过"赞"的验证，更觉其说可信。"赞"主要概括的是文章第二段（自"人文之元，肇自太极"至"晓生民之耳目矣"）追溯人文发展的历史、突出庖牺—周公—孔子等圣人作用的内容，据此可知第二段乃是全文的主体和中心。至于原文第三段（自"爰自风姓，暨于孔氏"至"发辉事业，彪炳辞义"），概述人文发展历程、揭示出"道—圣—文"之三位一体的关系，本来就是全篇的结语，其中除"观天文以极变"一语和第一段还略有关联之外，所总结的也只是第二段的内容。这足以启示我们，《原道》从天地万物之文讲到人文，重点是落实在人文上，天地万物之文只是铺垫或引子：就内容说，都是当时的常识；就语言说，只是流行的套话。按照王夫之（1619—1692）《姜斋诗话》里"诗文俱有主宾"②的说法，第一段只是"宾"，第二段才是"主"。把握文章主旨，应该从其重点段落着眼，否则就可能偏离主题。由此可以引起反思的是，多年来人们对第一段的过度关注，包括对其中个别词句如"自然之道也"之类的过度解读，很有可能如钱锺书

---

① 钱锺书：《管锥编》第四册，北京：生活·读书·新知三联书店，2007年，第2163页。

② ［清］王夫之著，戴鸿森笺注：《姜斋诗话笺注》，北京：人民文学出版社，1981年，第54页。

先生所说，是被其"眼谩"，选错了方向，枉费了力气，因而才会求之弥深而惑之弥甚。

笔者本文所作的探讨，目的在于"获取真义"而非"焕发新意"①，因为如果对文本不能正确释读，就会影响到对原著主旨的把握，进而影响到对其理论价值的认识。近百年来，关于《文心雕龙》的校、注、译、释可谓多矣，然而仍有不少疑点未能解决。这说明，在"获取真义"方面还有一定差距，尚需进一步努力。

（原载《福建江夏学院学报》2020 年第 5 期）

---

① 童庆炳：《获取真义与焕发新义——略谈中华古文论研究的方法论问题》，《文化与诗学》2009 年第 1 期。

《文心雕龙·比兴》篇发微

"比兴"是中国文论中最古老的话题之一，古往今来有许多不同的解释，至今仍然是研究的热点。刘勰《文心雕龙》专设《比兴》篇，是文论史上"比兴"研究链条中的重要一环，有承先启后之功。在这篇专论中，刘勰明确提出"比显而兴隐"，童庆炳先生（1936—2015）据此提炼出了"比显兴隐"说，有很详尽的论述①。然而，"显"与"隐"是否就是刘勰判断"比兴"区别的唯一标准呢？其实不然。因为刘勰对"比兴"的认识，有着全面而深刻的内容。除了"显隐"之别以外，还有"理"与"情"、"小"和"大"等种种不同的考量。这一点，似乎尚未引起学界的注意。下面从《比兴》篇的篇章结构入手，就这一问题略作探讨。

一、《比兴》的论述轻重失调

《比兴》全文仅 592 字，在《文心雕龙》中属于短章。值得注意的是，在这篇短文中，就文字篇幅而言，刘勰谈"比"者多，而说"兴"者少。按照通常的段落划分，除第一段（从"诗文宏奥"至"诗人之志有二也"，共 98 字）讲"比兴"的意义及其关系属比兴并论外，第二段（从"观夫兴之托喻"至"信旧章矣"，共 201 字）讲"比兴"的艺术表现特点，其中论"兴"占三分之一，论"比"则占三分之二；第三段（从"夫比之为义"至"则无所取焉"，共 259 字）专论"比"的类别及用"比"的基本原则，未正面涉及到"兴"。

---

① 童庆炳：《〈文心雕龙〉"比显兴隐"说》，《文心雕龙三十说》，北京：北京师范大学出版社，2016 年，第 282—299 页。

最后到了"赞"（"赞曰"至"如川之涣"，34字）里才又把"比兴"合起来说。严格讲来，全篇专论"兴"的文字只有下面几句，区区65字而已：

> 观夫兴之托喻，婉而成章，称名也小，取类也大。关雎有别，故后妃方德；鸤鸠贞一，故夫人象义。义取其贞，无疑于夷禽；德贵其别，不嫌于鸷鸟：明而未融，故发注而后见也。①

这番解说，大抵不出经传范畴。"兴"与"比"的不同，是它不是直接的比喻，而是"托喻"，即借他物寄托要表明的意思。"婉而成章"，语出《左传·成公十四年》："春秋之称……婉而成章。"杜预注："婉，曲也。谓曲屈成辞，有所避讳，以示大顺，而成篇章。""称名也小，取类也大"，则用《易·系辞下》语句："其称名也小，其取类也大。"韩康伯注："托象以明义，因小以喻大。"所举的两个例子《关雎》和《鸤鸠》也都出自《诗经·国风》。但我们不能不承认，刘勰的组合是很成功的。他仅撷取五经中三部经典及其传注中的几个词句，就总结了此前关于"兴"的传统观点，抓住并突出了"兴"这种表现形式的主要特征。

但本篇对"比兴"的论述如此详略悬殊，轻重失调，看似不无偏枯之病。个中原因，耐人寻味。《文心雕龙》中以并列词素为标题者所在多有，有关论述虽非彼此半斤八两、完全平分秋色，但如此畸轻畸重、轻重失调者却仅此一例。精通文章写作之道的刘勰，对此何以顾此失彼呢？难道他认为"比"比"兴"更重要，所以才多用笔墨的吗？

---

① ［梁］刘勰著，戚良德辑校：《文心雕龙》，上海：上海古籍出版社，2015年，第2页。

二、刘勰实际上更推崇"兴"

笔者认为，尽管刘勰在这篇《比兴》专论中以大量笔墨论"比"，而对"兴"着墨不多，但他对"兴"绝非轻视，恰恰相反，两者之间，他更重视和推崇的其实是"兴"而不是"比"。他对"比兴"联系与区别的认识是全面而深刻的。在本篇的"赞"中，他说："诗人比兴，触物圆览，物虽胡越，合则肝胆。"指出二者都有把距离遥远、本不相干的两种事物紧密联系在一起的功能。但他对二者的区别更有着清晰的认识。具体包括以下四个方面：

首先，"比"和"兴"的外部表征不同。刘勰云："诗文弘奥，包韫六义，毛公述传，独标兴体。""兴"在"诗之六义"即"风雅颂赋比兴"中为毛公（西汉"毛诗"整理者毛亨、毛苌）所"独标"，而对"赋"和"比"则不然。至于其原因，刘勰认为是由于"岂不以风通而赋同，比显而兴隐哉？"就是说，与"风"的"通"（通于美刺）、"赋"的"同"（同于铺陈）和"比"的"显"（含义显明）相比，"兴"具有"隐"即含义比较隐晦的特点。由于其"明而未融"，如不特别标明，一般读者就会意识不到，所以必须"发注而后见"，尤需加以重视。显然，这只是依据外部表征立论，并非"比兴"之间的全部差异。

其次，"比"和"兴"的应用范围不同。诗文通篇用比者间或有之，如《诗经·魏风·硕鼠》，但更多是见于语句和片段。而"兴"呢？尽管它自身的语句未必很多，且与正文的关系若即若离，却大多笼罩全篇，决定着全篇的"基调、氛围、韵味、色泽"[1]。一篇兴体的诗文，如果去掉了起兴的句子，整个作品就不再是兴体，而且艺术效果也会大为失色。这是一方面。另一方面，"比"大多应

---

[1] 徐复观：《中国文学论集》，北京：九州出版社，2014年，第88页。

用于赋颂类作品，在汉赋中甚至达到了"比体云构，纷纭杂遝"的程度；而"兴"则更多应用于讽喻类作品。在他看来，《诗经》是比、兴并用的，屈原（前 340—前 278）尚能"依诗制骚，讽兼比兴"，如司马迁（前 145—前 90）所说："其称文小而其指极大，举类迩而见义远"①，而汉代以来的辞赋作品，则主要描写都市园林之宏伟壮丽、奇珍异宝之美不胜收，迎合统治者好大喜功、穷奢极欲的心理需求，意在歌功颂德，虽然最后也有几句讽喻的话，但其结果是"劝百讽一"，起不到顺美匡恶的作用，以致"无贵风轨，莫益劝戒"（《诠赋》）。这样一来，"上以风化下，下以风刺上"（《毛诗序》）的功能便丧失了，从而导致"兴义消亡"，完全背离了《诗经》的"旧章"即传统。

再次，"比"和"兴"的生成原理不同。他说："比者，附也；兴者，起也。附理者切类以指事，起情者依微以拟议。起情故兴体以立，附理故比例以生。"指出"比"是"附理"的，主要和"理"有关，"兴"是"起情"的，主要和"情"有关。这一区别很有意义。正因为"比"主要和"理"有关，所以不仅适用于诗歌等文学抒情类作品，也适用于论证说理类的文章；因为"兴"主要和"情"有关，所以只适用于诗歌等文学抒情类作品，而很难应用于其他文章。这一区别还决定了二者在表达上的不同追求："比则畜愤以斥言，兴则环譬以托讽。"就是说，"比"贵在明理，愈直接明白愈好；而"兴"则贵在意会，越婉曲隐晦越好。

最后，"比"和"兴"的社会功用不同。刘勰通过大量例证指出，汉代赋颂类作品所以不如《诗经》，即"文谢于周人"的原因，是因为"日用乎比，月忘乎兴"。他把这种现象称作"习小而弃大"。"习"与"日用乎比"对应，"弃"则与"月忘乎兴"对应。很明

---

① ［汉］司马迁：《史记》，北京：中华书局，1959 年，第 2482 页。

显，在刘勰心目中，"比"属于"小"者，而"兴"则属于"大"者。对这种现象，刘勰明显表露出不满。"比兴"何以会有"小大"之分？所谓"小大"指的是"比、兴"的哪个方面？显然，主要不是指外在的形体或篇幅的差异，而是就其内在特质和社会功用而言。当然，这里的"小"和"大"，与作为兴体艺术特征的"称名也小，取类也大"所指兴体作品中的起兴之物与讽喻之义是不同的。

通过这样的比较可以看出，相对于"比"，刘勰对"兴"其实是高度重视并特别推崇的。在他的"比兴"观念中，有一个"比小而兴大"的基本价值判断。与"比显而兴隐"就外部表征立论不同，"比小而兴大"是就二者的内在特质与社会功用而言。在《比兴》篇的论述中，我们很容易看出，他对"比体云构"持批评态度，而对"兴义消亡"则有痛惜之情，其原因即在于此。由此也可看出，刘勰恪守《诗经》传统的意识是何等强烈，他的宗经思想是一以贯之的。"论文叙笔"如此，"剖情析采"亦然。笔者认为，忽略了这一点，就不能完整准确地理解刘勰的"比兴"观念。

三、《比兴》轻重失调的原因

刘勰认为"比小而兴大"，对"兴"高度重视并特别推崇，而在论述的篇幅上却如此轻重失调，似乎不合逻辑。考察这一微妙的现象，可以体察到刘勰写作中的某种难言之隐。笔者以为，至少有如下两方面原因制约了刘勰的表达：

第一，例证多寡。

在存世文献中，"比"的用例俯拾即是，可以信手拈来；而"兴"的例子在《诗经》之后的文人作品中却如凤毛麟角，难得一见，所以除了《诗经》中的例子之外，刘勰只提到了屈原作品"讽兼比兴"，并未涉及具体篇目，汉代以后则一无所举。原因应是这一漫长时期里的传世作品中兴体作品实在太少，无法像讨论"比"那样，通过分类列举正反例证加以展开。或许有人会说，产生于东汉后期、被后世誉为"古今第一首长诗"的《古诗为焦仲卿妻作》（习称《孔雀东南飞》）不是兴体么？曹植（192—232）的《野田黄雀行》《七步诗》等不是"讽兼比兴"的么？为什么不能作为例证呢？对此，笔者认为：《古诗为焦仲卿妻作》虽为兴体，但该诗有一个长期的演变过程①，在陈代徐陵（507—583）将其收入《玉台新咏》之前，很有可能还未最后定稿，也没有进入文人视野，故而《文心雕龙》全书从未提及，也自然无法作为本篇例证。刘勰对曹植的作品应该十分熟悉，但正因为其"讽兼比兴"，所以拿来单独作为"兴"的例证并不典型，甚至可能引起争议；所以刘勰没有将其揽入，应该是其立论严谨的表现。

有趣的是，童庆炳先生在《〈文心雕龙〉"比显兴隐"说》中论"兴"所举的两个唐诗中的例子，是王昌龄（698—757）的《从军行》（"琵琶起舞换新声，总是关山旧别情。缭乱边愁听不尽，高高秋月照长城"）和李白（701—762）的《黄鹤楼送孟浩然之广陵》（"故人西辞黄鹤楼，烟花三月下扬州。孤帆远影碧空尽，唯见长江天际流"），他认为这两首诗的末句都是"兴"。但在笔者看来，两例都很难说是标准的"兴"，而更大可能还是写实，因为"高高秋月照长城"和"唯见长江天际流"均属当时可见之景，不过是景物描写中由小到大、由近及远、拓展开去而已，仍属"所咏之辞"，并非与眼前实景若即若离的"他物"。刘勰云："兴者，起也"，"起情故兴体以立"，所以"兴"又称"起兴"、"起情"。"兴"的本义，决定了兴句用在篇首或段首才是其常态。童先生自己也承认，

---

① 魏伯河：《〈孔雀东南飞〉文本演变考略》，《重庆三峡学院学报》2017年第4期。

这两个例子并"不典型"。^①看来，童先生在本文写作中也曾面临与刘勰相同的难题：典型的"兴"体例证，在《诗经》之后的文人作品中，颇不容易找到典型的用例。对此，笔者认为，童先生和刘勰也受到了同样的局限。须知，《诗经》中的兴体作品大多出于国风，而国风是搜集保存的各地民间歌谣，后世的民间歌谣还普遍保持了"兴"这一传统。如果不是局限于正统文人的作品，而把眼光放宽到各种民间歌谣如"汉乐府""信天游""竹枝词"之类，要选取兴体的例证或许就不至如此为难了。

第二，论证难易。

我们知道，相对于"赋"和"比"而言，"兴"要难把握得多。朱熹（1130—1200）论"兴"，说："兴者，先言他物以引起所咏之辞也。"^②"本要言其事，而虚用两句钓起，因而接续去者，兴也。"^③许多人将他的话视作定论。其实他的解说是比较含混的，因为"先言"的"他物"与"所咏之辞"之间究竟是何关系，前者是怎样"引起"后者的，"虚用"的"两句"是怎样"钓起"下文的，并未能说清。对此，他自己也曾感到困惑。因为他还说过："诗之兴，全无巴鼻。……振录云：多是假他物举起，全不取其义。"^④"巴"即"把儿"、柄，"鼻"即"鼻儿"，二者均为物体上便于人抓取的部分，俗称"抓手"。"巴鼻"即抓手^⑤。所谓"无巴鼻"者，没有抓手，不好把握，不易捉摸也。至于"全不取其义"，亦不尽然，两者的意义联系更多是介于取与不取、若有若无之间的。比朱熹早了600多年的刘勰

---

① 童庆炳：《〈文心雕龙〉"比显兴隐"说》，《文心雕龙三十说》，第 298 页。
② ［宋］朱熹：《诗集传》，北京：中华书局，1958 年，第 1 页。
③ ［宋］朱熹：《朱子语类》，北京：中华书局，1985 年，第 2067 页。
④ ［宋］朱熹：《朱子语类》，第 2070 页。
⑤ 童庆炳先生将"无巴鼻"解作"全无意义"，明显有误。见《〈文心雕龙〉三十说》第 293 页。

肯定也曾面临这样的难题。如果尝试还原刘勰的写作过程，可以推测，他并非不想对"兴"也像对"比"那样展开讨论，可惜由于"兴"不易捉摸，实在不容易措辞，所需例证又不充足，无奈之下，只能点到为止，说"兴者，起也。……起情者，依微以拟议"；指出其表现形式为"托喻"，为"婉而成章"，可以以小见大，如斯而已。至于由此造成的结构失衡，便难以顾及了。对此，后人似不宜苛责。

四、对赋比兴关系的总体认识

众说周知，按照历史上早已流行的说法，在"诗之六义"中，"风、雅、颂"三义指诗歌形式，"赋、比、兴"三义指表现手法。近年亦有将"六义"均认作诗歌体裁者，如郑志强《〈诗经〉兴体诗综考》就认为："'兴'在《诗经》中是一种独特的抒情诗歌体裁。……它与《诗经》中另外五种体裁的诗歌形成了鲜明的区别和对照。"[①]但这一新说尚未得到普遍认可，笔者这里仍按传统说法展开论述。在笔者看来，"风、雅、颂"这三种诗歌形式，并非形式或体裁（因为三者在形式或体裁上并无多大区别，若以形式或体裁论，都是以四言为主的诗歌），而是类型，而分类的依据是作品的来源和用途。如郑樵（1104—1162）《通志·序》所说："风土之音曰风，朝廷之音曰雅，宗庙之音曰颂。"[②]朱熹也有类似的说法："大抵国风是民庶所作，雅是朝廷之诗，颂是宗庙之诗。"[③]然而从战国后期的屈原、荀况（约前 313—前 238）、宋玉（约前 298—约前 222）开始，特别是到了汉代，本是"六义"之一、作为表现手法的"赋"却由"附庸蔚成大国"，以至"与诗画境"，成为一种流行的体裁。魏晋之后，赋的题材或写法虽有发展变化，但却长期保持着与诗比

---

① 郑志强：《〈诗经〉兴体诗综考》，《浙江学刊》2008 年第 10 期。
② ［宋］郑樵：《通志二十略》（影印四库全书本），北京：中华书局，1995 年。
③ ［宋］朱熹：《朱子语类》，第 2067 页。

肩的地位。曹丕（187—226）《典论·论文》云："诗赋欲丽"；陆机（261—303）《文赋》云："诗缘情而绮靡，赋体物而浏亮"；刘勰《文心雕龙》"论文叙笔"有《明诗》篇，又有《诠赋》篇；《文选》则将赋体作品列于卷首，均是其明证。

不过，赋成为独立的文章体裁之后，其作为表现手法的功能并未丧失。刘勰《诠赋》云："赋者，铺也；铺采摛文，体物写志也。"这固然可以认作赋体作品的特点，但也同时是赋这种表现手法的特点。用我们今天的话说，"赋"作为表现手法，就是直陈其事，直抒胸臆，以叙述描写为主，是绝大多数作品中最基本的表现方式。童庆炳先生说："我们千万不可把'赋'看成是'赋比兴'中似乎是最没有价值的方式。实际上，赋的抒情方式，只要运用得好，也可以写出非常出色的作品。"这是很有道理的，只不过他把"赋"仅视作一种"抒情方式"，未免有些偏狭，因为"赋"还是一种重要的叙述、描写方式。而"比"和"兴"虽然后世有时也被称为"体"，如刘勰就说"比体云构"云云，但并没有能像"赋"那样，获得与其他体裁并列的地位，仍然是被作为表现手法、修辞艺术来对待。这也就是刘勰之所以将"赋"作为文类、置入"文体论"来加以论述，而将"比、兴"仅作为写作艺术、放在"创作论"来加以研究的原因。直到现在，"比、兴"仍然主要被视为表现方式或修辞艺术，绝非偶然。

怎样把握赋、比、兴三种表现方式之间的关系？笔者以为：就它们对作品的重要性而言，其实赋是最基本的，也是最重要的。因为离开了比、兴，赋仍可以成文；而离开了赋，仅靠比、兴则很难成文。赋的重要性不言而喻。不过，正像许多最基本的东西（例如空气、阳光、水和父母养育之恩等）却往往容易被人忽略一样，赋作为表现方式在很长时间里不被重视，甚至被认为无甚奥义、不值得研究。

这并不奇怪。人类在认识事物或审美过程中对普遍存在、须臾难离的对象习焉不察、熟视无睹的现象本来就屡见不鲜。至于作为文章体裁的赋，因与议题无关，此处姑且存而不论。

"比、兴"相对于"赋"，从语言修辞的角度来说，则因其相对稀少和更具艺术性显得更高级一些。在赋的基础上增加比、兴，犹如锦上添花。正像人们欣赏一幅锦缎，往往首先被上面的花纹所吸引一样，相对于作为底色的"赋"，"比兴"的研究更能形成热点。

而"比兴"由于显隐、理情、小大等不同，在释读和应用上又有着难易之别。尤其是"兴"，因只能意会而很难言传，其解释历来是一个难题。童庆炳先生在《〈文心雕龙〉"比显兴隐"说》一文中对此进行了可贵的尝试。他说：

> 由于诗人的情感是朦胧的，不确定的，没有明确的方向性，他不能明确地比喻。诗人只就这种朦胧的、深微的情感，偶然触景而发，这种景可能是他眼前偶然遇见的，也可能是心中突然浮现的。当这种朦胧深微之情和偶然浮现之景，互相触发，互相吸引，于是朦胧的未定型的情，即刻凝结为一种形象，这种情景相触而将情感定型的方式就是"兴"。……兴句的作用不是标明诗歌主旨，也非概念性说明，兴句所关联的只是诗歌的"气氛、情调、韵味、色泽"，重在加强诗歌的诗情画意。①

这样的解读基本是合理的，可以使人对"兴"有比较可靠的把握。因为他是综合了前人经学的、语言学的、文学的各种说法，也比过去各种解说向前推进了一步，成为一种后起的新说。但能否成为定论，尚难断言，因为至今仍有若干不同的解读出现。

---

① 童庆炳：《〈文心雕龙〉"比显兴隐"说》，《文心雕龙三十说》，第292页。

　　"比兴"的不同特点，决定了它们在应用时扮演着不同的角色。一篇兴体的诗文，里面可以包含若干个"比"；而"比"中却很难包含着"兴"（"讽兼比兴"者除外）。例如《古诗为焦仲卿妻作》，开头两句"孔雀东南飞，五里一徘徊"为起兴，但它是笼罩全篇的，故全诗可以确定为兴体。但其中间可以有"君当作磐石，妾当作蒲苇，蒲苇纫如丝，磐石无转移"；"磐石方且厚，可以卒千年；蒲苇一时纫，便作旦夕间"；"腰若流纨素，耳著明月珰，指如削葱根，口如含朱丹"等大量比喻。仅就这一点而言，刘勰称"比小而兴大"，也是很有道理的。

　　总之，作为表现方式的赋、比、兴，就应用范围来说，赋是最基本的，相对来说也是较易掌握的；比的应用也很普遍，掌握起来难度也不大；兴只在特定的文学体裁中应用。由此可知，赋、比、兴三者之间，并非仅是并列关系。就其应用范围或重要性来说，三者之间是由主到次的排列；而从艺术性来说，则呈现为由低到高、由易到难的层级。刘勰云："夫才童学文，宜正体制。"（《附会》）青少年作文对表现方式的学习掌握，也宜从最基本的赋即记叙、描写开始。

（原载《天中学刊》2020 年第 6 期）

《文心雕龙·练字》篇发微
——基于物质文化的视角

刘勰《文心雕龙》专设《练字》篇，其所论述为文章写作中拣选文字的一般原则及注意事项，而其所涉及者又主要为字形问题，似乎与文学理论无关，因而不为后世研究者所重视，甚至还受到不少非议。笔者反复研读后认为，只有联系当时所处汉字书写发展阶段的客观实际和相关的物质文化因素，对其进行深入解读，才能正确认识本篇在《文心雕龙》全书理论体系中的定位和价值，以及它与后世"炼字"说之渊源关系。

一、《练字》篇名正解

"练字"是一个习见的汉语词汇，但其含义古今颇不一致。今人口语中之所谓"练字"，即练习写字，多指练习书法。其实这种"练字"，过去一般是称为"习字"的，谚语所谓"字要习，马要骑"是也。而中国古代文论中习见之"练字"，或作"炼字"，又作"炼辞"，是唐宋以后诗话、词话中的专门术语，意为诗词作者为了表达的需要，在用字遣词时要进行精心的锤炼推敲和创造性的搭配，使所用的字词获得简练精美、形象生动、含蓄深刻的表达效果。但《文心雕龙》中刘勰所说的"练字"，与上述两种用法都不相同。他之所谓"练字"，是选择、挑选合适的文字用于文章的创作和书写。范文澜先生（1893—1969）认为这里的"练训简，训选，训择"①，是正确的。换言之，这里的"练"，实际上只不过是"拣"的通假

---

① 范文澜：《文心雕龙注》，北京：人民文学出版社，1958年，第626页。

字而已。

当然，"练"字这样的用法，并不是刘勰的凭空创造。在秦汉以来的文献中，多有类似的用例，如：《吕氏春秋·简选》："老弱罢民，可以胜人之精士练材。"《礼记·月令》："选士厉兵，简练俊杰。"《韩诗外传》卷八："此弓者，太山之南，乌号之柘，燕牛之角，荆麋之筋，河鱼之胶也。四物者，天下之练材也。"枚乘（？—前140）《七发》："练色娱目"。汉桓宽（西汉中期人，生卒年不详）《盐铁论·复古》："今者广进贤之途，练择守尉，不待去盐铁而安民也。"《汉书·礼乐志》："练时日。"南朝宋谢庄（421—466）《太子元服上太后表》："练日简辰，显被元服。"这些用例中的"练"字都是"拣选""选择""精选"的意思，不过其所拣选的对象是优质的材料、好看的颜色、优秀的人才或合适的日期而已。至于把选择用字作为一个单独的问题提出并加以专门的研究，刘勰或许是首开先例的。刘勰在本文中说："是以缀字属篇，必须练择。"不难看出，篇名《练字》，即由这一语句紧缩而成。"练择"二字为同义连用，有强调之意；而"必须"二字，则体现出刘勰对这一问题的高度重视。

"练字"的目的，就本文所论，显然侧重于实现文章物化形态的美观适用，属于最外在的形式方面的问题。相对于内容，形式自然是第二位的，更不要说是最外在的形式。但如所周知，任何内容必须存在于一定的形式之中，文章只有通过文字的书写记录才能形成和存在，才能作用于读者的视觉，进而传情达意，乃至传之久远。读者阅读的过程，是"披文以入情"，即通过外在形式才进入内容的。因而作者的用字是否讲究，乃至书写水平及版面布局是否符合人们的审美习惯，都直接影响到人们对作品的观感和阅读的兴趣。因而在注重作品文质兼美的刘勰看来，文字的选择使用即"练字"，也是写作中不可忽视的重要方面。这应该就是他在"体大思精"的《文心雕龙》中专设《练字》篇的内在根据。

二、对《练字》篇的不同评价

现当代学者对《练字》篇给予重视者甚少。《文心雕龙》其他各篇大都有许多专题研究论文，与之形成强烈反差的是，关于《练字》篇的论文却难得一见。偶有几篇，也多从书法角度立论。但《练字》篇作为全书五十篇之一，毕竟是一个客观存在，所以在各种研究《文心雕龙》全书的论著中，不可避免地要对其加以研究和评价。这些评价，有两种不同的趋向。

对本篇给予全面肯定评价的，以黄侃先生（1886—1935）为代表。他在《文心雕龙札记》中说："文者集字而成，求文之工，必先求字之不妄。……舍人言练字者，谓委悉精熟于众字之义，而能简择之也。其篇之乱曰：'依义弃奇'，此又著文之家所宜奉以周旋者也。……今欲明于练字之术，以驭文质诸体，上之宜明正名之学，下亦宜略知《说文》《尔雅》之书，然后从古从今，略无蔽固，依人自撰，皆有权衡。厘正文体，不致陷于卤莽；传译外籍，不致失其本来，由此可知。非若锻句炼字之徒，苟以矜奇炫博为能者也。"[①]黄氏为国学大师，精通语言文字之学，深知合理拣择、正确运用文字之重要，故强调"练字之功，在文家为首要"，对《练字》篇赞誉有加。并且在他看来，这一种"练字"，比起那些"以矜奇炫博为能"的"锻句炼字"即后世诗话中所讲究和推崇的"炼字"功夫来，更为基本，也更为重要。而他为本篇所作的札记，也不啻是一篇绝好的当代《练字》篇。如能将其与刘勰《练字》原文结合起来阅读，对当今写作肯定大有裨益。

---

① 黄侃：《文心雕龙札记》，上海：上海古籍出版社，2000 年，第 190 页。

而黄侃之后，学者们对《练字》篇大多评价不高。如刘咸炘（1896—1932）认为："此篇无甚精要。"[①] 范文澜《文心雕龙注》从文章字、句组合关系角度出发，提出《练字》篇"与上四篇不相联结，当直属于《章句》篇"[②]的主张，似乎《练字》篇缺少独立存在的价值。郭晋稀（1916—1998）则明确说："我们认为本篇在创作理论上没有什么发挥，对创作实践意义也不大，是全书中价值不大的作品。"[③] 台湾学者陈拱（陈问梅，1925— ）甚至认为，本篇多虚文、赘辞，"能紧扣主题，而与作文有关者，实止四项：一曰避诡异，二曰省联边，三曰权重出，四曰调单复。此四者皆就字形而言，见辞知义，无庸多费词另解也。足见本篇之所以贫乏矣"[④]。张国庆（1950— ）认为："本篇题为'练字'，实则环绕'练字'的相关文字较多，而直接论及'练字'问题的文字反而不很多，又没有多少深刻精到之论，就此看，本篇并非佳构。"[⑤] 各位论者以现代文学理论的标准检视此篇，结果未能发现有关乎文学创作或批评的微言大义，遂有此类鄙薄之议。殊不知刘勰本篇之作意，本不在今人之意中，而自有其当时之时代背景与特定需要也。

三、《练字》篇之内在理路

刘勰单列《练字》篇，作为其体大思精的《文心雕龙》的组成部分，自然不会是虚应故事、敷衍成篇的。其写作意图和实际效用，还应该从本篇之中去发现。细读本文，可以发现其内在理路如下所述：

① ［梁］刘勰著，戚良德辑校：《文心雕龙》，上海：上海古籍出版社，2015年，第230页。

② 范文澜：《文心雕龙注》，第626页。

③ 郭晋稀：《文心雕龙注译》，兰州：甘肃人民出版社，1982年，第42页。

④ 陈拱：《文心雕龙本义》，台北：台湾商务印书馆，1999年，第984页。

⑤ 张国庆、涂光社：《文心雕龙集校、集释、直译》，北京：中国社会科学出版社，2015年，第730页。

自"夫文象列而结绳移"至"趣舍之间，不可不察"为第一段。通过回顾文字发展演变的历史，指出其总体趋势是由难趋易。其中强调了文字的重要性："斯乃言语之体貌，而文章之宅宇也"，用当今的话说，即文字是语言的物化形态，文章的物质载体。他以大段文字讲述了历代对文字的重视，其中尤以西汉时期为最：那时的人们精通小学，所以尽管其辞赋"率多玮字"，但大家并不以为难；而当时国家对文字使用的要求，竟到了"吏民上书，字谬辄劾"的严苛程度。到了东汉以至魏晋，由于"小学转疏"，虽"字有常检"（通用的规范），却"追观汉作，翻成阻奥"了。而"自晋来用字，率从简易"，已成为不可逆转的时代潮流。不过他也同时指出：所谓难易，不仅在于字体的繁简，还在于文字的流行情况，"后世所同晓者，虽难斯易，时所共废，虽易斯难"，使其论述具有了辩证色彩。刘勰对这一演变趋势，虽未明确予以褒贬，但总体是认可的。这方面的回顾，为下面的进一步论述设置了广阔的文化背景，也显示出"练字"问题的重大意义。即是说，不仅"文变染乎世情""歌谣文理，与世推移"（《时序》），文字之变迁亦复如是。文字作为文章写作的物质载体，理应引起作者的高度重视，而绝不应等闲视之。

如果跳出所谓"文论"的视阈，可以发现，这段论述不啻为一篇简明的中国文字发展史，其可贵之处在于，他能从社会文化发展的背景阐述文字的渊源与流变，扼要说明了文字在不同时代所处的风气、使用的情况、所起的作用、面临的处境、变革的状况及对当时社会的影响，因而具有了文字史、书法史乃至文化史的价值。

自"夫《尔雅》者，孔徒之所纂，而诗书之襟带也"，至"若值而莫悟，则非精解"为第二段。指出文章写作（即"属文"），在用字上应以《尔雅》《仓颉》等前代权威工具书为重要参考，还要综合考虑"义训古今，兴废殊用，字形单复，妍媸异体"等多种因素，力求达到"讽诵则绩在宫商，临文则能归字形"的效果。所谓"义训古今"，即文字的意义有古义和今义之别；所谓"兴废殊用"，即文字的使用有新兴和已废之异；所谓"字形单复"，即文字的形体有单体（简单）和合体（复杂）不同；所谓"妍媸异体"，即文字的外观有美观和丑陋之分。在这样的前提下，他提出了写作中"练择"文字时的四个注意事项："一避诡异，二省联边，三权重出，四调单复"，并分别进行了具体的论述。

这段论述，是本文的中心内容，借此可以明确刘勰"练字"之准确含义。刘勰的主张，是作者应该了解文字的古义，但写作时则应使用其今义；应该知道哪些字是已经废止了的，写作时则要使用通行、规范、"世所同晓"的字；此即所谓"该（赅）旧而知新"。要尽量选用那些外形美观的字，避免使用那些诡异和难看的字；还要有节制地使用联边字和重出字，交替使用、合理搭配简单与复杂的字，以尽力达到文字表达和书写卷面的尽善尽美（需要指出的是，当今的读者和研究者，往往只注意了"一避诡异，二省联边，三权重出，四调单复"的技术性内容，而忽略了"义训古今，兴废殊用，字形单复，妍媸异体"的原则性论述，以致不能完整把握刘勰本篇的意旨，反而以本篇内容单薄、无关宏旨讥嘲刘勰，此读书粗疏之过，实在不足为训）。当然，刘勰的观念是通达的，如关于"联边"即"半字同文"问题，他指出"状貌山川，古今咸用；施于常文，则龃龉为瑕"，就是对不同类型写作所作的区别对待。又如关于"重出"即"同字相犯"问题，他也认为"若两字俱要，则宁在相犯"。说明他并非要把提出的四条作为僵化的教条"一刀切"地去推行。但作者们如能普遍注意这几点，对文字表达和书写效果的改善肯定是有益的。

自"至于经典隐暧,方册纷纶"至"则可与正文字矣"为第三段。指出前代文献在流传中存在着文字"音讹"和"文变"的现象,作者在使用这类文字时,应特别慎重,正确的态度是"依义弃奇",不可因"爱奇之心"而故意使用那些明知存在"讹变"的文字。这一段是第二段的补充或附论,涉及的是"练字"中的一种特殊情况,但却是具有普遍意义的。

最后的"赞曰",是按照全书统一体例所作的总结,属画龙点睛之笔。其中"声画昭精,墨采腾奋",系归纳文中"贯练《雅》《颂》,总阅音义"和"讽诵则绩在宫商,临文则能归字形"而来,是刘勰理想的文章外观效果。"声画",即字音字形;墨采,即墨迹文采。通观全文,可以发现,在刘勰有关文字的意识中,其实是兼顾了文字的形音义三方面的,对它们也是同样重视的,但因为音、义方面的问题在其他篇中已经有了比较充分的论述,所以本篇集中讨论字形方面的问题。

这样简单的梳理之后,刘勰何以要专设《练字》篇,应该就比较清楚了。但"练字"问题在当时的特殊意义,当今的读者仍未必能认识到位,还须进一步加以申论。

四、《练字》篇的时代意义

在包括研究者在内的当今读者们看来,在一部研究文章写作或文学理论的专著中,用专门的章节讨论用字特别是字形选择问题,似乎不够伦类。这是因为,在当今的互联网时代,包括文章的初稿在内,作者们也是通过键盘敲击,以规范的字体出现于电脑屏幕之上的,字形如何,并不影响文章内容的表达,因而似乎不属于作者考虑的问题。而且按现行学科分类,字形问题属于文字学,与文艺学不属同一范畴,因而这方面的研究,似不应出现于文学理论专著中。这样的认识当然是有其道理的，但如果忘记了历史的变迁和时代的差异，用这样的观念去评判南朝人刘勰所作的《文心雕龙》，却是不合情理并且会造成严重误解的。因为在当时，文字的形体选择及书写问题，其重要性远非书法作者之外的今人所能感受。

应该注意，在刘勰关于文字发展的历史回顾中，只涉及了文字字体的演变，而未涉及文字书写材料和书写方式的发展演变等物质文化因素。这并不是他的疏忽，而是由于在他和他的同代人看来，这些属于不言而喻的问题，无须论列。因为在他们的经验和意识中，不仅根本无法想象当今互联网时代的电子文本，也不可能想象隋唐时期雕版印刷术出现后流行的木刻或活字文本。此乃时代使然，无可非议。他们所处的齐梁时代，尚属于完全的"手抄本时代"，因而刘勰只能就"手抄本"立言。

为了更清楚地说明这个问题，有必要回溯一下汉字书写的历史，从物质文化的角度来考察当时包括字形选择在内的书写问题的重要性。

首先应该明确，我们的历代先人对汉字的书写，一直是受生产力发展水平制约的。人们书写所用的工具、材料和书写的方式，数千年中也一直在随着生产力的发展而变化。在不同的历史阶段，往往呈现出不同的甚至是彼此迥异的特点。

就目前可以确定的中国最早文字——殷商时期的甲骨文来看，当时书写的工具是刀具，书写的方法是刻制（即"契"），书写的材料则是动物的甲骨。其功能是代替结绳、用以记事。当时的文字以象形、指事、会意为多，不同的作者字体自然也难以统一。当时的人们刻制这些文字时当然也会有审美的追求，因为我们的汉字本身就是从"象形"即图画而来，但相对于记事，审美肯定是属于次要的目的。

在西周时期，出现了大量的钟鼎文，即金文。就文字书写的技艺水平来看，这是一个极大的进步。钟鼎由青铜铸成，通称"青铜器"。在青铜上直接刻字是不可想象的，只能是在浇铸青铜器的模具上着手，而且字形应该是反向的，因此制作精美的青铜器需要很高级的工艺。大约与其同时或略晚出现的石鼓文，制作起来难度也可想而知。当然，钟鼎文和石鼓文并不是日常写作所用的材料和书写方式，但它们对规范、统一字体应该有很大的作用。

大约从西周后期直至西汉，由于形声、假借等造字法的流行，文字的数量大为增加。这时文字书写的主要工具应该是笔墨，而书写的材料则为简帛。简帛包括简牍和绢帛。由于绢帛是贵族阶层做衣服的高级原料，并长期作为货币使用，用于书写的自然有限，大量使用的应为简牍。简为竹简，牍为木牍。简牍的长度在一尺左右，故当时的书信有"尺牍"之称。宽度则竹简在 0.5—1 厘米左右，木牍应与之相当（因为过宽则难于卷束），每片简牍一般只能书写一行文字。在简牍上书写当然要比在甲骨上刻制容易得多，书写中也会更注意追求美感，但因书写受到简牍的限制，也必然是服从于记事或表情达意需要的。至于少数书写于绢帛之上的文字，相较于简牍，应该更重视也更适合于表现书法的美感。

秦汉以来开始出现碑刻。由于碑石面积较大，且须公之于众，能传之久远，故人们在重视内容的同时，对书法的艺术表现也越来越给予高度重视。这从我国最早的书法家往往为碑刻名家，可见一斑。

从汉代开始，人们发明了纸张作为书写材料，这是中国文化史上具有革命性意义的大事件。纸张质地轻软，幅面宽大，裁剪随意，便于书写，不仅对文献的写作和传播、保存提供了极大的便利，而且也给书法艺术提供了极大的发展空间。在东汉蔡伦（？—121）对造纸技术进行改造之后尤其如此。这从魏晋时期书法家的大量涌现可以得到证明。书法艺术是中国独有的最富民族特色的艺术形式，至东晋王羲之（303—361）臻于极致。到了刘勰所处的南北朝时期，纸张无疑已成为最主要的书写材料。他在定林寺多年抄写佛经以及写作《文心雕龙》所用的材料，无疑都是纸张，而肯定不会是简牍。尽管没有直接的物证，对此却完全可以断言。

刘勰个人的书法水平如何，目前没有任何可靠资料可以佐证。但以理推测，生活于魏晋以后书法艺术突飞猛进的时代，且天资聪颖、又长期以抄书为业的他，尽管未必有意成为书法家，但能写一笔好字是无须怀疑的。而正是在与文字书写长期相伴的实践过程中，他对"缀字"与"属篇"之间的关系，对如何组合字形以增加文章外观的美感，应该有着深刻的体会。这也应该是他在论文时把文字外形的拣选纳入总体构思，并列专篇予以研究的理由。而由于书写、手抄是当时文章、书籍传播的主要手段，这样的研究和论述在当时自有其必要性和针对性。笔者在研究"孔子删诗"问题的文章中，曾"提示当今的学者，在阅读、研究古代典籍，尤其在需要知人论世的时候，时时提醒自己，要充分考虑物质文化的要素，尽可能避免犯以今律古的错误"①。在文字书写问题上，看来更必须注意这一点。

我一向以为，中国书法之成为独具民族特色的专门艺术，除了汉字本身造型的特点为其主要因素之外，还应该与我国古代四大发明之一的造纸术问世后纸张的较早大量使用有重要关系。简单回顾一下中国书法史，我们不难发现，魏晋之前书法史上的名家，如李斯（约前284—前208）、程邈（秦人，生卒不详），多以对字体的

① 魏伯河：《从物质文化视角看"孔子删诗"争议》，《福建江夏学院学报》2016年第4期。

演变有所突破为其主要贡献；而书写之美观与否则为次要标准。因为那时候书写工具主要为简牍，书写者任意挥洒的空间极其有限，而布局谋篇问题尚不突出。而到了魏晋时期，主要字体既已基本确定，书写材料又已改为纸张，每张纸可以书写大段文字甚至全篇文章，书写中如何布局谋篇，如何处理文字的大小、疏密，乃至笔画的粗细、轻重等一系列问题便凸显出来，作为一个重要艺术门类的书法，这时才算正式产生了。自此以后的书法名家，就主要以个人文字书写的不同艺术风格称雄于书坛了。人们的审美追求较前更为强烈，不仅是每一个单字有美不美的问题，一幅作品更有美不美的问题。所以，在传世的书法家作品里，其文字书写的审美价值及其艺术经验，是远远超过其内容的实用价值的。文字是文章的材料，又是其内容的载体，不可不加以研究，字形安排因而便有了重要的意义。于是一些在书法家那里早已引起重视的问题，也开始引起文论家的注意。书法理论中的精华被引入文学理论之中，于是成为必然的趋势。祖保泉先生（1921—2013）说："刘勰谈练字，从书法角度而论，是当时重视书法的文化思想在《文心雕龙》中的反映。"①这是很有道理的。文章写作必须考虑书法的因素，也是当时社会条件所决定的。因为在书艺盛行的社会背景下，人们评价一篇文章或一本书，不可能无视书写的因素：一方面，文字的选择是否恰当，一些明显的问题（如本文列举的诡异、联边、重出、单复）能否合理规避，必然影响到读者阅读理解的感受和效果；另一方面，文字使用是否规范以及书写的优劣，也会给读者造成不同的第一印象。试想一篇文章或一本书，内容很精彩，但用字不规范、书写很拙劣，在时人眼里，会被认为是一篇佳作或一本好书吗？显然是不可能的。刘勰论文引进书法理论的某些要义，道理即在于此。何况此文的针

① 祖保泉：《文心雕龙解说》，合肥：安徽教育出版社，1993年，第771页。

对性，还在于补救当时普遍存在的因爱奇之心驱使导致的不少人故意使用讹变字、生僻字、已废字等弊端呢！

刘勰对文章的理想要求，在《总术》篇中表述为"视之则锦绘，听之则丝簧，味之则甘腴，佩之则芬芳"，可见是标准极高，力求尽善尽美的。所谓"视之则锦绘"，就是讲文章的视觉效果要力求美观；而要达此目的，则只能从拣选字形等外在形式入手。此《练字》篇之所以不可或缺也。要之，刘勰本篇以论字形为主，是他按照全书的布局和分工做出的安排。《练字》列《文心雕龙》第三十九篇，属全书下篇"苞会通，阅声字"的范畴，说明他是将文字的选择与声律的安排、章句的建构、对偶、比兴、夸饰手法的运用以及事类的处理等放在同等位置，视为文章写作中需要同样重视的重要问题的。这在当时是完全必要的。今人决不可以今律古，轻估其在当时的价值和意义。

五、"练字"与"炼字"之关系

在今天的学者们看来，唐宋以来出现的"炼字"，无疑是属于文论范畴的。炼字，即根据内容和意境的需要，精心挑选最贴切、最富有表现力的字词来表情达意，主要有关于字义，当然也要考虑到字音，而一般不会注重字形。而拣选字形的"练字"则与文章的表现力或艺术性问题关系甚微。之所以出现这种较为普遍的认识，除了由于对当时文章书籍传播的物质条件过于隔膜之外，笔者以为还和把《练字》篇孤立看待大有关系。

杨明照先生（1909—2003）指出："《文心雕龙》本是一部最系统最完整的古代文学理论批评巨著，要深入研讨它当中的任何问题，都不能局限在某一篇或某几段，必得贯穿全书，相互发明。"[1]

---

[1] 杨明照：《〈文心雕龙〉研究中值得商榷的几个问题》，《宋代文化研究》2005年。

刘永济先生（1887—1966）在《文心雕龙校释》中说："至此篇所举'四忌'，虽似无关大体，然在诗家亦为要务。特其所论乃在形体之间，初无关于意义，当合《章句》《丽辞》《指瑕》《物色》等篇观之，而后文家字句之精蕴始得也。"[①] 周勋初先生（1929— ）也认为："如欲了解刘勰全面的文学语言观，则还须结合相关篇章的论述。"[②] 他们的意见，对读者和研究者有指引之功，应该予以重视。

今人研读《练字》篇，还应注意，刘勰尽管在本篇中以讨论字形选择为主，似乎仅为追求"视之则锦绘"的效果，但并非全不考虑音、义问题的。例如其中所说"心既托声于言，言亦寄形于字，讽诵则绩在宫商，临文则能归字形矣"等，就是兼顾了形音两方面而言的；又如"义训古今"，固然涉及字义，而"依义弃奇"，则显然是把字义置于取舍标准的首位的；而"贯练《雅》《颉》，总阅音义""声画昭精，墨采腾奋"，则是综合性的要求。这足以证明，刘勰讨论字形的选择和安排，决非置字的音、义于不顾。之所以本篇对音、义方面涉及甚少，盖因字音问题，已有专论《声律》；字义问题，更是散见全书，已鲜有剩义。此篇主要论字形选择，既是为了使论题集中，也是为了避免与其他篇重复。对此，我们应当在会通各篇的基础上，给予充分的理解，切不可将其孤立看待，而轻率否定本篇的存在价值。

至于《练字》篇和后世"炼字"说之间的渊源，研读过程中既应立足《练字》本篇，也应跳出本篇来考察。"练字"之"练"与"炼字"之"炼"本可通假，故后世用"炼字"义时也写作"练字"，这或许是某些论者用"炼字"语义去对《练字》篇"循名责实"的原因之一。而事实上，《练字》篇之所谓"练字"，也的确与"炼字"

---

① 刘永济：《文心雕龙校释》，北京：中华书局，1962 年，第 154 页。
② 周勋初：《文心雕龙解析》，南京：凤凰出版社，2015 年，第 624 页。

不无关联。本篇有"善为文者，富于万篇，贫于一字；一字非少，相避为难也"的论述，说明无论怎样有才华、善为文的作者，都会遇到为寻觅一个最恰切的字眼而煞费苦心的情况。而选择这样一个最恰切字眼的过程，不正是后世所谓"炼字"的过程吗？刘勰在其他篇章中对用字的重要和用字力求精炼也多有论述。《章句》篇说："夫人之立言，因字而生句，积句而成章，积章而成篇。篇之彪炳，章无疵也；章之明靡，句无玷也；句之清英，字不妄也。"这就把用字是否确切精炼与文章是否成功紧密联系在了一起，说明他的《练字》也是属于"言为文之用心"应有的内容。《风骨》篇有"锤字坚而难移，结响凝而不滞"，《镕裁》篇有"句有可削，足见其疏；字不得减，乃知其密"等等，也无不彰显着对文章用字简练与精炼的追求。

刘勰有关"练字"的思想和论述，必然对后世文论中的"炼字"说有所影响。例如"权重出"，就发展成为近体诗写作的一项重要标准。而综合考虑用字的形音义各方面，则是后世"炼字"说所必须考虑而无法回避的。因为诗词的格律对平仄等音律问题要求极其严格，作者不可能仅顾及字义而忽视音律；作品在付梓之前也是以手抄形式流传，对书写美观的要求也必然促使其注意对字形单复、妍媸以及是否诡异等方面的选择。从这个意义上说，"炼字"说实际上是继承了刘勰《练字》篇的合理内核和有益成分而有所发展的。

六、余论

以上关于《练字》篇的讨论启示我们，评估古代文献的价值，必须历史地看待问题，应充分考虑物质文化的因素，否则就会不自觉地以今律古，作出违背历史、苛责古人的错误论断。而只有在对古代文献做出科学的、恰如其分的评价的基础上，才有可能发现其合理的内核和有益的成分，为当代的文化建设服务。即如《练字》篇所讨论的问题，由于书写方式等方面物质条件的巨大变化，其重要性固然今非昔比，但其基本观点，今天看来仍有其合理因素和较大价值。

当今时代，一方面，由于公民的识字率大为提高和物质的空前丰富，不仅"敬惜字纸"之类的古训成为早已过时的观念，而且认真正确地写字似乎也成了过分的要求；另一方面，随着互联网的普及，除了专门从事书法创作的少数人外，手写汉字在工作和生活中越来越少，导致许多过去无法想象的新情况、新问题大量涌现。在新的社会条件下，如何维护祖国语言文字的规范统一，正确使用祖国的语言文字，甚至成了比过去更加任重道远的艰巨任务。如所周知，现在网络中有意的和无意的错字、别字泛滥成灾，甚至还有许多生造的怪字，已成为当今一大突出问题。除此之外，电视、报刊、户外广告等其他媒体中错别字也屡见不鲜；而书法领域里嗜古爱奇、甚至以丑为美的不良风气也正大肆流行；至于书籍出版中粗制滥造、错字连篇的现象则日趋严重，乃至到了"无错不成书"的程度，令人扼腕。所有这些，无不直接影响着广大青少年正确使用祖国的语言文字，对中华文明的传承带来种种不利因素；也给国外人士学习汉语带来困惑、增加难度，直接影响着中国文化走向世界。有鉴于此，当今各类文本的作者们不是极有必要重温《文心雕龙·练字》篇，了解我们的古人写作用字的谨严态度，努力改进自己的文风，使自己的写作包括文字的书写力求谨严、正确、精益求精吗！

（原载《甘肃理论学刊》2018年第2期）

转益多师

论徐复观先生的《文心雕龙》研究

徐复观（1903—1982），名秉常，字佛观，湖北浠水人，为20世纪台港新儒学代表人物之一，著名思想家，卓有建树的杰出学者。他把道德、艺术、科学视为人类文化的三大支柱，认为中国文化在道德精神和艺术精神方面具有独特优势，体现了中国独特的人文精神；而这种人文精神正是西方文化所缺乏的，也正是现代人类所亟须的，应该发掘、弘扬开来，与西方科学、民主精神相结合，这样人类才会有更美好的明天。这样的胸怀和视野，使他的研究不同于一般的经院、书斋式研究，而是与人类命运紧密联系起来，具有了时代的高度和世界的眼光。

上世纪五十年代初转向学术研究领域之后，徐先生本来是以"治思想史为职志的"[1]，但由于教学的需要和研究领域的拓展，使他的研究，不仅在中国古代尤其先秦两汉时期思想史研究方面自成一家，而且对中国古代艺术和文学的探究也相当深入，对包括《文心雕龙》在内的中国古代文论，也有许多独到的见解。之所以能如此，原因如他所说："我（本来是）把文学、艺术，都当作中国思想史

---

[1] 徐复观：《中国文学论集续篇》，北京：九州出版社，2014年，第2页。

的一部分来处理，也采用治思想史的穷搜力讨的方法。搜讨到根源之地时，却发现了文学、艺术有不同于一般思想史的各自特性，更须在运用一般治思想史的方法以后，还要以'追体验'来进入形象的世界，进入感情的世界，以与作者的精神相往来，因而把握到文学艺术的本质。"① 这样独特的学术背景和治学方法，决定了他的文学艺术研究往往能够见人所未见，发人所未发，别具只眼，超凡脱俗。

由于上世纪五十年代以后徐先生主要是在台湾及香港从事教学与研究，而其生前两岸交流尚处于阻隔状态，他的许多重要论著和学术观点，大陆学界普遍缺乏了解，更未能形成交流和互补。近年其全集始获在大陆出版，而由于其卷帙浩繁，通读非易，研究和利用的工作才刚刚开始。作为龙学爱好者，本文仅就其关于《文心雕龙》研究的主要观点和成就略作评述，并参以己意，连缀成文，供同好者参考。

一、徐复观龙学研究概况

与大陆及台湾许多龙学专家大都出版有多种龙学专著不同，徐复观先生仅有一些单篇论文先后见于台港报刊，并没有出版过专门的龙学研究著作。这些论文，分别收录于其生前编定的《中国文学论集》及其《续篇》和身后辑成的《论文学》一书里。其中，直接以《文心雕龙》某一问题为论题的有9篇，有关论辩文章及书评4篇，其他论文、演讲中有所涉及的则有多篇。这些论文中，最早的《文心雕龙的文体论》一文写于上世纪五十年代，最晚的《读王利器〈文心雕龙校证〉》则写于1981年，前后跨度近三十年。可知龙学研究在其学术生涯中，其实是占有比较重要地位的。这些成果，尽管只

---

① 徐复观：《中国文学论集续篇》，第3页。

是一些散篇文章，其深入掘进的看似也只有若干基点，但由于作者有中国文化的全局在胸，且有西方文论作为参照，所以决定了他对于《文心雕龙》的总体理解和把握，其实具有以点带面、举一反三的作用和意义。对龙学界许多年来若干争议不休的问题，他也都有自己的独特见解；这些见解虽然未必均为定论，但至少可谓一家之言。因而仅凭这些论文，徐先生在二十世纪的龙学研究群体中，亦足以卓然成家。

他的这些论文，显然主要是与教学有关的产物。据他的自述，他之执教《文心雕龙》课程，前后有两个阶段。其一是 1950 年以后在台湾私立东海大学"担任中国文学系主任时，没有先生愿开《文心雕龙》的课，我只好自己担负起来"；其二是 1969 年秋季，"来香港中文大学新亚书院哲学系担任客座教授"时，转入中文系，"中间重新开了《文心雕龙》的课"。[①] 因教学需要而涉足《文心雕龙》研究，当然只是其表面的、外在的原因；至于能在研究中取得重要成就，则取决于他弘扬中华传统文化的宏大抱负和融文史哲为一体的深厚学养。

二、徐复观龙学研究的主要成就

（一）破除所谓"自然之道"的障蔽

徐先生这方面的见解，集中表达于《自然与文学的根源问题——〈文心雕龙〉浅论之一》和《〈原道篇〉通释——〈文心雕龙〉浅论之二》两篇论文之中。两文写作于徐先生在香港新亚书院任教期间，发表于香港《华侨日报》。因受报纸篇幅所限，行文力求简明扼要。两篇之中，前篇侧重于破，即破除所谓"自然之道"的障蔽；后篇侧重于立，揭示刘勰所"原""本"之"道"的本来涵义。在

---

① 徐复观：《中国文学论集续篇》，第 2—3 页。

其他论著中，对这一问题也屡有涉及。

　　自黄侃（1886—1935）以来的龙学名家，在对《原道篇》的释读中，大多以"自然"来解释"道"，认为刘勰（约465—约532）所"原""本"的"道"即所谓"自然"。徐先生早年曾受知于黄先生，彼此有师生之谊。但徐先生"当仁不让其师"，明确指出："黄先生之说，乃出于其排斥古文之成见，及对《原道》篇文字的误解，与刘氏之原意大相径庭。"[①] 当然，要驳正一个传习已久、根深蒂固的学术观点，殊非易事。徐先生为此追溯到了"自然"的老家——《老子》那里。因为，"'自然'一词，首见于《老子》。现行《老子》一书，出现有五个'自然'。其基本意义，皆为不受他力所影响、所决定，而系'自己如此'。在此一基本意义之上，老子把它用到四个方面"[②]。这四个方面是：1. 以自然说明道自身的形成。2. 以自然说明道创造万物的情形。3. 由政治的要求以言人民的自然。4. 以人所得于道之德，为人生的自然。而"上述自然的四种用法，皆系源于老子的哲学的用法，但皆与黄先生以'文章本由自然生'，因而以《原道》之道为'自然之道'的说法不相合"[③]。徐先生接着指出：《原道》篇所用的"自然"，只是常语中的"自然"，"只说明前件与后件的密切关系，密切到后件乃前件的'自己如此'，不代表任何特定思想内容。晋人已流行此种用法。……《原道》篇所用的两'自然'，及《明诗》篇的'莫非自然'，细按上文的相关文句，皆只能作如此解释，别无深意可寻。因此，黄先生对原道之道的说法，及由黄先生的说法所孳生出来的，皆不能成立"[④]。这样的评断，可谓干

---

① 徐复观：《中国文学论集》，北京：九州出版社，2014年，第350页。

② 徐复观：《中国文学论集》，第350页。

③ 徐复观：《中国文学论集》，第354页。

④ 徐复观：《中国文学论集》，第355页。

脆利落，斩钉截铁。

那么，刘勰所"原""本"的"道"究竟是何意义呢？徐先生通过对《原道》篇的分段解析，对此作出了有说服力的解答。

《原道》篇数言"道"、言"文"、言"道之文"。而这些"道"和"文"的概念又是不尽相同的。许多人探讨此篇，往往首先在"道"的含义上掰扯不清。徐先生的高明之处，是首先对"文"的含义予以明确。指出："古人使用文字之惯例，同为一字，其范围有广狭之殊，层次有上下之别。……《文心雕龙》上所用'文'之一字，有的是指广义的艺术性，有的系指六经乃至一般典籍，有的系指今日之所谓文学作品，有的系指作品中所含的艺术性，有的仅指艺术性的修辞。而《原道》篇'乃道之文也'的'文'，不仅指广义的艺术性，且含摄一切的人文在里面，而为形而上的性质。至此篇所用'道'字，有上下层次之别，亦可随文附见。"[①]这样剖析，其优越性是很明显的，达到了因"文"以明"道"的效果。例如，他指出：《原道》第一段"之所谓'文'，不是文章文字之文，而是广义的文采之文，即今日之所谓'艺术性'。'心生而言立'，只说明人高出于其他动物的特征；'言立而文明'，则只是追原溯始地说明人含有艺术性的本质；这是就'原始人'或'初生人'而立论，距离所谓文学乃至文字的出现，在时间上尚有很大的一段距离"[②]。笔者以为，揭示这一含义的差别十分重要；包括黄侃先生在内的许多人把"自然之道"作为文学的本原，不正是由于把"言立而文明"的"文"字直接看作文学作品所导致的吗？

刘勰何以要"原道"，他所"原"、"本"的是怎样的"道"呢？徐先生说：

---

① 徐复观：《中国文学论集》，第356页。
② 徐复观：《中国文学论集续篇》，第159页。

　　《原道》篇的所谓道，不是老子"先天地生"之道，而指的
是天道。……彦和以六经为文学的总根源，六经是圣人的"文"；
更由圣人之文上推，而认为天道的内容即是"文"，天道直接所
表现的是"文"，由天所生的人，当然也具有文的本性。由是而
说文乃"与天地并生"，有天地即有文。接着便以"玄黄色杂，
方圆体分"等六句，证明此"盖道之文也"，即是说"这是道直
接所表现的文"；道何以会直接表现为文，因为道的内容、性格
即是文。彦和这种说法，一面固然是想从哲学上穷究文学的根源，
而其内心实系以六经根于天道，文学出于六经，以尊圣尊经者尊
文学，并端正文学的方向。①

　　"道之文"在内容上并不止于是儒家之文，因为它把自然界
的文也包括在内。但道之文，向人文落实，便成为儒家的周孔之文。
于是道的更落实、更具体的内容性格，没有方法不承认是孔子"镕
钧六经"之道，亦即是儒家之道。②

　　此可谓探本之论。刘勰所谓"道沿圣以垂文，圣因文而明道"
即道—圣—经三位一体的理论建构，借此得到了明晰的揭示。而我
们如果摒除了先入之见，破除了各种人为障蔽之后重读《原道》，
显然也只能得出这样的结论。刘勰原道的过程，其实就是把天道落
实到以周孔为代表的人文的过程。而近百年来许多人陷入所谓"自
然之道"的误区，徘徊于迷途而不知返，不知枉费了多少时间精力，
更不知殃及了多少梨枣，误导了多少后学，于今思之，曷胜慨叹！
　　对《文心雕龙·原道》之"道"并非"自然之道"这一问题，

---

① 徐复观：《中国文学论集》，第 357 页。
② 徐复观：《中国文学论集》，第 360 页。

笔者自上世纪八十年代初期读《文心雕龙》时即有察觉，并作为需要探究的问题之一记录下来。三十余年来，笔者一直关注龙学研究领域动向，眼见"自然之道说"日益流行，已经达到积非成是的程度，近年曾撰有专文《走出"自然之道"的误区——〈文心雕龙·原道〉读札》①，指出"自然之道说"出于误读，并详细梳理了其形成、流传的历史，分析了之所以如此的多方面原因。当时未能读到徐先生的著作，未能将其观点引作论据，使论证更为充分，实为憾事。

（二）复活《文心雕龙》的"文体"概念

《〈文心雕龙〉的文体论》，是徐先生用力最深、最有影响的一篇宏文（当然在两岸学术交流破壁之前，其影响只是局限于台港等地，大陆学者少有所知），长达五万多字。与此有关的文字，还有《〈文心雕龙〉浅论之三——能否解开〈文心雕龙〉的死结？》《〈文心雕龙〉浅论之四：文体的构成与实现》两篇专论，以及《答虞君质教授》《文体观念的复活——再答虞君质教授》《王梦鸥先生〈刘勰论文的观点试测〉一文的商讨》等论辩文章。可以说，关于文体论的研究，是徐先生《文心雕龙》研究的重中之重。

在《〈文心雕龙〉的文体论》一文开始，徐先生就这样写道：

> 文学的特性，须通过文体的观念始易表达出来。所以文体论乃文学批评鉴赏之中心课题，亦系《文心雕龙》之中心课题。顾自唐代古文运动以后，文体之观念日趋模糊；明代则竟误以文类为文体，遂致现代中日两国研究我国文学史者，每提及《文心雕龙》之文体论时，辄踵谬承讹，与原意大相出入。此不特妨碍对原书之研究，且亦易引起一般文学批评鉴赏上之混乱。本文乃系针对

---

① 魏伯河：《走出"自然之道"的误区——读〈文心雕龙·原道〉札记》，《中国文论》第四辑。

此点（与）［予］以澄清，一复"文体"一词含义之旧；并将原
书头绪纷繁之文体论，稍加疏导条贯，使读是书者能得其统宗，
且进而窥古今文学发展之迹，通中西文学理论之邮，为建立中国
之文体论作一奠基尝试。①

其中所要建立之"中国之文体论"，显然应视为中国文学理论
体系的代名词。这当然是一个颇为宏大的愿景。据此我们还可以知
道，徐先生的《文心雕龙》研究，与一般的注释疏解不同，而是服
务于建立中国文论体系这样一个大目标的。这一宏大的愿景，徐先
生生前并没有实现（迄今仍距离甚远），但其作为前驱者的开创之功，
则不可湮没。

那么，徐先生心目中的文体究竟是什么，何以会居于如此重要
的地位？原来，他所说的"文体"，即文学作品的艺术性，或称形
相性。他在多篇文章中反复申说："文学中的形相，在英国法国一
般称之为 style，而在中国则称之为文体。体即是形体、形相。文体
虽与语言及思想感情并列而为文学的三大要素之一，但语言和思想
感情必须表现而成为文体时，才能成为文学的作品。……所以文学
的自觉，同时必表现而为文体的自觉。"②"文体的观点，在研究
文学理论和技巧方面，是居于中心、统摄的地位。此一观念，在我
国六朝时，一般作者及批评家都把握得非常清楚；而刘彦和的《文
心雕龙》，更是一部深入而完整的文体论。"③他并且认为："《文
心雕龙》是对中国传统文学思想作比较完整而有系统的了解的一道
关卡；书中的'文体'观念，又是对《文心雕龙》作真切把握的一

① 徐复观：《中国文学论集》，第1页。
② 徐复观：《中国文学论集》，第3页。
③ 徐复观：《论文学》，北京：九州出版社，2014年，第56页。

道关卡。"① 这在现当代自幼熟悉了把"文体"仅作为"文学体裁"简称的读者们中间，不能不诧为石破天惊之论。而该文发表后所引起的质疑问难，也充分证明了这一点。

随着徐先生对《文心雕龙》别开生面的解读，人们逐步了解到，在徐先生看来，《文心雕龙》上篇"圆鉴区域"的二十篇（即刘勰谓之"论文叙笔"，龙学界习称之为"文体论"者），只是历史性的文体研究；而下篇"大判条例"的二十篇（《神思》至《总术》，即刘勰谓之"割情析采"，龙学界习称之为"创作论"者），则为普遍性的文体研究。而"下篇的《体性》篇，又是《文心雕龙》的文体论的核心；在它的前一篇——《神思》篇，是说文学心灵的修养，为《体性》篇立基。以下各篇，分析构成文体的各重要因素，可以说都是《体性》篇的发挥；这才是对文体论所作的直接而普遍的基本研究"②。至于这四十篇之外的其他各篇，则分别是从不同方面为论述文体服务的。这样的总体分析与传统的说法明显不同，也肯定不无争议，但至少提供了一种崭新的与众不同的视角。

然而，由于"中国著作的传统，很少将基本概念下集中的定义，而只作触机随缘式的表达；这种表达，常限于基本概念某一方面或某一层次的意义"③，刘勰在《文心雕龙》中虽然对文体空前重视，但却没有对文体给出一个准确的、完满周备的定义。徐先生通过"以分析的方法，确定古典各部分的内容；以综合的方法，从分析中抽出纲维，条其统贯"，然后"由分析综合的交互运用，将原典加以'分解后的再组成'"④的艰苦努力，归纳并揭橥出《文心雕龙》中"文

---

① 徐复观：《在中国文学论集续篇》，第 147 页。
② 徐复观：《中国文学论集》，第 5 页。
③ 徐复观：《在中国文学论集续篇》，第 4—5 页。
④ 徐复观：《在中国文学论集续篇》，第 148 页。

体"之"体"的三方面意义（又称之为三个次元）：一是"体裁之体"，二是"体要之体"，三是"体貌之体"。三者虽同为次元，但有高低之分："体裁之体是低次元的，它必须升华上去，而成为高次元的形相。……体要之体与体貌之体，必须以体裁之体为基底；而体裁之体，则必须在向体要与体貌的升华中，始有其文体中艺术性的意义。"[①] "若将文体所含的三方面的意义排成三次元的系列，则应为：体裁→体要→体貌的升华历程。有时体裁可以不通过体要，而径升华到体貌。'体貌'是'文体'一词所含三方面意义中彻底代表艺术性的一面。" "升华的历程，乃是向人的性情、精神升进的历程。体裁之体，可以说未含有作者的人的因素。在体要中，而始可以看出人的智性经营之迹。至体貌而始有作者的性情，有作者的精神状貌。所以这才是文学完成的形相。"[②] 这样别开生面的归纳是否准确全面，自然还可探讨，如童庆炳先生（1936—2015）在《〈文心雕龙〉文体'四层面'说》一文中就认为，刘勰的文体论具有体制、体要、体性、体貌四层次或四个序列，并且四层次之间互相联系。[③] 罗宗强（1932—）先生则认为只应包括体裁和体貌两个方面。[④] 他们的研究显然是徐先生"三次元"说的继承和发展。毫无疑问，六十多年前徐先生的这一揭示，具有重大的理论开示意义，以至于早年曾激烈反对其说的龚鹏程（1956—）后来也承认："徐氏此论纵横博辩，影响很大，并由异端逐渐成为正宗。"[⑤] 当下研究中国古代文学和文论者，只要涉及"文体"范畴的界定问题，便难以回避徐先生早年的文体论研究成果。

① 徐复观：《中国文学论集》，第 20 页。
② 徐复观：《中国文学论集》，第 21 页。
③ 童庆炳：《〈文心雕龙〉文体"四层面"说》，《天津社会科学》2015 年第 5 期。
④ 罗宗强：《我国古代文体定名的若干问题》，《中山大学学报》2009 年第 3 期。
⑤ 龚鹏程：《中国文学批评史论》，北京：北京大学出版社，2006 年，第 125 页。

在对文体的内涵及各次元之间相互关系进行了深入探究之后，徐先生指出：刘勰《体性》篇里所说的"若总其归途，则数穷八体。一曰典雅，二曰远奥，三曰精约，四曰显附，五曰繁缛，六曰壮丽，七曰新奇，八曰轻靡"，乃是他所归纳的文体的八种基型。当然这八种基型不是固定不变的，而是"八体屡迁"，并因人而异的。接着进一步对文体与情性之关系和文体论的效用等相关问题进行了深入细致的探究。限于篇幅，兹不具论。

不仅如此，徐先生还通过与西方文体论对比，认为："《文心雕龙》，即是中国一部古典性的文体论，其内容比西方的文体论，发达得早一千多年；并且在若干最基本的地方，比西方的文学家把握得更为深切。"①这就为中国文论在世界相应学术领域争得了一席之地。其实，我国古代具有丰富的文论资源，只不过与西方文论形成、发展的路径不同，所表现出的形态也有很大差异而已。概而言之，其差别主要表现在：西方文论重概念、演绎、推理，中国文论重体验、感悟、归纳；西方文论的成果表现为种种系统的论著，中国文论则除了《文心雕龙》之外，多为随机、分散的评点。彼此各有长短，未易轩轾。西方文论固然颇有值得借鉴之处，中国文论置于世界学术领域亦应有其价值和地位。问题在于目前大部分内容我们还没有开发出来，更没有交流出去。

许多年来，我国文论领域的不少人总是在西方文论的成就面前自愧不如，甚至自惭形秽，认为中国文论一直没有形成自己的话语体系，以至于当今无法与西方文论平等对话。不少进行中西对比研究的论著，也往往用西方文论的某一学说或既定模式，来机械地套在中国古代文论或文学作品上面，做出种种扭曲的解释。其研究的所谓成果，大抵不过是为西方文论掇拾一些新的例证，而对发掘整

---

① 徐复观：《论文学》，第57页。

理中国古代文论资源、对建设中国文论的理论体系，不仅作用极其有限，还往往造成新的概念和理论的混乱。笔者以为，只有像徐复观先生这样，下大力气，深入于我国古代文论的经典之中，沉潜涵泳，探幽发微，在丰富的文论资源中披沙拣金，把其中最有价值的东西揭橥出来，与现当代文学的实践对接，逐步建立起具有民族特色的中国文论的概念、范畴和理论体系，才是一条健康发展的大道。否则，像王阳明（1472—1529）《咏良知四首示诸生》诗中说的那样"抛却自家无尽藏，沿门托钵效贫儿"①，岂不是很可笑的吗？

（三）在"文气说"的演进中释读"风骨"

"风骨"是中国古代一个重要的美学范畴，被广泛应用于人物品藻、绘画、书法和文学批评鉴赏领域。但专门对其进行论述的，却首推刘勰。在《文心雕龙·风骨》篇中，刘勰或连称、或对举，对"风"、"骨"和"风骨"作了反复解说。但由于这一概念的模糊性、交互性和开放性，"风骨"究竟为何义，却仍是一个争论颇久而迄今未得确解的疑点和难点问题。以至于凡具有一定文学鉴赏能力的人，在对一篇作品进行赏读之后，很快可以体会出其是否有风骨，并进而对作者形成某种初步的评价，但若请他具体讲一下何为"风骨"，则往往敬谢不敏，或者含糊其辞。这种意中所有而难以言状的情况，成为中国文苑和学界的一种独特现象。自黄侃先生《文心雕龙札记》释"风骨"为"风即文意，骨即文辞"之说出，沿袭者甚多，但细勘原文，又往往发现其说颇多扞格，难以成立。黄先生有国学大师之称，他的解释竟然也颇成问题，使人不能不发出"为什么中国人读不懂中国文论"②的质疑和慨叹！

① 王守仁：《王文成公全书》卷二十。
② 曹顺庆、李泉：《为什么中国人读不懂中国文论？——从黄侃先生的"风即文意，骨即文辞"说起》，《山东社会科学》2013年第11期。

　　徐先生对此进行了深入的探究，曾专门撰写了题为《中国文学中气的问题——〈文心雕龙·风骨〉篇疏补》的长文（其他文章中亦有涉及）。但他的高明之处，在于不是仅就《风骨》篇谈"风骨"，而是把"风骨"置于中国古代"文气说"的发展源流和《文心雕龙》整个理论体系中加以观照、求其正解。他从"血气与辞气"的关系入手，梳理了由曹丕"文以气为主"到刘勰"词趣刚柔，宁或改其气"的发展过程。从《文心雕龙》各篇内在逻辑揭示出"《风骨》篇乃刘彦和顺着'气有刚柔'（《体性》篇），专论气所给予文体的两种效果的。""以刚柔言气，较之曹丕以清浊言气，更能说明气的差别性，为后来古文家以阴阳刚柔论文之所本。"① 在对黄侃"风即文意，骨即文辞"之说进行辨误之后，始对《风骨》篇构成的各层次与各方面进行细致的剖析，指出"所谓风骨，乃是气在文章中的两种不同的作用，及由这两种不同的作用所形成的文章中两种不同的艺术的形相，亦即是所谓文体。《体性》篇曾举出文体有八种基型；而风骨实八种基型中皆不能缺少的共同因素；故以《风骨》篇次《体性》篇之后"②。这和徐先生在《文心雕龙的文体论》中关于《文心雕龙》全书的把握是一致的。通过这样的分疏，为正确理解《风骨》篇的地位和"风骨"的真实含义扫清了障碍，提供了基础。

　　通过徐先生的疏补，我们对"风骨"可以得到这样的认识："风"和"骨"均兼就文章的内容与辞采而言；"风"与"骨"均来源于"气"，"气是风骨之本"③，"风骨在文学中的作用，即是气在文学中的

---

① 徐复观：《中国文学论集》，第 278 页。
② 徐复观：《中国文学论集》，第 281 页。
③ 徐复观：《中国文学论集》，第 284 页。

作用"①。"气之所以能形成风骨，实由气自身之有刚有柔"②；在"风骨"的通义中，刚者为骨，柔者为风，但刘勰为矫正当时文弊，在"风"中更强调"风气""风力"，是一种豪迈俊爽的风。成为风的内容的是作者的感情，也是文学中化感作用的来源；风的表现有赖于文字的技巧，理想的状态是"凝而不滞"，达此状态"常关系于虚字的使用"③，而"虚字运用的技巧一定要与由感情鼓荡而充实不可以已的气融合在一起"④。"骨"或称"骨梗""骨髓"，出之以凝敛矜肃之气，呈现的是刚的艺术形相。刘勰之所谓"骨"，多指文章中的事、义而言，即充实的内容，与文体三次元中的"体要"关系更密切；形成"骨"的艺术技巧，是"结言端直"，是"析辞必精"，是"捶字坚而难移"（即"实字的锻炼"）。在一篇文章中，"风"与"骨"是同时存在的，并具有相待性："有骨无风，便易流于板实；有风无骨，便易流于散漫"⑤；一般说来，"抒情之文，多偏于风；叙事言理之文，多偏于骨"⑥。"风骨"之所以能成为作品艺术性的重要表现，是因为"由风骨，亦即由气的承载力量，而把主观的情性与客观的采、声连接在一起"⑦。后世古文家"气盛言宜"之说，与此若合符契。接着论述了"气与声""气与学""气与养"以及"气与养气在古文家中的演进"等一系列相关问题，理出了中国文论中关于"气"的一整个学术链条。在这样的完整链条中，更能确认刘勰"风骨"说的历史地位。这样的探究无疑是独辟蹊径的，更是可

---

① 徐复观：《中国文学论集》，第 298 页。
② 徐复观：《中国文学论集》，第 284 页。
③ 徐复观：《中国文学论集》，第 287 页。
④ 徐复观：《中国文学论集》，第 289 页。
⑤ 徐复观：《中国文学论集》，第 298 页。
⑥ 徐复观：《中国文学论集》，第 291 页。
⑦ 徐复观：《中国文学论集》，第 299 页。

以言之成理的。

据笔者的理解，所谓"风骨"，在作者和作品，就总体而言，是一种清新刚健的艺术风格；这种艺术风格的形成，根源于作者的生理、心理和长期积渐而成的学养，是在此基础上形成的一种独特气质；这种独特气质贯注于作品之中，用精确、恰切的语言形式表达出来，可以给读者以鲜明而强烈的感受。凡此谓之有风骨，反之谓之无风骨。至于一篇文章或一位作者，或偏胜于风，或偏胜于骨，则既取决于这种气质的差异，也必然受到题材等其他因素的制约。

大陆学者这些年来对"风骨"的探讨，发表了数以百计的论文，许多龙学专著中也几乎无不涉及这一问题，但据笔者所知，到目前为止，还没有见到比徐先生更有说服力的解读（有的文章实际上部分地借鉴了徐先生的观点，但未予注明）。这应该是因为，当今之中国学界中人，由于现代教育分科教学的限制和浮躁心态的影响，大多没有横跨文史哲各领域的学养，没有徐先生那样以谋全局之力谋一隅、厚积薄发的学术能力，往往只读过一两种西方文论的文本，而没有真正读懂中国古代文论著作，便轻率地对中国文论中种种复杂问题加以评判甚至审判，往往动辄数十万言。可惜其解说愈是"自成体系"，往往离古人和古籍的本义愈远；以致原有的疑点不能破除，反而又制造出新的疑点乃至"死结"，使得中国古代文论无法应用于当代的文学批评和鉴赏，更谈不上指导当今的文学创作了。而这样无法与当代对接的学术研究，自然也只能成为少数人象牙塔里的学问，却难以为社会所普遍关注和认可了。为此，笔者十分赞同曹顺庆先生（1954— ）的意见："中国学术界需在加强自身传统学养积淀的基础上，摆脱用西学文论术语衡量中国文论话语的学术思维，并需在保持话语独立性的前提下，积极探索与推进古代文论话语在现代语境中的重构性建构。"① 这当然是任重道远的，很可能需要经过不止一代人的努力，关键是要有一批有使命感的人从现在开始做起来。既不可急于求成，又必须只争朝夕。

三、对徐复观龙学解读的两点异议

上文所述徐复观先生关于"自然之道"、关于"文体"、关于"风骨"的创造性探究，笔者认为可以视为徐先生对龙学研究的三大贡献。但徐先生关于《文心雕龙》的解读中，笔者认为有两点尚有继续讨论的余地。今简述如下：

（一）关于"文之枢纽"的内在关系

刘勰《文心雕龙》前五篇，即《序志》所说的"文之枢纽"。枢纽即关键，或称总纲。在笔者的理解里，尽管所谓"枢纽"由五篇文章组成，但只能是一个枢纽，而不是两个或以上枢纽；五篇文章其实只是构成枢纽的五个部件。五篇之中，存在着一个中心，即《宗经》，前后四篇都是围绕它来结撰的。具体来说，刘勰是"为了抬高经书的地位，才向上'征圣'进而'原道'；同样是为了保持其'宗经'主张的纯粹性，至少不被误读或曲解，才向下'正纬'继而'辨骚'"。也就是说，《宗经》一篇是这个枢纽中的核心。也正因为如此，五篇的各篇之间在内容和逻辑上有其高度的内在一致性，凡是在此五篇的解读之中弄出彼此矛盾来的，一定是在总体把握上出了问题。例如所谓"自然之道"，就不仅是文字的误读，还因为没有把五篇统一起来看待，打破了道—圣—经三位一体的格局所致；又如对《离骚》等楚辞作品的评价，一些人认为刘勰是和淮南等四家一样"举以方经"，甚至认为他评价《楚辞》要高于《诗

---

① 曹顺庆、李泉：《为什么中国人读不懂中国文论？——从黄侃先生的"风即文意，骨即文辞"说起》，《山东社会科学》2013 年第 11 期。

经》，同样也不仅是被某些辞藻炫花了眼睛，更重要的是由于把《辨骚》独立看待，没有看到它和《宗经》之间的内在联系所致。①

　　然而在这一点上，徐复观先生的论述却存在一定问题。在《文之枢纽——〈文心雕龙〉浅论之六》一文中，徐先生说："彦和虽以道、圣、经、纬、骚五者为文之枢纽，但《原道》《征圣》，实皆归结于《宗经》，所以这三篇实际应当作一篇来看。"② 这样的表述，把道、圣、经、纬、骚作为并列的"五者"，即五个枢纽，而不是紧密联系、围绕一个中心的整体，显然是有失准确的。至于所说"《原道》《征圣》，实皆归结于《宗经》，所以这三篇实际应当作一篇来看"，则不无道理，因为三篇实际上是通过"道沿圣以垂文，圣因文而明道"紧密连接在一起，即道、圣、经是三位一体的。但徐先生后文把文之枢纽归结为经、纬、骚三个并列的方面，则又未免欠妥了。

　　徐先生在谈到《正纬》篇时，认为"纬是'神教''神理'，即是属于神话的性质。纬与文学的关系，即是神话与文学的关系"③。"表现彦和最大特识的，莫如《正纬》一篇，指出纬的'无益经典，而有助文章'，此尤为后来论文者所不及。"④ 这样的说法亦不无可商之处。我们知道，纬书出现于汉代哀、平之际，而多数神话则是先民早期的产物，其产生年代远远早于纬书；纬书固然吸收或保存了大量的神话，但神话却并非仅存于纬书之中。五经特别是《诗经》中，本就保存有不少的神话；楚辞中神话更为丰富，足以证明神话并非仅依赖于纬书而存在。据此而言，说"纬与文学的关系，即是神话与文学的关系"，并不准确，至少不算严谨。而且刘勰之《正

---

　　① 魏伯河：《正本清源说宗经——兼评周振甫先生的有关论述》，《中国文论》第三辑，第59—70页。

　　② 徐复观：《中国文学论集》，第385页。

　　③ 徐复观：《中国文学论集》，第390—391页。

　　④ 徐复观：《中国文学论集》，第390页。

纬》，明显是为了突出《宗经》，为了保证《宗经》不为纬书所掺杂、迷乱而作，这是从《正纬》开篇即明辨纬书之"伪"，最后又说"前代配经，故详论焉"可以确定的。至于本篇也说到纬书"事丰奇伟，辞富膏腴，无益经典，而有助文章"，则是次要的目的，属顺便提及的性质。本篇以"正"名篇，是"正"纬书之"伪"，在经与纬之间划出明确的界限，申明他的宗经，仅限于五经，是不包括"前代配经"的纬书的。徐先生后文也说："由方士演变出来的纬，是存心作伪，着意造奇，成为一种'无情的神话'；无情的神话，既不能为人的理智所接受，也不能为人的感情所需要；纬既为经所摒除，亦为文学所遗弃。而彦和的希望，便因此而落空了。"[①] 这里可以肯定存在着误解，因为刘勰此篇的用意，本来就是为了在宗经中摒除纬书，并无意探究神话与文学的关系，也没有抱持类似的"希望"，所以也不存在"落空"的问题。至于后人研究神话与文学的关系时根据需要参考《正纬》的论述，则是另一回事，不应因此便误解本文的主旨。

关于《辨骚》，徐先生径称"彦和以《辨骚》为'文之枢纽'之一"，再次证明在他的意识中，五篇分别是五个枢纽。这样在把握和理解上必然会发生问题。在随后的分析中，徐先生越过刘勰汇评前人关于《离骚》的评价、辨析《离骚》与经典尤其是《诗经》存在"同于风雅"的四事和"异乎经典"的四事（这些文字占了全文大半），而直接进入了对楚辞艺术性评价的部分，最后认为：

> 彦和所归纳出的文的枢纽，总括地说，是以五经为文体之雅的枢纽，为事义之文的枢纽；其中的《诗经》，不妨下与楚辞连在一起，以楚辞为文体之丽的枢纽，为抒情写境之文的枢纽，再

---

① 徐复观：《中国文学论集》，第 392 页。

加以神话（《正纬》）的丰富想象力与特异的表现语言。其眼光之巨，用心之周，衡断之精，持论之平，实非后人论文所能企及。①

这样的归纳，实际上已经打破了原文的内在理路与前后顺序，明显偏离了刘勰的本意了。倘如徐先生所说，那么刘勰辨正纬书的"四伪"、辨别楚辞的"四异"，全都成了毫无疑义的冗词赘语，以《离骚》为代表的楚辞作品甚至纬书也成了刘勰之所宗，而宗经的意义和重要性却被在很大程度上消解了。

（二）关于《文心雕龙》的"纲领"

《文心雕龙·序志》篇说：

> 若乃论文叙笔，则囿别区分，原始以表末，释名以彰义，选文以定篇，敷理以举统，上篇以上，纲领明矣。至于割情析采，笼圈条贯，摛神性，图风势，苞会通，阅声字，崇替于时序，褒贬于才略，怊怅于知音，耿介于程器，长怀序志，以驭群篇，下篇以下，毛目显矣。②

徐先生在《文之纲领——〈文心雕龙〉浅论之七》中说："这一段是说明自《明诗》第六起，到《书记》第二十五止，凡二十篇，他所作的文章的分类，及在分类中对各类文章所抽出的若干基本原则、法式，使文章的纲领，由此可得而明。"③ 在这样的表述中，显然是以为"纲领"仅就上篇而言。关于下篇及"毛目显矣"，徐

---

① 徐复观：《中国文学论集》，第395页。

② ［梁］刘勰著，戚良德辑校：《文心雕龙》，上海：上海古籍出版社，2015年，第287页。

③ 徐复观：《中国文学论集》，第396页。

先生则未作解读。如有解读，或许会以为下篇所论皆属文章的毛目（即细节）了。但这和《文心雕龙》的实际是大有出入的。一般的研究者都认为，下篇比上篇更为重要。徐先生也早已指出："站在文体论的立场来看，下篇的重要性，远在上篇以上。"① 那么，何以会出现这样的不一致呢？

在笔者看来，这是由于没有注意到这一句群中"纲领"与"毛目"之间的互文相足关系所致。"纲领"与"毛目"，是"各举一边以省文"；其实，两者是"一物分为二，文皆语不足"② 的，理解或解说时必须把它们结合起来，即上句说的"纲领"也涵盖了下篇，下句说的"毛目"也涵盖了上篇，而且上下两句都是以纲代目，偏重于"纲领"而言的。笔者不久前曾撰有专文探讨这一疑点③，有兴趣者可以参看。

四、结语

徐复观先生的《文心雕龙》研究，虽然在其学术成就中不占主要地位，所讨论的问题似乎也只涉及若干基点，看似不够全面，但在对"自然之道"障蔽的破除、对古代"文体"观念的开发、对文气说（包括风骨说）的梳理等几个方面，都取得了创造性的成果，比起那些陈陈相因的系统性大部头，其实更有价值。掩卷沉思，笔者感到，阅读徐先生的这些论文，不应当仅仅满足于吸取这些既得的成果，更应该重视借鉴其进行学术研究的态度、路径和方法。在做学问上，徐先生特别重视荀子所说的"积"与"渐"的功夫。下

---

① 徐复观：《中国文学论集》，第 6 页。

② ［汉］郑玄注，［唐］贾公彦疏：《仪礼疏》：《仪礼注疏》，北京：北京大学出版社 2000 年，第 868 页。

③ 魏伯河：《〈文心雕龙〉"纲领""毛目"解》，《四川民族学院学报》2017年第 4 期。

面抄引他的一段有关论述，作为本文的结语，并与同好者共勉：

> 学问基本表现在"识力"上。任何有关材料，到自己面前，都能判别它的分量，发现它的意味与问题；将零碎者加以合乎逻辑的贯通，将隐秘者加以自然而合理的显露；自己犯了错能反省出来；若经他人指出，便自然而然地以感佩的心情来接受、改正，此之谓"识力"。一个人所得知识的妥当性，决定于他识力的高下。识力高的，也可比拟为荀子所说的"神明自得"。这一境界，主要是来自以渐来消化所积的材料。积有如牛的吃草，渐有如牛的反刍。积的心理状态是穷搜远绍，较量锱铢。渐的心理状态是心平气静，从容寻绎。在寻绎中有反省，在反省中再寻绎。这样才可去芜存菁，化零成整，使材料所含的意味，浃洽于心。于是平日所积的，不再是以材料呈现，而是以它的意味呈现。至此，它都是某时代某人物的再生，而不再是死物。这也可以说是"神明自得"。但渐必须来自积。不仅腹内空空，说不上渐；并且渐的自身也是不断的积；断无由一旦之渐，即可养成识力之理。必须积而又积，渐而又渐；积以终身，渐以终身。①

（原载《语文学刊》2017 年第 6 期）

---

① 徐复观：《中国文学论集续篇》，第 210—211 页。

钱锺书论《文心雕龙》

钱锺书先生（1910—1998）是学贯中西的学术大师。他对中国的文化遗产尤其古代文论有着广泛的涉猎和深入的研究。但是，他的研究路径明显与众不同。他认为："在考究中国古代美学的过程里，我们的注意力常给名牌的理论著作垄断去了。不用说，《乐记》、《诗品》、《文心雕龙》、诗文话、画说、曲论以及无数挂出牌子来讨论文艺的书信、序跋等等是研究的对象。同时，一个老实人得坦白承认，大量这类文献的探讨并无相应的大量收获。好多是陈言加空话，只能算作者礼节性地表了个态。……一般'名为'文艺评论史也，'实则'是《历代文艺界名人发言纪要》，人物个个有名气，言论常常无实质。"①他还指出："以文论为专门之学者，往往仅究诏号之空言，不征词翰之实事，亦犹仅据竞选演说、就职宣言，以论定事功操守矣。"②基于这样的理念，他的文学研究和评论，保持了中国传统诗文评类著作的特色而又有重大拓展。对古代文论中的名家之作，先生鲜有专门针对专人专著的专题研究，而更多地把目光投向了研究热点之外的作家作品；他从不轻易对作家作品作肯定或否定的总体评价，更不随意将其上升到哲学高度加以评判，而更多的是对文学作品艺术性之某一方面甚至某一文句、字眼的深究细品。在他看来，"东海西海，心理攸同；南学北学，道术未裂"③，

---

① 钱锺书：《读〈拉奥孔〉》，《七缀集》，北京：生活·读书·新知三联书店，2002年，第33页。

② 钱锺书：《谈艺录》，北京：生活·读书·新知三联书店，2007年，第614页。

③ 钱锺书：《谈艺录·序》，第1页。

古今中外的文化学术有着基本的相同和相通之处。他的学术视野是如此广阔，对人类文明成果如数家珍，许多相对冷僻的著作、材料也被他发掘出来；对每一或大或小的论题，他都广泛征引古今中外相关论述，通过"弥纶群言"（《文心雕龙·论说》），借以考镜源流，明其演变，论其得失，见人之所未见，发人之所未发，形成了抉隐钩沉、洞幽烛微、戛戛独造、别树一帜的学术风格。

这样说，当然不是说他对中外文论中的名家名作不予重视，而是他对这些名家名作早已烂熟于心，成为了他知识殿堂的雄厚基础。众所周知，对名家名作的研究早已成为历来的学术热点，论著连篇累牍，内容陈陈相因；在此情况下再去撰写系统性的专著，纵有若干新意，也难免大量重复，此则非钱先生所愿为也。为不落窠臼，他宁愿避熟就生。我们看到，在钱先生的论著中，名家名作往往只是作为任意驱遣的材料和加以比对的参照。对刘勰（约465—约532）和《文心雕龙》也是如此。他虽然对其人其书颇为推许，但也没有设立专文进行过研究和评论，许多精辟的见解仅散见于对其他文学作品或文论观点的研讨之中，或在随时征引中显示褒贬。他的这些评点或征引，涉及到《文心雕龙》的大多数篇章，极富参考价值。但值得玩味的是，对钱先生的研究成果，不仅少有专篇论著进行探讨，而且在各种龙学论著中见于引述者亦颇有限。这不能不说是一种遗憾。究其原因，一方面由于其著作大多由文言写成，以繁体印行，且卷帙浩繁，部分专家之外，当今中青年读者能通读者不多，以致"阳春白雪，和者盖寡"；另一方面，也最重要的，则是当今学风浮躁，不少人如钱先生所说"眼里只有长篇大论，瞧不起片言只语，甚至陶醉于数量，重视废话一吨，轻视微言一克"[1]，以致认为这些看似信手拈来的意见可以忽略不计了。

---

[1] 钱锺书：《读〈拉奥孔〉》，《七缀集》，第34页。

为弥补这一缺憾，本文试根据钱先生《管锥编》《谈艺录》《宋诗选注》《七缀集》诸书中有关《文心雕龙》的评论、征引，酌予归类，略举数端，作一简要介绍，以方便学界了解钱先生心目中的《文心雕龙》和对《文心雕龙》书中部分论旨、文句的见解。钱先生另有大量英文论著及读书笔记，其中也应该不乏这方面的资料，而因笔者力有未逮，故不再涉及。本文题目之所谓"论"，乃合评点与征引而言之，与一般专论有别，特此说明。行文之中，随时穿插笔者个人的阅读理解，容有未当，仅供读者参考。

一、对刘勰及《文心雕龙》的整体评价

前文说到，钱锺书先生"从不轻易对作家作品作肯定或否定的总体评价"，当然并非意味着他对鉴赏对象无所评价。对《文心雕龙》的评价，即可以从其论著的字里行间得之。例如在对钟嵘（约468—约518）《诗品》的评论中，钱先生就连带对刘勰评价说：

> 刘勰与钟嵘为并世谈艺两大，亦复辞翰无称。李日华《紫桃轩杂缀》卷二论严羽精于议论而乏"实诣"，因曰："语云：'识法者惧'，每多拘缩"，理或然欤。①

这里，钱先生把刘勰与钟嵘称为"并世谈艺两大"，可以视为很高的评价。但也同时指出其"辞翰无称"，即在辞翰（文学作品）的创作上缺乏实绩，因而这方面不为人所称道。这应该是客观的评价。至于所以如此的原因，则以为很可能是像常语所说的"识法者惧"，即作者愈是洞悉写作的技法，愈是受技法拘缩，不敢下笔。

---

① 钱锺书：《管锥编》第四册，北京：生活·读书·新知三联书店，2007年，第2252页。

这好像是在说刘勰的弱点，其实就称之为"知法者"而言，则是对其理论成就的肯定。至于这是否是刘勰以及钟嵘没有留下辞翰名篇的唯一的、真正的原因，钱先生的语气并非完全断定，但认为明代李日华（1565—1635）之说不无道理，因之将其视为一种较大的可能。此种现象诚然有之，不过在笔者看来，如果换一个视角，把《文心雕龙》和《诗品》本身作为骈文作品看待，结论就会不同。如《文心雕龙》之《神思》《情采》《物色》《知音》等篇，固然是精彩的文论，又何尝不是优美的骈文呢！

钱先生认为，刘勰"老于文学"[①]，谈艺颇有"圣解"[②]，例如关于文学鉴赏和对文学发展变化规律的研究等方面都是超越前人的。我们知道，陆机（261—303）是刘勰之前重要的文论家，钱先生曾将他们作过对比。他在评价陆机《文赋》时说："《文赋》非赋文也，乃赋作文也。机于文之'妍蚩好恶'以及源流正变，言甚疏略，不足方刘勰、钟嵘；而于'作'之'用心'、'属文'之'情'，其惨淡经营、心手乖合之况，言之亲切微至，不愧先觉，后来亦无以远过。"[③] 就是说，陆机对文学作品优劣的评价和对文学源流正变的研究，不如刘勰和钟嵘；换言之，就是刘勰、钟嵘都超越了陆机。而在关于文学创作甘苦方面的论述，"后来"包括刘勰、钟嵘在内的文论家虽"无以远过"，亦略胜一筹。

综上而言，钱先生对《文心雕龙》的评价，是与《诗品》并列的，认为二者均超越前人，达到了当时的最高水平，予后世以深远影响。这在当今部分龙学中人看来，或觉未尽惬意，但其说何尝不是平允之论？这些年来，刘勰头上被人带上了许多现代制作的高帽子，层

---

① 钱锺书：《管锥编》第三册，第 1895 页。
② 钱锺书：《管锥编》第四册，第 2163 页。
③ 钱锺书：《管锥编》第三册，第 1901 页。

层叠叠，令其不堪重负；殊不知有些帽子并不合适，更无实际意义。彦和倘若地下有知，恐怕未必会欣然接受，反而很可能会叫苦不迭呢！

二、论《文心雕龙》之《原道》

《文心雕龙》首篇《原道》，为"文之枢纽"的组成部分，涉及刘勰关于"文"与"道"的基本观念，而其说难称深切著明，亦不无牵强之处，导致后人理解歧异，众说纷纭。钱先生是怎样看待这类概念的呢？

关于《原道》之"文"，钱先生认为：

> 简文帝《答张缵谢示集书》："日月参辰，火龙黼黻，尚且著于玄象，章乎人事，而况文词可止、咏歌可辍乎？"按卷一二简文帝《昭明太子集序》："窃以文之为义，大矣远哉！"一节亦此意，均与《文心雕龙·原道》敷陈"文之为德也大矣"，词旨相同，《北齐书·文苑传》《隋书·文学传》等亦以之发策。盖出于《易·贲》之"天文""人文"，望"文"生义，截搭诗文之"文"，门面语、窠臼语也。刘勰谈艺圣解，正不在斯，或者认作微言妙语，大是渠侬被眼谩耳。[1]

钱先生指出，刘勰所谓"文"的出处为《易经·贲卦》。所谓"天文""人文"，与诗文之"文"虽不无联系，但实非同一概念。《原道》篇开篇所述"天之文""地之文""动植万物之文"只是为了引出人文之"文"，终归要落实到人文尤其是诗文创作上。而这样的论述方式属于当时习见的"门面语、窠臼语"，算不得"微言妙语"，

---

① 钱锺书：《管锥编》第四册，第 2163 页。

既非独创，也没有多少深刻的哲理，读者不必对此做过度解读，无限发挥。天地万物之"文"与人文之"文"并没有必然联系，换言之，人文并非从天地万物之文中产生，刘勰等人将其牵合在一起，这种建立类比联系的方式属于"截搭"，也难称高明。"截搭"本是明清科举中的一种出题方式，为考官将经书语句截断牵搭作为题目之意。其弊端适如明人丘浚（1420—1495）所说："强截句读，破碎经义，于所不当连而连，不当断而断。"① 此一疑点经钱先生抉发，令人有豁然开朗之感。

应该注意的是，《原道》的"人文"还不是现代之所谓"文学"。关于传统的"文学"，钱先生指出：中国传统文化中"'文学'所指甚广，乃今语之'文教'"② 。与现代由小说、诗歌、散文、戏剧等组成的"文学"概念，相差不可以道里计。而中国传统文化中"文"的概念，所涵盖的范围则比"文学"更为宽泛。古今"文学"和"文"所指既然广狭迥异，今人应特别注意不可以今例古，千万不可看到"文学"乃至"文"的字样，就拿现代的"文学"概念去机械对应，以致方枘圆凿，扞格不通。

至于刘勰所说的"文之为德"，钱先生认为，此处之"德""如马融赋'琴德'、刘伶颂'酒德'、《韩诗外传》举'鸡有五德'之'德'，指成章后之性能功用，非指作文时之正心诚意。"③ 就是说，刘勰所谓"文之为德"，与一般所说的作家的"文德"或"文品"不同，不是就作者的创作态度或道德品质而言，而是就"文"（包括但不限于文章即文学作品）的性能、功用而论。要之，此"文德"非彼"文德"也。这种区别自然是必要的。钱先生的意见在关于"文

---

① ［明］丘浚：《大学衍义补》卷九，四库全书荟要本。
② 钱锺书：《管锥编》第三册，第 1870 页。
③ 钱锺书：《管锥编》第四册，第 2343 页。

之为德"的解读中属于一种重要的意见，研究者从其说者实繁有徒。但也有学者撰文指出，"文之为德"不同于"文之德"，直接将其理解为"成章后之性能功用"有失准确，如刘凌先生（1940— ）就指出："文之为德"之"德"，应如《管子·心术》所释"德者，道之舍"，即是"道"的具体表现；"道"如施于物即成为"德"，就可称其为"大"；"文之为德也大矣"，是说"文作为道的表现意义重大"。[①]言之成理，可供参考。

关于"道"，钱先生指出"道"的本义就是"路"，本无神秘之处，而且是儒、释、道各家的通用词汇，并非专属"道家"，各家均可"以'学道'自命"，不过各道其"道"而已，而且据《灭惑论》，刘勰本人也是这样认为的：

> 释子亦自称其学为"道"，《全梁文》卷六〇刘勰《灭惑论》："梵言'菩提'，汉语曰'道'"；……夫"道"，路也。《东观汉记》卷一六第五伦"每所至客舍，辄为粪除道上，号曰'道士'"；则"道士"亦即今俗所谓"清道夫"尔。"道学"之"道"，理而喻之路也，各走各路，各说各有理，儒、释、道莫不可以学"道"自命也。[②]

这样就对"道"的本义进行了还原。而《原道》中所谓"自然"，或称"天地"，以及所谓"法天地自然"，不过是借以立喻，并非真的以之为"教父"，视为"文"之本源，钱先生说：

---

① 刘凌：《古代文学视野中的文心雕龙》，长春：吉林大学出版社，2010 年，第 55 页。

② 钱锺书：《管锥编》第四册，第 1978 页。

所谓法天地自然者，不过假天地自然立喻耳，岂果师承为"教父"哉。观水而得水之性，推而可以通焉塞焉，观谷而得谷之势，推而可以酌焉注焉；格物则知物理之宜，素位本分也。若夫因水而悟人之宜弱其志，因谷而悟人之宜虚其心，因物态而悟人事，此出位之异想、旁通之歧径，于词章为"寓言"，于名学为比论，可以晓谕，不能证实，勿足供思辨之依据也。凡昌言师法自然者，每以借譬为即真，初非止老子；其得失利钝，亦初不由于果否师法自然。故自然一也，人推为"教父"而法之，同也，而立说则纷然为天下裂矣。《中庸》称"君子之道，察乎天地"，称圣人"赞天地之化育"，然而儒家之君子、圣人与道家之大人、圣人区以别焉，盖各有其"天地"，"道"其所"道"而已。①

这样就把"道"和"自然"等流行概念从道家专属的窠臼与偏见中解脱了出来。告诉人们，所谓"道法自然"，并非道家的专利，儒家亦持此说。刘勰所"原"之"道"究竟是何家之"道"，不应因文中有"自然"之类字眼便简单地推定到道家那里去。在《谈艺录》一书里，钱先生还有更明确的表述，他说：

今人论西方浪漫主义之爱好自然，只引道家为比拟，盖不知儒家自孔子、曾皙以还，皆以怡情山水花柳为得道。亦未嗜痂而谬言知味矣。譬之陶公为自然诗人之宗，而未必得力于老庄。②

那么，《文心雕龙·原道》之"道"究竟为何物？钱先生没有明确指认，但他认为：

① 钱锺书：《管锥编》第二册，第 673—674 页。
② 钱锺书：《谈艺录》，第 580—581 页。

陆机盖已发《文心雕龙·宗经》之绪。……机《赋》始专为文词而求诸《经》，刘勰《雕龙》之《原道》《征圣》《宗经》三篇大畅厥旨。《征圣》曰："征之周、孔，则文有师矣"；《宗经》曰："励德树声，莫不征圣，而建言修辞，鲜克宗经。……文章奥府，群言之祖"。①

显然，钱先生在这里是以"经"证"道"，即通过"征圣""宗经"来确定《原道》之"道"的性质。他认为，为"文"而宗"经"，是陆机、刘勰的共同宗旨。陆机仅发其绪，刘勰则用了《原道》《征圣》《宗经》三篇系列文章"大畅厥旨"。如此说来，《原道》的作用和《征圣》《宗经》密不可分，也是刘勰畅论其"宗经"主张的有机组成部分。刘勰既以儒家圣人周、孔为"文"之"师"，以儒家经典为"文章奥府，群言之祖"，为"恒久之至道，不刊之鸿教"，那么，《原道》所论虽然浮泛，也必然要落实到"宗经"上来，其所"原"之"道"也不会出乎儒家范畴之外，至少应与儒家之道联系最为紧密。当然，刘勰宗"经"是为了论"文"，强调的是文必宗经、文必合道，不同于唐宋古文家之"文以载道"。《序志》所云"本乎道"，乃以"道"为"文"之本根；《原道》之作，只是把"文"推原到"道"，明其本根，借以增加"文"的神圣性，并非以其为文学创作之不二法门，也不是脱离实际地坐而论"道"。如果不是最后归结到"宗经"，《原道》便失去了它的意义。今人对《原道》以及其中个别字眼的过度解读，其实是走进了误区。②

① 钱锺书：《管锥编》第三册，第1870页。
② 参见魏伯河：《走出"自然之道"的误区——读〈文心雕龙·原道札记〉》，《中国文论》第四辑，上海：上海古籍出版社，2018年。

　　需要注意的是，钱先生在所有论述中，从未把"自然之道"视为专用名词，也就是说，他没有像许多论者那样认为刘勰所"原"为"自然之道"。不仅如此，他还特别指出："心生言立，言立文明，中间每须剥肤存液之功，方臻掇皮皆真之境。往往意在笔先，词不逮意，意中有诗，笔下无诗；亦复有由情生文，文复生情，宛转婵媛，略如谢茂秦《四溟诗话》所谓'文后之意'者，更有如《文心雕龙·神思》篇所云'方其搦翰，气倍词前，暨乎篇成，半折心始'者。"①也就是说，刘勰所谓"心生而言立，言立而文明，自然之道也"的说法，以之论人文产生的必然性则可成立，而验之以文学创作过程却并不契合，因为创作过程往往十分艰苦，其实很不"自然"，决非率尔操觚就可以产生优秀文学作品的。钱先生本人作为有成就的作家，对此中甘苦想必感同身受，心有戚戚焉。由此可知，所谓"心生而言立，言立而文明，自然之道也"，并非刘勰"原道"得出的结论，而只是论述过程中的一般性语句。

三、论《文心雕龙》之《情采》

　　钱先生赞同刘勰《情采》篇所说的"立文之道"，即关于"形文""声文""情文"之说。他指出："诗者，艺之取资于文字者也。文字有声，诗得之为调为律；文字有义，诗得之以侔色揣称者，为象为藻，以写心宣志者，为意为情。及夫调有弦外之遗音，语有言表之余味，则神韵盎然出焉。《文心雕龙·情采》篇云：'立文之道三：曰形文，曰声文，曰情文。'"②

　　今之论者多视《程器》为作家论，而视《体性》为风格论。钱先生则将两篇均视为"论文人"即作家论。他赞成刘勰将其分作两

---

① 钱锺书：《谈艺录》，第 521 页。
② 钱锺书：《谈艺录》，第 110 页。

篇的做法，因为《体性》论述"文如其人"，而《程器》则批评文人之"务华弃实"，两者合观，义乃周备。值得注意的是，他认为《情采》篇的有关论述也属于作家论。他很赞赏刘勰把"情""文"关系区分为"为情而造文"与"为文而造情"两端的做法。钱先生写道："《文心雕龙》论文人，以《体性》与《程器》划分两篇，《情采》篇又以'为情而造文'别出于'为文而造情'，至曰：'言与志反，文岂足征！'……能道'文章'之'总失'作者'为人'之'真'，已于'文章'与'为人'之各有其'真'，思过半矣。"①至于作者为什么会"为文而造情"，钱先生分析说：其所以然之故有二：一方面，"'不病而呻'已成为文学生活里不可忽视的事实。也就是刘勰早指出来的：'心非郁陶，……此为文而造情也'（《文心雕龙·情采》）；或范成大嘲讽的：'诗人多事惹闲情，闭门自造愁如许'（《石湖诗集》卷一七《陆务观作〈春愁曲〉，悲甚，作此反之》）"②此乃积习使然。另一方面，则是作者有其不得不然的苦衷。因为"就是一位大诗人也未必有那许多真实的情感和新鲜的思想来满足'应制''应教''应酬''应景'的需要，于是不得不像《文心雕龙·情采》篇所谓'为文而造情'，甚至以'文'代'情'，偷懒取巧，罗列些古典成语来敷衍搪塞"③。这样的论述，显然是知人论世的通达之论。

语言创新方面，钱先生对《情采》篇以"水之沦漪"比喻文章之"文"颇为赞赏，并将这一比喻的来源追溯到《易经》和《论语》，梳理出了这一比喻的演变历史。他写道："《文心雕龙·情采》篇云：'夫水性虚而沦漪结，木体实而花萼振，文附质也'（参观《定势》篇：

---

① 钱锺书：《管锥编》第四册，第 2157—2158 页。
② 钱锺书：《诗可以怨》，《七缀集》，第 127 页。
③ 钱锺书：《宋诗选注》，北京：生活·读书·新知三联书店，2002 年，第 66 页。

'激水不漪，槁木无阴'）；又以风水成'文'喻文章之'文'。《易·涣卦》：'象曰：风行水上涣'；《论语·泰伯》：'焕乎其有文章'。《后汉书·延笃传》载笃与李文德书自言诵书咏诗云：'洋洋乎其盈耳也，焕烂兮其溢目也'；章怀注：'焕烂，文章貌也。'盖合'涣'与'焕'，取水之沦漪及火之灿灼以喻文章。《困学纪闻》卷二〇尝谓苏洵《仲兄字文甫说》乃衍毛传'风行水成文'之语，亦殊得间，而不知延、刘早以风来水面而为词章之拟象矣。"① 赞许之情溢于笔端。

"丽辞"即对偶，属"情采"关系中"采"的范畴。对《文心雕龙》设《丽辞》篇专论对偶，钱先生也有很重要的意见。他认为："骈体文不必是，而骈偶语未可非。……世间事理，每具双边二柄，正反仇合；倘求义该词达，对仗攸宜。《文心雕龙·丽辞》篇尝云：'神理为用，事不孤立'，又称'反对为优'，以其'理殊趣合'；亦蕴斯旨。《六祖法宝坛经·对嘱》第一〇：'出语尽双，皆取对法，来去相因'，不啻为骈体上乘说法。"② 当然，过分追求对偶，必成流弊。钱先生说："骈体文两大患：一者隶事，古事代今事，教星替月；二者骈语，两语当一语，叠屋堆床。"③ "盖六代之诗，深囿于妃偶之习，事对词称，德邻义比。上为'太华三峰'下必'浔阳九派'；流弊所至，意单语复。《史通·叙事》篇所讥：'编字不只，捶句皆双，一言足为二言，三句分为四句。如售铁钱，以两当一'；文若笔胥然。例如：'宣尼悲获麟，西狩泣孔丘'；'虽好相如达，不同长卿慢'；'千忧集日夜，万感盈朝昏'；'万古陈往还，百代劳起伏'；'多士成大业，群贤济洪绩'。彦和《丽

---

① 钱锺书：《管锥编》第一册，第 198 页。
② 钱锺书：《管锥编》第四册，第 2290—2291 页。
③ 钱锺书：《管锥编》第四册，第 2290 页。

辞》笑为'骈枝'，后来诗律病其'合掌'。"① 尽管如此，钱先生对文学作品讲求对偶总体上仍持肯定态度，认为"不可因噎废食，止儿之啼而土塞其口也"②。

四、论《文心雕龙》之《比兴》

"比兴"出于《诗》之"六义"，是诗歌创作的主要艺术手法。《文心雕龙》专设《比兴》篇，对其进行专门研究，足见刘勰对比兴的高度重视。钱先生对中国诗艺的研究特别深入，对与比兴相关的资源如数家珍，《文心雕龙·比兴》自然受到其格外青睐。当然，钱先生对《比兴》篇与其对整部《文心雕龙》一样，既有充分的肯定，也有精准的批评。

"比"与"兴"的区别，尤其"兴"的定义，是中国诗论以及训诂史上长期争议的焦点之一。刘勰对"比兴"的解释，主要来源于经传的注解，未能超越其所处的时代。至南宋朱熹（1130—1200）之《诗集传》将其解释为："比者，以彼物比此物也。"③ "兴者，先言他物以引起所咏之词也。"④ 似乎有了较能为普遍接受的定义，而事实上并没有最终解决问题。因为他只是从外在形式上着眼，未能深入底里，得其精髓。以"兴"而论，"先言他物以引起所咏之词"，"他物"何以能引起"所咏之词"？"他物"甚多，为什么是此一"他物"而非别一"他物""引起"了"所咏之词"？似此之类，学者仍不能无惑。

钱先生认为，刘勰《比兴》仅以外在表现的"显隐"之别来区分比兴，是不够的。因为按他的解释，"兴"与"比"并没有明确区别，

---

① 钱锺书：《谈艺录》，第 727 页。
② 钱锺书：《管锥编》第四册，第 2290—2291 页。
③ ［宋］朱熹《诗集传》，北京：中华书局，2011 年，第 6 页。
④ ［宋］朱熹《诗集传》，第 2 页。

他之所谓"兴",不过是另一种"比"而已。钱先生说:

> 按"兴"之义最难定。《文心雕龙·比兴》:"比显而兴隐。……
> '兴'者,起也。……起情者,依微以拟议,……环譬以托讽。……
> 兴之托喻,婉而成章。"是"兴"即"比",均主"拟议""譬""喻";
> "隐"乎"显"乎,如五十步之于百步,似未堪别出并立,与"赋""比"
> 鼎足骖靳也。"六义"有"兴",而毛、郑辈指目之"兴"也则
> 当别论。刘氏不过依傍毛、郑,而强生"隐""显"之别以为弥
> 缝,盖毛、郑所标为"兴"之篇什,太半与所标为"比"者无以
> 异尔。……夫"赋比兴"之"兴"谓诗之作法也;而"兴观群怨"
> 之"兴"谓诗之功用,即《泰伯》:"兴于诗,立于礼,成于乐"
> 之"兴"。诗具"兴"之功用者,其作法不必出于"兴"。孔注、
> 刘疏淆二为一。①

这样的批评不可谓不尖锐。尤其是指出"赋比兴"之"兴"为
"诗之作法"、"兴观群怨"之"兴"为"诗之功用";"诗具'兴'
之功用者,其作法不必出于'兴'",堪称发千古之覆。但钱先生
并没有因此而忽略《比兴》篇的诸多精妙之处。我们知道,钱先生
谈艺,对比喻之"二柄多边"现象独有会心,有许多精到的论述。
他认为,刘勰其实已经认识到这种现象,并且怀疑他是从佛典那里
受到了某种启发。至于其不足之处,不过是没有将其"团词括要",
即提炼为概念、创设为词汇而已。钱先生说:

> 《文心雕龙·比兴》:"关雎有别,故后妃方德;鸤鸠贞一,
> 故夫人象义。义取其贞,无从于夷禽;德贵其别,不嫌于鸷鸟。

---

① 钱锺书:《管锥编》第一册,第110页。

明而未融，故发注而后见也。"盖如《豳风·狼跋》"美"周公而"不嫌"于贪兽矣。"义取"物之一端而"无从"其他，即《大般涅槃经》所谓"引喻不必尽取"，"边"之谓也。刘氏通晓佛典，倘有所参悟欤？特未团词括要，遂于"分喻"之旨，尚"明而未融"耳。①

"通感"即文学艺术创作和鉴赏中各种感觉器官间的互相沟通。此种语言修辞现象古已有之，但人们习焉不察，经钱先生抉而发之，遂为众所周知。在对通感的研究中，钱先生也注意到了《比兴》中的资源。他认为《比兴》中列举的"以声比心""以响比辩""以容比物"都涉及到通感现象。不过有趣的是，钱先生指出，刘勰写作此篇时曾"向（马融）《长笛赋》里去找例证，偏偏当面错过了'听声类形'，这也流露刘勰看诗文时的盲点"。②

钱先生指出："《文心雕龙·比兴》述'比之为义，取类不常'，其三为'或拟于心'，即西方修辞学所谓'抽象之形象'"③，与一般把抽象的问题形象化不同，是用抽象之物比拟形象之物，即"取情理以譬物象"。这一点，是刘勰发前人所未曾发，经钱先生阐明而彰显。他列举了张融《海赋》中两个颇有创造性的例子，一处是"拟云于梦"，一处是以"迹有事而道无心"比喻大海，认为是刘勰所说"拟于心"的好例。

关于"比兴"的解诂，钱先生最为赞赏的是南宋诗人胡寅（1098—1156）《斐然集》卷一八《致李叔易书》中所载李仲蒙之语："索物以托情，谓之'比'；触物以起情，谓之'兴'；叙物以言情，

---

① 钱锺书：《管锥编》第一册，第 69—70 页。
② 钱锺书：《通感》，《七缀集》，第 66 页。
③ 钱锺书：《管锥编》第四册，第 2095 页。

谓之'赋'。"认为其"颇具胜意"。^①试加比较,不难发现,此说以"情""物"二字统贯,认为赋、比、兴是通过"情"与"物"二者的不同结合关系构成艺术形象,抒发诗人情志,从美学和文学意义上揭示了《诗经》情物交感、托物言情的形象思维本质^②,明白晓畅,颇易把握,比朱熹的定义以及古往今来的其他各种解说都要准确得多。但由于其人本非名家,其说又影响甚微,故知者无几。钱先生将其从鲜为人知的故纸堆中发掘出来,不仅见其渊博,更可见其识力。

五、论《文心雕龙》之其他精妙

除了上述之外,在钱先生的著作中,还有大量对《文心雕龙》予以赞赏的评点或征引。下面略举数例,以概其余。

钱先生认为:《楚辞》写景的艺术是前所未有的,并且予后世以极大影响。刘勰在《文心雕龙》中的有关论述,表现了他高超的鉴赏能力。钱先生说:《楚辞》"开后世诗文写景法门,先秦绝无仅有",而刘勰《辨骚》篇"论山水则循声而得貌"、《物色》篇"然屈平所以能监风骚之情,抑亦江山之助乎?"的见解"皆征识力"。^③

钱先生认为刘勰《文心雕龙·隐秀》对后世"言有尽而意无穷"之说有首发之功,因而再三称引。他论述说:"长短乃相形之词。沧浪不云乎:'言有尽而意无穷';其意若曰:短诗未必好,而好诗必短;意境悠然而长,则篇幅相形见短矣。【补遗】按此意在吾国首发于《文心雕龙·隐秀》篇,所谓'情在词外曰隐,状溢目前

---

① 钱锺书:《管锥编》第一册,第110—111页。

② 齐社祥、袁淑俊:《李仲蒙情物交感说发微》,《陕西师范大学学报》(哲学社会科学版)2001年第30卷专辑,第254—257页。

③ 钱锺书:《管锥编》第二册,第936页。

曰秀',又谓'余味曲包'。"①"《史通》所谓'晦',正《文心雕龙·隐秀》篇所谓'隐','余味曲包','情在词外';施用不同,波澜莫二。"②"陆机《文赋》:'期穷形而尽相',范氏(按:指范晔)则谓形容事物而能穷态尽妍,尚非文之高境:事外犹当有'远致'。即《文心雕龙·隐秀》所言'文外之重旨','余味曲包',或焦竑《笔乘》卷三录郑善夫手批杜甫诗所谓'杜病在求真求尽',亦如作画之贵'意余于象'也。"③

钱先生认为:《文心雕龙·物色》中"心亦吐纳""情往似赠",刘勰此八字已包赅西方美学所称"移情作用",特标举之。④

钱先生赞同曹丕《典论·论文》中"夫人善于自见,而文非一体,鲜能备善,是以各以所长,相轻所短"的意见,而对曹植《与杨德祖书》中"有南威之容,乃可以论于淑媛;有龙渊之利,乃可以议于割断"之说则不予认可。因为曹丕所说的是文坛实况,揭示的是作者之偏;而曹植之说看似高妙,容易得到见识浅薄者的附和,却不符合文学批评的实际,在实践中也无法落实。他辛辣地嘲讽道:"必曰身为作者而后可'掎摭利病',此犹言身非马牛犬豕则不能为兽医也!"⑤有成就、有经验的作者评论别人文章,事实上往往有其难以克服的局限:"盖作者评文,所长辄成所蔽,囿于我相,以一己之优工,为百家之衡准,不见异量之美,难语乎广大教化。"⑥就是说,作者评论文章反而容易受到自身长处的障蔽,难以得出公允的结论。他征引了刘勰的有关论述作为有力的论据:"《文心雕龙·明诗》

① 钱锺书:《谈艺录》,第 508 页。
② 钱锺书:《管锥编》第一册,第 271 页。
③ 钱锺书:《管锥编》第四册,第 2002 页。
④ 钱锺书:《管锥编》第三册,第 1869 页。
⑤ 钱锺书:《管锥编》第三册,第 1669 页。
⑥ 钱锺书:《管锥编》第三册,第 1669 页。

论作者'兼善'与'偏美'曰：'随性适分，鲜能通圆'，《知音》论评者亦曰：'知多偏好，人莫圆该。……会己则嗟讽，异我则沮弃，各执一隅之解，欲拟万端之变。……故圆照之象，务先博观。'才之偏至与嗜之偏好，犹键管相当、函盖相称，足申曹丕之旨。"① 刘勰的相关论述，以往人们多是分别看待，有失于会通，钱先生则将其捉置一处，并且强调对作者来说，其弊尤甚，此种识解，更进一义。

钱先生对《风骨》篇"锤字坚而难移"一语甚为赞赏。他说："卢延让《苦吟》云：'吟安一个字，拈断数茎须'；又《全唐诗》载无名氏句云：'一个字未稳，数宵心不闲'。前者'行布'，句在篇中也；此之'安排'，字在句内也。……《风骨》篇曰：'锤字坚而难移'，则可为'安、稳'之的诠矣。"②

钱先生在论及"发愤著书"现象时，很赞赏刘勰《文心雕龙·才略》称冯衍"蚌病成珠"的譬喻。认为刘勰虽专说一人，所涵盖的意思却比司马迁要周备。他是这样说的："司马迁的那种意见（引者按：指"发愤著书"），刘勰曾涉及一下，还用了一个巧妙的譬喻。《文心雕龙·才略》讲到冯衍：'敬通雅好辞说，而坎壈盛世；《显志》《自叙》，亦蚌病成珠矣。'就是说他那两篇文章是'郁结''发愤'的结果。刘勰淡淡带过，语气不像司马迁那样强烈，而且专说一个人，并未扩大化。'病'是苦痛或烦恼的泛指，不限于司马迁所说'左丘失明'那种肉体上的害病，也兼及'坎壈'之类精神上的受罪。"③

六、论《文心雕龙》之瑕疵

钱先生论著中也指出了《文心雕龙》中的若干瑕疵或不足之处。

① 钱锺书：《管锥编》第三册，第 1669 页。
② 钱锺书：《谈艺录》，第 44 页。
③ 钱锺书：《七缀集·诗可以怨》，第 118 页。

下面择其要者，举其数例。

第一是"识力"犹有未达。刘勰对《诸子》中的《庄子》、《史传》中的《史记》，虽有称述，而评价则不到位；而在作家之中，则漏掉了陶潜。钱先生认为，这说明刘勰"综核群伦，则优为之，破格殊伦，识犹未逮"。他写道：

> 《文心雕龙·诸子》篇先以"孟荀膺儒"与"庄周述道"并列，及乎衡鉴文词，则道孟荀而不及庄，独标"列御寇之书气伟而采奇"；《时序》篇亦称孟荀而遗庄，至于《情采》篇不过借庄子语以明藻绘之不可或缺而已。盖刘勰不解于诸子中拔《庄子》，正如其不解于史传中拔《史记》、于诗咏中拔陶潜；综核群伦，则优为之，破格殊伦，识犹未逮。[1]

当然，钱先生也指出：陶潜之被遗漏，是当时比较普遍的现象，当时之文坛领袖沈约（441—513）亦有此弊，非独刘勰为然。钟嵘《诗品》虽未遗漏，但列为中品，识力也不到位。他说："晋代人文，略备于《文心雕龙·才略》篇，三张、二陆、潘、左、刘、郭之徒，无不标其名字，加以品题，而独遗渊明。沈休文《南齐书·文学传论》亦最举作者，别为三体，穷源分派，与钟记室《诗品》相近，而仍漏渊明。记室《诗品》列渊明于中驷，抉妙别尤，识所未逮。"[2]

第二是文体未能全备。钱先生认为，齐梁时期，小说和佛经译文已大行于世。刘勰罗列了当时各种文体，甚至本不属文章的符、簿之类也囊括其中，但对小说和译经却排除在外，不论不议，"虽决藩篱于彼，而未化町畦于此"，乃囿于成见所致，是很可惜的。

---

① 钱锺书：《谈艺录》，第 220 页。
② 钱锺书：《谈艺录》，第 220 页。

他说："《雕龙·论说》篇推'般若之绝境'，《谐隐》篇譬'九流之小说'，而当时小说已成流别，译经早具文体，刘氏皆付诸不论不议之列，却于符、簿之属，尽加以文翰之目，当是薄小说之品卑而病译经之为异域风格欤。是虽决藩篱于彼，而未化町畦于此……小说渐以附庸蔚为大国，译艺亦复傍户而自有专门，刘氏默尔二者，遂使后生无述，殊可惜也。"[1]班固《汉书·艺文志·诸子略》不遗"小说家者流"，认为其"盖出于稗官。街谈巷语，道听途说者之所造也。孔子曰：'虽小道，必有可观者焉，致远恐泥，是以君子弗为也。'然亦弗灭也。闾里小知者之所及，亦使缀而不忘。如或一言可采，此亦刍荛狂夫之议也"。[2]刘勰《诸子》篇摒而弗录，或因其不符合"述道言治，枝条五经"的标准。而刘勰长期在定林寺抄写佛经，他所抄写者肯定不是梵文原著而是译文，甚至不排除他本人也曾参与佛经翻译的可能，何以身在其中，从事于斯，却对当时大为流行的佛经译文视而不见？揣其原委，应该是他恪守中国文化的边界，认为佛经非中华本土产品，有意不去涉及所致。这对力主刘勰所"原"之"道"为佛道论者来说，不啻是一个有力的反讽。由此不由联想到，今之论者往往只关注刘勰"论文叙笔"说到了什么，惊叹于其无所不包，而大多不曾注意他还遗漏了什么，应该是仅能入乎其内而不能出乎其外之过。

第三是不知史传记言实乃拟言、代言。史传中人物每言之凿凿，声情毕肖，而揣其情理，则未必有之；即或有之，史传作者又何尝闻之？令后世读者不能无疑。钱先生说："左氏（引者按：指左丘明）设身处地，依傍性格身份，假之喉舌，想当然耳。《文心雕龙·史传》篇仅知'追述远代'而欲'伟其事''详其迹'之讹，不知言语之

---

[1] 钱锺书：《管锥编》第三册，第 1830—1831 页。

[2] ［汉］班固：《汉书》第六册，北京：中华书局，1962 年，第 1745 页。

无征难稽，更逾于事迹也。《史通·言语》篇仅知"今语依仿旧词"之失真，不知旧词之或亦出于虚托也"。①"《左传》记言而实乃拟言、代言，谓是后世小说、院本中对话、宾白之椎轮草创，未遽过也。"②其实，钱先生所指出的局限，岂止刘勰当时未能突破，今人对史传中人物语言过于当真，以为实录，而不知其为拟言、代言者，不也大有人在吗？

第四是未能区分两种不同的叠音词。钱先生认为，《诗经》中的叠音词有两种：一种是"象物之声而即若传物之意"，"巧言切状"，"声意相宜"；另一种则但拟其声而已，无关意义。刘勰"混同而言，思之未慎"。他说："按《文心雕龙·物色》举例如'"灼灼"状桃花之鲜，"依依"尽杨柳之貌，"杲杲"为日出之容，"瀌瀌"拟雨雪之状，"喈喈"逐黄鸟之声，"喓喓"学草虫之韵'，胥出于《诗》。他若《卢令》之'卢令令'，《大车》之'大车槛槛'，《伐木》之'伐木丁丁'，《鹿鸣》之'呦呦鹿鸣'，《车攻》之'萧萧马鸣'，以及此篇（引者按：指《伐檀》）之'坎坎'，亦刘氏所谓'属采附声'者。虽然，象物之声，厥事殊易。稚婴学语，呼狗'汪汪'，呼鸡'喔喔'，呼蛙'阁阁'，呼汽车'都都'，莫非'逐声''学韵'，无异乎《诗》之'鸟鸣嘤嘤''有车邻邻'，而与'依依''灼灼'之'巧言切状'者，不可同年而语。刘氏混同而言，思之未慎尔。象物之声，而即若传物之意，达意正亦拟声，声意相宜，斯始难能见巧。"③笔者以为，叠音词的这种区别，应为钱先生的独家发现，自是精当之论，而以之要求刘勰，或嫌过苛。今之从事语言学研究者，自可取资，故特为拈出。

---

① 钱锺书：《管锥编》第一册，第 271—272 页。
② 钱锺书：《管锥编》第一册，第 273 页。
③ 钱锺书：《管锥编》第一册，第 196 页。

第五是驳"文人无行"不够有力。钱先生说:"《文心雕龙·程器》《颜氏家训·文章》均历数古来文士不检名节,每陷轻薄,《雕龙》又以'将相'亦多'疵咎'为解。实则窃妻、嗜酒、凌物等玷品遗行,人之非将非相、不工文、不通文乃至不识文字者备有之,岂'无行'独文人乎哉!《全三国文》卷七魏文帝《又与吴质书》:'观古今文人,类不护细行,鲜能以名节自立',《雕龙》诵说斯言。夫魏文身亦文人,过恶匪少,他姑不论,即如《世说·贤媛》所载其母斥为'狗鼠不食汝余'事,'相如窃妻'较之当从末减;《雕龙》仅引'将相',不反唇于魏文而并及帝皇,亦但见其下、未见其上矣。"[①]笔者以为,刘勰未必"未见其上",或许出于"为尊者讳"的心理,而有意不去涉及帝皇。否则,以子之矛攻子之盾,岂不痛快淋漓?

七、余论

几十年来阅读钱先生的著作,深感其书如同知识的渊薮、学术的宝库。研治中国文学或文论者,如能静心阅读,得意会心,当如刘勰所说:"是即山而铸铜,煮海而为盐者也"(《文心雕龙·宗经》)。本文所涉及的钱先生有关《文心雕龙》的诸多精见卓识,只不过如《文心雕龙·辨骚》所说"童蒙者拾其香草"而已,但已使笔者受益良多。除了许多疑惑得以解除,还在治学态度和方法上受到深刻启示。就治学态度而论,钱先生之《谈艺录》《管锥编》,初版即轰动一时,成为名著,但钱先生似乎永不满足,在长期的阅读思考中不断加以修订增补,乃至再三再四;而原文则一仍其旧,每次增补均按时间顺序排列,以保存认识不断深化、论述不断深入之轨迹。这种严谨的治学态度,令人特别敬佩。就治学方法而言,钱先生研究任何具体问题,都把眼界放得很宽,尽可能搜集、梳理古今中外有关资料,

---

① 钱锺书:《管锥编》第四册,第2158—2159页。

形成链条，以历史的眼光加以比照，进而得出己见；从不浅尝辄止，轻下结论。这对后学晚辈无疑有着重要的启发、引导作用。

钱先生著作中有关《文心雕龙》的评点和征引还有很多，限于篇幅，不再列举。读者如欲了解更多，自应以耐心阅读钱先生原著更为可取。还可顺便提及的一点是，近年关于《刘子》（或称《新论》）一书作者为刘勰还是北朝人刘昼的争论颇为热闹，钱先生论著中对刘昼其人其书亦多有涉及，但他均称作者为刘昼，并将刘昼与刘勰并称为"南北朝二刘"①，可见他是不以《刘子》为刘勰所作的。对此，笔者虽不敢以钱先生之是非为是非，亦无意参与争论，但认为他的意见至少应引起注意。因顺便拈出，供感兴趣者参考。

笔者将这篇不成熟的阅读笔记奉献于读者，如能抛砖引玉，则私心幸甚。

（原载《中国文论》第六辑，山东人民出版社，2019）

---

① 钱锺书：《七缀集·诗可以怨》，第128页。

周勋初先生研治"龙学"的方法论启示

——《文心雕龙解析》阅读感言

2015年底，江苏凤凰出版社推出了周勋初先生（1929—）令人久已期待的《文心雕龙解析》一书。此书的面世，是近年《文心雕龙》研究的重要收获之一，因而出版后广受好评，并于2017年初获得"第六届中华优秀出版物提名奖"。

"看似寻常最奇崛，成如容易却艰辛。[①]"周先生这部专著的成书过程，也正是如此。此书汇集了他五十多年间的研究成果，倾注了他的大量心血。上世纪六十年代前期，他第一次在南京大学执教《文心雕龙》课程时编写的《文心雕龙》13篇的讲义，是本书最初的雏形。上世纪八十年代初再次开设《文心雕龙》选修课时，他曾将这一讲义修订为《〈文心雕龙〉解析十三篇》，作为教学用书内部印行。2000年出版《周勋初文集》时，已将该文稿收入。这次编定全书，在原来13篇的基础上，周先生又完成了《诠赋》《丽辞》两篇，其余35篇及《梁书·刘勰传》则由周先生和其他9位中青年学者（均为其高足）共同完成：各篇"解题"部分统一由周先生执笔，"注释"与"分析"则由其他学者分头撰写（详见本书《后记》）。由于参与其事的中青年学者也都是这方面有成就的专家，所执笔部分又都经过周先生精心审阅，所以全书的体例保持了统一，本书的质量也达到了上乘水平。而周先生多年来发表的龙学研究论文，也都作为附录收入本书。由此可见，此书汇集了他几乎全部有关《文

---

① ［宋］王安石：《临川先生文集》，北京：中华书局，1959年，第341页。

心雕龙》的研究成果。通读全书，可以对周先生的龙学研究有一个比较全面的了解。

近十年来，笔者多次拜读过周勋初先生的龙学研究论文及介绍治学经验的系列文章，感觉深受教益；本书出版后，笔者又怀着如饥似渴的心情反复阅读。从中学到的，不仅是关于《文心雕龙》的具体知识和见解，更有读书治学的宝贵方法。盖因先生著书，不唯对读者"授之以鱼"，亦同时在"授之以渔"也。

一、著述体例的创新

据笔者有限的阅览，这些年来的《文心雕龙》研究著作，可大体分为三种类型：第一种，是对原书的整理、校释，即对文字的校正和注释，一字一句，力求精确，至少也要持之有故、言之成理、可备一说。这类研究，属于文献整理性的。第二种，是对原文的翻译与解说，注释之外辅以现代语译文或阐释，力求通俗易懂、浅显明白。这种研究，属于推广普及性的。第三种，是对理论的阐发和重构，或探幽抉微，或赋予新义，力求别开生面。这种研究，属于拓展创新性的。第三种研究的成果又主要包括两种表现形式，或为有关论文的结集，或为自成体系的专著。这当然是概略的区别，如果细分还可以有更多类型。不过本文意不在此，兹不深论。有的资深学者三种类型均有撰著，多数则侧重于其中一种类型或一个方面。就以上三种基本的类型而言，当然各有其存在价值，也都各有一些精品或名著；而且彼此之间，往往也互有交叉，并非泾渭分明，难以截然划分，故对其学术价值，不必强为轩轾。作为读者，自可从其所好，取其所需。但不庸讳言，三种类型也各有其短，概略言之，一些文献整理类著作，繁征博引，失于多端寡要，读者阅读起来劳心费力而所得有限；一些推广普及类著作，限于随文释义，很难揭示出其深层蕴含，且不乏由于先入为主造成的误读、误解之处；而部分拓展创新类著作，尽管看上去体系严密，卷帙浩繁，又往往只是用某种现代的、西方的理论体系往《文心雕龙》上面硬套，把《文心雕龙》当成了国外某种理论体系的注脚。职是之故，尽管多年来各种论著层见迭出，但真正受读者喜闻乐见的作品却为数不多。笔者翻阅某些近年出版的大部头著作，有时不由想起俄国思想家赫尔岑（Alexander Herzen，1812—1870）评论十九世纪前期德国行会学者时所说的话："学者们花费惊人的劳动去著述，只有一种劳动较之更繁重，那就是阅读他们的著述。"① 至于其学术价值，至多不过是增添了一种备查的文本而已。

周先生此书，在体例上与上述几种类型均不尽相同，既有所继承，又有所拓展，事实上是开创了一种新的学术范式。

我们知道，周先生本身为文献学的大家，有着版本目录学、文献学、古籍整理、工具书编撰等多方面的雄厚基础，已著有《韩非子札记》《九歌新考》《文史探微》《唐语林校证》等学术名著。他自陈："在整理这本《文心雕龙解析》的正文时，以王利器的《〈文心雕龙〉校证》为底本，涉及唐写本时，则用潘重规的《重写〈文心雕龙〉残本合校》重勘一过，以期避免不必要的错误，力求完善。"② 经过这样的认真校证，自然能后出转精，使本书的《文心雕龙》原文成为目前最为完善可取的文本之一。

本书每一篇的"解析"，均按解题、正文分段注释然后加以分析的形式展开，这样的安排，符合读者的思维规律，极便于阅读。本书本来就是教学与研究紧密结合的产物，最初的十三篇就是印发

---

① ［俄］赫尔岑：《科学中华而不实的作风》，李原译，北京：商务印书馆，1962年，第59页。

② 周勋初：《文心雕龙解析·前言》，南京：凤凰出版社，2015年，第32页。

给学生的讲义，所以充分考虑到了如何让最初的读者——学生们易于阅读、接受这一要素。周先生说："先是'解题'，因为刘勰取篇名时都很有讲究，往往与他观察问题的角度有关，反映出他不偏于一端的辨证观点。中间为对正文的'分析'，按其自然段落进行讲解，这里就得注意所讲内容的学术渊源，论点展开时的内在逻辑程序，还得注意刘勰使用骈文而形成的特殊论证方式。末尾作一'小结'，发表我个人的阅读心得。"① 这样的体例在教学中已经被证明是行之有效的，现在拿来作为最后成书的基本格局，也将极大地方便读者。尤其"注意刘勰使用骈文而形成的特殊论证方式"，是许多论著所没有涉及的，经其点拨，极有助于读者释疑解惑。

再者，本书以附录的方式，将周先生多年来发表的有关《文心雕龙》研究的论文，编存于相应的篇目之后，供读者与《解析》互相参阅。不是具体对应某一篇的，则集中附于书后。这些论文，每一篇都是周先生心血的结晶，发表后即因其观点之新颖、立论之坚实，受到学界的普遍关注，但因发表时间跨度较大、发表媒介各不相同，一般读者搜集阅读起来未必方便。今收入本书，汇为一册，使读者一卷在手，即可比照阅读，藉以了解周先生对相关问题的系统思考和研究过程，自然是相得益彰并深受欢迎的。

据此可知，周先生的这部《文心雕龙解析》是一部以文献整理为基础，以研究与教学、提高与普及相结合为特色，以附录论文为必要补充的集成之作。它在吸取前此各种体例优长而规避其所短的基础上，已然实现了著述体例的创新。当然，这种创新并非刻意为之，而是从实际需要出发，顺其自然地形成的。这对后来学者无疑是有启发作用的。

---

① 徐雁平：《在研究中国传统学术的新途径上摸索前进——周勋初教授访谈录》《文艺研究》2011 年第 6 期。

二、学术研究的特点

上个世纪以来，《文心雕龙》研究逐步升温，成为学术界炙手可热的"龙学"，发表的论文和出版的专著数以千百计，可谓空前的繁荣。但在表面的繁荣之下，也存在着潜在的危机。大量的陈陈相因之外，各执一偏的学术论争也让人无所适从。其根本原因，是现代教育制度分科过细导致的当代学者学术视野大多狭窄，而以此来面对古代文史不分时期的学术元典，便不可避免地会出现瞎子摸象、以偏概全的错误。此外，表面的繁荣还导致了一种误解，似乎"《文心雕龙》这块阵地已经开发殆尽，后人再难措手"①了。

周先生本有研究《文心雕龙》的扎实基础，但在其学术生涯中，因其他大量繁重的学术任务占用了他的主要时间和精力，导致对《文心雕龙》的研究曾几度中辍。进入21世纪后，承担和主持的多项大型文献整理工作——如《唐语林校证》《唐诗大辞典》《唐人轶事汇编》《宋人轶事汇编》《唐钞文选集注汇存》《册府元龟（校订本）》《全唐五代诗》等先后告竣，或已作出妥善安排，才又有暇重新涉足《文心雕龙》研究，先后发表了10余篇很有影响的学术论文，直至推出这部集成之作《文心雕龙解析》。他是怎样在这块别人已无数次耕耘过的土地上取得新的成就的呢？笔者阅读之后，以为与以下两点密切有关。而这两点，也正是周先生鲜明的学术特色。

（一）论题的针对性

在2016年出版的《钟山愚公拾金行踪》一书的《前言》里，周先生谈到他的《文心雕龙》研究时说："我对这一领域的现状作了审视，发现其间存在很多问题，有待提高，有待纠正，因而尚有空间可以开拓。思路逐渐明晰，形势看得更清楚，于是决心发挥自

---

① 周勋初：《寻根究柢，务实求真——〈文心雕龙〉研究感言》，《古典文学知识》2012年第6期。

己的长处，把《文心雕龙》此书放在学术史的长河中加以考察，这样既显示出了自己的研究心得，又可克服目下普遍存在的流弊，努力使学术界走上一条更康庄的治学大道。"① 这样的表述，既说明他的研究是有感而发、有的放矢的，也表现出一位优秀学者的道义自觉和责任担当。

翻检周先生近十余年来的论文，不难发现，每一篇都是有为而发的。例如，针对《文心雕龙》书名的争议，他写出了《〈文心雕龙〉书名辨》，根据骈体语言的特点，指出"文心"与"雕龙"之间是"对举成文"，并非主从关系；二者之间也不是内容与形式之间的关系，而是"分从构思和美文两方面着眼而进行探讨的"②。又如，针对学界不少人把刘勰"擘肌分理，唯务折衷"的研究方法归因于佛家中道观的趋向，他在原来写过《刘勰的主要研究方法——"折衷"说述评》的基础上，又专门写了《"折衷"＝儒家谱系≠大乘空宗中道观》一文，以更为充分的证据论证刘勰的"折衷"说属于儒家谱系，指出"'折衷'说与'中道'观均重辨析，然而二者的论证方式和追求的结果完全不同，前者用以解决具体的问题，后者破而不立，一切归于空无"。③ 再如，针对《辨骚》篇归属问题的争议，他写出了《〈文心雕龙·辨骚〉篇属性之再检讨》，指出刘勰是按照汉魏六朝的传统，把"诗骚"并举，将其"作为文学的一种源头来看待，而不将它局限在一种文体的小范围内进行考察"④；"刘勰信从刘向关于学术分类的理念，不把屈宋及其追随者的作品视作

① 周勋初：《我与传统的文史之学——自选集序言》，《钟山愚公拾金行踪》，上海：复旦大学出版社，2016年，第5页。

② 周勋初：《文心雕龙解析》，南京：凤凰出版社，2015年，第825页。

③ 周勋初：《文心雕龙解析》，第896—897页。

④ 周勋初：《文心雕龙解析》，第96页。

一种文体"①；而且"刘勰将一些屈宋名篇散入其他文体篇章中讨论，可证《辨骚》不是文体论的专篇"②，明确否定了将《辨骚》视为文体论或认为其兼具文体论性质的观点。不赞同《辨骚》为文体论者本有不少，但像周先生这样角度独特、论据坚实者却实不多见。再如，针对范文澜（1893—1969）以来认为"刘勰撰《文心雕龙》，立论完全站在儒学古文学派的立场上"③的流行观点（龙学大家杨明照、王元化等亦赞同其说），写出了《刘勰是站在汉代经学"古文学派"立场上的信徒么？》一文，通过学术史的考察和丰富的内证，指出"刘勰兼崇古文经学与今文经学，实属当时知识界的常态，这里没有什么个人的特点。因为魏晋南北朝时的经学界本已没有什么严格的经学界限，经师亦多兼治古文经学与今文经学。刘勰既非经师，也不默守，因而不必也不会去拘守某一学派的立场"。④至于刘勰在《序志》中所说"马郑诸儒，弘之已精"云云，只不过是举例性质；不应因马融（79—166）、郑玄（127—200）属于古文经学派就判定刘勰是拘守古文经学立场。何况马融本来就自称"学无常师"，郑玄遍注群经、兼采纬候，集汉代经学大成，并不专主古今呢！如此等等，使许多争议不决、治丝益棼的问题有了理据扎实的结论。这对正确理解《文心雕龙》乃至对龙学的健康发展，不啻有正本清源、拨乱反正之功。

周先生一再强调："从事学术研究，应把'发人之所未发'作

---

① 周勋初：《文心雕龙解析》，第 98 页。

② 周勋初：《文心雕龙解析》，第 95 页。

③ 范文澜：《中国通史简编》（修订本，第二册），北京：人民出版社，1964 年，第 418 页。

④ 周勋初：《文心雕龙解析》，第 710 页。

为第一要义。"① 他同时又强调："研究《文心雕龙》得从文本本身出发，尊重刘勰本人的自白，分清主次，不能只是根据现代人的认识，为它拟构一种新的体系。"② 正是基于这样的认识，周先生认定："刘勰在《文心雕龙》中所体现的，正是一位中国文化本位的坚持者的形象。他开宗明义，宣示以儒家思想为准则，书中从头到尾，标举的是儒家的义理。"③ 笔者认为，这才是一种老实的、科学的治学态度。创新是学术的生命，但这种创新必须建立在实事求是的前提和基础之上。现在不少看上去自成体系的皇皇巨著，之所以给人以一种游谈无根之感，正是由于脱离了《文心雕龙》的文本实际、打破了原著自身的内在逻辑，其所建立的所谓"体系"，与《文心雕龙》只不过仅有一些形式上、字面上的联系，血脉上并不贯通，而实质上则并非一物了。而周先生的论著，无论篇幅长短、卷帙厚薄，总让人感觉言必有中，饶有新意，就是因为他是立足于文本实际，并且有着鲜明的针对性的。

（二）视野的宏观性

论题的针对性必须以视野的宏观性为前提。只有居高临下，以大观小，并且不带有色眼镜，才能看得真切，选得准确。周先生强调："研究刘勰的《文心雕龙》，要有一个总体的把握。历史上出现的一个个伟大人物，犹如历史长河中闪耀的一个个明星，我们就应为他们正确定位，不能拿后人的信仰或基本价值观粘附到他们身上。所谓内容决定形式，唯物主义优于唯心主义，寒族胜于士族等说，也是同样的问题；这些理论先入为主，再去观察刘勰的学说，

---

① 徐雁平：《在研究中国传统学术的新途径上摸索前进——周勋初教授访谈录》，《文艺研究》2011 年第 6 期。

② 徐雁平：《在研究中国传统学术的新途径上摸索前进——周勋初教授访谈录》，《文艺研究》2011 年第 6 期。

③ 周勋初：《文心雕龙解析·前言》，第 23 页。

无意之间，也就导致以古为今，把古人的理论现代化了。"① 这样的剀切之言，实在是击中了多年以来学界的通病。尽管他指出的这些弊病，有的是受制于时代潮流或学术风气，未必完全出于论者的本意，但更多的则是受学者个人学力和视野的制约，如周先生所说，"目前活跃于学坛的大都是一个个小专家，已经少见堂庑博大的学者"②，所以只能从事于此类浅薄的比附和方枘圆凿的套用，而难以有所发明。

周先生在一次访谈中还说："在社会科学领域内，经常发现这样一种有趣的现象：有些文学问题，由历史学家或哲学家来阐释，常是更为合适；有些历史问题，由哲学家或文学家来阐释，常是更为合适；有些哲学问题，由文学家或历史学家来阐释，常是更为合适。一个文人的思想和作为，本来可以从文、史、哲等不同方面进行解剖，而作为一个具体的人，他在各方面的表现，又是融为一体而很难区分的。这就说明，研究一位伟大的作家，要有多方面的知识，只有进行综合研究，才能取得深入而透彻的了解。"③ 笔者对此深有感触。多年来，阅读某些一生致力于《文心雕龙》研究的专家的著作，固然受益良多，但也常会发现其中有人囿于格局和视野，长期困在某个牛角尖里走不出来；而阅读那些并非专治龙学的文史大家们的有关论著，在某些问题上却往往有豁然开朗之感；甚至他们某些并非直接谈论龙学问题的文字，也可予人以重要的启发。这种类似于"当局者迷旁观者清"的现象，当然不会是歪打正着，而是事出必然。

---

① 周勋初：《寻根究柢，务实求真——〈文心雕龙〉研究感言》，《古典文学知识》2012 年第 6 期。

② 徐雁平：《在研究中国传统学术的新途径上摸索前进——周勋初教授访谈录》，《文艺研究》2011 年第 6 期。

③ 徐雁平：《扎实空灵　博通专精——周勋初先生访谈录》，《中国文化研究》2009 年冬之卷。

其根本原因，在于这些大家们不仅基础宽厚，而且视野开阔，对文、史、哲各领域具有难能可贵的通识，他们对《文心雕龙》的研究，是居高临下的，是综合考察的，是以全局搏一隅的，亦即刘勰所说"阅乔岳以形培塿，酌沧波以喻畎浍"（《知音》）的，所以才能独抒新见而不烦辞费；自然也就与匍匐在《文心雕龙》山脚下面只能仰视者、与彳亍于《文心雕龙》堂奥之外只能窥伺者所见不同、所得迥异了。而这一点，在周勋初先生身上表现尤为突出。

如前所说，周先生的《文心雕龙》研究在几十年中是时断时续的，而且在他的学术成就中似乎并不占据主要地位；这部《文心雕龙解析》，也是在多位高足帮助下完成的。但这并没有影响此书所达到的学术高度。对这一现象该怎样认识和评价呢？笔者以为，或许可以用一个比喻来说明。《文心雕龙》研究，在周先生所涉足的整个学术海洋中，只是一个海湾；海湾相对于海洋，固然有其独立性，但它又是与海洋密切相通的，是海洋的浩瀚无际保证了海湾的无限生机，而海湾的无限生机又增进和扩展了海洋的浩瀚无际。这不仅是一潭死水所难与比拟，也不是洞庭、鄱阳等较大的湖泊所能相提并论的。陆游（1125—1210）诗云"汝果欲学诗，功夫在诗外"[1]，看来要真正在研究《文心雕龙》上有所创获，"龙学"之外的功夫是绝不可忽视的。

三、科学有效的方法

就笔者阅览所知，周勋初先生从来没有用"科学性"来谈论过自己的治学方法，但他的治学方法却是真正具有科学性并富有实效的，不过他更习惯于用传统学术的语言来谈论而已。他说："我在

---

[1] ［宋］陆游著，钱仲联校注：《剑南诗稿校注》，上海：上海古籍出版社，1985年，第4263页。

做研究时，也常是在探究研究中国学问的方式这个问题。中国人研究'中国学问'，不能完全套用西方的研究模式，也不能只是将'中国学问'作为'西方式研究'的一种取证。……《文心雕龙》研究的西化痕迹也很重，这在词语、范畴、结构等方面十分明显，我并不排斥西方，我只是觉得中国问题有其特殊性。"① 正是基于这样的观念，他的治学方法体现出鲜明的中国气派。

（一）关于治学的基础。周先生倡言："从事中国古代文学研究的人，最好接受一些清代朴学的训练，一切从文献出发，有一分材料说一分话，不要渲染，不能拔高。既是写史，还要把史料串起来，勾勒出一条清晰的线索，尽量讲清前因后果，好让读者有所启发。"② "中国是一个文明古国，各种学问都有悠久的传统，因此我们要求新一代的古代文学研究者具有深厚的文献学基础。只有这样，他们才能驾轻就熟地驾驭材料，懂得从什么地方加以发掘，放在怎样的时代背景与学术环境中加以考察，以及如何利用各种手段加以考核。具有深厚文献学基础的人就有可能掌握并使用最恰当、最可靠的材料进行研究，从而得出可信的结论。"③ 接受必要的清代朴学式的训练，具有深厚的文献学基础，是研治中国文史之学的成功起点。这种基础的建立，当然不是一日之功，而是要经过严格的训练和长期的积累，必须有实事求是之心，无哗众取宠之意，要坐得住冷板凳，经得住各种诱惑。这样打基础的功夫，看上去很慢，甚至在某些人看来似乎也很笨，但正如庄子（约前369－前286）

---

① 王华宝：《周勋初：朴学就要"求真求是求通"》，《光明日报》2017年4月1日，第16版。

② 徐雁平：《扎实空灵　博通专精——周勋初先生访谈录》，《中国文化研究》2009年冬之卷。

③ 徐雁平：《在研究中国传统学术的新途径上摸索前进——周勋初教授访谈录》，《文艺研究》2011年第6期。

所云："水之积也不厚,则其负大舟也无力;……风之积也不厚,则其负大翼也无力。"① 扎实深厚的基础是取得较大的学术建树不可或缺的前提条件,因为厚积才能薄发,本固才能枝荣。而没有这样的基础,仅凭着一知半解就急于提出新见著书立说,不免要故弄狡狯,必然是欲速不达,其提出的所谓"新见"也往往经不起推敲,很难说有什么学术价值。

(二)关于辩证的思维。周先生在论述《文心雕龙》中刘勰"唯务折衷"的方法时说道:"刘勰之所以取得巨大的成就,看来就与这种'折衷'方法有着很大的关系。'折衷'方法在刘勰那里有三种运用方式,一是裁中,二是比较,三是兼及。在文学的横向研究中,刘勰能'剖情析采',而在纵向研究中,能'观通变于当今'。刘勰能运用对立统一的观点分析一切文学现象,将之区分为若干对重要范畴,并用两点论的眼光加以考察,这就掌握到了辩证法的要领。他的观察能力堪称敏锐,他的分析能力可谓深入,这自然与他学识深邃有关,但主要的原因之一,怕是通过'折衷'法的运用而获得了朴素辩证法的效益。"② 这自然是很精辟的见解。事实上,周先生在包括《文心雕龙》在内的大量学术研究中,也都是深得辩证法精髓的。他尽管新见迭出,"绝少有与人雷同之处",但从来不固守一偏,任何一个新观点的提出都具有充分的理据,而且考虑到事情的方方面面,给人以中正持平、十分通达的感受。例如,人们常引"登高能赋"之说来说明赋体的产生,周先生却发觉里面有个概念转换的问题,因而写作了《"登高能赋"说的演变和刘勰创作论的形成》一文,对后人以经说立论,吸收山水诗等创作经验,用"登

① 〔清〕郭庆藩:《庄子集释》,北京·中华书局,1981 年,第 7 页。
② 徐雁平:《在研究中国传统学术的新途径上摸索前进——周勋初教授访谈录》《文艺研究》2011 年第 6 期。

高必赋"说替代儒家诗论的过程进行了深入的考察。^①

（三）关于综合的研究。周先生说："在历史上，无论是一种风尚、一个流派、一部著作的形成、发展和变化，都是纷糅交错地呈现出来的，后人当然可以分别从文、史、哲等不同角度进行探讨，但若能作综合的研究，也就可以理解得更全面、更深入。"他认为："过分偏重专业的训练，忽视与之相关的学术，而从观察源流演变的角度看，对中国文化的传统缺乏基本的了解，显然也会产生不少局限。事实也已证明，过分强调专业，过分依赖科技，忽视思维的融会贯通，同样无法取得满意的成绩。"^②他还说过："文章的深度与力量，不完全依靠穷尽所有的史料，有时是源自一种对时代氛围、文学风气、学术思潮的整体把握。"^③正因为《文心雕龙》熔铸了此前的经史百家之学，所以单从文学的角度进行的研究往往不能窥其全豹，而只能是比较片面的结论。周先生的优势是文献学，恰恰是博通经史百家的，所以能对《文心雕龙》中许多疑难问题进行综合的研究，在研究中既能追本溯源，又能结合当时的风习，彼此互参，得出可信的结论。例如，针对今人仅据《原道》中的个别词句对所谓刘勰"哲学思想"所做的过度解读，周先生明确指出：刘勰对《易》中的两大流派（汉《易》与王弼《易》学）其实是兼容并蓄的，尽管如此，"刘勰的《易》学，并没有什么完整的理论体系"。但"刘勰藉《易》构成自己的（文学）理论体系"，"他在《原道》中掇拾《易》学十翼中的个别词句，作为自己的理论依据，目的只在用作论文之助，

---

① 周勋初：《文心雕龙解析》，第 728—741 页。
② 徐雁平：《在研究中国传统学术的新途径上摸索前进——周勋初教授访谈录》《文艺研究》2011 年第 6 期。
③ 徐雁平：《在研究中国传统学术的新途径上摸索前进——周勋初教授访谈录》《文艺研究》2011 年第 6 期。

而不在阐述自己的宇宙观"。① 对其过度解读，只能偏离正题，走向歧途。这是基于易学发展史和《文心雕龙》实际得出的结论，是综合研究的成果，令人信服。

（四）关于重点的深入。周先生说："我做研究，往往从自己有心得的具体问题入手，写成单篇论文，而不是先去构想一个体系。我的《文心雕龙》研究是如此，李白研究也是如此。做研究工作，实际上体现一个人的智力。我非常重视单篇论文，一个人真正的才力体现在这上面。"② 不庸讳言，与单篇论文相比，现在的多数学者更愿意致力于成体系的专著，而且力求厚重，最好是多卷本，似乎不如此不足以称得上重要的学术成果。大型专著当然是需要的，但如果没有重大的理论建树，只去追求长度和卷帙，便不得不大量注水，成为学术作品里的"水货"。读者要从这样的巨著中发现有用的东西，几乎和从一大堆秕糠中寻找有限的米粒一样困难。其价值其实远不如几篇扎实、中肯的论文。明乎此，中青年学者更应把时间精力集中于某些确有兴趣、确有价值的点上，锲而不舍，深入掘进，务求形成真知灼见，先写成高质量的论文发表出来。在此基础上持之以恒，逐步由点到线、再进而到面，最后以论文集或专著形式集中推出，反而更有可能臻于上乘。本书收入的周先生多年撰写的相关论文，无论篇幅长短，大都集中于某一个问题，"沿波讨源"，务求说清、说透，无疑为我们做出了很好的示范。

四、结语

多年前，一位学者评价周先生的学术，认为他整个的学术研究是一个矛盾的统一体，既博通又专精，既传统又创新，既扎实又空

① 周勋初：《文心雕龙解析》，第 847 页。
② 徐雁平：《在研究中国传统学术的新途径上摸索前进——周勋初教授访谈录》，《文艺研究》2011 年第 6 期。

灵①。用这个评价来衡量这部《文心雕龙解析》，笔者感到，也是很恰切的。周先生称自己的治学之道是"顺其自然地攀登"②，又把屈原《离骚》中的名句"路漫漫其修远兮，吾将上下而求索"作为座右铭，使道家的处世态度和儒家的进取精神有机地融为一体，在做人、做学问两方面都臻于佳境。拜读其书而思慕其人，令人崇敬之情油然而生。

笔者虽与周先生缘悭一面，更常以不能亲聆教诲为憾，但通过阅读其多种论著，已受益良多；在今后的治学道路上，愿长期以周先生为楷模，力求能把学问做得扎实一点。

（原载《古籍研究》2019 年第一辑）

---

① 徐雁平：《扎实空灵　博通专精——周勋初先生访谈录》，《中国文化研究》2009 年冬之卷。

② 凌朝栋：《随遇攀登，顺缘结果——周勋初先生治学之道》，《古籍整理研究学刊》2003 年第 3 期。

探幽发微，别有会心

——读童庆炳《〈文心雕龙〉三十说》

童庆炳先生（1936—2015）是我国当代著名的文艺理论家，《〈文心雕龙〉三十说》是他多年来研究《文心雕龙》成果的总汇。该书作为十卷本《童庆炳文集》的第七卷，2016年问世以来，即引起龙学界的关注。笔者此前已阅读过童先生原来分散发表在各种杂志上的若干单篇，近期又把全书通读一遍，受益良多。现将阅读中的部分札记整理成文，挂一漏万，在所难免，恳请学界文友指正。

一、不解之缘与未了之愿

在《中国文学之道的美学解说——讲授"〈文心雕龙〉研究"十周年》一文中，童先生自我介绍，自1994—2007年间，他先后讲授《文心雕龙》达12遍之多，其中有三次因外出访学耽误，也都设法弥补上了，可谓与《文心雕龙》结下了"不解之缘"。以先生之贯穿古今、兼通中外的深厚学养，加之十几年间十余遍的讲授和专题研究，其在龙学领域里取得重要成就本属意料中事。按常理说，他发愿著成《〈文心雕龙〉三十说》，也应该是不难实现的。

然而，天下事往往有不能尽如人意者。到童先生晚年患病、二竖为烈之时，他心愿中的"三十说"实际完成者仅有24篇。他强忍病痛，又补著了"君子藏器说""胸中意象说""文体四层面说""自然成对说（未完成）""韶难郑易说（初稿）"5篇，终于在未能完成"三十说"的情况下，即匆匆离世，使之成为"未了之愿"，留下了终生遗憾。而这一遗憾，在笔者看来，不仅是童先生个人的，也是龙学界和整个文学理论界的。毫无疑问，倘若天假以年，这部《〈文心雕龙〉三十说》必将更臻完善。

不过，仅就目前这部未能曲终奏雅的遗著而言，童先生已经实现了许多很宝贵的理论建树，可谓探幽发微，别有会心。这些建树，不仅值得学界重视，也值得后来者悉心学习并继承发扬。笔者正是以这种态度和心情阅读此书的。

二、追根溯源，释疑解惑

众所周知，童先生有中国古代文论、文学、文化的深厚学养。《文集》中《中国古代诗学与美学》《现代视野中的中华古代文论系统》等卷就是最好的证明。正是由于这样的宏阔视野，使得《文心雕龙》中许多难解或疑似之处，得到了合理的解释和科学的阐发，足以为读者释疑解惑。下面试举数端，以概其余。

（一）文体

童先生对文体素有研究，早在 1994 年，就在云南人民出版社出版过专著《文体与文体的创造》（此次作为第四卷收入《文集》），还主编过《文体学丛书》。我们知道，刘勰在《序志》中批评当时"去圣久远，文体解散"，以致"离本弥甚，将遂讹滥"。他是为了矫正这种不良倾向，才"搦笔和墨，乃始论文"的。对其中的"文体"概念，现代以来的学者一般认为就是指文章的体裁。但把当时的文坛弊端仅仅归因于体裁问题，又明显难以自圆其说。自徐复观（1903—1982）《〈文心雕龙〉的文体论》问世，认为"《文心雕龙》一书，实际上就是一部文体论"，提出刘勰所说的"文体"构成要素为"体裁、体要、体貌"[1]，并陆续引起台港和大陆

---

[1] 徐复观：《〈文心雕龙〉的文体论》，《中国文学论集》，北京：九州出版社，2014 年，第 40 页。

学界的关注开始，人们逐渐注意到了"文体"的内涵和外延绝非仅是体裁这么简单。童先生对徐复观的观点基本持肯定态度，但又有新的发展。他认为，刘勰的文体概念，早在《征圣》《宗经》里面就提出来了。关于《宗经》里说的"故文能宗经，体有六义"，学界多把"六义"看作"五经"的六个"优点"，而对"体"的含义则大多忽略，一般的译文则将其译为"文章"。童先生则明确指出："刘勰所提出的'体有六义'，是对'体'的特指。"①"这段话中的'体'，不是某些研究家所说的一般文章，明显是指文体。"②而他对"文体"解读的重要贡献，是在徐复观"三要素"说的基础上，提出了"体制、体要、体性和体貌"四层面说。他认为："刘勰的文体是指在体制的制约下，要求负载充实的体要，折射出个人的性格，最终表现在整体具有艺术印象的体貌上。"③然后进行了深入的、有说服力的阐释，从而把对刘勰"文体"论的研究大大向前推进了一步。

《文心雕龙》有《体性》篇。"体性"既被童先生视为刘勰文体论的一个层面，自然也会对其重点加以探究。刘勰云："若总其归途，则数穷八体：一曰典雅，二曰远奥，三曰精约，四曰显附，五曰繁缛，六曰壮丽，七曰新奇，八曰轻靡。""八体"何以能够"数穷"？此前似乎无人深究。也有人认为不仅"八体"，还应该加入其他，形成更多的"体"。童先生却发现，"刘勰认为把风格分为八体犹如《易》中的八卦，八卦囊括了整个宇宙，那么他的'八体'如果加以变化，也就包括了全部文学的风格了，所以他得意地说：

① 童庆炳：《〈文心雕龙〉"体有六义"说》，《〈文心雕龙〉三十说》，北京：北京师范大学出版社，2016年，第71页。
② 童庆炳：《〈文心雕龙〉"文体"四层面说》，《〈文心雕龙〉三十说》，第97页。
③ 童庆炳：《〈文心雕龙〉"文体"四层面说》，《〈文心雕龙〉三十说》，第102页。

'文辞根叶，园囿其中矣。'"①文字说明之外，童先生还绘制了变形的八卦图来加以图示，指出："刘勰虽然只列出'八体'，但如果加以变化，则可'八图包万变'。刘勰的风格形态分类，的确是一种发现，至今为止，我们还不能寻找出一种比刘勰更好的分类的方法。司空图的《诗品》把风格分为二十四类，带有很大的随意性。清代姚鼐把风格分为阳刚与阴柔，则又太简略，很难形成一个风格的形态系统。所以现代著名的语言学家陈望道选择了刘勰的风格分类，不是没有道理的。"②这一解读利用了易学中的术数理念，别开生面，从根本上解决了困惑人们多年的一个疑难，无疑是可以让人耳目一新的。

（二）风骨

"风骨"概念为刘勰的首创。但这一概念的内在含义复杂而模糊，成为《文心雕龙》阅读和理解中的一大难点。解读者众说纷纭，莫衷一是。据童先生的梳理，关于"风骨"内涵的不同解说多达十几种，包括"风意骨辞"说、"情志事义"说、"风格"说、"刚柔之气"说、"情感思想"说、"感染力"说、"精神风貌美"说、"内容形式"说、"形式内容"说等等。而之所以会出现这么多分歧意见，如童先生所说：除了人们已经指出的"风骨"是一个抽象的比喻，可以做出多种解释外，"更重要的是解说者的方法各不相同所造成的"。在剖析了各家所运用的方法存在的不足或局限之后，童先生从刘勰整个的理论体系出发，指出刘勰认为文学的两大要素是"情"与"辞"，而"风骨是刘勰对作品内质美的规定。'风'是作品中'情'的内质美，其主要特征是有生气、清新、真切和动人。'骨'是作品中'辞'的内质美，其主要特征是有力量、劲健、精约和峻拔。'风'

---

① 童庆炳：《〈文心雕龙〉"因内符外"说》，《〈文心雕龙〉三十说》，第167页。
② 童庆炳：《〈文心雕龙〉"因内符外"说》，《〈文心雕龙〉三十说》，第168页。

和'骨'都是人内在的真实生命所喷发出来的打动人的力量。一篇诗文如果达到了'文明以健，风清骨峻'，就会像鸟的双翅那样高高飞起，那么这篇诗文就获得了高品位的审美境界。刘勰对优秀作品作出此种规定，既总结了汉魏以来的成功的艺术经验，同时也针砭文坛存在的'为文而造情'和'言贵浮诡'的时弊，从理论上为文学的创作提出了一种普遍的规范"①。刘勰在论述中，先将"风"和"骨"分开来讲，后来又把"风骨"合成一个概念，与"采"对举起来讲，那么"风骨"与"采"的关系又是怎样的呢？童先生指出：这说明，刘勰的主张是要把内质美与外形美统一起来。针对不少论者把"辞"与"采"这两个不同的概念混为一谈，或以为"采"只能修饰"辞"，而与"情"无关的偏颇，童先生指出："情、辞都属于《情采》篇'质'的方面。……'质'是指本色而言，情有情的本色，辞也有辞的本色。而'采'是要在本色上加上润饰，所以《情采》篇有'文附质'和'质待文'的论点。"②这样就把"风骨"释读中的种种谜团进行了一次彻底的清理并给予了全新的解说，使人有茅塞顿开之感。

（三）赋比兴

赋、比、兴属于"诗之六义"中的内容，一般认为是《诗经》创作中最常用的三种艺术表达方式。但对赋比兴的准确含义，古往今来的解读并不一致。刘勰在《文心雕龙》中，把"赋"作为一种文类放在"文体论"中，而把"比兴"作为艺术表达方式置于"创作伦"中，导致不少人没有把它们联系起来加以研究。而在《〈文心雕龙〉"比显兴隐"说》一文中，童先生则有意识地做到了这一点。

---

① 童庆炳：《〈文心雕龙〉"风清骨峻"说》，《〈文心雕龙〉三十说》，第190页。
② 童庆炳：《〈文心雕龙〉"风清骨峻"说》，《〈文心雕龙〉三十说》，第194页。

　　一般认为，赋好像无甚奥义，是最容易理解的。但童先生根据刘勰《诠赋》篇"赋者，铺也；铺采摛文，体物写志也"的论述，指出："刘勰在确定'赋'的铺陈特点的条件下，强调'赋'必须把'体物'与'写志'结合起来。'体物'要贴切地描写事物状貌，'写志'则要尽量抒发感情。"[①] 如此看来，刘勰所以对汉代以来的辞赋评价不高，是因为这些作品只在"体物"上下功夫，而"写志"方面则过于薄弱。他特别提醒说："我们千万不可把'赋'看成是'赋比兴'中似乎是最没有价值的方式。实际上，赋的抒情方式，只要运用得好，也可以写出非常出色的作品。"[②] 尽管他只是把赋与抒情联系起来，忽略了其"铺采摛文"的主要特点，并不全面，但针对普遍对赋重视不够的现实，这样的提醒，仍然是很有必要的。关于比兴，童先生首先梳理出了几种有代表性的解读，包括古代毛传郑笺的政治化解说、朱熹（1130—1200）为代表的语言的解说、钟嵘（约 468—约 518）与李仲蒙（宋人，生卒不详）的文学性解说和现代徐复观的新解等，并逐一分析了其得失利弊。其中，他最为推重的是徐复观的见解，并在其基础上做出了新的解说。他指出，刘勰所说的"比者，附也；……附理者切类以指事"，"其中'符理'二字，尤为精辟。'比'的形象或多或少都有'理'的因素在起作用。换言之，比的事物和被比的事物之间，有一个'理'的中介，通过这个中介，两者相似点（如剥削者和硕鼠）才被关联起来"[③]。"值得注意，刘勰对于'比'是有鉴别的。比不但要'显'，而且还要与情感的表现有联系。"而对刘勰所说的"兴者，起也。……起情者，依微以拟议"，童先生则解释说："由于诗

　　① 童庆炳：《〈文心雕龙〉"比显兴隐"说》，《〈文心雕龙〉三十说》，第 287 页。
　　② 童庆炳：《〈文心雕龙〉"比显兴隐"说》，《〈文心雕龙〉三十说》，第 288 页。
　　③ 童庆炳：《〈文心雕龙〉"比显兴隐"说》，《〈文心雕龙〉三十说》，第 290 页。

人的情感是朦胧的，不确定的，没有明确的方向性，不能明确地比喻。诗人只就这种朦胧的、深微的情感，偶然触景而发，这种景可能是他眼前偶然遇见的，也可能是心中突然浮现的。当这种朦胧深微之情和偶然浮现之景，互相触发，互相吸引，于是朦胧的未定型的情，即刻凝结为一种形象，这种情景相触而将情感定型的方式就是'兴'。……兴句的作用不是标明诗歌主旨，也非概念性说明，兴句所关联的只是诗歌的'气氛、情调、韵味、色泽'，重在加强诗歌的诗情画意。"①刘勰之所以说"比显而兴隐"，就是因为比所表达的情感比较显豁，而兴所表达的情感则比较朦胧。这样就把赋比兴的阐释这一千年老话题分别挖掘出了新意。

类似这样的新见还有很多。如讲《定势》，揭示出"势"有两重含义："第一含义，势是相对稳定的，所谓'循体而成势'，这是体裁规定的规范语体，不同的体裁有不同的语体。……第二含义，势又是灵活的，是可以根据自己的个性和喜好自由选择［的］。所以紧接着'循体而成势'，刘勰讲'随变而立功'。"②又如关于时序对文学发展的影响，童先生通过分析发现："在《时序》篇中，作者对文学变化发展的外部因素和内部因素的分析和概括，形成了一个有联系的系统，即政治教化、社会心理、学术风气、文学继承、君主提倡和个人天才等六个因素。"③如此等等，可谓新见迭出，启人心智。为省篇幅，不再胪列。

三、贯通中西，借石攻玉

童先生对包括文艺美学、哲学、心理学在内的西方文化有广泛的涉猎和研究。在《文心雕龙》的释读和阐发中，他这方面的优势

① 童庆炳：《〈文心雕龙〉"比显兴隐"说》，《〈文心雕龙〉三十说》，第292页。
② 童庆炳：《〈文心雕龙〉"循体成势"说》，《〈文心雕龙〉三十说》，第216页。
③ 童庆炳：《〈文心雕龙〉"质文代变"说》，《〈文心雕龙〉三十说》，第335页。

得到了充分的体现。

我们知道，我国古代文论具有浑融或称圆融的特点，许多概念和术语的内涵和外延不够清晰，其表意具有触机随缘式的特点，在不同语境中并不一致，就像一个多面体，每次呈现出的只是其中一个面，因而给后人的理解和阐释带来很大的困难。由此也造成了古今学人的不同解说，似乎公说公有理婆说婆有理，令学习者无所适从。但古人在特定语境运用某一概念和术语的时候，应该是具有其确定意义的，只不过由于时代的变迁和语言的变化，形成了严重的隔膜，使现代的我们难以准确了解而已。而西方文论是另一个系统，在近代之前与中国文论几乎全无交流，彼此的精华互不了解，二者之间有无共通性呢？对此，钱锺书先生（1910—1998）曾很明确地指出："东海西海，心理攸同；南学北学，道术未裂。"① 也就是说，在基本的文学、学术理念上，应该是人同此心、心同此理的。因而在中西交流日益扩大的当代，利用西方文艺美学、哲学、心理学等优秀成果对中国古代文论的疑难点进行阐释，是可行的，也是必要的。童先生在这方面做了许多有益的尝试，也解决了不少的问题，达到了借他山之石攻自家之玉的效果。下面试举几例。

（一）用"异质同构"理论解读天人关系

美国哈佛大学教授、艺术心理学家鲁道夫·阿恩海姆（Rudolf Arnheim，1904—2007）的"异质同构"理论认为：一切事物（包括自然事物）总会有一种特征，这种特征透露出一种"力的结构"，这种"力的结构"常常表现为"上升和下降、统治和服从、软弱与坚强、和谐与混乱、前进与退让"等基调，实际上乃是一切存在物的基本形式。不论是在我们的心灵中，还是在人与人的关系中，

---

① 钱锺书：《谈艺录》，北京：生活·读书·新知三联书店，2007年，第1页。

不论是在人类社会中，还是在自然现象中，都存在着这样一些基调。……我们必须认识到，那推动我们自己的情感活动起来的力，与那些作用于整个宇宙的普遍的力，实际上是同一种力。只有这样去看问题，我们才能意识到自身在整个宇宙中所处的地位，以及这个整体的内在统一。① 这就是说，由于"异质"之间存在着"同构"的关系，所以彼此可以产生共振或共鸣，因而也可以作互通的解释。

童先生把这一理论应用于对我国古代天人关系认识的解读。他认为："奥尔海姆的'异质同构'理论的主要贡献在于，指出了人的心理事实与物理事实实际上具有某种同样的表现性，这就给文学艺术的创作和评论提供了一条新的解释思路。"它使人们认识到，"自然与人在宇宙中同处于一个整体的内在统一中，宇宙具有普遍的力，人的表现也是一种力，某物及形状与人的某种情感的表现倾向，在'力'的结构上可以是一致的，虽然这种'力'的结构已经是一种非心非物、亦心亦物的东西"。② 因而可以用来解读文学起源中的天人关系、文学创作中的"神与物游"、论证中的类比推理以及写作中比兴的产生和运用等一系列问题。笔者认为这一点很有意义。现在有不少人以为我国古人认识天人、物我关系的方法缺乏科学性，认为那些古代文献中的类比莫名其妙，甚至是无稽之谈，因而不免妄自菲薄。如果他们了解了"异质同构"的道理，诸如此类的疑问或许可以得到破解了。

（二）用"物理境""心理场"理论解读"心物宛转"

刘勰在《物色》篇里说："诗人感物，联类不穷。流连万象之际，沉吟视听之区；写气图貌，既随物以宛转；属采附声，亦与心而徘徊。"

① ［美］鲁道夫·阿尔海默：《艺术与视知觉》，滕守尧、朱疆源译，成都：四川人民出版社，1998 年，第 609—610 页。
② 童庆炳：《文心雕龙"道心神理"说新探》，《〈文心雕龙〉三十说》，第 62 页。

他接着举出《诗经》中许多景物描写的名句，指出它们都是精准地用了极其简省的词语做到了"以少总多，情貌无遗"。他赞扬这些范例"虽复思经千载，将何易夺"。对这番论述，人们普遍觉得并不难理解。然而，这样的效果是怎样达到的，其中经历了怎样的过程？刘勰所说的"随物宛转，与心徘徊"毕竟比较抽象，它究竟是怎样进行的？却少有人能说得清楚。

在《〈文心雕龙〉论人与自然的诗意关系》一文中，童先生在比较了中西方文学艺术中人与自然诗意关系的发现，指出西方的发现晚至十八世纪的华兹华斯（William Worolswopth，1770—1850），而中国这方面则从《诗经》就已成熟，并评析了刘永济（1887—1966）、徐复观、王元化（1920—2008）三家对这一问题的研究成果、肯定其取得的成就之后，又从心理学的角度，引入英国结构主义心理学家铁钦纳（Edward Bradford Titchener，1867—1927）的"物理境""心理场"理论进行了深度分析，使这一问题得到了通彻的解读。

现代心理学一个基本的出发点就是关于"物理境"和"心理场"的联系和区别。铁钦纳认为存在着两个不同的世界，一个是物理世界，一个是心理世界。前者被称为"物理境"，后者被称作"心理场"。在物理世界里，时间、空间、质量都不依赖于经验着的人们。然而当我们把经验着的人考虑在内的话，我们就面对着人的不同的心理世界。物理世界是对象的客观的原本的存在，而心理世界则是人对物理世界的体验，其主观性是很强的。由此导致物理世界和心理世界之间存在着距离、错位、倾斜。每一个正常的人都要面对这两个世界。而对于诗人来说，从对物理世界的观察转入到心理场的体验，则是他们进行艺术创造的必由之路。①

　　童先生认为："刘勰提出的'随物以宛转'到'与心而徘徊'，其旨义是诗人在创作中，从对外在世界物貌的随顺体察，到对内心世界情感印象步步深入的开掘，正是体现了由物理境深入心理场的心理活动规律。"②他进一步解释说："'物'，或者说'物理境'即是我们所说的生活，是诗的创作链条中的第一链。诗人一定要以非常谦恭的态度，'随物以宛转'，长久地、悉心地在'物理境'中体察，而不是匆忙地拾取零碎的表象拼凑自己的世界，才会有身后的根基。"但是，"诗人如果只'随物宛转'，永久滞留在物理境中，就只能永远当自然的奴隶，那么他就只能成为一个机械的、刻板的模仿者，不可能成为创造者。他眼中也就只有物貌，而不会有诗情。他最终也就丧失了诗人的资格。从这一点看，'与心而徘徊'比'随物以宛转'更为重要。所谓'与心而徘徊'，就是诗人以心去拥抱外物，使物服从于心，使心物交融，获得对诗人来说至关重要的心理场效应"③。通过这样深入浅出的解说，相信读者对艺术创作中的心物关系——作为"无识之物"的自然景物为何会变成有感情的艺术形象——的理解会明显加深，乃至豁然开朗的。

　　（三）以"沉思"说、"再度体验"说、"非征兆性情感"说释"蓄愤""郁陶"

　　童先生在《〈文心雕龙〉"情经辞纬"说》一文中，对情、

---

①　［美］杜·舒尔茨：《现代心理学史》，叶浩生、杨文登译，北京：人民教育出版社，1981年，第97—98页。

②　童庆炳：《〈文心雕龙〉论人与自然的诗意关系》，《〈文心雕龙〉三十说》，第409页。

③　童庆炳：《〈文心雕龙〉论人与自然的诗意关系》，《〈文心雕龙〉三十说》，第410页。

采关系作出新解，将从"情"到"采"的过程视为一种动态的过程，认为"情"的产生有一个过程，从"情"呼唤"采"，并赋予"采"也是一个过程。他把"蓄愤""郁陶"看作情感的一度转换，而把"联辞结采"看作情感的二度转换。两度转换之后，就实现了情理的形式化。这自然是富有新意的。较之通常只把"情"和"采"看作两个平行对等的静止因素的解读，大大地深化了一步。值得注意的是，童先生在论述"一度转换"的过程中，先后运用了英国诗人华兹华斯的"沉思说"、俄国作家列夫·托尔斯泰（1828—1910）的"再度体验说"、美国美学家苏珊·朗格（Susanne Langer，1895—1982）的"非征兆性情感说"，分别与刘勰的"蓄愤、郁陶说"进行比较，指出：尽管这些理论"产生于不同的国家、不同时代，有不同的学术背景，但因为这些理论都是在探讨文学艺术的普遍规律，所以我们做这样的比较是可行的，可以加深我们对刘勰的'蓄愤''郁陶'说的理解，使我们看到刘勰的确发现了某些具有普遍意义的文学艺术规律"[①]。这样一来，国外近二百年间多家重要的理论成果都被童先生揽入笔下，信笔驱使，与中国古代文论中的一个类似命题多方印证，其用力之勤、用功之深、立论之坚实，令人心悦诚服。

四、白璧微瑕，瑕不掩瑜

笔者在阅读《〈文心雕龙〉三十说》的过程中，在感到收获颇丰的同时，有时也未免有某些不同程度的遗憾。这些遗憾或不足，自然是白璧微瑕，瑕不掩瑜，而且也不排除出于笔者误读的可能。下面择要列举几点，一孔之见，班门弄斧，请同好者指正：

童先生以为，"总观（《文心雕龙》）全书，刘勰对于文学的

---

① 童庆炳：《〈文心雕龙〉"情经辞纬"说》，《〈文心雕龙〉三十说》，第237页。

看法，可以分为两个类型和三个序列"①。两个类型，即大文学观
和小文学观；三个序列，即文学观念中三个互相联系的观念：文道
序列—情志序列—辞采序列。这样的提炼当然是大处着眼，意义重
大的。但我们看到，在具体的研究中，童先生对刘勰的"大文学观"
却涉及甚少，而所有论题几乎都集中于"小文学观"的范围之内。
这当然与作者的研究旨趣有关。童先生坦言：他的研究兴趣"在对
《文心雕龙》文学理论要点的研究上面"。"因为《文心雕龙》中
有丰富的文学理论，我自己本人又长期从事基本文学理论的研究，
所以我的兴趣很自然地就在《文心雕龙》的文学理论的要义上面。"②
因研究旨趣不同而有所侧重，当然是无可厚非的。但古今所谓"文"
和"文学"是不同的概念。刘勰所处的时代，虽然早已进入鲁迅先
生（1881—1936）所说的"文学的自觉时代"③，但那时的"文学"
概念其实还是沿用的春秋两汉时期的成说，即文学是关于文的学问。
这一概念其实直到现代西方"文学"概念引入中国之前是一直沿用
着的，《文心雕龙》自然也不例外。这也是刘勰在"论文叙笔"时
所以会揽入大量在我们今天看来本不属于文学范畴的文章体裁或类
型的原因。因此，在对古代文论进行现代阐释时，必须同时进行话
语还原。笔者认为，作为人们敬仰的学术大家，在一部成为系统的
研究论著中，对小文学观的过分偏重，以及对古今"文学"概念不
加分别地使用，有时便不免地以今释古（尽管这种现象在《文心雕龙》
等古文论研究领域随处可见），进而导致读者在某种程度上将古今
不同的文学概念混为一谈，因而不无遗憾。

---

① 童庆炳：《中国文学之道的美学解说》，《〈文心雕龙〉三十说》，第 22 页。
② 童庆炳：《中国文学之道的美学解说》，《〈文心雕龙〉三十说》，第 29 页。
③ 鲁迅：《魏晋风度及文章与药及酒之关系》，《鲁迅全集》第三卷，北京：人
民文学出版社，1973 年，第 491 页。

　　《明诗》篇云："人禀七情，应物斯感，感物吟志，莫非自然。"
童先生认为："刘勰的重要贡献在他以'感物吟志'这样的简明的
语言概括了中国诗歌生成论，把诗歌生成看成是密切相关的多环
节的完整系统。主体的'情'和客体的'物'，通过'感'这种
心理的第一中介，和'吟'这个艺术加工的第二中介，最后生成
作为诗歌本体的'志'。主体的'情'与客体的'物'是诗歌产
生的条件，'感'与'吟'作为不同的中介则是诗歌产生的关键，
而'志'则是条件和关键充分发挥的结晶。这样，刘勰的'感物
吟志'说就成为一个整体，清晰地揭示了诗歌生成的规律。"① 童
先生把"感""物""吟""志"四字视为诗歌生成四要素，并
分别作了深入的挖掘和详尽的论述。不过，在笔者的感觉中，这
一系列论述，似不无过度解读之嫌。"感物""吟志"是诗歌创
作过程中的两个重要环节，与诗歌生成固然关系密切，但未必称
得上是一个完整的系统。尤其其中的"志"，是否已经成为"诗
歌主体"或"结晶"，还是值得斟酌的。《诗大序》云："在心
为志，发言为诗。"其中的"志"显然只是心中的所思所想，还
没有成为物化的"诗"；换言之，这一过程还未最后完成。所谓"吟
志"，只是诗人在"感物"之后进行创作的阶段，这里的"吟"，
并非吟诵，而是"沉吟""涵咏"，即艺术创作中反复思考、蕴藉、
推敲的过程，这一过程，到结晶成体即产出诗歌成品应该还有一
定距离。童先生也说到，在"吟"的过程中"含有声音上、文字
上的艺术加工的意思，即通过'吟'使声音产生抑扬顿挫的变化，
使文字更加妥帖精当"②。例如，晚唐有一派诗人被称作"苦吟诗
人"，其所谓"苦吟"，显然不是指他们如何辛苦地吟咏已经创

---

① 童庆炳：《〈文心雕龙〉"感物吟志"说》，《〈文心雕龙〉三十说》，第162页。
② 童庆炳：《〈文心雕龙〉"感物吟志"说》，《〈文心雕龙〉三十说》，第157页。

作出来的诗歌作品，而是就他们的创作过程极其艰苦而言。用童先生所惯常引用的清代诗人、画家郑板桥（1693—1765）的话说，此时所"吟"的"志"，还只是"胸中之竹"，并非"画上之竹"，因而还肯定算不得成品。据此而论，说"感物吟志"就是一个"密切相关的多环节的完整系统"，似欠稳妥。

刘勰《辨骚》篇云："若能凭轼以倚雅颂，悬辔以驭楚篇，酌奇而不失其贞，玩华而不坠其实，则顾盼可以驱辞力，欬唾可以穷文致，亦不复乞灵于长卿，假宠于子渊矣。"童先生据此提炼出了"奇正华实"说，他认为：

> 刘勰在给予楚辞（主要是屈原的作品）以很高的评价之后，给出了"酌奇而不失其贞（正），玩华而不坠其实"的理论概括。这句话是本篇的点睛之笔，准确地揭示了楚辞的特色，指出楚辞的特点是在"奇正华实"之间实现了一种艺术调控。……刘勰又从理论的角度提出一个创作中的"奇与正""华与实"的关系问题，在奇与正、华与实之间要保持张力，既不能过奇而失正，过华而失实；也不能为了正而失去奇、过实而失去华。总之，要在奇与正、华与实之间保持平衡，取得一个理想的折衷点，使作品产生一种微妙的艺术张力。[①]

"艺术调控"或称"艺术节制"思想在《文心雕龙》中确乎有之，也很值得研究，但笔者认为，这一思想并非在《辨骚》篇中提出，而是主要体现在《定势》篇的论述中。该篇有云："渊乎文者，并总群势，奇正虽反，必兼解以俱通；刚柔虽殊，必随时而适用。""旧练之才，则执正以驭奇；新学之锐，则逐奇而失正。"他主张"雅正"，

---

① 童庆炳：《〈文心雕龙〉"奇正华实"说》，《〈文心雕龙〉三十说》，第117页。

但不排斥"新奇",但强调"执正以御奇",反对"逐奇而失正"。对于《离骚》,他誉为"奇文",与雅颂之雅正作为对比,是"悬辔以驭"的对象,不能像对雅颂那样"凭轼以倚"。"凭轼以倚雅颂",即"执正";"悬辔以驭楚篇",即"御奇"。为什么可以这样确定呢?因为刘勰认为:"模经为式者,自入典雅之懿;效骚命篇者,必归艳逸之华。"(《定势》)也就是说,为了克服"楚艳汉侈,流弊不还"的文坛痼疾,"效骚命篇"必须以"模经为式"为前提。如此看来,所谓"酌奇而不失其贞,玩华而不坠其实",并非只是对《离骚》为代表的楚辞作品的"理论概括",也不能说是"准确地揭示了楚辞的特色,指出楚辞的特点是在'奇正华实'之间实现了一种艺术调控。"何况《辨骚》这两句原文中所使用的是"贞"(一作"真")字,并没有出现"正"字,因之借以立论的基础并不坚实。对此,笔者已有专文详加辨析①,兹不重复。

---

① 魏伯河:《〈文心雕龙·辨骚〉"奇贞(正)"辨——兼谈童庆炳先生的"'奇正华实'说"》,《语文学刊》2018 年第 6 期。

视野、识见与学风

——读刘凌《古代文化视野中的文心雕龙》

在改革开放后的龙学研究领域，刘凌先生（1940—）起步甚早，中国文心雕龙学会的成立，先生亦有首倡之功。其后三十多年间，孜孜矻矻，致力于此。但与许多同道连续推出大量龙学论著相比，刘凌先生总共只发表过20几篇龙学论文，2010年10月结集为《古代文化视野中的文心雕龙》，由吉林大学出版社于2010年出版。这样的"产量"，似乎与其在龙学领域里的知名度颇不相称。其实，了解刘凌先生的人都知道，他的学术研究，历来以质取胜，尤其关于龙学的每一篇文章，都是对《文心雕龙》"钻坚求通，钩深取极"的重要创获；这些文章先后在《文艺理论研究》、《文心雕龙学刊》、《文心雕龙研究》、《文学评论》丛刊、《古代文学理论研究》等重要学术期刊发表，在国内古代文论研究领域尤其"龙学"界曾产生过广泛的影响。

众所周知，自上世纪八十年代兴起的"龙学热"，催生了大量的有关论著。据山东大学戚良德教授统计，截至2013年底，"研究专著已超过400部，论文超过6000篇，总字数近1亿字"。①论著数量之多，固然可以作为学术繁荣的一个重要指标，但不容讳言，数量并非总能与质量成正比。据笔者浏览所见，在这许多的龙学论著中，确有创见和价值者固然不少，但重复劳动、陈陈相因者也颇不鲜见，甚至还有不少错解原文、误导读者的放言高论。相形之下，

---

① 戚良德：《文章千古事——儒学视野中的〈文心雕龙〉》，《文史哲》2014年第2期。

刘凌先生的精见卓识更觉弥足珍贵。正所谓：以少少许胜多多许，不亦宜乎！

笔者多年来关注刘凌先生的龙学研究，曾认真阅读过他发表的多数龙学论文。此次通览全书形成的总体印象，是刘凌先生的龙学研究所见者大、所论者精，而根源于其所持者正。下面简要谈谈阅读体会。

一、所见者大：广阔的文化视野

在《文心雕龙》研究领域，多年来困惑人们的有两种现象：一方面是不少人哀叹，研究对象的每一块砖瓦都已经被搬动过若干次，后来者似乎再也不能有所作为了；另一方面则是许多基本问题虽然探讨、争论了很久，相关的论著连篇累牍，却很难形成共识，意见不同的各家仍在那里自说自话，令后学无所适从。而探究起来，出现这类现象，主要在于研究者的视野狭窄，他们往往局限于研究对象本身和直接涉及的有限资料；不仅缺乏有关整个中国传统文化的博学通识，而且对与之相关的纵横联系也缺乏广泛而深入的探究。这种局限，正像梁启超（1873—1929）指出的清代乾嘉学派的通病："专用绵密功夫在一部书之中，不甚提起眼光超览一部书之外"[①]；可惜今人大多并无乾嘉学者的考据之功。再作进一步追溯，则应该与现代大学教育分科过细，不利于培养博通之士有关。而视野狭窄，则不仅会使人所见不广，而且会导致其所见非真。苏轼（1037—1101）诗云："不识庐山真面目，只缘身在此山中"，道理正在于此。当今古代文论以及古代文学研究领域所以难有重大的突破，这其实是一个很重要的原因。

中外学术史早已证明，研究者固然应该致力于研究对象本身，

---

① 梁启超：《中国近三百年学术史》，上海：上海三联书店，2006 年，第 229 页.

通过文本细读和文本还原，做到"入乎其内"，对古人作同情的理解，与古人实现近距离对话，尽力避免误读；但还必须能够"出乎其外"，把研究对象置于广阔的文化背景之下加以观照，大处着眼，多方比较，才能准确定位，提出新见。

通过本书不难发现，刘凌先生的龙学研究，从一开始就表现出广阔的文化视野。正如他本人所说："我自始至终力求在宏观文化视野中探究具体问题，将研究对象置于政治、文化、审美模式整体框架中审视。"① 诚哉斯言！

综观刘先生的龙学论文，大致围绕着以下几方面的论题：

一是关于刘勰生平、志趣和命运的研究。以发表于《泰安师专学报》1979 年第 2 期的《刘勰生平初探》为开端，2010 年写作的《应当怎样看待刘勰的门第》则为进一步申论。与之相关的则有 1997 年发表于《临沂师专学报》第 1 期的《刘勰悲剧及其文化意义》和 2013 年发表在《泰山学院学报》第 5 期的《"宗经"矫讹的〈文心雕龙〉——兼议"托古改制"思维模式》。

二是关于《文心雕龙》问世大背景的研究，以发表于《文艺理论研究》1982 年第 1 期的《〈文心雕龙〉问世的历史必然性》为发轫，包括 1998 年发表于《文心雕龙研究》第三辑的《古代哲学背景中的〈文心雕龙〉》、2009 年发表于《文心雕龙研究》第八辑的《手中雕龙，心驰军国——南朝世情与〈文心雕龙〉》。

三是关于龙学方法论的研究。以 1982 年 9 月发表于《古代文学理论研究》第六辑的《试论〈文心雕龙〉的研究方法》为肇始，包括 1984 年发表于《文心雕龙学刊》第二辑的《向着整体上升——研究〈文心雕龙〉方法的综合化趋势》和 2002 年发表于中国文心雕

---

① 刘凌：《披文入情探文心》，《古代文化视野中的文心雕龙》，长春：吉林大学出版社，2010 年，第 3 页。

龙学会所编镇江《文心雕龙》国际学术研讨会论文专辑中的《论刘勰及其〈文心雕龙〉》的《〈文心雕龙〉研究法三题》。前者探究的是刘勰的研究方法，后二者则是今人研究《文心雕龙》的方法。而 2010 年写作的《学术规范与"博徒"、"四异"释义纷争》，讨论对象虽然好像只是关于《辨骚》篇的一个具体争议，但关涉的却是学术规范问题，也与方法论有关。

四是关于《文心雕龙》理论体系的研究。以 1986 年发表于《文心雕龙学刊》第四辑上的《〈文心雕龙〉理论体系新探》为开端，以写于九十年代初的《〈文心雕龙〉理论体系研究的反思》为其深化。

五是关于批判继承古代文论资源进行有中国特色的当代文论建设的研究。以 1992 年发表于《文心雕龙学刊》第七辑的《古代文论的现代转化与〈文心雕龙〉的文化价值》为创始，而 2009 年发表于《〈文心雕龙〉与 21 世纪文论研究国际学术研讨会论文集》的《把握时代精神，确立审美立场——〈文心雕龙〉的当代启示》，则是对这一研究的进一步深化。

六是中西古典文论的比较研究。以 1990 年发表于比较文学论文集《走向世界文学的桥梁》的《两种思维模式下的文艺论——刘勰〈文心雕龙〉与亚里士多德〈诗学〉比较》为代表。这方面的专论虽只有 1 篇，但先生其他论文中征引西方美学之处甚多，可知作者对西方美学颇有研究，在研究中国古代文论时是随时以其为参照的。

七是对龙学论著的学术评论。包括《〈文心雕龙〉文艺美学体系的新开拓——读金民娜〈文心雕龙的美学〉》（1992），《细读明辨　开拓创新——读杨明先生文有感》和《王元化"规律"反思与〈文心雕龙创作伦〉"减法"式修订》（2010）等 3 篇。

通过对以上论题的胪列，可知刘凌先生的龙学研究，所关注的都是基本问题和重大课题，并且都是在古代文化的大视野中给予观照的。不仅如此，对这些基本问题和重大课题，他是以"咬定青山不放松"的精神，长期深入、持续掘进的，因而能不断有所开拓创新。

二、所论者精：丰富的理论创获

当代教育的普及、科学技术尤其互联网技术的迅猛发展，使得写作这门古老的、原本属于少数人的特殊技能也发生了巨大的变化，书籍的"生产"变得越来越简捷和容易。但任何事物都有两重性：一方面，由于出版业的市场化，有价值的学术书籍因难以盈利而面临出版困境；另一方面，是图书市场上充斥着大量粗制滥造的速成制品，在浪费着难以数计的社会资源的同时，却令读者眼花缭乱，叹息好书难求。

读刘凌先生的龙学论著，却给人以含英咀华、齿颊生香的感觉。作者惜墨如金，在有限的文字空间里包容了丰富的理论创获，收到了言简意赅、词约义丰的效果，使人阅读之中不时抚案击节，掩卷之后不能不叹为精品。

刘凌先生的理论创获主要包括：

首次系统考察了《文心雕龙》问世的历史必然性和可能性。他指出："《文心雕龙》的问世，既适应了齐梁尊儒的社会风气和反形式主义文学的需要，又是我国古代文学长期发展的迫切要求"；但这种历史必然性只是《文心雕龙》的"十月怀胎"，而其所以能"一朝分娩"则有赖于各项必要条件：包括"积累较为丰富完备的文艺资料，出现更为科学的研究方法，酿成较为浓厚的自由讨论和著书立说的学术空气，产生具有较高知识修养和有利写作条件的理论家"[①]。这就使《文心雕龙》这样一部在中国文论史上唯一堪称

---

① 刘凌：《〈文心雕龙〉问世的历史必然性》，《古代文化视野中的文心雕龙》，第12页。

体大思精的经典著作何以在齐梁间问世得到了较为合理的解释。

差不多与王元化先生（1920—2008）同时提出刘勰出身非士族说；系统论述了刘勰的"军国"情结及其历史、社会渊源；结合古代士大夫人生模式，探讨了刘勰的人生悲剧及其文化意义。关于刘勰出身士族抑或庶族的探讨虽然未可作为定论，但无疑将研究引向了深入；而拈出刘勰的"军国"情结，则肯定属于独得之见。尽管刘勰这一情结在其书中屡有表现，情见乎辞，但此前从未引起研究者的注意，更未有人专门论及。刘勰的追求是"纬军国""任栋梁"（《程器》），即成为一名政治家，他之写作《文心雕龙》，有明显的求名、干政意图，这是不容否认的；他后来虽进入仕途，却未能施展其政治抱负；而昭明太子萧统的英年早逝，更使他失去了大展宏图的希望；以致最后不得不落发为僧，郁郁而终，这样的人生，其悲剧色彩无疑是浓重的。至于他因作有《文心雕龙》而"名逾金石之坚"，则属于"失之东隅收之桑榆"，另当别论。

揭示出了《文心雕龙》由宇宙本体论向人格本体论过渡的时代意义。作者指出，我国先秦两汉哲学的核心是宇宙论，其中包含着本体论内容；至魏晋玄学，则在宇宙本体论的基础上，开始了向人格本体论的转化。这一转化，是经由两个中介——"无为"和"虚无"实现的。所谓"名教本于自然"，是强调名教必须顺应自然，这便具有了人格解放的意义。《原道》篇从宇宙本体论落笔，但落脚于文学本体；而全书对文人才能、个性或称"情性"的尊重，更反复证明在刘勰的观念中已经完成了向人格本体论的转变。正因如此，他才能实现对齐梁之前文论的全面超越。这在中国文论发展史上是有重大意义的。

借鉴系统论的方法原则，从思想体系、方法体系、结构体系及其整体功能角度，全面探讨了《文心雕龙》的理论体系，首先提出了"审美图景"的概念。"'审美图景'乃是借鉴自然科学史'自然图景'一语而构成，指特定历史时期的审美总体框架。社会经济、政治形态，一般总是通过审美图景影响文艺创作和文艺评论。审美图景以一种富有时代表征的确定的审美思维方式，制约着人们对文艺现象的认识。文学评论提出什么问题，怎样提出问题，以及如何解决问题，往往取决于它。"[①] 这一概念的提出，无疑是刘凌先生的一个创造。以此为前提，对《文心雕龙》理论体系的研究便有了高屋建瓴的独特优势。比起那些仅限于文学观点的研究，在深度、广度、高度上都有了大幅度的超越。

最早系统论证了《文心雕龙》自身的研究方法。汤用彤先生（1893—1964）有言：学术研究"新时代之托始，恒依赖新方法之发现"[②]。职是之故，刘凌先生对刘勰的研究方法格外重视。他认为："'唯务折衷'可视为《文心雕龙》研究方法的总纲"，在这一总纲支配下，刘勰采取了阅时取证、兼解俱通、贵乎体要等具体方法；而在由思想转化为语言的过程中，则借助于形式逻辑，在明确概念、归纳推理、交叉使用分析综合等方面表现出鲜明特色。正是由于刘勰运用了这些领先于时代的较为科学的方法，才使《文心雕龙》达到了"体大而虑周"的高度。这就从一个重要方面回答了人们普遍感到诧异的刘勰何以能在三十多岁时完成《文心雕龙》这一大制作的疑问。

较早从东西方文化模式角度，比较了《文心雕龙》与《诗学》的异同。最先将《文心雕龙》与亚里士多德（前384—前322）《诗学》联系起来的，是鲁迅先生；但他只是顺便提及，且侧重于求同。而刘凌先生的研究，则是将二者"置于东西古代文化两种不同思维模

---

① 刘凌：《〈文心雕龙〉理论体系新探》，《古代文化视野中的文心雕龙》，第62页。
② 汤用彤：《魏晋玄学论稿》，北京：人民出版社，1957年，第26页。

式背景之下，从理论着重点和研究方法两方面，比较它们的差异"①。
比较的结论是：《文心雕龙》属伦理实用型文论，偏重文学的政教
功能；《诗学》则属于形而上学文论，更多对可然性、必然性和普
遍性的关注。在研究方法上，《文心雕龙》以大量运用经验归纳见长，
表述方式基本上是描述；《诗学》则以分析之清晰、精密及其逻辑
系统性为特色，表述方式主要靠论证。而这些差异，又都以各自不
同的民族思维模式为其根源。

突出强调了审美立场的重要性。刘勰以宗经为旗帜，以雅丽的
周代文学为典范，反对当时的诡滥文风，但他并没有成为一个复古
主义者。他之所以能做到这一点，与其审美立场之确立关系极大。
刘凌先生指出："《文心雕龙》看似'依经立义'，实质上却是应
对时代问题。"②亦即刘勰的审美立场是顺应时代潮流、与时俱进的。
他将这一点视之为"《文心雕龙》的灵魂"。他认为："不立足'当前'，
面向'未来'，企图走'依经立义'老路，在古文论基础上建构中
国当代文论，是一条行不通的死路。鉴于中国社会转型的时代特点，
无论是当代文论建构，还是古文论研究，都呼唤艺术社会学方法。"③
并由此展开，对古代文论的现代转化和建设有中国特色的当代文论
发表了很有价值的观点。

从思维模式、人生观模式角度揭示出了《文心雕龙》的文化价值。
有代表性的中国传统士大夫，就思维模式说，习用的是一种经验直
观的有机整体思维："究天人之际"，表现的是空间整体意识；"通

---

① 刘凌：《两种思维模式下的文艺论——刘勰〈文心雕龙〉与亚里士多德〈诗学〉
比较》，《古代文化视野中的文心雕龙》，第 104 页。
② 刘凌：《把握时代精神，确立审美立场——〈文心雕龙〉的当代启示》，《古
代文化视野中的文心雕龙》，第 117 页。
③ 刘凌：《把握时代精神，确立审美立场——〈文心雕龙〉的当代启示》，《古
代文化视野中的文心雕龙》，第 125 页。

古今之变"，则表现出悠远的历史感。就人生观来讲，则表现为围绕政治、"兼济"与"独善"相辅的人生模式。这样的思维模式和人生模式，必然影响到文学家和文论家的审美倾向。因而在中国传统的审美倾向上，"言志"与"韵味"成为最有代表性的两种流派。这些虽然看似常识，但将其置入中国文论的演进史中则会发现，《文心雕龙》是最早体现士大夫两种人生模式和两种审美倾向的专著，从而彰显出了《文心雕龙》的文化价值和中国古代文论的民族特色。

首次概述近代以来《文心雕龙》研究的综合化趋势，强调《文心雕龙》研究应跳出传统的词语训诂研究的局限，树立宏观视野，提出了"大语境词语训诂""大背景矛盾分析""大应用古今对话"等全新的治学方法。所谓"大语境"，即把与文本词语有关的各种因素都容纳进去，以求得尽可能近似的文本还原。所谓"大背景"，则是广泛联系作者的身世、思想，当时文坛习尚乃至思想文化及一般社会风尚，文学、文化传统，经济、政治状貌等，而不仅仅局限于文学史的"小背景"。所谓"大应用"，即在古典研究中，凡有利于人类精神提升的一切古今对话，均属"应用"范围，而不是过于功利、仅仅追求立竿见影的实用效果。这样的研究方法，不仅具有科学性，而且有明确的现实针对性。许多人之所以钻之弥勤而惑之弥深，不就是因为缺乏这样的大胸襟、大视野，没有这样的方法利器吗？

对《文心雕龙》研究的发展趋势作了精准的预测。关于龙学的发展趋势，刘先生早在1984年就预测："《文心雕龙》研究的综合性趋势将进一步增强。今后的研究，很可能是建立在微观和宏观研究双向交织发展基础上的整体把握，是立足于现实需要的多学科、多侧面、跨时空的综合研究。"① 这已经为三十年多来的龙学研究实践所证明。针对当时研究者"多是孤立地研究单个范畴"的现象，刘先生指出："范畴是在互相联系中存在，通过范畴的矛盾转化，构成理论体系。《文心雕龙》是体大思精的理论巨著，必然自有其基本范畴、范畴群、范畴系列和范畴体系（理论体系）。对范畴和范畴关系的研究，可能是沟通微观研究和宏观研究的良好中介。"②这样的见解，则无疑对研究者有指点迷津之功。

对《文心雕龙》研究中长期争议不休的若干具体问题，刘凌先生也都提出了自己的独立见解。例如：对《原道》开篇的"文之为德也大矣"，刘先生释读为"'文作为道的表现意义重大'，《原道》通篇均是对此语的发挥。所以才说，《原道》通篇是文学本体论"。③这样的解读显然更符合刘勰的原意。针对不少人以《原道》所原之道为"自然之道"的误读，刘先生明确指出：此处之道"即为日常义，所谓'自然之道'，即指自然而然的道理，与'自然规律'风马牛不相及"。④在《古代文化视野中的文心雕龙·代序》中，刘先生进一步指出："因《文心雕龙》曾数言'自然'，就努力从书中寻找'自然'的学说体系，就是诸如此类的'学说神话'。"⑤关于《原道》之"道"究竟是什么性质，针对纷纭众说，刘先生指出："将本体根基分为唯物、唯心和二元，乃是西方分析思维的产物。

---

① 刘凌：《向着整体上升——研究〈文心雕龙〉方法的综合化趋势》，《古代文化视野中的文心雕龙》，第 156 页。

② 刘凌：《向着整体上升——研究〈文心雕龙〉方法的综合化趋势》，《古代文化视野中的文心雕龙》，第 156 页。

③ 刘凌：《古代哲学背景中的〈文心雕龙〉》，《古代文化视野中的文心雕龙》，第 55 页。

④ 刘凌：《〈文心雕龙〉理论体系研究的反思》，《古代文化视野中的文心雕龙》，第 182 页。

⑤ 刘凌：《披文入情探文心（代序）》，《古代文化视野中的文心雕龙》，第 5 页。

而古代中国的笼统直观整体思维，不可能作此类区分。所以，古代带有本体色彩的'道'，就只能是一种浑融的根本法则。如硬要以西方本体论形容，就只能说，它是既'唯物'也'唯心'的混合物。"①针对不少论者高估刘勰对楚辞的评价，甚至把"四异"与"博徒"等明显的贬词也强解为褒义的现象，刘先生主要通过原文语境（包括全篇语境和时代语境）的透辟分析，指出"刘勰对屈赋的肯定极有分寸。肯定了'典诰之体''规讽之旨''比兴之义''忠恕之词''气''辞''采'，并未全面肯定它，更未将之与《雅》《颂》并列"②。庶几可为这一争议之最后定论。诸如此类"披文入情"之论，既还原了文本，更深得刘勰之用心。刘勰曾感叹："音实难知，知实难逢；逢其知音，千载其一乎！"（《知音》）今千载之下，有刘凌先生为其知音，刘勰地下有知，亦当为之一快也。

一般来讲，一位学者如果能提出一种理论创见，从而把相关的学科研究从某个方面向前推进一步，就是很可贵的贡献了。像刘先生这样在有限论著中能有如此之多的理论创获，在众多的龙学论著中实不多见。

三、所持者正：可敬的学者风范

在《古代文化视野中的文心雕龙》前面的"致谢"中，刘先生对所有自己曾奉函求教的师长、所有曾赠书赐教的文友、对提供平台的中国《文心雕龙》学会以及长期支持其学术研究的夫人都一一表达了谢意，而尤为突出的是，他重点深情回顾了与王元化、周振甫（1911—2000）、牟世金（1928—1989）三位已故龙学专家的交谊。

---

① 刘凌：《〈文心雕龙〉理论体系研究的反思》，《古代文化视野中的文心雕龙》，第 183 页。

② 刘凌：《学术规范与"博徒""四异"纷争》，《古代文化视野中的文心雕龙》，第 101 页。

其感情之醇切，与其彬彬儒雅的学者风度若合符契。在该书代序《披文入情探文心》中，作者自谓："我深知自身局限：讲古学功底，远逊前辈学者；论西学视野，难追青年才俊。所稍可自慰者，不过尚愿进取罢了。因此，所有拙论都只是一个老学员以管窥天的粗浅解读，决不敢自固、自必。"①其态度之诚恳，亦令人眼前浮现出其谦谦君子形象。

但刘先生在学术交流中，却历来笔锋雄健，酣畅淋漓，且并不为尊者讳。在该书代序里，刘先生说："经典接受史，必然是一个不断阐释再阐释的无限过程，其间必有各种不尽相同乃至截然对立的解读，如此才有人类认识的发展。因此，相互倾听、吸取，就至为必要。笔者对所有论著均敞开胸怀，以理衡文，尊重但不迷信权威；对中青年学者佳论多有借引，于前辈权威观点不乏异议。"②学术乃天下公器，其真谛在于求真求是，陟罚臧否，本来就不应因人而异。但这样的道理，知之非难，而行之非易。我们看到，刘先生的论文就涉及的各个论题，不时有驳正前人之处，包括他素所敬仰的王元化、周振甫、牟世金三位的若干观点。例如，在《王元化"规律"反思与〈文心雕龙创作论〉"减法"式修订》一文里，就既肯定了王先生"指出了人类规律认识的有限性，破除了能轻易把握规律的理性僭妄"，"坚持从事实出发、从历史出发，反对从观念、逻辑出发"的反思成果；又明确表示对其"减法式修订"不尽以为然。他指出："由于受到不当'规律'反思的株连，《文心雕龙讲疏》和《读文心雕龙》确实删除了许多不应删除的东西。由于王先生毕竟难以完全否认文艺创作规律，书中又仍然保留了若干关于'规律'的论述，这就使他处于进退失据、左右维谷的境地，也使读者

① 刘凌：《披文入情探文心（代序）》，《古代文化视野中的文心雕龙》，第5页。
② 刘凌：《披文入情探文心（代序）》，《古代文化视野中的文心雕龙》，第5页。

无所适从。"① 这样的批评，尖锐而又削切。至于驳正其他成说之处，也无不一针见血，直击要害。当然，都是对事不对人、说理不伤情的。孔子主张："当仁不让于师"；西哲亚里士多德亦有名言："吾爱吾师，吾尤爱真理"。以学术为天下公器，在学术交流中摒弃乡愿恶习，"无私于轻重，不偏于憎爱"（《知音》），旗帜鲜明地是其所是、非其所非，这种久违了的学者风范，怎能不令人肃然起敬！

不仅如此，刘先生的学者风范还表现在长期以来不跟风、不随俗、恪守学术本位、坚持独立思辨上。我们知道，处于社会大转型背景下的当代中国文论领域，曾流行过多种学说和思潮。这些学说和思潮，当然都在刘先生关注之中，但他从来没有随风起舞，而是保持距离、冷静观察、独立思考、深入研究，得出自己的论断。如对上世纪九十年代以来思想文化领域甚为流行的"失语说"，刘先生仔细观察、研究后即发现："'失语'说的提出，似乎不是如《文心雕龙》那样，对时代审美矛盾作出回应，也不是学科自身矛盾发展的自然结果。"② 他认为："'失语'说的最大失误，就是脱离具体时代条件和现实针对性，无限夸大了'话语方式'的作用。"③ 指出"失语"论者在这一根本局限之下，在基本认识上还存在着诸多理论盲点：首先，他们认为的那样一个整全、单一的中国传统运思、言说方式并不存在；因为任何传统运思、言说方式，都不可能一成不变。其次，作为民族生存方式的传统，是无法全部割断和"丢失"的等等。他认为，话语形态和学术影响力并无必然联系。在这

---

① 刘凌：《王元化"规律"反思与〈文心雕龙创作论〉"减法"式修订》，《古代文化视野中的文心雕龙》，第 211 页。

② 刘凌：《把握时代精神，确立审美立场——〈文心雕龙〉的当代启示》，《古代文化视野中的文心雕龙》，第 120 页。

③ 刘凌：《把握时代精神，确立审美立场——〈文心雕龙〉的当代启示》，《古代文化视野中的文心雕龙》，第 121 页。

一论断的基础上，进而提出了"走出话语崇拜、从语言降到生活，把握时代精神、确立审美立场"的主张。他认为："在社会'失序'条件下，确立审美立场也并非决无可能，关键看学者的历史、现实洞察力和理论勇气。"①他还特别提醒："当今中国学院派，应当警惕在两个极端间摇摆：或是甘作政治家附庸，重复政治套话；或是以学术独立和专业化为口实，逃避政治，去公共化。"②刘勰云："论如析薪，贵能破理。"（《论说》）像刘先生这样的研究，从驳正开始，层层深入，最后落脚于建设，无疑是重要的理论贡献。

以上三个方面，关乎一位学者的学术操守、学术眼界、学术创新，本文分别加以讨论，只是为了行文之便，其实三者是密切相关、不可截然划分的。因为丧失了学术操守，其余便无足观；眼界不高，视野狭窄，也难有重大发现；而学术创新，则是学者的学术生命所系。我们看到，在刘先生这里，三者是如此圆融一体，所以难能可贵。

四、余论

刘凌先生是山东临沂人，长期执教于泰山学院中文系，从事中国古代文论的教学与研究。改革开放后的龙学研究，曾多年以山东为主要基地，刘先生则为其中健将之一。笔者自上世纪八十年代初关注龙学研究，曾多次拜读刘先生的大作，常感先生之文能道出我心中所有、笔下所无，也常听他的学生盛赞其为人，久已心向往之，而惜无缘拜会。一年多前始有机会向刘先生当面请教，并承蒙惠赐《古代文化视野中的文心雕龙》一书。该书封面由刘先生本人亲自设计，古朴淡雅，与书的内容相得益彰。反复拜读之后，自觉受益

---

① 刘凌：《把握时代精神，确立审美立场——〈文心雕龙〉的当代启示》，《古代文化视野中的文心雕龙》，第128页。

② 刘凌：《把握时代精神，确立审美立场——〈文心雕龙〉的当代启示》，《古代文化视野中的文心雕龙》，第128页。

良多。深感刘先生所以能在龙学研究中多有重要创获，除了源于其兼通古今中外的学养之外，还和他较早确立了正确的审美立场、形成了明晰的审美图景大有关系。笔者由此想到，任何文论、文学、文化的研究者，都应该首先在这些方面作出努力，奠定根基。而刘先生胸怀天下而谦恭自处、关注社会而淡泊名利的学者风范，更堪为后学晚辈的楷模。如今，他虽已从工作岗位上退休多年，年近八旬，仍与海内外龙学界众多学者保持联系，并读写不辍，时有新作。笔者衷心祝愿他老当益壮，再续新篇。

（原载《人文天下》2018 年第 2 期）

致力于中国文论的话语还原

——读戚良德《〈文心雕龙〉与中国文论》

戚良德先生（1962—）是当今《文心雕龙》研究领域一颗闪亮的学术之星。他是山东大学儒学高等研究院教授、博士生导师、中国《文心雕龙》学会副会长，大型学术集刊《中国文论》主编，多年来取得了丰硕的学术成果，早已引起学界瞩目。

戚先生对龙学研究的贡献，大体可归为三类：一是对《文心雕龙》文本的校勘、注释和翻译，先后推出三部专著：国学新读本《文心雕龙》（河南大学出版社，2008 年）、《文心雕龙校注通译》（上海古籍出版社，2008）、国学典藏本《文心雕龙》（上海古籍出版社，2015）。二是对《文心雕龙》文论话语的探索，也先后推出三部专著：《文论巨典——〈文心雕龙〉与中国文化》（河南大学出版社，2005）、《〈文心雕龙〉与当代文艺学》（中央编译出版社，2012）、《〈文心雕龙〉与中国文论》（中国书籍出版社，2017）。三是对近百年"龙学"史的总结和梳理，出版有专著《文心雕龙学分类索引》（上海古籍出版社，2005），目前正承担着国家社科基金重大项目"《文心雕龙》汇释及百年'龙学'学案"等多项课题。可谓硕果累累。

这部由中国书籍出版社"学术之星文库"推出的《〈文心雕龙〉与中国文论》，是戚先生《〈文心雕龙〉与当代文艺学》一书的修订本。原书出版后即颇受好评，这次经过修订、补充，更趋完善，应该代表了戚先生《文心雕龙》研究所达到的最新水平。全书包括引言和四章十六个专题。引言和第一章从总体上对《文心雕龙》与中国文论话语进行考察，既着眼《文心雕龙》为不断发展的当代文艺学提供了什么、能提供什么的问题，更强调《文心雕龙》与中国文论研究的话语回归和还原问题。第二章以《文心雕龙》上篇（即"文之枢纽"与"论义叙笔"两部分）为中心，对《文心雕龙》论文的思想基础和文体观念进行分析。第三章着眼《文心雕龙》的文论话语中心和理论体系，对《文心雕龙》下篇的主体（即"剖情析采"部分）的几个主要理论进行解读。第四章则选取了刘咸炘（1896—1932）、牟世金（1928—1989）、罗宗强（1932—2020）及张长青等几位龙学名家进行个案分析，旨在从不同角度总结和借鉴《文心雕龙》和中国文论研究的经验。全书虽不算厚重，以致戚先生自己谦称为"小书"（见本书《新版后记》），但龙学研究的主要方面均已涵盖在内了，可见其是以精粹——提纲挈领、要言不烦见长的。

笔者通读此书，印象最深的是他对中国古代文论的话语还原和对《文心雕龙》当代价值的研究。

一、对"文学"及相关概念的还原

自上世纪 90 年代中期开始，学界关于中国文论"失语症"问题展开了热烈的讨论和深入的研究。"失语"本是一个医学名词，是脑血管病的一种常见症状，表现为对语言理解和表达能力的丧失。文学理论界借用这个术语，是在隐喻的意义上表达对当代中国文论话语状况的一种忧思。人们发现，中国几千年发展起来的文论话语与中国当代的文学创作和批评实践发生了严重断裂，古代文论话语仅仅作为一种知识形态，其研究和争论仅仅是圈子内的热闹，对圈子以外却没有多少影响力。不必说当今的作家对古代文论相当隔膜，没有谁将其视为"文苑秘宝"；就是在现代文学理论著作中，古代文论也仅仅是作为"为我所用"的一些点缀和和注脚。而充斥于各种文学理论著作中的，则是西方不同派别的新旧学说。在国际交流中，因话语系统不同也严重影响到彼此的对等交流，以致西方文论话语风靡中国与中国文论话语在国外鲜有问津形成了强烈反差。我们总说中国几千年创造了光辉灿烂的文化，希望借此增强民族自信，但在文学理论领域，古代文论因与当下文学创作与批评实践的断裂而导致的"失语"，却成为一个典型的反例，面临着诸多尴尬。这显然是不合逻辑的。尽管在对"失语"概念的解读和"失语"现象严重性的认识上迄今为止学界还存在争议，但这种现象的存在是无须置疑的。

这是怎么回事呢？有着历史责任感和现实使命感的学者们对此进行了深刻的反思。戚良德先生就是这样的反思者之一。这样的反思，不仅体现于他撰写的《〈文心雕龙〉与中国文论的话语体系》《〈文心雕龙〉之"文"与中国文论话语》《〈文心雕龙〉为当代文艺学提供了什么》等一系列重要论文之中，也贯串于本书全书乃至他的整个文心雕龙研究过程。

在戚先生的论著中，随处可见他对"失语症"的忧虑。当然，他所说的"失语"，与学界部分论者的解说不尽相同，主要不是指中国文论在对外交流中无法与西方学者对等交流，而是指中国的现代文学理论"失去了我们传统的文论话语"①。换言之，他对"失语"概念的把握是侧重于"对内"而非"对外"，是侧重于"务实"而非"务虚"，是一直着眼于当代文艺学，尤其关注古代文论为当代文艺学能提供什么和如何提供的问题。这样的学术研讨与争论，决非意气之争，更非概念游戏。针对学界关于《文心雕龙》的诸多各执一词的争议，他明确提出：解决此类两难之困，"可能需要暂时走出现

---

① 戚良德：《〈文心雕龙〉与中国文论》，北京：中国书籍出版社，2017年，第5页。

代文艺学的语境，着力于《文心雕龙》乃至中国古代话语的还原"。[1]
为此，他不遗余力地进行对古代文论话语的还原工作。

关于"文学"及与其相关的"文""文章"等概念的古今差异，
是一个至关重要但大多数人习焉不察的问题。钱锺书先生早就指出：
中国传统文化中"'文学'所指甚广，乃今语之'文教'"。[2]戚
良德先生也认为："自古以来，我们的'文学'指的主要就是关于'文'
的学问。"[3]并且对此进行了更深入的辨析。他在本书引言中这样
写道：

> 《文心雕龙》与中国古代文论的价值实际上远远超越今天的
> "文学理论"，从而直通 21 世纪的文化建设，乃至政治、经济
> 和社会生活。其所以然之理，乃在于这里的"文论"不等于今天
> 所谓"文学理论"，因为这个"文"，不等于今天所谓"文学"。
> 中国古代的"文"或"文章"，并非与现代所谓"文学"相对的
> "文章"，而是形诸书面的所有"文字"，中国古代的"文学"，
> 则是指"文"之"学"，即对"文"或"文章"的研究，也就是
> 章太炎先生所说："文学者，以有文字著于竹帛，故谓之文；论
> 其法式，谓之文学。"自古以来，我们的"文学"一词的主要含
> 义指的就是关于"文"的学问。在《文心雕龙》和中国古代文论
> 中，"文学"一词与现代文艺学的"文学"完全不同，而"文章"
> 才大约相当于我们今天所谓"文学作品"。[4]

---

① 戚良德：《〈文心雕龙〉与中国文论》，第 16 页。
② 钱锺书：《管锥编》第三册，北京：生活·读书·新知三联书店，2007 年，第
1870 页。
③ 戚良德：《〈文心雕龙〉与中国文论》，第 20 页。
④ 戚良德：《〈文心雕龙〉与中国文论》，第 1 页。

原来，我们日常使用的最基本的"文学"概念的古今涵义竟有如此大的差距！这类问题不解决，古今文论要实现顺利对接，古代文论要在现代的"文场笔苑"中找到自己的用武之地，真是谈何容易！试想，如果让一位从未接触过古代文论的人去直接阅读古代文论原典，怎么能不如堕五里雾中？而如果请一位研究古代文论的专家去给只熟悉现代西方文论的人讲中国传统的"文学"，岂不也会如同鸡对鸭讲？

那么，这种现象是如何造成的呢？戚先生追根溯源，发现问题出在二十世纪初期，当时西方文论著作和文学作品被大量译介到国内来，在带来新思想、新观念、新方法的同时，也有一些似是而非的误译混杂其中，其中最典型的是"英文的'literature'一词被翻译为'文学'，用以指语言的艺术；'五四'运动以后，这一翻译被广泛接受并流行至今。对此，现代文艺学早已习焉不察了。但从中国古代文论的角度而言，这实在是一个历史的误会；因为这一误会，使得现代汉语中的'文学'一词面临诸多尴尬的境地。比如，研究历史的人是历史学家，研究物理的人是物理学家，研究文学、尤其是研究古代文学的人，却无'家'可归，因为文学家一般是指那些从事文学创作的人，如莫言先生。……还如，著名的《文史哲》杂志，这个'史'当然是'史学'，这个'哲'当然是'哲学'，可是这个'文'是文学吗？《文史哲》杂志显然不刊登所谓'文学作品'，这个'文'是指对文学的研究；……同样一个'学'字，在同样的使用环境中，却面临如此的尴尬"。[①]这是何等生动的揭示！当然，最初的误译虽属根源，但并非唯一的原因。更重要的，则是近百年来占据我们文论领域的一直是来自欧美（包括前苏联）的西方文论，而关于中国传统文论的研究虽不绝如缕，一些古代文论著

---

① 戚良德：《〈文心雕龙〉与中国文论》，第2页。

作虽被尊为"古典"，但却退居于少数学者的书斋，一般人则敬而远之，某些时期甚至仅被作为批判的对象，令人避之唯恐不及，根本无力与所谓"现代文论"抗衡，以致习非成是，似乎"约定俗成"了。

明白了刘勰所说的"文"之涵义是如此广阔和丰富，才能够理解他在《原道》篇之所以要赞叹"文之为德也大矣"，在《征圣》篇之所以要论述"政化贵文""事迹贵文""修身贵文"，在《序志》篇之所以要强调"唯文章之用，实经典枝条，五礼资之以成，六典因之致用，君臣所以炳焕，军国所以昭明"，在《程器》篇之所以会发愿"摛文必在纬军国，负重必在任栋梁"；也就不难理解他的"论文叙笔"何以要囊括当时社会通用的各种文体，在"剖情析采"时何以要涉及在今天看来本不属文学理论的内容。今天的所谓"文学"，与刘勰所论之"文"本来就是无法对应的。用今天文学理论的标准去要求刘勰和《文心雕龙》，除了少数篇章还可发生联系之外，大部分就显得不伦不类了。

对于这样一种"历史的误会"，季羡林先生（1911—2009）曾主张："我们中国文论家必须改弦更张，先彻底摆脱西方文论的枷锁，回归自我，仔细检查、阐释我们几千年来使用的传统的术语，在这个基础上建构我们自己的话语体系，然后回头来面对西方文论，不管是古代的，还是现代的，加以分析，取其精华，为我所用。"①他的意见当然是完全正确而且很有必要的。否则，中国文论的"失语症"或将永无"痊愈"之时。但兹事体大，非知之难而在行之难。仅仅中国文论的话语还原，就是一个长期艰巨的任务，需要像戚先生这样具有高度文化自觉的学者"筚路蓝缕，以启山林"。戚先生认为："超越从西方引进的所谓'文学'概念，回归中国文论的语

① 季羡林：《门外中外文论絮语》，《季羡林人生漫笔》，北京：同心出版社，2000年，第422页。

境，还原中国文论的话语体系，从而原原本本地阐释中国文章、文学以至文化，发掘其独特的价值和意义，乃是《文心雕龙》与中国文论研究的当务之急；在此基础上，放眼全球文论和文学，找到中国文论自己的位置，则是《文心雕龙》与中国文论研究的归宿。"①这样的学术宣言，体现出值得敬佩的文化担当精神。

二、拓展出中国文论研究的"儒学视野"

戚先生对中国文论的话语还原工作，当然没有停留在仅对一些古今差异概念的解读上，他这方面所做的最重要工作，在笔者看来，是申请并承担了山东大学儒学高等研究院重点项目"儒学视野中的《文心雕龙》及其当代意义"，主编了论文集《儒学视野中的〈文心雕龙〉》②，把《文心雕龙》置于传统儒学的视野之内重新加以观照。戚先生说："对《文心雕龙》研究而言，强调'儒学视野'正是从刘勰的思想理论实际出发的，因而具有更为切实的意义。……以刘勰著《文心雕龙》的态度和方法来研究《文心雕龙》乃至中国古代文论，确乎有可能回归中国文论的文化语境，从而体验原汁原味的中国文论话语，从而真正延续中华文化一以贯之的血脉和承传，并进而为复兴中华文化做出切实的贡献。"③许多过去纠缠不清的问题，也因此可以得到合理的解答。

应该说，"儒学视野中的《文心雕龙》"并不是一个全新的课题，因为历来以"儒家文论"看待《文心雕龙》者颇不乏其人。而从近百年来的龙学研究实际来看，则又不然。在人们普遍接受了西方文论并将其视为"现代文论"，而将中国传统文论视为"古典文论"之后，人们无不"舍其旧而新是谋"（《左传·僖公二十八年》）。

---

① 戚良德：《〈文心雕龙〉与中国文论》，第4页。
② 戚良德主编：《儒学视野中的〈文心雕龙〉》，上海古籍出版社，2014年。
③ 戚良德：《〈文心雕龙〉与中国文论》，第48页。

偶尔涉及《文心雕龙》或中国传统文论，则大多如"童蒙者拾其香草"（《文心雕龙·辨骚》）一样，摘引其部分词句作为点缀或注脚，而少有能从全局、主体予以把握者，以致许多问题愈来愈纠缠不清，离刘勰的"为文之用心"愈来愈远。这就使得重新从儒家视野观照和研究《文心雕龙》具有了崭新而重大的意义。我们现代人接受了多元的思想资料，很难有哪个人可以自认或被别人确认为儒家中人，包括那些以研究儒学为方向的学者；但跳出狭隘的文艺学视角，同时从儒家视角来看待《文心雕龙》，自然会有不同的理解和发现，并且更为接近《文心雕龙》的实际。反之，脱离了儒学视野，要对《文心雕龙》实现话语还原，则几乎是不可能的。

从儒学的视角看待《文心雕龙》，戚先生发现："刘勰的初衷是要对孔门四教之一端——'文教'进行研究。所以，《文心雕龙》不仅是一部文学理论，更是一部儒家人文修养和文章写作的教科书，必须明确，这里的文章写作既包括今天的'文学创作'，更包括政治、经济、文化以及日常生活中所有的文字工作。可以说，凡是需要动笔的事情，都是《文心雕龙》所要研究的范围；而且，在刘勰的观念中，写一张假条和写一首诗同样重要。而'动笔的事情'最终所体现出的，正是一个人全部的文化修养和教育，所以刘勰所要研究的不仅仅是文学创作，而是一个人全部的文化教养，也就是孔门四教之'义教'。"① "刘勰所论述的'义'，其关乎社稷军国，关乎礼乐典章，关乎人文化成，当然是要达于政事的，那甚至根本就是为政的一个方面而已。"②

对戚先生的这些观点，笔者完全赞同。笔者这些年的《文心雕龙》研究，其实就是在儒学视野中进行的。笔者认为，刘勰的《文心雕龙》

---

① 戚良德：《〈文心雕龙〉与中国文论》，第 49—50 页。

② 戚良德：《〈文心雕龙〉与中国文论》，第 50 页。

其实是一部子书，也是刘勰用于仕途干进的工具。刘勰苦心孤诣写作《文心雕龙》，虽然明言以"论文"为己任、为主旨，但却未必是以做成一部"文论"为最终目的。笔者认为："就本书的作意即写作动机而言，用我们今天的话来说，他并非要写作一部《文章作法》之类的实用读本（与其抱负不符），也不是要写一部《文学概论》之类的学科专著（因为那时还没有此类观念），而是要写一部通过'论文'来'述道见志'进而'树德建言'的书。他之所谓'文'，不是我们今天所说的'文学'，而是以'圣贤书辞'为代表的所有'文章'，其范围接近于整个的学术文化。他写作这部书，不是来自任何机构或个人的委托或要求，纯属'自选课题'，当然是'有所为而发'的。而其'所为'，他说得很明确，就是要'树德建言'。""他显然是认为，只有子书才能容纳作者丰富的思想，会通学术之道，显示作者的'英才特达'，也因而与自己的初衷吻合。尽管过去那些子书的作者有不少'身与时舛'，当时并未受到重用或尊崇，但因为'志共道申'，通过其著作实现了'标心于万古之上，而送怀于千载之下'，所以仍然能'名逾金石之坚'。基于这样的认识，他决定把自己'论文'的著作写成一部足以'立家'的子书，并且按照子书的要求精心设计了《文心雕龙》全书的格局。"① 基于这样的认识，笔者进一步认为，《文心雕龙·程器》篇"全文的主旨，从表面看，是主张 '士'应该按 '贵器用'的标准打造自己，不能做'有文无质''务华弃实'的纯文人。从隐含的真实意图说，则是期待有程器之权者能读到本文，发现和起用自己。这样的意图未必多么高尚，但对古人来说，

---

① 魏伯河：《论〈文心雕龙〉为刘勰"树德建言"的子书》，《福建江夏学院学报》2018 年第 2 期。

却无可非议"①。质言之，刘勰是把《文心雕龙》作为"树德建言"和向当政者干进的工具，希望借此得到机会实现其"纬军国""任栋梁"的宏大抱负。而后来刘勰"负其书候（沈）约出，干之于车前，状若货鬻者"②，则是其干进的具体实施。

戚先生谈到："正如许多研究者所指出，刘勰所保持的这个儒学是六朝时期的儒学，带有儒道玄佛融合的色彩。但尽管如此，笔者觉得其基本色调却是未改儒家思想和精神的。"③笔者对此亦深有同感。因为就个人无法脱离时代而言，说"刘勰所保持的这个儒学是六朝时期的儒学"或可成立，但如果认为这种融合是各家思想的杂烩，则似是而非。因为在《文心雕龙》涉及的各种思想中，儒家无疑是其主体和底色，其余各家只能说是不小心或不自觉地沾染了某些"色彩"而已。只要认真读过《文心雕龙》的《序志》和"文之枢纽"各篇，就无法否认刘勰尊孔崇儒的思想是何等强烈！而且他之崇儒，是落实于征圣、宗经的；换言之，他崇奉的是原始的儒学即孔学。众所周知，儒学与孔学并非同等概念，二者相较，儒学驳杂而孔学纯粹。儒学经历了孔子身后的"儒分为八"，经历了战国时期的争鸣与交融，经历了汉代经师的不同传授，更经历了统治者的一再改造，到了南朝，真正的儒学宗师已难得一见。此时的儒学，的确与原始的儒学即孔学相去愈来愈远。但这并不等于说原始的儒学即孔学已无缘接触，尤法宗仰，因为"夫子文章，可得而闻"（《征圣》），儒家的元典——五经尚在。刘勰一再明言，他所真正崇拜的，是孔子。在他的笔下，没有"孔颜并称"，没有"孔孟并称"，只

---

① 魏伯河：《〈文心雕龙·程器〉之干进意图揭秘——兼与张国庆先生商兑》，《中国文化论衡》2018 年第 1 期。

② ［唐］姚思廉：《梁书·刘勰传》，北京：中华书局，1973 年，第 712 页。

③ 戚良德：《〈文心雕龙〉与中国文论》，第 50 页。

有"周孔并称",而在"周孔"之中,最后还是落实于孔子。不仅佛家、道家的学说不容掺杂其中,孔门后学大家如孟子(前372—前289)、荀子(约前313—前238)、董仲舒(前179—前104)等也等而下之,只能置身于《诸子》之列。就《序志》篇所说"齿在逾立,则尝夜梦执丹漆之礼器,随仲尼而南行"来看,说刘勰写作《文心雕龙》时内心有欲直接上承孔子之志,亦不可谓无据。因而,他的《原道》所"原"之"道",是出自《易经》的"天道"①;他的《征圣》所"征"之"圣",是儒家的圣人周孔②;他的《宗经》所宗之"经",是孔子"删述"的五经。五经作为他标举的文章典范,作为"群言之祖",也是他用于《正纬》《辨骚》和全书论文的标准,尽管在某些具体问题的论述上,他已根据时代的发展部分地超出了原始儒学的疆界,但其基本的思想、精神却在恪守儒家的传统。正因如此,他的全书处处表达着经世致用的强烈诉求。这样的思想和做派,只能是出自儒家的传统,与道家之清静无为、佛家之四大皆空无干,也与当时的玄学风气格格不入。因为魏晋以来的玄学人物,大抵非富即贵,此辈人物之所以沉溺玄风,意在远离现实,避祸免灾,而不在有所作为。而我们知道,刘勰家境早已败落,甚至基本生活也成了问题,不得不寄身僧寺抄经,他欲求进身政界而不得,哪里会对逃避人生的玄学感兴趣?况且他在《时序》篇中对"自中朝贵玄,江左称盛,因谈余气,流成文体。是以世极迍邅,而辞意夷泰,诗必柱下之旨归,赋乃漆园之义疏"明确表示了强烈的厌恶,何至把玄学作为自己"论文"的指导思想呢!

---

① 刘勰《文心雕龙·征圣》:"天道难闻,犹或钻仰;文章可见,胡宁勿思?"此语上承《原道》,下启《宗经》,可知在刘勰心目中,《原道》之"道"乃出自《易经》的"天道"。戚良德辑校:《文心雕龙》,上海:上海古籍出版社,2015年,第10页。

② 刘勰《文心雕龙·征圣》:"征之周孔,则文有师矣。"戚良德辑校:《文心雕龙》,第9页。

三、重新认识《文心雕龙》的当代价值

笔者一向认为，今人对《文心雕龙》深入进行研究的意义，不应仅在于证明我国早在中古时代就有这样的巨著，以此炫耀并傲视西方和世界，实现阿Q式的精神满足，而在于为建立具有中华民族特色的当代文艺学寻求宝贵的资源，并在此基础上"通古今之变"，服务于当代乃至未来的包括但不限于文学批评在内的文化建设。如果研究目的仅仅局限于证明《文心雕龙》是如何博大精深、如何独一无二，其意义便甚为有限；而只有不限于文艺学的视阈，而着眼于整个文化建设，关注其现实应用和未来发展，这样的研究才有充分的意义。

戚良德先生显然也是这样认识的。他指出："所谓'龙学'，目前还基本处于自给自足的封闭或半封闭状态，即使在文艺学的视野中，其于当代文艺学的价值和意义，也还没有得到很好地阐释，更谈不上应用了。……儒学视野中的《文心雕龙》研究就是要对这部中国古代文论的'元典'进行重新认识，既可能着眼局部而提出某些新观点，更要对这部书进行全新认识和评价。在此基础上，对这部书的理论和实践意义进行重新思考，从而重新评估《文心雕龙》的历史文化及其当代价值。"① 他认为："《文心雕龙》与中国古代文论的价值实际上远远超越今天的'文学理论'，从而直通21世纪的文化建设，乃至政治、经济和社会生活。"② 当今进行的中国文论的话语"还原"和"重构"，当然也应该以此为目的。

基于这样的认识，戚先生对中国文论和《文心雕龙》做出了全新评价。他说："中国的'文论'不仅是'文艺学'或者'文学概论'，而（且）是关乎所有政治、经济以及社会领域的人生通识，

---

① 戚良德：《〈文心雕龙〉与中国文论》，第55页。
② 戚良德：《〈文心雕龙〉与中国文论》，第1页。

是通向人生自由境界的文化能力。因此，刘勰的《文心雕龙》，既是一部中国文章写作之实用宝典，又是一部中国人文精神培育的教科书；既是中国文艺学和美学之枢纽，也是中国文章宝库开启之锁钥。"①"《文心雕龙》为我们提供了一个极为精密而又颇具开放性的理论体系。"②这一体系的最精要之点是：以情为本、文辞尽情的"情本"论话语体系；神用象通、心物交融的创作理论话语中心；风清骨峻、即体成势的文章审美理想。③而这些，都是可以直接服务于当代文艺学建设、不难与当下的创作与批评对接的。而用这样的眼光再来审视《文心雕龙》之内在机理和外部结构，许多方面也会看得更为清楚。戚先生通过认真分析后指出："刘勰所谓'文章'，有两大内涵：一是心学，二是美学。前者体现了《文心雕龙》以情为本的理论中心，后者体现了《文心雕龙》辞采芬芳的文章美学观念。二者相辅相成，构成了刘勰基本的文学观念。"④"《文心雕龙》之所以用二十篇的篇幅'论文叙笔'，就是为了找到正确的为文之术。""'文体论'不是作为理论观点的点缀，甚至也不仅仅是基础或者佐证，而是成为切实指导文章写作的文艺手册。"⑤"所谓'文之枢纽'既是《文心雕龙》理论体系的关键，更是文学创作以及作品成功的根本。"⑥至于"剖情析采"部分，则是"从《神思》至《总术》，从作者感情之产生到一篇文章之完成，刘勰沉入具体的创作实践，全程描绘了文章产生的过程，从而也完成了创作理论体系的建构。这一'以情为本，辞采尽情'的'情本'论的创作论体系，

---

① 戚良德：《〈文心雕龙〉与中国文论》，第55页。
② 戚良德：《〈文心雕龙〉与中国文论》，第54页。
③ 戚良德：《〈文心雕龙〉与中国文论》，第5—13页。
④ 戚良德：《〈文心雕龙〉与中国文论》，第29页。
⑤ 戚良德：《〈文心雕龙〉与中国文论》，第33页。
⑥ 戚良德：《〈文心雕龙〉与中国文论》，第37页。

既立足于穷搜'文场笔苑'的文体论，具有深刻的实践品格，又着眼时代人文发展的历史事实，提出自己重要的理论主张，从而不仅在当时具有极强的现实针对性和指导意义，而且成为此后中国古代文学创作的理论渊源和实践指南"①。

这样对《文心雕龙》理论体系的把握，显然已经与前此之各种成说有较大不同，其主要特点在于更接地气，更易理解，更便于实用。试问，这样阐释后的《文心雕龙》，还会和当今的文学创作和批评出现断裂乃至格格不入吗？进一步说，我们的龙学研究还应该拘囿于目前文艺学的狭小圈子吗？不，它应该走出少数学者的书斋，走向当今的"文场笔苑"，阔步进入充满活力的创作和批评领域；不仅如此，它还应该以其百科全书式的恢弘气魄，超越当今所谓"文坛"的藩篱，走进多数社会科学学科的领地，直接服务于任重道远的文化建设，在中华民族伟大复兴的宏伟事业中发挥其应有的作用。

（原载《语文学刊》2019 年第 4 期）

---

① 戚良德：《〈文心雕龙〉与中国文论》，第 40 页。

"龙学"史研究的新创获

——戚良德新著《百年"龙学"探究》评介

因一本书的研究而发展成为一门学科并被普遍认可的，除了由《红楼梦》引发的"红学"之外，由《文心雕龙》研究形成的"龙学"大概可以算是孤例了。《文心雕龙》问世以来，在历史上发生过深远影响，近代以来更是蜚声海内外；有关《文心雕龙》的研究，至二十世纪竟蔚为大观，成为"显学"。一门学科的形成、发展直至鼎盛的过程，便形成了它的学科史。对学科史的梳理和研究，既是学科趋于成熟的标志，也是这门学科继续发展的必然要求。事实上，这项工作一直有人在做。杨明照、张文勋、张少康、李平等"龙学"专家都曾有这方面的论著问世。"龙学"在发展，"龙学史"的研究也不应停步。山东大学儒学高等研究院教授、博士生导师戚良德先生新近出版的《百年"龙学"探究》就是这方面的最新创获。

这部43万余字的新著是戚先生承担的国家社科基金项目"百年'龙学'探究"的结项成果，由上海古籍出版社于2019年9月出版。拜读之后，感到此书新意迭出，颇见功力，应能成为"龙学"研究者的必读书，并将成为社会读者了解"龙学"及其历史的重要参考。

《文心雕龙》是一本怎样的书？此前学界尽管交口赞誉，但并没有一致的认识。在本书《引言》中，作者对《文心雕龙》给予了新的定位：第一，它是中国文论的元典；第二，它是中国古代文论和美学的枢纽；第三，它是中国文学的锁钥；第四，它是中国文章的宝典；第五，它是中国文化的教科书。笔者认为，较之以往的种种称誉，这样从不同维度进行定义，更能充分反映《文心雕龙》的总体文化价值，应该更易于为学界所认同和接受。

学科既然成"史"，就有一个分期问题。不同的分期，往往反映出治史者不同的观念和水平。作者认为，《文心雕龙》1500 年来的传播和研究史可以分为三个大的历史时期：一是前"龙学"时期（二十世纪以前），二是二十世纪的"龙学"史，三是新世纪"龙学"的开拓发展期。本书把研究定位于后两个时期，并把从 1914 年迄今的百年"龙学"进一步细化为六个时期，分别是：1914—1949 为现代"龙学"的奠基期，1949—1966 为发展期，1966—1976 为停滞与倒退期，1976—1989 为兴盛与繁荣期，1989—2000 为徘徊与反思期，2000 年以后为深化与拓展期。笔者以为，这样的划分是一个具有清晰坐标的全新把握，符合"龙学"发展实际，有助于人们更为准确地了解这门学科的近现代历程。在此基础上，作者集中力量对百年"龙学"最重要的学者及其成果进行了探索和研究，既充分肯定其历史贡献，又不回避其时代局限，以点带面，重点突出，勾画出了百年"龙学"的历史画卷。

本书列为重点研究对象的第一位"龙学"家为黄叔琳。黄氏为清代人，并不在"百年"的时段之内，何以要对其列为专章研究呢？原来，作者认为，黄叔琳的《文心雕龙辑注》虽产生于清代，但却是近现代"龙学"最重要的基础。黄注本不仅是黄侃《文心雕龙札记》的起点，也是范文澜《文心雕龙注》的起点，而且在近百年"龙学"史上它的影响一直存在。要理清近现代"龙学"的产生和发展，必须从黄注本开始。本章在对黄注本进行评骘之后，随之转入了百年来对《文心雕龙》校勘成果的鸟瞰。在历数各家校勘成就的基础上，重点介绍了林其锬在《文心雕龙》集校方面的成就。该书集校了迄今发现的所有《文心雕龙》古旧版本（包括残卷），使其出版的《增订文心雕龙集校合编》成为新世纪对《文心雕龙》版本的一次集中检阅。当然，作者也指出，《文心雕龙》的文本整理还远未结束，仍然需要下大力气进行。

在"龙学"的奠基阶段，本书的一大贡献是挖掘出了刘咸炘这位长期被人忽略的"龙学"名家。作者认为，刘氏 1917 年所作的《文心雕龙阐说》一书，不仅是近现代"龙学"的开山之作，而且也是整个《文心雕龙》研究史上第一部全面阐释《文心雕龙》的理论著作。其中许多创见，今日读来仍不失新意而启人心智。但由于刘氏一生学隐巴蜀，且英年早逝，其书尘封近百年，鲜有人知，导致在学界已出版的各种《文心雕龙》研究史著作中，对其人其书均未提及；数百种龙学著作和数千篇龙学论文中，亦不见其踪影。作者指出，《文心雕龙阐说》一书的意义堪与黄侃《文心雕龙札记》比肩，理应在龙学史上占有一席之地，因此特设专章对刘氏此书进行了深入研究，从而填补了这一学术空白。

在龙学的兴盛繁荣期，本书把目光聚焦于三位"龙学"大家——王元化、詹锳和牟世金，分别以专章展开论述。众所周知，"龙学"研究领域汇集了众多名家，他们各自以其丰硕成果享誉学林。以哪几位作为研究重点，不同的治史者不会完全一致。本书提出"大陆龙学三大家"这一全新概念，意在集中展示二十世纪"龙学"的成就，突显二十世纪"龙学"的特点和不足之处。可知是经过深思熟虑的。

王元化先生的"龙学"论著是《文心雕龙讲疏》。此书多次修订更名再版，影响波及海内外。在对《文心雕龙》的理论研究和阐释方面，尤其对《文心雕龙》创作论研究的深度而言，迄今无出其右。该书凝聚了王先生数十年的心血，体现了他作为著名文化学者和思想家独特的学术风格。但由于时代局限，该书也存在若干不足，对此王先生晚年也有清醒认识，但因年事已高，未能进一步修订，留下了若干遗憾。作者尽了很大努力解读此书，在充分肯定其独特贡献的同时，也以实事求是的态度，对存在的问题进行了认真分析和评价，从而还原了其历史的本来面目，明确了其是非得失。尤其对《文心雕龙讲疏》的历史局限性，作者进行了认真探讨和评说，较好地揭橥了王先生晚年"遗憾"的内涵。

詹锳先生以《文心雕龙的风格学》和《文心雕龙义证》驰名学界。本书对这两部名著分别进行了深入细致的分析研究。指出：以《文心雕龙》的《体性》《风骨》《定势》等篇为理论中心，以中西融汇的学术理念为纽带，建构起一个完整的《文心雕龙》风格学的理论体系，是詹锳先生对"龙学"的一大贡献，也是中国文论研究的一大成果。他 130 余万字的《文心雕龙义证》一书，给人的突出印象是其集成性，但却绝非一部资料性的工具书，而是具有重要个人见解和理论色彩的专著。这部皇皇巨著，充分体现出詹锳先生融贯中西的开放精神、坚持己见的独立精神和不惮繁琐的实证精神。

牟世金先生被誉为"《文心雕龙》的功臣"（王元化语），其"龙学"论著超过三百万字，有的已成为"龙学"的经典之作。这些论著包括注、译、选、编、系统的理论研究和年谱汇考等形式，足见其用力之勤和所涉之广。其中许多工作都是开创性的：他是刘勰生平研究的集大成者，也是《文心雕龙》现代注释和翻译的开拓者，更是《文心雕龙》理论体系研究以及龙学史研究的第一人，他还是中国《文心雕龙》学会的主要创始人之一，对我国"龙学"的发展，做出了重大贡献。可以说，无论在广度还是深度上，牟先生的《文心雕龙》研究都达到了相当高的水平，在"龙学"史上竖起了一座丰碑。

本书最后一章是对 21 世纪的"龙学"研究的论述。作者以"举隅"的方式，选取了新世纪具有一定代表性的三位"龙学"家及其成果进行了研究。首先是罗宗强先生从文学思想史的高度进行的《文心雕龙》研究。由于其立足点高，所见自然不同。罗先生提出了许多新见，而且他的许多研究结论得到了越来越广泛的认可。其次是张长青先生的《文心雕龙新释》。此书集注释、翻译与阐释于一身，凝聚了作者近 40 年的心血，形成了完整而系统的全新之作。然后是张灯先生的《文心雕龙译注疏辨》。该书注释广博而精深，译文畅达而雅正，疏辨更解决了不少疑义。

新世纪以来，随着国学热的兴起和对中国传统文化的反思，研究者越来越多地意识到《文心雕龙》之"文"与西方文艺学并不对等，因而不再那么理所当然地以西方文艺学观念和体系来衡量中国文论，而是更为自觉地理解刘勰及其《文心雕龙》的中国话语。这是"龙学"研究的一个重大变化。如作者所说，《文心雕龙》研究不仅需要文艺学的视野，更需要多维度、超文艺学的视角。中国古代文论的研究，亟需回归我们自己的话语范式和语境。而儒学乃至传统文化视野中的《文心雕龙》研究，正是这种回归和还原的一个方式或尝试。本书最后一节以"多维视野中的《文心雕龙》"为题，记载了这一变化发生的原因、理由及发展趋向。而事实上，戚先生本人多年来在这方面用力颇勤，他较早申请并承担了山东大学儒学高等研究院重点项目"儒学视野中的《文心雕龙》及其当代意义"，主编了论文集《儒学视野中的〈文心雕龙〉》（上海古籍出版社 2014），出版了专著《〈文心雕龙〉与中国文论》（中国书籍出版社，2017），这些研究都是把《文心雕龙》置于传统儒学的视野之内重新加以观照的。目前，他承担的国家社科基金重大项目"《文心雕龙》汇释及百年'龙学'学案"，也已取得重要的阶段性成果。人们有充分理由相信，这位年富力强的"龙学"专家将在今后的中国文论研究上取得更大的成就。

（《中华读书报》2020 年 2 月 19 日）

一次远非成功的尝试

——缪俊杰《梦摘彩云：刘勰传》读札

缪俊杰（1936—）先生大著《梦摘彩云——刘勰传》，是作家出版社出版的"中国百位文化名人传记"丛书之一种，于2015年2月出版。作为对《文心雕龙》素有兴趣的笔者，闻讯颇有喜出望外之感。因为《梁书·刘勰传》过于简略，刘勰生平阙疑颇多，给后人的研究带来了很大的困难。他是怎样一个人，是如何创作出这样一部体大虑周、空前绝后的文论著作的，是许多人百思莫解却一直未能解决的问题。当代学者虽然对史书中的刘勰传记作过不避繁琐的考释，但补益毕竟有限，而且由于学术文本的枯燥，也难以为一般读者所了解和接受。就这个意义上说，写作出版一部通俗易懂、雅俗共赏的《刘勰传》，是确有必要的。事实上，已经有人在这方面做出过努力，为刘勰撰写过不止一种传记[①]，但一直没有多大突破。所以笔者一向认为，为刘勰作传，不仅需要深厚的学养，而且是需要很大勇气的。如今终于有这样一部出自名家之手、并且据说是"既符合历史真实又生动感人"的传记问世，岂非无量功德？

本书封底，有文史专家党圣元（1955—）的评荐语，称"缪俊杰先生一生从事《文心雕龙》研究，这部《刘勰传》倾注了他的全部研究心得，以灵活而准确的叙事笔致，雕画出了刘勰和《文心雕龙》的神采意蕴，正可谓是刘勰的'知音'"。还有文学名家白桦（1930—

---

① 如杨明：《刘勰评传》，南京：南京大学出版社，2001年；朱文民：《刘勰传》，西安：三秦出版社，2006年。

2019）的评介："本传对刘勰其人其文的理解与叙说上，做到了既客观中肯又深入内在；对于刘勰从小入住定林寺研习经文，倾心撰著《文心雕龙》的过程，以及在此期间，深受儒家文化、道家文化、佛教文化、文史经典多种思想遗产的浸润与影响，从而构成理论与知识的多重准备，使《文心雕龙》达到思想与艺术和谐统一的不朽论著等，都揭示得充分、精致而全面。"[1] 缪先生既是龙学的名家，两位推荐者又都颇有影响，以常理论，本书应该很值得一读。

然而读过之后，笔者却深感遗憾：此书不仅未能消解原来心中的疑惑，不能有助于龙学研究，而且可读性也不强。书中塑造的刘勰形象颇为干瘪，与人们熟读《文心雕龙》之后心目中形成的刘勰相去甚远；尤其不可理解的是，在基本的文史常识方面竟然也硬伤累累，以致阅读中屡屡联想到粗糙的网络文学作品。

笔者掩卷之后认为，作者的这一勇敢尝试，值得钦敬，但平心而论，远非成功。其理由如次：

一、传主形象扭曲

本书为文学性传记，不属专门学术著作，当然不应要求其在学术上有大的突破。但正如《作者跋》所说，此书的读者除了一般的文学爱好者之外，主要对象是对刘勰及其《文心雕龙》的研究有所涉猎者和爱好者。对他们来说，期望中的一部"于史有据"的传记却不可能或不应该没有相应的学术价值。如果能塑造出一个栩栩如生的传主形象，对活跃、丰富研究者的思维，启发其进一步的研究，应该是不无裨益的。

作者明言对学界争议较大的一些问题，诸如刘勰出身士族还是庶族、《刘子》是否为刘勰所撰等予以回避，这是可以理解的。而

---

[1] 缪俊杰：《梦摘彩云：刘勰传》，北京：作家出版社，2015 年，封底。

为了让读者了解《文心雕龙》的基本内容和美学观点，专设了第五章《定林寺师徒论道》、第六章《求知音高山流水》、第七章《赞雕龙深得文理》，通过刘勰分别与僧佑、沈约交流的方式，阐述其写作动机和思想内容，也是可以接受的。这是因为，尽管我们无法知道僧佑（445—518）是否对文学有兴趣、沈约（441—513）有无可能让刘勰在家中长篇累牍地高谈阔论，但在文学传记中，作者这样处理也是不得已而为之的。盖因非如此则不能利用《文心雕龙》本书的内容来扩充篇幅，也别无渠道借以宣讲《文心雕龙》那博大精深的内容。

古人，尤其是那些史料匮乏的古人，其生平阅历不可避免地存在大量的空白。为其作传时，必然需要作者依据历史知识，充分展开想象来加以填补。文学传记不能完全排除虚构，但这种虚构与小说中的虚构明显有别，更准确地说，应该叫做"拟实"，即把史料中虽然没有记载、但事实上可能发生、应该发生的具体情境，做出有根有据、合情合理的摹写和复原，补充大量的生活细节，以期为读者推出传主尽可能完整、生动的艺术形象。

然而不庸讳言，通读全书之后，留在脑海中的刘勰形象并不清晰，更谈不上丰满和生动，而且与熟读《文心雕龙》之后形成的刘勰形象相去甚远。感觉此书呈现的刘勰面貌是模糊而干瘪的，个性远非鲜明，更好像一个弱不禁风、摇摇摆摆的纸人。除了和僧佑、沈约交流时大段大段的高谈阔论之外，人物外貌、心理、表情、语言、动作和社会环境、自然环境的具体描写都很薄弱。作者身为学者而非职业的作家，这些或许不当苛求。但笔者以为，本书的刘勰形象之所以不如人意，究其实还和作者对刘勰其人的总体把握有很大关系。

对刘勰形象的把握，笔者以为主要应以《序志》和《程器》为依据。刘勰自云"予生七龄，乃梦彩云若锦，则攀而采之。齿在逾立，则尝夜梦执丹漆之礼器，随仲尼而南行"。说明他的内心世界极为丰富、无比活跃。刘勰是以"君子处世，树德建言"为使命的。那么，他的理想人格是怎样的呢？对此，他在《程器》篇里有充分的表露。他历数前代文人、将相的各种缺陷和不足，认为"彼扬、马之徒，有文无质，所以终乎下位"。他向往、推举的是春秋时的郤谷和孙武，认为他们才是"文武之术，左右惟宜""贵器用而兼文采"的"梓材之士"。他一再强调："摛文必在纬军国，负重必在任栋梁；穷则独善以垂文，达则奉时以骋绩"，"安有丈夫学文，而不达于政事哉"！重文而不轻武，治学而谙政事，这既是他树立的理想文士的标准，又何尝不是他个人抱负的真实流露！他发愤著书，以数年之功写出体大思精的《文心雕龙》；他出任地方官，"政有清绩"；后来他虽主要担任文学侍从之职，也并非仅沉溺于词章，所以才会"迁步兵校尉，兼舍人如故"。他幼年丧父、弱冠丧母，长期贫困，但一直没有放弃对理想的追求，终于成为学养深厚的文士，"标心于万古之上，而送怀于千载之下"（《诸子》），于身后实现了"名逾金石之坚"，可谓"艰难困苦玉汝于成"。总体以观，刘勰应属于司马迁所说的"倜傥非常之人"（《报任安书》）。至少在昭明太子病逝之前，刘勰一直是想奋发有为的；而事实上，他也一直在为此而竭尽全力。

但在作者笔下，刘勰却简直是一个完全不谙世事的书生，经不得风雨，也见不得世面，甚至多次被直接称为"书呆子"。如果说，写小时候的刘勰"平常老实巴交的，一头栽到书堆里，是个'书呆子'"（页3），还只是表现其嗜学的话，那么写刘勰壮年出仕之后仍然只是一个书呆子形象，则显然不合情理。但这样的称谓和描写却屡屡出现。例如："刘勰是个书呆子，在担任'记室'期间，虽然是个秘书职位，但他守规矩、遵法度，没有‘捞’到什么钱财”（页186）。守法不贪，应该是其光明磊落的体现，何以断定他就一定是“书呆子”呢！又如：“梁武帝下敕，刑部传唤了刘勰，试图从外围查清一些事实。刘勰被传唤到刑部。这个书呆子战战兢兢地来到堂前，立即跪拜”（页178）。接受传唤，“跪拜”固然难免，但对自视为“梓材之士”、一身正气的刘勰来说，未必就会“战战兢兢”。何况就书中所说，刑部官员对他还是以礼相待的呢。所以笔者以为，以“书呆子”来定位和描写刘勰，显然是有失准确的，也是有损于刘勰形象的。在如此定位的前提下，要塑造出奋发有为的刘勰形象当然是不可能的。

二、时代先后错乱

这一点，集中表现在关于刘勰之父刘尚任职的叙述上。

本书第一章第一节《读书郎彩云之梦》写刘勰七岁时生活于身为越骑校尉的父亲刘尚的府邸里。学界研究认为，刘勰出生于465或466年，那么，他七岁时（当时为虚岁），其实只有六周岁，即471或472年。这时，正值刘宋王朝（420—479）明帝刘彧在位时期。而次年亦即刘勰八虚岁时，其父就战死了。就是说，刘尚生前一直是宋人，根本没有见到齐王朝的建立。但本书却说“刘勰父亲刘尚幸运地当上了萧齐王朝的越骑校尉，同萧道成的皇室挂上了钩”（页6）。这或许是偶然的笔误？然而并不，在作者虚构的刘勰一家回莒县寻根的情节叙述中，又说“刘尚是齐王朝的‘越骑校尉’（页8）”，在介绍背景时也说，当时“齐国和北魏还是有交往的，民间的来往也很频繁”（页9）。在作者跋《关于刘勰传写作的若干问题》中，又说“刘勰的父亲是南朝齐代王朝的越骑校尉，这是《梁书·刘勰传》里明确记载的。”（页285）可知作者认为刘尚是在萧齐王朝担任的越骑校尉，是确定无疑的。其实，《刘勰传》里说的是："祖灵真，宋司空秀之弟也。父尚，越骑校尉。"后句承前句，刘尚担任的只能是刘宋王朝的职务。颇为悖谬的是，作者笔下身为萧齐王朝"越骑校尉"的刘尚，在后文的叙写中却是死于刘宋王朝的朱雀门保卫战（当然这是正确的）。可见在作者潜意识中，萧齐王朝竟然是在刘宋王朝之前的！这与前文"萧道成灭宋建立了齐朝"（页6）的背景交代又显然不符，不知何以舛误如是。在一部历史人物传记中，如果朝代先后都存在问题，岂不将读者引入五里雾中？

不仅如此。在第五章《定林寺师徒论道》里，刘勰对僧佑畅谈其《史传》篇写作动机的时候，说："我写的《史传》篇，论述的是历史，而不是作为'无韵之笔'的史传文学。"（页91）已近乎不知所云。因为《史传》属于"论文叙笔"之一，并非专门的史论，其内容正是评述前代史传作品的。更有甚者，后文竟称"他认为司马迁的史学观都是从班彪（班叔皮）那里继承来的"（页92）！司马迁（约前145—前90）为西汉人，班彪（3—54）为东汉人，二者相距近150年，前人如何能继承后人的什么东西，真是匪夷所思。

此外，第四章《圆美梦搦笔论文》写刘勰博览群书，"读了汉代大学问家刘歆、刘向父子著的《七略》。刘向最后完成的《七略》"。（页55）此处显然也是把刘向（前77—前6）、刘歆（约前50—23）的父子关系给弄颠倒了！其实，就目录学著作而言，作为父亲的刘向仅著有《别录》，至其子刘歆始作《七略》，而且《七略》并非其父子合著。

三、文史常识错误

作为一部历史人物传记，内容必然涉及大量的古代文史知识。人们固然不应要求作者对所有相关文史知识都进行精密考订，但至少对习见的文史常识的运用不应出现明显的错误。然而，本书此类错误却颇不鲜见。试举几例：

（一）谥号能"自号""自称"吗？

书中写道："司马昭在灭了汉（蜀）、吴之后突然死掉，他的儿子废魏国君主，建立晋朝，自号'晋武帝'。"（页6）又说："刘裕勇敢善战而屡立大功。刘裕在桓玄之后，被推为盟主。收复建康后，建立了南朝，自称'宋武帝'，但不久就死了。"（页6）

按：谥号，为东亚（包括中国、朝鲜、越南、日本）古代君主、诸侯、大臣、后妃等具有一定地位的人死去之后，根据他们的生平事迹与品德修养，评定褒贬，而给予的一个寓含善意评价、带有评判性质的称号。帝王的谥号一般是由礼官议定，再经继位的帝王认可后予以宣布的，臣下的谥号则由朝廷赐予。"晋武帝""宋武帝"，均为谥号，为帝王死后追奉，岂能"自号""自称"？另外，"建立了南朝"的说法也明显欠妥，因为刘裕只能建立宋，是不能"建立南朝"的。所谓南朝（420—589），是中国南北朝时期汉人于南方建立的宋、齐、梁、陈四个朝代的总称，是后人的一个历史概念。刘裕当时肯定无法预知后来齐、梁、陈三朝的建立和更替。还有，所叙述的西晋统一的史实也出入很大，灭蜀固然是司马昭在世之事，而灭吴却是司马炎篡位之后15年才完成的（司马炎称帝为265年，灭吴发生于280年），怎么也记在了司马昭的账上？

（二）南朝包括隋朝吗？

书中写道："东晋朝内部王、谢、庾、桓四大家族反复斗争，最后由一个低级士族出身的强势人物刘裕夺得了政权，建立宋朝。出现了南朝宋、齐、梁、陈、隋五代。"（页6）

如上文所说，南朝仅包括宋、齐、梁、陈四代，是不包括隋朝的。隋朝系由北周禅让而来，本属北朝，后来灭陈统一了全国。此类基本的历史常识，不知为何也会出错。

（三）越骑校尉是领兵两万的高级军官吗？

作者介绍刘勰父亲职务时写道："所谓'校尉'者，是可带二万兵士之军官也。刘尚当是一个高级军官，'官至四品'也是无疑的。"（页7）此处所谓品级可不论，因为武官品级往往虚高，但以为其可以带兵两万，则无可能。考：校尉是中国历史上重要的武官官职。校，军事编制单位；尉，军官。校尉为部队长之意。战国末期当已有此官。秦朝时为中级军官。汉朝时达到鼎盛时期，其地位仅次于各将军。但东汉末则居于越来越多的各中郎将之下。到三国时期，有军功者越来越多，大量被封为将军，校尉反而成为低级军官的职位。六朝时的情况应该与之类似。作者作此认定的依据是"出自《宋书》"的一则史料："辅国将军南高平太守军主陈承叔、辅国将军左军将军南濮阳太守葛阳县开国男军主彭文之、龙骧将军骠骑行参军军主召宰，精甲二万，前锋云腾。又遣散骑常侍领游击将军湘南县开国男新除使持节督湘州诸军事征虏将军湘州刺史军主吕安国、屯骑校尉宁朔将军崔慧景〔辅国将军骁骑将军萧顺之、宁朔将军左军将军新亭侯任侯伯、龙骧将军虎贲中郎将尹略〕（按：书中省略，按原著补足）、屯骑校尉南城令曹虎头等，舳舻二万，骆驿继迈。"[1]其实这段文字出自《南齐书》第二十四卷，并非出自《宋书》。此段引文中两处"二万"人马，均系多人统领，且其他多为将军，只有个别校尉，有的校尉还是兼有将军名号的（如崔慧景），可知校尉肯定不是主将，只是偏裨之类。非有特别授权，是不能单独带兵的。刘尚死于刘宋王朝的朱雀门保卫战，连名字也没有留下，恰恰说明其地位不高。不知作者何以从这则史料中得出校尉可以独立带领二万兵士的结论？这样阅读古籍，实在令人无语。

---

① ［梁］萧子显：《南齐书》，北京：中华书局，1972年，第448—449页。

（四）地域领属和方位能随意措置吗？

书中写道："那时，京口和老家莒国东莞虽然只有几百里之遥，但两地不属于一个国家，要到莒国去就是出国了。"（页 8）《梁书·刘勰传》称："刘勰，字彦和。东莞莒人。"也就是说，东莞为郡名，莒为县名，领属关系是很明确的。但作者行文却成了"莒国东莞"，其领属关系就正好颠倒了。而且当时并没有所谓莒国，莒国作为商周古国，在战国初年就已灭亡了。书中写刘氏父子"来到莒国的都城"（页 9）云云，可谓天方夜谭。

书中又有这样的表述："担任江州刺史的桂阳王刘休范图谋起事，要南下建康夺取宋朝的王室政权。"（页 14）江州为今九江，建康即今南京，二者都是沿江城市，古往今来，地理位置并无大的变化。按地理方位，九江居长江中游，南京居下游，九江去南京，是顺流而下。而按纬度，显然是九江在南，南京居北，由九江发兵去南京，肯定不是"南下"。如说"东下"，庶几近之。

凡此种种，不一而足，不必一一列举。如果说，此书出于一位古代文史知识匮乏的网络写手，或可理解；但作为文史名家的作品，此类硬伤，实难不了了之。

笔者阅读中随手记下的上述瑕疵，都是不应该出现的。或者以为，当今书籍出版追求短平快，错讹是难免的。诚然如是。对此类现象，笔者在近年阅读中也早有发觉，作为教育工作者和文史研究者，有时不免痛心疾首；而逐一去指瑕纠谬，则力所不能。但对本书这样出于名家的大作，却有诸多如此低级的错误，则有不吐不快之感。否则，听任其误导读者，才是于心有愧的。语云："春秋责备贤者"。这番议论，或许不算是吹毛求疵吧？

（原载《文心学林》2016 年第 2 期）

附 录

钱锺书评点《文心雕龙》

说 明

　　钱锺书先生指出："在考究中国古代美学的过程里，我们的注意力常给名牌的理论著作垄断去了。不用说，《乐记》、《诗品》、《文心雕龙》、诗文话、画说、曲论以及无数挂出牌子来讨论文艺的书信、序跋等等是研究的对象。同时，一个老实人得坦白承认，大量这类文献的探讨并无相应的大量收获。好多是陈言加空话，只能算作者礼节性地表了个态。……一般'名为'文艺评论史也，'实则'是《历代文艺界名人发言纪要》，人物个个有名气，言论常常无实质。"[①]他还指出："以文论为专门之学者，往往仅究诏号之空言，不征词翰之实事，亦犹仅据竞选演说、就职宣言，以论定事功操守矣。"[②]基于这样的理念，他的文学研究和评论，保持了中国传统诗文类著作评点式的特色而又有重大拓展。对古代文论著作，先生亦少有专门的针对专人专著的研究，而更多的是对文学作品艺术性的某一方面深究细品。对每一或大或小的论题，他无不广泛征引古今中外相

---

　　① 钱锺书：《读〈拉奥孔〉》，《七缀集》，北京：生活·读书·新知三联书店，2002 年，第 33 页。

　　② 钱锺书：《谈艺录》，北京：生活·读书·新知三联书店，2007 年，第 614 页。

关论述，通过弥纶群言，借以考镜源流，明其演变，断其得失。对刘勰和《文心雕龙》，他虽然总体评价甚高，但也没有专篇论文进行过研究和评论。这决非他对此书不够重视，而是按照其独有的学术风格和著述体例，将许多精辟的意见随时发表于对其他文学作品或义论观点的评论之中，或在征引中显示褒贬。这些评点或征引，涉及《文心雕龙》的大多数篇章，极富参考价值。而由于其著作大多由文言写成，且卷帙浩繁，当今中青年读者能通读者不多，所以他有关刘勰和《文心雕龙》的诸多重要意见尚未引起学界重视，不仅极少有专篇论著进行探讨，而且在各种论著中见于征引者亦颇有限。这不能不说是一种遗憾。

笔者在阅读钱先生《管锥编》《谈艺录》《七缀集》及《宋诗选注》等著作时，对其中有关刘勰和《文心雕龙》的内容逐一摘录，辑成这一资料，并按《文心雕龙》原书篇章顺序加以编排，以便查阅。因近年认《刘子》为刘勰著作者颇有人在，而钱先生论著中对刘昼其人其书亦有所涉及，所以一并摘录，附于其后。此资料本为自用，因念学术乃天下公器，故而愿予发布，以供同仁之浏览、参考。至于辑录过程中，笔者因眼滑手疏，或有疏漏，故不敢称为全璧，而要之相去不远，同好者择便取资可也。

辑录所据版本，为三联书店版《钱锺书集》。其中《管锥编》《谈艺录》为2007年第二版，《七缀集》《宋诗选注》为2002年第一版，特此说明。

刘勰及《灭惑论》

刘勰与钟嵘为并世谈艺两大，亦复辞翰无称。李日华《紫桃轩杂缀》卷二论严羽精于议论而乏"实诣"，因曰："语云：'识法者惧'，每多拘缩"，理或然欤。（《管锥编》第四册，《全梁文

卷五五》，页 2252）

　　释子亦自称其学为"道"，《全梁文》卷六〇刘勰《灭惑论》："梵言'菩提'，汉语曰'道'"；……夫"道"，路也。《东观汉记》卷一六第五伦"每所至客舍，辄为粪除道上，号曰'道士'"；则"道士"亦即今俗所谓"清道夫"尔。"道学"之"道"，理而喻之路也，各走各路，各说各有理，儒、释、道莫不可以学"道"自命也。（《管锥编》第四册，《全晋文卷一四六》，页 1978）

　　刘勰《灭惑论》。按驳道士《三破论》而作，当与卷七四释僧顺《释〈三破论〉》合观。两篇所引原《论》语，即《全齐文》卷二二顾欢《夷夏论》之推波加厉，鄙诞可笑，勰目为"委巷鄙说"，诚非过贬。庸妄如斯，初不烦佛门护法智取力攻，已可使其鹿埵东笼而溃败矣。故勰之陈义，亦卑无高论。（《管锥编》第四册，《全梁文卷六〇》，页 2265）……刘勰此篇云："得意忘言，庄周所领；以文害志，孟轲所讥。不原大理，唯字是求，宋人申束，岂复过此？"宋人事出《韩非子·外储说左上》，不若庄、孟语之熟知，聊复识之。（同篇，页 2270）

《原道》

　　简文帝《答张缵谢示集书》："日月参辰，火龙黼黻，尚且著于玄象，章乎人事，而况文词可止、咏歌可辍乎？"按卷一二简文帝《昭明太子集序》："窃以文之为义，大矣远哉！"一节亦此意，均与《文心雕龙·原道》敷陈"文之为德也大矣"，词旨相同，《北齐书·文苑传》《隋书·文学传》等亦以之发策。盖出于《易·贲》之"天文""人文"，望"文"生义，截搭诗文之"文"，门面语、窠臼语也。刘勰谈艺圣解，正不在斯，或者认作微言妙语，大是渠侬被眼谩耳。（《管锥编》第四册，《全梁文卷一一》，页 2163）

《文心雕龙·原道》："文之为德也大矣"，亦言"文之德"，而"德"如马融赋"琴德"、刘伶颂"酒德"、《韩诗外传》举"鸡有五德"之"德"，指成章后之性能功用，非指作文时之正心诚意。……昭明太子、简文帝特赏陶潜，而刘勰、钟嵘谈艺，未尝异目相视，皆"不赂贵人之权势"，可谓"义德"。（《管锥编》第四册，《全北齐文卷二》，页2343）

所谓法天地自然者，不过假天地自然立喻耳，岂果师承为"教父"哉。观水而得水之性，推而可以通焉塞焉，观谷而得谷之势，推而可以酌焉注焉；格物则知物理之宜，素位本分也。若夫因水而悟人之宜弱其志，因谷而悟人之宜虚其心，因物态而悟人事，此出位之异想、旁通之歧径，于词章为"寓言"，于名学为比论，可以晓谕，不能证实，勿足供思辨之依据也。凡昌言师法自然者，每以借譬为即真，初非止老子；其得失利钝，亦初不由于果否师法自然。故自然一也，人推为"教父"而法之，同也，而立说则纷然为天下裂矣。《中庸》称"君子之道，察乎天地"，称圣人"赞天地之化育"，然而儒家之君子、圣人与道家之大人、圣人区以别焉，盖各有其"天地"，"道"其所"道"而已。（《管锥编》第二册，《老子王弼注·九》，页673—674）

龚定庵《续集》卷三《金孺人画山水序》："尝以后世一切之言皆出于经。独至穷山川之幽灵，嗟叹草木之华实，是不知其所出。尝以叩我客。客曰：是出于老庄耳。老庄以逍遥虚无为宗，以养神气为用，故一变而山水草木家言。昔者刘勰论魏、晋、宋三朝之文，亦几几见及是。"此节可补笺《文心》。……而今人论西方浪漫主义之爱好自然，只引道家为比拟，盖不知儒家自孔子、曾晳以还，皆以怡情山水花柳为得道。亦未嗜薮而谬言知味矣。譬之陶公为自然诗人之宗，而未必得力于老庄。（《谈艺录·六九·随园论诗中

理语》，页 580—581）

《征圣》

"倾群言之沥液，漱六艺之芳润。" ……陆机盖已发《文心雕龙·宗经》之绪。……机《赋》始专为文词而求诸《经》，刘勰《雕龙》之《原道》《征圣》《宗经》三篇大畅厥旨。《征圣》曰："征之周、孔，则文有师矣"；《宗经》曰："励德树声，莫不征圣，而建言修辞，鲜克宗经。……文章奥府，群言之祖"。（《管锥编》第三册，《全晋文卷九七》，页 1869—1870）

方以智《通雅》卷首之三申说《表记》里"词欲巧"一节差不多针对杨简的话而发，其实《文心雕龙·征圣》篇早引用《表记》那几句话作为孔子"贵文之征"。（《宋诗选注》，页 246）

《宗经》

刘勰称"易统其首"，韩愈赞"易奇而法"，虽勃窣理窟，而恢张文囿，失之东隅，收之桑榆，未为亏也。（《管锥编》第一册，《周易正义·二》，页 23）

《正纬》

（挚虞《文章流别论》）不以"非正文之制"而弃图谶，想必有取于纬，略类《文心雕龙》之著《正纬》篇。（《管锥编》第三册，《全晋文卷七七》，页 1830）

《辨骚》

《云中君》："与日月兮齐光。"按《九章·涉江》亦云："与日月兮齐光。"《史记·屈原贾生列传》："推此志也，虽与日月争光可也"；洪兴祖于《楚辞》卷第一下补注："班孟坚、刘勰皆以为淮南王语，岂太史公取其语以作传乎？"实则淮南王此语，亦

正取之《楚辞》，以本地风光，为夫子自道耳。（《管锥编》第二册，《楚辞洪兴祖补注·四》，页916）

《涉江》："入溆浦余儃徊兮，迷不知吾所如。深林杳以冥冥兮，猿狖之所居。山峻高以蔽日兮，下幽晦以多雨。"按《九歌·湘夫人》："袅袅兮秋风，洞庭波兮木叶下，登白蘋兮骋望"；《九章·悲回风》："凭昆仑以瞰雾兮，隐岷山以清江，惮涌湍之礚礚兮，听波声之汹汹。……悲霜雪之俱下兮，听潮水之相击。"皆开后世诗文写景法门，先秦绝无仅有。《文心雕龙·辨骚》称其"论山水则循声而得貌"，《物色》又云："然屈平所以能监风骚之情，抑亦江山之助乎？"恽敬《大云山房文稿》二集卷三《游罗浮山记》云："《三百篇》言山水，古简无余词，至屈左徒肆力写之，而后瑰怪之观、远淡之境、幽奥朗润之趣，如遇于心目之间。"皆微识力。（《管锥编》第二册，《楚辞洪兴祖补注·九》，页936）

《明诗》

"镂冰""镂脂"与"画水"，尚有几微之辨。画水不及具形，迹已随灭；镂冰刻脂，可以成器构象，特材质脆弱，施工遂易，经久勿堪。造艺者期于传世不朽，宁惨淡艰辛，"妙识所难"（《文心雕龙·明诗》），勉为而力排其难，故每取喻雕金断石，材质坚，功夫费，制作庶几阅世长存。（《管锥编》第三册，《全后汉文卷一四》论"画水镂冰"，页1645）

宗炳《画山水序》："余眷恋庐衡，契阔荆巫，……于是画象布色，构兹云岭。……身所盘桓，目所绸缪，以形写形，以色写色也。"目观之不足，而心之摹之，手之追之，诗文、绘画，此物此志尔。《文心雕龙·明诗》曰："宋初文咏，体有因革，庄老告退，而山水方滋"；局隅而未通方，故聊明殊迹之一本焉。（《管锥编》第三册，

《全后汉文卷八九》论"'乐志'于山水",页 1645）

  盖作者评文，所长辄成所蔽，囿于我相，以一己之优工，为百家之衡准，不见异量之美，难语乎广大教化。《文心雕龙·明诗》论作者"兼善"与"偏美"曰："随性适分，鲜能通圆"，《知音》论评者亦曰："知多偏好，人莫圆该。……会己则嗟讽，异我则沮弃，各执一隅之解，欲拟万端之变。……故圆照之象，务先博观。"才之偏至与嗜之偏好，犹键管相当、函盖相称，足申曹丕之旨。"圆照""周道""圆觉"均无障无偏之谓也。（《管锥编》第三册，《全三国文卷八》论"能作与能评"，页 1669）

  古之谶记谣谚每托于拆字，《文心雕龙·明诗》所谓"离合之发，则萌于图谶"。如《后汉书·光武本纪》上建武元年六月章怀注引《春秋演孔图》："卯金刀，名为刘。赤帝后，次代周。"（《谈艺录·五七·籋石萃古人句律之变》，页 486）

《乐府》

  情"词"既异，则曲调虽同而歌"声"不得不异。"歌永言"者，此之谓也。《文心雕龙·乐府》篇曰："诗为乐心，声为乐体"；此《正义》所谓"初作乐者，准诗而为声"也。今语曰"上谱"。（《管锥编》第一册，《毛诗正义·四》，页 107—108）

《诠赋》

  《游猎赋》："其石则赤玉、玫瑰、琳瑉、琨珸、瑊玏、玄厉、瑌石、武夫。"按他如禽兽、卉植，亦莫不连类繁举，《文心雕龙·诠赋》所谓"相如《上林》繁类以成艳"也。自汉以还，遂成窠臼。（《管锥编》第一册，《史记会注考证·四九·司马相如列传》，页 578）

《谐隐》

《文心雕龙·谐隐》篇之"内怨为俳"，常州派论词之"意内言外"，皆隐之属也。《礼记》之《曲礼》及《内则》均有"不以隐疾"之语，郑注均曰："衣中之疾"，盖衣者，所以隐障。然而衣亦可资炫饰，《礼记·表记》"衣服以移之"，郑注："移犹广大也"，孔疏："使之尊严也。"是衣者，"移"也，故"服身为之章"。……则隐身适成引目之具，自障偏有自彰之效，相反相成，同体歧用。（《管锥编》第一册，《周易正义·一》，页9—10）

《史传》

左氏（按指左丘明）设身处地，依傍性格身份，假之喉舌，想当然耳。《文心雕龙·史传》篇仅知"追述远代"而欲"伟其事""详其迹"之讹，不知言语之无征难稽，更逾于事迹也。《史通·言语》篇仅知"今语依仿旧词"之失真，不知旧词之或亦出于虚托也。（《管锥编》第一册，《左传正义·一》，页271—272）《左传》记言而实乃拟言、代言，谓是后世小说、院本中对话、宾白之椎轮草创，未遽过也。（页273）

按周亮工《尺牍新钞》三集卷二释道盛《与某》："余独谓垓下是何等时，虞姬死而子弟散，匹马逃亡，身迷大泽，亦何暇更作歌诗？即有作，亦谁闻之而谁记之欤？吾谓此数语者，无论事之有无，应是太史公'笔补造化'，代为传神。"语虽过当，而引李贺"笔补造化"句，则颇窥"伟其事""详其迹"（《文心雕龙·史传》）之理，故取之。（《管锥编》第一册，《史记会注考证·五》，页454）

六朝时二字或反义分指，或同义合指，两用并行。《文心雕龙·史传》："吹霜煦露，寒暑笔端"（参观《诏策》："文有春露之滋，词有秋霜之烈"），此同张升、郑泰、刘琨之例。……"吹嘘"一词二字，或殊途分指，或齐驱同指，略同"契阔"。（《管锥编》第三册，《全后汉文卷八二》论"吹嘘"，页 1619）

《诸子》

《论衡·书解篇》云："秦虽无道，不燔诸子，诸子尺书文篇俱在"；赵岐《孟子题辞》云："逮至亡秦，焚灭经术，坑戮儒生，孟子徒党尽矣；其书号为诸子，故篇籍得不泯绝。"则与李斯所请"杂烧《诗》《书》百家语"，显然龃龉，而后来《文心雕龙·诸子》篇、《鬻子》逢行珪《序》皆主此说。（《管锥编》第一册，《史记会注考证·四》，页 432）

《文心雕龙·诸子》篇先以"孟荀膺儒"与"庄周述道"并列，及乎衡鉴文词，则道孟荀而不及庄，独标"列御寇之书气伟而采奇"：《时序》篇亦称孟荀而遗庄，至于《情采》篇不过借庄子语以明藻绘之不可或缺而已。盖刘勰不解于诸子中拔《庄子》，正如其不解于史传中拔《史记》、于诗咏中拔陶潜；综核群伦，则优为之，破格殊伦，识犹未逮。……然刘氏失之于庄耳，于列未为不得也。（《管锥编》第二册，《列子张湛注·一》，页 723）

盖至梁世，《列子》流传积久，已成著作之英华，年深望重，《文心雕龙·诸子》至称《列》而不及《庄》矣。（《管锥编》第三册，《全晋文卷六二》，页 1815）

《论说》

《文心雕龙·论说》举"般若"以折裴頠、王衍曰："滞有者全系于形用"；……《文心雕龙》曰"形用"，承魏晋习语。……"形用"即"体用"。（《管锥编》第一册，《周易正义·二》，页 16）

按项安世《项氏家说》卷八："贾谊之《过秦》、陆机之《辨亡》，皆赋体也。"洵识曲听真之言也。《文心雕龙·论说》早云："详观论体，条流多品：陈政则与议、说合契，释经则与传、注参体，辨史则与赞、评齐行，诠文则与叙、引共纪。……八名区分，一揆宗'论'。"苟以项氏之说增益之，当复曰："敷陈则与词、赋通家"，且易"八名"为"十名"。（《管锥编》第三册，《全汉文卷一六》论"文之体"，页1429）

魏文帝《典论·论文》曰："文非一体，鲜能备善"，又曰："盖奏议宜雅，书论宜理，铭诔尚实，诗赋欲丽，此四科不同，……唯通才能备其体"；以"科"之"不同"而"文非一体"，正言类异其体耳。按名归类，而核实变常，如贾生作论而似赋，稼轩作词而似论，刘勰所谓"参体"，唐人所谓"破体"也。（《管锥编》第三册，《全汉文卷一六》论"破体"，页1432）

《书记》

钟嵘《诗品·序》称"挚虞《文志》，详而博赡，颇曰知言"；疑其亦似《雕龙》之有《书记》篇，举凡占、符、刺、方、牒、簿等一切有字者，莫不囊括也。《隋书·经籍志》四以挚氏《文章流别集》为"文集总抄"之始，仅四一卷，今已不得见。窃意《流别论·志》所论及各体未必皆抄入《流别集》耳。纪昀评《雕龙》是篇，讥其拉杂泛滥，允矣。然《雕龙·论说》篇推"般若之绝境"，《谐隐》篇譬"九流之小说"，而当时小说已成流别，译经早具文体，刘氏皆付诸不论不议之列，却于符、簿之属，尽加以文翰之目，当是薄小说之品卑而病译经之为异域风格欤。是虽决藩篱于彼，而未化町畦于此，又纪氏之所未识。小说渐以附庸蔚为大国，译艺亦复傍户而自有专门，刘氏默尔二者，遂使后生无述，殊可惜也。（《管锥编》第三册，《全晋文卷七七》，页1830—1831）

《神思》

词章之士以语文为专门本分，托命安身，而叹恨其不足以宣心写妙者，又比比焉。陆机《文赋》曰："恒患意不称物，文不逮意"；陶潜《饮酒》曰："此中有真意，欲辨已忘言"；《文心雕龙·神思》曰："思表纤旨，文外曲致，言所不追，笔固知止"；黄庭坚《品令》曰："口不能言，心下快活自省"；古希腊文家曰："目所能辨之色，多于语言文字所能道"；但丁叹言为意胜；歌德谓事物之真质殊性非笔舌能传。（《管锥编》第二册，《老子王弼注·二》，页637）

王守仁《文成全书》卷二〇《咏良知示诸生》："无声无臭独知时，此是乾坤万有基；抛却自家无尽藏，沿门托钵效贫儿。"文士学者，每同此感。如《文心雕龙·神思》："或理在方寸，而求之域表；或义在咫尺，而思隔山河。"（《管锥编》第二册，《老子王弼注·一五》，页699）

得诸巧心而不克应以妍手，固作者所常自憾。《文心雕龙·神思》"方其搦管，气倍辞前，暨乎篇成，半折心始。何则？意翻空而易奇，言征实而难巧也"；亦道其事。（《管锥编》第三册，《全晋文卷九七》，页1865）

心生言立，言立文明，中间每须剥肤存液之功，方臻掇皮皆真之境。往往意在笔先，词不逮意，意中有诗，笔下无诗；亦复有由情生文，文复生情，宛转婵媛，略如谢茂秦《四溟诗话》所谓"文后之意者"，更有如《文心雕龙·神思》篇所云"方其搦翰，气倍词前，暨乎篇成，半折心始"者。（《谈艺录·六一·随园主性灵》，页521）

《体性》

袁枚《小仓山房诗集》卷二〇有《续〈诗品〉》三二首，说者病其与司空图原作旨意径庭，实则袁之属词虽仿司空，而谋篇命意出于陆机《文赋》及《文心雕龙》之《神思》《定势》《镕裁》等篇；马荣祖《文颂》亦然。若司空图《诗品》命意源于《文心雕龙》之《体性》篇，而钟嵘《诗品》之"谢诗如芙蓉出水，颜诗如错彩镂金"，或"范诗清便宛转，如流风回雪；丘诗点缀映媚，似落花依草"，俾物构象，约为四字，《雕龙》所未有；皎然《诗式》卷一《品藻》："百叶芙蓉，菡萏照水，例如曹子建诗云云；寒松病枝，风摆半折，例如康乐公诗云云"等，拟象为主，篇什为附，苟以"体性"之品目安上，便是司空铸词之椎轮矣。李商隐《锦瑟》则作者自道，颈联象"神思"，腹联象"体性"，两备一贯……。（《管锥编》第三册，《全晋文卷九七》，页1871）

《文心雕龙》论文人，以《体性》与《程器》划分两篇，《情采》篇又以"为情而造文"别出于"为文而造情"，至曰："言与志反，文岂足征！"……能道"文章"之"总失"作者"为人"之"真"，已于"文章"与"为人"之各有其"真"，思过半矣。（《管锥编》第四册，《全梁文卷一一》，页2157—2158）

《风骨》

"凡书多肉微骨者谓之墨猪"。按隽语流传，《全唐文》卷四三二张怀瓘《评书药石论》："若筋骨不任其脂肉者，在马为驽骀，在人为肉疾，在书为墨猪。"论文如《文心雕龙·风骨》："若瘠义肥辞，繁杂失统，则无骨之征也"；柳宗元《读韩愈〈毛颖传〉后题》："取青妃白，肥皮厚肉，柔筋脆骨"；命意取譬，均相印证。（《管锥编》第三册，《全晋文卷二六》，页1773—1774）

论"彩色"与"笔法"得此失彼，即（谢）赫所言二、四两法之胜解，似《文心雕龙·风骨》之以"骨""彩"对照；五代以后

画花鸟者不用墨笔勾勒而径施彩色，谓之"没骨法"者似此。（《管锥编》第四册，《全齐文卷二五》，页2114）

庾信诸体文中，以赋为最；藻丰词缛，凌江驾鲍，而能仗气振奇，有如《文心雕龙·风骨》载刘桢称孔融所谓"笔墨之性，殆不可任"。然章法时病叠乱复沓，运典取材，虽左右逢源，亦每苦支绌，不得已而出于蛮做杜撰。（《管锥编》第四册，《全后周文卷八》，页2359）

《通变》

《文赋》非赋文也，乃赋作文也。机于文之"妍蚩好恶"以及源流正变，言甚疏略，不足方刘勰、钟嵘；而于"作"之"用心"、"属文"之"情"，其惨淡经营、心手乖合之况，言之亲切微至，不愧先觉，后来亦无以远过。（《管锥编》第三册，《全晋文卷九七》，页1901）

《定势》

韵语既困羁绊而难纵放，苦绳检而乏回旋，命笔时每恨意溢于句，字出乎韵，即非同狱囚之银铛，亦类旅人收拾行滕，物多箧小，安纳孔艰。无已，"上字而抑下，中词而出外"（《文心雕龙·定势》），譬诸置履加冠，削足适屦。（《管锥编》第一册，《毛诗正义·五四》，页248—249）

曰"省文取意"，已知绘画此境，犹声诗之"空外音""言外意"耳。《晋书·文苑传》张华称左思《三都赋》曰："读之者尽而有余"；《文心雕龙·定势》记刘桢曰："使其词已尽而势有余，天下一人耳"；杜甫《八哀诗》称张九龄曰："诗罢地有余"；《六一诗话》记梅尧臣曰："含不尽之意，见于言外"；《白石道人诗说》曰："意有余而约以尽之"。诗文评中老生常谈，勿须觊缕。（《管

锥编》第二册，《太平广记·八八》，页1136）

　　"地"即"质地"之"地"，今语谓之"底子"。《世说新语·文学》门孙兴公称曹辅佐："才如白地光明锦，裁为负版袴"；《文心雕龙·定势》："譬五色之锦，各以本采为地矣"；白居易《新乐府·缭绫》："中有文章更奇绝，地铺白烟花簇雪"；皆此"地"字。盖魏晋时早有其义，唐宋沿用不绝。（《管锥编》第三册，《全三国文卷一〇》，页1672）

　　曾涤生《家书》咸丰十年四月二十四日《论纪泽》详说："古今文人下笔造句，总以珠圆玉润为主；虽扬、马、昌黎，力求险奥，而无字不圆，无句不圆。" ……余按彦和《文心》，亦偶有"思转自圆"（《体性》）、"骨采未圆"（《风骨》）等语。乃知"圆"者，词意周妥、完善无缺之谓，非仅音节调顺、字句光致而已。【补订】《文心雕龙》尚有《定势》之"圆者规体，其势也自转。方者矩形，其势也自安"，《镕裁》之"首尾圆合，条贯统序"，《声律》之"切韵之动，势若转圆"；其他泛指才思赅备，则如《明诗》之"随性适分，鲜能通圆"，《论说》之"义贵通圆，辞忌枝碎"，《丽辞》之"理圆事密"，《指瑕》之"虑动难圆"。（《谈艺录·三一·说圆》，页283）

《情采》

　　《文心雕龙·情采》篇云："夫水性虚而沦漪结，木体实而花萼振，文附质也"（参观《定势》篇："激水不漪，槁木无阴"）；又以风水成"文"喻文章之"文"。《易》涣卦"象曰：风行水上涣"；《论语·泰伯》："焕乎其有文章"。《后汉书·延笃传》载笃与李文德书自言诵书咏诗云："洋洋乎其盈耳也，焕烂兮其溢目也"；章怀注："焕烂，文章貌也。"盖合"涣"与"焕"，取水之沦漪及火之灿灼以喻文章。《困学纪闻》卷二〇尝谓苏洵《仲兄字文甫说》乃衍毛传"风行水成文"之语，亦殊得间，而不知延、刘早以风来水面而为词章之拟象矣。（《管锥编》第一册，《毛诗正义·三八》，页198）

孔稚圭《北山移文》："虽假容于江皋，乃婴情于好爵"，或《文心雕龙·情采》："故有志深轩冕，而泛咏皋壤，心缠几务，而虚述人外"，颇可移评灵运之高言"嘉遯"。（《管锥编》第四册，《全宋文卷三一》，页2018）

诗者，艺之取资于文字者也。文字有声，诗得之为调为律；文字有义，诗得之以倬色揣称者，为象为藻，以写心宣志者，为意为情。及夫调有弦外之遗音，语有言表之余味，则神韵盎然出焉。《文心雕龙·情采》篇云："立文之道三：曰形文，曰声文，曰情文。"（《谈艺录·六·神韵》，页110）

"古代"是召唤不回来的，成"贤"成"圣"也不是一般诗人愿意和能够的，"不病而呻"已成为文学生活里不可忽视的事实。也就是刘勰早指出来的："心非郁陶，……此为文而造情也"（《文心雕龙·情采》）；或范成大嘲讽的："诗人多事惹闲情，闭门自造愁如许"（《石湖诗集》卷一七《陆务观作〈春愁曲〉，悲甚，作此反之》）。（《七缀集·诗可以怨》，页127）

就是一位大诗人也未必有那许多真实的情感和新鲜的思想来满足"应制""应教""应酬""应景"的需要，于是不得不像《文心雕龙·情采》篇所谓"为文而造情"，甚至以"文"代"情"，偷懒取巧，罗列些古典成语来敷衍搪塞。（《宋诗选注》，页66）

《镕裁》

李耆卿《文章精义》："文字有终篇不见主意、结句见主意者，贾生《过秦论》'仁义不施而攻守之势异也'、韩退之《守戒》'在得人'之类是也。"《文心雕龙·镕裁》:"归余于终,则撮词以举要",此之谓欤。(《管锥编》第三册,《全汉文卷一六》论"末句方着题",页 1436)

　　(陆机《文赋》:)"恒患意不称物,文不逮意。"按"意"内而"物"外,"文"者,发乎内而著乎外,宣内以象外;能"逮意"即能"称物",内外通而意物合矣。"意""文""物"三者析言之,其理犹墨子之以"举""名""实"三事并列而共贯也。……《文心雕龙·镕裁》以"情""事""辞"为"三准",《物色》言"情以物迁,辞以情发";陆贽《奉天论赦书事条状》: "言必顾心,心必副事,三者符合,不相越逾";均同此理。(《管锥编》第三册,《全晋文卷九七》,页 1863—1864)

　　言之不足,故长言之,长言之所以畅言之也;"辞达""论达"则言之已畅矣,而尚下笔不能自休,即"冗长"也。《文心雕龙·镕裁》:"辞敷而言重,则芜秽而非赡。……张骏以谢艾繁而不可删";"敷""赡""繁"而"不可删",正"尚奢""无隘"而不"冗长"。《镕裁》又云:"士衡才优而缀词尤繁,士龙思劣而雅好清省;及云之论机,亟恨其多,而称'清新相接,不以为病',盖崇友于耳";《世说·文学》门载孙绰语亦云:"潘文浅而净,陆文深而芜"。则(陆)机虽戒"无取于冗长",言"丰约之裁",而自犯所戒,不克践言。(《管锥编》第三册,《全晋文卷九七》,页 1885)

　　"缀下里于白雪,吾亦济夫所伟。"……盖争妍竞秀,络绎不绝,则目眩神疲,应接不暇,如鹏搏九万里而不得以六月息,有乖于心行一张一弛之道。陆机首悟斯理,而解人难索,代远言湮。老于文学如刘勰,《雕龙·镕裁》曰:"巧犹难繁,况在乎拙? 而《文赋》以为'榛楛勿剪,庸音足曲',其识非不鉴,乃情苦删繁也";

则于"济于所伟"亦乏会心，只谓作者"识"庸音之宜"芟"而"情"不忍"芟"。（《管锥编》第三册，《全晋文卷九七》，页1895）

《声律》

陆厥《与沈约书》、钟嵘《诗品·序》皆深非文韵，而未及此"患"；《雕龙·声律》亦只知"缀文难精，而作韵甚易"；（范）晔殆首发斯隐者乎！（《管锥编》第四册，《全宋文卷一五》，页2003）

《章句》

助词虽号"外字"，非同外附。《文心雕龙·章句》谓："'夫''惟''盖'、'故'者，发端之首唱；'之''而''于''以'者，乃札句之旧体；'乎''哉''矣''也'者，亦送末之常科。据事似闲，在用实切。"《史通·浮词》亦谓："是以'伊''惟''夫''盖'，发语之端也；'焉''哉''矣''兮'，断句之助也。去之则言语不足，加之则章句获全。""闲"而切"用"，"浮"而难"去"，正《老子》第一一章"当其无有以为用"之理。（《管锥编》第二册，《老子王弼注·一》，页630—631）

窃谓"行布"之称，虽创自山谷，假诸释典，实与《文心雕龙》所谓"宅位"及"附会"，三者同出而异名耳。《章句》篇曰："夫设情有宅，置言有位。章句在篇，如茧之抽绪。原始要终，体必鳞次，跗萼相衔，首尾一体。搜句忌于颠倒，裁章贵于顺序"；《附会》篇曰："附辞会义，务总纲领。众理虽繁，而无倒置之乖；群言虽多，而无棼丝之乱"。……夫"宅位""附会""布位""布置"，皆"行布"之别名。然《文心》所论，只是行布之常体。（《谈艺录·二·黄山谷诗补注》，页40—41）

诗用虚字，刘彦和《文心雕龙》第三十四《章句》篇结语已略论之。盖周秦之诗骚，汉魏以来之杂体歌行，如杨恽《击缶歌》、魏武帝诸乐府、蔡文姬《悲愤诗》、《孔雀东南飞》、沈隐侯《八景咏》，或四言、或五言记事长篇，或七言，或长短句，皆往往使语助以添迤逦之概。而极其观于射洪之《幽州台歌》、太白之《蜀道难》《战城南》。（《谈艺录·一八·诗用语助》，页 174）

《丽辞》

"然善属书离辞"；《正义》："犹分析其词句也"；《考证》："'附离'之'离'，《正义》误。"按《读书杂志·史记》四谓："'离词'陈词也。昭元年《左传》'设服离卫'，杜注曰：'离，陈也'。枚乘《七发》：'比物属事，离词连类'，亦与此同。"似犹遗毫发之憾。《礼记·曲礼》："离坐离立，毋往参焉"，郑注："'离'两也"，《正义》："《易》象云：'明两作离'"；《月令》："宿离不贷"，郑注："'离'读如'俪偶'之'俪'"。是"离词"即排比俪偶之词。《荀子·正名》篇："累而成文，名之丽也"；《文心雕龙·丽辞》篇说"丽"之意曰："支体必双"，"事不孤立"；《太平广记》卷一七三《王俭》则引《谈薮》："尝集才学之士，累物而丽之，谓'丽事'，丽事自此始也"。"离""丽""俪"三字通；合此数节观之，意义昭然，亦即《宋书·谢灵运传·论》之"比响联辞"。铺"陈"之型式甚多，可以星罗，可以鱼贯；成双列队只"陈"之一道耳。（《管锥编》第一册，《史记会注考证·二四·老子韩非列传》，页 501—502）

思殚意孤，而必语偶句俪，于是捶只为双。《文心雕龙·丽辞》讥赋诗"对句之骈枝"；《史通》内篇《叙事》讥载笔"以两当一"；陈际泰《己吾集》卷八《陈氏三世传略》讥八股文"若每股合掌，则四股可矣，将并其一股而亡之"；魏禧《魏叔子文集》卷三《制科策》上讥八股文"一说而毕，必强为一说以对之，又必摹其初比，句述字妃"；如五十步、百步之走以至于三舍之退尔。骈文修词，常有两疵，犹《圆觉经》所戒"事理二章"。句出须双，意窘难偶，陈义析事，似夔一足，似翁折臂；勉支撑而使平衡，避偏枯而成合掌，如前论《过秦论》发端是也。腹笥每穷，属对无典，欲避孤立，遂成合掌。如《雕龙》举刘琨"宣尼""孔子"一联，其弊显见；老手大胆，英雄欺人，杜撰故事，活剥成语，以充数饰貌，顾虽免合掌，仍属偏枯，其弊较隐。……两疵者，求句之并与词之俪而致病生焉也。（《管锥编》第三册，《全汉文卷五二》论"铺比对仗之弊"，页1523—1524）

胡天游《石笥山房文集》弁首包世臣序，称胡"于骈语习见者，颠倒以示奇"；然卷二《冬日游玉船山序》："旷兮朗兮，即枕石以漱流，优哉游哉，且幕天而席地"，未用孙楚颠倒之奇语。盖述游况，须与刘伶之"幕天席地"俪偶，对句出句，均文从字顺；等其铢两，免于偏枯，《文心雕龙·丽辞》所谓"允当"。（《管锥编》第三册，《全三国文卷七五》，页1749）

殷璠《河岳英灵集·论》："而沈生虽怪曹、王'曾无先觉'，隐侯去之更远。"……"沈生""隐侯"作对，亦即《文心雕龙·丽辞》所言"重出骈枝"之例，犹以"宣尼"俪"孔丘"也。（《管锥编》第四册，《全梁文卷五五》，页2250）

尝试论之，骈体文不必是，而骈偶语未可非。骈体文两大患：一者隶事，古事代今事，教星替月；二者骈语，两语当一语，叠屋堆床。然而不可因噎废食，止儿之啼而土塞其口也。……世间事理，每具双边二柄，正反仇合；倘求义该词达，对仗攸宜。《文心雕龙·丽辞》篇尝云："神理为用，事不孤立"，又称"反对为优"，以其"理殊趣合"；亦蕴斯旨。《六祖法宝坛经·对嘱》第一〇："出语尽双，皆取对法，来去相因"，不啻为骈体上乘说法。（《管锥编》第四册，

《全陈文卷七》，页 2290—2291）

　　盖六代之诗，深囿于妃偶之习，事对词称，德邻义比。上为"太华三峰"下必"浔阳九派"；流弊所至，意单语复。《史通·叙事》篇所讥："编字不只，捶句皆双，一言足为二言，三句分为四句。如售铁钱，以两当一"；文若笔胥然。例如："宣尼悲获麟，西狩泣孔丘"；"虽好相如达，不同长卿慢"；"千忧集日夜，万感盈朝昏"；"万古陈往还，百代劳起伏"；"多士成大业，群贤济洪绩"。彦和《丽辞》笑为"骈枝"，后来诗律病其"合掌"。（《谈艺录·九〇·庾子山诗》，页 727）

《比兴》

　　《文心雕龙·比兴》："关雎有别，故后妃方德；鸤鸠贞一，故夫人象义。义取其贞，无从于夷禽；德贵其别，不嫌于鸷鸟。明而未融，故发注而后见也。"盖如《豳风·狼跋》"美"周公而"不嫌"于贪兽矣。"义取"物之一端而"无从"其他，即《大般般若经》所谓"引喻不必尽取"，"边"之谓也。刘氏通晓佛典，倘有所参悟欤？特未团词括要，遂于"分喻"之旨，尚"明而未融"耳。（《管锥编》第一册，《周易正义·一六》，页 69—70）

　　按"兴"之义最难定。刘勰《文心雕龙·比兴》："比显而兴隐。……'兴'者，起也。……起情者，依微以拟议，……环譬以托讽。……兴之托喻，婉而成章。"是"兴"即"比"，均主"拟议""譬""喻"；"隐"乎"显"乎，如五十步之于百步，似未堪别出并立，与"赋""比"鼎足骖靳也。"六义"有"兴"，而毛、郑辈指目之"兴"也则当别论。刘氏不过依傍毛、郑，而强生"隐""显"之别以为弥缝，盖毛、郑所标为"兴"之篇什太半与所标为"比"者无以异尔。……夫"赋比兴"之"兴"谓诗之作法也；而"兴观群怨"之"兴"谓诗之功用，即《泰伯》："兴于诗，立于礼，成于乐"之"兴"。诗具"兴"之功用者，其作法不必出于"兴"。孔注、刘疏淆二为一。（《管锥编》第一册，《毛诗正义·五》，页110）

胡寅《斐然集》卷一八《致李叔义书》载李仲蒙语："索物以托情，谓之'比'；触物以起情，谓之'兴'；叙物以言情，谓之'赋'。"颇具胜意。（《管锥编》第一册，《毛诗正义·五》，页110—111）

张融《海赋》。按融雅善自负，序曰"木生之作，君自君矣"，示我用我法，不人云亦云，顾刻意揣称，实无以过木华赋也。唯两处戛戛独造，取情理以譬物象；《文心雕龙·比兴》述"比之为义，取类不常"，其三为"或拟于心"，即西方修辞学所谓"抽象之形象"，融语足供佳例。（《管锥编》第四册，《全齐文卷一五》，页2095）

马融《长笛赋》既有《乐记》里那种比喻，又有比《正义》更简明的解释："尔乃听声类形，状如流水，又像飞鸿。泛滥溥漠，浩浩洋洋；长矕远引，旋复回皇。""泛滥"云云申说"流水"之"状"，"长矕"云云申说"飞鸿"之"象"；《文选》卷一八李善注："矕，视也。"马融自己点明以听通视。《文心雕龙·比兴》历举"以声比心""以响比辩""以容比物"等等，还向《长笛赋》里去找例证，偏偏当面错过了"听声类形"，这也流露刘勰看诗文时的盲点。（《七缀集·通感》，页66）

《夸饰》

《论衡》之《语增》《艺增》《儒增》，《史通》之《暗惑》等，毛举枉比，衍孟之绪言，而未申孟之蕴理。《文心雕龙·夸饰》云："文辞所被，夸饰恒存。……辞虽已甚，其义无害也"，亦不道何以故。皆于孟子"志""辞"之义，概乎未究。盖文辞有虚而非伪、诚而非实者。语之虚实与语之诚伪，相连而不相等，一而二焉。是以文而无害，夸或非诬。(《管锥编》第一册，《毛诗正义·二六》，页 166)

夫"涉乐""言哀"，谓作文也，顾"变在颜"之"笑"若"叹"非形于楮墨之哀与乐也，徒笑或叹尚不足以为文，亦犹《檀弓》谓"直情而径行"尚非"礼道"也。情可生文，而未遽成文；"谈欢则字与笑并，论戚则声与泣偕"(《文心雕龙·夸饰》)，落纸之情词也。莞尔、喟然则仅见于面之"情貌"而已。(《管锥编》第三册，《全晋文卷九七》，页 1878)

《事类》

元帝《内典碑铭集林序》"无所倚约"。"倚"，傍也，《宋书·谢灵运传·论》所谓"假古语，申今情"，《诗品》中所谓"补缀"，《文心雕龙·事类》所谓"据事以类义，援古以证今"。"约"，精而当也，如《事类》："是以综学在博，取事贵约"，又"校练务精，捃理须覈，事得其要，虽小成绩"。(《管锥编》第四册，《全梁文卷一七》，页 2173)

盖六朝人用"粉墨"有三义：一如《文心雕龙·事类》篇言"缀靓"所谓"金翠粉黛"，颜书其例也；二如刘峻《广绝交论》言"月旦"所谓"雌黄朱紫"，徐文其例也；三如今语所谓"抹黑""搞臭"，崔篆此篇中语是，犹夫西施之蒙不洁、李季之浴五牲矢也。(《管锥编》第四册，《全后魏文卷四〇》，页 2324—2325)

《练字》

黄氏(按：指黄道周)所称，舍"薨薨"形容众多，尚可节取，"叟叟"象声，已见前论"坎坎"，其余都如《论衡·自纪》篇所言："后人不晓，世相离远，此名曰语异，不名曰才鸿"。以此求文，则将被《文心雕龙·练字》篇所嘲："岂直才悬，抑亦字隐。……一字诡异，则群句震惊，三人弗识，将成字妖。"（《管锥编》第一册，《毛诗正义·五五》，页252—253）

《书》（按：指陆云《与兄平原书》）一七："'彻'与'察'皆不与'日'韵，思维不能得，愿赐此一字。"按韩愈《记梦》："壮非少者哦七言，六字常语一字难"；《困学纪闻》卷一八引《文心雕龙·练字》所谓"贫于一字"释之。陆云此书乃作者自道"贫于一字"最古之实例。（《管锥编》第四册，《全晋文卷一〇二》，页1917）

按卢延让《苦吟》云："吟安一个字，拈断数茎须"；又《全唐诗》载无名氏句云："一个字未稳，数宵心不闲"。前者"行布"，句在篇中也；此之"安排"，字在句内也。《文心雕龙·练字》篇曰："善为文者，富于万篇，贫于一字。一字非少，相避为难也"；避免重复，卑无高论。《风骨》篇曰："锤字坚而难移"，则可为安稳之的诠矣。（《谈艺录·二·黄山谷诗补注》，页44）

按《文心雕龙·练字》已标"重出""同字相犯"为"近世"文"忌"，唐以来五七言近体诗更斤斤于一字复用。进而忌一篇中用事同出一处。……《雕龙》所拈"练字"禁忌，西方古今诗文作者固戚戚有同心焉，并扬榷之。（《谈艺录·二·黄山谷诗补注》，页46—47）

《隐秀》

《史通》所谓"晦"，正《文心雕龙·隐秀》篇所谓"隐"，"余味曲包"，"情在词外"；施用不同，波澜莫二。（《管锥编》第一册，《左传正义·一》，页271）

陆机《文赋》："期穷形而尽相"，范氏（按：指范晔）则谓形容事物而能穷态尽妍，尚非文之高境；事外犹当有"远致"。即《文心雕龙·隐秀》所言"文外之重旨"，"余味曲包"，或焦竑《笔乘》卷三录郑善夫手批杜甫诗所谓"杜病在求真求尽"，亦如作画之贵"意余于象"也。（《管锥编》第四册，《全宋文卷一五》，页 2002）

长短乃相形之词。沧浪不云乎："言有尽而意无穷"；其意若曰：短诗未必好，而好诗必短；意境悠然而长，则篇幅相形见短矣。【补遗】按此意在吾国首发于《文心雕龙·隐秀》篇，所谓"情在词外曰隐，状溢目前曰秀"，又谓"余味曲包。"（《谈艺录·六〇·随园非薄沧浪》，页 508）

黄庭坚曾经把道听途说的艺术批评比于"隔帘听琵琶"，这句话正可以形容他自己的诗。读者知道他诗里确有意思，可是给他的语言像帘子般的障隔住了，弄得咫尺千里，闻声不见面。正像《文心雕龙·隐秀》篇所说"晦塞为深，虽奥非隐"；这种耐人思索是费解，不是含蓄。（《宋诗选注》，页 156）

《指瑕》

三国至唐，利口嘲弄，深文吹索，每出此途（按：指"反语"）。观梁元帝《金楼子·杂记篇》上，可见一斑；有曰："鲍照之'伐鼓'"，《文镜秘府论》西卷《文二十八种病》之二〇"翻语病"举例，即照诗"伐鼓早通晨"，反语"腐骨"。《文心雕龙·指瑕》篇所谓"反音取瑕"是也。（《管锥编》第二册，《太平广记·一二三》，页 1209）

《文心雕龙·指瑕》："《武帝诔》云：'尊灵永蛰'；《明帝诔》云：'圣体浮轻'。'浮轻'有似于蝴蝶，'永蛰颇疑于昆虫'"（亦见《金楼子·立言篇》下，董斯张《吹景集》卷二有驳）。（《管

锥编》第三册，《全上古三代文卷三》论"丫叉法"，页1384）

卷一九《武帝诔》"尊龄永蛰"，《文心雕龙·指瑕》讥（曹）植"以父方虫"；此表（按：指曹植《上责躬应诏诗表》）又推兄"隆"父母。敬畏生君过于亡父，遂变弟悌而为臣忠，浑忘子孝。（《管锥编》第三册，《全三国文卷一五》论"曹植语病"，页1682）

《文心雕龙·指暇》："立文之道，唯字与义"，韩愈《科斗书后记》："思凡为文字，宜略识字"；皆言文字训义之不可忽。苟不知训义而妄作，则如《指暇》所谓"课文了不成义"；苟不顾训义而好奇，则如《练字》所谓"'淫''列'义当而不奇，'淮''别'理乖而新异"。均未为辞达而"旨见"耳。"韵移其意"，当合观下文"手笔差异，文不拘韵故也"。"文患……韵移其意"之"文"，指《雕龙·总术》引"常言'有文有笔'"之"文"；"手笔差易，文不拘韵"之"文"，如《雕龙》标目"文心"之"文"，通言而施之于"笔"。（《管锥编》第四册，《全宋文卷一五》，页2003）

《养气》

魏文帝《典论》谓"文以气为主"，刘勰《文心雕龙》继王充而立《养气》一篇，韩愈《答李翊书》亦谓"气盛则言之短长与声之高下皆宜"，着眼又别，足相比勘。（《管锥编》第三册，《全晋文卷九七》，页1872）

《附会》

窃谓"行布"之称，虽创自山谷，假诸释典，实与《文心雕龙》所谓"宅位"及"附会"，三者同出而异名耳。《章句》篇曰："夫设情有宅，置言有位。章句在篇，如茧之抽绪。原始要终，体必鳞次，跗萼相衔，首尾一体。搜句忌于颠倒，裁章贵于顺序"；《附会》

篇曰："附辞会义，务总纲领。众理虽繁，而无倒置之乖；群言虽多，而无棼丝之乱。"……夫"宅位""附会""布位""布置"，皆"行布"之别名。然《文心》所论，只是行布之常体。（《谈艺录·二·黄山谷诗补注》，页40—41）

《物色》

按《文心雕龙·物色》举例如"'灼灼'状桃花之鲜，'依依'尽杨柳之貌，'杲杲'为日出之容，'瀌瀌'拟雨雪之状，'喈喈'逐黄鸟之声，'喓喓'学草虫之韵"，胥出于《诗》。他若《卢令》之"卢令令"，《大车》之"大车槛槛"，《伐木》之"伐木丁丁"，《鹿鸣》之"呦呦鹿鸣"，《车攻》之"萧萧马鸣"，以及此篇（按指《伐檀》）之"坎坎"，亦刘氏所谓"属采附声"者。虽然，象物之声，厥事殊易。稚婴学语，呼狗"汪汪"，呼鸡"喔喔"，呼蛙"阁阁"，呼汽车"都都"，莫非"逐声""学韵"，无异乎《诗》之"鸟鸣嘤嘤""有车邻邻"，而与"依依""灼灼"之"巧言切状"者，不可同年而语。刘氏混同而言，思之未慎尔。象物之声，而即若传物之意，达意正亦拟声，声意相宜，斯始难能见巧。（《管锥编》第一册，《毛诗正义·三八》，页196）

《全三国文》卷一九陈王植《金瓠哀辞》："予之首女，虽未能言，固以授色知心矣。"亦不言己察视婴儿之容色，而言婴儿以其容色"来授"于己。《文心雕龙·物色》"情往似赠"，亦可参印。（《管锥编》第三册，《全汉文卷二〇》论"色授"，页1454）

汉末人谓失志违时，于是"悦山乐水"。此正如有"江山之助"者，岂异人乎？乃放逐憔悴之屈原耳。恽敬《游罗浮山记》至曰："古之善游山水者，以左徒为始"。观乎后世，斯意尤明。劳人谪宦，远役羁居；披榛履险，藉作清游，置散投荒，聊寻胜赏。……盖悦山乐水，亦往往有苦中强乐，乐焉而非全心一意者。概视为逍遥闲适，则疏卤之谈尔。（《管锥编》第三册，《全后汉文卷八九》论"'乐志'于山水"，页1642—1643）

"悲落叶于劲秋，喜柔条于芳春"；二句申说"四时""万物"。萧子显《自序》："风动春朝，月明秋夜，早雁初莺，闲花落叶，有来斯应，每不能已也"；《文心雕龙·物色》："物色之动，心亦摇焉。……流连万象之际，沉吟视听之区。……目既往还，心亦吐纳。春日迟迟，秋风飒飒，情往似赠，兴来如答"；《诗品·序》："若乃春风春鸟，秋月秋蝉，夏云暑雨，冬月祁寒，斯四候之感诸诗者也"；又（陆）机此二句之阐释也。……"心亦吐纳""情往似赠"，刘勰此八字已包赅西方美学所称"移情作用"，特标举之。（《管锥编》第三册，《全晋文卷九七》，页1868—1869）

"思尽波涛，悲满潭壑"；按二句情景交融，《文心雕龙·物色》所谓"目既往还，心亦吐纳"者欤。"波涛"取其流动，适契连绵起伏之"思"，即《全汉文》卷三武帝《李夫人赋》："思若流波，怛兮在心"；西语亦曰"思波"，以心念之画而能浑、运而不息也。……"潭壑"取其容量，堪受幽深广大之"悲"，即李群玉《雨夜呈长官》："请量东海水，看取浅深愁"。然波涛无极，言"尽"而实谓"思"亦不"尽"；潭壑难盈，言"满"则却谓"悲"竟能"满"。二语貌同心异，不可不察尔。（《管锥编》第四册，《全宋文卷四七》，页2055）

（谢赫《古画品》：）"四、随类，赋彩是也。"词意可参观《文心雕龙·物色》："写气图貌，既随物以宛转；属彩附声，亦与心而徘徊"，又"体物为妙，功在密附"（参观《明诗》："宛转附物"）。文章、绘画，状物求肖，殊事同揆。（《管锥编》第四册，《全齐文卷二五》，页2110）

江淹《别赋》："春宫閟此青苔色，秋帐含兹明月光，夏簟清兮昼不暮，冬釭凝兮夜何长！"亦遍及四季而明其"足伤"。《文心雕龙·物色》以"四时动物"张本，因举"献岁发春""滔滔孟夏""天高气清〔秋〕""霰雪无垠〔冬〕"，更属题中应有之义；其拈"天高气清"概示秋色，则宋人病《兰亭集序》写暮春之有"天朗气清"，可引以自助也。（《管锥编》第四册，《全梁文卷三三》，页 2189）

《才略》

刘峻《自叙》，比迹冯衍，《文心雕龙·才略》称衍"坎壈盛世，而《显志》《自叙》，亦蚌病成珠"，则衍有《自叙》，其文当有摭撷入《后汉书·冯衍传》者。（《管锥编》第一册，《史记会注考证·四九·司马相如列传》，页 575）

司马迁的那种意见（按指"发愤著书"），刘勰曾涉及一下，还用了一个巧妙的譬喻。《文心雕龙·才略》讲到冯衍："敬通雅好辞说，而坎壈盛世；《显志》《自叙》，亦蚌病成珠矣。"就是说他那两篇文章是"郁结""发愤"的结果。刘勰淡淡带过，语气不像司马迁那样强烈，而且专说一个人，并未扩大化。"病"是苦痛或烦恼的泛指，不限于司马迁所说"左丘失明"那种肉体上的害病，也兼及"坎壈"之类精神上的受罪，《楚辞·九辨》所说"坎壈兮贫士失职而志不平。"（《七缀集·诗可以怨》，页 118）

晋代人文，略备于《文心雕龙·才略》篇，三张、二陆、潘、左、刘、郭之徒，无不标其名字，加以品题，而独遗渊明。沈休文《南齐书·文学传论》亦最举作者，别为三体，穷源分派，与钟记室《诗品》相近，而仍漏渊明。记室《诗品》列渊明于中驷，抉妙别尤，识所未逮。（《谈艺录·二四·陶渊明诗显晦》，页 220）

《知音》

盖作者评文，所长辄成所蔽，囿于我相，以一己之优工，为百家之衡准，不见异量之美，难语乎广大教化。《文心雕龙·明诗》论作者"兼善"与"偏美"曰："随性适分，鲜能通圆"，《知音》论评者亦曰："知多偏好，人莫圆该。……会己则嗟讽，异我则沮弃，各执一隅之解，欲拟万端之变。……故圆照之象，务先博观。"才之偏至与嗜之偏好，犹键管相当、函盖相称，足申曹丕之旨。"圆照""周道""圆觉"均无障无偏之谓也。（《管锥编》第三册，《全三国文卷八》论"能作与能评"，页1669）

江淹《杂体诗序》："故蛾眉诅同貌，而俱动于魄；芳草宁共气，而同悦于魂；不其然欤？至于世之诸贤，各滞所迷，莫不论甘则忌辛，好丹则非素，岂所谓通方广恕、好远兼爱者哉！"……淹此数语，如标韩愈《进学解》所谓"同工异曲"，以救刘勰《文心雕龙·知音》所谓"知多偏好"，欲谈艺之圆照而广大教化耳。（《管锥编》第四册，《全梁文卷三八》，页2199—2200）

《程器》

陈傅良《止斋先生文集》卷四一《跋徐荐伯诗集》："世多谓书生不知兵，犹言孙武不善属文耳。今观武书《十三篇》，盖与《考工记》《穀梁传》相上下"；【增订四】《文心雕龙·程器》："孙武《兵经》辞如珠玉，岂以习武而不晓文也！"陈傅良之意早发于此。（《管锥编》第一册，《史记会注考证·二五·孙子吴起列传》，页505）

《文心雕龙·程器》《颜氏家训·文章》均历数古来文士不检名节，每陷轻薄，《雕龙》又以"将相"亦多"疵咎"为解。实则窃妻、嗜酒、凌物等玷品遗行，人之非将非相、不工文、不通文乃至不识文字者备有之，岂"无行"独文人乎哉！《全三国文》卷七魏文帝《又与吴质书》："观古今文人，类不护细行，鲜能以名节自立"，《雕龙》诵说斯言。夫魏文身亦文人，过恶匪少，他姑不论，即如《世说·贤媛》所载其母斥为"狗鼠不食汝余"事，"相如窃妻"较之当从末减；《雕龙》仅引"将相"，不反唇于魏文而并及帝皇，亦但见其下、未见其上矣。（《管锥编》第四册，《全梁文卷一一》，页2158—2159）

《序志》

按《〈尔雅〉叙》结语："辄复拥篲清道，企望尘浊者，以将来君子，为亦有涉乎此也。"《文心雕龙·序志》结语："茫茫前代，既沉予闻，渺渺来世，倘尘彼观也！"刘知几《史通·自叙》言："自《法言》以降，迄于《文心》而往"，皆"纳胸中"，结云："将恐此书，与粪土同捐，烟烬俱灭，后之识者无得而观，此余所以抚卷涟洏，泪尽而继之以血也！"则与《文心》同调。著书心事，不外此两端。（《管锥编》第四册，《全晋文卷一二一》，页1948）

归舶邂逅冒君景璠，因以晋见其尊人疚斋先生，并获读所著《后山诗天社注补笺》。其书网罗掌故，大裨征文考献，若夫刘彦和所谓"擘肌分理"，严仪卿所谓"取心析骨"，非所思存。（《谈艺录·二·黄山谷诗补注》，页68）

附：论刘昼及《刘子》（或称《新论》）

《北齐书》卷四十四《儒林传》载刘昼自恨不学属文，作《六合赋》，自谓绝伦，吟讽不辍，乃叹曰："儒者劳而少功，见于斯矣。我读儒书二十余年，而答策不第。始学为文，便得如是。"（《谈艺录》·五二·《学人之诗》，页465）

如陆机《文赋》所谓"涉乐必笑"；其《为梁上黄侯世子与妇书》：

"栏外将花，居然俱笑"，则如刘昼《刘子·言苑》第五四："春葩含露似笑"，明言花之笑矣。(《管锥编》第一册，《毛诗正义·八》，页124）

刘昼《新论·防欲》云："将收情欲，必在危微"，又云："塞先于未形，禁欲于危微"，亦韩非意；宋儒以下，习言《书·大禹谟》之"危微精一"，不知六朝尚有此用。李密《陈情表》："人命危浅，朝不保夕"，《文选》五臣注吕延济云："危易落，浅易拔"，正刘语的诂也。(《管锥编》第二册，《老子王弼注·三》页647）

刘昼《新论·惜时》篇："夫停灯于缸，先焰非后焰，而明者不能见；藏山于泽，今形非昨形，而智者不能知。何者？火则时时灭，山亦时时移。"亦如张湛以《列子》之渐移解《庄子》之潜移，实非夜半负山之本质。(《管锥编》第二册，《列子张湛注·二》，页733）

《孙子·作战篇》仅云："兵贵胜不贵久"，《三国志·魏志·郭嘉传》记嘉语："兵贵神速"，常语遂言"神速"。刘昼《刘子·贵速》篇曰："力贵突，智贵卒。"盖"神通"者，"神"则空诸障碍，唯"通"乃著其"神"，而无障碍则了不停滞，其"速"也斯亦其所以为"神"也欤！(《管锥编》第二册，《太平广记·二二》，页1021）

刘昼《刘子·防欲》分五关，略同《庄子·天地》之言"失性有五"，而以"身"之触代"心"之思："目爱彩色，命曰伐性之斧；耳乐淫声，命曰攻心之鼓；口贪滋味，命曰腐肠之药；鼻悦芳馨，命曰燻喉之烟；身安辇驷，命曰召蹶之机。"(《管锥编》第三册，《全汉文卷二〇》，页1450）

至若《汉书·景十三王传》中山王胜曰："今臣心结日久，每闻幼眇之声，不知涕泣之横及"；《说苑·书说》又《新论·琴道》记雍门周先侈陈"足下有所常悲"以动孟尝君，然后鼓琴使之"嘘唏"；

则均阮籍《乐论》所谓"原有忧"者，未堪为例。刘昼《刘子·辨乐》篇又本乎阮《论》，亦无取焉。（《管锥编》第三册，《全汉文卷四二》，页1507）

观刘昼《刘子·鄙名》篇云："今野人昼见蟢子者，以为有喜乐之瑞；夜梦见雀者，以为爵位之象"，则（曹）植所谓"利人"即其下文云："鸟兽昆虫犹以名声见异"，不过以其名号与"喜""爵"同声音耳。望文傅会，因物名而捏造物宜，流俗惯事。（《管锥编》第三册，《全三国文卷一四》，页1680）

《万机论》："语曰：'两目不相为视。'昔吴有二人共评主者，一人曰：'好！'一人曰：'丑！'久之不决。二人各曰：'尔可求入吴目中，则好丑分矣！'夫士有定形，二人察之有得失，非苟相反，眼睛异耳。"按即俗谚"情眼出西施"（胡仔《苕溪渔隐丛话·后集》卷三一）、"瞋人易得丑"（徐度《却扫编》卷上）之旨。刘昼《刘子·正赏》第五一有一节全本此，"评主"作"评玉"，"求入吴目中"作"来入吾目中"，"士有定形"作"玉有定形"，皆于义为长，可据以校正。（《管锥编》第三册，《全三国文卷三三》，页1707）

《淮南子·修务训》："楚人有烹猴而召其邻人，以为狗羹而甘之，后闻其猴也，据地而吐之"（参观刘昼《新论·正尚》越人臛蛇享秦客事）；羹不因名而异其本味，口却因名而变其性嗜。（《管锥编》第四册，《全晋文卷一三七》，页1962）

《庄子·列御寇》载孔子曰："凡人心险于山川，难于知天。天犹有春秋冬夏旦暮之期，人者厚貌深情"，按《意林》采《鲁连子》曰"人心难知于天"云云，本此；《刘子·心隐》篇同。（《谈艺录·四八·文如其人》，页425）

北朝有个姓刘的人也认为困苦能够激发才华，一口气用了四个比喻，其中一个恰好和南朝这个姓刘人所用的相同。刘昼《刘子·激通》："梗楠郁蹙以成缛锦之瘤，蚌蛤结疴而衔明月之珠，鸟激则能翔青云之际，矢惊则能逾白雪之岭，斯皆仍瘁以成明文之珍，因激以致高远之势。"（《七缀集·诗可以怨》，页118）

南北朝二刘（按指刘勰、刘昼）不是说什么"蚌病成珠""蚌蛤结疴而衔珠"么？（《七缀集·诗可以怨》，页128）

（原载《古代文学理论研究》2019年第1辑，总第四十八辑）

中国古代文学悲剧性特色成因初探

凡是较多接触过中国古代文学作品的人，都可以明确地感受到：在我们这一大宗极其丰富极其绚丽的文学遗产中，绝大部分具有浓郁的悲剧色彩。后起的小说、戏曲等叙事性文学作品是如此，作为几千年文坛正宗的诗、文、词、赋等抒情性文学作品更是如此。就思想内容而论，或抒亡国之痛，或忧民生之苦，或叹身家之难，或嗟命运之穷，或伤壮志之难酬，或恨好景之难再：凡此种种，不可胜算；就艺术风格而言，或悲凉慷慨，或悲壮沉郁，或悲婉缠绵，或悲苦凄厉：诸如此类，亦难尽述。这类悲剧色彩很浓的作品，无论其数量还是质量，都堪称中国古代文学的主要代表，并构成中国古代文学最重要的特色之一。

那么，是哪些原因使中国古代文学具有这种悲剧性特色的呢？本文打算对此作一初步的探讨。

一、"世积乱离，风衰俗怨"——社会政治的因素

文学艺术作为一种社会意识形态，是客观现实在作家头脑中反映的产物。中国古代文学素来有真实地反映社会现实、积极地干预社会生活的优良传统，因而一部中国文学史，就是几千年中国社会历史的生动的艺术的反映。我们知道，从中国文学诞生之初的奴隶制时期到其长足发展的封建制时期，一直存在着长期、尖锐的阶级矛盾和阶级斗争。不同的阶级固然要进行反复的较量，同一阶级为争夺统治权也经常进行殊死的斗争。而每一次封建王朝的兴替，都要伴随着长期的战乱，使本来就很不发达的社会生产力遭受严重的

破坏，给人民带来深重的灾难。尽管不少新王朝的统治者最初也能采取一些有利于国计民生的措施来缓和阶级矛盾，但由于阶级本质决定，过不了多久就会走向反面，使阶级矛盾日益激化，搞得国敝民穷，怨声载道。多灾多难的社会现实作用于作家的头脑，诉诸作家的创作，产生的作品带有浓郁的悲剧性色彩也就是必然的了。

《礼记·乐记》分诗为三类，云："治世之音安以乐，其政和；乱世之音怨以怒，其政乖；亡国之音哀以思，其民困。"[①] 就文学是社会生活的反映来说，其立论是可取的，但由于中国历史上少有"治世"，所以"安以乐"的"治世之音"便少得可怜；更多的则是"怨以怒"的"乱世之音"和"哀以思"的"亡国之音"。

从我国第一部诗歌总集《诗经》来看，事实正是如此。适如东汉何休在《春秋公羊传解诂》中所说：《诗三百》多出于"男女有所怨恨，相从而歌，饥者歌其食，劳者歌其事"。当时的许多无名作者，首先是不满于自己承受的无情政治压迫和经济剥削，不满于饥寒交迫、流离失所的生活处境，进而探寻这苦难的根源，以至向统治者发出愤怒的抗议和抨击。这类作品代表了《诗经》民主性的精华，其思想和艺术的光芒使那本来为数无几的为统治者歌功颂德的《颂》诗黯然失色。无论后代的御用文人怎样抬高《颂》诗的地位，事实证明都是徒劳。

古代文学的史实还告诉我们，即便是在所谓的"治世""盛世"，人民的生活水平也是很低下的，也会遭受各种各样的灾难，因而发出的歌吟大多也并不"安以乐"。汉代乐府诗有不少是产生于西汉最兴盛的时期，但弥漫于其中的却是悲哀怨怒的情调。《汉书·艺文志》称这些"赵、代之讴，秦、楚之风，皆感于哀乐，缘事而发"[②]，

---

① ［清］朱彬：《礼记训纂》，北京：中华书局，1996 年，第 560 页。
② ［汉］班固：《汉书》第六册，北京：中华书局，1962 年，第 1756 页。

即真实地反映了社会生活，这是可信的。这些诗篇，或反映饥饿、贫困的痛苦生活，或揭露战争、徭役带来的深重灾难，或控诉封建礼教严酷的束缚，何曾有多少"安以乐"的欢欣？即便是在封建制度最为鼎盛的盛唐，反映人民疾苦、揭露社会黑暗的诗篇，不也是占了很大的比例么？

当然，悲剧色彩最浓的仍当推那些乱世之作、亡国之音。《诗经》中艺术成就很高的"变风、变雅"是产生于"王道衰，礼义废，政教失，国异政，家殊俗"（《毛诗序》）的社会条件之下，也就是刘勰在《文心雕龙》中所说的"幽、厉昏而《板》《荡》怒，平王微而《黍离》哀"。"逮楚国讽怨，则《离骚》为刺"，彪炳千古的《楚辞》正是楚国衰败、乱亡时期的产物。建安文学是中国文学史上的一个高峰，"观其时文，雅好慷慨，良由世积乱离，风衰俗怨，并志深而笔长，故梗概而多气也"。① 被公认为"诗史"的杜诗，其优秀篇章绝大部分产生于安史之乱前后二十年间那"万方多难"（《登楼》）的时代；李后主那缠绵悲婉的绝妙好词大多是在家亡国破、身为囚徒时期唱出来的。黄宗羲在《谢皋羽年谱游录注序》中认为："文章之盛，莫盛于亡宋之日"；"宋之亡也，其诗又盛。无它，时为之也。"这是因为"夫文章，天地之元气也。……逮夫厄运危时，天地闭塞，元气鼓荡而出，拥勇郁遏，坌愤激讦，而后至文生焉。"他的"元气"说虽不免抽象，但他指出"至文"生于"厄运危时"的乱世，则无疑是符合历代文学创作实际的。赵翼对此更作出了规律性的概括："国家不幸诗家幸，赋到沧桑句便工。"②

---

① ［梁］刘勰著，周振甫注：《文心雕龙注释》，北京：人民文学出版社，1983 年，第 478 页。

② ［清］赵翼：《题元遗山集》，胡忆尚选注《赵翼诗选》，郑州：中州古籍出版社，1985 年，第 162 页。

如果不做绝对化的理解，这两句诗应当说是相当恰切地揭示了社会生活与文学创作的关系的。中国文学史上文学的几个黄金时代（最典型的如战国、建安）恰恰是社会最动乱、人民苦难最深重的历史时期，便是有力的证明。这样的"至文""工句"，既然是产生于苦难的土壤，怎能不具有浓郁的悲剧色彩呢！

以上考察表明，社会政治，尤其"世积乱离，风衰俗怨"的社会政治生活，是中国古代文学具有浓郁的悲剧色彩的最根本的原因。

二、"不平则鸣""蚌病成珠"——作家遭际的因素

我们知道，作家是文学创作的主体。文学作品固然是社会生活的反映，但从社会现实到文学作品，却必须经过作家大量的艰苦的创造性劳动。作家反映的社会现实，无疑地要以自己亲自接触感受到的生活为主。因此，作家本身的生活经历对其创作的内容和风格不能不具有至关重要的作用。

中国古代少有专职的作家。由于儒家的正统观念长期地控制着人们的思想，文学在整个上古时代（先秦至两汉）一直没有自己的独立地位，完全充当着政治侍女的角色。当时少数以文学创作为主要活动的人（与后来专职的作家仍迥然有别）如司马相如、东方朔、枚皋等人被统治者视同"俳优"，从事文学创作活动被视为"雕虫篆刻"之类的小道末技。进入中古以后，这种状况仍未有根本的转变。这种传统，使得古代绝大多数的知识分子只是把文学作为实现其政治抱负的桥梁和工具，期望着在政治上有所作为；只有在历经坎坷、壮志难酬的情况下，才"独善以垂文"，把自己不幸的遭遇、满腔的悲愤，以及人生旅途上所见到的国家人民的苦难宣泄出来，从而创作出许多优秀作品的。这样的作品在内容和风格上具有悲剧色彩，也就不足为奇了。

作家遭际对文学创作的重要作用，古代文论家曾有过许多精到的论述。如司马迁的"发愤著书"说：

> 古者富贵而名磨灭，不可胜记，唯俶傥非常之人称焉。盖西伯拘而演《周易》；仲尼厄而作《春秋》；屈原放逐，乃赋《离骚》；左丘失明，厥有《国语》；孙子膑脚，《兵法》修列；不韦迁蜀，世传《吕览》；韩非囚秦，《说难》《孤愤》。《诗》三百篇，大抵圣贤发愤之所为作也。此人皆意有所郁结，不得通其道，故述往事，思来者。及如左丘无目，孙子断足，终不可用，退论书策，思垂空文以自见。①

他以大量的事例说明了作家的不幸遭遇是产生好作品的重要条件，这一点为后来更多的文学史实所证明，因而也为后代更多的文论家所重视。刘勰通过冯衍的生活创作道路，进一步提出"蚌病成珠"的观点："敬通雅好辞说，而坎壈盛世，《显志》自序，亦蚌病成珠矣。"②用绝妙的比喻揭示了作家坎坷的生活道路与作品的关系。与其基本同时而身在北齐的刘昼则在其《刘子》的《激通》中连用四个比喻说明类似的观点："梗楠郁蹙以成缛锦之瘤，蚌蛤结疴而衔明月之珠，鸟激则能翔青云之际，矢惊则能逾白雪之岭，此皆仍痒以成明文之珍，因激以致高远之势。"③以后经过韩愈的"不平则鸣"④说，发展为欧阳修著名的"穷而后工"论：

---

① ［汉］班固：《汉书》第九册，第 2735 页。
② ［梁］刘勰著，周振甫注：《文心雕龙注释》，第 503 页。
③ ［北齐］刘昼著，傅亚庶撰：《刘子校释》，北京：中华书局，1998 年，第 498 页。
④ ［唐］韩愈：《送孟东野序》，马其昶校注：《韩昌黎文集校注》，上海：上海古籍出版社，1985 年，第 233 页。

盖世所传诗者，多出于古穷人之辞也。凡士之蕴其所有，而不得而知施于世者，多喜自放于山巅水涯之外，见虫鱼草木、风云鸟兽之状类，往往探其奇怪。内有忧思感愤之郁积，其兴于怨刺，以道羁臣寡妇之所叹，而写人情之难言，盖愈穷则愈工。然则非诗之能穷人，殆穷者而后工也①。

明人焦竑解释"穷而后工"的现象说："岂诗非在势处显之事，而常与穷愁困悴者值也？诗非他，人之性灵之所寄也。苟其感不至，则情不深，情不深则无以惊心而动魄，传世而行远"(《雅娱阁集序》)。李贽在《忠义水浒传序》中则通过批判"不愤而作"，强调了"发愤"与创作的关系："古之圣贤，不愤则不作矣。不愤而作，譬如不寒而颤，不病而呻吟也，虽作，何观乎？"这些论述从不同方面说明，作家往往只有历经坎坷(穷)、饱尝人间不幸，对此有了深刻感受(愤)之后，才能创作出传世的佳作。

考之历代作家的实际，可以得到更多有力的证明。司马迁不受腐刑，《史记》便不可能像后来写得那样精彩而具有强烈的人民性、战斗性；曹植后期不是倍受压抑和迫害，写不出《赠白马王彪》《泰山梁甫行》等名篇；李白如果仕途顺利，不会在诗歌创作上取得那样辉煌的成就；柳宗元、苏轼如果不是屡受贬谪，怎能写出那丰富多彩、脍炙人口的名篇佳作？陆游、辛弃疾正是由于壮志难酬，才有可能写出那大量优秀的诗词；"有志图王者"罗贯中也是在政治抱负无法实现的情况下创作出《三国演义》等小说的。更不要说曹雪芹、蒲松龄的例子了，他们如果不是家道败落、科场失意，我们的文学史上又怎会有《红楼梦》《聊斋志异》这样的瑰宝呢？这种

---

① ［宋］欧阳修：《梅圣俞诗集序》，《欧阳修全集》第二册，北京：中华书局，2001年，第612页。

有似于"失之东隅，收之桑榆"的现象，绝非偶然的巧合，而是显示了艺术产生的某种规律性。文学作品来源于社会生活，而古代作家没有也不会为着从事创作而去深入社会生活，只有在政治上不得意的情况下，才不自觉地沉入到社会生活中去，从而发现艺术真谛的。这也可以叫做"逼上梁山"。

黄宗羲《陈苇庵年伯诗序》在论述了时代对创作的决定作用之后说："即时不甚乱，而其发言哀断，不与枯荄变谢者，亦必逐臣、弃妇、孽子、劳人；愚慧相倾，惛算相制者也。此亦一人之时也。"指出了作家个人不幸的生活经历与动乱的社会现实一样是产生好作品的先决条件，在这条件下产生的作品都是"发言哀断"，即具有浓郁的悲剧色彩的。这一点，就连论诗重在妙悟的严羽也不能不承认。他说："唐人好诗，多是征戍、迁谪、行旅、离别之作，往往尤能感动人意。"①

因此，我们说：作家坎坷曲折的生活经历是许多好作品产生的重要条件，也是古代文学作品具有浓郁悲剧性特色的重要原因之一。

三、"悲"音动人，"穷言易好"——审美传统的因素

我们前面论述的社会政治和作家遭际的因素，其重要性是不容置疑的。但那些只是客观外在的因素，要探究古代文学悲剧性色彩的成因，我们当然不能就此止步，还要进一步探讨其主观的内在的因素。这需要对我们民族的审美传统作一个历史的回顾。

我们的祖先——原始人，在他们那初级的审美活动中所感受到的主要是狂喜，是愉快，那时的美感是与快感结合在一起的，能给人以快感的事物即被认为是美的。到了奴隶社会，由于阶级的出现，

---

① ［宋］严羽：《沧浪诗话·诗评》，［清］何文焕辑：《历代诗话》，北京：中华书局，1981年，第699页。

奴隶被逐渐剥夺了起码的从事审美活动的权利，而在奴隶主那里，审美意识却有了很大发展，奴隶主阶级逐步按照自己的阶级利益和审美要求，对以乐为主的艺术活动加以限制，使美感与快感逐渐区分开来，他们欣赏和提倡的是"安以乐"的"治世之音"，强调的是中和之美，并通过"礼"将其加以规定。这种审美标准维持了很长时间，到春秋时期逐渐为人们（包括下层人民、新兴封建主及部分奴隶主）所厌弃，人们的审美心理终于从以快为美的一极走向以悲为美的另一极。表现在音乐欣赏方面，"以悲为美成了当时的一种社会风尚，一种突出的审美要求。在人们的心目中，它的价值高出于对喜乐曲调的爱好，似乎曲调愈悲，感人愈深，而悲到极点，也就美到了极点，高尚到了极点"。① 这种审美观念，开始于春秋，风行于战国，延续于两汉，逐渐积淀成为民族的审美传统，历久而不衰。

事实正是如此。现存的春秋战国以至两汉的典籍中，谈到音乐的许多文字，都以"悲"为音乐美的标准。如《韩非子·十过》中晋平公问师旷语"《清商》固最悲乎"？"音莫悲于《清征》乎"？② 《韩诗外传》卷七"夫大王鼓瑟未尝若今日之悲也"③，《淮南子·齐俗训》"徒弦则不能悲。弦，悲之具也，而非所以为悲也"④，王充《论衡·超奇》"文（闻）音者皆欲为悲，而惊耳者寡"⑤，等等，都证明那时人们欣赏音乐以悲为美，演奏音乐以悲为追求的目标。

---

① 于民：《春秋前期审美观念的发展》，北京：中华书局1984年，第142页。

② ［清］王先慎撰，钟哲点校：《韩非子集解》，北京：中华书局，1998年，第64页。

③ ［汉］韩婴撰，许维遹校释：《韩诗外传集释》，北京：中华书局，1980年，第238页。

④ ［汉］刘安：《淮南子》，谦德书院注译，北京：团结出版社，2020年，第386页。

⑤ ［汉］王充著，黄晖撰：《论衡校释》，北京：中华书局，2018年，第539页。

是否能感受音乐中的悲感并且成了是否懂得音乐的标志，如王褒《洞箫赋》云："知音者乐而悲之，不知音者怪而伟之。"① 正因为如此，在历代许多音乐题材的作品中，便出现了这样的现象："称其材干，则以危苦为上；赋其声音，则以悲哀为主；美其感化，则以垂涕为贵。"②

可见以悲为美在音乐欣赏活动中早已成为人们的定势心理反应，并影响到包括文学创作和欣赏在内的其他艺术活动了。

陆机《文赋》开始把"悲"引入文学创作的范畴，文学作品是否具有悲感成了评价其优劣的一条重要标准。这一方面进一步引导了读者的审美心理，使前代文学作品中那些具有悲剧色彩的制作更受人们喜爱，另一方面则更引导了后来作者的艺术追求，使他们尽力地创作这样的作品。这种主观上的追求与不同时代动乱的社会生活和作者各种坎坷不平的人生经历互相沟通，势必导致具有悲剧色彩作品更多地涌现。这类作品的大量涌现，由于它们往往能引起读者的强烈共鸣，则更助长了以悲为美的审美心理，使悲剧性作品成了一种普遍的社会需求，反过来又刺激了作家的创作。至中唐，韩愈将此上升为艺术的规律："夫和平之音淡薄，而愁思之声要妙；欢愉之辞难工，而穷苦之言易好也。"③ 使得其后论诗谈艺者，无论其艺术主张如何，便不可能舍"悲"而言。

正因为传统的审美心理是以悲为美的，使得文学史上出现了这样的现象：一些作品本来写的是极为欢愉之事，也总要带上一定的感伤和悲愁成分。如王羲之的《兰亭集序》，开始极写兰亭集会之盛、

---

① ［汉］王褒：《洞箫赋》，《文选》第二册，上海：上海古籍出版社，1986年，第788页。
② ［三国魏］嵇康：《琴赋序》，《嵇康集校注》，北京：中华书局，2016年，第140页。
③ ［唐］韩愈：《荆潭唱和诗序》，马其昶校注：《韩昌黎文集校注》，第262页。

之乐，后来忽然笔锋一转，说到"休短随化，终期于尽"的煞风景话题上去，大发起"痛哉""悲夫"之类的感叹来。这样的感情是否真实，原是值得怀疑的，但却深为历代文士所推崇和效法。王勃《滕王阁序》，在思路上即模仿《兰亭集序》，先写集会之盛，秋色之美，后来写到"兴尽悲来，识盈虚之有数"上去了。王勃作此序时年纪很轻，也没有遇到多大挫折，这样的伤感情调显然来自前人作品。然而，《滕王阁序》也成了历代家弦户诵的名作。与此相反，那些仅止于极写欢愉之情的作品，却很难受到人们的赞赏。如孟郊《登科后》："昔日龌龊不足夸，今朝旷荡恩无涯。春风得意马蹄疾，一日看尽长安花。"① 此诗写出了一个封建士子科场获胜后的无比欢悦之情，显然出于真情实感，但却由于"志气充溢"，被后人讥为"器宇不宏，至于如此，何其鄙邪！"② 审美传统的威力由此可见一斑。

正因为传统审美心理是以悲为美的，所以有不少的作者尽管没有什么不平，也要为文造情。一些颇有才气的作家也有这种情况。张耒评秦观词有云："世之文章，多出于穷人，故后之为文者，喜为穷人之辞。秦子无忧而为忧者之辞，殆出此耶！"③ 谢榛指出当时文坛"处富有而言穷愁，遇承平而言干戈；不老曰老，无病曰病"④ 是相当普遍的现象。不少年轻人初学写作，便追求怎样说愁道苦。"少年不知愁滋味，爱上层楼，爱上层楼，为赋新词强说愁"⑤ 决不是

---

① 〔唐〕孟郊：《孟东野诗集》，北京：人民文学出版社，1959 年，第 55 页。

② 〔宋〕蔡正孙：《诗林广记》前集卷七引《唐宋遗史》，北京：中华书局，1982 年，第 125 页。

③ 〔宋〕张耒：《送秦观从苏杭州为学序》，《张耒集》，北京：中华书局，1999 年，第 752 页。

④ 〔明〕谢榛：《四溟诗话》，北京：人民文学出版社，1961 年，第 47 页。

⑤ 〔宋〕辛弃疾：《丑奴儿·书博山道中壁》，邓广铭：《稼轩词编年笺注》（增订本），上海：上海古籍出版社 1993 年，第 170 页。

个别的现象，甚至有人闹出了"为求诗对好，不惜两重丧"①的笑话。这种缺乏真情实感的效颦之作，更多地出现于科举考试之中。章学诚曾剀切地指出："科举撰百十高第，必有数千贾谊，痛哭以吊湘江；……吏部叙千百官位，必有盈万屈原，搔首以赋《天问》。"②袁宏道所谓"自从老杜得诗名，忧君爱国成儿戏"③，则是针对整个文坛发出的针砭之辞。这类现象从反面证明了以悲为美的传统审美心理对创作起了何等的制约作用。

大概也正因为审美传统造成的此类弊端，清代著名学者钱大昕对韩愈的"不平则鸣"和欧阳修的"穷而后工"说提出了质疑。在《李南涧诗集序》一文中，他有感而发地说：

> 韩子之言曰："物不得其平则鸣。"吾谓鸣者出于天性之自然，金、石、丝、竹、匏、土、革、木，鸣之善者，非有所不平也。鸟何不平于春，虫何不平于秋？世之悻悻然怒、戚戚然忧者，未必其能鸣也。欧阳子之言曰："诗非能穷人，殆穷者而后工。"吾谓诗之最工者，周文公、召康公、尹吉甫、卫武公，皆未尝穷；晋之陶渊明穷矣，而诗不常自言其穷；乃其所以愈工也。若乃前导八驺而称放废，家累巨万而叹窭贫，舍己之富贵不言，反托于穷者之词，无论不工，虽工奚益！予持此论久矣。④

---

① ［宋］胡仔《苕溪渔隐丛话》卷五十五引范正敏《遯斋闲览》云："李廷彦献《百韵诗》于一达官，其间有句云：'舍弟江南没，家兄塞北亡。'达官恻然伤之曰：'不意君家凶祸，重并如此。'廷彦遽起自解曰：'实无此事，但图对属亲切耳。'"北京：人民文学出版社，1962 年，第 377 页。

② ［清］章学诚：《文史通义》，北京：中华书局，2014 年，第 387 页。

③ ［明］袁宏道：《显灵宫集诸公以"城市山林"为韵（其二）》，《袁宏道集笺校》，上海：上海古籍出版社，1981 年，第 651 页。

④ ［清］钱大昕：《潜研堂集》卷二十六，上海：上海古籍出版社，2009 年第 2 版，第 437 页。

他的驳论自然不无道理，但仍未免于偏颇。因为韩愈的"不平则鸣"毕竟是一个比喻，欧阳修的"穷而后工"也只是就多数而言，如果对其作绝对化的理解，要举出反例并非难事。在文艺批评的范畴内，这样"较真儿"尽管可以自圆其说，却不能否定"不平则鸣"与"穷而后工"所反映的普遍的创作实践及其概括的规律性结论。当然我们应该看到，钱氏侧重于要贬斥的，是"前导八驺而称放废，家累巨万而叹窭贫，舍己之富贵不言，反托于穷者之词"的为文造情现象，不无其积极意义。

以上从三个方面探讨了中国古代文学悲剧性特色的成因。应当说明的是，在优秀的作品中，三方面的因素往往是共同存在、交互为用的，本文对此分别论述，只是为了行文方便，绝非将它们割裂开来，孤立看待。三方面的探讨，也仅是初步的，未必深入全面，但是中国古代何以带有悲剧性色彩的作品如此之多，或可借此略知大概。

（原载《枣庄师专学报》1986 年第 1 期，署名：魏然）

后　记

我从1983年开始接触《文心雕龙》研究，迄今发表过的有关文字，基本都收在这本集子里了。如果通算，我从事这项研究已近四十年，但其实中间有三十年以上的空挡。而且我的所谓研究，可谓先天不足，后天失调，因而成果了了，自不待言。以此作为芹曝之献，未免心中惴惴。

1983年之前，我对《文心雕龙》知之甚少。只是1979年—1980年期间在枣庄师专（今枣庄学院）读书期间背诵过王力先生主编的《古代汉语》选载的《神思》《情采》两篇，而对全书则缺乏了解。那时的枣庄师专处于初创阶段，师资水平参差不齐，各门学科大都没有教材，也没有专门的古代文论课程。两年中，受益最多的仅有鲍延毅老师的古典文学；印象深刻的是南开大学历史系来新夏教授来校做的关于目录学的两天讲座。我托亲戚朋友从外地购买了接近全套本科教材，主要用于课外阅读。因"文革"刚过，当时图书馆也没有多少藏书，其中文科类的我大都翻阅过。我原来在农村，小学毕业即赶上"文革"，读到的书除了《毛选》和鲁迅作品外，就是一些现代小说，因之对阅读极其渴望。有书可读了，就拼命阅读。我要求自己每天课外阅读不少于100页，写1000字笔记，但并没有确定自己的学术目标。

1981年1月，我毕业分配到新汶一中任教初中语文。记得1983

年五四青年节时，学校组织部分青年教师去济南听课。傍晚时我在山师门口散步，看到路边有一个人在兜售一包旧书。我翻看了一下，都是关于《文心雕龙》的，作者有范文澜、周振甫、牟世金等，总共有10多本。我问他为什么要卖这些书，他说退休了，这些书用不到了。我说总共要卖多少钱，他说都要的话就给10元钱。我觉得《文心雕龙》是本好书，买回去看很不错，就全买了下来。当时我的月收入不足50元，父母和妻子在家务农，女儿只有3岁，妹妹还在上高中，钱从来都不够花。同事们对我一次花10元钱买这些旧书颇感诧异，我却觉得是捡了个大便宜。回去后抽空就读这些书，才发现各家对原著有不少不同的注释和翻译，有的意见还是针锋相对的，说明后续研究的空间还很大。这激发了我更大的兴趣。我又到图书馆从旧书堆中找到了黄侃、刘永济等人的有关著作，到新华书店去选购和《文心雕龙》有关的新书，尽可能了解学界研究的历史和现状。对疑点较多的问题如《辨骚》等，就尽量多找不同版本查对不同的说法。到了下半年，我觉得学者们的观点与个人理解均难一致，就尝试着写出了第一篇读书笔记，名曰《读〈文心雕龙·辨骚〉》。改定之后，把它寄给了枣庄师专鲍延毅老师征求意见。鲍老师看后很高兴，认为持之有据，言之成理，对我工作之余能有这样的兴趣大加鼓励。他还告诉我，学校正筹备创建《学报》，他和老师们协商，准备开办一个"校友笔丛"的栏目，专门刊发历届校友的研究文章，我的这篇文章将作为第一篇刊发于创刊号。得到这样的勉励，我感到意外的高兴，研读《文心雕龙》的兴趣更浓了，当时并不知道那篇文章还有不少不成熟的地方。为了正确把握《文心雕龙》在中国古代文论中的地位，我陆续读遍了当时已经出版的各种版本的中国文学史、文学理论批评史。就这样，我算是打下了一些古代文论的基础。这一年，我已经30岁。

　　1984 年，我调回宁阳一中任教高中语文，仍然继续进行《文心雕龙》的阅读和研究。在此前的学习和阅读中，我感到中国从古至今的优秀文学作品，大多具有浓重的悲剧色彩，它是怎样形成的呢？读《文心雕龙》，可以很明显地发现刘勰是虔诚的儒教徒，他的《文心雕龙》就是以宗经为主张写成的，可是当代学者们为什么不愿承认这一点，非要对刘勰的宗经做出各种不同的解释？"自然之道"只是行文中的一句常语，为什么被当代学者们认作刘勰所"原"之"道"？我又开始写作《中国古代文学悲剧性特色成因初探》和《正本清源说"宗经"》等文。后来，《正本清源说"宗经"》作为我参加吉林《社会科学战线》杂志社函授班的作业上交，刊发于内部刊物《青年社会科学》1985 年 1—2 期合刊；《中国古代文学悲剧性特色成因初探》刊发于《枣庄师专学报》1986 年第 1 期。当我进一步搜集资料准备撰写关于"自然之道"问题的文章时，学生已进入高三，我觉得为对学生负责，应该集中精力指导学生复习备考，业余爱好只能放一放了。1987 年学生毕业后，学校又安排我兼做教学管理工作，仍然教两个班的语文课，同时担任班主任、年级主任，已经很难再用心做学术研究了。但我对《文心雕龙》的兴趣却难于割舍，因此见到新出的有关书籍总要买下来翻一翻，对学界的研究进展保持关注。平时当然还要写一些东西，但已转向教学研究和教育管理。1992 年我担任了宁阳　中校长，后来又兼任书记，忙于学校管理和校舍改造，用于《文心雕龙》的时间和精力越来越少了。2003 年，我又被调县政府工作，距离学术更远了。

　　2007 年，我从宁阳内退后，应聘来山东外事职业大学（原山东外事翻译职业学院）任党委宣传部长，兼学报、校报主编。高职院校的工作对我来说是陌生的，而民办学校管理人员有限，分工很难明确，所以较长时间内仍没有进入学术研究的领域。当然，读书的习惯一直保持着，偶有闲暇便泛览古今中外学术名著，写下了大量读书笔记。直到2015年底，学校筹备成立国学研究所，由我兼任所长，在对外联系中接触到刘凌、戚良德等研究《文心雕龙》的专家，我忽然意识到自己对《文心雕龙》的长期兴趣应该作为研究重点继续下去。于是，我把原来积累的资料找出来，又购买了一些相关书刊，在30多年前初步研究的基础上开始了艰难而有趣的跋涉。这一年，我已经62岁。

我做的第一步工作，是把原已撰写成文的《正本清源说"宗经"——兼评周振甫先生的有关论述》加以修订，增加了后来见到的资料和思考，投寄给山东大学《中国文论》的主编戚良德先生，得以在当年出版的第三辑上发表。随后又写出《走出"自然之道"的误区——读〈文心雕龙·原道〉札记》，蒙良德先生不弃，发表在《中国文论》第四辑上。这两篇文章的基本观点，其实是我三十多年前初步研究的心得。但三十多年来，学界在此类问题上缺乏反思，且有愈演愈烈之势，我认为有深入探讨、正本清源，以回归刘勰本义之必要。因为要做到古为今用，首先应该读懂弄通原文，不能望文生义，尤其不可把后人的意见强加于古人。通过反复阅读原著，我的认识更为坚定。

我后来的研究，基本上就是以此为基点的。当然此后所涉范围逐步拓宽，许多认识也在扩展和深化。这主要得力于我认真阅读了徐复观、钱穆、陈寅恪、钱锺书、周勋初、余英时、童庆炳、刘凌、戚良德等先生的著作，并做了比较认真的笔记（已发表者本书均有收录），还泛览了几十年以来的大量研究成果。阅读中我有一个感觉：凡毕生专注于《文心雕龙》研究者，虽成果颇丰，但毕竟疆域不够阔大，而且很难突破先前形成的框架；而从宏观角度研究古代文化者，虽不把《文心雕龙》作为研究重点，但毕竟是其视野中物，偶尔触及，却往往谈言微中，启人良多。因此，我的阅读不受学术领域的局限，而是尽可能放宽视野，博览穷搜。我小时候读小说训练了较快的阅读速度，后来长期保持每天读书的习惯，因而古今中外的文史哲名著，许多都曾过目；还点校了《孙光祀集》《黄恩彤文集》（全五册）及《宁阳县志》等几部清人著作。这些为我打下了比较宽泛的知识基础。在确定了某一具体选题时，就去专门阅读有关专家对这一问题的见解，比较优劣，择善而从。

本书所收文章，所涉方面不一而足，但大抵是围绕着"《文心雕龙》与宗经"这样一个中心的，因此这次结集，便以之为书名。我认为，刘勰和大部分古人一样，具有明显的经学思维模式；他的征圣、宗经，是真诚的，但他对"经"的解释，却是从"文"的角度进行的；他的《文心雕龙》，其实是一部"树德建言"的子书；他的学术价值取向，是崇实黜虚，崇儒黜玄；他的文论，是经学背景下的文论，从"文"到"笔"的所有文类，都被他纳入了"经典枝条"的范畴。用熊十力的话说，他是一位"宗经之儒"。他的成就，主要是总结了古往今来人们关于"文"的认识、实践的大量资料，提出了更为深刻、全面、自成系统、在当时比较先进的理论。因而他对中国文学做出了杰出贡献。但人们往往忽略甚至误判了一个基本事实：他与当时文坛的主流意见并非尖锐对立，而是大体一致的；对骈俪文章他不仅不反对，反而是认真的研究者和积极的实践者，否则我们看到的《文心雕龙》不会是现在这个样子。这些都来自于个人对《文心雕龙》的长期阅读和深入思考，很难说有多少新意，但不乏和当今学界主流意见不尽一致之处，或许不无参考价值。

需要说明的是，我的学生阶段小学基础比较扎实，而中学阶段赶上"文革"，基本没学到什么东西，更没有接受过严格的学术训练。之所以还能有些收获，主要得力于大量读书。这样泛读自学形成的基础，使我没有老师衣钵传授的束缚，而喜欢对流行的成说思考为什么、是否能立得住。有文友认为我的路子有些"野"，原因即在于此。我是服膺孔夫子"当仁不让其师"的古训的，因此在行文中，对前贤今彦的论点有不同意见者，均直言不讳。这并非我对他们不够尊重，而是认为，在学术问题上，是不应该论资排辈的。他们的学术成就和正确意见，当然要虚心学习和认真吸取。但一个人的思想观点，既已发布天下，便成了公共产品，必然要接受世人的评判。学术成就再高的大师，也总有其局限，有其不足，有待后人矫正。古今各种学术成果的产生，都是当时学术和社会条件下的产物，不可能没有局限甚至错误，后人依据事实、道理提出商榷、进行矫正，是必然的。如果认为对方是名家大师，便匍匐于其脚下，以其之是非为是非，还谈何学术进步！古代被尊为圣贤的孔子、老子，几千年来或被推举上天，或被贬斥入地，并没有影响到他们的伟大。今天的学界中人，无论名气大小，既然把自己的意见发表出来，就应做好被人评头论足的准备。如果听到不同意见就期期以为不可，适见其狭隘而已。

这本文集作为我"龙学"研究的第一次汇报，当然会存在若干不足。因为是不断阅读学习的记录，所以肯定有前后意见表述不尽一致之处。但为了完整呈现我的思考认识过程，均不作修改，而以原貌收入，只是按照编辑要求，对早期文章的行文格式和注释等统一了体例。其中不够准确的认识，有的在后来的文章中已做出修正。其他存在的问题还会很多，诚望专家和读者批评指正。我现在虽已年近古稀，但感觉身心尚可，愿将这方面研究持续下去，希望在有生之年能取得一点像样的成绩。

最后，我要衷心感谢龙学界的前辈、好友周勋初、杨明、刘凌、戚良德、朱文民等先生。我和他们交往不多，有的仅见过一面，有的则只通过电话，但他们的治学风范和精见卓识却对我有很大的实质性帮助，而且本书的出版也是戚良德先生一手操办的。还要感谢文史研究专家徐传武、杜贵晨、叶桂桐诸位，他们虽非专治"龙学"，但学识渊博，著述繁富，对我的治学多有教益。徐传武先生这次还拨冗为本书撰写了序言。还要感谢《中国文论》《中国文化论衡》《古代文学理论研究》《社会科学动态》《甘肃理论学刊》《语文学刊》《重庆三峡学院学报》《福建江夏学院学报》《枣庄学院学报》等学术杂志的编辑老师，是他们精心编发了这些论文。尤其要特别感谢山东外事职业大学孙承武校长，是他在最近十几年里，为我提供了较好的治学环境。凡是我需要阅读查找的书，图书馆没有，网上又下载不了的，都可以购读报销；在工作时间上，也给予了我最大弹性。肯定地说，没有他们的支持和帮助，我的这种自由式、随机性研究，是不可能坚持下来、也不会有本书的出版的。

2021 年 11 月于济南黄台山东外事职业大学

图书在版编目（CIP）数据

《文心雕龙》宗经研究 / 魏伯河著 . -- 武汉 ：崇
文书局 ，2023.8
（龙学前沿书系）
ISBN 978-7-5403-7386-3

Ⅰ．①文… Ⅱ．①魏… Ⅲ．①《文心雕龙》—研究
Ⅳ．① I206.2

中国国家版本馆 CIP 数据核字（2023）第 121505 号

丛书策划：陶永跃
责任编辑：李艳丽
封面设计：杨　艳
责任校对：董　颖
责任印制：李佳超

《文心雕龙》宗经研究
WENXINDIAOLONG ZONGJING YANJIU

出版发行：长江出版传媒 ｜崇文书局
地　　址：武汉市雄楚大街 268 号 C 座 11 层
电　　话：(027)87677133　　邮政编码：430070
印　　刷：湖北新华印务有限公司
开　　本：880mm×1230mm　　1/32
印　　张：18.625
字　　数：434 千
版　　次：2023 年 8 月第 1 版
印　　次：2023 年 8 月第 1 次印刷
定　　价：138.00 元

.